KNAUR

Über die Autorin:
Susan Ferrier MacKay wurde in Großbritannien geboren und war als freiberufliche Texterin und Fernsehproduzentin in Toronto erfolgreich. Nachdem sie ihren ersten Roman geschrieben hatte, bezeichnete sie sich selbst als »Vegetarierin, die ein Buch über Fleisch geschrieben hat«.

Susan F. MacKay

Butterfly of Venus

Teil 1: Geheime Leidenschaft

Teil 2: Erfüllte Lust

Roman

Aus dem kanadischen Englisch
von Sonja Rebernik-Heidegger

KNAUR

Die kanadische Originalausgabe erschien 2014
in zwei Bänden unter den Titeln »Butterfly of Venus«
und »Dragonfly of Venus« bei HarperCollins.

Besuchen Sie uns im Internet:
www.knaur.de

FSC
www.fsc.org
MIX
Papier aus verantwortungsvollen Quellen
FSC® C083411

Deutsche Erstausgabe November 2014
Knaur Paperback

Redaktion: Antonia Zauner
Umschlaggestaltung: ZERO Werbeagentur, München
Umschlagabbildung: © Thomas Vogel / getty images
Satz: Adobe InDesign im Verlag
Druck und Bindung: CPI books GmbH, Leck
ISBN 978-3-426-51585-3

2 4 5 3 1

*Dieses Buch ist Linda Mackay gewidmet,
meiner langjährigen Freundin und Wegbegleiterin
in die Fantasiewelt der Frauen, die mir großzügig
ihre Zeit, ihr Wissen und ihre Fähigkeiten als
Lektorin zur Verfügung gestellt hat.
Besonderer Dank gilt auch Alison Sinton und Leeann
Abruzzi, die mit ihrem schwarzen Humor zu diesem
Buch beigetragen haben. Viele weitere Freundinnen
haben mich immer wieder ermutigt und unterstützt.
Danke für das gemeinsame Lachen und euren Glauben
an mich. Salut, Ladys! Danke auch an David Cobb,
Beverley Slopen, Patrick Crean und an meine Familie.*

Butterfly of Venus

Teil 1:
Geheime Leidenschaft

kapitel eins

Elizabeth Harding konnte Freitagnachmittage nicht leiden, denn für ihre Angestellten schienen sie nichts weiter zu sein als ein zusätzlicher freier Nachmittag. Als alleinige Inhaberin von Kanadas größter und erfolgreichster Musikmanagementagentur, *Alternative Talent Management,* arbeitete sie selbst jeden Tag bis mindestens neun Uhr abends, und auch an den Wochenenden war sie häufig hinter ihrem Schreibtisch anzutreffen. Doch dieses Wochenende würde anders sein. Ihre Freundin Effie hatte für sie einen gemeinsamen Samstagnachmittag in einem Wellnesstempel organisiert, und danach würde Elizabeth mit zu Effies Penthouse kommen, wo sie bei einem Abendessen ihren Geburtstag feiern wollten. Sie warf einen Blick auf ihre Cartier-Uhr und seufzte. Es war vier Uhr dreißig. Sie konnte die zahlreichen Marketingbeauftragten, Produktionsassistenten und Sekretärinnen, die für ATM arbeiteten, genauso gut früher nach Hause schicken. Sie beobachtete sie durch die Glaswand ihres Büros hindurch. Bewarfen sie sich tatsächlich gerade mit Papierkügelchen? Diese Kinder. Sie sollte sie alle feuern. Stattdessen drückte sie den Knopf ihrer Gegensprechanlage, um Manny, ihren persönlichen Assistenten, zu sich zu rufen. Manny rauschte in ihr Büro und kam wie üblich mit einem kleinen Hüpfer vor ihrem Schreibtisch zum Stehen.

»Boss?«

»Sag der Meute, dass sie heute früher nach Hause gehen darf.«

Manny quiekte erfreut. In letzter Zeit war er noch

quirliger und nervenaufreibender als üblich. Manny war dreißig und bis über beide Ohren verliebt in seinen Freund Damon, einen Architekten, mit dem er erst vor kurzem zusammengezogen war.

»Ach ja, Boss. Sampson hat angerufen.«

Elizabeth stöhnte. Sampson war ihr Ex. Sie hatte sechs Jahre mit ihm zusammengewohnt, bis er sie gegen eine Jüngere eingetauscht hatte. Seine neue Freundin war natürlich Model, kaum älter als zwanzig und posierte für Unterwäschekataloge, in denen sie mehr als nur Unterwäsche zur Schau stellte.

»Was wollte er?«

Manny zuckte übertrieben mit den Schultern. »Das hat er nicht gesagt. Soll ich ihn durchstellen, falls er wieder anruft?«

Elizabeth dachte einen Moment lang nach. Sampson stand sehr weit oben auf der Liste der Menschen, die sie nicht leiden konnte. Doch bevor er sich in einen Lügner und Betrüger verwandelt hatte, war er ein angenehmer Partner und ein wohlwollender und aufmerksamer Liebhaber gewesen. Zwar hatte er kein leidenschaftliches Feuerwerk in ihr entfacht, dennoch vermisste sie die Kuschelabende und die körperliche Nähe einer Partnerschaft. Es war nun beinahe ein Jahr vergangen, seit Sampson sie verlassen hatte … nein, seit *sie* ihn vor die Tür gesetzt hatte. Seitdem war ihr Bett leer geblieben. Sie hatte sich in die Arbeit gestürzt, um nicht daran denken zu müssen, was Sampson mit diesem Mädchen anstellte. Vielleicht würde es Spaß machen, ihn zu verführen … Aber Sex bloß um der alten Zeiten willen? Das war keine gute Idee.

»Nein, Manny. Wenn er wieder anruft, dann sag ihm, ich bin gerade in Botswana.«

»Um dort eine neue Boyband zu entdecken?«

Manny konnte vorlaut, aber auch sehr erheiternd sein. Sie ließ Manny mehr durchgehen als jedem anderen Mitarbeiter.

»Sag einfach, dass ich nicht da bin.«

»Scharniere beginnen zu quietschen, wenn man sie nicht regelmäßig benutzt.«

»Lass meine Scharniere bloß meine Sorge sein. Kümmere du dich lieber um deine eigenen.«

»Meine Scharniere sind gut geölt und funktionieren ganz wunderbar.« Er kicherte. »Damon kümmert sich darum. Er ist sehr geschickt.«

»Danke, Manny. Und nun schick die Truppe nach Hause.«

Manny vollführte einen weiteren kleinen Sprung und wandte sich der Tür zu. »Ach, Boss? Eine Sache noch.«

»Ja?«

»Damons Cousin ist gerade in die Stadt gezogen. Er hat wirklich Talent.«

»Du kennst die Regeln, Manny. Sag ihm, er soll etwas auf YouTube stellen. Dann sorge ich dafür, dass Hunter es sich ansieht.«

Hunter war der oberste Talentscout ihres Unternehmens, und niemand setzte ohne sein Einverständnis einen Fuß durch die Tür.

»Bitte entschuldigen Sie, wenn ich das jetzt sage, Boss, aber Hunter hat sich in letzter Zeit einige große Fische durch die Lappen gehen lassen. Er scheint es nicht mehr so draufzuhaben.«

»Es passiert immer wieder, dass man jemanden übersieht.«

»Ich glaube nicht, dass Sie diesen Schnuckel übersehen wollen«, meinte Manny in einem selbstgefälligen

Singsang. »Er ist der Hammer. Er sieht absolut umwerfend aus, hat ein unglaubliches Talent, und seine Songs …«

Elizabeth unterbrach ihn. »In Ordnung, Manny. Wie heißt der Wunderknabe denn?«

»Declan Thomas.«

Elizabeth wusste nicht, warum, aber sie spürte plötzlich einen aufgeregten Schauer. »Hmm, der Name gefällt mir. Und er ist wirklich gut?«

»Besser. Besser als in Ihren kühnsten Träumen.«

»Gut, dann besorg mir ein Video. Wir werden ja sehen, wie es mir gefällt.«

Zufrieden hüpfte Manny in das Großraumbüro hinaus, wo er den anderen über ein Megaphon, das er unter seinem Tisch aufbewahrte, mitteilte, dass sie früher nach Hause gehen durften. Allgemeiner Jubel brach aus, und bald darauf war Elizabeth alleine im Büro. Sie erledigte einige Telefonate mit der Westküste, überflog Marketingstrategien und checkte ihre E-Mails. Schließlich brach die Dämmerung herein, und außer ihrer Wohnung gab es keinen Ort, an den sie hätte gehen können. Sie begann, das Büro für das Wochenende dichtzumachen, doch etwas riss sie aus ihrer Konzentration. Es war der Name. *Declan Thomas.*

Elizabeth googelte ihn. Nichts. Dann versuchte sie es auf YouTube. Nichts. Heutzutage wimmelte es auf den Social-Media-Plattformen nur so von talentlosen kleinen Angebern. Declan Thomas war offensichtlich anders. Und Dinge, die anders waren, reizten sie. Dennoch würde sie sich mit ihrem Urteil zurückhalten, bis sie gesehen hatte, was er draufhatte.

Sie hatte ein instinktives Gespür dafür, wer das Zeug zum Star hatte, und ihre Intuition ließ sie selten im Stich. Normalerweise brauchte sie weniger als sechzig Sekunden, um zu entscheiden, ob ein aufstrebender junger Künstler es wert war, von ATM vertreten zu werden. *Declan Thomas …* der Name klang gut und war einprägsam. Er würde keinen Künstlernamen brauchen.

Elizabeth schenkte sich ein Glas Rotwein ein, schwenkte es und sah zu, wie sich die Dunkelheit auf die Bürotürme um sie herum senkte. Gleich würde sie Eddie, ihren Fahrer, anrufen. Er würde sie vor dem Gebäude abholen und sie in ihr renoviertes viktorianisches Haus bringen. Dort würde sie es sich lange in der Badewanne bequem machen und sich dann alleine ins Bett kuscheln. Morgen war gewissermaßen ein wichtiger Tag. Es war ihr Geburtstag, und sie würde die Dreißiger für immer hinter sich lassen.

Elizabeth wurde von den Klängen von »I'm Sexy and I Know It« aus einem tiefen Schlaf gerissen. Es war Mannys Art von Humor, ihr gerade dieses Lied als Klingelton einzuprogrammieren, und sie brachte es nicht über sich, es wieder zu löschen. Elizabeth schob ihre Schlafmaske hoch und warf einen verschlafenen Blick auf das Display ihres Telefons. Es war Effie, ihre beste Freundin. Elizabeth drückte eine Taste, um den Anruf entgegenzunehmen, bevor sie das Telefon unter das Kopfkissen neben sich legte. Sie wusste, dass sie die laute Stimme ihrer Freundin auch durch die Daunenfedern hindurch hören würde.

»Süüüüüüße. Wie geht es dir? Alles, alles, alles Gute zum Geburtstag.«

Elizabeth stützte sich auf einen Ellbogen und gähnte. »Hi, Effie. Danke. Ich bin gerade am Aufwachen.«

»Alleine?«

»Nein, Effie. Ich habe eine ganze Blaskapelle hier bei mir. Ich überlege, sie unter Vertrag zu nehmen.«

Effie lachte schallend. »Das ist mein Mädchen. Ich hole dich um drei Uhr ab. Dann fahren wir direkt ins Mayfair Spa. Und nimm etwas Elegantes für das Abendessen danach mit.«

»Ich dachte, ich könnte einfach Jeans anziehen. Ich hasse es, mich am Wochenende herauszuputzen. Das muss ich ohnehin die ganze Woche.«

»Jeans sind in meinem Penthouse nicht erlaubt. Das steht in der Hausordnung. Außerdem gibt es da jemanden, den ich dir gerne vorstellen möchte.«

Elizabeth stöhnte innerlich. Effie versuchte ständig, sie zu verkuppeln.

»Ich dachte, wir beide wären allein.«

»Es werden auch nur du und ich da sein, Kleines. Und noch ein oder zwei andere.«

Elizabeth begann zu ahnen, dass Effie eine Überraschungsparty organisiert hatte, aber sie wollte ihr den Spaß nicht verderben.

»In Ordnung, Eff. Wie du willst.«

»Braves Mädchen. Wir sehen uns um drei.«

Elizabeth stapfte die Treppe von ihrem im dritten Stockwerk gelegenen Schlafzimmer hinunter in die Küche aus Edelstahl und Granit, wo sie einen Bagel in den Toaster steckte. Dann setzte sie eine Kanne Kaffee auf und holte die Samstagszeitung von der Veranda vor dem Haus. Sie blätterte den Kulturteil durch und war erfreut, auf der Titelseite einen Artikel über *Clam,* ein Jazz-Trio, das von ATM vertreten wurde, zu entdecken. Suzie, eine der jüngeren Mitarbeiterinnen, die sie direkt vom College angeworben hatte, hatte die Pressemitteilung verfasst. Suzie hatte klugerweise die Armutskarte ausgespielt. Selbst wenn es gut lief, ließ sich Jazz nur schwer verkaufen. Früher hatte es in Toronto eine Vielzahl an

Jazzclubs gegeben, doch nun gab es nur noch einige heruntergekommene Kneipen, wo die Musiker lediglich ein winziges Honorar erhielten oder wo sie, was noch demütigender war, einen Hut durch das Publikum wandern lassen mussten.

Elizabeths Vater hatte sein ganzes Leben lang Jazzgitarre gespielt. Doch statt seinen Traum, von der Musik leben zu können, weiterzuverfolgen, hatte er eine Stelle im mittleren Management der Bahngesellschaft angenommen, um seine Familie zu ernähren. Diese Entscheidung, die immer von einem Gefühl des Bedauerns begleitet worden war, hatte in Elizabeth eine sentimentale Schwäche für Musiker ausgelöst. Das war der Hauptgrund, warum sie sich entschieden hatte, Künstler vertreten zu wollen. Sie nahm sich vor, Suzie für die Pressemitteilung zu loben.

Elizabeth war überzeugt, dass es wichtig war, den Angestellten Anerkennung entgegenzubringen. Sie dankten es ihr mit noch größerem Eifer und fortwährender Loyalität. Viele ihrer Angestellten arbeiteten schon seit Jahren für sie. Sie waren Zeugen geworden, wie aus einem kleinen Büro ein mächtiges, Millionen Dollar schweres Unternehmen geworden war, das einige der besten Künstler des Landes vertrat. Es war jahrelange, harte Arbeit nötig gewesen, doch nun hatte Elizabeth tatsächlich das Gefühl, es geschafft zu haben. Obwohl es schwer war, genau zu sagen, was dieses »es« eigentlich bedeutete. Erfolg? Geld? Sie hatte genug von beidem, genug, um sich ein angenehmes Leben und mehr als ein Zuhause leisten zu können. Doch wenn man das alles außer Acht ließ, dann war sie letzten Endes alleine und wurde immer älter.

Sie dachte an das leerstehende Cottage, das am anderen

Ende der Welt auf sie wartete. Vor vier Jahren war sie in Schottland gewesen, um ihre alte Tante Mary zu besuchen, und hatte dabei das winzige Dörfchen Kinlochbervie entdeckt. In der abgelegenen Ortschaft lebten vierhundert zähe Seelen, die trostlose, dunkle Winter und heulende Stürme ertrugen, um sich danach an der spektakulären Landschaft zu erfreuen, die sich während der kurzen Sommermonate offenbarte. Aus einer Laune heraus hatte Elizabeth ein kleines Fischerhaus mit Blick auf einen atemberaubenden Strand und die majestätischen, wolkenverhangenen Berge gekauft. Sie hatte mit dem Gedanken gespielt, dass sie und Sampson sich eines Tages dorthin zurückziehen würden, und hatte das Haus zu einem kuscheligen Nest mit zwei Schlafzimmern umbauen lassen. Mittlerweile diente es ihr als Ferienhaus und Rückzugsort, wenn sich die Welt wieder einmal als zu brutal und schroff erwies.

Sie hatte sich dorthin zurückgezogen, nachdem ihr Vater Jack gestorben war. Sie hatte lange, einsame Tage dort verbracht und war die windumtosten Feldwege hinaufgestiegen, während sie Miles Davis auf ihrem iPod lauschte. Die frische Luft, der Rhythmus des Meeres, die grimmige Erhabenheit der ehrfurchtgebietenden, Millionen von Jahren alten Felsen – all das half ihr, über ihre Trauer hinwegzukommen. Einmal hatte sie auch Sampson mitgenommen, nur um enttäuscht feststellen zu müssen, dass es ihm nicht gefiel. Seiner Meinung nach war es zu abgelegen, und er verstand den breiten Akzent der Einheimischen nicht. Er war einige Tage lang geblieben, doch dann hatte er eine Ausrede erfunden, um zu seinem Immobiliengeschäft in Toronto zurückkehren zu können.

In Wirklichkeit war er in die Arme und zu den falschen Brüsten von Shalene Gardiner zurückgekehrt, doch das wusste Elizabeth damals noch nicht. Erst später, als sie eine abartige E-Mail von Shalene las, die geöffnet auf Sampsons Computerbildschirm prangte, erkannte Elizabeth, was hinter ihrem Rücken vor sich ging. Der Text der E-Mail lautete: »Ich will, dass du jedes meiner Löcher vögelst, Daddy.«

Daddy? Das war doch krank.

Angeekelt und rasend vor Zorn druckte Elizabeth fünfzig der schmierigen E-Mails in Schriftgröße 20 aus und befestigte die Blätter überall im Haus. Als Sampson nach Hause kam, dauerte es einen Moment, bis er begriff, worum es sich bei den Zetteln handelte. Er ließ seine Aktentasche fallen und sah sie bestürzt an.

»Mein Gott, Elizabeth. Es tut mir leid.«

Elizabeth zerknüllte einige der übrig gebliebenen Ausdrucke und begann, sie ihm an den Kopf zu werfen. »Pack deine Sachen, du dreckiger Hurensohn, und verschwinde von hier.«

Sampson stand im Flur und sah sie verblüfft an.

»Hast du nicht gehört?«, schrie Elizabeth. Sie stürzte sich auf ihn und schlug auf seinen Kopf ein. »Fahr zur Hölle, *Daddy.*«

Sampson brauchte fünf Minuten, um einige seiner Kleider in eine Tasche zu packen, dann war er verschwunden. Elizabeth sank auf die Knie. Sie weinte und weinte. Ein Jahr war nun vergangen, seit er sie auf diese demütigende Weise betrogen hatte, und Elizabeth hatte ihr Versprechen gehalten, nie mehr so verletzlich zu sein.

Effie holte Elizabeth um Punkt drei Uhr in ihrem pinkfarbenen Ford Thunderbird ab. Sie hatte sich das Auto selbst zum Geschenk gemacht, nachdem das von ihr gegründete Modemagazin *Stylish* von einem größeren Verlag aufgekauft worden war. Damals hatte Effie gesagt: »Nun ist genug Geld für die Ausbildung der Kinder da. Aber warte mal. Ich habe ja gar keine Kinder. Na gut, dann kaufe ich mir eben stattdessen einen Thunderbird.«

Effie, die sich ihren Spitznamen selbst ausgesucht hatte, weil sie ihren tatsächlichen Namen »Francine« hasste, stammte aus einer reichen, adeligen Familie aus dem Stadtteil Rosedale. Effie scherzte immer, dass ihr Blut an der Börse wohl eine praktikable Anleihe darstellen würde. Sie hatte von allem nur das Beste erhalten, hatte Privatschulen besucht und Privatunterricht in jedem erdenklichen Fach, von gutem Benehmen bis hin zum Klavierspiel erhalten. Ihr Vater arbeitete »im Bankensektor«, ,und ihre Mutter glänzte auf dem Society-Parkett. Als Erstgeborene war Effie sich stets bewusst gewesen, dass sie eigentlich ein Junge hätte werden sollen. Doch diese Ehre fiel Effies Bruder Alex, dem Zweitgeborenen, zu. Leider stellte sich heraus, dass er, wie Effie, eine einzige Enttäuschung für die Familie war. Er brach die Schule ab, ging zur Armee und wurde im Irak von einer Landmine getötet. Weder Effies Mutter noch ihr Vater vergossen nach seinem Tod auch nur eine Träne. Sie selbst hingegen weinte sehr oft, wenn sie sich unbeobachtet fühlte.

Ihr Vater erwartete von ihr, dass sie ebenfalls ins Bankgeschäft einstieg und dort weitermachte, wo er aufgehört hatte. Ihre Eltern hatten nie bemerkt, dass Effie Federn auf ihre Schuluniformen nähte und einmal in einem Kleid zur Schule ging, das sie mit Plastiktotenköpfen verziert hatte. Effies Leidenschaft war die Mode, doch sie erkannte, dass es durchaus zweckmäßig war, ein Wirtschaftskolleg zu besuchen. Dort lernte sie Elizabeth kennen. Die beiden Frauen teilten ihren unbedingten Willen, erfolgreich zu werden, und so wurden sie schnell zu besten Freundinnen. Sobald sie ihren Wirtschaftsabschluss in der Tasche hatte, schrieb sich Effie an der *Parsons School of Design* in New York ein. Sie war fest entschlossen, ein Modemagazin zu gründen, doch sie weigerte sich, das Geld ihrer Familie dafür aufzuwenden. Ihre extrovertierte Persönlichkeit, die offensichtliche Intelligenz und ihr verwegener Sinn für Mode zog Investoren magisch an. *Stylish* konnte sich bald, sowohl was die Leserzahlen als auch was das Prestige betraf, mit der *Vogue* messen. Innerhalb von fünf Jahren konnte Effie ihren Investoren ihr Geld samt Zinsen zurückzahlen.

In ihrem Privatleben war sie jedoch weniger erfolgreich. Ende zwanzig verliebte sie sich Hals über Kopf in Eli Ahmoud, einen ägyptischen Geschäftsmann, der äußerst reich und gebildet war. Er bat sie um ihre Hand. Effie nahm den Antrag an. Doch dann erkrankte sie an Gebärmutterkrebs. Die operative Entfernung der Gebärmutter setzte ihrem Kinderwunsch ein jähes Ende. Eli wollte unbedingt Kinder. Mehr, als er Effie wollte.

Essen linderte Effies Schmerz. Nachdem sie eine Zeitlang ständig mit verschiedenen Männern ausgegangen war, entschied sie sich, mit Bergen von Eiscreme und Keksen alleine zu bleiben. Sie ging nicht zum Begräbnis ihrer Eltern. Stattdessen schickte sie tausend Rosen und wies die Floristin an, nur Blumen mit Dornen auszusuchen.

Effie hupte, als sie Elizabeth sah. Dann lehnte sie sich zu ihr hinüber und gab ihr einen Kuss. »Nun, meine Liebe, du siehst keinen Tag älter aus als neununddreißig.«

Elizabeth lachte. »So alt bin ich aber, Effie. Einen Tag älter als neununddreißig.«

»Wenn die im Mayfair mit dir fertig sind, siehst du keinen Tag älter aus als neunundzwanzig. Hast du dein Outfit dabei?«

Elizabeth klopfte auf ihre Gymnastiktasche. »Alles, was ich brauche, ist hier drin, Eff. Das Kleid, die Schuhe, der Schmuck.«

»Braves Mädchen. Fahren wir.«

Das Mayfair war ein elfenbeinfarbenes Gebäude, das einst zur Universität von Toronto gehört hatte. In den späten neunziger Jahren hatte es ein plastischer Chirurg gekauft und in Torontos exklusivsten und teuersten Wellnesstempel verwandelt.

»Ich habe uns für eine Ganzkörperbehandlung angemeldet«, erklärte Effie, als sie durch die Eingangstüren aus Eiche traten. »Von Kopf bis Fuß – und noch ein bisschen mehr.«

»Was meinst du mit ›und noch ein bisschen mehr‹?«

»Das wirst du schon noch sehen«, erwiderte Effie mit einem durchtriebenen Lächeln.

Kurz darauf stand Elizabeth eingewickelt in einen dicken Bademantel in ihrem privaten Behandlungszimmer, in dem es neben einer Dusche auch einen mit warmem Wasser gefüllten Whirlpool gab. Eine Reihe von Kosmetikerinnen brachten Masken, Cremes und Peelings. Sie wurde eingewickelt, massiert und mit Dampf behandelt, bis ihre porzellanfarbene Haut glühte. Nachdem sie eine französische Maniküre und Pediküre erhalten hatte, fühlte sich Elizabeth vollkommen geborgen und entspannt und fragte sich, was wohl als Nächstes kommen würde.

Eine stämmige ältere Frau betrat den Raum. Sie hielt eine Schüssel mit Wachs in den Händen und stellte sich als Brenda vor, bevor sie meinte: »Ziehen Sie Ihren Bademantel aus, meine Liebe.«

Elizabeth tat, wie ihr geheißen.

»Spreizen Sie bitte Ihre Beine.«

»Wie bitte?«

»Sie wurden zu einer brasilianischen Haarentfernung angemeldet.«

»Wiiiie bitte?«

Brenda warf einen Blick in ihre Unterlagen. »Ja, hier steht, dass Sie eine brasilianische Haarentfernung und ein Anal Bleaching erhalten. Dabei wird die Haut um den Anus aufgehellt.«

Elizabeth fiel vor Schock beinahe von der Behandlungsliege. »Anal Bleaching? Sie machen wohl Witze.«

Brenda sah sie ein wenig beleidigt an. »Das ist der neueste Schrei.«

»Es ist mir egal, ob das im Moment angesagt ist. Warum um alles in der Welt sollte jemand so etwas tun?«

Brenda zuckte mit den Schultern. »Wollen Sie denn nicht, dass ihr Anus hübsch und strahlend aussieht?«

»Nein, das möchte ich nicht. Ich habe nicht vor, ihn alleine zu einer Verabredung zu schicken. Und ich möchte auch keine brasilianische Haarentfernung. Ich habe nichts für Intimrasuren übrig.«

Brenda warf einen Blick zwischen Elizabeths Beine. »Ich möchte nicht unhöflich sein, aber ein bisschen Trimmen könnte Ihnen nicht schaden.«

»Danke, aber das ist mir zu intim. Ich kümmere mich lieber selbst darum.«

Brenda verließ beleidigt und hocherhobenen Hauptes den Raum. Elizabeth griff nach ihrem Bademantel und zog ihn wieder über. Was hatte sich Effie nur dabei gedacht?

Später traf Elizabeth ihre Freundin im Friseursalon wieder, wo Effie sich gerade ihre dunklen Haare in grobe

Stufen schneiden ließ. Elizabeth fing Effies Blick im Spiegel auf, sah sie entsetzt an und formte mit den Lippen die Worte: »Anal Bleaching?«

Effie lachte. »Urteile nicht, bevor du es nicht selbst ausprobiert hast.«

Elizabeth schüttelte ungläubig den Kopf und setzte sich. Sie entschied sich für eine schlichte Frisur. Ihre langen, dichten Haare wurden geföhnt und geglättet, bis sie wie ein glänzender, kastanienroter Wasserfall über ihren Rücken fielen. Danach war das Make-up an der Reihe. Elizabeth bevorzugte für gewöhnlich einen natürlichen Look, doch ihre großen grünen Augen brachten den Visagisten derart ins Schwärmen, dass sie ihm erlaubte, sich ein wenig auszutoben. Als sie schließlich in ihr schlichtes schwarzes Kleid schlüpfte und das schmale Diamantenarmband anlegte, das ihr zartes Handgelenk betonte, musste sie selbst zugeben, dass sie verdammt gut aussah. Man konnte sie ganz leicht für neunundzwanzig halten.

Effies Penthouse verfügte über einen privaten Aufzug. Als die Tür zur Seite glitt, brüllte eine Gruppe von Menschen »Überraschung!«, und Elizabeth reagierte angemessen überrascht. Sie umarmte Effie und betrat die opulente Wohnung, in der bereits Kellner mit silbernen Tabletts voller Horsd'œuvres ihre Runden zogen. Jemand drückte ihr ein Glas Champagner in die Hand. Elizabeth fühlte sich gegen ihren Willen von den Komplimenten, die sie von allen Seiten bekam, geschmeichelt. Sie bewegte sich durch den luxuriösen Raum voller Freunde und Kollegen, unterhielt sich mit ihnen, lachte und genoss die leise Jazzmusik, die im Hintergrund spielte, und die angeregten Gespräche der Menschen, die tranken und sich amüsierten.

Plötzlich tauchte eine Hand vor ihrem Gesicht auf. Sie drehte sich um. Es war Manny.

»Boss. Sie sehen so gut aus, dass selbst ein schwuler Mann in Versuchung geraten könnte.«

»Das ist ein großes Kompliment, Manny. Danke. Ist Damon hier?«

»Natürlich. Er steht dort drüben.«

Elizabeth ließ ihren Blick durch die Suite wandern und entdeckte zwei Männer, die mit dem Rücken zu ihnen standen und gerade die Aussicht bewunderten. Einer hatte den Arm um den anderen gelegt.

»Kommen Sie«, sagte Manny und nahm ihre Hand. »Ich stelle Sie ihm vor.«

Elizabeth ließ sich von Manny durch die Menge führen.

»Elizabeth Harding, darf ich Ihnen die Liebe meines Lebens vorstellen?«, fragte Manny. »Das ist Damon, mein Lebensgefährte. Und das ist sein Cousin. Ich habe Ihnen bereits von ihm erzählt – er ist Sänger, Songwriter und außergewöhnlich talentiert: Declan Thomas. Meine Herren, das hier ist mein Boss.«

Normalerweise hätte Elizabeth verärgert reagiert, weil Manny Declans Talent auf einer privaten Veranstaltung zur Sprache gebracht hatte, doch als sich der Mann zu ihr umdrehte, verschlug es ihr den Atem. Declan Thomas war groß und hatte eine jugendlich schlanke Figur, obwohl seine Schultern äußerst breit waren. Sein Gesicht war vollkommen symmetrisch, und seine dichten schwarzen Haare fielen ihm in die Stirn und schmiegten sich in seinen Nacken. Er hatte eine ausgeprägte, gerade Nase und hohe Wangenknochen, und seine Augen, die leicht auseinanderstanden, waren von einem Blau, wie sie es noch nie zuvor gesehen hatte. Er grinste sie an und verzog den Mund dabei ein wenig, wobei seine makellosen, weißen Zähne zum Vorschein kamen. Ein leichter Dreitagebart ließ ihn auf rauhe Weise sexy wirken. Sein Hemd war zerknittert und stand gerade weit genug offen, um eine Ahnung von seiner glatten, muskulösen Brust zu erhalten. Er streckte seine langen Finger aus, um ihre Hand zu schütteln. Seine Stimme war leise und tief und klang so selbstbewusst, dass es beinahe spöttisch wirkte.

»Schön, Sie kennenzulernen, Miss Harding.«

Elizabeth hatte das Gefühl, als würde alles um sie herum in Zeitlupe geschehen. Sie war unfähig, ihren Blick abzuwenden. Sie streckte ihre Hand aus. Declan Thomas raubte einem tatsächlich den Atem. Als sich ihre Finger berührten, spürte sie einen elektrischen Schlag, der sie aus dem traumähnlichen Zustand riss, in den sie, ohne es zu wollen, hinübergeglitten war.

»Aua«, lachte sie. »Das war elektrisierend.«

»Ja«, antwortete er lachend. »Ich fühle mich ebenfalls wie vom Blitz getroffen.«

Den Rest des Abends wurde Wein getrunken, gelacht und es wurden kluge Scherze gerissen. Sie bemerkte einige Male, dass Declan sie anstarrte, und einmal hob er sein Glas, um ihr wortlos zuzuprosten.

Am nächsten Morgen erwachte Elizabeth mit einem Kater. Sie hatte wohl viel mehr Champagner getrunken als geplant, denn alles, woran sie denken konnte, waren diese durchdringenden, blauen Augen. *Mein Gott, Elizabeth,* ermahnte sie sich selbst, *du verlierst gerade den Verstand. Declan Thomas ist noch ein Kind. Er kann nicht älter sein als … nun ja, achtundzwanzig?* Es war ganz offensichtlich eine Art Schulmädchenschwärmerei, abgesehen davon, dass sie kein Schulmädchen mehr war. Sie war nun offiziell vierzig, eine erwachsene Frau, die wusste, was sie wollte. Eine Frau, von der andere Menschen abhängig waren und die dafür sorgen musste, dass sie weiterhin Stars blieben und ihre Rechnungen bezahlen konnten. Elizabeth beschloss, Declan Thomas so weit wie möglich aus ihren Gedanken zu verbannen. Sie würde ihn an Hunter weiterreichen und ihm die Entscheidung überlassen, ob Declan es wert war, von ihnen vertreten zu werden.

Elizabeth trank ein Glas Saft und nahm ein Aspirin. Sie erinnerte sich, dass Declan erzählt hatte, dass er bald einen Auftritt haben würde. Sie würde Hunter hinschicken, anstatt selbst zu gehen. Nein, sie würde sicher nicht dorthin gehen. Sie schüttelte sich. Was sie jetzt brauchte, waren eine kalte Dusche und ein langer Spaziergang am See. Danach würde sie sich wieder in die vernünftige, pragmatische Elizabeth Harding verwandelt haben.

Doch zuerst musste sie noch Effie anrufen, um sich für die Party zu bedanken. Nachdem die Gäste sich verabschiedet hatten, waren sie noch lange aufgeblieben und hatten geredet und Champagner getrunken. Sie hatte ihre Maßlosigkeit sich selbst gegenüber gerechtfertigt, indem sie sich immer wieder sagte, dass es schließlich eine große Sache war, vierzig zu werden.

Effie nahm den Anruf nach dem zweiten Klingeln an. »Hey, Mama«, sagte Effie. »Wie geht es dir heute Morgen? Oder sollte ich lieber sagen: heute Nachmittag?«

Elizabeth warf einen Blick auf die Uhr. Sie war um zehn Uhr fünfundvierzig stehen geblieben. »Wie spät ist es?«

»Kurz nach eins.«

»Oh, das ist wirklich übel.«

»Nicht wirklich«, sagte Effie. »Du hast diese paar Stunden gebraucht, um den Schaden wiedergutzumachen.«

»Ich fühle mich tatsächlich ein wenig angeschlagen«, gab Elizabeth zu.

»Angeschlagen, aber glücklich?«

»Ich danke dir so sehr, Eff. Es war eine großartige Party.«

»Und du hast ziemlich überzeugend so getan, als wärst du überrascht.«

»Tatsächlich?«

»Ja, obwohl du deine Gefühle, was einen bestimmten jungen Mann betrifft, etwas weniger gut unter Kontrolle hattest.«

Elizabeth spürte, wie ihr das Blut in die Wangen stieg. »Was meinst du damit?«

»Du konntest kaum deine Augen von ihm lassen. Von diesem Sänger. Dem jungen Kerl, der mit Manny und seinem Freund da war.«

»Meinst du Declan Thomas?«, fragte Elizabeth. Allein seinen Namen laut auszusprechen jagte ihr einen Schauer über den Rücken. Sie gab sich betont lässig. »Ich habe lediglich berufliches Interesse an ihm.«

»Ja, ja«, erwiderte Effie, als glaubte sie ihr kein Wort. »Also wirst du nicht zu seinem Auftritt im Drake am Donnerstag kommen? Er hat mich ebenfalls eingeladen.«

»Nein, ich … ich werde vermutlich Hunter hinschicken.«

»Aha. Und was hat er auf die Karte geschrieben, die er dir gegeben hat, bevor er ging?« Effie entging kaum etwas.

»Seine neue Telefonnummer«, log Elizabeth. »Er ist gerade aus Montreal hierhergezogen. Wie auch immer.

Danke noch einmal, Effie. Du bist eine wahre Freundin. Es war eine wunderbare Party.«

Elizabeth konnte sich vage daran erinnern, dass Declan ihr eine Karte in die Hand gedrückt hatte. Sie durchwühlte ihre Handtasche. Da war sie. Auf der einen Seite befand sich eine Linie, die die Hälfte von Declans Gesicht abtrennte, daneben der Name der Band: *Strings.* Auf der anderen Seite standen seine Kontaktdaten und zwei Worte in eleganter, schwarzer Schrift. Elizabeth sah sie sich näher an. Wenn sie sich nicht täuschte, waren sie mit einem altmodischen Füllfederhalter geschrieben worden. *Kommen Sie!* Declan Thomas war tatsächlich ein faszinierender junger Mann. Es war einige Zeit her, seit sie selbst in einen Club gegangen war, um sich einen Klienten anzusehen. Vielleicht sollte sie doch hingehen.

Der erste Teil der Woche verging wie im Flug, denn im Büro gab es viel zu tun. Zunächst konkretisierte sie ihre Pläne für die Europa-Tournee von *Clam.* Europa stand der Jazzmusik aufgeschlossener gegenüber, und so hatte ATM dem Trio Auftritte in mehreren hochkarätigen Locations in London, Paris und Berlin verschafft. Außerdem musste Elizabeth sich mit dem enormen Ego eines Sängers namens Franco herumschlagen, der von sich selbst in der dritten Person als »Mr. Wunderbar« sprach. Er weigerte sich, mit irgendjemandem außer Elizabeth zu sprechen, weshalb Franco einen großen Teil ihrer Zeit in Anspruch nahm. Sie hatte ihm erst vor kurzem einen Platz in einer Casting-Show für Möchtegernsänger verschafft. Doch als Juror im Fernsehen aufzutreten reichte Franco nicht. Franco bestand darauf, dass Elizabeth ihm Gastrollen in verschiedenen Fernsehserien vermittelte, denn er hatte das Gefühl, dass seine Fans von ihm erwarteten, dass er sich, wie er es ausdrückte, »weiterentwickelte«.

Franco war in vierter Ehe mit einer Krankenschwester verheiratet. Er suchte sich gezielt Partnerinnen aus, die äußerst häuslich waren und ihm nicht das Rampenlicht stahlen.

Elizabeth seufzte. Franco war eine Katastrophe, aber eine sehr lukrative.

Der Star betrat mit seinem Chihuahua namens Killer auf dem Arm ihr Büro. Es war bereits der fünfte Hund, der diesen Namen trug. Francos Fantasie in Bezug auf die Namen seiner Haustiere hielt sich in Grenzen.

»Meine liebe, liebe Elizabeth«, gurrte Franco und streichelte den knochigen Schädel des Hundes. Dann setzte er das Tier auf den Boden und küsste die Luft neben Elizabeths Wange. Es war weithin bekannt, dass Franco Körperkontakt verabscheute. Elizabeth betrachtete erstaunt seine Haut. Die Bräunungscreme hatte ein sattes Orange hinterlassen, das im brutalen Gegensatz zu seinen schwarzgefärbten Haaren stand. Er war siebzig Jahre alt, doch er hätte nie zugegeben, auch nur einen Tag älter als sechzig zu sein.

»Mr. Wunderbar ist sehr durcheinander, da in seiner letzten Zusatzklausel keine Gänseleber für Killer enthalten war«, klagte Franco und warf dem rattenähnlichen Hund, der gerade den Boden beschnüffelte, einen todtraurigen Blick zu. »Das arme Schätzchen musste Hamburger essen.«

»Ich werde die Zusatzklauseln noch einmal für Sie überprüfen lassen, Franco. Wie läuft die Show?«

»Mr. Wunderbar passt perfekt in die Show. Er ist ein wunderbarer, wunderbarer Juror.«

Elizabeths Firma hatte ein Abkommen mit der Fernsehshow. Die Gewinner erhielten als Teil ihres Preisgeldes einen Einjahresvertrag bei ATM, und mehrere von ihnen waren mittlerweile äußerst erfolgreich. Es war nicht schwierig gewesen, »Mr. Wunderbar« als Juror in die Show zu bekommen. Für die Zuschauer war Franco immer noch ein Star. Er war seit langer Zeit dafür bekannt, Hits für sich und für andere Künstler zu schreiben, doch seine Stimme begann, sich abzunutzen. Es war besser, wenn er nicht mehr so viel sang, und ATM bekam ohnehin auch einen Anteil der Einnahmen aus seinen Fernsehauftritten.

»Ich bin froh, dass es so gut klappt, Franco.«

»Mr. Wunderbar ist sehr, sehr glücklich. Und vergessen Sie die Gänseleber nicht.« Er dachte kurz nach, bevor er hinzufügte: »Aus Frankreich.«

»Natürlich. Woher denn sonst?«

Franco küsste wieder die Luft neben ihrer Wange und schwebte aus dem Zimmer, wobei er eine Wolke aus teurem Eau de Cologne und Haarspray hinter sich herzog.

Plötzlich war es Donnerstagabend, und Elizabeth hatte kaum Zeit gehabt, sich zu überlegen, was sie zu Declans Auftritt im Drake anziehen sollte. Es war ein Club, in dem vor allem Hipster verkehrten, und das war eine Szene, die Elizabeth hasste. Effie hatte abgesagt. Sie hatte Elizabeth etwas von einer mysteriösen Verabredung erzählt, auf die sie jedoch nicht näher eingehen wollte. Stattdessen lud Elizabeth Hunter und Manny ein, doch beide winkten ab. Manny und sein Freund feierten ihren Jahrestag mit einem Abendessen, und Hunter wollte sich einen anderen Künstler ansehen. Elizabeth würde also alleine hingehen.

Sie durchstöberte ihren Schrank, der zahllose teure

Anzüge und Kleider enthielt. Schließlich fand sie eine enge schwarze Hose, die ihre langen Beine zur Geltung brachte. Dazu wählte sie schwarze Biker-Stiefel mit silberfarbenen Schnallen, eine Bomberjacke aus grauem Wildleder sowie Creolen und einen breiten Armreif aus Silber. Sie fasste ihre Haare zu einem Pferdeschwanz zusammen und umrandete ihre Augen mit schwarzem Kajal. Sie hoffte, einigermaßen hip auszusehen oder zumindest gut genug, um nicht aufzufallen. Sie rügte sich selbst dafür, dass sie sich überhaupt darüber Gedanken machte. Sie war reich. Sie hatte Macht. Und es hatte sie noch nie gekümmert, ob sie irgendwo dazupasste. Und doch betrachtete sie jetzt prüfend ihr Spiegelbild wie ein Teenager vor der ersten Verabredung.

Das ist doch lächerlich, ermahnte sie sich selbst. *Du verhältst dich absolut lächerlich. Declan Thomas will, dass du ihn unter Vertrag nimmst. Das ist alles. Und wenn sein Talent seinem Aussehen entspricht, dann ist er ein guter Fang für ATM.*

Nachdem Elizabeth zu dem Schluss gekommen war, dass es ein rein geschäftlicher Abend werden würde, beschloss sie, sich ein Taxi zu rufen. Ein eigener Wagen mit Chauffeur hätte bloß die Aufmerksamkeit auf sie gelenkt. Sie wollte nicht auffallen, bloß für den Fall, dass Declan Thomas' Musik eine Katastrophe wäre. So konnte sie unbemerkt das Weite suchen und danach einfach seine Anrufe ignorieren, falls er sie kontaktieren sollte.

Sie kam um neun Uhr dreißig vor dem Club an. Manny war so begeistert davon gewesen, dass sie sich Declan persönlich ansehen wollte, dass er für sie angerufen und herausgefunden hatte, dass Declans Auftritt um zehn Uhr beginnen würde. Einige Zwanzigjährige lungerten rauchend vor dem Club herum. Der Großteil der Mädchen trug unverschämt kurze Röcke und Schuhe mit schwindelerregenden Absätzen oder Stiefel, die bis zu den Oberschenkeln reichten. Das war wohl derzeit der neueste Schrei bei den Jungen.

Elizabeth hatte Declan nicht gesagt, dass sie kommen würde, weshalb es sie überraschte, dass ihr Name auf der Gästeliste stand. Der riesige Türsteher drückte ihr einen Stempel auf den Handrücken und ließ sie hinein. Sie hielt sich an dem silberfarbenen Treppengeländer fest, das wohl zum Art-déco-Charme des Clubs gehörte, und machte sich auf den Weg in das Kellergeschoss. Ein mittelmäßiger Folksänger brachte gerade mit wehklagender Stimme seinen Auftritt zu Ende. Der Raum war voller Menschen, von denen sich die meisten um die Bar scharten. Es waren allesamt junge, hippe Stadtmenschen, die cool genug waren, um jeden einzuschüchtern. Mehrere der Mädchen hatten unförmige Wollmützen oder Filzhüte auf dem Kopf, während die jungen Männer Brillen mit breitem schwarzen Rahmen trugen und sich lässig Schals um den Hals geschlungen hatten.

Elizabeth drängte sich zur Bar durch und bestellte eine Flasche Bier. Sie wollte gerade bezahlen, als sie eine Hand auf ihrer Schulter spürte. Eine verführerische Stimme sagte: »Das übernehme ich.« Sie drehte sich um und versank sofort in Declans jeansblauen Augen. Er war größer, als sie es in Erinnerung hatte, und sah sogar noch besser aus.

Er warf ihr ein schiefes Grinsen zu. »Jetzt kann die Party beginnen.«

Meinte er, weil sie jetzt da war? Hatte er auf sie gewartet? Sicher nicht. Er hatte doch unmöglich wissen können, dass sie tatsächlich kommen würde. Er meinte wohl bloß, dass es beinahe zehn Uhr war und er langsam beginnen musste.

Die Worte blieben Elizabeth im Hals stecken. Sie schaffte bloß ein schwaches: »Schön, Sie wiederzusehen.«

»Gleichfalls, Miss Harding.«

Declan führte sie durch die Menge zu einem Sitzplatz neben der Bühne. Die Stelle, an der er ihren Arm berührte, prickelte wie unter Strom. Vielleicht erlitt sie gerade einen Herzinfarkt. Doch das elektrisierende Gefühl verschwand, sobald er sie losließ.

»Nennen Sie mich doch Elizabeth.«

»Wir beginnen in einer Minute. Bitte entschuldigen Sie mich, ich muss noch einige Dinge erledigen. Vielleicht sehen wir uns nachher noch einmal?«

Elizabeth nickte und war froh, dass es so dunkel war, denn so konnte er nicht erkennen, wie rot sie geworden war. Sie nahm einen großen Schluck Bier. Hoffentlich beruhigte der Alkohol ihre Nerven wieder.

Endlich verließ der Folksänger die Bühne. Es wurde oberflächlich und höflich applaudiert, danach folgte eine kurze Pause, in der drei Musiker die Bühne erklommen und ihre Instrumente anschlossen. Dann kam der Drummer, der sich hinter seinem Schlagzeug niederließ und mit einem seiner Sticks das Becken zum Schwingen brachte. Aber wo war Declan?

Elizabeth sah sich um und entdeckte ihn auf der anderen Seite des Raumes. Er schien sich angeregt mit einer atemberaubenden jungen Frau mit langen dunklen Haaren zu unterhalten, die ein T-Shirt trug, auf das in Pailletten das Wort »Rock Chick« aufgestickt war. Elizabeth erkannte an der Körperhaltung der beiden, dass sie offenbar eine Auseinandersetzung hatten. Declan wirkte frustriert und fuhr sich immer wieder durch die Haare. Schließlich wandte er sich ab, doch das Mädchen riss ihn zurück und küsste ihn wild und leidenschaftlich.

Elizabeth unterdrückte ein leises Seufzen. Natürlich hatte Declan eine Freundin. Warum auch nicht? Er war jung, gutaussehend und hatte vermutlich Talent. Elizabeth schämte sich. Wie um alles in der Welt hatte sie, wenn auch nur in ihren kühnsten Träumen, denken können, dass ein Junge in seinem Alter Interesse an ihr haben könnte? Das war doch absurd. Gott sei Dank hatte sie sich nicht lächerlich gemacht. Natürlich würde ihre Beziehung auf rein professioneller Ebene stattfinden. Und das war ihr auch recht so. In professionellen Belangen kannte sie sich aus. Dort fühlte sie sich wohl. Dort konnte sie glänzen. Aber wenn sie ehrlich war, dann musste sie zugeben, dass sie ein klein wenig enttäuscht war, dass Declan offenbar nur versuchte, seine Karriere voranzutreiben. Doch je eher sie sich damit abfand, desto besser würde es für ihr Seelenleben sein.

Elizabeth bedankte sich in Gedanken bei der dunkelhaarigen Schönheit, die nun mürrisch am Rand der Menge stand. Declan sprang anmutig auf die Bühne. Es folgte die übliche quietschende Rückkoppelung, die die Ohren der Zuhörer einen Moment lang quälte, bis der Tontechniker das Problem löste.

»Tut mir leid, Leute«, sagte Declan, während er seine Gitarre hochhob und sich den Gurt über die Schulter warf. »Wir würden uns gerne mit euch rückkoppeln, aber nicht auf diese Art.« Er schien sich extrem wohl zu fühlen. »Ich bin Declan Thomas. Und wir sind die *Strings.*«

Ein Schwarm Mädchen drängte zur Bühne und wiegte sich im Takt der Musik. *Mein Gott, lass ihn furchtbar sein,* dachte Elizabeth. *Ich glaube nicht, dass ich es aushalte, mich länger in seiner Nähe aufzuhalten.* Doch Gott schenkte ihr kein Gehör. Der Rhythmus und das Können der Band waren unwiderstehlich. Der Drummer traf genau ins Schwarze. Der Gitarrist war unvergleichlich. Doch der herausragendste Künstler war Declan Thomas. Er spielte zunächst Keyboard, bevor er zur Gitarre griff. Seine Stimme klang selbstbewusst und sicher und hatte genau die richtige Tonlage. Das Publikum war begeistert. Elizabeth sah zu, wie Hunderte glänzende Lippen die Worte formen, die Declan gerade sang. Sie waren offensichtlich große Fans, und das wunderte sie nicht. Declan war gut. Tatsächlich war er mehr als gut. Elizabeth schloss die Augen gerade so viel, dass sie ihn noch sehen konnte, und stellte sich vor, wie ihn der Glanz des Erfolges umgab. Sie bekam eine Gänsehaut. Dieser Junge konnte singen. Dieser Junge war talentiert. Dieser Junge konnte ein Superstar werden, und sie, Elizabeth Harding, würde ihn dazu machen.

Doch eines wusste sie mit Sicherheit: Es würde niemals eine romantische Beziehung zwischen ihnen geben. Niemals. Und dabei war es vollkommen unerheblich, ob das dunkelhaarige Mädchen tatsächlich Declans Freundin war oder nicht. Es war alles rein geschäftlich. Ihr Entschluss stand fest, und wenn Elizabeth Harding einmal einen Entschluss gefasst hatte, dann brauchte es schon ein Wunder, um sie wieder davon abzubringen.

kapitel zwei

Elizabeth trommelte frustriert mit den Fingernägeln auf die Tischplatte. Es war Montagnachmittag, und seit ihrem Besuch im Drake waren drei Tage vergangen. Declan Thomas hatte noch immer nicht angerufen. Am Donnerstag hatte das dunkelhaarige »Rock Chick« sofort nach Ende des Konzertes die Bühne gestürmt, und Elizabeth hatte die Bar verlassen, ohne noch einmal mit Declan zu sprechen. Stattdessen hatte sie dem Manager des Clubs ihre Karte gegeben und gebeten, dass Declan mit ihr Kontakt aufnehmen sollte. Üblicherweise reagierten die Künstler ohne Umschweife auf eine solche Aufforderung. Die meisten Musiker hätten bereitwillig einen Mord begangen, um von ATM vertreten zu werden.

Sie rief Hunter an.

»Ja, bitte, Elizabeth?«

»Noch immer nichts Neues von Declan Thomas?«

»Nein, noch nicht.«

»Hmm. Wenn er anruft, dann stell ihn sofort zu mir durch.«

»Wird gemacht.«

»Ach ja, und kannst du dafür sorgen, dass in Francos zukünftigen Verträgen eine Zusatzklausel für Gänseleber eingebaut wird?«

»Gänseleber?«

»Für seinen Hund.«

»Natürlich.«

Elizabeth seufzte und legte auf. Manchmal hasste sie es, der Boss zu sein. Diese Unterwürfigkeit konnte nerven. Doch Hunter verstand seinen Job. Sein Gespür für Talente glich ihrem eigenen. Dank ihm hatten sie vor kurzem Valentina unter Vertrag genommen, ein siebzehnjähriges Mädchen aus Whitby, dessen Single »Baby Mama« am Ende der Charts eingestiegen war und sich mittlerweile auf Platz zehn vorgearbeitet hatte. Die Stars wurden heutzutage immer jünger und jünger. Sie ging davon aus, dass sie schon bald Kleinkinder in Windeln unter Vertrag nehmen würden.

Dieser verfluchte Declan Thomas. Warum hatte er nicht angerufen? Sie wollte ihn unbedingt bei ATM an Bord haben. Mit ihrer riesigen Maschinerie im Rücken würde er innerhalb kürzester Zeit zum Star aufsteigen, und dank der fünfzehnprozentigen Erfolgsbeteiligung würde er so auch ungemein zum Gewinn des Unternehmens beitragen. Vielleicht hatte er ihre Nachricht nicht bekommen. Sie rief im Drake an und fragte den Manager. Ja, er hatte Declan Thomas die Karte persönlich übergeben.

Und was jetzt? Elizabeth warf einen Blick in ihre Tasche. Declans Karte befand sich noch immer in ihrer Geldbörse. Sie sollte das nicht tun, doch sie tat es trotzdem. Sie wählte seine Nummer.

Sie hörte die verschlafene Stimme einer jungen Frau. »Hallo?«

Elizabeth bemühte sich, so kühl und professionell wie möglich zu klingen. »Hier spricht Elizabeth Harding. Ich bin auf der Suche nach Declan Thomas.«

»Ah, natürlich. Babe?«

Elizabeth wartete einige Augenblicke, bis sie Declan Thomas' Stimme am anderen Ende der Leitung hörte.

»Ja?«

Er klang sowohl verärgert als auch verschlafen. Mein

Gott, es war zwei Uhr nachmittags. Lag er – lagen sie – noch immer im Bett?

»Declan? Hier spricht Elizabeth Harding.«

»Oh, hi.«

Er klang so lässig und entspannt, dass Elizabeth ein wenig wütend wurde. »Wann wäre es Ihnen denn möglich, einmal bei uns vorbeizukommen?«

»Dann hat Ihnen die Show also gefallen?«

»Ja, sie hat mir gefallen. Sie haben offensichtlich Talent. Ich denke, wir könnten Ihnen behilflich sein.«

»Cool.«

Sie hörte ihn gähnen. Ihre Stimme wurde eiskalt. »Es tut mir leid, dass ich Sie geweckt habe. Würde es Ihnen am Mittwoch um zwei Uhr passen? Oder vielleicht um drei Uhr?«

»Klar. Sicher.«

»Wann genau? Ich habe auch noch andere Termine.«

»Natürlich. Klar. Um zwei Uhr.«

»Sie werden sich zuerst mit Hunter Smith, dem Leiter der Förderabteilung treffen, um einige Dinge zu klären. Wir beide werden uns dann später unterhalten.«

»Cool.«

»Cool« war ein überstrapaziertes Wort in der Musikszene. Elizabeth hätte seinen Gebrauch am liebsten verboten.

Sie hätte schwören können, das Declan gerade eine Hand auf den Telefonhörer legte. Sie hörte die gedämpfte Stimme der jungen Frau.

»Declan?«

»Hallo? Ja, ich bin noch dran. Ich musste noch etwas abchecken. Ja, ich werde am Mittwoch um zwei Uhr in Ihrem Büro sein. Ich freue mich bereits darauf, Elizabeth.«

Es war das erste Mal, dass er ihren Namen laut aussprach. Die vier Silben flossen wie Honig über seine Lippen. Sie hätten bei einem »Miss Harding« bleiben sollen. Doch dafür war es jetzt zu spät.

Elizabeth legte auf und rief sofort Effie an. »Effie. Ich brauche heute nach der Arbeit unbedingt einen Martini oder auch zwei. Gut. Bis dann.«

Das *Windsor* war eine kleine Bar mit lederbezogenen Sitzbänken und gedämpftem Licht. Die alten Teppiche und die Messingbeschläge verliehen dem Lokal ein opulentes, aber auch gemütliches Ambiente. In einer Ecke flackerte ein kleines Kaminfeuer, was die entspannte Atmosphäre noch unterstrich.

Elizabeth traf als Erste ein. Sie glitt auf ihre Lieblingsbank und streifte sich unter dem Tisch ihre High Heels von den Füßen. Gerade als der Kellner ihr ein Glas Wodka-Martini mit Eis und einem Schuss Zitrone servierte, betrat Effie den Raum. Sie hatte sich einen weiten Kamelhaarmantel über die Schultern geworfen. Effie La Chance verstand es, stets einen guten Auftritt hinzulegen. Sie war eine große Frau mit großem Appetit und festen Überzeugungen. Sie begrüßte die Kellner mit Namen und erkundigte sich nach ihren Familien. Alle verehrten sie. Es war ein Teil von Effies Charme und mit ein Grund für ihren Erfolg, dass sie sich an die kleinsten Details erinnern konnte. Sie schaffte es immer, den Menschen das Gefühl zu geben, etwas Besonderes zu sein.

»Wie geht es dir, Liebes?«, fragte Effie und küsste Elizabeths Wange, bevor sie dem Kellner ein Zeichen gab, damit er ihr ebenfalls einen Martini brachte.

»Nicht sehr gut, um ehrlich zu sein.«

»Nun, dann lass Tante Effie mal raten. Es geht um den Jungen. Den Jungen, für den du so schwärmst.«

»Ich schwärme nicht für ihn«, erwiderte Elizabeth empört. »Ich habe noch nie für jemanden geschwärmt und werde es auch nie tun.«

»Na gut, dann ist es etwas anderes. Geht es um Sampson, diesen Hurensohn?«

»Nein, obwohl er erst vor kurzem angerufen hat.«

»Und was wollte er?«

»Keine Ahnung. Ich habe nicht mit ihm gesprochen.«

»Also, was ist los mit dir? Ich sehe doch, dass dich etwas bedrückt.«

»Nun, es geht um Declan Thomas.«

»Aha.« Triumphierend nahm Effie einen kräftigen Schluck von ihrem Martini.

»Aber nicht so, wie du denkst.«

»Es gibt für mich nur eine Art zu denken, Süße, und die ist wie dieser Martini: nicht jugendfrei.«

»Ich werde ihn unter Vertrag nehmen.«

»Und weiter?«

»Ich war bei seinem Auftritt letzten Donnerstag.«

»War er gut?«

»Mehr als das, Eff. Er war einzigartig. Er hat mich umgehauen.«

»Und?«

»Ich fühle mich einfach so töricht, wenn er in der Nähe ist. Es ist absurd.«

»Er hat wohl ganz offensichtlich eine Saite in dir zum Schwingen gebracht, wenn du mir das Wortspiel verzeihst.«

»Ja, aber ich muss die Geschichte wieder in professionelle Bahnen lenken.«

»Warum?«

»Du weißt doch, dass ich mich nicht mit Klienten einlasse. Das habe ich noch nie getan. Außerdem ist er viel zu jung.«

»Sieh mal einer an. Dein Kopf sagt dir also etwas anderes als dein Herz.«

»Nein, es ist rein geschäftlich.« Selbst wenn sie es laut aussprach, war Elizabeth nicht restlos davon überzeugt. Sie nippte an ihrem Martini.

Effie verdrehte die Augen. »Bleiben wir doch einmal bei seinem Alter. Ich habe ihn ja kennengelernt, und so jung ist er nicht. Ich meine, er ist älter als achtzehn.«

»Vermutlich. Ich werde es erst genauer wissen, wenn er am Mittwoch unseren Vertrag unterschreibt.«

»Na, das ist doch schon mal was. Und was ist mit Demi und Ashton? Oder mit Madonna und wem auch immer? Wenn du dich zu ihm hingezogen fühlst, dann fühlst du dich zu ihm hingezogen. Wehr dich nicht dagegen. Wann hattest du denn das letzte Mal Sex?«

»Mit Sampson.«

»Das ist ja mittlerweile mehr als ein Jahr her!«, rief Effie mit gespieltem Entsetzen. »Kein Wunder, dass du langsam launenhaft wirst.«

»Ich bin nicht launenhaft.«

»Gut, dann eben frustriert.«

»Ich glaube, Declan hat eine Freundin.«

»Und warum interessiert dich das überhaupt?«, neckte Effie sie.

»Es ist besser für uns, also für das Unternehmen, wenn es keine Verpflichtungen gibt.«

Effie ignorierte ihren Einwand. »Heutzutage lassen sich die jungen Leute so schnell miteinander ein, als würden sie sich gerade mal eben auf einen Kaffee treffen. Außerdem sprechen wir davon, dass du mal wieder flachgelegt werden solltest, Liebes. Du sollst ja nicht gleich heiraten.«

»Wir sprechen *nicht* davon, dass ich mal wieder flachgelegt werden sollte. Eine Freundin macht die Sache einfach komplizierter, das ist alles.«

»*Alles* macht die Sache komplizierter. Aber lass dich davon doch nicht abhalten. Geh das Risiko ein. Letzten Endes ist es doch ohnehin egal.«

»Mein Interesse an ihm ist rein geschäftlich. Und er sieht es genauso, da bin ich mir sicher. Aber wenn wir schon von flachlegen reden ... war es bei dir schon so weit?«

Effie nickte und stürzte ihren Martini hinunter. Ihre braunen Augen funkelten hinter den Gläsern ihrer übergroßen Designerbrille. »Mhm.«

»Wer ist es?«

»Ich bin noch nicht so weit, um alles offenzulegen. Aber es war einfach himmlisch.«

»Komm schon, gib mir einen kleinen Hinweis.«

»Sehr professionell. Anwalt.«

»Wow, Effie, das freut mich für dich. Kein Wunder, dass deine Wangen derart leuchten.«

»Und es wird Zeit, dass deine ebenfalls wieder zu leuchten beginnen. Scheiß auf das Geschäftliche!«

»Nein, Effie. Das kann ich nicht machen. Das *werde* ich nicht machen. Declan Thomas ist ein Klient. Mehr nicht.«

»Aha.«

Effies Meinung nach musste ihre Freundin Elizabeth ein wenig lockerer werden. Als ersten Schritt schlug Effie vor, einkaufen zu gehen. »Du und ich werden neue Unterwäsche kaufen. Es gibt da einen wunderbaren neuen Laden in Yorkville. Verruchte Dessous, durchsichtige

Höschen und Stringtangas aus Spitze – dort gibt es einfach alles.«

»Ich brauche keine neue Unterwäsche«, antwortete Elizabeth verbohrt.

»Und ob du das tust. Du müsstest mal wieder flachgelegt werden und trägst unschuldige, weiße Baumwollunterhosen ohne jeglichen Sexappeal.«

»Das tue ich nicht! Und außerdem: Wen kümmert es, welche Unterwäsche ich trage?«

»Das ist ja gerade der Punkt. Wenn du sexy Dessous trägst, dann fühlst du dich auch sexy. Und damit ziehst du zukünftige Partner an.«

Effie gab dem Kellner ein Zeichen, ihnen zwei weitere Martinis zu bringen. Es versprach, ein weiterer langer, feuchtfröhlicher Abend zu werden.

Am nächsten Tag nahm Elizabeth sich frei. Freie Tage unter der Woche waren etwas, das man sich als Boss eben leisten konnte, auch wenn sie deshalb ein schlechtes Gewissen hatte. Es gab nichts Dringendes zu tun, mit dem ihre Angestellten nicht alleine fertig geworden wären. Außerdem war sie stets telefonisch erreichbar.

Liebevoll dachte Elizabeth, dass Effie wohl einen schlechten Einfluss auf sie hatte. Mein Gott, sie war tatsächlich der Meinung, dass sie etwas mit Declan Thomas anfangen sollte. Doch das war absolut unmöglich.

Elizabeth blieb beinahe den ganzen Tag im Bett und sah sich geistlosen Schrott im Fernsehen an. Eine Reality-Show folgte der nächsten, und allesamt hatten sie nichts mit der Realität zu tun. Alles war sorgfältig vom Drehbuch vorgegeben, bis hin zur letzten Träne und zum letzten Wutausbruch. Elizabeth wusste, dass die Tatsache, im Fernsehen zu sein, die größte Auszeichnung war, die ein Mensch heutzutage erhalten konnte. Für diese Menschen war es eine Bestätigung, dass ihr Leben und ihre Anliegen von größter Wichtigkeit waren, wenn auch nur für ein paar flüchtige Minuten. Danach gesellten sie sich zu jener riesigen Menge von Menschen, die einmal »etwas Besonderes« gewesen waren, und niemand hörte mehr etwas von ihnen, es sei denn, sie wurden als dubiose B-Promis angeheuert, um sich vor einer anderen Kulisse erneut erniedrigen zu lassen.

Franco gehörte nach wie vor definitiv zur A-Liga, obwohl seine Tage dort bereits gezählt waren. Elizabeth zappte durch die Kanäle und entdeckte ihn in der Castingshow, wo er gerade einen pickeligen Jungen beurteilte, der Dudelsack spielte. Gut. Die Show würde ihn eine Weile beschäftigen. Außerdem hatte sie eine Nordamerika-Tour für ihn geplant. Gut bezahlte Auftritte in mehreren Casinos, die üblicherweise ausgebucht waren und seinem kolossalen Ego schmeichelten.

Elizabeth seufzte und schnitt sich ein riesiges Stück von ihrem Möhrenkuchen ab. Sie kümmerte sich ständig um andere Menschen, organisierte Auftritte, Plattenverträge und Fotostrecken. Das war ihr Job. Sie wusste, dass ihr ihre Arbeit Wohlstand und Sicherheit eingebracht hatte, doch manchmal wünschte sie sich jemanden in ihrem Leben, der sich um *sie* kümmerte. Jemanden, der ihr ihre Füße massierte, ihr eine Tasse Tee ans Bett brachte oder ihr übers Haar streichelte, wenn sie gestresst war.

Doch es sollte nicht sein. Es war nicht so, dass Männer sie nicht attraktiv fanden. Sie hätte während ihres Wirtschaftsstudiums viele Verabredungen haben können, doch sie beschäftigte sich lieber mit ihren Büchern, statt auf Partys zu gehen, und lernte stundenlang, während ihre Studienkollegen sich betranken. Dementsprechend schloss sie als Beste ihres Jahrgangs ab. Sie erhielt Angebote von mehreren Unternehmen, doch die Vorstellung, für jemand anderen zu arbeiten, mit dem Risiko, entlassen zu werden, reizte sie nicht. Sie hatte den Schatten in den Augen ihres Vaters gesehen, nachdem er von der Bahngesellschaft hinausgeworfen worden war. Seine Rente war in Ordnung, dennoch konnten die Tage lang werden. Er las, hörte Jazz und übte auf seiner Gitarre, doch das war nicht genug. Schließlich explodierte ein Blutgefäß in seinem Gehirn, und er starb. Elizabeth zog daraus den Schluss, dass das Geheimnis eines glücklichen Lebens darin lag, sein Schicksal selbst in die Hand zu nehmen. Sie würde für niemanden arbeiten, außer für sich selbst.

Sie bekam etwas Geld aus einer Versicherung, die ihr ihr Vater hinterlassen hatte, und mietete damit ein billiges Büro in der College Street. Damit war ATM gegründet. Den ganzen Tag über arbeitete sie hart, um die nötigen Netzwerke zu schaffen, bevor sie am Abend ausging, um nach Musikern Ausschau zu halten, die es wert waren, von ihr unter Vertrag genommen zu werden. Ihr erster Durchbruch gelang ihr, als sie Celia an Bord holte, ein Hippie-Mädchen mit einer seltsam beruhigenden, ätherischen Stimme. Elizabeth verschaffte ihr einen Plattenvertrag bei *Angel Records,* einem New-Age-Plattenlabel. Celia bekam einen Vorschuss, um ohne Rückzahlungsklausel eine CD aufzunehmen, und Tantiemen für sämtliche Verkäufe. Sie wurde zu einem Riesenerfolg in der Vegetarier- und Yogaszene, und Elizabeth brachte ihren ersten großen Scheck auf die Bank. Sie erkannte, dass es mehr als genug talentierte, aber erfolglose Menschen gab. Es verschaffte ihr eine ungemeine Befriedigung, ihnen bei ihrer Karriere behilflich zu sein.

Sie hatte sich auf jeden Fall für den richtigen Weg entschieden.

Während ATM weiter wuchs und sie immer mehr Kontakte knüpfte, traf Elizabeth immer wieder Männer, die sie anziehend fand, doch entweder schreckte sie ihr Ehrgeiz ab, oder sie wollten den Laden übernehmen und ihr Ratschläge erteilen. Sie schlief mit dreien oder vieren von ihnen, doch danach hatte sie es immer eilig, wieder von ihnen wegzukommen. Immer wieder dachte sie während des Sex ungeduldig: »Bitte beeil dich einfach, damit wir bald fertig sind.« Kein Mann weckte wirklich ihr Interesse. Bis sie Sampson traf.

Nachdem sich ATM etabliert hatte, beschloss Elizabeth, sich eine kleine Eigentumswohnung zu kaufen. Sampson Wheeler war ihr Immobilienmakler. Er war bereits älter und hatte dichte, graue Haare und ein zerklüftetes, attraktives Gesicht. Elizabeth fand ihn intelligent und charmant. Sie nahm seine Einladung zum Abendessen gerne an und wenig später auch die Einladung, das Bett mit ihm zu teilen. Sampson war stolz auf seine sexuellen Fähigkeiten. Er zeigte Elizabeth, wie sie ihn befriedigen konnte. Sie war eine versierte Schülerin, doch was ihren eigenen Orgasmus betraf, war sie ein hoffnungsloser Fall. Sampson war mehr als bereit, sich im Bett Zeit zu lassen, doch nach einer Weile plagten sie stets immense Schuldgefühle, weil sie so lange brauchte, um zum Höhepunkt zu gelangen. Sampson arbeitete hart und war mit Mitte fünfzig auch nicht mehr der Jüngste. Nachdem er sie einige Minuten lang gestreichelt und geleckt hatte, zog sie ihn zu sich und hob die Hüften an, um ihm zu zeigen, dass er in sie eindringen sollte. Sie genoss, wie sehr sie ihn erregte, und stieß einen Lustschrei aus, um ihn zufriedenzustellen. Es blieb Elizabeths Geheimnis, dass sie alles bloß vortäuschte.

Nachdem sie einige Monate lang miteinander ausgegangen waren, zogen sie zusammen. Sie sprachen sogar darüber, ein Baby zu bekommen. Elizabeth hatte das Gefühl, bereit zu sein, doch obwohl sie jahrelang ungeschützt miteinander schliefen, wurde sie nicht schwanger. Sie waren beide so vertieft in ihre Karrieren, dass sie schließlich einfach aufgaben. Dann fand sie im Briefkasten Strafmandate, die Parkvergehen an seltsamen Orten zu später Stunde auflisteten. Sampson hatte stets eine Entschuldigung parat: Er war mit einem Klienten unterwegs gewesen oder hatte einen späten Besichtigungstermin gehabt. Elizabeth hegte den Verdacht, dass er sie betrog, und Shalenes ekelhafte E-Mails verschafften ihr schließlich Bestätigung. Das war das Ende. Sie machte sich vor allem Sorgen, dass er sie vielleicht mit etwas angesteckt haben könnte, doch ein Test kam zu dem Ergebnis, dass sie HIV-negativ war und auch unter keiner anderen Geschlechtskrankheit litt. Sie war sauber. Sie war gesund. Seither hatte sie mit keinem Mann mehr geschlafen.

Elizabeth zappte weiter durch die Kanäle und blieb bei ein paar Hausfrauen aus irgendeiner Stadt hängen. Es waren allesamt eitle, oberflächliche Frauen, die sich damit zufriedengaben, das Geld ihrer Ehemänner für Luxusartikel zu verschwenden, und die – heimlich oder offensichtlich – gegeneinander ankämpften und sich gegenseitig hassten. Es war deprimierend. Auf dem nächsten Kanal lief gerade ein Porno. Kurz nachdem der Botenjunge in der Tür aufgetaucht war, trieb er es auch schon mit einer oder mehreren vollbusigen Frauen. Diese Nahaufnahmen. Sicher hatten sich diese Frauen den Anus kosmetisch aufhellen lassen und die Kosten dafür von der Steuer abgesetzt. Elizabeths Meinung nach waren die endlosen Bilder von glänzenden, haarlosen Sexualorganen bloß abtörnend. Wenn man selbst Sex hatte, sah man doch auch nichts davon aus der Nähe, wie sollten also die isolierten Bilder des Eindringens, das so attraktiv dargestellt wurde wie ein Regenwurm, der sich in die Erde bohrte, etwas anderes auslösen als Hohn?

Elizabeth machte den Fernseher aus und verspürte einen vertrauten, krampfartigen Schmerz. Ihre Periode kündigte sich an. In letzter Zeit war sie unregelmäßig geworden. Elizabeth hieß sie wie eine alte, aber nervende Freundin willkommen.

Am nächsten Tag fühlte sich Elizabeth besser. Sie hatte einige Aspirin genommen, war früh zu Bett gegangen und erfrischt aufgewacht. Sie war bereit, wieder ins Büro zu gehen. Heute würde sie Declan Thomas wiedersehen. Hatte sie letzte Nacht von ihm geträumt? Sie war sich nicht sicher, doch sie freute sich darauf, ihn heute unter Vertrag zu nehmen. Sie hatte sich für einen figurbetonten, eleganten grauen Anzug und rote High Heels entschieden. Sie fasste ihre dichten Haare zu einem Knoten zusammen und entschied, den Look noch mit einer Sonnenbrille mit rotem Rahmen zu komplettieren. Während des Treffens mit Declan würde sie eine strenge Lesebrille tragen. Sie würde dem aufsehenerregenden Look etwas Ernsthaftigkeit verleihen. Nicht, dass nicht ein Teil von ihr wollte, dass Declan Thomas auf ihr Aussehen aufmerksam – oder vielleicht sogar davon abgelenkt – wurde, doch sie hatte sich fest vorgenommen, sich als vollkommen professionelle Frau zu präsentieren, die alles unter Kontrolle hatte.

Der Vormittag verging schnell. Elizabeth bestellte sich

einen Salat zum Mittagessen und aß an ihrem Schreibtisch. Kurz vor zwei Uhr bemerkte sie, dass sie immer häufiger auf die Uhr blickte. War sie nervös? Sicher nicht.

Sie hatte Hunter angewiesen, sämtliche Details mit Declan zu besprechen, bevor sie zu ihr kamen. Ihr Büro war ein eindrucksvolles, großes Eckzimmer, an dessen Wänden gerahmte Fotos von Elizabeth mit diversen Stars und goldene Schallplatten hingen. Ihr Schreibtisch war ein massives Stück aus Mahagoniholz, das sie auf einer Versteigerung entdeckt hatte. Auf den dunklen Holzdielen lagen alte Perserteppiche in gedämpften Farben, und die Aussicht auf die Bay Street und die glitzernden Hochhäuser war atemberaubend. Alles in dem Raum zeugte von Geschmack und strahlte Macht und Autorität aus.

Elizabeth fuhr hoch, als ihre Gegensprechanlage plötzlich summte. Sie war tatsächlich nervös. Es war einfach lächerlich. Wie oft waren bereits potenzielle Klienten hier vor ihr in diesem Büro gesessen? Und sie war noch nie nervös gewesen.

Sie hörte Hunters Stimme. »Wir sind in ein paar Minuten fertig.«

Elizabeth beschäftigte sich in der Zwischenzeit mit ihrem Papierkram. Sie wollte einen unbeteiligten Eindruck machen, ganz so, als würde ihr Herz nicht gerade wie verrückt unter ihrer maßgeschneiderten Jacke hämmern. Sie hörte, wie die beiden das Büro betraten, doch sie wartete einige Augenblicke, bevor sie den Blick hob.

»Hi, Declan. Schön, Sie wiederzusehen. Bitte setzen Sie sich.«

Declan trug zerrissene Jeans, rote Converse-Schuhe und eine alte Jeansjacke. Seine Augen blieben hinter einer altmodischen Sonnenbrille verborgen. Mein Gott, sie wollte ihm unbedingt wieder in die Augen sehen. Elizabeth trat hinter ihrem Tisch hervor und schüttelte Declans Hand. Dort, wo sich ihre Haut berührte, spürte sie wieder diese ausgeprägte, elektrische Spannung. Er hatte einen festen Händedruck. Und bildete sie es sich nur ein, oder hielt er ihre Hand einen Augenblick länger fest als notwendig? Unsinn. Sie ließ seine Hand los und bedeutete ihm, auf der Couch Platz zu nehmen. Declan ließ sich darauf nieder und legte einen seiner Sneakers lässig auf das andere Knie. Dann lehnte er sich zurück und breitete einen Arm entlang der Couch aus. Durch einen Riss in seiner Hose erhaschte sie einen Blick auf seine marineblaue Unterhose. Er sah so entspannt aus, dass er beinahe gleichgültig wirkte. Hunter ließ sich zaghaft auf dem anderen Stuhl nieder und blätterte in seinen Unterlagen.

»Also, ist Hunter mit Ihnen bereits die Details durchgegangen?«

»Yep.«

»Entschuldigen Sie, Declan, aber würde es Ihnen etwas ausmachen, Ihre Brille abzunehmen? Ich sehe den Menschen gerne in die Augen, wenn es ums Geschäft geht.«

Declan grinste sie träge an und schob die Sonnenbrille zurück in seine dichten, dunklen Haare.

»Mein Gott, was ist mit Ihrem Gesicht geschehen?«

Sein linkes Auge war zugeschwollen, die Haut begann sich bereits violett zu verfärben. Er lachte. »Kickboxen. Ich konnte nicht schnell genug ausweichen.«

»Es sieht sehr schmerzhaft aus.«

»Nein. Es ist schon okay. Keine große Sache. Ich hatte schon einige Veilchen.«

»Ich befürchte, es ist sehr wohl eine große Sache. Wir

können es uns nicht leisten, dass Ihr Gesicht derart in Mitleidenschaft gezogen wird.«

Declan hob fragend die dunkle Augenbraue über seinem gesunden Auge. »Wir?«

»ATM.«

»Ich habe noch nichts unterschrieben.«

Elizabeth warf Hunter einen verwirrten Blick zu, der kaum merklich mit den Schultern zuckte.

»Aber Hunter ist doch die Details und Konditionen mit Ihnen durchgegangen?«

»Ja. Aber es gibt einige Dinge, die mir nicht gefallen und mit denen ich nicht einverstanden bin.«

»Ach?«

Declan nahm Hunter den Vertrag aus der Hand und blätterte ihn durch. »Etwa dieser Punkt hier. Dass es im Ermessen von ATM – also in *Ihrem* Ermessen – liegt, wofür meine Songs verwendet werden.«

»Sekundärmärkte können sich als sehr lukrativ erweisen«, antwortete Elizabeth kühl.

»Sie meinen damit, dass Sie einfach einen meiner Songs nehmen und ihn für eine Tamponwerbung verwenden können?«

Elizabeth spürte, wie ihr eine leichte Röte ins Gesicht stieg. »Vermutlich würden es keine Tampons sein, Declan.«

»Dann eben Waschpulver, Flohhalsbänder oder Ketchup?«

»Das ja, aber wir würden uns mit Ihnen beraten, bevor wir einer Werbung zustimmen.«

»Sich mit mir *beraten*? Meinen Sie damit, dass Sie mich zwar fragen, aber im Endeffekt sowieso tun können, was Ihnen gerade beliebt?«

»Nun … ja.«

»Dieser Punkt kommt raus. Und hier. Sie bekommen tatsächlich fünfzehn Prozent von allen Tour-Merchandise-Artikeln? Ich will, dass der Satz auf 12,5 Prozent gesenkt wird.«

Elizabeth hatte hart gearbeitet, um einen Vertrag zu erstellen, der sowohl ATM als auch dem Künstler gegenüber fair war. Sie war es nicht gewohnt, dass er in Frage gestellt wurde. Tatsächlich unterschrieb eine ganze Menge ihrer Klienten den Vertrag, ohne ihn überhaupt gründlich gelesen zu haben. Sie verspürte einen leichten Ärger gegenüber diesem arroganten jungen Mann in sich aufkeimen, dessen zerknautschtes Hemd und zerrissene Jeans aussahen, als hätte er darin geschlafen. Und seine Sneakers hatten auch schon bessere Tage gesehen. Er hatte offensichtlich nicht vor, jemanden mit seiner Kleidung zu beeindrucken.

»Sie stellen ziemlich viele Forderungen für jemanden, der in Kellerlokalen vor einer Handvoll Teenagermädchen auftritt.«

Sobald sie die Worte ausgesprochen hatte, bereute Elizabeth sie auch schon. Verärgert presste Declan seine makellosen Lippen aufeinander. Er erhob sich, um zu gehen.

»In diesen Kellerlokalen behalte ich wenigstens die Kontrolle über mein eigenes Leben. Und was diese Teenagermädchen betrifft, so sind sie diejenigen, die meine Songs downloaden und dafür bezahlen werden. Deshalb schätze ich jedes einzelne von ihnen. Vielen Dank für Ihre Zeit, Miss Harding.«

Declan verließ das Zimmer. Elizabeth sah Hunter an.

»Worum ging es hier gerade? Ums Ego?«, fragte Elizabeth.

»Vielleicht. Oder um Integrität.«

Elizabeth griff nach dem Vertrag. »Hast du die Stammdaten erfasst? Sein Geburtsdatum und so weiter?«

»Ja.«

»Hat er den medizinischen Tests zugestimmt?«

»Jep. Damit gab es keine Probleme. Er besteht jedoch darauf, dass er Eigentümer seiner Songs bleibt. Und er möchte ein größeres Stück vom Kuchen. Eigentlich kann ich ihm deshalb nicht einmal einen Vorwurf machen.«

»Danke, Hunter. Du kannst jetzt gehen.«

Elizabeth blätterte den Vertrag mit allen Daten durch, dem jedoch das Entscheidende fehlte: Declans Unterschrift. Dort stand auch sein voller Name: *Declan Julien Christophe Thomas.* Ein ziemlicher Zungenbrecher. Elizabeth warf einen Blick auf sein Geburtsdatum. 28. März 1988. Sie merkte sich die beiden letzten Ziffern und rechnete blitzschnell nach. Sie war entsetzt. Er war vierundzwanzig. Erst *vierundzwanzig.* Mehr oder weniger noch ein Baby. Sie mahnte sich, Ruhe zu bewahren. Es gab keinen vernünftigen Grund, warum sein Alter eine Rolle spielen sollte. Das Wichtigste war sein enormes Talent, und sie hatte dieses Talent zur Tür hinausgehen lassen. Sein Alter spielte keine Rolle. Doch die beunruhigende Tatsache, dass sie praktisch alt genug war, um Declans Mutter zu sein, versetzte ihr einen herben Schlag.

kapitel drei

Die zwei Wochen bis zum nächsten Auftritt von Declan Thomas vergingen nur langsam. Doch Elizabeth weigerte sich, ihn anzurufen. Sie fand ihn bei Facebook auf der Seite der *Strings.* Die Band hatte Tausende Freunde, und es gab Unmengen von Kommentaren, die alle ähnlich klangen: »Wow«, »Geil«, »Ich liebe diese Band«. Es bestand kein Zweifel, dass Declan Thomas in der Stadt bereits eine große Fangemeinde um sich versammelt hatte. Ihr Geschäftssinn sagte ihr, dass sie ihn sich unter keinen Umständen durch die Lappen gehen lassen durfte. Sie würde für die Möglichkeit kämpfen, seiner Karriere auf die Sprünge zu helfen. Und wenn sie auch nur der leiseste Gedanke beschlich, wie es wäre, Declan Thomas zu küssen, dann verdrängte sie diesen sofort. Zwischen ihnen klaffte ein Abgrund von sechzehn Jahren. Es war eine Schlucht, die nicht überwunden werden konnte und durfte.

Eines Abends betrachtete Elizabeth ihr Gesicht in einem Vergrößerungsspiegel. Sie rang sich ein Lächeln ab und achtete dabei auf ihre Augen. Kaum sichtbare Krähenfüße verliefen von den Augenwinkeln nach außen. Dann begutachtete sie ihren Körper in einem mannshohen Spiegel. Die Cellulitis hatte Spuren auf ihren Oberschenkeln hinterlassen, und ihr Hintern war ein wenig schlaff. Sie beschloss, demnächst wieder ins Fitnessstudio zu gehen. Ihre Arme sahen allerdings noch gut aus und hielten der Schwerkraft stand. Sie strich mit den Händen über ihre Brüste und spürte, wie die Brustwarzen hart wurden. Ja, ihre Brüste waren noch immer straff.

Sie klemmte einen Bleistift darunter und beobachtete zufrieden, wie er zu Boden fiel. Doch wie würde ihr Körper auf einen Vierundzwanzigjährigen wirken? Mein Gott. Die Frage machte sie wütend. Warum um alles in der Welt machte sie sich überhaupt Gedanken darüber? Sie musste Effie anrufen.

Als sie Effie von dem Brusttest erzählte, begann diese lauthals zu lachen. »Verdammt noch mal, Elizabeth, unter meinen hängenden Säcken könnte ich einen ganzen Mammutbaum einklemmen.«

Auch als Elizabeth noch einmal auf den Schock zu sprechen kam, den Declans wahres Alter ihr versetzt hatte, tat Effie ihre Bedenken ab.

»Ich weiß wirklich nicht, warum du dir darüber überhaupt Gedanken machst, Süße.«

»Effie, er ist mehr oder weniger noch ein Kind.«

»Nicht, soviel ich gesehen habe.«

»Sechzehn Jahre, Eff. Zwischen uns liegen sechzehn Jahre.«

»Mmhh. Ich habe gerade daran gedacht, wie lecker er doch ist. Du könntest ihn auf ein Toastbrot legen und zum Frühstück vernaschen.«

»Ich frühstücke fast nie. Und ich habe ihn ja noch nicht einmal unter Vertrag genommen.«

»Nun, Mädchen, dann machst du dich besser mal an die Arbeit.«

»Ich besuche diesen Samstag wieder eines seiner Konzerte. Kommst du mit?«

»Danke, Süße, aber ich habe eine Verabredung.«

»Mit dem Anwalt?«

»Mhm.«

»Wow. Ist es etwas Ernstes?«

»Schon möglich, Schätzchen.«

»Und wann lerne ich deinen mysteriösen Liebhaber einmal kennen?«

»Beizeiten. Wir gehen es langsam an.«

»Ich freue mich für dich, Eff. Du hast es dir verdient, dass dir jemand die Füße massiert.«

Effie war eine sinnliche Frau, die Massagen liebte. Sie sagte immer, dass sie jeden heiraten würde, solange er geschickt darin war, ihr die Füße zu massieren. »In diesem Fall fällt mir, abgesehen von den Füßen, eine andere Stelle ein, an der ich noch viel lieber massiert werden würde.«

Elizabeth lachte.

»Also, was gibt es sonst noch Neues?«, fragte Effie. »Irgendetwas Aufregendes?«

»Ich fliege bald nach Paris. Zu einer internationalen Musikkonferenz zum Thema *Neue Technologien in der Musikbranche.*«

»Ach … Paris«, seufzte Effie. »Meine Lieblingsstadt.«

Elizabeth liebte die Stadt ebenfalls. »Ich dachte, ich bleibe danach noch ein paar Tage. Vielleicht gönne ich mir eine kleine Shopping-Therapie. Außerdem brauche ich ein Kleid für den ATM-Wohltätigkeitsball. Und wo lässt es sich besser shoppen als in Paris?«

»Warum nimmst du nicht den hübschen Jungen mit?«, fragte Effie. »Was ich gesehen habe, könnte er ein paar neue Kleider auch ganz gut brauchen.«

»Ich habe nicht das Recht, ihn neu einzukleiden.«

»Noch nicht«, fügte Effie hinzu. »Aber du kannst sehr überzeugend sein. Versuch es einfach. Und wo wir gerade dabei sind: Weißt du, wie man herausfindet, wie groß der Penis eines Mannes ist?«

»Mit einem Lineal?«

»Sieh dir seine Ohren an.«

»Seine Ohren?«

»Die Einbuchtung, die zum Ohrläppchen hinunter verläuft. Je tiefer sie ist, desto größer ist er.«

»Wo hast du nur all diese Sachen her, Effie?«

»Ich war jahrelang eine treue *Cosmopolitan*-Leserin. Helen Gurley Brown, die legendäre Herausgeberin und Altmeisterin der Sexualkunde, hat das einmal gesagt, also muss es wohl wahr sein.«

»Vielen Dank auch.«

»Ich meine ja bloß. Bevor du dich mit ihm einlässt, sieh dir seine Ohren ganz genau an.«

Vor dem *Reposado,* einer neuen Tequila-Bar in der Ossington Street, hatte sich bereits eine Menschenmenge versammelt. Es handelte sich um ein neues In-Lokal, das man besuchte, um zu sehen und gesehen zu werden. Die Fenster waren mit Postern von Declan Thomas und den *Strings* zugepflastert.

Elizabeth fragte ein junges Mädchen am Ende der Schlange, worauf sie denn wartete.

Das Mädchen war ein wenig beschwipst und blinzelte sie an, als wäre sie nicht ganz bei Trost. »Auf Declan Thomas«, antwortete sie. »Er ist so geil.« Dann erklärte sie verschwörerisch und mit schwerer Zunge: »Ich will ein Kind von ihm.«

Na dann.

Der kleine Club schien aus allen Nähten zu platzen, und Elizabeth vermutete, dass sie nicht mehr hineinkäme, wenn sie wie alle anderen in der Schlange wartete. Sie beschloss, ihre Position auszunutzen, und drängte sich an das vordere Ende der Schlange durch, wo sie dem Türsteher ihre Karte zeigte. Dieses Mal stand ihr Name nicht auf der Gästeliste. Nachdem sie ihm zehn Dollar zugesteckt hatte, hakte der Türsteher die Samtkordel aus und ließ sie durch. Das Pärchen hinter ihr begann verärgert zu murmeln, doch Elizabeth ignorierte es.

Der düstere Raum war zum Bersten gefüllt, doch Elizabeth entdeckte noch einen leeren Barhocker. Dort saß sie eingezwängt zwischen einem sehr fetten jungen Mann und einem älteren Kerl im Anzug. Die Mädchen hinter der Bar eilten wie verrückt auf und ab, um die Bestellungen abzuarbeiten. Es dauerte ganze zehn Minuten, bis Elizabeth ihre Margarita mit Blutorangensaft bekam. Die Kombination aus Süß und Sauer schmeckte köstlich. Elizabeth spürte, wie sich der Tequila in ihrem Magen ausbreitete und ein warmes Gefühl hinterließ.

Die Instrumente der Band waren in einem winzigen Kreis vor der Bar aufgebaut worden. Elizabeth fragte sich, wie sie alle dort unterkommen wollten, doch sie schafften es tatsächlich irgendwie. Die Band begann mit einem eingängigen Instrumentalintro, bevor der Bassist zum Mikrophon griff.

»Hier kommt der Mann, auf den ihr alle gewartet habt. *The One and Only,* der Talentierte, der Gutaussehende ... Ja, meine Damen, ihr wisst, wovon ich spreche! ... Hier ist Torontos Liebling. Hier ist Declan Thomas!«

Die Stimmung in der Bar explodierte, als Declan sich einen Weg durch die Menge bahnte. Elizabeth fiel auf, wie viele weibliche Hände nach ihm griffen, um ihn im Vorbeigehen zu berühren. Mein Gott, dachte Elizabeth, die sind alle verliebt in ihn.

Declans Auftritt war brillant. Er wirkte ungezwungen und entspannt, und seine rauchige Stimme wogte über die Menge hinweg. Er genoss es offensichtlich, mit dem Publikum zu flirten, und warf einigen jungen Mädchen tiefe, bedeutungsschwere Blicke zu. Dann entdeckte er

Elizabeth an der Bar. Sein blaues Auge war beinahe vollständig verheilt. Obwohl sie sich über fünf Meter von ihm entfernt am anderen Ende des Raumes befand, verzauberte sein intensiver Blick Elizabeth ein weiteres Mal. Er zeigte den Anflug eines Lächelns und sah ihr direkt in die Augen, während er »I hate it, when you treat me like a child« sang. *Ich hasse es, wenn du mich wie ein Kind behandelst.* War sie damit gemeint?

Schließlich war der Auftritt zu Ende, und Declan brauchte einige Minuten, bis er sich durch das Publikum zu ihr durchgekämpft hatte.

»Miss Harding, ich hatte nicht erwartet, Sie hier zu sehen.«

»Bleiben wir doch bei Elizabeth, in Ordnung?«

»In Ordnung, Elizabeth.«

Während er ihren Namen sagte, lehnte er sich so nahe an sie heran, dass er ihr beinahe ins Ohr flüsterte. Elizabeth spürte, wie ein Schauer durch sie hindurchjagte. Sie atmete tief ein. »Ich denke, wir haben noch einige geschäftliche Dinge zu besprechen.«

Seine stechend blauen Augen blitzten spöttisch auf, als er übertrieben cool antwortete: »Yo, M'am. Stimmt wohl.«

Er flirtete schon wieder. Konnte dieser Mann eine Unterhaltung führen, ohne zu flirten?

Elizabeth richtete sich auf. Es waren bereits einige Leute gegangen, und neben der Tür befand sich ein freier Tisch. Sie spürte, dass sie nun die Führung übernehmen musste. »Setzen wir uns doch dorthin. Ich möchte einige Dinge mit Ihnen besprechen.«

Sie glitt vom Barhocker, und Declan griff nach ihrem nackten Arm. Als sie seine warme Haut auf ihrer spürte, wäre sie beinahe in Ohnmacht gefallen. Sie hatte das Gefühl, immer weiter von dem Stuhl zu gleiten, bis sie schließlich auf dem Boden aufkam. Mit weichen Knien machte sie sich auf den Weg zu dem Tisch. Waren das die Auswirkungen des Tequilas, oder war es Declans Schuld?

Declan rückte ihr einen Stuhl zurecht und ging zurück an die Bar. Schließlich kam er mit einer weiteren Margarita für sie und einem Bier für sich selbst zurück. Er setzte sich ihr gegenüber. Sie griff in ihre Tasche, um seinen Vertrag hervorzuholen, und spürte dabei, wie seine Augen sie fixierten.

»Sie haben Unterlagen dabei?«

»Bloß den Vertrag, den Sie nicht unterschreiben wollten.«

»Und nun hoffen Sie, dass Sie mich doch noch dazu überreden können?«

»Was ich gesagt habe, tut mir leid.«

»Ich denke, ich habe mich wohl ebenfalls wie ein Arschloch aufgeführt.«

Elizabeth lachte. »Meinen Sie damit, dass ich auch ein Arschloch war?«

»Sie sind es nicht gewohnt, dass man Ihnen eine Abfuhr erteilt, nicht wahr, Elizabeth?«

»In geschäftlichen Dingen nicht, nein.«

»Und in anderen Bereichen ebenfalls nicht, könnte ich mir vorstellen.«

Oh Gott. Er flirtete schon wieder. Sie spürte, wie ihr Mund trocken wurde. Das hier war unerträglich.

»Ich habe einige Änderungen veranlasst. Sie behalten sämtliche Rechte an Ihren Songs. Keine Werbung, es sei denn, Sie sind damit einverstanden. Und was den Anteil an den Merchandisingprodukten betrifft, so gehe ich vor Ihnen auf die Knie und schlage dreizehn Prozent vor.«

»Sie gehen vor mir auf die Knie?«

Das war zu viel. Er spielte mit ihr. Machte sich mit seinen Anspielungen über sie lustig. Doch dieses Spiel konnte man auch zu zweit spielen. Sie sah ihm fest in die Augen. »Ja, Declan. Ich gehe vor Ihnen auf die Knie. Das geschieht nicht allzu oft, und ich mache es nicht für jeden. Ich mache Ihnen zuliebe eine Ausnahme.«

Er grinste sie an. »Nun, Elizabeth, in diesem Fall zeigen Sie mir bitte, wo ich unterschreiben soll?«

Er las den Vertrag noch einmal durch, bevor er die Papiere schwungvoll unterzeichnete. Nun gehörte er ihr.

»Gratulation und herzlich willkommen bei ATM, Declan.«

»Es freut mich. Wir werden ganz wunderbare Musik zusammen machen.«

»Und wir werden sicher viel Geld damit verdienen.«

»Geld ist immer gut. Mir ist aufgefallen, dass in dem Vertrag etwas von einer Image-Beratung steht. Worum geht es dabei?«

Declan fuhr sich mit den Fingern durch die struppigen Haare und steckte sich eine Strähne hinter sein wohlgeformtes Ohr. Elizabeth konnte nicht anders, sie musste es sich genauer ansehen. Die Furche, die sich zu seinem Ohrläppchen hinunterzog, war tief. Sie verspürte das verrückte Verlangen, sein Ohr mit dem Finger zu berühren. Hatte Effie womöglich tatsächlich recht gehabt?

Elizabeth antwortete, bevor ihr bewusst wurde, was sie da gerade sagte. »Paris, Declan. Es geht dabei um Paris.«

Seine dunklen Augenbrauen schossen überrascht in die Höhe. »Warum gerade Paris?«

Noch während sie weitersprach, erkannte Elizabeth, dass das alles tatsächlich einen Sinn ergab. »François Renard ist einer der angesagtesten jungen Designer in

Paris. Und er ist ein guter Freund. Wir müssen an Ihrem Image arbeiten.«

Declan lachte und lehnte sich in seinem Stuhl zurück, wobei er die Arme vor sich ausstreckte. »Sie fackeln nicht lange, nicht wahr, Elizabeth?«

»Nicht, wenn es ums Geschäft geht, nein.«

Elizabeths Herz klopfte wie wild. Hatte sie gerade Declan Thomas dazu genötigt, sie nach Paris zu begleiten?

»Und haben Sie vielleicht auch schon ein Datum im Kopf?«, fragte Declan, der bereits einen Blick in den Kalender seines iPhones warf.

»Ja, den Fünfzehnten. Ich muss zu einer Konferenz, und danach könnten wir ein Treffen mit François einplanen. Natürlich kommen wir für sämtliche Kosten auf.«

»In dieser Woche muss ich arbeiten.«

»Wo?«

»Ich helfe ab und zu im Malabar's aus.«

»In dem Kostümverleih?«

»Ja. Um meine Rechnungen bezahlen zu können. Und am Fünfzehnten trete ich außerdem im *Rainbow* auf. Das lässt sich nicht mehr absagen, fürchte ich.«

Elizabeth konnte kaum glauben, wie enttäuscht sie war. »Wie wäre es, wenn Sie am Sechzehnten nachkommen? Ich gebe im Büro Bescheid, dass man Ihnen ein Ticket und ein Hotelzimmer besorgen soll.«

Er warf erneut einen Blick in seinen Kalender. »Keine Termine in den darauffolgenden drei Tagen.«

»Sie hätten also Zeit?«

Seine leuchtend blauen Augen blitzten sie herausfordernd an. »Ja, ich hätte Zeit. Und ich freue mich darauf, Sie in Paris wiederzusehen.«

Elizabeth wurde augenblicklich schwindelig. Was hatte sie bloß getan?

»Hi, Deck.«

Sie sahen auf. Es war das »Rock Chick«. Die dunkelhaarige Schönheit, die ihn im *Drake* so heftig geküsst hatte. Sie hatte mandelförmige Augen, die das Licht einfingen wie die Augen einer Katze. Tatsächlich hatte sie etwas Katzenhaftes und Ungezähmtes an sich. Elizabeth erwartete beinahe, von ihr gekratzt zu werden. Das Mädchen trug enge Jeans, die kaum ihr Schambein bedeckten. Außerdem hatte sie einen glitzernden Stein in der Vertiefung ihres Bauchnabels, der auf beiden Seiten mit Schmetterlingsflügeln tätowiert war.

Declan erhob sich. »Hi, Natasha.«

Natasha stürzte sich auf ihn und schlang die Arme um seinen Nacken. Declan schien peinlich berührt. Er löste ihre Arme und drehte Natasha in Elizabeths Richtung.

»Elizabeth, das ist eine Freundin von mir. Natasha Khomeini.«

Natasha warf ihm einen durchtriebenen Blick zu. »Mehr als bloß eine Freundin, würde ich sagen.«

Declan ignorierte ihren Einwand.

Natasha streckte ihre schlaffe Hand aus. »Ich habe mich schon gefragt, wann ich Declans Mum einmal kennenlernen werde.«

Declan verzog verärgert den Mund. »Das hier ist Elizabeth Harding, die Vorsitzende von ATM. Du weißt schon, die Musikmanagementagentur.«

Natasha stand da und wippte mit den Hüften vor und zurück, während sie Elizabeth von oben bis unten musterte. Sie dachte gar nicht daran, sich für ihre Fehleinschätzung zu entschuldigen. »Sie machen also einen großen Star aus meinem Decky und nehmen ihn mir einfach weg?«

»Nicht jetzt, Natasha«, unterbrach Declan sie mit warnender Stimme. »Wir sprechen gerade übers Geschäft.«

Natasha warf einen beiläufigen Blick auf die riesige Uhr an ihrem Handgelenk. »Hmmm. Elf Uhr dreißig. Sie machen ja ordentlich Überstunden, Elizabeth.«

»Das geht dich nichts an, Natasha«, erwiderte Declan bestimmt.

Natasha steckte sich den Zeigefinger in den Mund, bevor sie damit über Declans Wange strich. »Wir sehen uns nach deinem zweiten Auftritt, Decky.« Dann wandte sie sich Elizabeth zu. »Ich denke, das wird dann wohl doch zu spät für Sie sein. War nett, Sie kennenzulernen.«

Natasha warf Declan einen glühend heißen Blick zu, drehte sich auf ihren spitzen Absätzen um und schlenderte lässig auf die Bar zu.

Was für ein äußerst unhöfliches Ding, dachte Elizabeth und versuchte, die grausame Anspielung, dass sie Declans Mutter sein könnte, zu verdrängen.

»Tut mir leid«, sagte Declan, während er sich wieder setzte. Sie sah, dass er verärgert war. »Fans. Sie wissen schon. Manchmal geht es mit ihnen durch. Das gehört dazu.«

Natasha war ganz offensichtlich mehr als ein Fan. War sie das Mädchen, das in Declans Wohnung ans Telefon gegangen war? Elizabeth spürte kurz ein brennendes Gefühl der Eifersucht auflodern. *Decky? Hör auf damit,* ermahnte sie sich selbst. Warum sollte er keinen dämlichen Spitznamen haben? Und warum sollte er keine Freundin haben? Warum sollte er nicht *Hunderte* Freundinnen haben?

Es wurde Zeit, zu gehen.

»Mein Büro wird sich bei Ihnen melden. Ich werde dafür sorgen, dass Ihnen die Tickets und die Hotelunterlagen zugeschickt werden.«

Declan nahm ihre Hand und küsste sie auf die Wange. Verweilten seine Lippen einen Augenblick länger als notwendig? Warum glaubte sie immer, dass er sie einen Moment länger berührte als erforderlich? War das bloß Wunschdenken?

»Wir sehen uns in Paris.«

»Ich freue mich bereits darauf«, antwortete Elizabeth. Sie packte ihre Sachen zusammen und wünschte ihm eine gute Nacht. Kurz bevor sie die Bar verließ, fiel ihr Blick auf Natasha, die an der Bar stand und sie mit einem Blick anstarrte, der ihr verriet, dass sie sie am liebsten umgebracht hätte.

Ohne Declan in ihrer Nähe war auch der hypnotisierende Zauber, den er ausstrahlte, gebrochen. Dennoch gratulierte sich Elizabeth selbst dazu, dass sie die Sache mit Paris zur Sprache gebracht hatte. Effies Idee war einfach genial. François Renard war tatsächlich einer der besten, heißesten und hippsten Designer der Welt. Wenn es etwas gab, das die Franzosen konnten, dann ein Image zu kreieren. Sie würde Declan auf Vordermann bringen. Es war etwas Geschäftliches, aber auch ein harmloser Spaß. Was war schöner, als mit einem gutaussehenden Partner etwas Zeit in der Stadt der Lichter und der Liebe zu verbringen? Und sie wollte schon länger einmal das Musée Rodin besuchen. Wenn Declan Interesse hatte, dann konnte er sie dorthin begleiten.

In den nächsten beiden Wochen wurden Elizabeths Zeit und Energie vollkommen von ihrer Arbeit beansprucht. Sie musste die Erscheinungstermine für mehrere CDs und die Medienberichterstattung für zahlreiche Künstler überwachen. Sie zog für Franco einen Auftrag für ein Hundeparfum namens *Killer* an Land. Sie lizenzierte eines von Celias Liedern für mehrere Fernsehwerbespots eines alternativen Bestattungsunternehmens.

Und sie lobte sich selbst dafür, dass sie kaum einen Gedanken an Declan Thomas verschwendete, abgesehen von der Tatsache, dass sie sicherstellte, dass er das Flugticket und die Hotelunterlagen erhielt.

Zwei Tage vor dem Abflug bekam ATM Declans medizinische Daten. Elizabeth war erleichtert, als sie sah, dass alle Tests negativ ausgefallen waren. ATM würde definitiv eine Menge Geld in ihn investieren. ATM – und Elizabeth – würden ihn zu einem Megastar machen.

kapitel vier

Obwohl sie der Jetlag plagte, fuhr Elizabeth, nachdem sie in Paris angekommen war, direkt zur Konferenz, wo sie einen kurzen Vortrag zum Einfluss der Social-Media-Plattformen auf das Musikbusiness hielt. Sie bestellte sich etwas zu essen aufs Zimmer und ging früh zu Bett, ohne ihren Koffer auszupacken. Am nächsten Tag wachte sie erfrischt auf und war bereit, einige freie Tage zu genießen. Sie freute sich darauf, Declan bald wiederzusehen.

Elizabeth warf ihren kleinen Koffer auf ihr Bett im Westin Hotel und öffnete den Reißverschluss. Sie war viel unterwegs und wusste, dass man für vier Tage Paris nicht allzu viele Dinge benötigte. Das einfache schwarze Kleid, das sie bei der Konferenz getragen hatte, konnte man einfach mit etwas Schmuck aufpeppen. Außerdem hatte sie auf Effies Rat hin eine schlichte Hose eingepackt, die ihren Körper äußerst schmeichelhaft zur Geltung brachte, und dazu eine leichte Seidenbluse, eine Kaschmirweste, eine Regenjacke und aufreizende Unterwäsche. Die Wäsche war eine übertriebene Extravaganz, die Effie ihr eingeredet hatte. Dank Effie nannte sie nun einen Push-up-BH aus schwarzer, französischer Spitze ihr Eigen. Dazu gehörten auch fünf passende Höschen, die kaum als Kleidungsstücke bezeichnet werden konnten, so wenig Stoff war vorhanden. Sie hatte kurz innegehalten, als sie den Preis gesehen hatte, doch Effie hatte darauf bestanden, dass sie sie kaufte.

»Man weiß ja nie«, hatte sie augenzwinkernd gemeint.

»Ich weiß es sehr wohl«, erwiderte Elizabeth. »Es wird

eine Geschäftsreise, und ich werde vielleicht ein wenig shoppen gehen. Es wird sicher kein Liebesurlaub.«

Effie lachte. »Man weiß nie, wann man das bekommt, was man braucht, und in welcher Form es sich einem darbietet.«

Aber was brauchte sie *tatsächlich?* Elizabeth war sich nicht sicher. Sie packte ihre Kleider aus und war gerade dabei, sie auf dem Hotelbett auszubreiten, als sie ein kleines, in Papier gewickeltes Päckchen entdeckte. Sie konnte sich nicht erinnern, es in den Koffer gelegt zu haben. Was war das? Sie schlug das Papier zur Seite. Oh mein Gott. Es war ein pinkfarbener Plastikvibrator mit einem Smiley auf der Spitze. Effie. Sie hatte ihn offensichtlich in den Koffer geschmuggelt, als Elizabeth nicht aufgepasst hatte. Effie hatte wohl gedacht, dass sie sich, wenn sie schon keinen heißen Fremden traf, wenigstens selbst heiße Stunden bereiten konnte.

Elizabeth seufzte und warf den Vibrator auf das Bett. Dann öffnete sie die Fensterläden ihres Zimmers und ließ ihren Blick über die Dächer von Paris schweifen. In der Ferne konnte sie den Eiffelturm sehen. Diese Stadt war förmlich für Romantik und Verführung geschaffen.

Sie dachte an Declan. Er sollte mittlerweile im Hotel angekommen sein. Sie hoffte, dass sein Flug keine Verspätung gehabt hatte. Sie dachte an seine Augen, an das wilde, von dunklen Wimpern umrandete Kornblumenblau. An die Art, wie sie glitzerten und sie beinahe zu verspotten schienen. Sie dachte an seinen Mund und wie er ihn zu einem schiefen Grinsen verzog. Sie dachte an seinen Körper, die schmalen Hüften, die durch die jugendlich starken Schultern betont wurden. Sie dachte an seine Ohren …

Sie schüttelte sich, um dem Tagtraum ein Ende zu setzen. *Hör auf damit. Das ist nicht in Ordnung.* Er war ihr Klient, ein aufkeimendes Talent in einem Meer der Mittelmäßigkeit. Sie würde ihm zu einer wunderbaren Karriere verhelfen. Ihre Beziehung war rein geschäftlich und würde es auch bleiben.

Es klopfte an der Tür. Elizabeth hatte Tee aufs Zimmer bestellt. *»Attendez«,* rief sie und griff nach ihrer Geldbörse, um ein Trinkgeld herauszuholen. Sie öffnete die Tür und erwartete, einen livrierten Kellner mit einem silbernen Tablett zu sehen. Stattdessen stand Declan vor ihr. Er lehnte lässig und unbekümmert im Türrahmen. Elizabeths Herz machte einen Sprung, als sie ihn sah. Seine feuchten, zerzausten Haare deuteten darauf hin, dass er gerade unter der Dusche gewesen war. In der Vertiefung über seinem Schlüsselbein entdeckte sie noch einen kleinen Wassertropfen.

»Wie war Ihr Flug?«, fragte sie.

»Lief alles reibungslos. Und es ist gut zu wissen, dass wir die Welt vor den Bedrohungen des Terrorismus bewahren, indem wir winzige Shampoo-Fläschchen in Plastiktüten verpacken.«

Elizabeth lachte. »Ich weiß. Es ist lästig. Ist Ihr Zimmer in Ordnung?«

»Mehr als in Ordnung.« Er sah sich um. »Obwohl Ihres schöner ist.« Ein Lächeln breitete sich auf seinem Gesicht aus. »Ich habe mich gefragt, ob wir wohl zusammen zu Abend essen? Oder haben Sie bereits andere Pläne?«

Es dauerte einen Moment, bis seine Frage zu ihr durchdrang. Er hatte das Wort »wir« benutzt. Was für ein wunderbares Wort. Es klang beinahe wie »oui«, das französische Wort für »ja«.

»Nein, ich habe noch keine Pläne. Es gibt da ein kleines Lokal am Fluss, das Ihnen vielleicht gefallen könnte.«

Declan sah sie mit einem trägen Lächeln an. Elizabeth hatte das Gefühl, noch etwas sagen zu müssen.

»Möchten Sie vielleicht einen Augenblick hereinkommen?«

Mit einer lässigen Bewegung, die beinahe arrogant wirkte, löste sich Declan vom Türrahmen. Sein wacher, durchdringender Blick nahm alles zugleich wahr. Die Aussicht auf die Dächer der Stadt, die reichlich verzierte Brokatdecke auf dem riesigen Bett, die teure Spitzenunterwäsche, die darauf verstreut lag, und den pinkfarbenen Plastikvibrator. Elizabeth stürzte nach vorne, um das Sexspielzeug abzudecken. Sie wurde purpurrot.

Declan sah, wie peinlich berührt sie war. »Es ist doch nichts dabei, ein bisschen Spaß mit sich selbst zu haben«, neckte er sie.

»Nein, ich ... das tue ich nicht.«

Er bewegte sich auf sie zu. »Nicht? Sie meinen, niemals?«

»Nun, natürlich nicht. Es ist bloß so, dass ich ... na ja.«

Declan machte einen weiteren Schritt auf sie zu. Elizabeth nahm den schwachen Geruch von Seife wahr. Der Wassertropfen über Declans Schlüsselbein hypnotisierte sie. Sie verspürte das dringende Verlangen, ihn mit der Zungenspitze zu berühren. Er hatte ihr gerade eine sehr persönliche Frage gestellt. Es gab keinen Ausweg, also konnte sie die Sache genauso gut gleich offen angehen.

Sie hob den Vibrator hoch. »Meine Freundin Effie hat ihn mir in den Koffer gepackt. Es sollte ein Scherz sein.«

Er grinste. »Sie scheinen es nicht komisch zu finden.«

»Eigentlich nicht, nein. Es ist ziemlich peinlich.«

Er stand vor ihr und schob sanft eine verirrte Haarsträhne von ihrer Schulter. Sie wollte schreien: »Nein, tu das nicht. Fass mich nicht an. Das halte ich nicht aus!« Stattdessen atmete sie scharf ein.

Declan lehnte sich zu Elizabeth vor. Seine Augen wanderten über ihre cremefarbene Haut, ihre leuchtend grünen Augen, ihren vollen Mund. Dann sprach er weiter. »Mir gefällt ›intim‹ besser als ›peinlich‹. ›Intim‹ ist ein wunderschönes Wort.«

Elizabeth fühlte sich plötzlich schwach und schloss die Augen. Sie glaubte, Declans sanften Atem auf ihrer Wange zu spüren.

Ein lautes Klopfen an der Tür brachte sie zurück in die Gegenwart. Declan schien verwirrt.

»Das muss der Tee sein, den ich bestellt habe.«

Declan warf ihr einen verschmitzten, anzüglichen Blick zu. Dann ging er mit zwei schnelle Schritten zur Tür und öffnete sie. Vor ihm stand ein Kellner mit einem Tablett, auf dem der Tee stand. Declan wandte sich zu Elizabeth um. »Dieses Restaurant, in dem wir zu Abend essen werden?«

»Ja?«

»Ist es *intim?*«

Sie schaffte es gerade noch, zu nicken. Declans Augen glitten wie ein Suchscheinwerfer über Elizabeths Körper.

»Treffen wir uns in der Lobby? Sagen wir um acht?«

Sie nickte noch einmal. Ihr Mund fühlte sich trocken an. Ihr Herz hämmerte. Es machte ihr Angst, wie sehr ihr Körper auf Declans Anwesenheit reagierte. Gott sei Dank ging er jetzt wieder.

Elizabeth unterschrieb die Rechnung für den Tee und gab dem Kellner ein paar Euro Trinkgeld. Nachdem sie die Tür geschlossen hatte, riss sie den Vibrator wie einen Taktstock in die Höhe. Sie würde mit Declan Thomas ausgehen. Im nächsten Moment schalt sie sich selbst für ihre mädchenhafte Aufgeregtheit. Ihr war bewusst, wie lächerlich sie sich benahm.

Das Restaurant *Soixante-Huit* befand sich auf einem Boot auf der Seine und war tatsächlich sehr intim. Es lag vor der hell erleuchteten Kathedrale von Notre-Dame vor Anker und schaukelte sanft auf den Wellen der vorbeifahrenden Touristenboote. Nach einem ungewöhnlich warmen Frühlingstag war es draußen noch so angenehm, dass sie im Freien essen konnten. Pärchen schlenderten Hand in Hand den Kai entlang, manche hatten einen Kinderwagen oder einen kleinen Hund an der Leine dabei. Der Vollmond spiegelte sich hell im Wasser des Flusses. Aus den Lautsprecherboxen drang Edith Piafs *»Non, je ne regrette rien«*. Ihre Stimme schien ganz Paris zu umarmen. Die kleine Sängerin bereute also nichts. Und wie sah es mit Elizabeth aus? Als Declan ihr diese Frage stellte, konnte sie sie ohne Umschweife mit Nein beantworten.

»Sie wollten also nie Kinder haben?«

»Ich glaube, ich wollte schon einmal welche, aber das ist lange her. Und was ist mit Ihnen?«

Declans Augen wurden so dunkel wie das schlammige Blau des Flusses. »Das wird niemals passieren.«

Elizabeth war überrascht von der Heftigkeit seiner Worte. »Wirklich nicht? Aber warum?«

»Verstehen Sie mich nicht falsch. Ich mag Kinder. Ich möchte bloß keine eigenen haben.«

»Vielleicht ändern Sie Ihre Meinung später einmal.«

»Das werde ich nicht. Kinder machen einen verletzlich. Und ich mag dieses Gefühl nicht. Außerdem ist diese Welt ohnehin bereits überbevölkert.«

Das Thema Kinder schien einen Nerv getroffen zu haben. Elizabeth beschloss, es nicht weiter zu verfolgen und auf etwas anderes zu sprechen zu kommen. Ohne genauer auf die Details einzugehen, erzählte Elizabeth Declan kurz von ihrer Beziehung mit Sampson und wie diese nach sechs Jahren in die Brüche gegangen war. Nachdem sie ihm etwas über ihr eigenes Liebesleben erzählt hatte, fand sie es in Ordnung, ihn nach Natasha zu fragen.

Declans Stimmung besserte sich sichtbar. »Sie ist bloß irgendein Mädchen. Das ist eine der Gefahren, die das Business mit sich bringt. Wenn du ihnen nur ein klein wenig Aufmerksamkeit entgegenbringst, wollen sie dich sofort heiraten.«

»Es ist also nichts Ernstes? Wenn es nach Ihnen geht?«

»Ich bin zu jung für etwas Ernstes. Ich genieße mein Leben und die Tatsache, dass ich hier sein kann.«

Elizabeth wusste, dass Declan ihr, was Natasha betraf, nicht die ganze Wahrheit gesagt hatte, doch sie wollte nicht weiter nachbohren. Sie wechselte das Thema und erkundigte sich stattdessen nach Declans Familie. Sie erfuhr, dass er ebenfalls ein Einzelkind war. Sein Vater war Diplomat, weshalb Declan als Kind viel herumgekommen war. Seltsamerweise hatte er keine Erinnerungen an die Zeit vor seinem sechsten Geburtstag. Sie beschloss diesbezüglich nicht weiter nachzufragen. Er erzählte außerdem, dass seine Mutter als Professorin für Englische Literatur in Dublin gearbeitet und ihre Position Declan eine kostenlose Universitätsausbildung beschert hatte. Er hatte die Schriftsteller der englischen Romantik studiert: Byron, Shelley und Keats. Mit sechzehn Jahren brachte er sich selbst das Gitarrespielen bei, später entschloss er sich, seine Liebe zur Sprache mit der Liebe zur Musik zu verbinden. Seine Mutter Joan unterstützte ihn dabei und bezahlte ihm Gesangsstunden, um die Entwicklung seiner Stimme zu fördern.

»Und wo leben Ihre Eltern jetzt?«

»Meine Mutter ist nach Toronto gezogen und hat dort endlich eine Festanstellung bekommen.«

»Und Ihr Vater?«

Ein Schatten huschte über Declans Gesicht. »Alzheimer.«

»Das tut mir leid«, sagte Elizabeth. »Das ist eine furchtbare Krankheit. Wie alt ist er?«

»Fünfundsechzig. Er ist um einiges älter als sie. Beinahe zwanzig Jahre.«

»Das ist ein großer Altersunterschied.«

Declan zuckte mit den Schultern und sah sie an. »Das Alter ist doch bloß eine Ziffer, glauben Sie nicht auch?«

»Es hängt von den jeweiligen Personen ab, denke ich.«

»Nun, das sagt zumindest meine Mutter immer: Es ist nur eine Ziffer. Sie hatten ein schönes Leben miteinander.«

»Wie kommt sie damit zurecht?«

»Sie bekommt viel Hilfe, aber es ist schwer für sie.«

»Und für Sie auch, vermute ich.«

»Er wird wohl bald in ein Pflegeheim ziehen müssen.«

»Das ist ein Jammer.«

»Ein brillanter Geist, der sich langsam wieder in den eines Kindes verwandelt.« Declan seufzte schwer. »Was ist mit Ihren Eltern?«

Elizabeth erzählte, dass ihre Mutter bei einem Fahrradunfall von einer Straßenbahn niedergefahren und getötet worden war. Elizabeth war damals vier Jahre alt gewesen. Dann erzählte sie ihm von Jack, ihrem Jazz-verliebten Vater, der sie alleine großgezogen hatte, und wie er sie dazu ermutigt hatte, immer daran zu glauben, dass sie alles schaffen konnte. Sie erzählte ihm von Jacks Tod und von dem Cottage in Kinlochbervie, in das sie sich zurückgezogen hatte, um zu weinen und wieder zu sich zu kommen.

Declan war ein guter Zuhörer. »Die Sache mit dem Cottage klingt wunderbar. Vielleicht komme ich eines Tages selbst dorthin.«

»Ich lasse ab und zu Freunde dort wohnen. Ich komme selbst nicht so oft dorthin, wie ich es mir wünschen würde.«

Elizabeth gab dem Kellner ein Zeichen, dass er die Rechnung bringen konnte. *»Excusez-moi. L'addition, s'il vous plaît.«*

»Wo haben Sie Französisch gelernt?«, fragte Declan.

»Ich kann es nicht wirklich, obwohl ich es gerne könnte. Ich wünschte, ich hätte in der Schule besser aufgepasst. Ich komme zurecht, solange es nicht allzu kompliziert wird.«

Der Kellner legte die Rechnung auf den Tisch. Declan nahm sie.

»Das übernehme ich.«

»Nein, wirklich, ist schon in Ordnung. Es geht doch ums Gesch…«

Bevor sie den Satz beenden konnte, beugte sich Declan über den Tisch. Er legte einen seiner langen Finger auf ihre Lippen, um sie zum Schweigen zu bringen. »Wir haben bereits alles Geschäftliche besprochen. Das hier war sehr persönlich. Und Sie wollen doch nicht den Staat betrügen und mich heute Nacht als betriebliche Ausgabe abschreiben, oder etwa doch?«

Elizabeth schüttelte sprachlos den Kopf. Ihre Lippen prickelten immer noch an der Stelle, wo er sie berührt hatte.

Es war spät und kalt geworden, deshalb beschlossen sie, sich ein Taxi zu nehmen. Der Taxifahrer roch streng, war äußerst mürrisch und sprach bloß Französisch. Oder er tat zumindest so. Elizabeth musste die Adresse drei Mal wiederholen.

Zurück im Hotel, hatte Elizabeth einen Entschluss gefasst. Natürlich flirtete Declan mit ihr, doch sie war sich sicher, dass das bei jeder Frau, der er begegnete, der Fall war. Und was ihre eigene Reaktion darauf betraf, so fühlte sie sich einfach geschmeichelt, weil ihr ein so viel jüngerer Mann Aufmerksamkeit entgegenbrachte. Natürlich würde er mit ihr schlafen, wenn sie ihn dazu ermutigte, immerhin war er in einem Alter, in dem die Hormone tobten. Doch es wäre eine Dummheit, diese Sache weiter voranzutreiben. Sie hatte hier ihren Job zu erledigen.

Sie blieb in der Lobby stehen. »Gute Nacht, Declan. Es war ein wunderschöner Abend. Aber nun gehe ich auf mein Zimmer und Sie ebenfalls. Morgen steht uns ein anstrengender Tag bevor.«

»Der Abend war mehr, als ich erwartet habe … und mehr, als ich verdient habe.«

Elizabeth fühlte sich ein wenig vor den Kopf gestoßen. Sie hatte erwartet, dass er protestieren würde. Stattdessen drückte ihr Declan einen unschuldigen Kuss auf die Wange und verschwand im Aufzug.

Elizabeths Zimmer war sicher eines der schönsten in ganz Paris. Die drei doppelflügeligen Balkontüren führten hinaus auf einen schmalen Balkon. Zu jeder vollen Stunde begannen die Tausenden Lichter auf dem Eiffelturm zu funkeln. Elizabeth holte eine kleine Weinflasche aus der Minibar und setzte sich, um das glitzernde Schauspiel zu bewundern. Konnte Declan es ebenfalls sehen? Nein, sein Zimmer befand sich ja auf der anderen Seite des

Hotels. Vielleicht würde sie ihn eines Nachts einladen, um sich das Lichterspektakel anzusehen, doch das würde vielleicht einer Einladung zu etwas anderem gleichkommen. Zu etwas, worauf sie nicht vorbereitet war.

Elizabeth warf einen Blick auf ihr riesiges Bett. Es war so groß, dass sie ganz allein darin verlorengehen konnte. Auf dem Nachttisch lag Effies Geschenk, der pinkfarbene Vibrator. Mein Gott, das Zimmermädchen hatte ihn sicher gesehen, als es die Schokolade auf das Kopfkissen gelegt hatte. Was soll's. Sie war hier in Frankreich. Sie war sich sicher, dass das Reinigungspersonal bereits schlimmere Dinge gesehen hatte. Elizabeth warf noch einen Blick auf den Vibrator. Hatte das lächelnde Gesicht auf der Spitze ihr gerade zugezwinkert? Sie stellte ihr Glas zur Seite. Heute trank sie besser keinen Wein mehr.

Nach fünf Minuten war die magische Lichtershow zu Ende, und der Eiffelturm leuchtete wieder in sattem Orange. Von ihrem Fenster aus konnte Elizabeth auch gegenüber in das Wohnzimmer einer wunderschönen Wohnung voller Antiquitäten und Kunstwerke sehen. Sie fragte sich, warum die Bewohner nicht die Gardinen zuzogen. Fasziniert und mit einem leichten schlechten Gewissen beobachtete sie, wie ein älterer Mann mit einem riesigen Bauch in Boxershorts durch den Raum schlurfte. Er verschwand und kam bald darauf mit einem Glas Milch wieder. Dann gesellte sich seine Frau – Elizabeth vermutete, dass es seine Frau war – zu ihm. Sie trug ein langes Flanellnachthemd. Sie saßen gemeinsam eine Weile auf der Couch und lasen, dann stand die Frau auf und verließ das Zimmer. Elizabeth sah, dass im Schlafzimmer das Licht anging. Nach einiger Zeit ging das Licht wieder aus. Der alte Mann las weiter, dann machte er alle Lichter aus und ging ebenfalls zu Bett. Elizabeth stellte sich vor, dass das Paar, das sie gerade beobachtet hatte, bereits seit fünfzig Jahren verheiratet war. Ihre Kinder und Enkelkinder hielten sie zusammen, doch sie verspürten keine Leidenschaft mehr füreinander.

Elizabeth sah hinauf zum Vollmond über den Dächern von Paris. Sie betrachtete den zarten Glanz des Eiffelturms, des Wahrzeichens der Stadt. Dann rief sie sich den vergangenen Abend wieder ins Gedächtnis und dachte an den Moment, als Declan sich über den Tisch gebeugt hatte, um ihre Lippen zu berühren. Sie spürte seine Berührung noch immer. Und sie spürte auch ihr eigenes Verlangen ganz deutlich. Wie Blut pulsierte es durch ihre Adern. Declan war alleine in seinem Zimmer. Woran dachte er? Dachte er an sie, oder schlief er bereits? Sie stellte sich vor, wie er sie küsste, dachte an sein hübsches Gesicht und den schlanken, aber muskulösen Körper. In ihrer Vorstellung warf er sie stürmisch auf das Bett. Er war über ihr, biss ihr in die Lippe, biss ihr in den Hals. Sein Blick loderte leidenschaftlich, als er ihr tief in die Augen sah. Er war von ihrer Schönheit besessen und wollte nichts mehr, als sie zu besitzen. Alles, was sie ausmachte. Er riss ihr die Bluse und den BH vom Leib. Er saugte an ihren Brustwarzen, bis sie sich zu schmerzenden Knöpfen zusammenzogen. Er hielt ihre Hände über ihrem Kopf fest. Sie konnte sich nicht wehren. Er konnte mit ihr tun, was immer er wollte. Er konnte sagen, was immer er wollte. Er gebrauchte schmutzige Worte, um sie zu beschreiben. Schmutzige Worte, um das zu beschreiben, was er mit ihr anstellen würde. Seine Zunge fand ihren Weg hinunter in das Zentrum ihrer Lust.

Elizabeth ließ sich auf das Bett gleiten und griff nach dem pinkfarbenen Vibrator. Zum Teufel mit dir, Effie. Sie machte ihn an. Verdammt. Die Batterien waren leer.

kapitel fünf

Paris erwachte im strahlenden Sonnenschein eines Frühlingsmorgens. Elizabeth lag im Bett. Sie streckte sich und gähnte und wusste einen Augenblick lang nicht, wo sie war. Ach ja, nun konnte sie sich wieder erinnern. Sie und Declan wohnten im selben Hotel. Er wäre letzte Nacht mit in ihr Zimmer gekommen, hätte sie ihn dazu ermutigt, doch sie hatte sich unter Kontrolle gehabt – oder besser: Sie hatte die Situation unter Kontrolle gehabt. Sie konnte nicht abstreiten, dass sie von Declan geträumt hatte, doch das Gute an diesen Fantasien war, dass sie niemandem schadeten. Im Gegensatz zur Realität gab es keine Nachwehen, keine peinlichen Augenblicke danach. In ihrer Fantasiewelt hatte sie die vollkommene Kontrolle. Es war Effie gewesen, die ihr von der Macht der Fantasie erzählt hatte. »In deiner Fantasie kannst du Sex mit einem Delphin, mit Bibo, dem Vogel, oder mit Barack Obama haben, und niemand wird es je erfahren.« Typisch Effie. Wer sonst käme auf den Gedanken, jemand könnte Sex mit Bibo, dem riesigen gelben Vogel aus der Sesamstraße, haben wollen?

Elizabeth lächelte. Solange sie Declan Thomas sicher in ihren Gedanken verwahrte, konnte sie mit ihm tun, was immer sie wollte. Niemand musste je davon erfahren, am wenigsten er selbst. Zufrieden, dass sie die Situation vollkommen im Griff zu haben schien, rief sie in seinem Zimmer an. Niemand meldete sich.

Sie schlüpfte schnell in ihre Sachen und legte ein wenig Make-up auf. Dann flocht sie ihre dichten, kastanienroten Haare zu einem Zopf, der ihr auf den Rücken fiel. Sie fragte sich, ob sie wohl als Französin durchging. Französische Frauen strahlten eine lässige Eleganz aus, egal ob sie Jeans oder Haute Couture trugen. Es gab ein besonderes französisches Wort, das sie einmal nachgeschlagen hatte: *Sillage.* Es bezeichnete den Duft des Parfums, der eine Frau umspielte, wenn sie an einem vorbeiging. In ihrer Sprache gab es kein Wort dafür. Französische Frauen verströmten Eleganz wie *Sillage.* Elizabeth griff nach ihrem französischen Sprachführer und packte ihn in ihre Tasche. Sie wollte heute einige neue Sätze ausprobieren.

Sie fand Declan in der Lobby, wo er gerade seine E-Mails checkte. Er lächelte sie überschwenglich an.

»Nun, Miss Harding, der Aufenthalt in Frankreich scheint Ihnen gut zu bekommen. Ich hätte schwören können, dass Sie Französin sind.«

Es war beinahe so, als hätte er ihre Gedanken gelesen. Umso besser, dass er nicht wusste, woran sie letzte Nacht gedacht hatte. Das wäre zu viel gewesen. Sie lächelte ihn an. »Gehen wir.«

François Renard hatte ein kleines Atelier in der Nähe des Hotels. Elizabeth hatte ihn in Toronto kennengelernt, wo er ein Praktikum bei einem italienischen Maßschneider absolviert hatte. Sie hatten sich in einem Coffee-Shop getroffen und festgestellt, dass sie beide gerade versuchten, ein eigenes Geschäft aufzubauen. Daraus hatte sich eine Freundschaft entwickelt, und sie hatten sich häufiger getroffen, um gemeinsam Zukunftspläne zu schmieden. François hatte vor, in seine Heimatstadt Paris zurückzukehren, um dort in der heiß umkämpften Modeszene für Furore zu sorgen. Er erlebte seinen Durchbruch, als ein Freund ihn bat, die Kostüme für einen Low-Budget-Film zu entwerfen. Der Film erhielt wohlwollende Kritiken, und François' Kostüme erregten

Aufmerksamkeit. Er kehrte nach Frankreich zurück und arbeitete für Lagerfeld, bevor er seine eigene Kollektion herausbrachte. Dann standen plötzlich *Vogue* und *GQ* vor der Tür, und nun war der Name Renard, das französische Wort für »Fuchs«, ein Synonym für einen herausragenden Stil.

»Ah, Elizabeth, *Cherie.*« François küsste sie drei Mal auf die Wange. Er trug einen khakifarbenen Arbeitsoverall und kniehohe Lacklederstiefel und hielt eine Zigarettenspitze in der Hand. Sein Akzent klang übertriebener, als Elizabeth es in Erinnerung hatte.

»Kommt 'erein, kommt 'erein. Willkommen in meinem bescheidenen Reich.«

»Schön, dich wiederzusehen, François. Das hier ist Declan Thomas.«

François taxierte Declan aufmerksam von Kopf bis Fuß. »Das schaffen wir. Ich denke schon. Gut. Er 'at einen Körper, der mir gefällt.«

Declan sah etwas verunsichert aus, als François ihn in die Wange kniff.

»Nein, nein, nein. Du musst François vertrauen.« Er wandte sich an Elizabeth. »Er ist ein Star, *non?*«

»Das hoffen wir, François.«

»Ich war mir nicht sicher, welchen Look ihr euch vorgestellt 'abt, also 'abe ich einige Kleider vorbereitet, die diesem jungen Mann sehr gut stehen sollten.« François drehte Declan herum und warf einen Blick auf seinen Hintern. »Gut, ja. Schöne 'üften.« Er zog Declan in Richtung Garderobe. »Komm, komm. Die nächsten paar Stunden bist du unser Model.«

Elizabeth ließ sich von einem jungen Assistenten eine Tasse Kaffee bringen und setzte sich. Sie beobachtete amüsiert, wie Declan immer wieder in den verschiedensten Outfits auftauchte. Es gefiel ihm offensichtlich, vor ihr zu posieren. Einige der Kleidungsstücke waren einfach nur lächerlich und bloß für einen um Aufmerksamkeit heischenden, bizarren Geschmack geeignet. Andere sahen unglaublich aus. Elizabeth streckte den Daumen nach oben oder nach unten. Declan weigerte sich bei einigen der Outfits, die ihr gefielen, und bestand im Gegenzug auf Stücken, von denen sie nicht sehr begeistert war. Schließlich gelang es ihnen, gemeinsam mit François eine Kollektion zusammenzustellen. Elizabeth holte ihre Firmenkreditkarte hervor, und François gewährte ihr einen großzügigen Rabatt.

Nun war Elizabeth an der Reihe, für sich selbst ein Abendkleid zu suchen. Der alljährliche Ball, den ATM zum Thema »Black and White« austrug, stand vor der Tür, und sie hatte beschlossen, dass es Zeit für etwas Neues war. Sie schlug Declan vor, sich hinterher mit ihm im Hotel zu treffen, doch er bestand darauf, sie zu begleiten. Sie probierte zahlreiche Kleider an, bevor Declan bei einem figurbetonten Kleid in Schwarz und Cremefarben seinen Daumen nach oben streckte. Es war unerhört teuer, doch die Bewunderung auf Declans Gesicht, als sie sich vor ihm präsentierte, war jeden extravaganten Euro wert.

Nachdem sie ihre Einkaufstaschen dem Hotelconcierge übergeben hatten, suchte Elizabeth als Nächstes einen schicken Friseursalon auf. Declan schüttelte protestierend den Kopf, doch Elizabeth zog ihn mit hinein. Sie scherzte, dass sie ihm nun einen Kurzhaarschnitt verpassen lassen wollte. Declan sah sie entsetzt an. Nachdem sie sich mit dem Stylisten unterhalten hatten, einigten sie sich auf einen neuen Look. Declans Bart, der mittlerweile etwas ungepflegt wirkte, wurde zu einem attraktiven

Dreitagebart gekürzt. Und nachdem seine Haare geschnitten und gestylt worden waren, sahen sie auf gewollte Weise zerzaust aus. Als er fertig war, fiel Elizabeth nur ein Wort ein. »Wow.«

Sie machte ihm ein Kompliment. »Sie machen sich wirklich gut. Viel besser als damals, als Sie zum ersten Mal in mein Büro kamen.«

»Ja. Ich weiß, ich habe mich aufgeführt wie ein Idiot. Ich wollte den Eindruck erwecken, als wäre mir alles egal. Doch in Wahrheit war ich bloß nervös.«

»Das haben Sie sehr gut kaschiert. Sie wirkten cooler als cool.«

»Ich wollte Ihnen nicht das Gefühl geben, ich sei verzweifelt.«

»Verzweifelt? Sie sind einfach gegangen.«

»Manchmal ist es eben beängstigend, wenn plötzlich die Möglichkeit besteht, dass ein Traum in Erfüllung geht.« Dann grinste er plötzlich. »Abgesehen davon habe ich es geschafft, dass Sie vor mir auf die Knie gegangen sind, erinnern Sie sich?«

»Noch nicht. Noch sind wir nicht so weit«, hätte Elizabeth am liebsten geantwortet, doch stattdessen meinte sie: »Nun, ich bin froh, dass alles doch noch geklappt hat. Und jetzt habe ich Ihre Unterschrift unter meinem Vertrag.«

»Und ich verbringe mit einer wunderschönen Frau einige Tage in Paris.«

Obwohl die Touristensaison noch nicht begonnen hatte, ging es im Musée Rodin in der Rue de Varenne bereits sehr geschäftig zu. Declan erwies sich als aufmerksamer Beobachter. Sie befanden sich gerade im Garten, als er stehen blieb, um Rodins berühmteste Skulptur mit dem

Titel »Der Denker« zu bewundern. Es war eine Bronzestatue, die einen tief in Gedanken versunkenen nackten Mann darstellte.

»Ich frage mich, woran er wohl denkt.«

»Daran, wie er die Miete bezahlen soll?«, scherzte Elizabeth.

»Oder an die Liebe? Den Sinn des Lebens?«

»Ich habe noch nie verstanden, was das eigentlich heißen soll: der Sinn des Lebens«, erklärte Elizabeth. »Was, wenn das Leben keinen Sinn hat, außer ein Problem nach dem anderen zu lösen?«

»Dann hätte Rodin die Skulptur wohl ›Der Bekümmerte‹ genannt.«

Declan betrachtete die wunderschöne Arbeit einige Minuten lang, bevor er sich auf einer Bank niederließ und dieselbe Position einnahm. Er schloss die Augen, und Elizabeth nutzte die Gelegenheit, um ihn zu mustern. Declans Stirn, Nase und Kinn waren sehr ausgeprägt und wirkten beinahe adelig. Seine Lippen hatten die perfekte Form und waren weder zu voll noch zu schmal. Sie wollte sie mit den Fingern nachzeichnen. Wie würde es sich anfühlen, ihn zu küssen? Die Fantasien der vergangenen Nacht kamen ihr wieder in den Sinn. Die Worte, die über Declans Lippen gekommen waren, das, was er mit ihr angestellt hatte. Eine Woge der Scham und der Lust rollte über sie hinweg, gerade als Declan die Augen öffnete und ihr in die Augen sah. Hatte er ihre Gedanken gelesen? Sie hatte das Gefühl, als hätte ein Sonnenstrahl die Wolkendecke durchbrochen und sie mit seinem Licht erfasst.

»Ich glaube, er denkt über seine Seele nach«, sagte Declan.

»Seine Seele?«, fragte Elizabeth, die aus ihrem Tagtraum gerissen worden war. Sie war überrascht. »Sind Sie denn religiös?«

»Ich glaube nicht, dass die Seele etwas mit Religion zu tun hat. Sie hat vielmehr mit Liebe zu tun.«

»Haben Sie schon einmal jemanden geliebt?«

»Nein«, erklärte Declan bestimmt. »Zu gefährlich.«

»Gefährlich? Warum?«

Declan ignorierte Elizabeths Frage und begleitete sie stattdessen wieder zurück in das Museum, das früher ein Hotel gewesen war, in dem Rodin gewohnt hatte. Im Eingangsbereich gab es eine riesige Steintreppe aus Marmor, auf der Rodin und die anderen Gäste vor langer Zeit ihre Fußabdrücke hinterlassen hatten. Declan führte Elizabeth die Treppe hinauf in einen kleinen, lichtdurchfluteten Raum mit hohen Wänden und einem alten Kronleuchter. Der Raum war voller Bronzestatuen und Ölgemälde. Declan ließ den Blick über die Exponate schweifen, bis er fand, wonach er gesucht hatte.

»Hier. Sehen Sie nur.«

Elizabeth betrachtete die Bronzestatue eines alten Mannes, vor den sich schützend eine alte Frau gestellt hatte. Hinter ihnen kniete flehend eine junge Frau mit ausgestreckten Armen. Alle drei drohten von einer bronzenen Flutwelle davongespült zu werden. Das Werk war außerordentlich detailgetreu. Elizabeth war von dem Kummer auf dem Gesicht der jungen Frau beeindruckt.

»Wer ist sie?«

»Camille Claudel, Rodins Schülerin, Geliebte und Muse. Und das alte Paar sind Rodin und seine Frau.«

»Die Skulptur stammt also von Rodin? Er wusste, wie Camille sich fühlte?«

»Nein, das ist Camilles Arbeit. Sie war genauso gut wie Rodin, doch sie stand immer in seinem Schatten.«

»Was ist passiert?«

»Sie landete im Irrenhaus. Rodin wollte seine Frau nicht verlassen, obwohl er es immer wieder versprach.«

Elizabeth verspürte Mitleid für die talentierte junge Frau, die zu einer Fußnote der Kunstgeschichte verkommen war. »Sie hat also aus Liebe den Verstand verloren?«

»Ja.«

Elizabeth versank gerade in dem Schmerz, den Camille so wunderschön dargestellt hatte, als Declan ihren Nacken berührte. Ein Schauer durchfuhr sie. Er flüsterte ihr ins Ohr. »Deshalb ist die Liebe so gefährlich. Sie kann einen um den Verstand bringen.«

Elizabeth verspürte ein Zittern, das sich bis hinunter zu ihren Füßen ausbreitete. Selbst die zartesten Härchen richteten sich auf. Es war erstaunlich, wie ihr Körper auf seine Berührungen reagierte. Doch auch wenn sie das Gefühl hatte zu zerschmelzen, entschied sie sich, der Situation die Spannung zu nehmen. »Also, Herr Reiseleiter, wie kommt es, dass Sie das alles so genau wissen?«

Declan zuckte mit den Schultern. »Mein zweites Hauptfach war Kunstgeschichte. Und außerdem«, grinste er, »hat das Hotel einen kostenlosen Internetzugang.«

Sie stieß ihn spielerisch in die Seite. »Sie haben es heute Morgen nachgelesen.«

Declan lachte. Sie folgten einigen schnatternden Besuchern in einen weiteren Raum mit hohen Wänden, in dem ausschließlich Arbeiten von Rodin ausgestellt waren.

Mein Gott, dachte Elizabeth, wenn er nicht gerade dabei war, seine Frau oder Camille zu besänftigen, muss dieser Mann jede Minute seines Lebens gearbeitet haben. Sie dachte an ihr eigenes Leben, an all die Stunden, die sie in Sitzungssälen oder am Telefon verbrachte, um Verträge abzuschließen und Egos zu pflegen. Was würde sie der Nachwelt hinterlassen? Sicher kein Kunstwerk.

Gerade in diesem Augenblick lotste der Fremdenführer seine Gruppe in den nächsten Raum, und Declan und Elizabeth waren plötzlich alleine. »Kommen Sie«, forderte Declan sie auf. Er nahm ihre Hand und zog sie zu einer Skulptur mit dem Titel »Der Kuss«, die ebenfalls zu Rodins bekanntesten Werken zählte. Die Statue aus weißem Marmor zeigte ein Paar, dessen Lippen und Körper in einer leidenschaftlichen Umarmung ineinanderflossen. Elizabeth war fasziniert. Es war unmöglich, die beiden Körper auseinanderzuhalten. Dort, wo der eine aufhörte, fing der andere an.

»Camille«, flüsterte Elizabeth.

Plötzlich wurde sie von zwei starken Armen herumgerissen und nach hinten gedrückt. Declans harte Lippen berührten ihre. Sie konnte seinen süßen Atem riechen. Sie ahmten das Paar aus der Skulptur nach. Dort, wo sie aufhörte, fing er an. Dort, wo er anfing, hörte sie auf. Ihr Herz raste. Der Kuss dauerte kaum ein paar Sekunden, doch es fühlte sich an wie eine Ewigkeit. Elizabeth hätte schwören können, ein Feuerwerk gesehen zu haben.

Declan half ihr wieder hoch, und seine durchdringenden blauen Augen fixierten sie, als wollte er sagen: »Na, wie war das?« Sie bekam kaum Luft. Sie hatte ihren Körper verlassen und war auf eine andere Bewusstseinsebene gelangt. Schallender Applaus brachte sie wieder in die Realität zurück. Sechs japanische Touristen waren in der Tür aufgetaucht und fotografierten sie. Sie wollten alle ein Foto von dem verrückten westlichen Paar, das sich neben dem »Kuss« geküsst hatte.

Elizabeth brauchte einige Minuten, um sich zu beruhigen, doch dann stieg langsam Ärger in ihr hoch. »Warum haben Sie das getan?«

»Warum denn nicht?«

»Warum denn nicht? Weil es absolut unpassend war, darum nicht.«

»Ach, kommen Sie schon. Es war doch einfach bloß Spaß.«

»Ihrer Meinung nach ist es vielleicht in Ordnung, sich an einem öffentlichen Ort derart zur Schau zu stellen, aber ich mag es nicht, wenn ich dazu gezwungen werde, bei einem Ihrer Späße mitzumachen. Das ist ein untrügliches Zeichen für jugendliche Unreife.«

Ein Schatten huschte über Declans Gesicht. Er machte ihn nur noch begehrenswerter. »Und Ihre Verklemmtheit ist ein untrügliches Zeichen für Ihr fortgeschrittenes Alter.«

Seine Worte verletzten sie. Elizabeth drehte sich auf dem Absatz um. Wie konnte er es wagen? Bebend vor Zorn marschierte sie aus dem Museum und über den Innenhof in Richtung Geschenkshop.

»Elizabeth, warten Sie. Es tut mir leid.«

Elizabeth hörte Declan, doch sie hatte nicht vor, sich zu ihm umzudrehen. Tränen schimmerten in ihren grünen Augen. Declan hatte es ihr absichtlich schwergemacht, ihm zu widerstehen. Er hatte mit ihr gespielt und sie ausgenutzt. Und dann hatte er ihr Alter ins Spiel gebracht. Er hatte sie gedemütigt. Sie würde jetzt ins Hotel zurückkehren und Declan sich selbst überlassen. Er hatte eine neue Garderobe. Er hatte eine neue Frisur. Sie war fertig mit ihm. Sie würde ihren Flug umbuchen, damit sie nicht gemeinsam zurückfliegen mussten. Sie würde ihm zeigen, wer hier der Boss war.

Vor dem Museumsladen stand eine Menschenmenge.

Elizabeth drängte sich gerade durch sie hindurch in Richtung Ausgang, als ihr Blick auf einen etwa vierzigjährigen Mann fiel, dem es nicht gutzugehen schien. Er stieß einen Schmerzensschrei aus und umklammerte seinen Arm, bevor er bewusstlos zu Boden fiel. Seine Begleiterin schnappte ungläubig nach Luft und ging neben ihm in die Knie. Sie klopfte ihm ins Gesicht und rief immer wieder seinen Namen. »Jacques!« Alle, die um die beiden herumstanden, waren wie gelähmt. Auch Elizabeth starrte den Mann auf dem Boden entsetzt an. Plötzlich kniete Declan neben ihm nieder und begann mit einer Herzmassage und einer Mund-zu-Mund-Beatmung. Die Wachposten kamen endlich in Bewegung und drängten die Schaulustigen zurück. Elizabeth hörte, wie jemand einen Krankenwagen rief. Declan massierte weiterhin die Brust des Mannes mit rhythmischen Bewegungen. Dann gab er den Wachleuten in fließendem Französisch Anweisungen. Elizabeth war sprachlos. Wenige Minuten später hörte sie bereits die Sirene des Krankenwagens. Zwei Sanitäter stürmten mit einer Trage herein und übernahmen die Beatmung. Die Begleiterin des Mannes schluchzte. Declan legte einen Arm um sie und redete auf Französisch auf sie ein. Elizabeth verstand nicht, was er sagte, doch die Frau wirkte beruhigt, nickte und tupfte sich die Augen trocken. Einer der Sanitäter sprach kurz mit Declan und klopfte ihm auf den Rücken. Der Mann auf dem Boden hatte das Bewusstsein wiedererlangt, doch er war ganz offensichtlich verwirrt und litt unter Schmerzen. Die Sanitäter maßen seinen Blutdruck, zogen eine Sauerstoffmaske über seinen Kopf und hoben ihn auf eine Trage. Dann schoben sie ihn hinaus zu dem wartenden Krankenwagen. Schließlich wurden der Mann und seine Begleiterin mit Blaulicht und heulenden Sirenen ins Krankenhaus gebracht. Die ganze Sache hatte insgesamt kaum länger als fünfzehn Minuten gedauert.

Elizabeth war fassungslos. Es erschien ihr vollkommen irreal. Declan hat jemandem das Leben gerettet, dachte sie ehrfürchtig.

Ein Museumsbediensteter brachte Declan einen Stuhl und eine Flasche Wasser. Er setzte sich und trank. Er war offensichtlich erschöpft. Er war blass, und seine Haare waren tropfnass vom Schweiß.

Elizabeth legte ihm sanft eine Hand auf die Schulter. »Geht es Ihnen gut?«

»Besser als diesem armen Kerl.«

»Herzinfarkt?«

»Sah ganz danach aus.«

Elizabeth legte Declan einen Arm um die Schulter. Er zitterte.

»Sie haben dem Mann das Leben gerettet.«

»Ich habe bloß getan, was ich gelernt habe zu tun.«

»Kommen Sie. Lassen Sie uns von hier verschwinden.«

Die Museumsbediensteten ließen es sich nicht nehmen, Declan zu gratulieren. Sie schüttelten seine Hand und bestanden darauf, dass er einen Geschenkgutschein annahm. Ein weiteres Mal unterhielt sich Declan mit ihnen in fließendem Französisch. Elizabeth verstand bloß zwei Worte: *»Ce n'est rien.« Das war doch gar nichts.*

Nein, dachte sie. Das stimmte auf keinen Fall. Declan war angesichts dieses tragischen Notfalles unglaublich ruhig geblieben, hatte das Kommando übernommen und genau gewusst, was er tat. Sie schämte sich, weil sie ihm so etwas Unwichtiges wie die Tatsache, dass er ihr einen Kuss gestohlen hatte, vorgeworfen hatte.

Eine der Museumsbediensteten rief ihnen ein Taxi. Declan bat Elizabeth, vor dem Museum auf ihn zu warten. Dann verschwand er im Museumsladen und kam nach einigen Minuten mit einem kleinen, in Geschenkpapier eingewickelten Päckchen wieder zurück.

»Sie dürfen es aber erst später aufmachen.«

Auf der Fahrt zum Hotel sprachen sie kein Wort miteinander. Das Taxi fuhr die Rue de Rivoli entlang, vorbei an den vielen Parisern, die ihren Sonntag genossen, in einem Café saßen und an ihrem Wein oder Kaffee nippten.

Wie normal sie doch alle aussehen, dachte Elizabeth. Sie schienen keinen Gedanken daran zu verschwenden, dass das Leben von einer Minute auf die andere in sich zusammenbrechen und zu Ende gehen konnte.

Als sie die Hotellobby betraten, sah Declan sie erschöpft an. »Ich nehme jetzt eine Dusche. Ich rufe Sie dann später an. Vielleicht können wir gemeinsam etwas essen?«

»Sicher.«

In ihrem Zimmer angekommen, streifte Elizabeth die Schuhe von ihren Füßen und ließ sich ein Schaumbad ein. Sie zog sich aus und wickelte sich den dicken, flauschigen Hotelbademantel um den Körper. Sie dachte an den Mann, der zusammengebrochen war. Er war etwa in ihrem Alter gewesen. Würde er wieder gesund werden? Dank Declan würde er es wohl schaffen. Der Mann verdankte Declan sein Leben und würde vermutlich nicht einmal seinen Namen erfahren.

Elizabeth betrachtete das Päckchen, das Declan ihr geschenkt hatte. Es war ein seltsamer Zeitpunkt gewesen, um jemandem ein Geschenk zu machen. Sie öffnete es neugierig. Im Inneren befand sich eine kleine, perfekte Kopie der Skulptur »Der Kuss«.

Declans Charme zu widerstehen wurde immer schwieriger.

Die Sonne ging über Paris unter und tauchte die Häuser in ein sanftes, goldenes Licht. Elizabeth wurde von dem plötzlichen Klingeln des Hoteltelefons aus dem Schlaf gerissen. Sie hatte nicht vorgehabt, ein Nickerchen zu machen, doch das warme Bad und der aufregende Tag hatten sie überwältigt. Schlaftrunken griff sie nach dem Hörer und verfiel automatisch in ihre Geschäftsstimme.

»Elizabeth Harding am Apparat.«

»Declan Thomas am Apparat.«

»Oh, hallo.« Sie gähnte verschlafen.

»Hab ich Sie geweckt?«

»Ich muss wohl eingenickt sein. Wie spät ist es?«

»Beinahe sieben. Haben Sie Hunger?«

Ein leichtes Knurren im Magen erinnerte sie daran, dass es bereits einige Stunden her war, seit sie zum letzten Mal etwas gegessen hatte.

»Ja. Ja, das habe ich.«

»Gut. *La Closerie des Lilas.* Ich habe für acht Uhr einen Tisch reserviert. Ich treffe Sie dann um Viertel vor acht unten in der Lobby.«

»Ja. In Ordnung.« Elizabeth wollte gerade auflegen, als ihr Blick auf den »Kuss« fiel.

»Danke übrigens.«

»Wofür?«

»Für den Kuss.«

»Es war mir ein Vergnügen.«

Elizabeth legte auf und dachte bei sich, dass das nicht der Wahrheit entsprach. Es war sicher nicht bloß *ihm* ein Vergnügen gewesen. Sie dachte daran, wie gut es sich angefühlt hatte, in seinen starken Armen zu liegen und festgehalten zu werden, und daran, wie sich ihre Lippen berührt hatten. Und dann hatte sie vollkommen falsch reagiert. Sie würde es wiedergutmachen. Sie würde es auf alle Fälle wiedergutmachen, obwohl sie sich noch nicht entschieden hatte, auf welche Art und Weise.

Die Fliederbüsche, die dem Restaurant *La Closerie* ihren Namen gaben, waren voller Knospen, doch es war zu kalt, um draußen im überdachten Garten zu sitzen. Sie entschieden sich für das Bistro, das zu dem Restaurant gehörte und in dem es Lederbänke und eine gemütliche Bar gab.

»Möchten *Madame* vielleicht einen Aperitif an der Bar zu sich nehmen?«, fragte Declan.

»Oui, Monsieur«, antwortete Elizabeth lächelnd. »Wann wollten Sie mir eigentlich erzählen, dass Sie perfekt Französisch sprechen?«

Er sah sie verlegen an. »Ich dachte mir, wenn Sie es wissen, dann reden Sie selbst nicht mehr. Ich wollte Sie nicht bremsen.«

»Sehr rücksichtsvoll«, antwortete Elizabeth. »Aber ich lasse mich nicht so einfach bremsen.«

»Das werden wir schon noch sehen«, entgegnete Declan.

Was zum Teufel meinte er damit? Er grinste sie verschmitzt an. Er flirtete schon wieder. Elizabeth spürte, dass etwas in ihr einen kleinen Sprung vollführte. War es ihr Herz? Oder ihr Magen? Sie wusste es nicht. Sie wusste bloß, dass er noch immer einen starken körperlichen Einfluss auf sie ausübte.

Sie bestellte einen Pernod und Declan ein Glas Bier. Während sie an dem milchig gelben Getränk nippte, hatte Elizabeth das Gefühl, als würde es direkt in ihren Blutkreislauf fließen und sie von innen wärmen.

Declan nahm einen Schluck Bier und sah sich um. »Stellen Sie sich vor: An dieser Bar saß bereits Hemingway und schrieb.«

»Tatsächlich?«, fragte Elizabeth erstaunt.

»Das hier war das Lieblingslokal vieler Schriftsteller. Hemingway, Fitzgerald, Maugham.«

»Woher wissen Sie das alles?«, fragte Elizabeth.

»Ich habe eben eine gute Ausbildung genossen.«

»Ich meine: Französisch, die Herzmassage ... womit wollen Sie mich sonst noch überraschen?«

»Mein Vater war ein Jahr in Belgien stationiert, und ich kam an eine Schule, in der niemand auch nur ein Wort Englisch sprach. Und zum Thema Herzmassage: Meine Mutter hatte gehofft, dass ich einmal Arzt werde. Sie bestand darauf, dass ich regelmäßig Erste-Hilfe-Kurse besuche. Und was die anderen Überraschungen betrifft, werden Sie einfach abwarten müssen, was auf Sie zukommt.« Er flirtete schon wieder.

Elizabeth bestellte sechs Austern. Sie lagen auf einem Bett aus zerstoßenem Eis und wurden mit Zitronenscheiben, geriebenem Meerrettich und kleinen Gläschen mit Essig serviert.

»Möchten Sie eine probieren?«, fragte sie.

Declan schüttelte den Kopf.

Die Austern glänzten und lagen weich und verletzlich in ihren verkrusteten Schalen. Elizabeth drückte etwas Zitronensaft auf eine von ihnen und legte etwas Meerrettich darauf. Dann hielt sie sich die Schale an die Lippen und fragte sich, wie es wohl wäre, als Auster über Declans makellose Lippen und in seinen warmen, rosafarbenen Mund zu gleiten. Sie kaute kurz, bevor sie die Auster schluckte und ihren Mund mit der Serviette abtupfte.

»Mmm. Sie schmecken köstlich. So frisch. Sind Sie sicher, dass Sie keine haben möchten?«

»Nein, Austern haben mich noch nie wirklich interessiert.«

»Sie haben noch nie Austern probiert? Dann wissen Sie nicht, was Ihnen entgeht.«

»Es ist ihr Aussehen. Ich habe mich noch nie dazu überwinden können.«

»Ihre Augen sind also schuld daran, dass Sie sich einen wahren Leckerbissen entgehen lassen. Machen Sie sie doch einfach zu.«

»Nein. Ist schon in Ordnung. Essen Sie nur.«

»Schließen Sie die Augen«, befahl Elizabeth. »Lassen Sie mich nur machen.«

Elizabeth stellte sicher, dass sich die Auster vollkommen aus der Schale gelöst hatte. Declan lehnte sich mit geschlossenen Augen über den Tisch hinweg in ihre Richtung, und Elizabeth legte die rauhe Schale der Auster an Declans makellose, erwartungsvoll geöffnete Lippen.

»Denken Sie an das Meer, Declan. Und nun lassen Sie Ihren Kopf leicht nach hinten kippen. Lassen Sie die Auster in Ihren Mund gleiten und stellen Sie sich vor, Sie tauchen mit dem Kopf voran in eine salzige Welle ein. Fahren Sie mit der Zunge darüber und schmecken Sie sanft den Geschmack des Meeres, kauen Sie, ohne Ihre Zähne zu benutztenund dann lassen Sie sie hinuntergleiten.«

Declan tat, was sie von ihm verlangte, dann grinste er sie an. »Oh, wow. Ich dachte, es würde schleimig sein, aber das war es absolut nicht. Es war weich und fühlte sich an wie Fleisch.«

Elizabeth lachte. Sie freute sich, dass sie ihm die Austern, die sie so sehr liebte, näherbringen konnte. »Glauben Sie nicht auch, dass es wichtig ist, immer wieder neue Dinge auszuprobieren? Ich meine, wie soll man denn wissen, ob etwas gut ist, wenn man es nicht ausprobiert?«

Declan hob amüsiert eine Augenbraue. »Ich werde

Ihre Worte im Gedächtnis behalten. Es war nicht schlecht. Absolut nicht. Tatsächlich hat es mir ziemlich gut geschmeckt.«

»Hier. Essen Sie noch eine.«

Elizabeth bereitete eine weitere Auster für sich selbst und eine für Declan zu. Dieses Mal legte sich Declan die Schale selbstsicher an die Lippen. Elizabeth tat es ihm gleich. Der kühle, salzige Geschmack der Auster war wirklich vorzüglich. Sie bot Declan eine dritte an.

»Essen Sie sie. Aber danke, dass Sie mich eingeweiht haben. Ich werde nie wieder Austern essen können, ohne an das hier zu denken.«

Nun war sie an der Reihe, mit Declan zu flirten und ihm in seine wunderschönen blauen Augen zu sehen. Er grinste entwaffnend zurück, während die letzte Auster ihren Rachen hinunterglitt.

Der Rest des üppigen Abendessens war ebenfalls vorzüglich. Elizabeth aß Lamm und Declan hatte sich für Ente entschieden. Dazu tranken sie einen kräftigen Burgunder.

»Es wundert mich, dass so etwas nicht öfter passiert«, erklärte Elizabeth zwischen zwei Bissen. Sie hatte keine Ahnung gehabt, wie hungrig sie war.

»Dass was nicht öfter passiert?«

»Dass Menschen zusammenbrechen wie der Mann heute.«

»Wie meinen Sie das?«

»Wenn man bedenkt, wie viele Menschen – vermutlich Hunderttausende – jede Sekunde sterben, dann ist es doch seltsam, dass es nicht häufiger in aller Öffentlichkeit passiert.«

»Sie meinen also, man geht die Straße hinunter und plötzlich kippt jemand um, und einige Minuten später sitzt man in einem Restaurant, und wieder stirbt jemand, und alle reagieren gelassen, als wollten sie sagen: ›Und, wie viele hast du heute schon gesehen?‹ ›Ach, bei mir waren es fünf.‹ So etwas in der Art?«

»Ja. Ich denke, die meisten Menschen sterben wohl in einem Krankenhaus oder in ihrem Zuhause.«

Declan verdrehte plötzlich die Augen. »Aaaaah!« Er griff er sich an die Brust und fiel mit dem Kopf voran auf den Tisch.

Der Kellner stürzte herbei. »Geht es dem *Monsieur* nicht gut?«

»Alles in Ordnung«, lachte Elizabeth. »Er verdeutlicht nur, worüber wir gerade eben gesprochen haben.« Sie verpasste Declan unter dem Tisch einen sanften Tritt. »Benehmen Sie sich.«

Declan grinste. »Es macht aber mehr Spaß, sich nicht zu benehmen.«

Declan trug ein hübsches gestreiftes Shirt, das sie bei Renard gekauft hatten. Es betonte seinen schlanken Körper und seine breiten Schultern. Einige Strähnen seiner dunklen Haare schmiegten sich auf äußerst ansprechende Weise an seinen Nacken. Sie wäre liebend gerne mit den Fingern hindurchgefahren. Elizabeth dachte daran, wie Effie gemeint hatte, dass Declan so gut aussah, dass man ihn am liebsten vernaschen würde. *Nein, nein, nein,* ermahnte sie sich selbst. *Es ist bloß der Wein, der meine Gedanken wieder in diese Richtung schweifen lässt. Er ist ein Klient. Ich muss professionell bleiben.*

Elizabeth bestellte Kaffee. Es wurde Zeit, wieder nüchtern zu werden.

Nach dem Abendessen nahmen sie ein Taxi zurück ins Hotel. Dieses Mal überließ Elizabeth es Declan, mit dem Fahrer zu sprechen. Die beiden unterhielten sich, während Elizabeth sich in ihrem Sitz zurücklehnte und sich von den Lichtern des nächtlichen Paris verzaubern ließ. Es war eine so schöne Stadt. Sie wollte nicht wieder abreisen, doch ihr blieb nur noch eine Nacht. Und egal wie sehr sie wünschte, dass es anders wäre, sie würden gleich beide in ihr eigenes Zimmer zurückkehren. Mehr gab es dazu nicht zu sagen.

Der Hotelaufzug war leer, als sie ihn betraten. Elizabeth steckte ihre Schlüsselkarte in den Schlitz und drückte zwei Knöpfe. Dritter Stock für Declan. Vierter Stock für sie.

Declan lehnte sich nach vorne und nahm ihr Gesicht in beide Hände. »Danke für diesen wunderschönen Abend, Elizabeth.«

»Gern geschehen, Declan.«

Er beugte sich vor, um ihr einen Gutenachtkuss zu geben. Elizabeth redete sich selbst ein, dass es bloß ein höflicher Kuss sein würde, der nichts bedeutete, nicht viel intimer und vielsagender, als wenn sie einander die Hand gegeben hätten. Doch als sie Declans Lippen auf ihren spürte, blieb die Zeit stehen. Der Augenblick, in dem sich ihre Lippen wieder voneinander lösen sollten, kam nicht. Der Aufzug blieb mit einem sanften Klingeln im dritten Stockwerk stehen. Die Tür öffnete sich. Ein amerikanisches Pärchen mittleren Alters stand davor und betrachtete mit offenem Mund die prickelnde Szene, die sich vor ihnen abspielte. Declan hatte die Arme um Elizabeths Taille geschlungen und sie an sich gezogen. Sie spürte, wie er sich hart gegen sie drückte. Sein Mund suchte nach ihrem. Er begehrte sie, flehte sie an, ihn mit sich zu nehmen. Sie reagierte mit einer Leidenschaft, die sie sich selbst nicht zugetraut hätte. Sie legte eine Hand in seinen Nacken und fuhr mit der anderen über seine

Schultern, die so hart und fest waren wie der Rest seines Körpers. Sie konnte kaum noch atmen. Ihr Herz pochte wie verrückt und hämmerte so fest gegen ihren Brustkorb, dass sie das Gefühl hatte, er würde bald explodieren. Declans Zunge erforschte wild und ungestüm ihren Mund. Es war ein Kuss, der Rodins Skulptur alle Ehre machte. Sie konnte sich nicht vorstellen, dass Declans Lippen sich je wieder von ihren lösten. Ihre Lippen fühlten sich wund an vor Leidenschaft. Sollten sie doch wund werden. Sollten sie anschwellen. Sollten sie bluten, wenn es denn nötig war. Sie wollte Declans ganzen Körper mit ihren Küssen bedecken. Nun, da sie ihm die Erlaubnis erteilt hatte – da sie sich selbst die Erlaubnis erteilt hatte –, würde sie ihn nehmen, wie sie es gerade wünschte. Er war sicher noch zu jung, um genug über die Kunst der Liebe zu wissen. Heute Nacht würde sie seine Lehrmeisterin sein. Heute Nacht würde sie seine Muse sein. Heute Nacht würde sie die Kontrolle behalten. Sie hatte keine Ahnung, wie falsch sie damit lag.

Die Aufzugtür schloss sich wieder, und sie fuhren weiter in den vierten Stock. Das amerikanische Pärchen hatte sich nicht getraut, den Aufzug zu betreten.

»Hast du das gesehen, Harry? So machen das die Franzosen«, erklärte die Frau mit eifersüchtiger Stimme.

kapitel sechs

Elizabeth ließ ihre Hände über Declans flachen Bauch wandern und spürte die zarten Härchen unter ihren Fingern. »Zieh das Shirt aus«, flüsterte sie. Seine langen, dünnen Musikerfinger folgten ihren Anweisungen. »Und nun öffne deinen Reißverschluss. Ganz langsam.« Das Geräusch des Reißverschlusses, der langsam geöffnet wurde, brachte ihr Blut in Wallung. Sie zog seine Jeans und die Unterhose hinunter und spürte, wie er seine Füße daraus befreite und beides zur Seite schob. Sie war eine Frau, die am Verhungern war, doch sie würde jetzt nichts übereilen. »Ich möchte zusehen, wie du dich selbst berührst. So, wie du es tust, wenn du alleine bist. Ich möchte zusehen, wie du so hart wirst wie nur irgendwie möglich. Und dann musst du …« Sie lehnte sich vor, um ihm das letzte Wort ins Ohr zu flüstern. Er drehte den Kopf zur Seite, schloss die Augen und befolgte ihre Anweisungen. »Aufhören.«

Declan stöhnte, doch er tat, was sie ihm befohlen hatte. Sein Penis war sogar noch länger und dicker, als sie erwartet hatte. Sie beugte sich hinunter und neckte ihn mit der Zunge. Sie spürte, wie er erschauderte.

»Ich kann es gar nicht erwarten, dich zu vögeln«, sagte er.

»Das ist gut, Declan«, murmelte sie. »Aber heute Nacht werde ich *dich* vögeln.«

Elizabeth spürte, wie sich ein Schwall Feuchtigkeit zwischen ihren Beinen ausbreitete. Sie begehrte Declan mehr als irgendjemanden oder irgendetwas sonst in ihrem Leben. Sie spreizte die Beine und schwang sich über ihn.

Dann ließ sie sich Zentimeter um Zentimeter tiefer sinken, bis sie seinen Penis spürte, und nahm ihn schließlich ganz in sich auf. Sie spannte ihre Muskeln an und hörte, wie er scharf die Luft einzog. Dann begann der langsame, uralte Tanz der Liebe. Sie wurde schneller und beugte sich nach vorne, um ihn hungrig zu küssen. Seine Zunge umspielte ihre, kreisend und voll Verlangen. Sie löste sich von ihm und strich mit den Haaren über seine Brust. Sie ließ ihre Fingernägel über seinen Körper gleiten.

Declan bäumte sich auf, und seine Hüften hoben sich den ihren entgegen. Sie bewegte sich immer schneller und schneller, und als sie spürte, dass er kurz davorstand zu kommen, verringerte sie das Tempo wieder. Sie griff nach hinten, um seine Hoden zu massieren. Declan stöhnte leise. Dann wandte sie sich wieder nach vorne und packte mit einer Hand seine Schulter, während sie die andere in seinen Haaren vergrub. Declans Augen versanken in ihren, und er sah sie voll feurigem Verlangen an. Sie sah zu, wie er sich selbst in der Ekstase verlor und schließlich mit einem langen Zittern endlich kam.

Sie blieb noch eine Zeitlang auf ihm liegen und spürte, wie er langsam in ihr abschwoll. Elizabeth war nicht gekommen, doch das war nichts Neues.

Declan sah sie besorgt an. »Wir haben nicht verhütet.«

Sie legte ihm einen Finger auf die Lippen und zeichnete damit die Umrisse nach. »Ist schon in Ordnung. Kein Problem.«

»Bist du sicher?«

»Ja.«

Declan lehnte sich zurück und seufzte tief. »Ein wunderschönes Zimmer, eine wunderschöne Stadt, eine wunderschöne Frau. Was gibt es Besseres?«

Elizabeth nickte. »Und die Aussicht auf den Eiffelturm. Wusstest du, dass er jede Nacht zur vollen Stunde fünf Minuten lang funkelt?«

Declan drehte sich zur Seite und sah sie an. »Nein, das wusste ich nicht.«

»Es ist spektakulär. Wie ein riesiges Feuerwerk.«

»Ich liebe Feuerwerke.«

»Mmmhm. Ich auch.«

Declan strich mit dem Finger über Elizabeths Wange. Seine Augen waren halb geschlossen und sahen sie verträumt an. »Vor allem die Art von Feuerwerk, die zwei Menschen erzeugen können.« Seine Finger fanden ihren Weg hinunter zwischen ihre feuchten Schenkel.

»So schnell? Sicher nicht.«

»Nun, Miss Harding. Du scheinst denselben Effekt auf mich zu haben wie chinesisches Essen. Ich kann nicht genug davon bekommen, und sobald ich satt bin, möchte ich noch mehr.«

Declan drückte ihre Beine auseinander.

Elizabeth lachte. »Ich könnte nicht behaupten, dass ich schon einmal mit chinesischem Essen verglichen wurde.«

»Nun, was gibt es Besseres, als schön zum Essen auszugehen?« Declan fuhr mit der Zunge über ihre Oberschenkel. »Außer vielleicht, sich die Genüsse zu Hause auf der Zunge zergehen zu lassen?«

Elizabeth lag ausgestreckt und mit gespreizten Beinen auf dem Bett und sah von ihrer erhobenen Position aus Declans blaue Augen, deren Blick ihre intimsten Stellen erforschte. Ihre Seele.

»Du bist sehr, sehr sexy.«

Elizabeth war froh, dass sie sich noch einmal rasiert hatte, bevor sie nach Paris geflogen war. Sein Kompliment ließ unerwartet neues Verlangen in ihr aufkeimen.

Declans Augen glitzerten herausfordernd, und sein Blick traf den ihren. »Und wenn ich mich nicht täusche, dann bist du noch nicht gekommen.«

Er begann, mit der Zunge langsam ihre Klitoris zu umkreisen. Zuerst verwendete er die volle Länge seiner Zunge, um sie zu lecken, doch dann neckte er sie nur noch mit der Zungenspitze, die er vor- und zurückschnellen ließ. Schließlich begann er, die beiden Techniken abzuwechseln. Wäre Elizabeths Klitoris ein Penis gewesen, so wäre er mittlerweile vollkommen steif gewesen. Doch sie begann sich bereits Sorgen zu machen, dass sie zu lange brauchen würde. Die alten Schuldgefühle, die sie bei Sampson verspürt hatte, stiegen wieder in ihr hoch. Also drückte sie plötzlich den Rücken durch und stöhnte. Ihre Lustschreie wurden immer höher und höher. Ihre Oberschenkel zitterten, ihr Bauch zitterte, ihr ganzer Körper zitterte. Sie täuschte es wieder einmal vor. »Oh, oh, oh!«, schrie Elizabeth und zog Declan zu sich hoch.

Er schwieg einige Minuten lang und betrachtete eindringlich ihr Gesicht.

»Was?«, fragte sie. »Was ist los?«

Declan schob sie von sich fort. Lange Zeit sagte er kein Wort.

»Declan, stimmt etwas nicht?«

»Das war nicht gut genug.«

»Was war nicht gut genug?«

»Du.«

Elizabeth war verwirrt. »Was meinst du damit, dass ich nicht gut genug war?«

»Was ich damit sagen will, Elizabeth, ist, dass du es vorgetäuscht hast. Du hast es verdammt noch mal vorgetäuscht.«

Elizabeth wusste nicht, was sie sagen sollte. Woher wusste er das? »Nein, Declan … ich …«

Declans dunkle Augen blitzten wütend auf. Die Sehnen an seinem Hals traten hervor. Seine Stimme klang tief und leicht bedrohlich. »Ich bin kein Idiot, und ich lasse nicht zu, dass mich jemand wie einen Idioten behandelt. Wenn du denkst, du kannst mich anlügen, dann hast du dich getäuscht. Und nicht nur das. Du hast versucht, mich zu belügen, und nun wirst du den Preis dafür bezahlen.«

»Dafür bezahlen? Was meinst du …«

Declan schob sie vom Bett, zog sie zu den geöffneten Balkontüren und deutete mit der Hand über die Stadt. »Siehst du das? Überall in Paris machen die Menschen Liebe oder vögeln miteinander. Und nein, diese beiden Dinge sind nicht dasselbe. Ich habe gerade versucht, mit dir Liebe zu machen, aber du hast vorgetäuscht. Du hast es vorgetäuscht! Und deshalb, Elizabeth, werde ich dich jetzt vögeln.«

Declan umfasste Elizabeths Handgelenke mit einer Hand. Mit der anderen schnappte er sich ein Kissen und legte es auf das schmale Eisengeländer, das den Badezimmerbalkon vom Schlafzimmerbalkon trennte. »Beug dich über das Kissen«, befahl er.

»Ich muss mir etwas überziehen«, flüsterte Elizabeth. »Man kann uns sehen.«

»Tu, was ich dir sage«, befahl Declan.

Elizabeth zögerte. Sie stand nackt auf einem Balkon. Gott sei Dank war es hinter den Fenstern in dem gegenüberliegenden Gebäude dunkel.

»Sofort«, knurrte Declan. Sie sah, dass er wieder hart geworden war. Die Vorzüge seiner Jugend waren offensichtlich.

Elizabeth tat, wie ihr geheißen, und drehte sich um. Sie beugte sich nach vorne, dankbar, dass das Kissen ihre Rippen vor dem kalten Eisengeländer schützte. Zwei lange Finger fanden den Weg zwischen ihre Beine, um sicherzustellen, dass sie bereit war. Oh, ja, sie war bereit. Declan schob ihre Oberschenkel auseinander und drang tief in sie ein. Dann zog er sich so plötzlich wieder zurück, dass sie nach Luft schnappte. Er stieß erneut zu und noch einmal. Elizabeth konnte kaum glauben, dass das gerade tatsächlich passierte. Sie stand auf einem Balkon in Paris und wurde von einem Vierundzwanzigjährigen gevögelt. Sie schloss die Augen, während die rhythmischen Stöße immer heftiger wurden. Tiefer und tiefer. Schneller und schneller. Er kümmerte sich nicht darum, was sie dachte oder fühlte. Er befriedigte sein eigenes Verlangen. Er war noch immer verärgert, weil sie ihn angelogen hatte. Und sie wusste, dass sie es verdiente. Schließlich wurde er langsamer, und nachdem er ein letztes Mal hart zugestoßen hatte, spürte sie, wie die Spannung von ihm abfiel.

Es war wohl gerade Mitternacht, denn als Elizabeth den Kopf hob, sah sie den Eiffelturm vor dem Nachthimmel über Paris funkeln.

Gegenüber stand das ältere Paar, das Elizabeth am Abend zuvor beobachtet hatte, unbemerkt auf seinem Balkon im Schatten und sah zu, wie Elizabeth und Declan sich liebten. Als sie sich umdrehten, um zurück in ihre Wohnung zu gehen, legte der alte Mann seiner Frau sanft die Hand auf den Hintern. Declan und Elizabeth sahen es nicht und kümmerten sich auch nicht darum.

Elizabeth schlief tief und fest. Als sie am nächsten Morgen erwachte, lag Declan nicht mehr in ihrem Bett. Sie strich mit den Händen über die luxuriösen Laken aus ägyptischer Baumwolle. Hier war er bei ihr gelegen, während sie in den Schlaf hinübergeglitten war. Ihre Finger erinnerten sich noch an seine langen Gliedmaßen, seinen harten Hintern und den schlanken, muskulösen Oberkörper. Ihre Zunge erinnerte sich an seinen saugenden Mund, den sanften Biss seiner Zähne, die lange Kerbe, die hinunter zu seinem Ohrläppchen führte. Ihr ganzer Körper und ihre ganze Seele erinnerten sich daran, wie er sie auf dem Balkon genommen hatte, ohne sich darum zu kümmern, ob sie jemand sehen oder hören konnte. Er war so leichtsinnig und impulsiv. Ob er immer noch wütend auf sie war?

Declan wartete in der Lobby, als sie auscheckte. Er trug eine Hose, die sie bei François Renard gekauft hatten, und ein dazu passendes enges Shirt mit langen Ärmeln.

Elizabeth fühlte sich plötzlich schüchtern, als sie ihn begrüßte. »Bonjour.«

»Bonjour, Cherie«, lächelte er. Es war ein warmes Lächeln voller Erinnerungen an die letzte Nacht. Es sagte ihr, dass er ihr vergeben hatte.

Declan küsste ihren Nacken und biss ihr dabei sanft ins Ohr. Elizabeth hätte ihm am liebsten an Ort und Stelle die Kleider vom Leib gerissen. Stattdessen bat sie den Concierge, ihr Gepäck zu verwahren. Sie hatten noch ein paar Stunden bis zu ihrem Rückflug. Sie wollte die Zeit genießen, bevor sie in die Realität zurückkehren mussten, auf die sie sich absolut nicht freute. Sie fühlte sich schuldig und hin- und hergerissen. Sie wollte definitiv noch mehr Zeit mit Declan verbringen, doch sie wusste auch, dass das ein Fehler wäre. Sie war für eine Nacht schwach geworden, aber das hier war schließlich Paris. Sobald sie wieder zu Hause waren, musste dieser Wahnsinn ein Ende haben.

»Also«, sagte sie, nachdem sie das Gepäck losgeworden und auf die Straße getreten waren. »Was möchtest du mit der Zeit, die uns noch bleibt, anfangen?«

Er streichelte ihren Nacken und strich eine Haarsträhne hinter ihr Ohr. »Ich weiß genau, was ich machen möchte, aber ich glaube nicht, dass es erlaubt ist, so etwas mitten auf der Straße zu machen. Nicht einmal in Paris.«

Elizabeth wurde feuerrot. »Lass uns einfach Touristen sein.«

»In Ordnung. Notre-Dame?«

Elizabeth nickte. Die prachtvolle, majestätische, alte Kathedrale mit den gotischen Spitztürmen wurde ihr nie langweilig. Ein Spaziergang um die Kathedrale herum und dann die Seine entlang zurück, vorbei an dem Boot, auf dem sie zu Abend gegessen hatten, wäre perfekt.

Declan griff nach ihrer Hand. Wo sie aufhörte, fing er an. Sie konnten wie ein verliebtes Paar spazieren gehen, denn genau das waren sie. Zumindest für den Augenblick. Niemand beachtete die ältere Frau mit dem jüngeren Mann an ihrer Seite. Und wenn sie doch Blicke auf sich zogen, dann waren es bewundernde oder neidische Blicke. Wohin man auch sah, händchenhaltende verliebte Pärchen waren allgegenwärtig.

Als sie eine Brücke über die Seine überquerten, hielt Declan plötzlich inne und küsste sie so zärtlich, dass es sie vollkommen überraschte.

»Ich glaube, du bist vielleicht gerade dabei, mein Herz zu stehlen, Elizabeth.«

»Ich würde es dir nie stehlen wollen.«

»Nun, in diesem Fall gebe ich es dir ohne Bedenken freiwillig.«

Elizabeth blieb stehen. »Nein, bitte tu das nicht.«

»Warum nicht?«

»Declan, wir hatten wirklich Spaß zusammen.«

»Ich verstehe.«

»Nein, das tust du nicht. Wir hatten Spaß, aber es kann nicht mehr daraus werden.«

»Dann liegt die Entscheidung darüber also bei dir?«

»Wir wissen beide, dass es nicht mehr sein kann. Es ist einfach nicht realistisch.«

»Hmm. Warte hier.«

Declan lief zu einem kleinen Souvenirladen. Was um alles in der Welt hatte er vor? Hatte er gerade in diesem Moment beschlossen, in allerletzter Minute Andenken zu kaufen?

Das Geländer der Brücke, auf der Elizabeth wartete, war voll von Tausenden kleinen Vorhängeschlössern, die im Sonnenlicht golden glänzten. Liebespaare und Touristen hatten sie über die Jahre dort angebracht. Symbole der Liebe. Symbole für romantische Tage. Elizabeth warf einen Blick zurück auf die Kathedrale und die graugrüne Seine. In ein paar Stunden würden Declan und sie nach Hause fliegen. Dann wäre alles vorbei.

Declan kam eilig auf sie zugelaufen und hielt ihr ein goldenes Schloss entgegen, auf dem ihre Namen und das heutige Datum vermerkt worden waren. Triumphierend befestigte er es an dem Drahtgeflecht des Brückengeländers und gab ihr den Schlüssel. »So«, sagte er. »Nun bleibt ein Teil von uns für immer hier in Paris.«

Elizabeth war gerührt. Offensichtlich war er ein Romantiker. Aber war sie es auch?

Elizabeth blickte von der Spitze des Eiffelturms hinunter auf die Herrlichkeit von Paris. Sie fühlte sich großartig, frei und lebendig. Doch dann trat ein bedrohlicher Mann aus dem Schatten. Sie konnte nicht sagen, wer er war. War es Sampson? War es Declan? Er packte ihre Schultern mit seinen starken Armen und hob sie hoch. Oh mein Gott, er würde sie über die Brüstung werfen. Ihr Herz raste. Oh, nein. Würde sie es schaffen? Konnte sie fliegen? Konnte sie sich zwingen, zu fliegen?

»Sehr geehrte Damen und Herren, wir werden in etwa zehn Minuten in Toronto landen.«

Elizabeth wurde von der Ankündigung des Piloten mit einem Mal aus ihrem Traum gerissen. Declan schüttelte sie sanft.

»Das muss ja ein aufregender Traum gewesen sein.«

»Wie bitte? Ähm, ja. Ich bin vom Eiffelturm geflogen.«

»Sampson muss wohl auch dort gewesen sein. Du hast einige Male seinen Namen gerufen.«

»Tatsächlich? Nun, das Unterbewusstsein kann man nicht beeinflussen.«

Declan beugte sich zu ihr und gab ihr einen Kuss. »Du könntest zumindest von mir träumen.«

»Mmm, ich bevorzuge die Wirklichkeit.«

Elizabeth hatte wieder das Bild vor Augen, wie sie sich nackt auf dem Balkon geliebt hatten. Sie verspürte ein Kribbeln. Was hatte er nur mit ihr angestellt? Wie kam es, dass sie sich so verhielt? Es war lächerlich und unreif, aber unendlich aufregend. Sie spürte die Wärme zwischen ihren Schenkeln, als Declan eine Hand unter die Decke schob und sie zu streicheln begann. Oh, nein, das war zu viel.

»Bitte legen Sie Ihren Sicherheitsgurt an, Sir. Wir landen in Kürze.« Der Steward warf Declan einen Blick zu, als wollte er sagen: »Oh, nein, das wirst du ganz sicher nicht tun. Nicht in meinem Flugzeug.«

Declan lächelte Elizabeth frech an. »Nun, was die Wirklichkeit betrifft, daran werden wir arbeiten.«

Die Landung verlief sanft. Elizabeth flog nicht ungern, doch sie war stets froh, wenn das Flugzeug wieder sicher gelandet war und auf der Landebahn ausrollte.

Bei der Zollkontrolle überprüfte eine Beamtin mit steinernem Gesichtsausdruck ihre Papiere. »Sie waren gemeinsam unterwegs?«

»Ja.«

»In einem Pass steht, dass es sich um eine Geschäftsreise handelte, in dem anderen steht etwas von Vergnügen« Ihr Blick wanderte von Declan zu Elizabeth. »Was stimmt denn nun?«

Elizabeth spürte, dass sie rot wurde. Declan kam ihr zu Hilfe.

»Miss Harding befand sich auf Geschäftsreise, und ich habe sie begleitet, um für das Vergnügen zu sorgen.«

Die Beamtin knurrte missbilligend und stempelte die beiden Pässe mit unnötiger Vehemenz ab. »Willkommen zu Hause.«

Elizabeth entdeckte Eddie, ihren Fahrer, der in der Menschenmenge in der Ankunftshalle wartete. Sie hatte vor, Declan bei seiner Wohnung abzusetzen und dann ins Büro zu fahren. Sie würde einige geschäftliche Dinge klären, bevor sie nach Hause fahren und sich vom Jetlag und dem wunden Gefühl zwischen ihren Beinen erholen würde, das sie monate- oder besser jahrelang nicht mehr verspürt hatte. Sie hatte das Gefühl zu glühen. Die letzte Nacht war unglaublich aufregend gewesen. Paris. Der Vollmond. Der Eiffelturm. Und Declan. Der junge, starke, gutaussehende Declan, der in sie eindrang. Trotz ihrer Bedenken, und obwohl sie ihn angelogen hatte. Er hatte erkannt, was noch kein Mann vor ihm erkannt hatte: dass sie den Orgasmus bloß vortäuschte. Es war eine andere Sache, wenn sie alleine war. Wenn sie niemanden zufriedenstellen musste, außer sich selbst, konnte sie sich auf ihre ausgeprägten Fantasien verlassen. Auf etwas, das sie noch nie mit jemandem geteilt hatte. Konnte sie es mit Declan teilen? Sicher nicht. Es war zu dunkel und privat und viel zu persönlich.

Ein freudiger Schauer durchfuhr sie, als sie daran dachte, wie Declan nackt in ihren Armen gelegen hatte. Doch nun waren sie zurück in Toronto, und es war aus. Was hatte er über die Wirklichkeit gesagt? Dass sie daran arbeiten würden? So verlockend die Vorstellung auch war, sie durfte nicht zulassen, dass es wieder geschah.

Elizabeth fing Eddies Blick auf und lächelte. Als er einen Schritt nach vorne trat, um ihr die Tasche abzunehmen, schoss ein Wirbelwind aus schwarzen Haaren und starkem Parfum an Elizabeth vorbei. *Natasha!* Natasha warf sich auf Declan und riss ihn beinahe zu Boden. Sie bedeckte sein Gesicht mit Küssen und presste sich an ihn.

»Wow. Hi, Natasha. Ich freue mich auch, dich zu sehen.« Declan löste sich von ihr. »Erinnerst du dich an Elizabeth?«

Natasha machte sich nicht die Mühe, sich zu Elizabeth umzudrehen, obwohl sie ein flüchtiges »Hi!« hauchte, bevor sie weitersprach. »Hey, Decky. Ich habe mir das Auto meines Bruders geborgt. Ich dachte, du willst vielleicht eine kleine Spritztour machen.«

Bei dem Wort »Spritztour« spreizte Natasha die Beine und rieb die Hüfte an Declan.

Geht es noch offensichtlicher?, dachte Elizabeth.

»Es tut mir leid«, sagte Declan zu Elizabeth und zuckte entschuldigend mit den Schultern. »Scheint, als würde mich jemand abholen.«

Natasha kicherte.

Elizabeth riss sich, so gut es ging, zusammen. »Kein Problem, Declan. Wir hören voneinander.«

Eddie nahm Elizabeth den Koffer ab und machte sich auf den Weg zum Wagen. Elizabeth folgte ihm, ohne sich noch einmal umzudrehen. Sie war sich sicher, Declan und Natasha lachen zu hören. Sie weigerte sich, sich noch einmal umzudrehen. Verdammt, es spielte doch ohnehin keine Rolle. Natasha war kein Problem, solange sich Elizabeth von Declan fernhielt. Und das hatte sie ohnehin vor. Paris war ein Traum gewesen. Doch zurück in der Wirklichkeit, war jeglicher Intimkontakt mit Declan Thomas strengstens untersagt.

kapitel sieben

Declan hinterließ mehrere Nachrichten auf Elizabeths Handy, doch sie rief ihn nicht zurück. Stattdessen nahm sie einen erneuten Anruf von Sampson entgegen und willigte ein wenig widerstrebend ein, ihn zum Mittagessen in der Bar des King Edward Hotels zu treffen.

Elizabeth liebte den Charme und die Geschichte des Hotels, die sie an das Europa um die Jahrhundertwende erinnerten. In der Zeit bevor Toronto von aufstrebenden, modernen Hotels aus Glas und glattem Chrom überschwemmt worden war, war das King Edward das beliebteste Luxushotel der Stadt gewesen. Die Beatles hatten einmal in der Fürstensuite gewohnt, und Frank Sinatra war im Kristallsaal aufgetreten. In dem neu renovierten Ballsaal würde auch ihr alljährlicher Wohltätigkeitsball stattfinden. Ein Event, für das die teuren Eintrittskarten stets heiß begehrt waren und das sehr viel Publicity und Millionen an Spenden für unterschiedliche Projekte einbrachte.

Elizabeth war Stammgast in dem Hotel. Sie brachte ihre Gäste hier unter, und die Angestellten kannten ihren Namen und taten alles, damit sie sich wohl fühlte, vor allem, wenn sie alleine zu Abend aß.

Ein hübscher junger Kellner begrüßte sie und fragte, ob er sie zu ihrem Stammtisch am Fenster begleiten durfte. Elizabeth stimmte zu. Während sie der Kellner über den dicken Teppichboden führte, fiel Elizabeths Blick auf die Gruppen von Geschäftsleuten in teuren Anzügen. Diese wiederum beobachteten die Schönheit mit den kastanienroten Haaren, die elegant wie ein Schwan zu ihrem Tisch geleitet wurde.

Elizabeth bestellte eine Flasche San Pellegrino. Sie musste sich die Speisekarte nicht näher ansehen. Sie kannte sie auswendig und hatte sich bereits für das Hummersandwich entschieden. Sie ließ sich auf der Ledercouch nieder und blickte durch das Fenster hinaus auf die King Street. Ein feiner Frühlingsregen hatte eingesetzt. Wassertropfen liefen wie Tränen über die Fensterscheibe.

Sie dachte an Declan und fragte sich, was er wohl gerade tat. Seit ihrer Rückkehr aus Paris war eine Woche vergangen. Mittlerweile erschien ihr alles wie ein Traum. Ihre Muskeln zogen sich zusammen, als sie an die Szene auf dem Balkon dachte. An die Macht und Kraft, mit der er sie genommen hatte. Wie um alles in der Welt hatte er wissen können, dass sie ihren Orgasmus bloß vorgetäuscht hatte? Sie hatte es doch nur getan, um ihn zufriedenzustellen, aber er war wütend auf sie gewesen. Und nun lag er in Natashas Armen.

Elizabeth seufzte. Sie fragte sich, ob die Tatsache, dass sie vierzig geworden war, wohl eine Midlife-Crisis ausgelöst hatte. Männer litten ganz sicher darunter. Buchhalter mittleren Alters kauften sich plötzlich eine Harley Davidson, um am Wochenende auszufahren, ließen sich trotz beginnender Glatze einen Pferdeschwanz wachsen oder betrogen ihre Ehefrau. Männer wie Sampson ließen sich ständig mit jüngeren Frauen ein. Es war ein biologisches Klischee. Doch sie war nun nicht mehr die jüngere Frau. Sie war die *ältere* Frau. Mein Gott, hatte sie sich zum Narren gemacht? War sie dabei, zu einer traurigen Lachnummer zu werden?

Elizabeth wandte den Blick vom Fenster ab und sah,

dass Sampson mit großen Schritten durch den Raum eilte. Er blieb an einigen Tischen stehen, um Bekannte zu begrüßen, Hände zu schütteln und einigen Männern auf die Schulter zu klopfen. Sampson war ein Schwätzer und sehr gut darin. Sie überlegte, ob man ihn wohl als schmierig bezeichnen konnte. Er wusste jedenfalls, wie er seinen Charme einzusetzen hatte, wenn er wollte. Sie war selbst darauf reingefallen.

»Elizabeth, meine Liebe.« Sampson beugte zu ihr und küsste sie auf beide Wangen. »So wunderschön wie eh und je.«

»Hallo, Sampson. Ein Schleimer wie eh und je.«

Sampson lächelte und setzte sich. Er bestellte einen doppelten Scotch mit Eis. *Das ist seltsam,* dachte Elizabeth. Sampson trank sonst nie tagsüber. Es musste etwas im Busch sein. Er war immer noch attraktiv, obwohl Elizabeth einen kleinen Bauchansatz unter seiner Anzugsjacke entdeckte. Er trug seine silbergrauen Haare jetzt etwas länger und nach hinten gekämmt. Die dunkelbraunen Augen in dem etwas fleischigen Gesicht waren noch immer verlockend. Sie schienen unnatürlich zu glänzen. Hatte er Tränen in den Augen?

»Was ist los, Sampson?«

»Shalene. Sie hat mich verlassen.«

Erwartete er tatsächlich, dass sie Mitleid mit ihm hatte?

»Das tut mir leid«, sagte sie, bevor sie, ohne es zu wollen, hinzufügte: »Jetzt weißt du wenigstens, wie sich das anfühlt.«

Er zog eine Grimasse. »Das war der schlimmste Fehler meines Lebens. Ich wünschte, ich könnte die Zeit zurückdrehen und zu dir zurückkehren.«

»Das wird nicht passieren. Es gibt kein Zurück mehr.«

Sampson nahm einen großen Schluck von seinem

Scotch und seufzte laut. »Bist du dir sicher, Elizabeth? Du warst – du bist – die Liebe meines Lebens.«

»Bis dir das nächste junge Ding über den Weg läuft, dem dein Schwanz nicht widerstehen kann.«

Elizabeth war sich bewusst, wie verbittert sie klang.

Sampson sah sie niedergeschlagen an. »Ich weiß, ich war ein Idiot.«

Da stimmte Elizabeth ihm zu. »Ja, das warst du. Du hattest alles. Ein wunderschönes Zuhause. Ein wunderbares Leben. Und der Sex war auch in Ordnung.«

Sampsons Augenbrauen schossen in die Höhe. »Bloß in Ordnung?«

»Lass es mich so sagen: Gut für dich, nicht so gut für mich.«

»Du hast nie etwas gesagt.«

»Nein, das habe ich nicht. Solange du glücklich warst, konnte ich damit leben. Shalene hat mir einen Gefallen getan, obwohl ich das damals sicher noch nicht so sah.«

»Dieses Mädchen ist einfach grausam«, sagte Sampson.

Elizabeths Neugierde nahm überhand. »Was ist passiert?«

Sampson sah sie verlegen an. »Sie hat meinen Viagra-Vorrat entdeckt.«

»Seit wann brauchst du Viagra? Du hast es doch sicher nicht nötig gehabt, als wir noch zusammen waren?«

»Ha! Versuch du einmal, mit einer Zweiundzwanzigjährigen Schritt zu halten.«

Elizabeth musste gegen ihren Willen lächeln. »Na und? Dann nimmst du also Viagra. Was ist so schlimm daran?«

»Sie war furchtbar beleidigt. Sie glaubte, es würde bedeuten, dass ich sie nicht attraktiv genug finde.« Sampson zuckte beim Gedanken daran zusammen. »Ich glaube, sie nannte es wohl ›Chemieficken‹«.

»Aua.«

»Ja. Und das war's dann also. Sie ist gegangen.«

»Wann habt ihr euch getrennt?«

»Vor einem Monat.«

»Vor einem Monat? Und du bist schon wieder unterwegs und versuchst, bei mir Unterschlupf zu finden?«

»Sie will mich um mein halbes Vermögen bringen.«

»Ich würde an ihrer Stelle vermutlich dasselbe tun. Du hattest bloß Glück, dass ich dein Geld nicht brauchte.«

Sampson gab dem Kellner ein Zeichen, dass dieser noch einen Drink bringen sollte. Elizabeths Hummersandwich wurde serviert. Sampson aß nichts und würde wohl bald betrunken sein. Er starrte sie an.

»Hast du jemanden kennengelernt? Ich kann mir nicht vorstellen, dass eine schöne Frau wie du lange alleine bleibt.«

»Das geht dich nichts an.«

»Dann hast du also tatsächlich jemanden kennengelernt.«

Elizabeth gab ihm keine Antwort. Sie aß, ohne ein weiteres Wort zu sagen, während Samspon sie mit Geschichten über Shalenes Unreife und Selbstsüchtigkeit erfreute. Der hatte vielleicht Nerven, gerade von ihr zu erwarten, dass sie ihm bei einer Tasse Tee – oder besser, bei einem Glas Scotch – zuhörte und ihn bemitleidete. Seine Beziehung war gerade erst in die Brüche gegangen, und schon war er hier und versuchte es bereits bei der Nächsten. *Männer können offensichtlich keine Sekunde lang alleine sein,* dachte sie. *Sie führen lieber eine schlechte Beziehung als gar keine.*

Sampson sah sie zerknirscht an und leerte sein Glas. Er wollte, dass sie ihn bemitleidete, weil er so schmählich verlassen worden war. Doch Elizabeth beschloss, dass sie einen Mann, der sie betrogen hatte, nicht bemitleiden würde.

»Gibt es sonst noch etwas, das ich für dich tun kann, Sampson? Ein neues Auto vielleicht? Einen Urlaub in der Karibik? Einen Blowjob? Irgendetwas?«

Offensichtlich betrunken, warf ihr Sampson einen lüsternen Blick zu. »Ich nehme den Blowjob.«

»Nun, das glaube ich dir gerne. Von mir oder von jedem, der dir einen anbietet.«

»Einem geschenkten Blowjob schaut man nicht ins Maul«, lallte Sampson. »Das ist mein Motto.«

Elizabeth musste gegen ihren Willen lachen. Sampson konnte wirklich witzig sein.

»Okay, Sampson. Die Zeit ist um. Ich muss arbeiten. Gehen wir.«

Der Concierge hielt ihnen die Tür auf, als sie hinaus auf die King Street traten.

Sampson packte Elizabeth an den Schultern und drehte sie zu sich.

»Ich werde dich immer lieben. Immer. Immer.«

»Okay, Sampson. Auf Wiedersehen.«

Sampson beugte sich nach vorne, um sie zu küssen. Sie roch den Alkohol in seinem Atem. Ihr Mund erinnerte sich daran, wie sich seine Lippen angefühlt hatten. Vertraut und auf seltsame Weise tröstlich. Doch dann hatte Sampson die Nerven, ihr seine Zunge in den Mund zu stecken. Das würde sie nicht zulassen. Sie riss angewiderte den Kopf zurück, doch Sampsons Arme hielten sie fest umschlungen. Er begann, ihre Haare zu streicheln.

»Elizabeth, meine Kleine.«

»Hör auf damit, Sampson!«

Elizabeth war so beschäftigt damit, sich aus Sampsons

unerwünschter Umarmung zu befreien, dass sie nicht merkte, dass Declan über die Straße auf sie zukam.

»Hallo, Elizabeth.«

Elizabeth zuckte zusammen, als sie die vertraute, rauchige Stimme hörte, in der leichter Ärger mitschwang. Declan hatte seine Gitarre umgehängt und war offensichtlich auf dem Weg zu einer Probe. Er hatte die Zähne zusammengebissen, und seine hübschen Gesichtszüge schienen wie aus Stein gemeißelt. Seine marineblauen Augen funkelten bedrohlich.

Elizabeth schob Sampson von sich und trat einen Schritt zurück. »Nein, nein!«, wollte sie Declan zurufen. »Es ist nicht das, wonach es aussieht.«

Vollkommen durcheinander stellte sie stattdessen die beiden Männer zögernd einander vor. »Hallo, Declan. Das ist Sampson Wheeler. Sampson, das ist einer meiner Klienten. Declan Thomas.«

Die beiden Männer schüttelten einander widerwillig die Hand.

»Ich habe schon viel von Ihnen gehört«, erklärte Declan grimmig.

»Ach ja?«

Sampson sah Elizabeth prüfend an, dann wandte er sich wieder an Declan. »Und ich habe überhaupt noch nichts von Ihnen gehört.«

Nun war Declan an der Reihe, zuerst Elizabeth und dann wieder Sampson anzustarren. »Das werden Sie aber. Sie werden noch viel von mir hören. Das verspreche ich Ihnen.«

Offensichtlich wütend eilte Declan davon. Elizabeth hielt ein Taxi an und schob Sampson hinein. Er drohte ihr mit dem Zeigefinger.

»Dieser Junge … dieses Kind … er ist scharf auf dich.«

Dann dämmerte es Sampson, und er hob die Augenbrauen. »Das ist der Kerl, nicht wahr? Mein Gott, Elizabeth. Er ist doch noch ein Kind. Was denkst du dir bloß dabei?«

»Auf Wiedersehen, Sampson.«

Elizabeth warf die Autotür zu und machte sich auf den Weg die Straße hinunter. Einen halben Häuserblock weiter konnte sie noch immer Declans hochgewachsene Silhouette ausmachen.

»Declan! Warte. Warte!«

Es war schwierig, in High Heels zu laufen, doch schließlich holte sie ihn ein. Declan blieb stehen und starrte sie wütend an.

»Du scheinst ja alle Hände voll zu tun zu haben. Oder besser gesagt Sampson.«

»Das hatte nichts zu bedeuten. Er war betrunken.«

»Soll das eine Entschuldigung sein?«

»Nein, das soll keine Entschuldigung sein. Seine Freundin hat ihn verlassen. Er wollte reden.«

»Und wie oft habe *ich* dich angerufen? Wie viele Nachrichten habe ich hinterlassen? Ich komme langsam zu dem Schluss, dass die Sache mit ATM doch keine so gute Idee war.«

»Wen hast du angerufen? ATM oder mich?«

»Das ist doch einerlei, oder etwa nicht?«

Nun war es Elizabeth, die verärgert war. »Und wie geht es deiner Freundin?«

»Welcher Freundin?«

»Der Freundin, die dich vom Flughafen abgeholt hat und praktisch noch an Ort und Stelle über dich hergefallen ist?«

»Natasha? Was hätte ich denn tun sollen? Sie hatte sich das Auto ihres Bruders geborgt. Hätte ich sagen sollen:

›Tut mir leid, ich fahre mit Miss Harding. Ich gehöre jetzt ihr?‹«

Plötzlich schämte sich Elizabeth. »Entschuldige, Declan. Du hast natürlich recht. Du konntest nichts tun.«

Declan schien ihre Entschuldigung anzunehmen. Seine Gesichtszüge wurden weicher.

Elizabeth hörte ihre eigene Stimme, die klein und ärgerlicherweise auch sehr verletzlich klang, fragen: »Und? Ist sie deine Freundin?«

»Nein, nein und nochmals nein. Das habe ich dir doch bereits gesagt. Und zwar aus einem bestimmten Grund. Wenn sie meine Freundin wäre, dann würde ich sie ganz sicher nicht mit einer wunderbaren, sexy Rothaarigen betrügen, egal wie sehr ich es mir auch wünschte.«

»Aber sie muss wohl einmal deine Freundin gewesen sein.«

»Wir hatten vor langer Zeit einmal etwas laufen, ja. Sie ist sehr besitzergreifend, und es fällt ihr schwer loszulassen. Ich mag sie. Ich hatte Spaß mit ihr. Aber das ist alles. Und zu deiner Information: Sie wollte mit zu mir kommen, doch ich habe abgelehnt. Sie ist verärgert weggefahren. Vermutlich werde ich sie nie wieder sehen. Und das war's.«

Elizabeth gab sich geschlagen. »Und was machen wir jetzt?«, fragte sie.

»Gehen wir zu mir?«

Die Vorstellung, Declan in seine Wohnung zu begleiten, war in mehrerlei Hinsicht verlockend. Sie hatte zwar beschlossen, sich nicht wieder mit ihm einzulassen, aber was konnte es schon schaden? Sie war neugierig, wie und wo er wohnte. Und wenn sie ehrlich war, konnte sie es kaum erwarten, dass er wieder nackt in ihren Armen lag.

Sie warf einen Blick auf die Uhr. Es war zwei Uhr dreißig. Sie musste zurück ins Büro. »Ich fürchte, ich kann gerade nicht.«

»Dann heute Abend? Vergiss nicht, ich schulde dir noch etwas.«

Elizabeth zögerte. Sie sollte das wirklich nicht tun. Doch sie wollte es unbedingt. Wie eine Suchtkranke versprach sie sich selbst, dass es das letzte Mal sein würde, bevor sie die Sache endgültig beendete. »Gut, dann heute Abend. Um sieben Uhr dreißig?«

Declan holte seinen altmodischen Füller heraus und notierte die Adresse.

»Das ist ein schöner Füller.«

Declan schloss ihn wieder. »Hat meinem Vater gehört.«

Er küsste Elizabeth auf den Mund, und seine Zunge traf kurz auf ihre, bevor er sich von ihr löste. Er flüsterte ihr ins Ohr. »Heute Nacht wird es Wirklichkeit. Heute Nacht wirst du mein sein.«

Wie konnte er diese Dinge mit einem solchen Selbstvertrauen und einer solchen Zuversicht zu ihr sagen? Elizabeths Knie zitterten. Was würde passieren? Würde sie mit ihm einen Orgasmus erleben? Sie konnte sich selbst zum Orgasmus bringen, wenn sie in ihren Fantasien schwelgte, doch das war ihr Geheimnis.

Sie betrachtete Declans schlanke, athletische Silhouette, während er sich von ihr entfernte und schließlich in der Menschenmenge auf dem Bürgersteig verschwand.

Zurück in ihrem Büro, berührte Elizabeth den »Kuss«. Sie hatte die Statue mit ins Büro genommen und auf ihren Schreibtisch gestellt. Jedes Mal, wenn ihr Blick darauf fiel, dachte sie an den Augenblick, als Declan sie im

Musée Rodin in seine Arme gerissen hatte, und an die Leidenschaft, als seine Lippen die ihren berührt hatten. Die Statue lenkte sie ab.

Die Gegensprechanlage summte, und sie hörte Mannys Stimme. »Jayce Corning auf Leitung eins.«

Manny wusste ohne Rücksprache, dass sie mit Jayce Corning sprechen wollte. Er war einer der erfolgreichsten Musikproduzenten des Landes. Mit seinem erlesenen Gehör hatte er bereits Hits für sämtliche kanadischen Superstars von Justin Bieber bis hin zu Céline Dion produziert.

»Jayce. Wie geht es dir?«

»Sehr gut. Hör zu, ich habe da einen Kerl, der mit Glücksspielen massenhaft Geld gemacht hat und darauf aus ist, einen zukünftigen Superstar zu unterstützen. Und ich hatte gehofft, du hättest jemanden für mich.«

»Ja, das habe ich tatsächlich.«

»Frau oder Mann?«

»Mann. Declan Thomas.«

»Wie alt?«

»Vierundzwanzig.« Elizabeth warf einen Blick auf Declans Vertrag, der noch immer auf ihrem Schreibtisch lag. Sie sah, dass er bald Geburtstag hatte. »Beinahe fünfundzwanzig.«

»Das ist ein wenig alt, oder etwa nicht?«

»Er sieht jung aus. Tu dir selbst einen Gefallen und sieh ihn dir persönlich an. Er wird dich nicht enttäuschen.«

»Unverbrauchtes Material?«

»Ja. Super Stimme. Gutaussehend. Das ganze Paket. Die Mädchen lieben ihn.«

»Du verstehst was von deinem Job, Elizabeth. Besorg mir einen Termin.«

»In Ordnung. Bis dann.«

Das waren gute Neuigkeiten. Jayce Cornings Name garantierte mehr oder weniger einen Hit. Cornings Lieblingsspruch war: Versagen ist keine Option. Sie konnte es kaum erwarten, Declan davon zu erzählen, doch das würde warten müssen, bis sie ihm am Abend persönlich gegenüberstand. Sie rief nach Manny.

»Ja, Boss?«

»Haben wir Champagner im Bürokühlschrank?«

»Ja, Boss. Drei Flaschen Veuve, die von der Neujahrsfeier übrig geblieben sind.«

»Gut. Das ist alles. Danke.«

»Boss?«

»Ja.«

»Miss Effie ist gerade eingetroffen.«

»Lass sie herein.«

Effie rauschte mit einer Brise Optimismus und Jovialität in ihr Büro. Sie küsste Elizabeth auf beide Wangen.

»Süße, wie war Paris?«

Effies scharfem Blick entging nichts. Sie entdeckte den »Kuss« sofort. »Aha. Dann haben wir also plötzlich etwas für Rodin übrig, oder wie?«

Elizabeth wurde rot. »Das war ein Geschenk.«

»Erzähl weiter.«

»Von Declan.«

»Gut, aber warum sollte er dir einen ›Kuss‹ schenken, es sei denn, er hätte vorher einen von dir erhalten?«

Elizabeth wurde noch um eine Spur röter.

»Das hat er, nicht wahr? Und vielleicht auch noch etwas mehr?«

»Viel mehr, um ehrlich zu sein.«

»Elizabeth Harding! Ich bin schockiert. Erzähl Tante Effie alles darüber.«

»Oh, Eff. Es war himmlisch. Paris. Piaf. Der Mond.«

Effie schwang ihre breiten Hüften, als würde sie tanzen. Dann schnippte sie mit den Fingern. »Dann habt ihr also ein wenig den horizontalen Mambo geprobt?«

»Horizontal *und* vertikal.«

»Ja! Der Junge ist also gar kein Junge mehr?«

»Er ist definitiv ein Mann.«

»Und sein Ohr?«

»Ausgeprägt genug.«

»Wie wunderbar. Schön für dich. Und sieh nur deine rosigen Wangen an. Du bist heiß, meine Süße. Du bist verdammt heiß. Kein Wunder, dass Declan dir nicht widerstehen konnte.«

»Ich glaube, dass wohl eher ich *ihm* nicht widerstehen konnte. Und übrigens, Eff: Danke, dass du den Vibrator eingepackt hast.«

»Ich hoffe, er hat seinen Zweck erfüllt?«

»Nun, das hätte er wohl, aber die Batterien waren leer.«

Effie lachte laut auf. »Solange du etwas gefunden hast, das funktioniert hat.«

»Es hat alles ganz wunderbar funktioniert.«

»Und? War es ein Urlaubsflirt, oder findet die *Affaire de Cœur* eine Fortsetzung?«

»Ich treffe mich heute Abend mit ihm.«

»Wie schön für dich, Süße. Welches Sternzeichen ist er?«

Effie interessierte sich für Astrologie. Sie behauptete, dass sie voraussagen konnte, ob eine Beziehung funktionieren würde oder nicht.

»Er hat bald Geburtstag. Am 28. März. Was ist das für ein Sternzeichen?«

»Widder. Perfekt.«

»Das ist doch Blödsinn, Effie.«

»Tu es nicht so einfach ab. Der Mond beeinflusst die Gezeiten, also warum sollten die Sterne nicht unser Leben beeinflussen?«

»Und was ist nun mit dem Widder?«

»Du hast doch gesagt, dass es Unsinn ist. Willst du es wirklich wissen?«

»Die Kurzfassung, bitte.«

»Stark. Entschlossen. Dickköpfig.«

»Das klingt nach ihm.«

»Und sehr ehrgeizig. Pass auf, dass du nicht verletzt wirst.«

»Warum sollte ich verletzt werden? Es ist doch bloß …«

»Was? Spaß? Sex?«

»Eine Ablenkung. Das wollte ich eigentlich sagen. Aber ja, hauptsächlich Sex.«

»Aha. Und was glaubst du, woraus sich Liebe entwickelt?«

»Liebe? Ach komm schon. Ich werde mich ganz sicher nicht verlieben. Du solltest mich besser kennen.«

»Wohin dein Verlangen dich auch führt, die Liebe wird dir folgen. Das weiß ich ganz sicher.«

»Der Anwalt?«

»Oh, ja, Süße. Es ist das Wort mit ›L‹.«

»Du warst doch seit ewiger Zeit nicht mehr verliebt.«

»Ja, seit Plateauschuhe aus der Mode gekommen sind.«

»Das freut mich für dich, Eff. Wirklich. Und wann werde ich ihn kennenlernen?«

»Ich habe vor, nächsten Samstag eine kleine Dinnerparty für Stevie zu organisieren.«

»*Stevie* also? Ich werde da sein.«

»Und nimm Declan mit. Vielleicht kann er für uns spielen. Ich habe gerade den Flügel stimmen lassen.«

»Ich werde ihn fragen.«

»Wunderbar. Wir sehen uns um acht Uhr.«

Elizabeth war dankbar dafür, dass der Nachmittag nur so verflog. Sie verließ das Büro um Punkt sechs Uhr und nahm den Champagner mit. Eddie wartete auf sie, während sie duschte und sich umzog. Sie schlüpfte in die aufreizende Spitzenunterwäsche. *Du schlimmes Mädchen*, dachte sie bei sich, während sie etwas Cartier-Parfum auf die Innenseite ihrer Oberschenkel tupfte. Eine grüne Seidenbluse, die ihre Augen betonte, ein grüner Rock, Wildlederstiefel, eine Lederjacke, ein wenig Make-up, und sie war fertig. Sie flocht ihre kupferfarbenen Haare zu einem dicken Zopf und beschloss, dass Declan ihn ja öffnen konnte. Dann griff sie nach ihrer Hermès-Tasche und sagte Eddie, dass er sie vor Declans Haus absetzen sollte. Wenn sie nach Hause wollte, konnte sie sich ja ein Taxi rufen, vielleicht würde sie aber auch gar nicht nach Hause fahren. Sie würde einfach abwarten, wie sich die Dinge entwickelten. Sie spürte, wie sie vor Vorfreude erschauderte.

Declan wohnte im Stadtteil Liberty Village in einem alten Lagerhaus, das noch nicht in eine teure Wohnanlage umgebaut worden war. Elizabeth stieg die mit einem verfilzten, fleckig braunen Teppich ausgelegte Treppe in das dritte Stockwerk nach oben.

»Hallo, meine Schöne«, sagte Declan, nachdem er die schwere Feuertür geöffnet hatte. Er küsste Elizabeth zur Begrüßung und hob die Augenbrauen, als er die Champagnerflasche sah. »Gibt es etwas zu feiern?«

»Ja, ich denke schon.«

Declan war barfuß und trug lediglich Jeans, die ihm tief auf der Hüfte saßen. Sein Oberkörper war nackt, und sie sah zu, wie sich die Muskeln auf seinem Rücken sanft zusammenzogen, während er sie geschmeidig wie ein Panther durch einen schmalen Flur in ein großes, luftiges aber unordentliches Wohnzimmer führte. Eine Ecke des Raumes wurde vollständig von einem Keyboard und einigen Verstärkern eingenommen, und die Regale an einer der Wände waren voller Vinylplatten. Kleidung, Musikzeitschriften und Notizzettel lagen überall verstreut, dazwischen sah sie mehrere Fast-Food-Schachteln.

»Lebst du mit jemandem zusammen?«, fragte Elizabeth.

»Ja, ich habe einen Mitbewohner. Ted. Er ist gerade auf einer Schulung, das heißt, wir sind alleine.«

Elizabeth zog ihre Jacke aus, streifte sich die Stiefel von den Füßen und machte es sich auf der Ledercouch gemütlich, während Declan die Flasche Veuve Clicquot öffnete.

Der Korken flog durch den Raum und landete in einer leeren Pizzaschachtel. Declan goss zwei Gläser ein und setzte sich dicht neben sie. Sie konnte den Blick nicht von den Haaren abwenden, die unter seinem Nabel immer dichter und einladender wurden. Die Straßenlaternen warfen einen Lichtschein auf Declans Arme und betonten seine ausgeprägten, drahtigen Muskeln. Er war so verdammt heiß, so wahnsinnig gutaussehend, so begehrenswert. Elizabeth musste sich zusammenreißen, um seine Arme nicht mit der Zunge zu liebkosen. Stattdessen nippte sie an dem eiskalten, prickelnden Veuve in ihrem Glas.

»Also, was feiern wir?« Declan grinste sie schief an, während er ebenfalls an seinem Champagner nippte.

»Ich habe gute Neuigkeiten für dich, Declan Thomas.«

»Worum geht es?«

»Kennst du Jayce Corning?«

»Wer kennt ihn nicht? Er ist als Musikproduzent eine Legende.«

»Nun, er ist auf der Suche nach einem neuen Künstler, mit dem er zusammenarbeiten kann. Und ich habe dich vorgeschlagen.«

»Wow!«

»Ich habe mir schon gedacht, dass du dich freuen wirst.«

»Was muss ich tun?«

»Das werde ich dir dann noch genauer sagen.«

»Das ist Wahnsinn. Du bist Wahnsinn.«

Declan beugte sich zu ihr und küsste sie stürmisch auf den Mund. Er roch zitronig und sauber. Sie schlang die Arme um seinen starken Rücken und zog ihn zu sich. Declans Finger tasteten nach den Knöpfen ihrer Seidenbluse und begannen, sie langsam zu öffnen. Als sich ihre Zungen berührten, spürte Elizabeth feuriges Verlangen in sich aufkeimen.

Doch dann schob Declan sie plötzlich von sich und sah ihr in die Augen, bis sie das Gefühl hatte, hypnotisiert und willenlos zu sein. »Ich denke, ich bin dir noch ein ganz besonderes Gefühl schuldig«, sagte Declan leise. »Und nun werde ich meine Schuld begleichen.«

Oh, nein. Sie fühlte sich unter Druck gesetzt. Was, wenn sie es nicht schaffte, zu kommen? Sie konnte es ganz offensichtlich nicht wieder vortäuschen. Würde er wieder wütend auf sie sein?

Declan zog ihre Bluse aus und fuhr mit der Zunge sanft über ihre Schultern. Eine Gänsehaut überzog Elizabeths Arme. Er begann bei ihrem Ohr, bevor er ihren

Hals mit Küssen bedeckte und schließlich ihren BH öffnete. Seine Finger glitten über die zarte Seide und Spitze.

»Mmm. Die Wäsche sieht wunderschön an dir aus. Aber noch schöner bist du ohne.«

Er begann, mit ihren Brustwarzen zu spielen, biss sanft hinein und ließ seinen kühlen Atem über sie gleiten, bis sie so hart wurden, dass es beinahe schmerzte. Declan öffnete den Reißverschluss ihres Rockes und streifte ihn gemeinsam mit ihrem Spitzenunterhöschen ab. Als sie nackt war, führte Declan sie die Leiter hinauf in sein Schlafzimmer. Dabei entledigte er sich lässig seiner Jeans. Er hatte das Kommando übernommen. Elizabeth sah, wie erregt er war, und streckte die Hand aus, um ihn zu berühren, doch er wehrte sie ab.

»Jetzt noch nicht.«

Declan legte sie sanft auf das Bett. Sein Mund fand ihren. Er küsste sie leidenschaftlich und strich mit den Händen über ihre Brüste und Oberschenkel. Seine Finger glitten in sie. Sie war so feucht, wie sie nur sein konnte.

»Und jetzt ...«, sagte Declan, während er ihre Hand zwischen ihre Beine schob, »... jetzt machst du weiter.«

»Wie bitte?«

»Ich will, dass du dich selbst berührst, Elizabeth. Ich muss mit deinem Rhythmus vertraut werden.«

Elizabeth fühlte Scham in sich aufsteigen. Das war zu intim. Kein Mann hatte je zuvor so etwas von ihr verlangt.

Declan nahm ihren Finger und strich damit sanft über ihre Klitoris. »Mach schon. Ich möchte sehen, wie du es machst.«

Elizabeth schloss die Augen. Sie schämte sich zu sehr, um Declan in die Augen zu sehen. Verlangte er tatsächlich, dass sie vor ihm masturbierte? Offensichtlich wollte er genau das. Sie spürte, dass er vom Bett aufgestanden war.

»Ich bin gleich wieder da. Denk an etwas Versautes. Und tu einfach, was du immer tust. Aber hör auf, bevor du kommst.«

An etwas Versautes denken? Das war ihre geheime Welt. Elizabeth stellte sich vor, dass sie alleine in einer vollen Bar saß. Neben ihr saß ein außerordentlich gutaussehender Mann, der sich mit einem anderen Mann unterhielt. Sie spürte, wie der Mann nach ihrer Hand griff und sie in seinen Schoß legte. Durch den teuren Stoff seines Anzugs hindurch konnte sie seine Erektion spüren. Ohne sein Gespräch zu unterbrechen, öffnete der Mann den Reißverschluss seiner Hose und schob ihre Hand in den Schlitz. Er war bereits sehr hart. Elizabeth wusste, was sie zu tun hatte. Sie glitt von ihrem Barhocker und machte sich auf den Weg in die Gasse hinter der Bar. Sie wusste, dass der Mann ihr folgen würde. Einen Augenblick später war er bereits da. Er schob ihren engen Rock hoch, drückte ihre Beine auseinander und drang brutal in sie ein.

Elizabeth stöhnte. Sie war kurz davor zu kommen. Wo war Declan? Er hatte ihr gesagt, dass sie es nicht bis zum Ende treiben durfte. Sie durfte nicht kommen. Sie hörte auf, sich selbst zu berühren. Der Orgasmus verebbte wieder und wartete nur auf die Erlaubnis, über sie hinwegzurollen.

Wurde ihre Fantasie plötzlich von Musik untermalt? Sie hätte schwören können, dass sie eine Gitarre hörte. Sie trieb es gerade mit einem Fremden in einer Gasse, und jemand begleitete sie dazu auf einer Gitarre? Elizabeth stützte sich auf die Ellbogen. Declan saß nackt am

Fußende des Bettes und hatte seine Gitarre auf den Knien. Seine Stimme war ein rauhes Flüstern.

»Spiel mit dir, Elizabeth. Spiel.«

Oh Gott. Das war zu viel. Elizabeths Klitoris fühlte sich geschwollen und heiß an. Wie eine vibrierende Saite. Ihr Zeigefinger strich schneller und immer schneller über sie hinweg. Declan sah ihr aufmerksam zu, während er schneller und immer schneller Gitarre spielte. Er spielte auf ihr. Der Fremde in der Gasse besorgte es ihr immer schneller und härter. Passierte das hier gerade wirklich? Ihr Orgasmus kam wie ein Tsunami auf sie zugerollt. Declan schob ihre Hand zur Seite und setzte stattdessen seine Zunge ein. Sein Rhythmus war absolut perfekt. Etwas Kleines, Hartes berührte sie. Der Fremde in der Gasse konnte tun, was immer er wollte. Sie gab sich ihm hin. Sie war ein böses Mädchen. So böse. So böse. Und da kam er schon. Er drohte über sie hinwegzurollen. Sie konnte ihn nicht länger aufhalten. Der Orgasmus ließ ihren Körper in einem Schauer erzittern.

»Das ist es. Das ist es, Baby«, sagte Declan.

Während das überwältigende Gefühl, das sie gerade vollkommen vereinnahmt hatte, langsam verebbte, glaubte Elizabeth über ihrem Körper zu schweben. Sie öffnete die Augen und sah, dass Declan lächelte. »Was war das? Was war das für ein Gefühl? Was hast du mit mir gemacht?«

Declan öffnete seinen Mund und streckte die Zunge heraus. In ihr steckte eine kleine Silberkugel. Er spielte mit seiner Zunge, wie er es zuvor mit ihrem Körper gemacht hatte. Dann grinste er fröhlich. »Das war die Wirklichkeit.«

»Oh mein Gott, du hast recht«, stimmte sie zu. »Ja, absolut.« Sie fühlte sich berauscht.

Declan erhob sich aus dem Bett und kletterte die Leiter hinunter. Er kam mit einem Glas Fruchtsaft zurück, an dem sie dankbar nippte. Dann legte er sich neben sie, stützte sich auf einen Ellbogen und streichelte ihre Haare.

»Nun, da ich erahnen kann, wie Elizabeth Harding tatsächlich tickt, würde ich gerne weiterüben.«

»Üben? Meinst du wie das Klavierspielen?«

»Ja. Spielst du denn ein Instrument?«

»Geige. Aber sehr schlecht.«

»Die Analogie mit dem Instrument ist stimmig. Ich übe jeden Tag. Ich schreibe neue Lieder oder arbeite an ihnen. Übung macht den Meister, oder sie hilft einem zumindest, immer besser zu werden.«

»Woher weißt du das alles, Declan? Du scheinst doch viel zu …« Elizabeths Worte verloren sich.

»Zu jung zu sein? Das wolltest du doch sagen, nicht wahr?«

»Ja. Jung.«

»Meine Mutter wusste, wie wertvoll eine gute Ausbildung ist. Sie hat ihr ganzes Leben der Ausbildung anderer gewidmet.«

»Du meinst damit doch nicht etwa …«

»Sie war mit Frauen aus allen sozialen Schichten befreundet. Charlotte Rousse war Analphabetin, aber eine sehr ambitionierte Nutte. Meine Mutter lehrte sie Lesen und Schreiben. Sie hatte keine Ahnung, dass Charlotte es ihr dankte, indem sie mir alles über Frauen beibrachte.«

»Eine Nutte hat dir das alles beigebracht?« Elizabeth war entsetzt.

»Ich war sechzehn und ein aufmerksamer Schüler. Sie hat mir alles beigebracht, was ich wissen musste«, sagte Declan. »Einschließlich der Kunst, Liebe zu machen und Frauen zu vögeln.«

Elizabeth fiel aus allen Wolken. Sie war praktisch nicht aufgeklärt worden. Als sie zwölf Jahre alt gewesen war, hatte ihr Vater Mrs. Lowrie, ihre Nachbarin, eingeladen, um mit Elizabeth »zu sprechen«. Elizabeth passte ab und zu auf Mrs. Lowries kreischenden Nachwuchs auf, doch Mrs. Lowrie kam selten zu den Hardings nach Hause. Elizabeth, die gerade ihre Mathehausaufgaben machte, sah überrascht auf, als die wogende, schwitzende Gestalt von Mrs. Lowrie atemlos ins Wohnzimmer gestürzt kam. Sie hielt eine Broschüre in der Hand. Jack entschuldigte sich und meinte, er würde mit dem Hund spazieren gehen. Mrs. Lowrie tupfte sich den Schweiß vom Gesicht, und ihr Kinn schwabbelte. Sie hielt Elizabeth die Broschüre hin. Sie trug den Titel »Was jedes Mädchen wissen sollte«.

»Also«, sagte die übergewichtige Frau. »du wirst bald dort unten zu bluten beginnen. Sobald das geschieht, kannst du auch schwanger werden. Und du wirst schwanger, wenn ein Mann sein haariges Ding in dich reinsteckt. Es wird dir nicht gefallen, aber du musst dich, so gut es geht, damit abfinden. Ich habe herausgefunden, dass es hilft, Schokolade zu essen. Noch Fragen?«

Elizabeth schüttelte entsetzt den Kopf.

»Gut. Alles, was du sonst noch wissen musst, steht hier drin.« Mrs. Lowrie klopfte mit der Hand auf die Broschüre. »Armes Ding. Du hättest das alles von deiner Mutter erfahren sollen. Möge sie in Frieden ruhen. Jetzt weißt du alles, was es zu wissen gibt. Wenn dir noch etwas einfällt, ich bin gleich nebenan. Ach, und eine Sache noch. Wenn du zu bluten beginnst, solltest du eine von denen hier verwenden.« Mrs. Lowrie zog eine große Baumwolleinlage aus den Tiefen ihres gigantischen Sackkleides aus Polyester und legte sie auf den Tisch. »Man kann sie im Drogeriemarkt kaufen. Du legst sie dir einfach zwischen die Beine. Und pass auf, dass dein Vater es nicht sieht. Männer schämen sich dafür. Sie wollen nichts von dem Fluch wissen.«

Ein lautes Heulen drang aus dem Vorgarten.

»Diese verdammten Kinder«, sagte Mrs. Lowrie. »Wenn ich du wäre, würde ich mir keine zulegen. Sie machen mehr Ärger, als sie wert sind.« Mrs. Lowrie hievte sich in die Höhe und watschelte nach draußen, um einen weiteren Streit zwischen ihren Kindern zu schlichten.

Elizabeth nahm die Binde und die Broschüre und versteckte sie in ihrer Schultasche.

Blut? Fluch? Haarige Dinger? Vielleicht war Mrs. Lowrie eine Hexe.

Jack kam nach Hause und sah sie mit angespanntem Gesichtsausdruck an. »Ist alles in Ordnung, Lizzy? Konnte Mrs. Lowrie dir behilflich sein?«

Die Informationen, die sie erhalten hatte, hatten Elizabeth die Sprache verschlagen, weshalb sie bloß nickte. Jack schien erleichtert zu sein.

»Dann ist ja alles geklärt. Und sieh nur, ich habe uns etwas mitgebracht.«

Jack zog einen Schokoriegel aus der Tasche und sah Elizabeth erstaunt hinterher, als diese weinend aus dem Zimmer rannte.

Eleanor Wiseman, ein älteres Mädchen aus der Schule, füllte schließlich die Wissenslücken. Sie nahm pro Mädchen einen Dollar und führte ihren eigenen Aufklärungsunterricht durch. Ihr wichtigstes Lehrmittel war eine pornographische Zeitschrift, die sie ihrem Bruder geklaut hatte. Die Mädchen betrachteten die grellen, detaillierten Fotos des Geschlechtsaktes, kicherten und schnappten fassungslos nach Luft.

»Iiih. Das ist ja ekelhaft.«

»Das ist furchtbar.«

»Niemand darf so etwas jemals mit mir anstellen.«

Eleanor sah sie selbstgefällig an. Es war allgemein bekannt, dass sie es mit Leif Millar, dem Herausgeber der Schülerzeitung, getan hatte. »Macht euch keine Sorgen, Mädchen. Eines Tages wird es euch gefallen.«

»Nein!«, »Niemals!«, tönte es durcheinander.

Elizabeth kam zu dem Schluss, dass sie lieber sterben würde, als so etwas jemals mit sich machen zu lassen. Sie beschloss, Nonne zu werden, doch dieser Entschluss geriet bereits kurz nach ihrem sechzehnten Geburtstag ins Wanken. Sie dachte lange über ihre Jungfräulichkeit nach. Sie war ein körperlicher Makel, den sie loswerden musste. In etwa wie eine Warze. Sie schminkte sich, so dass sie aussah wie zwanzig. Es war eine Verwandlung, die ihr nicht weiter schwerfiel. Dann machte sie sich mit einem gefälschten Ausweis und einem bestimmten Vorhaben auf dem Weg in die Stadt. Pete war Bauarbeiter und saß biertrinkend in einer Bar. Er war Mitte zwanzig, und er war süß. Das reichte. Er lud sie auf zwei Gläser Rum mit Cola ein. Als er sie schließlich in seine Wohnung einlud, stimmte sie zu. Das ganze Schauspiel war schnell vorüber. Sie hatte ein schlechtes Gewissen, weil seine Laken voller Blut waren.

»Warum hast du es mir nicht gesagt?«, fragte er besorgt.

»Hätte es denn einen Unterschied gemacht?«, hatte sie mit einer Gegenfrage geantwortet. Sie war nun keine Jungfrau mehr. Sie verließ die Wohnung und ging die Spadina Avenue entlang zur U-Bahn-Station. Sie fühlte sich frei. Sie hatte eine der wichtigsten Entscheidungen ihres Lebens selbst in die Hand genommen. Niemand konnte sie ihr mehr wegnehmen. Sie fühlte sich nicht schlecht. Sie fühlte sich mächtig. Das war vor vierundzwanzig Jahren gewesen. Und hier war sie nun. Sie war vierzig Jahre alt, lag nackt im Bett eines jungen Mannes und fühlte sich so verführerisch wie noch nie in ihrem ganzen Leben.

Elizabeth spürte, wie sich Declans Erektion gegen ihren Oberschenkel drückte.

»Wirst du mich jetzt vögeln, Declan?«

»Nicht, bevor du mir erzählt hast, woran du gedacht hast.«

»Wie bitte? Wann?«

»Als du dich selbst berührt hast. Ich habe dir doch gesagt, du sollst an etwas Versautes denken. Woran hast du gedacht? Komm schon, sag es mir. Ich will es wissen.«

Das hier war furchtbar peinlich. »Äh … an gar nichts.«

»Inakzeptabel.« Declan begann, an sich selbst Hand anzulegen. »Der beste Sex findet zwischen den Ohren statt. Ich muss wissen, was eben in deinem Kopf vorgegangen ist, oder …« Er beugte sich nach vorne und biss ihr sanft in die Brustwarzen.

»Oder was?«

»Oder du wirst nach Hause gehen, ohne gevögelt worden zu sein. Und das wäre eine furchtbare Schande.«

Der beste Sex findet zwischen den Ohren statt? *Das ist wohl wahr,* dachte Elizabeth. Aber wie konnte sie ihm ihre geheimen Fantasien offenbaren? Es waren ihre Fantasien, und sie gehörten nur ihr alleine.

»Ich habe an dich gedacht.«

»Du weißt, dass ich es nicht mag, wenn man mich anlügt.«

Declans Hand auf seinem Penis bewegte sich jetzt schneller. Sie wollte ihn unbedingt in sich spüren, seinen

Gesichtsausdruck sehen, wenn ihr Körper ihm Befriedigung verschaffte.

»Erzähl mir, woran du gedacht hast«, knurrte er mit bestimmter Stimme. »Komm schon. Wie willst du wissen, dass dir etwas nicht gefällt, wenn du es nicht ausprobierst?«

Er wiederholte ihre eigenen Worte, die sie damals gebraucht hatte, um ihn von den Austern zu überzeugen.

Sie hatte das Gefühl, als würde sie vor einer Klippe stehen und hinunterspringen. Sie würde ihm von ihren geheimen Fantasien erzählen. »Ein Fremder«, platzte es aus ihr heraus.

Declan hörte auf, sich selbst zu befriedigen. Mit einer Hand packte er ihre Hände und hielt sie über ihren Kopf fest. »Was ist mit diesem Fremden? Woher kommt er?«

»Aus einer Bar. Ich kenne ihn nicht. Wie gehen hinaus in die Gasse und …«

»Du gehst in eine Bar und lässt dich von einem Mann vögeln, den du noch nie zuvor gesehen hast? Stimmt das?«

Elizabeth wurde rot. »Ja.«

»In diesem Fall hast du es dir jetzt wohl auch verdient, von mir gevögelt zu werden, nicht wahr?«

»Ja«, flüsterte Elizabeth.

»Aber du musst nett darum bitten. Mit deiner Zunge.«

Declan lehnte sich zurück und drückte Elizabeths Kopf hinunter zu seiner Erektion. Sie nahm ihn in den Mund und umkreiste seine Penisspitze mit ihrer Zunge. Er war extrem erregt.

»Jetzt sag ›Bitte‹.«

»Bitte fick mich, Declan. Bitte.«

»Dreh dich um. Auf die Knie.«

Elizabeth tat, wie ihr geheißen, und wartete. Sie spürte einen brennenden Schlag auf ihren Hintern niederknallen.

»Das ist dafür, dass du ein schlimmes Mädchen warst, das sich von einem Fremden hinter einer Bar vögeln lässt. Du bist doch ein schlimmes Mädchen, nicht wahr, Elizabeth?«

»Ja.«

»Du lässt dich von jedem vögeln, nicht wahr?«

»Ja.«

Elizabeth spürte, dass Declans Finger ihre Hüften fest umschlossen hielten, während er in sie eindrang.

»Und jetzt bin ich an der Reihe.«

»Ja.«

Eine riesige, rhythmische Welle erfasste Elizabeth. Sie riss sie mit sich, schneller und immer schneller, bis sie sich in eine Milliarde kleiner Tropfen der Lust zerstreute. Und endlich – Endlich! – kam sie zum ersten Mal in ihrem Leben beim Sex mit einem Partner. Declan brauchte nur wenige Sekunden, um ebenfalls zu kommen. Als sein Penis erschlaffte, drehte er sie zur Seite und kuschelte sich an ihren Rücken. Er küsste ihren Nacken und umfasste ihre Brüste mit seinen Händen.

»Meine süße Elizabeth. Meine süße, verruchte, wunderbare Elizabeth.«

Elizabeth seufzte und schmiegte sich an ihn. Sie konnte sich nicht erinnern, sich jemals so entspannt gefühlt zu haben. Sie hatte mit Declan Thomas nicht bloß einen weltbewegenden Orgasmus erlebt, den ersten, den sie mit einem Partner teilen konnte, sie hatte auch einen Teil ihres geheimen Ichs in seine Obhut übergeben. Es war aufregender, als sie es sich jemals vorgestellt hätte. Er hatte sie wieder einmal überrascht. Wozu war er noch fähig? Und konnte auch sie ihn im Gegenzug überraschen?

kapitel acht

Es kam selten vor, dass Declan an einem Samstagabend frei hatte, deshalb freute sich Elizabeth besonders, dass er sie zu der Party in Effies Penthouse begleiten konnte. Sie fragte sich, wie Effies neuer Liebhaber wohl sein würde. Effie hatte Stil und einen teuren Geschmack, weshalb ein Anwalt wohl genau das Richtige für sie war.

Seit ihrer elektrisierenden ersten Begegnung mit Declan auf Effies Geburtstagsparty waren erst zwei Monate vergangen, doch Elizabeth schien es, als wäre es schon eine Ewigkeit her. In der Zwischenzeit hatte sie sich von einer verkrampften, sexuell gehemmten Frau in eine leidenschaftliche Liebhaberin verwandelt, die ihre dunkelsten Fantasien mit ihrem Partner teilte.

Elizabeth begann vor Verlangen zu glühen, als sie daran dachte, wie es wäre, wieder mit Declan zusammen zu sein. Sie schlüpfte in ihr seidenes Höschen und den BH und stellte sich vor, wie Declan sie ihr wieder auszog. Dann streifte sie ein figurbetontes, smaragdgrünes Cocktailkleid über und stellte sich vor, wie Declans Finger den Reißverschluss öffneten. Sie fasste ihr Haar im Nacken zu einem dicken Knoten zusammen und stellte sich vor, wie Declans makellose Lippen sie liebkosten und die Haarnadeln lösten, so dass ihr Haar über ihren Rücken fiel. Sie hatte das Gefühl, als stünde ihr ganzer Körper in Flammen. Sie suchte auf ihrer Oberlippe und ihrer Stirn nach Schweißtropfen, doch ihr Gesicht war vollkommen trocken. Ihre Kapillaren reagierten lediglich auf die Erinnerung daran, wie sie Declan von ihrer Fantasie erzählt und wie sehr es sie erregt hatte. Unter Declans Anleitung verdorben zu sein hatte sich verdammt gut angefühlt.

Zum Abschluss tupfte Elizabeth sich etwas von Cartiers Parfum *Pasha* aufs Dekolleté und die Handgelenke. Sie sah auf die Uhr. Sie hatte mit Declan vereinbart, dass sie sich bei ihr zu Hause treffen würden. Ihr Fahrer würde sie dann pünktlich zum Cocktailempfang um sechs Uhr bei Effie absetzen.

Es klingelte. Declan stand im Türrahmen und sah so attraktiv aus wie nie zuvor. Er trug einen schmal geschnittenen, grauen Anzug von François Renard, der seine breiten Schultern zur Geltung brachte, und strahlte eine geradezu magnetische Anziehungskraft aus. Seine Haare fielen ihm über die dunkeln Augenbrauen und schienen darum zu betteln, dass man mit der Hand hindurchstrich. Seine Augen schienen noch blauer als sonst zu sein, und der dunkle Ring um die Iris verlieh seinem Blick eine verborgene, mysteriöse Tiefe. Das schiefe, freche Grinsen ließ sein ernstes Gesicht überaus verspielt wirken.

Sie gab ihm einen schnellen Kuss. »Komm rein, Declan.«

»Du siehst heute Abend einfach hinreißend aus.«

»Du siehst aber auch nicht schlecht aus«, flirtete Elizabeth.

»Ich möchte mich aber schlecht benehmen, und du willst es auch.«

Eine Welle der Erregung erfasste Elizabeths Körper. Seine Worte hatten die Macht, sie in Flammen aufgehen zu lassen. Declan legte einen Arm um ihre Hüfte, zog sie an sich und bedeckte ihre Schulter mit vielen kleinen Küssen. Sie spürte, dass er bereits hart war. Einen Moment lang zweifelte sie daran, dass sie es schaffen würden, das Haus zu verlassen, doch dann sah sie Eddie in die Auffahrt biegen.

»Komm, Declan. Entweder wir gehen jetzt oder wir gehen nie.«

Declans dunkler Blick verweilte auf ihrem Körper. »›Nie‹ klingt gut.«

»Effie wäre furchtbar wütend. Gehen wir.«

»Meine Süßen, kommt rein. Kommt rein«, begrüßte Effie sie, nachdem sich die Türen ihres privaten Aufzuges geöffnet hatten. Sie hielt eine Zigarettenspitze in der Hand und trug ein bodenlanges Mantelkleid aus schwarzem besticktem Samt im Stil der zwanziger Jahre. »Willkommen in meinem Penthouse, meine Lieben. *Mi casa es su casa.*«

Effie drückte jedem von ihnen ein Champagnerglas in die Hand und bat sie, sich selbst bei einer der zahlreichen Flaschen Veuve zu bedienen, die in Eimern voller Eis strategisch im ganzen Penthouse verteilt worden waren.

»Ein gewisser Jemand scheint dir gutzutun«, flüsterte Effie Elizabeth zu, während Declan ihnen Champagner eingoss. »Du siehst himmlisch aus.«

»Danke, Effie. Du auch.«

»Es geht nichts über die Liebe.«

Elizabeth bezweifelte, dass sie Declan liebte, aber sie war sich sicher, dass sie definitiv den Sex mit ihm liebte. »Und wo ist nun der mysteriöse Stevie?«

»Jetzt, wo ihr da seid, möchte ich eine Ankündigung machen.«

Effie klopfte mehrere Male mit einem Löffel gegen ihr Glas und bat um Aufmerksamkeit.

Elizabeth entdeckte Effies Freundin Daisy, die im Rollstuhl saß, und stellte sich neben sie. Sie kannte Daisy seit Jahren und mochte die unverblümte Art der älteren Frau. Daisy war dreißig Jahre älter als Effie und war stets wie eine Mutter für sie gewesen. Elizabeth drückte zur Begrüßung sanft Daisys knochige Schultern, während Effie mit ihrer Rede begann.

»Meine Freunde. Danke, dass ihr heute Abend gekommen seid. Ich hatte euch ja zu einer Dinnerparty eingeladen, doch in Wahrheit ist es etwas mehr als das. Eigentlich ist es eine Verlobungsparty.«

Die Anwesenden schnappten nach Luft und begannen überrascht zu murmeln, bevor Applaus aufbrandete.

Effie bat um Ruhe. »Ich weiß, ich weiß. Ihr dachtet alle, dass der Tag, an dem Effie La Chance häuslich wird, nie kommen würde.«

»Definitiv«, erwiderte Daisy mit lauter Stimme, und alle begannen zu lachen.

»Doch nun ist es so weit. Ich möchte euch nun allen die Liebe meines Lebens vorstellen. Die Person, die in Zukunft mein Leben mit mir teilen wird, Miss Stevie Wizniewski.«

Elizabeth war genauso schockiert wie alle anderen im Raum. Effie würde eine *Frau* heiraten? Eine große, schlanke Blondine Mitte dreißig in einem wunderschönen Seidenanzug trat neben Effie und drückte ihr einen Kuss auf die runde Wange. Effie strahlte.

»Wir haben uns im Fitnessstudio kennengelernt, wo ja bekanntlich die meisten homosexuellen Partnerschaften ihren Anfang nehmen.« Effie hielt inne, damit die Zuhörer lachen konnten. »Ich war zum ersten Mal im Kraftraum und hatte keine Ahnung, wo was zu finden war. Stevie kam mir zu Hilfe. Sie wusste genau, wo was zu finden war. Und seither lief alles wie von Zauberhand.«

Effies Freunde lachten, applaudierten und pfiffen anerkennend, als Effie und Stevie sich küssten. Dann wandte sich Stevie ans Publikum.

»Es freut mich, euch alle kennenzulernen. Doch noch mehr freut es mich, dass Effie meinen Heiratsantrag angenommen hat. Die Hochzeit findet im Sommer statt. Die Einladungen werden bald verschickt.«

Effie ergriff wieder das Wort. »Und in der Zwischenzeit sollten wir uns alle betrinken.«

Jubelrufe und Applaus hallten durch den Raum, und das Paar machte sich auf, um sich mit ihren zahlreichen Gästen zu unterhalten.

Elizabeth drückte Daisys Schulter. »Wusstest du davon, Daisy? Wusstest du, dass Effie eine Frau heiraten wird?«

»Nichts, was Effie tut, kann mich noch überraschen, meine Liebe.«

»Ich dachte auch, dass Effie mich nicht mehr überraschen kann. Aber offensichtlich lag ich falsch. Eine Frau!«

»Wenn man von jemandem geliebt wird, wen kümmert es dann noch, auf welcher Seite man sich befindet?«

Elizabeth lachte. »Da hast du wohl recht, Daisy.«

Declan trat mit einer Flasche Veuve zu ihnen. »Noch ein Glas, meine Damen?«

Daisy reichte ihm ihr Glas. »Unbedingt.«

Declan goss ihr Champagner ein, und sie schien wie hypnotisiert von seinem guten Aussehen. »Ist das deiner?«, fragte sie Elizabeth.

Elizabeth war nicht auf die Frage vorbereitet gewesen und begann zu stammeln. »Nun …« Sie wusste nicht, was sie antworten sollte.

Die alte Frau legte ihre zierliche Hand auf Elizabeths

Arm. »Schnapp ihn dir, solange du kannst. Er hat ein hübsches Gesicht. Wenn ich zwanzig Jahre jünger wäre, hätte er keine Chance.«

Declan lächelte Daisy entwaffnend an. Dann verbeugte er sich höflich und küsste ihre Hand. »Und wenn ich zwanzig Jahre älter wäre, dann hätten Sie ebenfalls keine.«

Die alte Dame kicherte und zwinkerte ihm zu. Es war erstaunlich, welchen Effekt Declan auf Frauen jeglichen Alters zu haben schien.

Effie unterbrach den kleinen Flirt, um sich nach Daisys Wohlergehen zu erkundigen. »Alles in Ordnung, Daisy?«

»Ich habe einen Mordsspaß, meine Liebe.«

Elizabeth zog Effie zur Seite. »Warum hast du mir nichts davon erzählt?«

»Warum hätte ich das tun sollen? Es hätte die ganze Überraschung zunichtegemacht. Ich wollte euren Gesichtsausdruck sehen.«

»Wann hast du …?«

»Das Ufer gewechselt? Ich habe es auf dem College einmal ausprobiert. Das Übliche eben. Aber mir wäre nie in den Sinn gekommen, dass es tatsächlich eine Alternative sein könnte, bis ich Stevie kennenlernte. Und die Männer standen nicht gerade Schlange, um mit mir auszugehen. Also dachte ich mir: Wieso nicht? Und es war die beste Entscheidung, die ich jemals getroffen habe.«

Elizabeth umarmte Effie. »Ich freue mich so für dich.«

»Ich freue mich auch. Hey, glaubst du, Declan kann vor dem Essen ein wenig für uns spielen?«

»Warum nicht? Frag ihn.«

Declan unterhielt sich noch immer mit Daisy, so als würden sie sich schon ewig kennen. Effie flüsterte ihm etwas ins Ohr. Declan nickte. Er zog seine Anzugjacke aus und setzte sich an den kleinen weißen Flügel in Effies weitläufigem Wohnzimmer. Nachdem er einige Takte gespielt hatte, verstummten sämtliche Gespräche. Alle Augen waren auf Declan gerichtet. Er hatte die kleine Gruppe sofort in seinen Bann gezogen.

»In einer Welt, die einsam und verwirrend sein kann, haben Stevie und Effie einander gefunden.«

Effie strahlte, als Stevie ihre Hand nahm.

»Ich möchte nun einen Song für die beiden spielen«, fuhr Declan fort. »Er heißt *›I'm in Love‹*.«

Declans lange Finger strichen zärtlich über die elfenbeinfarbenen Tasten. Er lehnte sich ein wenig zurück, legte den Kopf schief und schloss die Augen. Das Lied war so ergreifend schön, dass Elizabeth die Tränen in die Augen stiegen.

When we met I was in trouble,
Trying to make ends meet.
Then those three little words
They crept right up on me:
I'm in love
Love is the sweetest thing.
I'm in love
Hear how the choirs sing.

Die Gäste applaudierten heftig, als die letzten Akkorde verklangen. Effie tupfte ihre Augen trocken und umarmte Declan. Er saß bescheiden am Flügel und ließ die Hände zwischen den Beinen baumeln. Er wirkte beinahe schüchtern, als sich die Gäste um ihn versammelten und Fragen stellten. Er war so atemberaubend jung und schön. Elizabeth hätte ihn am liebsten in den Arm genommen.

Sie hörte, dass Declans Telefon piepte. Er hatte eine Nachricht erhalten. Er zog sein Handy aus der Tasche und las sie. An seinem Gesichtsausdruck erkannte Elizabeth, dass etwas Schreckliches passiert sein musste. Sie eilte zu ihm.

»Was ist passiert, Declan?« Sie erschrak, als sie sah, dass ihm Tränen in seine blauen Augen stiegen.

Seine Stimme war belegt und voller Sorge. »Ich habe gerade eine Nachricht von meiner Mutter bekommen. Mein Vater hatte einen schlimmen Schlaganfall. Sie glauben nicht, dass er durchkommen wird.«

Charles Thomas wurde vier Tage später auf dem Mount Pleasant Friedhof beigesetzt. Die hübsche kleine Kapelle, die vom Hügel aus die Stadt überblickte, war bis auf den letzten Platz mit Trauergästen gefüllt. Elizabeth zwängte sich in eine Bank in der letzten Reihe. Sie konnte gerade noch den oberen Teil von Declans Kopf neben einem großen schwarzen Hut ausmachen, von dem sie vermutete, dass er seiner Mutter gehörte.

Nach einer angenehm kurzen Predigt des Pfarrers sprach Declan fünf Minuten lang über seinen Vater und darüber, was für ein gütiger und wohlwollender Mensch er gewesen war. Declan erzählte, wie sehr sein Vater die Diplomatie geliebt hatte und wie er um die ganze Welt gereist war, um seinem Land zu dienen. Dann sang Declan ohne musikalische Begleitung den 23. Psalm, und seine kräftige, klare Stimme hallte durch die Kapelle. Elizabeth hörte, wie die Zuhörer raschelnd in ihren Hand- und Hosentaschen nach Taschentüchern suchten. Sie selbst hatte ihres bereits in der Hand und zu einer kleinen Kugel zusammengeknüllt. Als der letzte, ergreifende Ton des Psalms verklang, hörte sie, wie sich die Menschen um sie herum räusperten und sich die Nasen putzten. Elizabeth tupfte sich die Augen trocken.

Declan erklärte, dass er und seine Mutter alleine zum Grab gehen würden, um dabei zu sein, wenn der Sarg seines Vaters in die Erde gelassen wurde. Danach waren alle, die bleiben wollten, zu einem Kaffee im Trauersaal im Keller eingeladen.

Declan führte die Trauergäste mit seiner Mutter am Arm aus der Kirche. Sie war eine große, majestätische Frau in ihren Vierzigern. Sie hatte dichte, blonde Haare mit silberfarbenen Strähnen, die sie zu einem langen Bob geschnitten trug. Sie trug keine Kopfbedeckung. Der schwarze Hut gehörte Natasha, die heftig weinend hinter Declan herging. Ihre Wimperntusche lief ihr in dicken schwarzen Streifen über die Wangen, und Elizabeth fragte sich, ob sie wohl noch nie etwas von wasserfester Mascara gehört hatte. Dann schalt sie sich selbst dafür, dass sie so kleinlich war. Obwohl Natasha von Kopf bis Fuß in Schwarz gekleidet war und aussah wie die Witwe des Toten, war es als enge Freundin Declans ihr gutes Recht, hier zu sein.

Die Prozession bewegte sich an ihr vorbei, und Declan sah Elizabeth dankbar an. »Sehen wir uns unten?«, fragte er leise. Elizabeth nickte. Plötzlich warf ihr Declans Mutter einen abschätzenden Blick zu. Elizabeth versank in den klaren, blauen Augen, die denen ihres Sohnes glichen, dann war der Augenblick auch schon wieder vorüber.

Elizabeth begab sich gemeinsam mit den anderen Trauergästen in den Keller der Kapelle. Sie stand alleine in dem von Geräuschen durchfluteten Raum, nippte an ihrem Kaffee und fühlte sich fehl am Platz. Die anderen Trauergäste schienen sich zu kennen und unterhielten sich miteinander. Sie hingegen kannte niemanden außer Natasha, wenn man das überhaupt so nennen konnte.

Elizabeth wollte gerade ihre Tasse zum zweiten Mal auffüllen, als jemand sie am Ellbogen berührte. Sie drehte sich um und stand Declan und seiner Mutter gegenüber. Declan zeigte perfekte Manieren und übernahm die Vorstellung. Elizabeth war etwa im gleichen Alter wie die Mutter ihres Liebhabers. Das fühlte sich sehr merkwürdig an, und sie schämte sich. Sie rang sich ein Lächeln ab.

»Mutter, das ist Elizabeth Harding. Elizabeth, das ist meine Mutter, Joan Thomas.«

»Es freut mich, Sie kennenzulernen, Mrs. Thomas.«

»Nennen Sie mich Joan.«

Elizabeth schüttelte Joan die Hand und war überrascht von dem warmen, starken Händedruck. Elizabeth erwiderte ihn ebenso fest. Sie hasste es, wenn ihr jemand eine schlaffe Hand entgegenstreckte. Es zeugte von einem schwachen Charakter und mangelnder Überzeugung. Vielleicht dachte Joan ähnlich, denn sie warf Elizabeth ein Lächeln zu, das ihr attraktives Gesicht zum Leuchten brachte.

»Declan hat mir bereits viel von Ihnen erzählt«, erklärte Joan.

»Nichts Schlimmes, hoffe ich.«

»Ich bin mir sicher, dass es da nichts Schlimmes zu erzählen gibt.«

Declan fragte seine Mutter, ob er ihr eine Tasse Kaffee bringen sollte.

»Ja, bitte, Liebling. Schwarz.«

Als Declan davonging, um Kaffee zu holen, fiel Elizabeth die starke Ähnlichkeit zwischen Mutter und Sohn auf. Sie hatten beide ein scharfes Kinn und ausgeprägte Wangenknochen, obwohl die Nasen unterschiedlich waren. Joans Nase war kleiner und etwas runder. Elizabeth vermutete, dass Declan seine gerade Römernase von seinem Vater geerbt hatte.

»Mein herzliches Beileid, Joan.«

»Nun, eigentlich war es ein Segen. Er hätte den Gedanken an das, was die Krankheit mit seinem Gehirn machte, gehasst.«

Lautes Weinen unterbrach sie. Natasha tauchte wie aus dem Nichts auf und schien vollkommen außer sich. Sie stand neben ihnen und schluchzte lautstark in ihr Taschentuch. »Es ist so sch-sch-schrecklich«, heulte sie. »Es tut mir so l-l-leid.«

Joans Stimme klang plötzlich eisig. »Ich glaube nicht, dass Sie ihn überhaupt persönlich gekannt haben, nicht wahr, meine Liebe?«

»N-n-nein. Aber der arme Decky. Armer, armer Decky.«

Joan packte Natasha bei den Schultern und drehte sie zu sich herum. »Declan geht es gut. Dort drüben ist die Toilette. Spritzen Sie sich etwas kaltes Wasser ins Gesicht, und reißen Sie sich zusammen. Braves Mädchen.«

Sie versetzte der heulenden Natasha einen kleinen Schubs und schickte sie fort. Joan sah Elizabeth an und verdrehte die Augen. »Also wirklich! Das Mädchen ist uns sogar bis zum Grab gefolgt, obwohl Declan und ich ausdrücklich betont haben, dass wir alleine sein wollen.«

Declan, der gerade mit einer Tasse Kaffee für seine Mutter zurückkehrte, hatte die Bemerkung mit angehört. »Wer? Natasha?«

Joan wandte sich wieder an Elizabeth. »Declan bat sie zu verschwinden. Doch sie umkreiste uns wie ein Geier. Es war sehr störend.«

»Sie übertreibt gerne«, gab Declan zu. »Sie ist sehr emotional. Und sie hasst es, etwas zu verpassen.«

Elizabeth spürte, dass nun ein guter Zeitpunkt war, um sich zu verabschieden. »Es war nett, Sie kennenzulernen, Joan. Obwohl mir fröhlichere Umstände lieber gewesen wären.«

»Danke, dass Sie gekommen sind, Elizabeth. Ich bin mir sicher, Declan hat sich über Ihren Beistand gefreut.«

Declan warf Elizabeth einen warmen, wohlwollenden Blick zu. »Das habe ich wirklich. Danke.«

Elizabeth wollte ihn fragen, wann sie sich wiedersehen würden, doch es schien ihr nicht passend.

Wieder einmal schien er zu wissen, was sie dachte. »Mutter und ich werden ein paar Tage miteinander verbringen, um Dads Sachen durchzusehen. Ich rufe dich an, wenn wir fertig sind.«

Elizabeth nickte. »Bis dann. Auf Wiedersehen.«

Sie wandte sich ab und sah gerade noch den fragenden Blick, den Declans Mutter ihrem Sohn zuwarf. Sie schien ihm deutlich zu verstehen zu geben, dass sie mehr sah, als er dachte. Elizabeth beschloss, dass sie sich diese Frau nicht zum Feind machen wollte.

kapitel neun

Elizabeth stürzte sich in die Arbeit. Der Wohltätigkeitsball stand kurz bevor, und sie musste noch zahlreiche Dinge organisieren, darunter auch eine Auktion, bei der sehr hochwertige Exponate und Gutscheine versteigert werden sollten. Sie bemühte sich, nicht an Declan zu denken. Es war jedoch schwieriger, als sie angenommen hatte. Als sie ihre Handtasche neu ordnete, stolperte sie über den Schlüssel, der zu dem Schloss gehörte, das sie an der Brücke in Paris hinterlassen hatten. Der Schlüssel erinnerte sie an ihre erste gemeinsame Nacht. Elizabeth dachte an den Balkon, und ein Schauer durchfuhr sie. In jener Nacht hatte Declan es geschafft, das Schloss zu ihrem Herzen zu öffnen. Sie hatte sich ihm geöffnet und ihre geheimsten Fantasien mit ihm geteilt. War sie fähig, ihm sogar noch mehr zu offenbaren?

Elizabeth versuchte, sich auf die Arbeit zu konzentrieren, doch ihre Gedanken schweiften immer wieder ab. Egal, wohin sie ging oder was sie sah, alles schien sie an Declan zu erinnern: ein Liebespaar, das sich auf der Straße küsste. Ein Musiker, der eine Gitarre bei sich trug. Selbst der Erste-Hilfe-Koffer, der im Büro an einer Wand hing, erinnerte sie an ihn. Es war auch keine große Hilfe, dass Declans Geschenk, der »Kuss«, noch immer auf ihrem Schreibtisch stand. Sie ließ ihre Finger über die Oberschenkel des Mannes gleiten. Sie waren wie Declans Schenkel, glatt und muskulös. Sie stellte sich vor, wie er seine Beine zwischen ihre drängte. Sie berührte die sehnigen Muskeln der winzigen Oberarme der Statue und erinnerte sich daran, wie Declan sie so fest und doch zärtlich in den Armen gehalten hatte. Das Verlangen, ihren Kopf auf seine glatte, durchtrainierte Brust zu legen, verursachte ihr beinahe körperliche Schmerzen. Sie wollte seinem rhythmischen Herzschlag lauschen und dann langsam hinunter zu seinem Bauch gleiten. Sie würde die steinharten Muskeln unter der weichen Haut spüren, bevor sie ihre Zunge noch weiter nach unten wandern ließ. Sie war sich sicher, dass ihre Anstrengungen belohnt werden würden. Er würde bereits hart sein und auf sie warten. Sie würde ihn necken. Sie würde ihn mit der Zunge umkreisen. Sie würde ihn so verrückt vor Verlangen machen, dass er es nicht mehr aushielt. Sie würde …

Bzzz. Elizabeth wurde von dem Summen der Gegensprechanlage aus ihrem Tagtraum gerissen. Das war doch lächerlich. War Declan etwa eine Droge und sie eine Art Junkie? Sie musste sich zusammenreißen.

»Ja?«

Mannys Stimme drang aus dem Lautsprecher. »Mr. Jayce Corning möchte Sie sehen.«

Jayce Corning? Mein Gott. Sie hatte vergessen, dass er vorbeikommen wollte. Wie konnte sie einen so wichtigen Termin vergessen? Was war los mit ihr?

»Bitte schick ihn rein, Manny.«

Elizabeth brachte rasch ihren Schreibtisch in Ordnung und wischte ein paar Sandwich-Krümel zur Seite, die von ihrem Mittagessen übrig geblieben waren. Sie würde Declan nächste Woche wiedersehen. Er hatte Geburtstag, und sie hatten vereinbart, ihn bei ihr zu Hause zu feiern. Er wurde fünfundzwanzig. Der Altersunterschied zwischen ihnen würde, wenn auch nur für kurze Zeit, kleiner werden. Sie wusste genau, was sie ihm schenken würde. Sie spürte, wie ihr vor Vorfreude heiß wurde. Sie errötete, als Jayce ihr Büro betrat.

»Hi, Jayce«, sagte sie und zwang sich, sich ganz auf ihren Besucher zu konzentrieren. »Schön, dich zu sehen. Wie läuft's?«

»Mal gut, mal schlecht. So ist das nun mal.«

»Ja, das stimmt.«

Elizabeth mochte Jayce sehr. Er war ein großgewachsener dunkelhäutiger Mann, der sich aus dem Ghetto von L. A. ganz nach oben gearbeitet hatte. Es war weithin bekannt, dass er als Produzent ein Genie war. Sie hatten bereits einige Künstler zusammen groß gemacht. Sie vertraute seiner Fähigkeit, das Beste aus einem Interpreten herauszuholen.

»Hattest du schon Gelegenheit, dir Declan Thomas' Website anzusehen?«

»Ich habe ihn mir angesehen.«

»Und?«

»Ich würde sagen, er hat Potenzial.«

»Gut.«

»Und er sieht gut aus.«

»Das kann nie schaden.«

»Er schreibt seine Songs selbst?«

»Jeden einzelnen.«

»Abgesehen von dem Casino-Kerl soll ich auch für Starbucks eine CD mit aufstrebenden Künstlern zusammenstellen. Ich denke, Declan T. würde da reinpassen.«

»Das ist wunderbar, Jayce. Er wird außer sich sein.«

»Aber zuerst muss ich ihn live sehen, denn es gibt vielleicht auch eine Tour.«

»Kein Problem.«

»Ich bin nächsten Monat in L. A. Lass uns einen Termin vereinbaren, wenn ich wieder da bin.«

»Du kommst also nicht zu unserem Ball?«

»Nein. Aber gib mir trotzdem zwei Karten.«

Jayce stellte Elizabeth einen Scheck über zwanzigtausend Dollar aus. Er war sehr großzügig.

»Danke, Jayce.«

Elizabeth warf einen Blick auf den Kalender mit Declans kommenden Auftritten.

»Er spielt nächsten Monat am Fünfzehnten im *Clinton's.*«

Jayce speicherte den Termin in seinem Mobiltelefon. »Okay. Ich werde da sein.«

»Ich ruf dich an und erinnere dich daran. Wir könnten uns um neun Uhr vor dem Club treffen?«

»In Ordnung.«

Elizabeth brachte Jayce zur Tür. Sobald er gegangen war, gratulierte sie sich selbst. Das war sogar noch besser, als sie erwartet hatte, denn Jayce hatte bereits konkrete Projekte im Kopf. Sie musste Declan davon erzählen. Sie schrieb ihm eine Nachricht. »JC kommt am 15. ins Clinton's.« Seine Antwort ließ nicht lange auf sich warten. »Cool.« Schon wieder dieses Wort. Er hätte sich ruhig ein wenig mehr einfallen lassen können. »Bleibt es bei der Geburtstagsfeier? Mittwoch um sieben bei mir?«, schrieb sie. Seine Antwort kam sofort. »Cool.« Na gut. Elizabeth beschloss, es dabei zu belassen. Er verbrachte gerade Zeit mit seiner Mutter, und sie wollte nicht aufdringlich sein.

Sie fragte sich, wie sich die Beziehung zu ihrer eigenen Mutter wohl entwickelt hätte. Wären sie sich nahegestanden und hätten ihre Geheimnisse miteinander geteilt? Hätte sie ihrer Mutter von Declan erzählt, oder hätte sie es geheim gehalten? Sie würde es nie erfahren. Sie hatte ihrem Vater nie etwas von ihrem Liebesleben oder der Tatsache erzählt, dass sie praktisch keines hatte. Sie erinnerte sich, dass sie sieben Jahre alt gewesen war, als sie ihm erklärt hatte: »Ich will einmal ein Baby haben, Daddy. Aber ich will nicht heiraten.«

Jack hatte ihr sanft widersprochen. »Sag so etwas nicht, Lizzie. Wenn die Zeit reif ist, dann wirst du auch heiraten wollen. Du wirst dir einen Daddy für dein Baby wünschen.«

»Kann ich dann einen Daddy wie dich haben?«

Jack hatte gelacht. »Du kannst es ja versuchen, meine kleine Lizzie.«

Er hatte sie ins Bett gelegt, sie zugedeckt, ihr über die Haare gestrichen und ihr einen Kuss gegeben. Dann hatte er wie jeden Abend seine Les Paul Gitarre herausgeholt und beruhigende Jazzakkorde gespielt, bis sie eingeschlafen war.

Declans Geburtstag fiel auf einen Dienstag. Elizabeth verstand, dass er ihn mit seiner Mutter feiern wollte, vor allem da der Tod seines Vaters erst so kurz zurücklag. Sie stimmte bereitwillig zu, sich am darauffolgenden Abend mit ihm zu treffen. Sie würde dafür sorgen, dass er diesen Geburtstag nie mehr vergaß.

Elizabeth buk einen Kuchen. Das war etwas, das sie seit Jahren nicht mehr getan hatte. Statt Zuckerguss verwendete sie Schlagsahne, um den Kuchen damit zu überziehen, und schrieb Declans Namen mit kleinen Schokokügelchen darauf. Sie rief in einem Spezialitätenladen an und bestellte zwölf ausgelöste Austern. Und schließlich stellte sie nicht bloß eine, sondern gleich zwei Flaschen Veuve in den Kühlschrank. Duftkerzen ließen das ganze Haus sanft nach Vanille und Lavendel riechen. Ein kleines Feuer brannte in dem viktorianischen Kamin. Die sanfte Musik eines Jazz-Senders klang durchs Haus. Um sieben Uhr war alles bereit. Sie hatte gebadet, Parfum aufgelegt und trug ihre Haare offen, so dass sie über das schlichte Kleid aus blauer Seide fielen. Ihr Herz begann zu pochen, als sie an Declan dachte und daran, was sie miteinander anstellen würden.

Um zehn nach sieben klingelte es. Elizabeth stürzte zur Eingangstür und warf einen Blick durch den Spion, um sicherzugehen, dass es Declan war. In letzter Zeit war in der Nachbarschaft einige Male eingebrochen worden, weshalb sie vorsichtig geworden war. Durch den Türspion hindurch sah sie den Rücken eines Polizeibeamten. *Oh mein Gott.* Was war los? War Declan etwas zugestoßen? Mit zitternden Händen öffnete sie das Sicherheitsschloss. Plötzlich hatte sie eine furchtbare Vorahnung. Das Grauen legte sich wie ein Mantel über sie. Sie öffnete die Tür einen Spaltbreit.

»Ja, bitte, Officer. Was kann ich für Sie tun?«

Sie hörte eine bedrohliche Stimme. »Ma'am. Sie sind verhaftet.«

Elizabeth schnappte nach Luft. Der Polizeibeamte war Declan. Er drängte sie in den Flur und schloss die Tür hinter sich.

»Drehen Sie sich um, Ma'am«, befahl er streng.

Sie tat, wie ihr geheißen, und spürte, wie sich ein Paar Handschellen um ihre Handgelenke schloss.

»So ist es gut«, sagte Declan. Er drehte sie schwungvoll zu sich herum und küsste sie leidenschaftlich. Er schmeckte nach Pfefferminze. »Jetzt kann ich mit dir machen, was immer ich möchte.«

Was hatte er mit ihr vor? Sie konnte kaum glauben, wie gut er in der Polizeiuniform aussah. Sie spürte, dass sie feucht wurde. »Was habe ich denn angestellt, Officer?«

»Sie haben sich des anrüchigen und wollüstigen Verhaltens schuldig gemacht. Sie bringen Männer um den Verstand.«

»Was meinen Sie damit?«

Declan ließ seine Zunge von ihrem Ohr ihren Nacken hinunterwandern. »Sie gehen in Bars und lassen sich von Fremden vögeln, nicht wahr?«

Elizabeth antwortete mit einem Flüstern. »Ja, Officer.«

»Nun möchte ich genau sehen, womit Sie sie um den Verstand bringen.« Er nahm seinen schwarzen Schlagstock und schob damit ihr Kleid hoch. »Beine auseinander.«

Elizabeth spreizte die Beine.

»Weiter.«

Elizabeth tat, wie ihr geheißen. Declan zog den Schlagstock langsam zwischen ihren Beinen vor und zurück.

»Damit machen Sie die Männer heiß, nicht wahr?«

»Ja.«

Elizabeth hatte das Gefühl, als müsste sie jeden Augenblick kommen. Sie erschauderte, als Declan ihr das Höschen abstreifte.

»Steigen Sie aus Ihrem Slip, Ma'am.«

Declans Augen schienen zu glühen. Elizabeth befolgte seinen Befehl. Er hob ihre Brüste aus dem BH und leckte sanft über beide Brustwarzen, die bereits steinhart waren.

»Ich glaube, Sie machen die Männer wohl auch mit denen hier heiß. Antworten Sie mir!«

»Ja.«

»Und damit?« Declan kniff ihr in den Hintern.

»Ja.«

»Sie sind also geständig. Und nun müssen Sie bestraft werden.«

Oh mein Gott. Was kam als Nächstes? Elizabeths Knie

zitterten so stark, dass sie Angst hatte, ihre Beine könnten unter ihr nachgeben.

»Folgen Sie mir, Ma'am.« Declan führte sie ins Wohnzimmer. Dort drückte er sie sanft auf einen Stuhl. »Als Bestrafung werden Sie sich vor mir entblößen.« Declan schob ihr Kleid hoch und drückte ihre Beine auseinander. »Halten Sie die Beine gespreizt, damit ich Sie mir ansehen kann.«

Elizabeth war sprachlos und zitterte. Es hatte sich noch nie so aufregend angefühlt, gedemütigt zu werden.

Declan setzte sich ihr gegenüber auf einen Stuhl. Er ließ seinen Blick lässig durch das Wohnzimmer wandern, bevor er ihr wieder zwischen die Beine sah. »Ich wette, du würdest dich jetzt gerne von mir ficken lassen, nicht wahr, Elizabeth?«

Oh, ja. Sie wollte es mehr als alles andere. Sie war so erregt, dass sie es nicht in Worte fassen konnte. Die Autorität, die die Uniform ausstrahlte, machte Declan heißer denn je. Durch die dunkle Uniformhose hindurch konnte sie seine Erektion erkennen. Er öffnete langsam seinen Reißverschluss. Dann sah er sie herausfordernd und frech an. »Ist es das, was du willst?«

»Ja, bitte.«

»Ich mag dieses Wort. *Bitte.* Sag es noch einmal.«

Declan begann, sich selbst zu befriedigen. Elizabeth wollte ihn anschreien. »Tu das nicht!« Stattdessen sagte sie: »Bitte, Declan. Bitte fick mich.«

»Und wie soll ich dich ficken?« Seine Hände bewegten sich nun schneller.

»Hart. Ich will es hart.«

»Warum sollte ich das tun? Wie lautet die Anklage?«

»Ich mache Männer heiß. Ich lasse mich von Fremden vögeln.«

»Ja. Das ist richtig.«

Declan hörte auf, sich selbst zu befriedigen. Er starrte ihr zwischen die Beine. Seine blauen Augen glänzten vor Lust. Mit einer schnellen Bewegung war er aus seinem Sessel aufgestanden, und seine Zunge glitt über ihre geschwollene Klitoris. »Du bist eine Schlampe, Elizabeth.«

»Ja, ich bin eine Schlampe.«

»Eine Schlampe, die Männer reizt und ihren Körper benutzt, so dass sie sich nicht mehr unter Kontrolle haben.«

»Ja. Ja. Bitte. Bitte bestraf mich. Fick mich jetzt.«

Ihr Orgasmus kam immer näher, während Declans Zunge sie immer schneller leckte. Als sie schließlich in einer Abfolge von Wellen kam, stemmte er sich auf die Knie und drang in sie ein. Sie zitterte und zitterte und schrie: »Oh, oh, oh«, als Declan ebenfalls kam. Er brüllte vor Befriedigung auf und brach schließlich auf ihr zusammen. Er lag einige Sekunden keuchend auf ihr, bevor er anerkennend zu ihr hochsah. »Du bist mir vielleicht eine.«

Declan küsste sie. Sie schmeckte ihren eigenen süß-salzigen Geschmack auf seiner Zunge. Das war der beste Sex, den sie jemals gehabt hatte. Sogar noch heißer als der auf dem Balkon in Paris. Declan öffnete die Handschellen, die er ihr angelegt hatte. Er begann zu lachen und streichelte ihre Wange. »Wie geht es dir? Bist du glücklich?«

Sie fuhr mit den Händen über den dunkelblauen Stoff seiner Uniform und über seine breiten Schultern. Dann griff sie nach seinen langen Fingern und küsste sie. »Sehr. Alles Gute zum Geburtstag, Officer.«

»Du warst das süßeste Geschenk, das es gibt, Elizabeth Harding.«

»Das ist noch nicht alles. Warte hier.« Elizabeth

schlüpfte wieder in ihr Kleid und eilte hinauf ins Schlafzimmer. Sie kam mit einem Gitarrenkoffer zurück und gab ihn Declan. Er riss überrascht die Augen auf.

»Eine Gitarre?«

»Komm schon, mach ihn auf.«

Als er den Koffer öffnete und die alte Les Paul sah, war er sprachlos. »Eine Les Paul! Sie ist wunderschön. Das kann ich nicht annehmen.«

»Du kannst und du musst.«

»Sie ist ein Vermögen wert.«

»Sie gehörte meinem Vater. Er würde sich freuen, wenn er wüsste, dass ein talentierter Musiker sie erhält.«

Declan hob die Gitarre aus dem Koffer und ließ ehrfürchtig seine Hände darüber wandern. Als Elizabeth sah, wie sich die Gitarre an Declans Körper schmiegte und wie sehr er sich freute, sie berühren zu dürfen, wusste sie, dass sie das Richtige getan hatte.

»Es ist wirklich eine Ehre. Ich werde sie immer und ewig in Ehren halten. Danke.«

Während Declan die Les Paul stimmte und einige Akkorde spielte, stellte Elizabeth die Austern auf den Tisch und öffnete eine Flasche Veuve. Als er den Korken knallen hörte, kam Declan in die Küche.

»Austern und Champagner. Du verwöhnst mich zu sehr.«

»Mmh. Mir fällt niemand ein, den ich lieber verwöhnen würde.«

Declan schlang von hinten seine Arme um sie und vergrub sein Gesicht in ihrem Nacken. Sie spürte, dass er wieder hart wurde. Er murmelte ihr ins Haar. »Dein Anblick fesselt mich.«

Elizabeth sah sie beide in dem Spiegel im Flur. Seine dunklen Locken vermischten sich mit ihren eigenen, kupferroten Haaren. Die Polizeiuniform ließ ihn älter, erfahrener und auf verheerende Weise noch verführerischer wirken.

»Ich will dich«, flüsterte er. »Und ich kann keinen Augenblick länger warten.«

Er hob ihr Kleid hoch und tat überrascht, als er bemerkte, dass sie keinen Slip trug. »Kein Höschen? Das turnt mich an.«

Elizabeth grinste.

»Öffne meinen Reißverschluss«, murmelte Declan.

Elizabeth tat es.

»Und nun mach mich so hart, wie du kannst.«

Elizabeth kniete vor ihm nieder und nahm ihn in den Mund. Sie griff mit einer Hand nach seinen Hoden, die sich so rund, fest und glatt anfühlten wie frische Pflaumen. Sie drückte sanft zu, während sie ihre Zunge an seinem Penis entlangwandern ließ und schließlich die Spitze umkreiste.

»Ich will dich von hinten. Jetzt«, stöhnte Declan.

Elizabeth kniete sich auf den Boden.

»Leg den Kopf auf den Teppich. Streck deinen Hintern in die Höhe.«

Elizabeth drückte den Rücken durch, so dass ihr Hinterteil entblößt war. Declan umspielte ihren Anus mit dem Finger, während er mühelos in sie hineinglitt.

»Du bist ein sehr böses Mädchen, Elizabeth.«

»Ja.«

»Und ich werde böse Dinge mit dir anstellen.«

»Ja.«

»Willst du, dass ich böse Dinge mit dir anstelle?«

»Ja.«

»Wirst du dich von mir vögeln lassen, überall und zu jeder Zeit, egal, wer uns dabei zusieht?«

»Ja.«

Declan begann langsam, doch bald stieß er so fest zu, dass sie das Gefühl hatte, ihre Knochen klappern zu hören. Sie spannte ihre Muskeln an. Declan war in ihr. Er drang in sie ein, er machte sie vollständig. Nun war es an der Zeit, in ihre Fantasiewelt hinüberzugleiten.

Elizabeth befand sich auf einem mittelalterlichen Sklavenmarkt. Um sie herum standen Männer, die ihren Körper anstarrten …

Nein. Ihre Fantasiewelt würde warten müssen. Sie spürte, dass Declan kurz davorstand zu kommen. Er wurde langsamer, bevor er noch ein letztes Mal zustieß und kam. Er zog seinen Penis aus ihr heraus und ließ sich erschöpft neben ihr auf den Teppich fallen. Seine Augen funkelten unsicher. »Bist du gekommen, Elizabeth?«

Sie wollte gerade mit Ja antworten, doch dann überlegte sie es sich anders. »Nein, dieses Mal nicht.«

Declan ließ seine Hände träge über ihren Körper wandern. »Braves Mädchen. Sag mir die Wahrheit.«

»Ich bin nicht sicher, ob ich öfter als einmal pro Stunde kommen kann.«

»Ich liebe die Herausforderung.«

Elizabeth erhob sich. »Declan Thomas, du machst mich vollkommen fertig.«

»Ich gebe mein Bestes.«

»Ich nehme schnell ein Bad.«

»Gute Idee. Vielleicht komme ich nach.«

»Gut, dann nimm den Champagner mit.«

Elizabeth goss etwas von ihrem teuren, parfümierten Schaumbad in die Wanne und drehte die Wasserhähne voll auf. Sie schlüpfte aus ihrem Kleid und betrachtete ihr Gesicht im Spiegel. Ja, sie sah tatsächlich wie eine Frau aus, die gerade richtig rangenommen worden war. Ihre

Wangen waren gerötet und glühten. Ihr Mund erschien ihr voller und sinnlicher. Und aus ihren Augen drang ein Leuchten, das vorhin noch nicht da gewesen war. Sie fasste ihre langen Haare zu einem Knoten zusammen und ließ sich dann dankbar in die warme Umarmung der Badewanne gleiten. Sie fühlte sich vollkommen entspannt, beinahe euphorisch. Nun besaß sie etwas, das ihr in ihrem bisherigen Leben gefehlt hatte: Verlangen. Bei dem Gedanken an Declan und daran, was er mit ihr angestellt hatte, zogen sich die Muskeln in ihrer Vagina lustvoll zusammen. Als Polizist aufzutauchen und sie in ein Rollenspiel zu verwickeln war eine geniale Idee gewesen. Er hatte genau gewusst, wie er sie auf sehr aufreizende Weise demütigen konnte. Er war so selbstsicher. So unbefangen. Er schien in ihren Kopf eindringen zu können und die Bilder zu sehen, die vor ihrem inneren Auge abliefen, wenn sie sich selbst in Fahrt bringen wollte. Sie dachte daran, wie sie mit Handschellen gefesselt in dem Stuhl gesessen und ihre intimsten Stellen offenbart hatte, damit Declan sich daran erfreuen konnte. War es möglich, dass sie schon wieder erregt war? Sie schloss die Augen und lehnte sich zurück.

Das leise Klicken der Badezimmertür verriet ihr, dass Declan gekommen war. Ein Glas Champagner wurde ihr in die Hand gedrückt. Declan befahl ihr mit einem heiseren Flüstern: »Lass die Augen zu. Trink.«

Elizabeth nippte an dem kalten, wunderbaren Champagner. Sie stellte sich vor, wie seine blauen Augen auf sie herabsahen. Sie war ihm ausgeliefert, er konnte mit ihr anstellen, was auch immer er wollte. Sie liebte das Gefühl, begehrt zu werden. Elizabeth leerte ihr Glas und spürte, wie es ihr aus der Hand genommen wurde.

»Rutsch nach vorne.«

Seine jugendlich starken Beine umklammerten Elizabeth von hinten. Sie lehnte sich an ihn und spürte seine Erektion, die sich gegen ihren Rücken drückte.

Das war beinahe zu viel für sie. Beinahe.

»Berühr dich selbst«, flüsterte er. Sie zögerte. Sie war immer noch wund.

»Tu, was ich dir sage.«

Elizabeth begann, sich langsam zu streicheln.

»Und nun begib dich in deine Fantasiewelt. An einen Ort, an dem du dich sexy fühlst. Tu es für mich.«

Im nächsten Augenblick befand sich Elizabeth wieder auf dem mittelalterlichen Marktplatz. Sie sollte als Sklavin verkauft werden. Sie hatte ein Seil um den Hals und einen Sack über dem Kopf. Wenn der Sklavenhändler einmal an dem Seil zog, musste sie ihren Rock heben und sich nackt zeigen. Wenn er zweimal zog, hieß das, dass die Männer mehr sehen wollten. Dann musste sie ihre Schamlippen auseinanderziehen. Wenn er dreimal zog, musste sie sich nach vorne beugen und ihren Anus präsentieren. Sie konnte das Johlen und die Kommentare der Männer hören. Sie wusste, dass sie genau begutachtet wurde und dass mehrere Männer Hand an sich legten, während sie sie betrachteten. Elizabeth spürte, dass ihr Orgasmus wie ein gewaltiges Ungeheuer auf sie zugestürzt kam.

Declan schien es ebenfalls zu spüren. »Knie dich hin und beuge dich nach vorne. Hör nicht auf.«

Elizabeth tat, wie ihr geheißen. Sie berührte sich weiterhin, ihre Hand wurde schneller und immer schneller. Jemand zog drei Mal an der Kette, sie musste den Männern ihren Anus zeigen. Es war so demütigend. Nun spürte sie, wie eine Zunge diese sehr intime Stelle liebkoste. Declan leckte sie. Er war einer der Männer auf dem Marktplatz. Er befriedigte sich selbst, erfreute sich an ihrer Demütigung. Er kam. Sie kam. *Oh! Oh! Oh!* Der Orgasmus stürzte sich auf sie und fegte in einer Reihe von Wellen über sie hinweg.

Elizabeth wartete einige Minuten, bis die Wellen der Lust langsam verebbten, dann lehnte sie sich zurück und schmiegte sich an Declan. Sie war vollkommen erschöpft. Keinen der beiden kümmerte das Wasser, das aus der Wanne auf den Boden geschwappt war.

»Meintest du nicht, dass es nicht zweimal innerhalb einer Stunde funktioniert?«, murmelte Declan. Er seifte mit sanften Händen ihren Körper ein. Zum ersten Mal kam ihr der Gedanke, dass sie sich vielleicht in ihn verlieben könnte.

»Bleibst du über Nacht?«, fragte sie.

»Versuch, mich davon abzuhalten.«

Elizabeth duschte sich ab und stieg aus der Wanne. Sie reichte Declan den Gästebademantel und schlüpfte selbst in ihren eigenen.

»Das war's, Declan. Ich bin vollkommen erledigt. Die Austern und der Champagner warten auf uns.«

Declan grinste verschmitzt. »Ich kann nichts versprechen, aber ich habe einen Bärenhunger.«

Elizabeth aß vier Austern und überließ Declan den Rest. Ihr gefiel, wie er sie mittlerweile so selbstverständlich in seinen makellosen Mund gleiten ließ und wie sich seine Halsmuskeln zusammenzogen, wenn er schluckte.

»Im nächsten Leben möchte ich als Auster wiedergeboren werden. Und dann hoffe ich, dass du mich schluckst«, erklärte sie ihm.

Er lächelte entwaffnend. »Ich kann dir aber nicht versprechen, dass du stattdessen nicht doch von einem alten Fettsack verschluckt wirst.«

»Du hast recht«, erwiderte Elizabeth und drückte Declan einen Kuss auf die Stirn. Sie war überglücklich. »Steak?«

»Ja, bitte. Ich habe einen Bärenhunger.«

»Hmm. Ich frage mich, woher der wohl kommt?«

Elizabeth bereitete Steaks für sie beide zu, die sie daraufhin mit Heißhunger aßen. Dann steckte sie eine Kerze in die selbstgebackene Torte und sang »Happy Birthday«.

Declan war ehrlich gerührt. »Hast du die für mich gebacken?«

»Ja, ganz alleine.«

»Du bist eine wunderbare Frau.«

»Nächsten Samstag findet der alljährliche Wohltätigkeitsball von ATM zum Thema Schwarz-Weiß im King Eddy statt. Möchtest du mein Gast sein?«

»Um wie viel Uhr?«

»Der Ball beginnt um sieben. Es werde Spenden für verschiedene Projekte gesammelt. Es ist ziemlich förmlich.«

»Ich könnte als Polizeibeamter kommen, falls die Dinge außer Kontrolle geraten.«

Elizabeth lächelte anzüglich. »Du bist zwar als Polizist unwiderstehlich, aber ich fürchte, das Hotel stellt eigenes Sicherheitspersonal bereit.«

»Ich kann nicht vor acht kommen. Ich treffe mich zum Proben mit den Jungs.«

»Das ist schon in Ordnung. Ich werde Manny fragen, ob er mich auf dem roten Teppich begleitet. Er liebt solche Dinge.«

Als sie den Champagner getrunken hatten, fühlte sich Elizabeth beschwipst. Alle ihre Bedenken waren wie weggeblasen, und in diesem Augenblick war alles perfekt. Declan verließ das Zimmer, und sie streckte sich im Wohnzimmer auf dem Sofa vor dem Kamin aus. Wenn sie die Zeit anhalten und einen Augenblick für immer konservieren hätte können, dann hätte sie sich für diesen entschieden. Ihr fiel ein, dass sie die Gardinen noch nicht geschlossen hatte, und sie bemerkte, dass es draußen bereits dunkel geworden war, doch sie war zu träge, um noch einmal aufzustehen.

Sie hörte, wie Declan wieder ins Zimmer trat. »Declan? Würdest du die Gardinen schließen?«

»Klar.«

Declan blieb einen Moment lang vor dem Fenster stehen und blickte hinaus auf die Straße. »Dein Haus ist wunderschön, Elizabeth. Ich bin gerne hier.«

Elizabeth schloss die Augen. Sie spürte, dass sie kurz davor war, einzuschlafen. »Mmm. Ich bin auch gerne hier.«

Als Declan sich schließlich umdrehte, schlief Elizabeth bereits. Sie sah friedlich und entspannt aus. Declan nahm seine neue Gitarre und begann, leise darauf zu spielen. Er summte eine Melodie, während er an einen neuen Song über Elizabeths leuchtend grüne Augen arbeitete. *»You say eyes don't hold secrets. I don't agree.«*

Auf der anderen Straßenseite, verborgen in einer dunklen Seitengasse, leuchtete ein Paar Augen, das auf die Stelle gerichtet war, wo Declan noch vor kurzem an Elizabeths Fenster gestanden hatte. Diese Augen waren so wild und ungezähmt wie die einer Katze und zogen sich vor Eifersucht hasserfüllt zusammen. Natasha.

kapitel zehn

Als Elizabeth am nächsten Morgen aufwachte, stellte sie erfreut fest, dass Declan noch immer neben ihr im Bett lag. Sie betrachtete sein schlafendes Gesicht und genoss seine Schönheit. Selbst wenn er seine wunderbaren Augen geschlossen hatte, war die Kraft, die seine Gesichtszüge ausstrahlten, atemberaubend. Er war einfach der attraktivste Mann, den sie jemals gesehen hatte. Sie zeichnete seinen makellosen Mund mit dem Finger nach. Ihr gemeinsamer Abend hatte alle ihre Erwartungen übertroffen. Sie hatte keine Ahnung gehabt, dass sie so hemmungslos sein konnte, wie sie es mit ihm gewesen war, doch Declan hatte etwas in ihr ausgelöst. Sie hatte sich ihm auf eine Art hingegeben, die sie nicht für möglich gehalten hätte. Noch hatte sie ihre Fantasie von dem Marktplatz nicht mit ihm geteilt. Was würde er daraus machen? Vielleicht würde es ihn abstoßen. Obwohl ihn ihre Fantasie, in der sie Sex mit einem Fremden hatte, auch nicht abgestoßen hatte. Tatsächlich hatte er sie als sehr anregend empfunden. Er hatte sie in seiner Rolle als Polizeibeamter gegen sie verwendet. Mein Gott, es war so erregend gewesen. Sie spürte, dass sie feucht wurde, wenn sie nur daran dachte. Vielleicht war Declan …? Sie ließ ihre Hand unter das Laken und über seinen jungen, muskulösen Körper gleiten. Ja, er war hart. Sehr hart.

Als sie ihn berührte, wachte Declan auf und grinste sie verschlafen und herausfordernd an. »Hallo, ich wünsche dir auch einen guten Morgen.«

Elizabeth schob ihr Laken beiseite und rutschte zwischen seinen Beinen nach unten. Sie griff nach seinem steifen Penis und klopfte mit dem Finger leicht gegen die Spitze. »Test. Test. Eins, zwei, drei. Ist bereits alles funktionstüchtig?«

Declan lachte. »Ja, auf alle Fälle. Ich würde sogar sagen, das Mikro ist zu allem bereit.«

Elizabeth nahm die Spitze seines Penis' in den Mund. Sie ließ die Zunge kreisen und saugte sanft, bis sie hörte, wie Declan aufstöhnte. Als sie spürte, dass er kurz davor war zu kommen, spreizte sie ihre Beine und ließ sich auf ihn sinken. Sein Blick war so verträumt wie in den Momenten, wenn er sang.

Er richtete seinen Blick zwischen ihre Beine. »Berühre dich selbst, Elizabeth. Ich sehe dir so gerne dabei zu.«

Elizabeth tat, wie ihr geheißen. Sie dachte an den Sklavenmarkt. Sie entdeckte Declans Gesicht in der Menge. Jemand zog zweimal an dem Seil. Sie musste sich darbieten. Obwohl sie wusste, dass auch die anderen Männer sie sehen konnten, tat sie es nur für ihn, damit er einen besseren Blick auf sie werfen konnte. Sie ritt Declan schneller und immer schneller, während sie sich selbst zum Orgasmus brachte. Er war atemberaubend, und sie spürte, wie sie rund um seinen Penis in immer schwächer werdenden Wellen pulsierte.

»Sie können mich auf diese Weise wecken, wann immer Sie wollen, Miss Harding.« Declan richtete sich auf und küsste die Stelle zwischen ihren Brüsten. »Du bist sehr sexy.«

»Ach, Declan. In einem anderen Leben hätten wir vielleicht ein gemeinsames Leben führen und eine Familie gründen können.«

Declan runzelte die Stirn. »Ich habe dir doch gesagt, dass ich keine Kinder möchte. Und nun geht es auch nicht mehr. Dafür habe ich gesorgt.«

»Was meinst du damit?«

Declan machte eine Scherenbewegung mit seinen Fingern.

»Du meinst, du hattest eine Vasektomie?«

»Vor einigen Wochen.«

Elizabeth war bestürzt. Das war eine überaus extreme Entscheidung. »Ist deine Mutter nicht enttäuscht, dass sie niemals Enkelkinder haben wird?«

»Sie weiß es nicht.«

Elizabeth fand das seltsam. Warum sollte er so etwas Extremes tun, es sei denn, irgendetwas stimmte nicht mit ihm? Nun gut, das ging nur ihn etwas an. Soweit es sie betraf, war er perfekt.

Elizabeth küsste die Furchen über Declans schönen Augenbrauen. »Ich habe von einem anderen Leben gesprochen, von einer anderen Zeit, in der es den Altersunterschied nicht gibt. Dort wären die Dinge vielleicht anders gelaufen.«

»Ich bin glücklich, so wie es ist«, sagte Declan. »Ich bin glücklich mit dir. Du bist die aufregendste Frau, die es gibt.«

Das war das Stichwort, aus dem Bett zu steigen, oder sie würde den ganzen Tag darin verbringen. So verlockend es auch war, aber Elizabeth musste ins Büro. Sie hüpfte lächelnd unter die Dusche, bevor sie eine Kanne Kaffee und French Toast für Declan zubereitete. Ihr Fahrer holte sie um neun Uhr ab. Sie bot an, Declan irgendwo abzusetzen.

»Klar. Im Malabar's. Ich arbeite heute.« Er grinste. »Und ich muss die Polizeiuniform zurückgeben. Ich habe meine Sachen dagelassen, damit ich mich umziehen kann.«

»Vielleicht solltest du die Jacke und die Kappe besser

nicht anziehen. Es wäre schade, wenn man dich verhaften würde, weil du wie ein Polizeibeamter herumläufst. Ach ja, hier.« Elizabeth gab ihm eine Eintrittskarte. »Die hier ist für den Ball.«

Declan warf einen Blick darauf und stieß einen Pfiff aus. »Zehntausend Dollar?«

»So sammeln wir Spenden.«

»Wow. Und Franco wird auftreten? Lebt er noch? Ich dachte, er sei bereits tot.«

»Es gibt sicher einige Leute, die dir da zustimmen würden.«

»Das wird ein toller Abend werden. Und ich bin also deine Verabredung?«

»Wenn du willst.«

»Und werden wir auch …?«

»Danach hierherkommen?«, vervollständigte Elizabeth seinen Satz. »Wenn du möchtest.«

Declan grinste sie schief an. »Das möchte ich.« Seine blauen Augen blickten bis in ihre Seele und verursachten ihr Schmetterlinge im Bauch. »Das möchte ich unbedingt.«

Im Büro angekommen, rief Elizabeth Suzie zu sich. Suzie war ein kluges Mädchen, das seine Arbeit sehr gut machte. Elizabeth war sehr erfreut, dass sich das Vertrauen, das sie in sie gesetzt hatte, bezahlt gemacht hatte. Suzies letzte Aufgabe war es gewesen, Exponate und Gutscheine für die Auktion aufzutreiben, die während des Balles stattfinden sollte. Suzie ratterte eine Liste der exklusiven Gutscheine herunter: ein Abendessen mit Richard Branson, ein Flug mit dem Privatjet nach Dubai, eine Bootsfahrt mit Justin Bieber. Diese Dinge würden für sehr viel Geld versteigert werden, das schließlich unter zahlreichen Projekten aufgeteilt wurde. Sie bauten eine Schule in Afrika, gruben Brunnen in Guatemala, unterstützten Tierheime, Frauenhäuser und die Neugeborenenstation des Kinderspitals.

Suzie hatte ganze Arbeit geleistet. Das sagte ihr Elizabeth auch und gab ihr zusätzlich eine Gehaltserhöhung.

»Wow! Danke, Miss Harding.«

»Könnten Sie mir eine Liste der Personen bringen, die bereits zugesagt haben?«

»Klar.«

Suzie eilte aus dem Büro, und ihr blonder Pferdeschwanz wippte dabei von einer Seite zur anderen. Elizabeth hätte mehr eifrige junge Frauen wie sie gebrauchen können. Suzie kam mit der Liste wieder, die sich wie das veritable Who is Who der mächtigsten und einflussreichsten Menschen des Landes las. Elizabeth überflog die Liste und stellte zufrieden fest, dass die Veranstaltung auch dieses Jahr wieder ein durchschlagender Erfolg werden würde.

Abgesehen davon würde Declan ebenfalls dort sein. Und nach dem Ball würde sie wieder eine Nacht mit ihm verbringen. Würde sie mutig genug sein, um ihm zu erzählen, woran sie das letzte Mal gedacht hatte, als sie sich geliebt hatten? Hatten sie sich geliebt? Oder hatten sie gevögelt? Spielte es eine Rolle? Elizabeth spürte ein Ziehen in ihrem Bauch. Was immer es auch war, es fühlte sich erstaunlich gut an. Und sie konnte nicht erwarten, es wieder zu tun.

Elizabeth verbrachte den Samstagnachmittag im Schönheitssalon, um sich Haare, Nägel und das Make-up machen zu lassen. Es wurde ein warmer, klarer Abend, und ein atemberaubender Sonnenuntergang warf lange Schatten auf die King Street. Vom Gehsteig bis zum Eingang des Hotels war ein roter Teppich ausgerollt worden. Hinter den Samtkordeln warteten Fotografen und Schaulustige ungeduldig auf die Ankunft der Reichen und Mächtigen.

Manny half Elizabeth aus ihrer Limousine. Das Blitzlichtgewitter von Tausenden Digitalkameras blendete sie einen Augenblick lang. Ihr atemberaubendes Kleid aus Paris hatte einen tiefen Rückenausschnitt, der beinahe bis zu ihrem Hintern hinunter verlief. Dazu hatte sie sich ein Cape aus weißen Straußenfedern über die blassen Schultern geworfen. Sie sah umwerfend aus.

Manny war außer sich vor Freude gewesen, als Elizabeth ihn gebeten hatte, sie den roten Teppich hinunterzuführen. Er hatte tagelang von nichts anderem gesprochen. Die Vorstellung, von einem Paparazzo fotografiert und vielleicht in der *Vanity Fair* abgebildet zu werden, war beinahe zu viel für ihn. Er hatte in einem Second-hand-Laden einen weißen Smoking von Valentino aufgetrieben und sah aus wie der perfekte, charmante, wenn auch schwule Begleiter.

Von der Aufmerksamkeit, die ihm entgegenschlug, begeistert, winkte Manny der Menge der Schaulustigen zu, als wäre er der größte Star der Welt. Tatsächlich gab er sogar einige Autogramme.

»Hör auf damit, Manny«, warnte ihn Elizabeth scherzend hinter vorgehaltener Hand. »Sonst muss ich dich noch feuern.«

»Heute Nacht fühle ich mich wie Cinderella«, erwiderte Manny, bevor er stehenblieb, um für ein Foto zu posieren.

Sobald alle Gäste eingetroffen waren und ein Glas Champagner in der Hand hatten, hielt Elizabeth eine kurze Rede, um sie willkommen zu heißen. Sie ermutigte die Gäste, bei der Auktion mitzubieten, bei der es unter anderem eine zwölf Meter lange Yacht und ein Skiwochenende für zwölf Personen in einem privaten Chalet in den französischen Alpen zu ersteigern gab. Die Kellner waren angewiesen, dafür zu sorgen, dass die Gläser stets gut gefüllt blieben. Ein angetrunkenes Publikum war ein großzügiges Publikum.

Nachdem sie zwei Gläser Champagner getrunken hatte, stieg Elizabeth auf Mineralwasser um, doch der Alkohol war ihr bereits ein wenig zu Kopf gestiegen. Sie fühlte sich hervorragend. Das Essen würde pünktlich um acht Uhr serviert werden, und Declan hatte versprochen, bis dahin da zu sein. Sie warf einen Blick auf ihre Diamantuhr und sah sich um. Ein junger Gott in einem gebrauchten Smoking kam mit großen Schritten durch den Ballsaal auf sie zu. Elizabeth hatte das Gefühl, als wären alle Augen im Saal auf den jungen Mann gerichtet, der aussah wie ein Filmstar.

Declan ging selbstbewusst auf sie zu. Er hatte seine dichten Haare zurückgekämmt und die widerspenstigen Locken gebändigt. Sein leichter Dreitagebart verlieh ihm eine gefährliche, maskuline Ausstrahlung. Seine dunkelblauen Augen glitzerten mit den vielen Diamanten im Raum um die Wette. Bei Elizabeth angekommen, griff er nach ihrem Ellbogen und küsste sie höflich auf beide Wagen. Er roch frisch, und sein Duft erweckte ihr Verlangen.

»Wow, Declan. Du siehst umwerfend aus.«

»Du auch.«

»Das ist ein sehr schöner Smoking. Hast du ihn bei Malabars gefunden?«

»Nein. Er gehörte meinem Vater.«

Elizabeth griff nach Declans Arm und führte ihn in den Speisesaal. Das war das Zeichen für die anderen, ihnen zu folgen. Elizabeth hielt nichts davon, an einem Haupttisch in der Mitte des Raumes zu sitzen. Stattdessen befand sich ihr Tisch am Rande des Ballsaales, von wo aus sie leicht zur Bühne gelangen konnte. Außer Declan saßen noch drei weitere Paare bei ihr. Gretchen Sweetwater, die Anwältin von ATM, und ihr Mann Bill, Bernie, der Buchhalter, und seine neue Freundin Molly, sowie Dr. Charles Sadler, der Präsident und Geschäftsführer des Kinderspitals, und seine Frau Elaine. Das Kinderspital würde den Großteil der Spenden erhalten, die heute eingenommen wurden.

Während sich die Gespräche um verschiedene Themen drehten, war sich Elizabeth Declans Nähe nur allzu bewusst. Und auch Molly, die jüngste Frau am Tisch, hatte offensichtlich ein Auge auf ihn geworfen. Sie konnte kaum den Blick von ihm wenden und schmachtete ihn mehr oder weniger offensichtlich an. Elizabeth dachte, dass die aufreizende Schönheit der Jugend in etwa so war, als säße man hinter dem Steuer eines Ferraris, ohne einen Führerschein zu besitzen. Sie wurde plötzlich schwermütig. Hätte sie bloß mit zwanzig schon gewusst, wie wunderschön sie eigentlich war. Damals hatte sie ihr Aussehen als selbstverständlich erachtet und es nicht einmal zur Kenntnis genommen. Als junge Frau hatte sie sich auf ihre Zukunft konzentriert. Nun war die Zukunft zur Gegenwart geworden.

Elizabeth spürte, dass Declan seine Hand auf ihren Oberschenkel gelegt hatte. Er schien tief in ein Gespräch mit Charles Sadler versunken, bei dem es um Stammzellen ging. Der Arzt war beeindruckt, weil Declans wusste, dass diese von zwei Kanadiern entdeckt worden waren.

Die beiden unterhielten sich, doch Elizabeth spürte, wie Declan ihr Kleid langsam Zentimeter für Zentimeter hochschob. Schließlich hatte er sich bis zu ihrem Knie vorgearbeitet, und Elizabeth ging davon aus, dass er es wohl dabei belassen würde.

Das Gespräch war beendet, und Declan wandte sich Elizabeth zu. »Ich hoffe, du bist offen dafür, heute Abend noch mit mir zu tanzen«, sagte er, wobei er das Wort »offen« kaum merklich betonte.

Elizabeth konnte kaum fassen, wie wenige Hemmungen er hatte. Sie spreizte ein wenig die Beine. Nun war es Declan, der überrascht reagierte. Ihr Kleid lag so eng an ihrem Hintern an, dass sie beschlossen hatte, auf ein Höschen zu verzichten. Declan hob fragend eine Augenbraue. Seine Finger strichen über ihren Venushügel und glitten schließlich zwischen ihre Schamlippen, wo er sie sanft und herausfordernd kreisen ließ. Elizabeth spürte, wie ihre Klitoris anschwoll und ihre Wangen rot wurden. Oh mein Gott. Bernie sagte gerade etwas über die europäische Wirtschaftspolitik. Sie hielt es nicht länger aus.

»Alles in Ordnung?«, fragte Bernie, dem Elizabeths hochrotes Gesicht aufgefallen war.

»Mir ist bloß ein wenig heiß. Vielleicht sollte ich auf die Toilette gehen und mir ein wenig kaltes Wasser über die Handgelenke laufen lassen. Bitte entschuldigt mich.«

Elizabeth schob ihren Stuhl zurück und floh in die private Toilette, die für die Stars reserviert war, die in dem Hotel auftraten. Sie betrachtete sich selbst im Spiegel. Ihre Augen leuchteten, und ihre Wangen waren feuerrot. Sie lehnte sich gegen das Waschbecken und versuchte, wieder zu Atem zu kommen. Was um alles in der Welt machte Declan bloß mit ihr?

Sie streckte gerade die Hand aus, um die Tür abzuschließen, als diese schwungvoll aufgestoßen wurde. Blitzschnell schloss Declan die Tür hinter sich ab, öffnete seinen Reißverschluss und hob sie auf das Waschbecken. Er drückte ihre Beine auseinander und stellte sich zwischen sie. Er stieß fest zu, bevor er seinen Penis so schnell wieder aus ihr herauszog, dass sie nach Luft schnappte.

»Wir können dein wunderschönes Kleid nicht ruinieren, also muss das hier noch warten.« Declan küsste sie sanft auf den Mund. »Aber später gehörst du mir. Und ich werde mir alles nehmen, was ich will.«

Ihr Zusammentreffen hatte kaum fünfzehn Sekunden gedauert.

Elizabeth konnte es kaum erwarten, dass der Ball zu Ende war, damit ihr eigener, privater Ball beginnen konnte. Vielleicht fand er sogar auf einem Sklavenmarkt statt?

Elizabeth schwebte euphorisch durch den Ballsaal. Sie begrüßte einige Gäste, bevor sie hinter der Bühne verschwand, um sicherzugehen, dass alles für Francos Auftritt bereit war.

Manny war in der Zwischenzeit in Panik ausgebrochen. Priscilla, Francos Assistentin, hatte ihm eine Nachricht zukommen lassen, dass Francos Privatjet wegen technischer Probleme in Ottawa festsaß. »Versuch, einen Linienflug zu bekommen«, schrieb er zurück. Ottawa war bloß eine Flugstunde entfernt. Franco hätte noch genügend Zeit gehabt. Priscilla schrieb zurück: »Das ist, als würde man versuchen, ihm das Bräunungsspray auszureden.« Manny seufzte. Er wusste, dass es sinnlos war, Mr. Wunderbar zu etwas zu überreden, wofür er sich unter das Volk mischen musste. Er wusste auch, dass Franco schwul war, doch das löste das derzeitige Problem nicht. Sie hatten eine riesige Lücke im Unterhaltungsprogramm. Elizabeth würde furchtbar wütend sein.

Wo war sie überhaupt? Er warf einen Blick zu Elizabeths Tisch hinüber. Die junge Frau, die mit dem Buchhalter gekommen war, saß auf Elizabeths Stuhl und unterhielt sich angeregt mit Declan. Er unterbrach die beiden, um nach Elizabeth zu fragen.

»Sieh hinter der Bühne nach«, schlug Declan vor.

Manny eilte davon. Das war eine absolute Katastrophe. Der Reiz dieser Veranstaltung lag zum Teil auch darin, dass die Möglichkeit bestand, sich nach der Show mit Mr. Wunderbar zu unterhalten. Franco hatte zwar wie immer abgelehnt, Autogramme zu geben, für Fotos zu posieren oder Hände zu schütteln, doch er hatte sich bereit erklärt, sich mit den Besuchern zu unterhalten und sich von ihnen bewundern zu lassen. In diesem Moment hätte Manny ihn am liebsten umgebracht.

Manny entdeckte Elizabeth, die sich gerade mit dem Bühnenregisseur unterhielt. Mehrere von Francos Bandmitgliedern waren bereits eingetroffen und bauten ihre Instrumente auf.

»Boss. Boss. Es ist eine furchtbare Katastrophe«, flüsterte Manny Elizabeth ins Ohr. Sie sah zunächst besorgt, dann verärgert aus. Sie wandte sich an den Regisseur und erklärte ihm, dass der Star des Abends nicht kommen würde.

»Sagen Sie den Musikern, dass der Gig abgeblasen wurde. Sie bekommen die Hälfte ihres Honorars.«

Der Regisseur gab die Nachricht weiter. Elizabeth hörte die Bandmitglieder murren, während sie ihre Sachen zusammenpackten. Sie war nun vollkommen darauf konzentriert, das Problem in den Griff zu bekommen. Probleme zu lösen war ihre Spezialität. Sie glitt mit einem aufgesetzten Lächeln auf dem Gesicht durch den Ballsaal, während sie fieberhaft nachdachte, wie sie diese Katastrophe am besten abwenden konnte. Dieser verdammte Franco. *Mr. Wunderbar.* Das war doch ein Scherz. Tatsache war, dass Franco schon lange weg vom Fenster war. Bloß er selbst wusste es noch nicht. Die großen Veranstalter verlangten nach jemandem, der jünger und frischer war. Nach jemandem wie … Declan. Natürlich. Das war die Lösung.

Als Elizabeth an ihren Tisch zurückkehrte, lachte Molly gerade schallend über etwas, das Declan gesagt hatte. Sie saß so nahe bei ihm, wie sie nur konnte, ohne ihm auf den Schoß zu klettern. Bernie sah ein wenig verärgert aus. Der Abend entwickelte sich zu einem Desaster. Nun, beinahe. Sie dachte kurz an ihre aufregende Begegnung auf der Toilette, und ein wohliger Schauer lief ihr über den Rücken. Doch nun war keine Zeit, um in Erinnerungen zu schwelgen.

Sie drängte sich zwischen Molly und Declan. »Entschuldigt«, sagte sie. Das Mädchen stand widerwillig auf und setzte sich wieder neben ihre eigentliche Verabredung. Elizabeth flüsterte Declan ins Ohr. »Würdest du gerne spielen?«

Seine blauen Augen funkelten. »Du weißt genau, dass ich spielen möchte. Dafür lebe ich.«

»Ich meine hier. Heute Abend. Du würdest mir einen riesigen Gefallen tun.«

Noch bevor sie ihre Bitte überhaupt beendet hatte, war Declan bereits dabei, Nachrichten per SMS zu verschicken, und verschwand schließlich.

Elizabeth gab den Gästen vierzig Minuten für die Nachspeise, nach der sie mit den Likören beginnen würden. Sie hatte Declan gebeten, Manny eine Nachricht zu schicken, wenn er so weit war. Schließlich nickte Manny ihr zu, und sie betrat die Bühne. »Meine Damen und Herren«, begann sie. »Vielen Dank, dass Sie heute hierhergekommen sind, um so viele wichtige Projekte zu unterstützen, Ihre Großzügigkeit macht Ihnen alle Ehre. Das Ergebnis unserer Auktion liegt nun vor, und es freut mich, Ihnen mitteilen zu können, dass wir mehr als zwanzig Millionen Dollar eingenommen haben.«

Das Publikum erhob sich von den Plätzen und jubelte und applaudierte.

»Ich weiß, dass viele von Ihnen enttäuscht sein werden, aber Franco kann heute Abend leider nicht mit uns feiern.« Ein Raunen ging durch die Menge. »Aber«, fuhr Elizabeth fort, »der junge Künstler, der sich freundlicherweise bereit erklärt hat, uns stattdessen zu unterhalten, wird Sie sicher nicht enttäuschen. Er gehört erst seit kurzem zu den Talenten, die von ATM vertreten werden. Wir glauben … *ich* glaube, dass er einmal zu den ganz Großen gehören wird. Meine Damen und Herren, Declan Thomas und die *Strings.*«

Der Vorhang öffnete sich. Declan saß auf einem Stuhl. Er trug noch seine schwarze Krawatte und den Smoking. Er war alleine mit seiner Gitarre. Seine langen Finger begannen, eine schwermütige Melodie zu spielen. Seine klare, durchdringende Stimme füllte den Raum, als er zu singen begann.

Driving slowly
On this road set upon,
Streelights are holy
Hope I don't get this wrong.

Im Saal wurde es vollkommen ruhig, und alle Augen waren auf den schlanken, gutaussehenden Poeten auf der Bühne gerichtet. Declan starrte in den Raum, er schien wie in einer anderen Welt versunken. Es war ein Blick, den Elizabeth von ihrem Liebesspiel kannte. Seine Stimme kam aus seinem Herzen, sie entsprang der Erinnerung an eine Zeit, als er sich verloren gefühlt hatte. Elizabeth war furchtbar stolz auf ihn.

Er beendete das Lied mit einem hohen, klaren Falsetton, und das Publikum jubelte anerkennend. Declan erhob sich flink von dem Stuhl und schob ihn zur Seite, während sich drei Mitglieder seiner Band zu ihm auf die Bühne gesellten. Im Gegensatz zu Declan in seinem Smoking sahen sie in ihren zerrissenen Jeans und den Kapuzenpullovern etwas heruntergekommen aus, doch ihre Musik – Declans Musik – brachte den Saal zum Kochen. Mehrere Frauen verließen ihre Sitzplätze, um näher an die Bühne heranzutreten. Als sie zu Ende gespielt hatten, verbeugte sich Declan, doch das Publikum war nicht bereit, ihn gehen zu lassen. Sie riefen »Bravo!« und »Zugabe!«. Declan grinste in Elizabeths Richtung. Er beendete das Konzert so, wie er es begonnen hatte. Alleine und nur mit Gitarrenbegleitung. Er hatte offensichtlich Spaß an der Sache. Er ist wirklich ein Riesenhit, dachte Elizabeth. Und heißer als heiß.

Nachdem Declan eine Zugabe gespielt hatte, übernahm ein DJ. Das Publikum, das von dem Likör lockerer geworden war, zog es in Scharen auf die Tanzfläche. Elizabeth war begeistert. Es war ihr bisher bester Wohltätigkeitsball.

Sie traf Declan hinter der Bühne. »Sie lieben dich. Ich weiß gar nicht, wie ich dir danken soll.«

Declans Blick wanderte von ihrem milchig weißen Dekolleté über ihren lächelnden Mund bis hin zu ihren großen, grünen Augen. Er sah sie zufrieden und amüsiert an. »Ich glaube, wir werden da schon eine Möglichkeit finden.«

»Tatsächlich?«

»Oh, ja. Ich glaube, es gibt da etwas, das du mir erzählen möchtest. Ich werde sogar darauf bestehen.«

Declan nahm sie in die Arme und küsste sie leidenschaftlich auf den Mund. Während seine Zunge ihren Mund erkundete, spürte sie wieder das Piercing. Als sie es das letzte Mal gespürt hatte, hatte es ihr extreme Befriedigung bereitet. Ihr ganzer Körper schien vor Vorfreude zu zittern.

»Der Ball ist in etwa einer Stunde zu Ende.«

»Und dann veranstalten wir unseren eigenen privaten Ball«, murmelte Declan. »Ich kann es kaum erwarten. Und in der Zwischenzeit hoffe ich, du bist für die Vorstellung offen, mit mir zu tanzen?«

Wieder betonte er das Wort »offen« kaum merklich. Elizabeth hatte das Gefühl dahinzuschmelzen.

Declan verabschiedete sich von seiner Band, bevor er Elizabeths Hand nahm, um sie auf die Tanzfläche zu führen. »In Ordnung, Elizabeth. Jetzt lass mal sehen, was du draufhast.«

Die Menge hüpfte und swingte zu den Klängen einer Big Band. Declan wirbelte Elizabeth herum und führte sie, als wäre sie ein exklusives Auto, von dem nur er wusste, wie es zu fahren war. Er war ein hervorragender Tänzer – das war eine weitere Überraschung –, der bloß einen sanften Druck mit den Fingerspitzen ausübte, um sie zu lenken. Elizabeth fiel es leicht, sich von ihm führen zu lassen. Sie war verblüfft. *Wenn die Männer wüssten, wie sehr Frauen es schätzen, wenn ein Mann tanzen kann, dann würden sie wohl alle Tanzstunden nehmen,* dachte sie. Declan bewegte sich so elegant über die Tanzfläche, dass es aussah, als wäre sie ebenfalls eine begnadete Tänzerin. Als sie ein kleines Mädchen gewesen war, hatte ihr Jack verschiedene Tanzschritte beigebracht, während sie auf seinen Füßen gestanden hatte. Sie war also keine Anfängerin, wenn es darum ging, sich zur Musik zu bewegen, doch Declan hob sie auf eine neue Stufe. Sie waren so gut zusammen, dass mehrere Paare aufhörten zu tanzen, um ihnen zuzusehen. Gott sei Dank hatte sie nicht zu viel getrunken, denn als Declan sie tatsächlich über seinen Rücken warf, landete sie wieder auf den Beinen, ohne zu straucheln. Die Leute applaudierten. Mein Gott. Was für ein wunderbarer Abend es doch geworden war! Und das Beste kam erst noch.

Für den letzten Tanz legte der DJ ein langsames Stück auf. Elizabeth war dankbar dafür, denn so konnte sie wieder zu Atem kommen. Sie lehnte sich an Declan und spürte die Hitze seines Körpers durch den Stoff seines Smokings. Seine Schultern fühlten sich stark und hart an. Sie konnte kaum erwarten, sie mit den Fingerspitzen zu berühren und mit Küssen zu bedecken. Doch seine Schultern waren nicht das Einzige, das hart war. Sie spürte, wie er sich an sie presste und ihr zu verstehen gab, wie sehr er sie wollte. Das Zusammentreffen auf der Toilette war nur ein kleiner Vorgeschmack gewesen.

Sie war sich bewusst, dass die Leute über sie sprachen. Sie hatte an diesem Abend kein Geheimnis daraus gemacht, dass Declan ihr Liebhaber war. Wenn das den Leuten nicht gefiel, dann war das deren Problem. Und wenn sie selbst noch Zweifel gehegt hatte, dann hatte ihr der Tanz mit Declan eines bestätigt: Sie war verliebt.

kapitel elf

Es war bereits nach ein Uhr morgens, als sie Elizabeths Haus betraten. Elizabeth bebte vor Vorfreude. Sie konnte es nicht mehr vor Declan verbergen und wollte es auch gar nicht.

Sobald sie durch die Haustür getreten waren, schleuderte Declan sein Jackett zur Seite, presste Elizabeth gegen die Wand und küsste sie leidenschaftlich. Er schob ihr Kleid hoch, nur um festzustellen, dass sie bereits feucht und bereit für ihn war. Seine Stimme klang tief und herausfordernd. »Ich musste ständig daran denken, dass du kein Höschen anhast, und mein Schwanz war den ganzen Abend über hart deswegen. Und jetzt musst du für das bezahlen, was du mir angetan hast.«

»Ja, das muss ich.«

»Jeder Mann im Saal hätte dich heute Abend gerne gevögelt, und du hättest sie alle mit Freuden rangelassen, nicht wahr?«

»Ja.«

»Böses Mädchen.«

»Ja, das bin ich.«

»Strip für mich.«

»Strippen?«

»Ja, und lass es sexy aussehen. Ich werde hier sitzen und dir dabei zusehen.«

Declan nahm seine Krawatte ab und öffnete den obersten Hemdknopf. Dann schlüpfte er aus den Hosenträgern und ließ sie seitlich hinunterbaumeln. Er holte sich eine Flasche Bier aus dem Kühlschrank und ließ sich auf dem Stuhl in ihrem Wohnzimmer nieder. Er streckte sich lässig und breitbeinig darauf aus. Seine glühend blauen Augen wanderten über ihren Körper.

»Okay. Zeig mir, wie versaut du bist, Elizabeth.«

Elizabeth bewegte langsam die Schultern und drehte und wendete sich, bis die Träger ihres Kleides hinunterrutschten.

»So ist es gut. Und nun zeig mir, was du zu bieten hast.«

Elizabeth wurde heiß vor Erregung. Mit seiner Aufforderung, ihm zu zeigen, was sie zu bieten hatte, meinte er ihre Genitalien, und das erinnerte sie an den Sklavenmarkt, wo sie dazu gezwungen wurde, sich darzubieten.

»Heb langsam dein Kleid hoch und zeig mir, was die anderen Männer heute Abend nicht zu sehen bekommen haben. Das, was sie alle gerne gesehen und angefasst und gevögelt hätten.«

Declan atmete schwer. Elizabeth hatte das Gefühl, vor Aufregung ohnmächtig zu werden. Sie schob langsam ihr Kleid hoch und zeigte sich ihm nackt.

»Komm her.«

Elizabeth schwang aufreizend die Hüften und bewegte sich auf Declan zu. Declan öffnete seinen Reißverschluss. Sein Penis ragte hart und steif vor ihr in die Höhe. Er rutschte auf dem Stuhl nach vorne und streckte die Zunge heraus. Das Piercing glitzerte.

»Komm hierher. Ich möchte dich schmecken.«

Elizabeth tat, wie ihr geheißen. Sie spreizte die Beine, so dass seine Zunge zwischen sie gleiten konnte. Als das Metall ihre geschwollene Klitoris zum ersten Mal berührte, schnappte sie nach Luft. Declan ließ seine Zunge sanft und schnell über sie gleiten. Sie wäre beinahe gekommen, doch Declan hielt sie davon ab. Er zog ein Paar

Handschellen unter sich hervor. »Sieh nur, was der Polizist hier vergessen hat. Du hast dich gerne von ihm vögeln lassen, nicht wahr, Elizabeth?«

»Ja.«

»Und bald wirst du mir von deiner anderen Fantasie erzählen. Aber zuerst werde ich dich fesseln.«

Elizabeth schnappte nach Luft. Das war zu viel. Sie wollte protestieren, doch Declan packte sie mit eisernem Griff am Arm und führte sie ins Schlafzimmer. »Leg dich hin«, befahl er schroff.

Sie war unfähig, sich zu wehren. Declan packte ihre Handgelenke und hielt sie über ihrem Kopf fest. Dann schlang er die Handschellen um die gusseisernen Stäbe am Kopfende des Bettes und ließ sie um ihre Handgelenke zuschnappen.

»Und jetzt die Beine. Hast du Tücher da?«

Elizabeth nickte kleinlaut und deutete auf die Kommode. »Dort drüben.«

Declan fand zwei Seidentücher und wickelte sie um ihre Knöchel. Dann spreizte er ihre Beine und fesselte jedes Bein an einen der eisernen Bettpfosten.

»Das ist zu eng«, jammerte sie.

»Pech für dich. Böse Mädchen müssen bestraft werden.«

Elizabeth spürte, wie sie von einer unglaublichen Aufregung gepackt wurde. Er hatte recht. Sie musste den Schmerz spüren. Sie musste für ihre verdorbenen Gedanken bezahlen. Für ihre schamlosen und wollüstigen Begierden.

»Du kannst jetzt nicht mehr an dir selbst herumspielen, also werde ich das für dich übernehmen. Aber während ich das tue, wirst du mir erzählen, wie versaut du wirklich bist.«

Das war der Moment, vor dem sie sich gefürchtet und nach dem sie sich gesehnt hatte. Sie zögerte.

»Ich warte, Elizabeth.«

Sie begann mit leiser Stimme, ihre heiße Fantasie zu offenbaren. »Ich bin auf einem Marktplatz. Einem Bazar.«

Declan berührte sie sanft und ließ seinen Finger langsam und rhythmisch vor und zurück gleiten. »Was ist das für ein Marktplatz?«

»Ein Sklavenmarkt. Für Frauen.«

»Erzähl weiter.«

»Ich stehe auf einer Bühne vor allen Leuten.«

»Was sind das für Leute?«

»Männer. Ausschließlich Männer. Ich soll verkauft werden.«

»Machst du sie scharf? Spielen sie an sich selbst herum?«

»Ja.«

»Und was musst du für sie tun?«

»Ich muss ihnen meine intimsten Stellen zeigen.«

»Und gibt es jemanden, der dich dazu zwingt?«

»Ja. Den Sklavenhändler. Aber ich kann sein Gesicht nicht sehen.«

»Warum nicht?«

»Ich habe einen Sack über dem Kopf.«

»Und womit hat dich der Händler unter Kontrolle?«

»Mit einem Seil um meinen Hals.«

Der Marktplatz erwachte vor Elizabeths innerem Auge zum Leben. Es roch stark nach verdorbenen Früchten, Rauch und Schweiß. Sie hörte die höhnischen, grölenden Stimmen der Männer. Sie riefen derb durcheinander. »Komm schon, zeig sie uns.« »Zeig uns, was sie zwischen den Beinen hat.« »Lass uns sehen, ob sie was wert ist.« Der rauhe Stoff ihres Kleides rieb an Elizabeths nacktem Körper. Es war so demütigend, doch sie wusste, was sie zu tun hatte. Das Seil war eng um ihren Hals geschlungen. Sie musste warten, bis daran gezogen wurde. Da war es. Sie hob langsam ihr Kleid, damit die Männer einen Blick zwischen ihre Beine werfen konnten. Der Händler zischte ihr ins Ohr. »Spreiz die Beine noch weiter und lass sie sehen, was du dort unten zu bieten hast, oder du bekommst nachher eine ordentliche Tracht Prügel.« Elizabeth tat, wie ihr geheißen. Obwohl sie nichts sehen konnte, spürte sie, dass alle Augen auf dem Marktplatz zwischen ihre Beine gerichtet waren. Die Männer pfiffen und johlten. »Zeig uns mehr.« »Wir wollen sie noch besser sehen.«

Elizabeth spürte, wie zweimal an dem Seil gezogen wurde. Das war das Zeichen, dass sie noch mehr preisgeben musste. Mit zitternden Fingern zog sie ihre Schamlippen auseinander und spürte einen ungewohnten, kalten Luftzug an ihrer intimsten Stelle. Das Johlen, Pfeifen und Lachen wurde lauter.

Der Händler flüsterte ihr ins Ohr. »Geh herum. Lass sie geöffnet. Sieh zu, dass jeder Mann hier sehen kann, was du zu bieten hast.«

»Nicht schlecht.«

»Seht euch das an.«

»Lässt sich bestimmt gut ficken.«

Elizabeth hörte einen Mann grölen. »Lasst uns einen Blick auf ihre Hintertür werfen. Schauen wir, ob die sich auch gut ficken lässt.«

Nun kam der Teil, vor dem sich Elizabeth gefürchtet hatte. Es wurde dreimal gezogen. Sie drehte sich langsam um und hob ihr Kleid, damit die Männer ihren Hintern sehen konnten. Sie spürte, dass sie vor Scham feuerrot wurde. Die strenge Stimme des Händlers drang an ihr Ohr. »Zieh deine Backen auseinander. Sie sehen nicht, was du zu bieten hast, wenn du es ihnen nicht zeigst. Beeil dich.« Elizabeth zog ihren Hintern auseinander, damit die Männer ihren Anus sehen konnten. »Beug dich nach vorne«, befahl der Händler. »Lass sie es aus der Nähe sehen.« Elizabeth kniete sich nieder. Ihre zitternden Hände hielten ihre Pobacken auseinander, damit die Männer besser sehen konnten.

Die Rufe der Männer erfüllten die Luft. »Zum Teufel noch mal!« »Verdammt!« »Die muss ich haben.«

Sie begannen zu bieten. Elizabeth war ganz offensichtlich begehrenswert. Sie erzielte einen hohen Preis. Schließlich hörte sie, wie der Händler rief: »Verkauft!« Jemand nahm ihr die Augenbinde ab. Der Händler war Declan.

Elizabeths Erregung, die der demütigenden Fantasie entsprang, wurde immer intensiver. Declan leckte sie immer schneller und schneller. Sie schnappte nach Luft, als sein Daumen in ihre Vagina glitt. Gleichzeitig erkundete sein Mittelfinger ihren Anus. Sie war vollkommen entblößt, vollkommen erfüllt und unheimlich erregt. Die Männer auf dem Marktplatz spielten an sich herum, während sie sich zu ihrem Vergnügen entblößen musste. Declan rieb seinen geschwollenen, steifen Penis. Er flüsterte mit rauher Stimme. »Du liebst es, wenn Männer dich ansehen. Du liebst es, wenn Männer dich vögeln. Jeder Mann, der möchte, kann dich vögeln. Immer und überall. Du bist ein böses, böses Mädchen, das alles dafür tun würde, um gevögelt zu werden, nicht wahr, Elizabeth?«

»Ja, ja, ja«, schrie Elizabeth, während ein Orgasmus über sie hinwegfegte, der vollkommen anders war, als das, was sie bisher erlebt hatte. Declans Penis glitt in ihren hilflosen, zitternden Körper. Er stieß einige Male fest zu, dann war es auch für ihn vorbei. Er lag keuchend und erschöpft neben ihr. Sie hörte seine tiefe, aufreizende Stimme flüstern. »Der Zuschlag geht an den Höchstbietenden.«

kapitel zwölf

Jayce Corning war die künstlich herbeigeführte Perfektion inzwischen leid. Wie so viele andere Produzenten auch hatte er Megahits gelandet, indem er Programme zur Tonhöhenregulierung, Halbplaybacks und computergenerierte Instrumente eingesetzt hatte, doch damit war jetzt Schluss. Seiner Meinung nach verließ sich die Musikindustrie viel zu sehr auf die Unterstützung der Technik. Im Prinzip konnte doch jeder dämliche kleine Scheißer, der auch nur einen geraden Ton zustande brachte, mit Hilfe der Autokorrektur wie Andrea Bocelli klingen.

Der Sound war jedoch nicht authentisch. Jayce hatte das Gefühl, dass Musik mit Seele mehr oder weniger vom Markt verschwunden war. Er hoffte jedoch, dass es sie noch irgendwo gab. Er war auf der Suche nach einem authentischen Indie-Musiker, der glaubhaft war und vor allem Talent hatte. Doch das Publikum schien immer nur das gleiche Einerlei zu wollen: dröhnende, basslastige Gangstertypen in glänzenden Autos, die sich mit halbnackten Mädchen zeigten und über Geld, Sex und Gewalt rappten. Es langweilte ihn. Jayce fragte sich, ob es nicht an der Zeit war, sich aus dem Business zu verabschieden und etwas anderes zu machen. Er hatte jedenfalls genug Geld verdient. Mehr als genug, um davon leben zu können. Doch er war süchtig nach dem Thrill, der ihn packte, wenn er sich einen jungen Niemand schnappte und ihn zum Superstar machte. Das war eine Sucht, die er mit Elizabeth Harding teilte. Sie hatte sich für Declan Thomas eingesetzt, und ihr Geschmack war einwandfrei.

Er würde sein Urteil dennoch erst fällen, wenn er ihn selbst gehört hatte.

Jayce lehnte sich an die Wand vor dem Clinton's und zündete sich eine Zigarette an. Er hatte versucht aufzuhören und rauchte mittlerweile nur noch drei Stück am Tag. Verdammt, das war genug. Er schnippte gerade die Kippe auf die Straße, als Eddie und Elizabeth in einem Lincoln Town Car vor ihm hielten.

Jayce öffnete Elizabeth die Tür und küsste sie auf die Wange. »Miss Lizzie. Schön, dich zu sehen.«

Sie roch immer so gut. Es war kein schwerer, süßer Geruch, der sich in der Nase festsetzte, sondern ein leichter, eleganter Duft, der einen dazu brachte, ihr nachlaufen zu wollen.

»Hi, Jayce. Freut mich, dass du es geschafft hast.«

»Dann lass uns mal hören, was dein Junge so draufhat.«

Ihr Junge? War Declan das denn? Sie wusste, dass Jayce sich nichts dabei gedacht hatte, deshalb beschloss sie, es zu ignorieren. Sie war aufgeregt, weil er Declan bald persönlich hören würde. Wenn alles gut lief, würde das der Beginn von Declans Reise zu Ruhm und Geld werden. Und wenn nicht ... Diese Möglichkeit zog sie nicht einmal in Betracht. Declan war ein Profi, der seine Musik in die Welt hinaustragen wollte. Er würde alles tun, um Erfolg zu haben, da war sie sich sicher.

Der kleine Club war recht gut besucht. Die Bühne war in warmes, rotes Licht getaucht, das dem Raum ein fröhliches Leuchten verlieh. Elizabeth bemerkte überrascht, dass neben Declans üblichen Instrumenten – einem Keyboard, einer Gitarre und dem Schlagzeug – auch ein Cello, eine Violine und ein Kontrabass auf der Bühne standen. Er hatte offensichtlich beschlossen, seine Show aufzupeppen und zusätzliche Musiker einzuladen. Gut. Sie war zufrieden. Sie konnte es kaum erwarten, dass er anfing.

Jayce lud Elizabeth auf einen Drink ein, und die beiden ließen sich in einer Sitzecke nieder. Immer mehr Leute strömten herein, und Elizabeth merkte, dass sie langsam nervös wurde. Wo war Declan? Dieser Auftritt konnte sein Leben verändern. Er hätte längst da sein müssen.

Die Band betrat die Bühne und begann zu spielen. Das Publikum nahm die Musik begeistert auf und begann zu tanzen. Elizabeth konnte keine Minute länger stillsitzen. Sie musste ihre nervöse Energie abbauen. Sie griff nach Jayces Hand. »Komm. Lass uns tanzen.«

Sie zog Jayce auf die kleine Tanzfläche. Auch wenn sie nicht von einem wunderbaren Partner geführt wurde, konnte sie tanzen. Mehrere begeisterte Tänzer gesellten sich zu ihnen.

Jayce schien amüsiert. »Donnerwetter, Elizabeth. Ich wusste gar nicht, dass du dich so bewegen kannst.«

Elizabeth tanzte und wippte zu der mitreißenden Melodie. Immer mehr Paare stießen dazu. Die Tanzfläche war voller Menschen. Sie drehte sich und warf gerade die Hände in die Höhe, als sich plötzlich jemand auf sie stürzte. Elizabeth begann zu straucheln. Hätte Jayce sie nicht mit seinen starken Armen aufgefangen, wäre sie mit dem Gesicht voran auf dem Boden aufgeschlagen.

»Was zum Teufel …?« Elizabeth fuhr wütend herum. Sie erwartete, dass sich derjenige, der sie fast umgerannt hatte, bei ihr entschuldigte. Sie hatte jedoch nicht damit gerechnet, Declan vor sich zu sehen. Und sie hatte ganz sicher nicht damit gerechnet, ihn vollkommen betrunken vor sich zu sehen. In einer Hand hielt er eine halbvolle

Flasche Tequila, den anderen Arm hatte er um Natasha geschlungen, die das Einzige war, was ihn noch aufrecht hielt. Er riss sich von Natasha los, packte Elizabeth bei den Haaren und wollte ihr einen Kuss auf den Mund drücken. Seine hypnotisierenden blauen Augen wirkten verhangen und glasig. Er schwankte gewaltig und versuchte, Elizabeth anzusehen, doch er stand ganz offensichtlich neben sich und hatte sich nicht mehr unter Kontrolle.

Entsetzt trat Elizabeth rasch einen Schritt zur Seite, als Declan schließlich umkippte. Er lag da und brabbelte Unsinn. Dann versuchte er, einen Schluck aus seiner Flasche zu nehmen, kippte sich den Alkohol jedoch stattdessen über sein Hemd. Sein makelloser Mund schien nicht mehr den Befehlen zu folgen, die ihm sein benebeltes Gehirn zusandte. »Hey Baby«, säuselte er niemand Bestimmtem zu. »Komm her und gib mir einen Kuss.«

Elizabeth warf Jayce einen entsetzten Blick zu. »Komm Jayce, lass uns gehen. Declan Thomas wird heute wohl nicht mehr auftreten.« Elizabeth starrte Natasha böse an, und diese grinste zurück.

Sie war ganz offensichtlich ebenfalls betrunken und lallte. »Und? Haben Sie sein Piercing schon kennengelernt? Raten Sie mal, wer ihm das beigebracht hat.« Natasha strecke ihre rosafarbene Zunge heraus, in der eine kleine silberne Kugel steckte, und wackelte damit auf und ab. »Und den Schmetterling der Venus? Sie wissen schon: zwei Löcher, eine Zunge? Das ist seine Spezialität.« Natasha grinste Elizabeth höhnisch an. »Und was ist mit Ihren kleinen Fantasien? Er hat Sie gefesselt, nicht wahr? Sie dazu gebracht, ihm Ihre schmutzigen Fantasien zu erzählen? Als wären Sie seine *Sklavin?*«

Elizabeth fühlte sich, als wäre sie ein einen schrecklichen Autounfall geraten. Sie stand unter Schock.

»Decky bringt die Ladys gerne zum Reden«, lallte Natasha. »Das gefällt ihm.«

Jede Faser in Elizabeths Körper schrie ihr zu, sich aus dem Staub zu machen. Zu laufen, als wäre der Teufel hinter ihr her. Doch sie war wie gelähmt.

Natasha grinste sie höhnisch an. Sie brachte ihr Gesicht so nahe vor Elizabeths, dass diese den sauren Geruch des Alkohols riechen konnte. Natasha kam gerade so richtig in Fahrt und spie ihr weiter Gift entgegen. »Sie glauben, er gehört Ihnen, doch das tut er nicht. Er hat Sie bloß benutzt, um zu bekommen, was er wollte. Er tut das alles nur, um voranzukommen. Er hat Sie als Trittleiter benutzt, auf der er ganz nach oben klettern kann. Das ist alles.« Natasha lachte laut über ihren eigenen Witz, während sie davontorkelte.

Der Schmerz und der Zorn, die in Elizabeth brodelten, kochten hoch und schäumten schließlich über. Sie war so wütend, dass sie nicht mehr klar denken konnte. Eine primitive Wut packte sie, und sie verlor die Kontrolle. Sie stieß einen lauten Schrei aus und stürzte sich auf Natasha. Sie riss an ihren Haaren und schleuderte sie zu Boden. Natasha fiel wie ein Stein. »Du bist eine verdammte Schlampe!«, brüllte Elizabeth.

Natasha sah vom Boden aus zu ihr hoch und grinste sie selbstgefällig an. »Und Sie sind *alt.*«

Der Schweiß auf Elizabeths Körper gefror. Sie zitterte und fühlte sich schwach und erschöpft. Sie wünschte sich nichts mehr, als sich einfach in Luft aufzulösen. Jayce griff nach ihrem Ellbogen und führte sie zur Tür. Bevor sie den Club verließen, warf Elizabeth einen letzten ungläubigen Blick zurück. Natasha war gerade dabei,

Declan auf die Beine zu helfen, doch stattdessen fiel sie auf ihn. Die beiden lagen quer über die Tanzfläche und waren kurz davor, das Bewusstsein zu verlieren.

Doch was Elizabeth betraf, konnten Declan und Natasha ohnehin zur Hölle fahren. Seine Karriere und ihre Beziehung waren vorbei. Sie wandte sich an Jayce. »Es tut mir furchtbar leid. Das ist unverzeihlich.«

»Wusste dein Junge, dass ich komme?«

»Ja.«

Jayce zuckte mit den Schultern. »Das habe ich schon öfter erlebt. Der Druck wird zu groß, also stellen sie sich selbst ein Bein. Es ist ein Zeichen von Unreife, mehr nicht.«

Elizabeth spürte den Schmerz, den ihr Natashas grausame Worte zugefügt hatten, so körperlich, als hätte man sie ausgepeitscht. Wie eine *Sklavin*? Warum hatte Natasha gerade dieses Beispiel gewählt? Es gab nur eine mögliche Antwort. Declan musste dieser boshaften Schlampe von ihrer Fantasie erzählt haben. Sie durfte gar nicht daran denken. Sie wollte ihn umbringen. Am liebsten hätte sie alle beide umgebracht.

Declan hatte recht gehabt, was die Liebe betraf. Sie war gefährlich. Nein, tödlich.

Jayce steckte sich eine Zigarette an. Elizabeth gab ihm zu verstehen, dass sie auch einen Zug wollte. Sie musste das Grauen, das sie spürte, betäuben. Sie inhalierte und gab Jayce die Zigarette wieder. Das Nikotin raste durch die Rezeptoren in ihrem Gehirn, und ihre Blutgefäße zogen sich zusammen. Ihr wurde sofort schwindelig. Sie ließ sich schwerfällig auf eine Mauer in der Nähe sinken und sah zu, wie sich der Boden unter ihren Füßen drehte. »Davon hat Declan doch immer geträumt«, murmelte sie. »Er lebt und atmet für seine Musik.«

»Das kann schon mal passieren«, sagte Jayce. »Ich habe ihn noch nicht abgeschrieben. Jeder verdient eine zweite Chance. Nur wird er beim nächsten Mal nicht wissen, dass ich komme.«

Elizabeth war sich nicht sicher, ob es ein nächstes Mal geben würde, doch sie war unendlich dankbar, dass Jayce Verständnis zeigte.

»Hey, wenn ich jeden jungen Kerl, der nervös wird und zu viel trinkt, sofort abschreiben würde, dann gäbe es die Musikindustrie gar nicht mehr.«

Jayce hielt ein Taxi an und bot Elizabeth an, sie zu Hause abzusetzen.

»Mein Gott, ihr Frauen kämpft ja mit harten Bandagen. Wer war denn das Mädchen, das du umgerissen hast?«

»Declans Freundin.« Nachdem sie es ausgesprochen hatte, spürte Elizabeth, wie der Ärger verebbte und die Scham überhandnahm. Es stimmte. Natasha war Declans Freundin, und sie hatte sich vollkommen zum Narren gemacht.

Jayce legte einen Arm um sie und drückte sie herzlich. »Das war ein aufregender Abend. Komm schon, Lizzie. Wir bringen dich jetzt erst einmal nach Hause.«

Als sie in ihr Bett kroch, fühlte Elizabeth sich so schlimm wie noch nie zuvor in ihrem Leben. Erst vor wenigen Tagen hatte sie dieses Bett mit Declan geteilt. Doch was als wunderbare und aufregende sexuelle Erfahrung begonnen hatte, hatte sich in einen grausamen und geschmacklosen Scherz verwandelt. Sie hatte ihre Fantasien mit ihm geteilt, und die Tatsache, dass er zusammen mit Natasha über sie gelacht hatte, war mehr als demütigend. Sie war eine Närrin. Eine eingebildete und dumme Närrin.

Sie redete sich ein, dass sie diese Strafe verdient hatte.

Allein der Gedanke, dass ein fünfzehn Jahre jüngerer Mann sich für sie interessieren könnte, war lachhaft. Die Tatsache, dass sie die Macht hatte, seine Karriere in Schwung zu bringen, war der einzige Grund, warum er sie verführt hatte. Elizabeth weinte. Dann stieg Ärger in ihr hoch. Und dann weinte sie noch ein wenig mehr.

Es gab nur einen Menschen auf der Welt, mit dem sie über die Sache sprechen konnte. Effie hob bereits nach dem ersten Klingeln ab. »Hey, hey. Schätzchen, du wirst zwar nicht jünger, aber jeden Tag süßer.«

Elizabeth begann zu schluchzen. »Du hast recht, Effie. Ich werde nicht jünger, aber auf alle Fälle dümmer. Ich habe gerade zugelassen, dass mir Natasha das Herz herausreißt.«

»Ich bin gleich bei dir.«

Effie kam mit einer Gourmetsuppe, selbstgemachter Lasagne und einer Flasche Châteauneuf-du-Pape im Gepäck. Elizabeth durfte sich einige Minuten lang an ihrer Schulter ausweinen, während Effie ihr schweigend den Rücken tätschelte. Als sich Elizabeth schließlich beruhigt hatte, bestand Effie darauf, dass sie ein heißes Bad nahm. In der Zwischenzeit eilte sie in der Küche hin und her und bereitete das Essen vor.

Elizabeth ließ sich in das beruhigend warme Wasser gleiten und spürte, wie die Anspannung und der Ärger von ihr abfielen.

Effie kam ins Badezimmer und reichte ihr ein Glas des exquisiten Weines. »Hier. Ich ertränke meine Sorgen gerne im allerbesten Wein.«

Elizabeth lächelte matt und nahm das Glas entgegen. Sie nippte daran, während sie erzählte, was gerade passiert war, wie verletzt und gedemütigt sie sich gefühlt hatte und wie Declan sie hintergangen hatte.

»Männer sind Schweine. Man sollte ihnen allen die Eier abschneiden.«

»Ich wette, du bist froh, dass du dich nicht mehr mit ihnen herumschlagen musst.«

»Da hast du vollkommen recht. Stevie und ich schwimmen körperlich und geistig auf derselben Wellenlänge. Da gibt es keine Missverständnisse.«

»Glaubst du, Stevie hat vielleicht noch eine Freundin?«

Effie sah sie spöttisch an. »Für dich? Auf keinen Fall.« Dann wirkte sie plötzlich besorgt. »Das ist doch nicht dein Ernst, oder?«

»Nein, Eff. Das war nicht mein Ernst. Ich wünschte, es wäre so.«

Effie seufzte. »Trink den Wein aus, und dann essen wir etwas.«

»Ich habe keinen Hunger.«

»Unsinn. Du musst wieder zu Kräften kommen.«

»Wozu?«

»Damit du Rache nehmen kannst, natürlich. An Na-*Trash*-A.«

Obwohl Elizabeth vollkommen erschöpft war, musste sie grinsen. »Der war gut, Eff. Das ist der perfekte Name für sie. *Trash.* Sie ist wirklich der letzte Abschaum.«

Als sie später in der Küche saßen, erklärte Elizabeth Effie, warum sie Declan verfallen war. Sie ging zwar nicht auf die Details ein, doch sie gestand, dass der Sex mit ihm besser war, als sie es sich jemals vorgestellt hatte – obwohl sie tief in ihrem Inneren wusste, dass ihre eigene Vorstellungskraft dabei eine wichtige Rolle gespielt hatte.

»Ich hab's dir ja gesagt. Wohin dein Verlangen dich auch führt, die Liebe wird dir folgen«, erklärte Effie.

Als Elizabeth noch einmal den Vorfall im Clinton's durchlebte und ihr erzählte, wie grausam Natasha ihr Alter ins Spiel gebracht hatte, zuckte Effie zusammen. »Aua. Das muss weh getan haben.«

»Der Schmerz, als ich sie an den Haaren gezogen habe, war sicher schlimmer.«

Effie lachte. »Schön für dich. Diese Schlampe. Es klingt, als hätte sie es verdient.«

»Ja, aber hat sie das wirklich? Vielleicht hat sie erkannt, was ich nicht sehen wollte. Vielleicht hat sie mir einen Gefallen getan. Sie hat mir die Augen geöffnet, bevor ich mich noch tiefer in die Sache verstricken konnte.«

»Trotzdem. Es ergibt keinen Sinn, dass er die Sache mit Jayce Corning hat sausenlassen. So eine Chance bekommt man nicht jeden Tag.«

»Ich weiß. Declan hatte sich so darauf gefreut, für ihn zu spielen. Gott sei Dank hat Jayce Verständnis gezeigt.«

»Und wie geht es jetzt weiter?«

»Ich nehme mir eine Woche frei, um alles zu überdenken.«

»Gute Idee.«

»Ich glaube noch immer, dass Declan ein wunderbarer Musiker ist. Es ist vielleicht das größte Talent, das ich jemals unter Vertrag genommen habe.«

»Du kannst dich doch sicher aus der Sache zurückziehen? Alles an Hunter oder sonst jemanden übergeben?«

»Genau das muss ich machen. Ich habe meine eigenen Regeln gebrochen, Eff. Ich habe Privates und Berufliches nicht getrennt. Es geschieht mir recht.«

Effies Stimme klang fürsorglich. »Niemand verdient es, so verletzt zu werden, wie man dich verletzt hat, Süße.«

Effie bot ihr ihre breite Schulter an, und Elizabeth nahm das Angebot an. Sie war dankbar dafür, dass ihre Freundin ihr Geborgenheit schenkte, um sich auszuweinen.

kapitel dreizehn

Das Tageslicht bohrte sich wie Tausende Glassplitter in Declans Augen. Er schloss sie schmerzverzerrt und suchte in seinem Gehirn nach einem Orientierungspunkt. Nichts. Er fühlte sich, als würde er in einem großen, nebeligen Nichts schweben. Wo war er? War er alleine? Offensichtlich nicht. Er spürte, wie sich jemand neben ihm bewegte. Natasha. Warum war sie hier?

»Hey, Decky«, murmelte Natasha verschlafen. Dann legte sie ihren Arm über seine Brust und schlief wieder ein. Er schob den Arm vorsichtig zur Seite, schlüpfte in seine Jeans und schleppte sich ins Badezimmer. Er betrachtete schockiert sein Spiegelbild. Seine Brust und sein Rücken waren von langen, blutigen Kratzspuren überzogen. Declan stürzte ein Glas Wasser und zwei Aspirin hinunter. Was zum Teufel war passiert? Wo war er gewesen? Warum konnte er sich an nichts erinnern? Er kehrte ins Schlafzimmer zurück, wo Natasha nackt in seinem Bett lag.

Hatte er die Kratzspuren ihr zu verdanken? Sie hatten doch sicher nicht … oder vielleicht doch? Mein Gott. Wie es aussah, steckte er ganz schön in der Scheiße.

Er brauchte dringend einen Kaffee. Declan schleppte sich langsam in die Küche und setzte eine Kanne auf. Verlor er gerade den Verstand?

Komm schon, befahl er sich selbst. Denk nach. Was war das Letzte, woran er sich erinnern konnte? Er starrte die Les Paul Gitarre an, die auf seinem Couchtisch lag. Woher hatte er sie? Ach ja. Elizabeth hatte sie ihm geschenkt. Elizabeths wunderschönes Gesicht tauchte vor seinem inneren Auge auf. Die fehlenden Teile eines Puzzles durchfluteten sein Bewusstsein und fanden wie in Zeitlupe ihren Platz. Ein Soundcheck. Aber wo? Er war mit der Band dort gewesen. Dann war Natasha aufgetaucht. Es gab etwas zu feiern. Einen neuen Job. Die Szenen tauchten vor seinem inneren Auge auf wie Rückblenden in einem Kinofilm. Natasha lachte. Eine besondere Flasche Tequila. Er durfte nur ein Glas trinken, denn er hatte noch etwas Wichtiges vor. Ja. Er musste für jemanden spielen. Für wen? Declan hob die Les Paul hoch. Frustriert ließ er die Finger über die Verzierungen gleiten, als ob er der Gitarre die Antwort entlocken könnte. Er spielte einen C-Akkord. Corning. Clinton's. Das war's. Er hätte im Clinton's für Jayce Corning spielen sollen. Für einen der bekanntesten Produzenten in ganz Nordamerika. Was zum Teufel war passiert?

Declan stürzte die Treppe hoch und schüttelte Natasha. Als sie nicht reagierte, schüttelte er fester.

Sie stöhnte protestierend auf. »Was? Was ist los? Was willst du? Lass mich schlafen.«

»Was ist letzte Nacht passiert? Was hast du mit mir gemacht?«

Natasha schien noch immer betrunken zu sein. Sie gähnte. »Ich habe gar nichts mit dir gemacht, Decky.«

Declan zeigte auf die Kratzspuren auf seinem Körper. »Und was ist das hier?«

Natasha setzte sich auf. »Hey, ich hab nur versucht, ein wenig Spaß zu haben. Aber du warst ohnehin zu fertig dafür.« Sie ließ sich wieder auf das Bett fallen.

»Und was war mit dem Auftritt, Natasha?«

»Wir sind dort gewesen, aber du warst auch zu fertig, um zu spielen.«

»Warum? Was ist passiert? Ich hatte doch nur ein Glas.«

»Ich hab dir ja gesagt, dass es ein besonderer Tequila ist, oder nicht?«

»Du hast mir was in den Drink getan! Ich glaub's nicht!«

»Das würde ich nie tun, Decky. Nicht, wenn so viel davon abhängt. Hey, was ist das?« Natasha zog ein langes rotes Haar unter dem Kissen hervor und ließ es von ihren blutrot lackierten Nägeln baumeln. Ihre bernsteinfarbenen Augen zogen sich eifersüchtig zusammen. »Das Haar eines ganz bestimmten Pumaweibchens. Ts-ts, Decky. Du vögelst dich an die Spitze der Karriereleiter. Das sieht dir gar nicht ähnlich.« Sie schnippte verächtlich mit den Fingern, und das Haar segelte zu Boden.

Declan starrte sie ungläubig an. Sosehr er vorhin versucht hatte, sich die letzte Nacht in Erinnerung zu rufen, so sehr versuchte er nun, alles zu verdrängen. Das gelbe Neonschild des Clinton's erschien vor seinem inneren Auge. Die entsetzten Gesichter der Menschen um ihn herum. Er lag auf dem Boden und sah alles von unten. Elizabeth. Jayce Corning. Dann versank das Bild langsam im Dunkeln.

Declan zerrte Natasha hoch und schleuderte ihr ihre Klamotten entgegen. »Zieh dich an«, brüllte er. »Und dann verschwinde.«

»Nun sei doch nicht so, Decky.« Natasha begann, sich wie eine Katze an ihm zu reiben.

Declan packte sie am Kinn und hielt sie eine Armlänge von sich. »Ich meine es ernst, Natasha. Halte dich in Teufels Namen von mir fern.«

Natasha zog einen Schmollmund. »Was ist los, Decky. Bin ich dir nicht alt genug?«

Declan spürte die Wut wie Lava in sich hochsteigen. »Ich bin so kurz davor, dich gegen diese Wand zu klatschen.«

»Du weißt ja, dass ich es gerne wild treibe.«

»Verschwinde aus meinem Leben. Ich will dich nie wieder sehen. Ich will nie wieder etwas von dir hören. Ich will nicht, dass du jemals wieder zu einem meiner Auftritte kommst. Verstanden?«

Natasha schlüpfte in ihre Klamotten. »Hast du eine Tasse Kaffee für mich, Decky?«

Declan zitterte vor Zorn. »Ich gehe jetzt unter die Dusche. Und wenn ich wieder rauskomme, dann will ich dich hier nicht mehr sehen. Du wirst nicht mehr hier sein. Wir sind fertig miteinander. Ich will dich niemals wiedersehen. Niemals!«

Declan wandte sich von Natasha ab und ging ins Badezimmer. Er drehte das Wasser auf und trat unter die Dusche. Es war eiskalt, doch das war genau, was er brauchte, um wieder einen klaren Kopf zu bekommen. Er hatte einiges wiedergutzumachen.

Sofern das überhaupt möglich war. Er hatte vermutlich seine Chance bei Jayce vertan, und Elizabeth war sicher furchtbar wütend. Würde sie ihm jemals verzeihen? Es hätte seine ganz große Chance sein können, doch Natasha hatte sie ihm komplett ruiniert. Diese verfluchte Schlampe. Er bereute es zutiefst, sich mit ihr auch nur eingelassen zu haben.

Declan blieb zehn Minuten unter der Dusche, um wieder zu Sinnen zu kommen und Natasha die Möglichkeit zu geben, zu verschwinden. Als er sich schließlich abgetrocknet hatte und wieder in seine Hose geschlüpft war, war sie verschwunden. Gott sei Dank. Diese Frau war vollkommen irre.

Er hatte allerdings keine Ahnung, wie verrückt sie wirklich war, bis sein Blick auf seine Les Paul Gitarre fiel. Neben der Gitarre lag ein scharfes Küchenmesser und blitzte ihn trotzig an. Natasha hatte alle Saiten durchgeschnitten.

kapitel vierzehn

Elizabeths Telefon piepte. Eine weitere Nachricht von Declan. Mit dieser waren es jetzt fünfzehn. »Es tut mir leid. Wir müssen reden.« »Vergib mir. Es war nicht meine Schuld.« »Bitte ruf an. Es tut mir leid.« »Es tut mir leid. Ich muss dich sehen.« »Ruf mich an.« »Bitte ruf an. Ich werde auf dich warten.« »Du musst mich anrufen. Du fehlst mir.« »Bitte ruf an. Ich kann alles erklären.« Er hatte mehr als zwanzig Mal im Büro angerufen, doch sie hatte strenge Anweisungen gegeben, dass er nicht zu ihr durchgestellt werden durfte. Und nächste Woche würde sie einfach ständig in einer Besprechung sein.

Sie wusste, dass sie früher oder später wieder mit Declan sprechen musste. Jedoch nicht, bevor sie Zeit gehabt hatte, ihr inneres Gleichgewicht wiederzufinden. Er hatte sie vor Jayce Corning in Verlegenheit gebracht und gedemütigt. Er hatte einen Narren aus sich selbst gemacht. Und das Schlimmste überhaupt war, dass er Natasha von ihrem Liebesleben erzählt hatte. Waren er und Natasha zusammen im Bett gelegen und hatten gelacht? Oder hatten sie Elizabeths geheime Fantasien sogar angetörnt? Was hatte Natasha über den Schmetterling der Venus gesagt? Zwei Löcher, eine Zunge? Seine Spezialität? Und dann hatte sie auch noch die Frechheit besessen, Elizabeth ihr Zungenpiercing zu zeigen. Es war unfassbar gewesen, wie sie mit dem kleinen, rosafarbenen Muskel vor ihrem Gesicht hin und her gewackelt hatte. Hatte sie nicht gesagt, dass sie Declan das alles beigebracht hatte? Es war so abstoßend. Beim Gedanken daran, dass

Declan sie jemals wieder berührte, wurde Elizabeth übel. Und zwar im wahrsten Sinne des Wortes. Sie eilte auf die Toilette, die zu ihrem Büro gehörte, und übergab sich. Danach tupfte sie sich den Mund sauber und betrachtete sich im Spiegel. Ihre Augen waren vom vielen Weinen verschwollen, und sie hatte dunkle Augenringe. Sie hatte die letzten paar Nächte nicht geschlafen. Sie stellte fest, dass sie alt und traurig aussah. Wie hatte Natasha sie genannt? Eine Trittleiter?

Beim Gedanken an Natasha stieg ein weiteres Mal Galle in ihr hoch. Die beiden hatten sie zum Narren gehalten. Declan wollte bloß im Musikgeschäft Erfolg haben. Er hatte kein Interesse an ihr. Nicht das geringste. Sie übergab sich noch einmal.

Nachdem sich Elizabeths Magen beruhigt hatte, bat sie Manny über die Gegensprechanlage, ihr ein Antazidum und einen Kaffee zu bringen. Er tänzelte damit zur Tür herein und stellte die beiden Dinge auf ihren Schreibtisch. Seine freundlichen braunen Augen sahen sie besorgt an. »Bitte entschuldigen Sie, wenn ich das sage, Boss, aber Sie sehen einfach scheiße aus.«

»Danke, Manny. Das ist genau das, was ich hören wollte.«

»Ich weiß, dass die Geschäfte gut laufen, das kann es also nicht sein. Hat es vielleicht etwas mit einem gewissen Cousin meines Freundes zu tun?«

»Hör zu, Manny. Es geht mir gut. Wirklich.«

»Hmm. Und ich bin hetero.«

»Es ist nichts, worüber du dir Sorgen machen müsstest.«

»Vielleicht nicht. Aber ich sehe, wenn jemand verletzt wurde. Mein Gott, es ist mir selbst oft genug passiert.« Manny ließ sich auf der Tischkante nieder. Ohne ins Detail zu gehen, erzählte Elizabeth ihm von Declans verrückter Ex-Freundin, die alles daransetzte, ihr zu schaden. Manny hörte voller Mitgefühl zu, dann hatte er plötzlich eine Idee: »Soll ich vielleicht einen Blick ins Netz werfen und nach einem kleinen Urlaub Ausschau halten?«

Elizabeth schürzte die Lippen. Eine Auszeit war eigentlich keine schlechte Idee. »Buch mir einfach den nächsten Flug nach Inverness und einen Rückflug in einer Woche. Und besorg mir ein Mietauto.«

»Inverness? Das ist wohl kaum ein tropisches Paradies.«

»Ich brauche kein tropisches Paradies. Ich fahre nach Kinlochbervie.«

»In Ordnung, Boss. Überlassen Sie den Rest mir.«

Zu dem kleinen Häuschen war es zwar eine lange Reise, wenn man vorhatte, nur eine Woche zu bleiben, doch Elizabeth wusste aus Erfahrung, wie erholsam der Aufenthalt dort sein konnte.

Die Gegensprechanlage summte. Es war Hunter. »Ich war gestern Abend mit dem Tour-Manager von *Chaotic* unterwegs. Sie haben eine dreitägige Tour im Osten vor sich, und ihre Vorgruppe hat abgesagt. Was hältst du davon, Declan Thomas mitzuschicken?«

Elizabeth wusste, welchen Ruf die Band *Chaotic* genoss. Es war eine lautstarke Metalband, die gerne Party machte und ihre Abneigung gegenüber jeglicher Art von Hygiene stolz zur Schau trug. Drei Tage im gleichen Tourbus würden für Declan zum Höllentrip werden. Die Fangemeinde der Band war so groß, dass er das Angebot nicht ablehnen konnte. Nicht, wenn er vorankommen wollte, was er ganz offensichtlich tat. Es wurde Zeit, es Declan heimzuzahlen.

»Ruf ihn an und sag ihm, dass er dabei ist. Aber ohne Band.«

Nachdem sie diese beiden Entscheidungen getroffen hatte, fühlte Elizabeth sich besser. Sie hatte herausgefunden, dass die beste Art, mit emotionalen Problemen umzugehen, war, sie am Schopf zu packen. Selbst wenn man falsche Entscheidungen traf, brachte es die Dinge zumindest in Bewegung. Es war besser, irgendetwas zu tun, als bloß untätig herumzusitzen.

Elizabeth schluckte die Tablette und nippte an ihrem schwarzen Kaffee. Gott sei Dank war die Übelkeit verflogen. Sie spürte, dass sie wieder alles unter Kontrolle hatte.

Sie hatte noch eine Nachricht bekommen. Declan bat sie, sich mit ihm zu treffen. Nun, Declan würde ab sofort mit Hunter vorliebnehmen müssen.

Manny kehrte in ihr Büro zurück und wedelte mit einer Online-Reservierung. »Ihr Flug geht heute Abend um elf. Das Auto steht für Sie am Avis Schalter am Flughafen bereit. Ein Peugeot.« Manny warf einen Blick auf seine Uhr. »Sie fangen wohl besser mit dem Packen an. Eddie holt Sie in zehn Minuten ab.«

Elizabeth fühlte sich plötzlich erschöpft. Hoffentlich würde sie während des Fluges über den Atlantik etwas Schlaf abbekommen. Sie wusste, ohne nachzufragen, dass Manny ihr einen Platz in der Business-Class reserviert hatte, und sie freute sich darauf, sich in dem bequemen Sessel ausstrecken zu können. »Danke, Manny. Ich melde mich über Skype.«

»Machen Sie sich keinen Kopf, Boss. Entspannen Sie sich, und kommen Sie zur Ruhe.«

Elizabeth rief Effie an. »Ich verschwinde für eine Woche.«

»Wohin?«

»KLB. Ich werde mich nach meiner Rückkehr um das Chaos kümmern, zu dem mein Leben geworden ist. Ich brauche eine Auszeit und etwas Highland-Luft.«

»Du Glückliche. Wir hören uns über Skype, dann kannst du mich an der Aussicht teilhaben lassen.«

»Das machen wir.«

Elizabeth steckte ihr MacBook Air in die Reisetasche und schnappte sich ihre Lederjacke. Dann eilte sie durch das Großraumbüro auf den Aufzug zu. Sie drückte den Knopf zum Erdgeschoss und drehte sich um. Dabei fiel ihr Blick auf den ausladenden Empfangstresen aus Glas und Marmor, der Besucher bei ATM willkommen hieß. Hinter dem Tresen saß Natasha und beantwortete eingehende Telefonate. Gerade als sich die Aufzugtüren wieder schlossen, warf Natasha Elizabeth ein kurzes, spöttisches Lächeln zu.

kapitel fünfzehn

Elizabeths Gedanken rasten. Sie konnte es kaum glauben. Natasha war die neue Empfangsdame? Das war unmöglich. Wie zum Teufel hatte das passieren können? Während sich der Wagen langsam seinen Weg durch Torontos Verkehrschaos bahnte, flogen Elizabeths Finger über die Tasten ihres Handys, um eine Nachricht an Manny zu schreiben. Er wusste nicht, dass Natasha eingestellt worden war. Offensichtlich hatte Natasha sich ordnungsgemäß beworben und ein Bewerbungsgespräch mit einem der Angestellten der Personalabteilung absolviert. Sie hatte einen Dreimonatsvertrag erhalten, mehr wusste Manny auch nicht.

Elizabeth lehnte sich in den Ledersitz zurück und starrte wütend aus dem Fenster. Sollte sie die Reise absagen und zurückfahren? Nein, denn dann hätte Natasha gewonnen. Wenn sie aus dem Vertrag aussteigen wollten, blieb ihnen nur die Möglichkeit, Natasha auszubezahlen. Elizabeth sah bereits das Gesicht dieser eingebildeten Schlampe vor sich, wenn sie ihr einen Scheck über beinahe zehntausend Dollar überreichte, obwohl sie keine Leistung erbracht hatte. Damit konnte sie sich mit Declan einen hübschen kleinen Urlaub auf einer tropischen Insel gönnen. Elizabeth wäre lieber zur Hölle gefahren, als ihr dazu zu verhelfen. Verdammt! Das war wirklich übel. Elizabeth schrieb Manny eine weitere Nachricht. »Behalt sie im Auge. Vertrau ihr nicht.«

Er schrieb sofort zurück. »Keine Sorge. Sie wird nicht mal eine Briefmarke kleben können, ohne dass ich es weiß.«

»Mach ihr das Leben schwer.«

»Mit dem größten Vergnügen.«

Elizabeth rief Effie an, um ihr die schlechte Nachricht zu überbringen.

»Was für ein Monster«, sagte Effie.

»Wem sagst du das. Die hat echt Nerven.«

»Und was machst du jetzt?«

»Es muss einen Weg geben, sie loszuwerden, ohne ihr ein Vermögen zu zahlen. Die Vorstellung, sie drei Monate lang jeden Tag zu sehen, bereitet mir körperliche Schmerzen.«

»Mach dir jetzt keinen Kopf deswegen. Gönn dir eine Pause. Lass es dir gutgehen.«

Die Aussicht, dass es ihr jemals wieder gutgehen könnte, überstieg Elizabeths Vorstellungskraft. »Ich glaube, du hast recht«, erwiderte sie bedrückt. »Ich meine, wie viel Schaden kann Natasha in einer Woche schon anrichten?«

Die Fahrt nach Hause, für die sie üblicherweise fünfzehn Minuten brauchte, dauerte heute vierzig. Sie musste sich mit dem Kofferpacken beeilen. Glücklicherweise wusste sie genau, was sie einpacken musste. Im Cottage in Kinlochbervie warteten mehrere Paar Wanderschuhe, Gummistiefel und Regenklamotten auf sie. Sie brauchte lediglich einige Pullis, warme Strümpfe, Unterwäsche und Jeans. Sie hatte sich schon vor längerer Zeit einige Romane auf ihren E-Reader geladen, jedoch nie die Zeit gefunden, sie zu lesen. Nun wäre eine gute Gelegenheit. Sie vertraute darauf, dass sich ihre Stimmung heben würde, sobald sie in ihrem Cottage angekommen war.

Elizabeth steckte den Schlüssel in die Haustür. Sie klemmte in letzter Zeit ein wenig, und heute war es noch schlimmer als sonst. Sie nahm sich vor, nach dem Kontaktspray zu suchen und sie damit einzusprühen.

»Hallo, Elizabeth.«

Declans Stimme drang aus dem Schatten und ließ sie zusammenzucken. Sie wirbelte herum.

»Mein Gott, Declan. Ich hätte beinahe einen Herzinfarkt bekommen.«

»Ich muss mit dir reden.«

»Ich möchte aber nicht mit dir reden, Declan. Außer, es geht ums Geschäft. Denn daran bist du ja ausschließlich interessiert, nicht wahr?«

Endlich sprang das Schloss auf, und die Haustür ließ sich öffnen. Sie wandte sich zu Declan um. »Ich habe keine Zeit, Declan. Ich muss meinen Flug erwischen.«

»Bloß zwei Minuten, Elizabeth. Bitte. Dann verschwinde ich. Versprochen.«

Elizabeth warf einen Blick auf ihre Uhr. »Zwei Minuten. Ab jetzt.«

Declans Augen hatten die Farbe eines stürmischen, tropischen Ozeans. Er sah sie mit einer solchen Intensität und einem solchen Verlangen an, dass sie spürte, wie ihr Herz zu schmelzen begann. Doch dann hörte sie Natashas höhnische Stimme. »Er hat Sie gefesselt, nicht wahr? Sie dazu gebracht, ihm Ihre schmutzigen Fantasien zu erzählen? Als wären Sie eine Sklavin?« Ihr Herz verwandelte sich wieder zu Stein.

Die Worte sprudelten aus Declan heraus. »Natasha hat mich reingelegt. Sie hat etwas in meinen Drink getan. Du weißt, dass ich mich nicht betrinke. Sie ist eifersüchtig. Ich weiß nicht, wie sie die Sache mit uns herausgefunden hat, aber sie *hat* es irgendwie herausgefunden.«

Elizabeth versuchte, so kalt wie möglich zu klingen. »Sie hat es *irgendwie* herausgefunden? In Ordnung. Aber sie scheint ganz schön viele Details zu kennen. Intime Details. Wenn sie sich also nicht unter dem Bett versteckt hat, als du das letzte Mal hier warst, dann gibt es nur einen, der ihr davon erzählt haben könnte: dich.«

Declan wirkte immer frustrierter und fuhr sich mit den Fingern durch seine dunklen Haare. »Ich weiß nicht, was sie zu dir gesagt hat.«

»Wie auch? Du warst vollkommen hinüber.«

»Ich würde niemals eine derart große Chance sausenlassen.«

»Das hast du aber.«

»Was hat Jayce gesagt?«

Das war typisch, dachte Elizabeth. Es bestätigte, was Natasha ihr gesagt hatte. Ihn interessierte bloß, wie sie ihm weiterhelfen konnte. »Jayce hat das Interesse an dir verloren.«

Elizabeth wusste, dass das nicht der Wahrheit entsprach, doch sie wollte ihn verletzen. Er sah so niedergeschlagen aus, dass Elizabeth einen Augenblick lang dachte, er würde zu weinen beginnen. Doch stattdessen richtete er sich auf und sah sie trotzig an.

»Jayce Corning ist nicht der einzige Produzent auf dieser Welt.«

»Nein, aber er ist einer der besten, und ich könnte mir denken, dass sich herumsprechen wird, wie du dich benommen hast.«

»Verdammt, Elizabeth. Warum glaubst du mir nicht? Natasha hat mich reingelegt.«

»Diese junge Frau hätte wohl eine gute Auftragskillerin abgegeben. Nur damit du es weißt: Sie hat sich ohne mein Wissen und ohne meine Zustimmung einen Job als Empfangsdame bei ATM gekrallt. Ich bin mir sicher, dass sie auch dort deine Interessen vertreten wird.«

Declan war bestürzt. »Sie arbeitet für ATM? Du musst sie feuern!«

»Das kann ich nicht, Declan. Nicht, bevor ihr Vertrag ausläuft. Oder ich muss ihr den Lohn für drei Monate auszahlen. Und das hätte sie wohl gerne, nehme ich an.«

»Aber du musst es tun. Sie ist gefährlich.«

»Glaub mir, das weiß ich.«

»Nein. Ich meine, sie ist wirklich irre.«

»Danke, Declan. Ach ja, hat Hunter dir von der Tour mit *Chaotic* erzählt?«

»Ja, danke.«

»Genieße das Tourleben, Declan. Wenn mich nicht alles täuscht, musst du wohl packen. Und ich ebenfalls. Deine zwei Minuten sind um.«

Elizabeth schlug Declan die Tür vor der Nase zu, dann lehnte sie sich zitternd dagegen. Es hatte sie sehr viel Selbstbeherrschung gekostet, nicht die Arme um ihn zu schlingen und sein hübsches Gesicht an sich zu ziehen, um seine vollen, makellosen Lippen zu küssen. Nicht seine schmalen Hüften an ihren Körper zu drücken und sein Verlangen zu spüren. Hör auf damit, ermahnte sie sich selbst. Man konnte Declan Thomas nicht vertrauen. Jeder konnte einmal zum Narren gehalten werden, doch nur vollkommene Idioten ließen sich zwei Mal zum Narren halten. Und sie, Elizabeth Harding, war kein vollkommener Idiot. Sie war einfach eine verletzliche und einsame Frau gewesen, und das hatte er ausgenutzt. Doch das würde nie wieder passieren.

Elizabeths Flug nach Amsterdam und der Anschlussflug nach Inverness verliefen planmäßig. Sie schaffte es sogar, einige Stunden zu schlafen und kam einigermaßen erholt in Inverness an. Wie nicht anders zu erwarten, regnete es.

Der düstere, graue Himmel und der Nieselregen spiegelten ihre Stimmung wider. Sie machte sich auf die Suche nach ihrem Mietauto und nahm schließlich die dreistündige Fahrt in Richtung Norden nach Kinlochbervie – oder KLB, wie es die Einheimischen nannten – in Angriff. Der erste Teil der Fahrt führte sie durch eine sanfte, hügelige Landschaft. Erst als sie die einspurige Lairg Road erreichte, begann die Umgebung, sich von ihrer majestätischen Seite zu zeigen. Die Berge ragten um sie herum in die Höhe, und dazwischen lagen graue Seen. Sie fühlte sich klein, aber seltsam geborgen. Sie bremste einige Male, damit ein Reh oder ein Hirsch vor ihr die Straße überqueren konnte. Das Wild stellte genau wie die frei laufenden Schafe eine Gefahr für jeden Autofahrer dar. Sie fand einen Radiosender mit keltischer Musik und spürte, wie sich ihre Stimmung hob. Sie war so weit von allem und jedem entfernt, dass ihr sogar ihr Schmerz weit fort zu sein schien.

Elizabeths Cottage aus unbehauenem Stein war Anfang des 19. Jahrhunderts gebaut worden und hatte ursprünglich einem Fischer gehört. Es lag oberhalb des Polin Beach, eines wilden und windigen Stücks Sandstrand, zu dem es selbst im Hochsommer nur wenige Besucher verschlug. Im Zuge der Renovierungsarbeiten hatte Elizabeth vor dem Haus eine verglaste Veranda errichten lassen. Nun konnte sie dort mit einer Tasse Kaffee sitzen und den Wellen zusehen, egal wie schlecht das Wetter auch war. Darüber hinaus hatte sie den verfallenen Kamin restaurieren und eine moderne Küche einbauen lassen. Es war der perfekte Rückzugsort.

Elizabeth machte bei MacKays Laden halt, um ein paar Lebensmittel einzukaufen. Hamish MacKay war ein mürrischer alter Witwer, der in der dritten Generation

Milch, Eier und Brot an die Einheimischen verkaufte. Er strahlte, als er sie sah.

»Dann sind Sie also wieder zurück?«

»Ich bleibe nicht lange, Hamish. Bloß eine Woche.«

»Oh, na ja. Das war dann aber eine weite Reise.«

Sie stimmte ihm zu. »Aber sie war es wert.«

Als Elizabeth durch die Haustür trat, war sie sich sicher, dass bereits das ganze Dorf wusste, dass sie zurück war. In KLB konnte man sich nicht einmal die Augenbrauen zupfen, ohne dass alle davon erfuhren.

Elizabeth trug ihren kleinen Koffer und die Lebensmittel in das Cottage. Im Kamin brannte bereits ein Torffeuer, und das ganze Cottage roch nach dem süßen Rauch. Sie hatte Muriel, ihrer Nachbarin, eine E-Mail geschrieben und sie gebeten, für sie Feuer zu machen. Das Wunderbare in KLB war die Nachbarschaftshilfe. In einer derart wilden und abgelegenen Umgebung war das notwendig, denn sonst hätte hier wohl niemand überlebt.

Wenige Minuten später stand Muriel, eine kräftige Frau in ihren Sechzigern mit rosaroten Wangen und einer nüchternen Ausstrahlung, mit sechs frischen Eiern vor der Tür. Im Dorf ging das Gerücht, dass Muriel hellseherische Fähigkeiten besaß. Sie war auch für ihre Heilkräfte bekannt und hatte bereits mehrere Kinder in KLB auf die Welt gebracht, deren Mütter es nicht mehr rechtzeitig ins Krankenhaus geschafft hatten. Sie umarmte Elizabeth.

»Schön, Sie zu sehen.«

»Sie auch, Muriel. Möchten Sie eine Tasse Tee?«

»Gerne.«

Muriel ließ ihren massigen Körper vor dem Feuer nieder und erzählte Elizabeth den neuesten Klatsch, was eine beliebte Freizeitbeschäftigung in KLB war. Elizabeth erfuhr, wessen Ehe in die Brüche gegangen und wer mit wem zusammengekommen war, wer ein Kind erwartete und wer vom örtlichen Polizeibeamten verhaftet worden war, weil er zu viel getrunken hatte. Muriel wollte ihre Gastfreundschaft jedoch nicht überbeanspruchen und trank schnell ihren Tee aus, bevor sie sich aufmachte, um für ihren Mann Archie, den örtlichen Handwerker, ein Mittagessen vorzubereiten.

Elizabeth schaltete ihren Computer ein und schrieb Manny eine kurze E-Mail, um ihm mitzuteilen, dass sie gut angekommen war. Sie ließ sich ein heißes Bad ein und briet sich Eier und Schinken. Dann saß sie eine Weile auf ihrer Veranda und beobachtete den endlosen Rhythmus des Meeres. Egal, was in ihrem Leben auch passierte, das Meer würde immer dem Mond gehorchen. Die Flut würde kommen und sich wieder zurückziehen. Elizabeth spürte, wie ihre Augen langsam zufielen. Die klare Luft in KLB und die lange Reise begannen, ihren Tribut zu fordern. Sie kletterte mit einem Wärmekissen, an das sie sich kuscheln konnte, ins Bett und schlief erschöpft ein.

Der nächste Morgen war sonnig und klar. Elizabeth wurde von einem Muhen vor ihrem Fenster geweckt. Eine von McTavishs Kühen mit den langen Hörnern bediente sich an dem Gras in ihrem kleinen Garten. Elizabeth stürzte in die Küche. Sie griff sich eine Pfanne und einen Löffel und schlug sie so laut wie möglich gegeneinander. Das zottelige Ungetüm beäugte sie unter seinen strubbeligen Haaren hervor und kaute weiter, bevor es sich umdrehte und davontrottete. Das ist die Art von Problemen, mit denen ich mich herumschlagen möchte, dachte Elizabeth. Eine entlaufene Kuh ist nichts gegen einen herzlosen Mann.

kapitel sechzehn

Natasha war fest entschlossen. Es war ihr egal, wie oft Manny sie fortschickte, um Kaffee zu holen, und wie viele langweilige Akten er ihr zur Ablage überreichte. Es war ihr sogar egal, dass er darauf bestand, dass sie die Schränke in der Büroküche putzte. Sie würde lange genug hier arbeiten, um Elizabeth Hardings kostbares Unternehmen zu zerstören. Am späten Mittwochvormittag ergab sich endlich eine Gelegenheit, nachdem Manny das Büro verlassen hatte, um Besorgungen zu machen. Er rief sie aufgeregt an und fragte, ob er sein Handy auf dem Tisch vergessen habe. Natasha sah nach. Ja, da lag es. Natasha schaltete es ein. Es war kein Passwort erforderlich. Dieser Vollidiot. Sie öffnete den Nachrichtenordner und scrollte langsam durch die Textnachrichten. Da war eine SMS von seiner Mutter, die ihn daran erinnerte, dass er zum Abendessen kommen wollte. Eine lange Unterhaltung mit einem Unbekannten über die Vorzüge von engen und weiten Hosen. Ein Streitgespräch mit Damon, seinem Freund. Eine Entschuldigungsnachricht an Damon. Eine Nachricht an Hunter. Eine Unterhaltung mit Francos Assistentin Priscilla, nachdem Franco ein Flugzeug verpasst hatte. Bla. Bla. Bla. Natasha scrollte weiter. Dann stieß sie auf etwas Schmutziges. Wirklich schmutzigen Klatsch über Franco. Manny hatte geschrieben: »Warum outet er sich nicht endlich?«

Priscilla hatte zurückgeschrieben: »Die alte Schwuchtel.«

Und Manny schrieb darauf: »Der ist so stockschwul wie ich.«

Bevor sie das Handy wieder abschaltete und es Manny mit dem Taxi hinterherschickte, kopierte Natasha die belastenden Nachrichten. Dann eilte sie zu Suzies Schreibtisch und setzte ihr süßestes, unschuldigstes Lächeln auf. »Wo finde ich eine Liste mit sämtlichen Pressekontakten von ATM?«

»Wozu brauchst du die denn?«

»Manny hat mich gebeten, sie mir anzusehen und sicherzustellen, dass alle Daten aktuell sind.«

»Ich leite sie dir gleich weiter.«

»Das wäre super, danke.«

Natasha freute sich diebisch. Einer der größten Stars von ATM, der immer mit seiner Wirkung auf Frauen angab, Unmengen an weiblichen Fans hatte und bereits vier Mal auf sehr extravagante Weise geheiratet hatte, war schwul. Es wurde Zeit, dass die Welt davon erfuhr. Natasha schrieb in Francos Namen eine Pressemitteilung. »An alle meine Fans. Es wird Zeit, ehrlich zu euch zu sein. Ich bin schwul.« Sie öffnete die Liste mit den Pressekontakten und drückte auf »An alle senden«. Wenige Minuten später liefen bereits die Telefone heiß. Die Klatschpresse stürzte sich auf sie. Franco war nicht länger Schnee von gestern. Plötzlich war er wieder eine heiße Story wert.

Kinlochbervie bebte vor Aufregung. Heute sollte die *Screen Machine,* ein Wanderkino, in die Stadt kommen. Dank der Großzügigkeit der schottischen Regierung erhielten auch abgelegene Regionen einmal im Monat Gelegenheit, Kinofilme zu sehen, die in den Städten als selbstverständlich erachtet wurden. Heute lief *Midnight in Paris,* Woody Allans Hommage an Paris und die Romantik vergangener Tage. Elizabeth beschloss, sich den Film anzusehen.

Auf der Rückseite des riesigen Filmbusses befand sich eine bewegliche Wand, die ausgefahren werden konnte, so dass der Innenraum breiter wurde. Im Inneren befanden sich achtzig Sitzplätze. Elizabeth staunte nicht schlecht. Sie hatte das Gefühl, als säße sie in einem richtigen Kino, obwohl es eigentlich nur ein Bus war, der neben dem Hafen geparkt hatte. Mehrere Einheimische winkten ihr zu oder blieben kurz stehen, um sie zu begrüßen. Sie wusste, dass viele von ihnen glaubten, dass sie Amerikanerin war, obwohl sie klargestellt hatte, dass sie aus Kanada kam. Egal. Sie machte es sich in ihrem Sessel gemütlich, bereit, ihre Probleme zu vergessen und in eine andere Zeit und an einen anderen Ort zu reisen. Und sie reiste tatsächlich in eine andere Zeit und an einen anderen Ort – bloß, dass sie vor zwei Monaten bereits dort gewesen war. Um genau zu sein, verschlug es sie in das Restaurant, in dem sie und Declan in Paris zu Abend gegessen hatten: *La Closerie des Lilas.* Womöglich waren sie sogar an demselben Tisch gesessen wie Owen Wilson und Vincent Menjou Cortes in dem Film. Das war nicht fair. Sie hatte vor der Vergangenheit fliehen wollen, doch stattdessen wurde sie jetzt wieder an sie erinnert. Der Abend schien schon so lange her zu sein. Bevor sie miteinander geschlafen und sich in den Armen gelegen hatten. Bevor sie ihm ihre dunkelsten Geheimnisse anvertraut hatte. Hätte sie bloß zurückreisen und diesen Abend noch einmal durchleben können. Sie hätte sich nie auf Sex mit ihm eingelassen. Sie war so töricht gewesen. Sie hatte Declan und Natasha selbst die Waffe in die Hand gedrückt, mit der sie sie verletzen konnten. Sie griff in ihre Handtasche und holte ein Taschentuch hervor. Dann weinte sie leise im Dunkeln.

Elizabeth wollte nicht mit den anderen Gästen plaudern, deshalb schlich sie sich aus dem Bus, sobald der Abspann lief. So viel zum Thema Flucht: Obwohl sie beinahe zweitausend Kilometer von ihrem anderen Leben trennten, hatte Hollywood es ihr wieder ins Bewusstsein gerufen. Von all den Filmen, die sie sich heute Abend hätte ansehen können, musste es genau dieser sein.

Zurück in ihrem Cottage, setzte Elizabeth Teewasser auf und schlüpfte in ihren Baumwollpyjama. Draußen hatte der Wind zugenommen. Sie sah, wie die Grashalme zu Boden gedrückt wurden. Sie griff nach der Fernbedienung, um sich den Wetterbericht anzusehen. Während sie durch die Kanäle zappte, fiel ihr Blick auf den Reporter einer Klatschsendung mit einem riesigen Bild von Franco im Hintergrund. Der Reporter sagte gerade: »Bei der Pressemitteilung der Musikagentur ATM, in der sich der bereits zum vierten Mal verheiratete Sänger Franco als schwul outete, handelt es sich um eine Falschmeldung. Franco dementierte die Mitteilung entschieden und bezeichnete sie als einen grausamen Scherz. Er sei noch immer Mr. Wunderbar, ein Liebhaber aller Frauen und Chihuahuas.«

Elizabeth begann so fieberhaft nach ihrem Handy zu suchen, dass sie dabei beinahe über ihre eigenen Beine gestolpert wäre. Natürlich hatte sie es ausgeschaltet, während sie sich den Film angesehen hatte. Nun wartete sie ungeduldig, bis sie wieder Empfang hatte und die Nachrichten geladen wurden. Sie hatte fünfzehn neue Nachrichten, neun davon von Manny. Sie beantwortete die letzte Nachricht sofort. »Skype. Jetzt!« In Kanada war es fünf Stunden früher, Manny war also noch im Büro. Sie schloss ihren Laptop ans Netz an, öffnete Skype und klickte auf Mannys Namen. Mein Gott, das war eine Katastrophe. Was war passiert?

Kaum eine Minute später erschien Mannys nervöses Gesicht auf dem Bildschirm. Er trug Kopfhörer, damit die anderen nicht hören konnten, was Elizabeth sagte, und er würde alles aufschreiben, was nicht für fremde Ohren bestimmt war. Er sah blass aus.

»Wer hatte Zugang zu den Pressekontakten? Das ist doch Suzies Aufgabengebiet.«

Manny hielt einen Zettel hoch, so dass Elizabeth ihn lesen konnte: NATASHA???

»Das hätte ich mir denken können. Können wir es gegen sie verwenden, um sie loszuwerden?«

Manny schüttelte den Kopf. »Wir haben keine Beweise.«

»Hat Franco sich schon gemeldet?«

Manny nickte und wirkte noch blasser. Er schrieb ein weiteres Wort auf: KLAGE.

Na toll. Das war genau das, was sie jetzt brauchte. »Ich nehme den nächsten Flug zurück.«

»Das ist nicht notwendig, Boss. Die Katze ist aus dem Sack und tobt sich aus. Unser offizielles Statement lautet weiterhin: Kein Kommentar. In den nächsten Tagen wird nicht viel passieren. Sie können Ihre Auszeit genauso gut noch genießen.«

Manny hatte recht. Franco sollte ein wenig Dampf ablassen. Nach ihrer Rückkehr konnte sie ihn dann vielleicht ein wenig besänftigen. Elizabeth war sich sicher, dass Natasha die rufschädigende Nachricht verbreitet hatte. Dieses Mädchen war bösartig – oder zumindest absolut geistesgestört.

»Okay, Manny. Ich bin nächsten Montag wieder im Büro.«

Elizabeth beendete das Gespräch und warf einen Blick auf ihre anderen Nachrichten. Drei davon kamen von Effie, eine von Declan. Der Text lautete einfach »Beweis«, und er hatte ein Foto mitgeschickt. Es zeigte die Gitarre ihres Vaters mit durchgeschnittenen Saiten. Was wollte er damit beweisen? Was zum Teufel hatte das zu bedeuten? Elizabeth war außer sich vor Wut. Sie suchte nach Declans Skype-Account und klickte ihn an. Sie hatte sich kaum noch unter Kontrolle.

Das nervtötende Klingeln hielt fünf Minuten lang an, bevor er sich meldete. »Hey, wo bist du?«

»Schottland.« Elizabeth kochte vor Wut. »Was willst du mit dem Bild beweisen? Du Arschloch! Warum hast du das getan? Das ist die Gitarre meines Vaters! Was bist du bloß für ein Mensch, Declan?«

Declan lag halb nackt in der Schlafkabine des Tourbusses. Seine dunklen Haare sahen zerzaust aus, als wäre er gerade erst aufgewacht. Seine dunkelblauen Augen blickten sie verschlafen an. Doch ihre Wut schien ihn unerwartet zu treffen, und er riss die Augen auf. Elizabeth widerstand dem lächerlichen Wunsch, seine nackte Schulter auf dem Bildschirm zu berühren.

»Wie bitte?«, entgegnete er. »Wie kommst du auf die Idee, dass *ich* das getan haben könnte?«

»Ehrlich gesagt bin ich mir nicht sicher, wozu du *noch* fähig bist.«

»Das ist der Beweis dafür, dass Natasha verrückt ist.«

»Das war sie?«

»Ja.«

»Oh mein Gott.«

»Ich würde nie ein Instrument zerstören, vor allem nicht eines, das so wertvoll ist. Das solltest du eigentlich wissen.«

»Aber warum sollte sie so etwas tun? Das ergibt keinen Sinn.«

»Ich habe ihr gesagt, dass sie sich verdammt noch mal von mir fernhalten soll, und das war ihre Art, sich an mir zu rächen. Wenn sie mich nicht haben kann, dann wird sie mich zerstören – und dich auch, wo wir schon dabei sind.«

»Und wie ist sie an die Gitarre meines Vaters gekommen?«

»Sie war bei mir. In der Nacht, nachdem sie mir etwas in den Drink getan hat.«

»Sie war mit dir zusammen?«, fragte Elizabeth ungläubig.

»Ja. Nein. Nicht auf diese Art.«

Declan verlagerte sein Gewicht, um sich zur Seite zu drehen. Für einen kurzen Moment konnte Elizabeth dunkle, leicht verschorfte Kratzspuren erkennen.

»Schieb deinen Laptop mal etwas tiefer«, befahl sie ihm.

»Wie bitte?«

»Ich will mehr von dir sehen.«

»Du willst Sex via Skype?«

»Nein. Ich will weder Sex via Skype noch auf irgendeine andere Art. Ich will deine Brust sehen.«

Plötzlich wusste Declan, worauf sie hinauswollte. »Hör zu, es ist nicht so, wie du denkst.«

»Das sind doch Kratzspuren.«

»Von Natasha.«

Elizabeth wollte laut losbrüllen. »Du hast mit ihr geschlafen. Du Mistkerl. Ich hasse dich, verdammt noch mal.«

»So war es nicht.«

»Ach nein? Und wie war es dann, Declan? Hat es dich scharfgemacht, ihr von mir zu erzählen?«

»Wie bitte?«

»Zum Teufel, Declan! Du hast ihr von uns erzählt. Von *mir.* Ich hasse dich, verdammt noch mal.«

Declan starrte sie verwirrt an. In diesem Augenblick fror der Bildschirm ein. Mein Gott. Das Timing hätte nicht schlechter sein können. Der Internetempfang in KLB war auch bei gutem Wetter störungsanfällig, doch bei starkem Wind war es noch schlimmer. Elizabeth zitterte vor Zorn. Wie konnte er es wagen? Sie schlug ihren Laptop zu. Diese Kratzspuren hatten ihr alles gesagt, was sie wissen musste. Natasha und Declan trieben es miteinander. Die Geschichte, dass sie ihm etwas in den Drink getan hatte, war eine Lüge gewesen. Sie hatte keinen Grund, ihm etwas in den Drink zu tun und seine Karriere zu zerstören. Er hatte zu viel getrunken. So einfach war das. Und er hatte auch keine Erklärung dafür, dass Natasha von ihrer Fantasie als Sklavin wusste. Die einzige Erklärung war, dass Declan ihr davon erzählt hatte.

Elizabeth war außer sich vor Zorn und Demütigung. Es war einfach unverzeihlich. Vielleicht hatte Natasha Elizabeths Fantasien mittlerweile sogar schon auf Facebook gepostet. Elizabeth spürte, wie ihr Blutdruck anstieg. Sie sollte sich ausruhen und entspannen, doch stattdessen versank sie im Chaos.

Sie warf sich ihren Regenumhang über und trat zur Tür hinaus. Der Wind war stärker geworden. Sie sah, wie die Wellen unter ihr an den Strand brandeten. Tränen liefen ihr über die Wangen. Sie wollte Declan von ganzem Herzen hassen. Sie sagte sich selbst, dass er ein unreifer, indiskreter, abscheulicher, großmäuliger Mistkerl war. Er hatte sie auf eine Weise verführt, die sie sich in ihren wildesten Träumen nicht hätte vorstellen können. Er hatte ihr Herz gestohlen und es in Tausende Stücke zerbrochen. Er hatte sie für sämtliche andere Männer verdorben. Sie konnte sich nicht vorstellen, dieselben sexuellen Höhen und Tiefen mit einem anderen Mann zu erleben. Es war furchtbar, wie eine Art Krankheit. Sie fühlte sich sogar irgendwie fiebrig. Allein sein ungeheuer attraktives Gesicht auf Skype zu sehen hatte schon ausgereicht, um eine Leidenschaft in ihr zu wecken, die sie überwältigte. Sie hatte sich beherrschen müssen, um nicht die Hand auszustrecken und seinen wunderbaren Körper auf dem Bildschirm zu berühren. Aber diese Kratzspuren! Er war nackt mit diesem Dreckstück zusammengelegen. Es war egal, wie wasserdicht Natashas Vertrag war und wie viel Geld sie zahlen musste. Sobald Elizabeth zurück war, würde sie diese Giftschlange feuern.

Der Gedanke an Natasha und Declan gemeinsam in einem Bett machte sie verrückt. Aber gut, dann konnten sie sich demnächst eben gegenseitig trösten. Sie würde nämlich auch seinen Vertrag auflösen. Und nicht nur das. Sie würde dafür sorgen, dass er nie wieder spielen würde. Sie hatte genügend Einfluss auf die Clubs. Sie würde eine Empfehlung aussprechen, ihn nicht zu engagieren. Und sie würde darauf bestehen, dass er ihr die Gitarre ihres Vaters zurückgab. Allein der Gedanke, dass sie etwas so Wertvolles diesem nichtsnutzigen, betrügerischen, verlogenen Scheißkerl gegeben hatte, verursachte ihr körperliche Schmerzen. Was in Gottes Namen war mit ihr los? Verlor sie den Verstand? Wie hatte sie nur so verdammt dämlich sein können? Sie hatte sich wie ein liebestolles Schulmädchen benommen. Sie hatte es nicht besser verdient.

Ja, genau, zur Hölle mit dem Geld, sie würde Natasha ausbezahlen, damit sie sie nie wiedersehen musste. Und wenn Declans Vertrag aufgelöst war, würde sie auch ihn nie wiedersehen müssen. Elizabeth selbst würde alles tun, um nicht mehr daran zu denken, und ihre verbliebenen Tage in KLB genießen. Doch zuerst musste sie Dampf ablassen.

Lediglich der über ihr schwebende Seevogel hörte, wie die Frau aus Kanada lauthals losbrüllte. »Scheiße!«

Am nächsten Morgen funktionierte das Internet wieder. Elizabeth musste unbedingt mit Effie sprechen, doch sie wagte es nicht, Effie über Skype zu kontaktieren, während diese schlief. Aufgrund des Zeitunterschiedes war es in Kanada mitten in der Nacht. Elizabeth lenkte sich ab, indem sie auf Google Informationen zur Tour von *Chaotic* suchte. Sie stieß auf mehrere Kritiken, die alle ähnlich klangen. »Verdammt gut.« »Als hätte jemand ein Schlagzeug in meinen Kopf implantiert.« »Das hat dir das Gehirn weggepustet.« Mit anderen Worten: Sie waren also noch immer sehr erfolgreich. Eine Kritikerin schrieb: »Die Überraschung des Abends war die Vorgruppe. Ein Singer-Songwriter namens Declan Thomas, der die Metalfans mit seiner eindringlichen Stimme und seinen mitreißenden, intelligenten Texten wieder auf den Boden zurückholte. Und es schadet auch nicht, dass er nett anzusehen ist.«

Da hat sie recht, er ist wirklich nett anzusehen, dachte Elizabeth. Sie hasste ihn, aber als sie ihn letzte Nacht auf Skype gesehen hatte, hatte das ihr Herz zum Rasen gebracht. Auch wenn er in der Realität als Partner nicht mehr in Frage kam, konnte er immer noch eine Rolle in ihren Fantasien spielen. Das war das Gute an Fantasien. Niemand wusste von ihnen – nun ja, abgesehen von Natasha. Nein, sie würde diese bösartige Irre aus ihren Gedanken verbannen. Sie würde sich nun einfach selbst etwas Gutes tun.

Sie dachte an Declans hypnotisierende blaue Augen, die sie zu durchbohren schienen, an seinen heißen, jugendlichen Sexappeal, seine schlanken, muskulösen, starken Gliedmaßen. Sie stellte sich vor, wie die Macht seiner Leidenschaft sie verschlang, sie festhielt, ihr befahl, sich zu ergeben. Nun befand sie sich wieder auf dem Sklavenmarkt. Declan war nicht mehr länger derjenige, der sie unter Kontrolle hatte, er war bloß einer der Männer auf dem Platz. Der Händler war wieder ein anonymer Mann. Er zog einmal an dem Seil. Declans Blick glühte vor Lust. Zweimal. Sie offenbarte sich ihm. Declans glühender Blick erregte sie. Sie offenbarte sich nur für ihn. Sie würde dafür sorgen, dass er sie begehrte, wie er noch nie zuvor jemanden begehrt hatte, doch er würde sie nicht bekommen. Dreimal. Sie empfand die heiße Wonne der Demütigung, als sie spürte, wie die Blicke der Männer zwischen ihre Pobacken drangen. Declan war verrückt vor Verlangen nach ihr. *Tja, Pech gehabt, du Arschloch.* Elizabeth schaltete den Vibrator ein. Dieses Mal hatte sie dafür gesorgt, dass die Batterien nicht leer waren.

kapitel siebzehn

Die Straße durch den Torf führte etwa fünf Kilometer stetig den Hügel hinauf. Es war ein steiniger Weg, der von Heidekraut und einzelnen Felsen begrenzt wurde. Etwa auf halber Strecke wurde die Landschaft von tiefen Gräben durchzogen. Dort hatten die Einheimischen Torfblöcke herausgeschnitten, um sie zu trocknen und im Winter zu verheizen. Abgesehen von den Schafen war entlang des Pfades üblicherweise kein lebendes Wesen zu sehen. Elizabeth war also überrascht, als sie plötzlich eine kleingewachsene Frau entdeckte, die hügelabwärts auf sie zugeeilt kam. Die Frau blieb stehen und steckte zwei Finger in den Mund, um einen schrillen Pfiff auszustoßen, woraufhin ein schwarz-weißer Hirtenhund aus dem Heidekraut auf sie zugeschossen kam. Als die Frau näher kam, erkannte Elizabeth, dass es sich um Alison MacFadyen handelte, die als Lehrerin in der Dorfschule arbeitete. Sie trug einen wasserabweisenden Hut und dazu passende Gummistiefel.

»Guten Morgen. Schöner Tag heute, nicht wahr?«, meinte Elizabeth.

»Ja. Mein Gott.« Alison rang aufgeregt nach Atem.

»Was ist los?«

»Oben am Wasserlauf liegt ein Schaf auf dem Rücken. Etwa auf halber Wegstrecke. Das dumme Ding muss wohl vom Felsvorsprung gefallen sein.«

»Soll ich Ihnen helfen, es hochzuholen?«

Alison sah sie ungläubig an. »Nein, nein. Es ist viel zu schwer, und außerdem wird es Ihnen die Augen austreten. Es wird nicht gerade dankbar sein und sich wehren.

Aber wenn es nicht bald hochkommt, dann verendet es.«

»Was sollen wir tun?«

»Könnten Sie vielleicht ins Dorf gehen und Ausschau nach einem starken Mann halten?« Alison warf einen Blick auf ihre Uhr. »Ich würde selbst gehen, aber mein Unterricht beginnt in zehn Minuten.«

»Ja, natürlich«, antwortete Elizabeth.

»In Ordnung. Gehen Sie am besten in den Laden und fragen Sie nach Tattie. Vermutlich sitzt er im Pub. Er bringt das hier wieder in Ordnung.«

Elizabeth ging zügig neben Alison her den Hügel hinunter und bemühte sich, nicht auf den losen Steinen auszurutschen, mit denen der Pfad übersät war. Mac, der Hirtenhund, tollte fröhlich neben ihnen her.

»Ich habe Sie bereits bei uns im Dorf gesehen, aber wir sind uns noch nie persönlich begegnet«, erklärte Alison. »Sind Sie Amerikanerin?«

»Eigentlich komme ich aus Kanada.«

»Ah, ihr Kanadier seid die gütigere, freundlichere Version der Amerikaner.«

Elizabeth lächelte. »So habe ich das noch nie betrachtet.«

»Ich bin Alison, die Lehrerin hier im Dorf. Und das dort drüben ist mein Haus.« Alison deutete auf ein Cottage am Ende einer Reihe von Häusern. »Kommen Sie doch einmal zum Tee vorbei. Ich bin jeden Nachmittag ab fünf Uhr zu Hause.«

»Danke. Ich bin Elizabeth.«

»Ich weiß. Ihnen gehört das kleine Cottage oben am Polin Beach.«

»Ja, genau.«

Mac begann wie wild zu bellen, als ein Hubschrauber hinter einem der Hügel aufstieg. Er schwebte gefährlich nahe über ihre Köpfe hinweg und jagte Elizabeth einen gehörigen Schreck ein, bevor er sich auf den Weg über den Loch machte.

»Wohin fliegt er?«, fragte Elizabeth.

»Eine schlimme Sache. Ein kleiner Touristenjunge ist am Strand auf eine Qualle getreten. Er hat einen Schock erlitten. Der Arzt hat ihm eine Injektion verpasst, aber sie müssen ihn trotzdem nach Inverness ins Krankenhaus fliegen, um sicherzugehen, dass es ihm gutgeht.« Alison wandte sich an Elizabeth. »Ich muss mich beeilen. Vergessen Sie bitte nicht, Tattie zu holen. Die Schafe hier oben sind nicht gerade die hellsten. Bis bald.«

Alison verschwand und ließ Elizabeth mit der Aufgabe alleine, Tattie zu finden, um das Schaf zu retten. Alison hatte ihr geraten, im Dorfladen nachzusehen, aber sie hatte auch gesagt, dass Tattie vielleicht im Pub zu finden war. Elizabeth beschloss, dass sie es zuerst dort versuchen würde. Sie sprang in ihren kleinen Peugeot und fuhr eilig los. Das Pub gehörte zum örtlichen Hotel und bestand aus einem einzigen großen, ungemütlichen Raum mit einem Poolbillardtisch, einer Darts-Scheibe und einem Flachbildfernseher über einer zerkratzten Holztheke. Elizabeth trat ein und entdeckte vier Männer mittleren Alters mit Schnurrbärten und jeweils einem Glas Bier in der Hand, die sich um den Fernseher versammelt hatten. Sie schenkten Elizabeth keine Beachtung, bis sie sie direkt ansprach. »Entschuldigen Sie bitte. Handelt es sich bei einem der Herren vielleicht um Tattie?«

Die vier »Herren« lachten lauthals, als sie ihre förmliche Frage hörten.

Einer von ihnen antwortete schließlich. »Wer will was von ihm?«

»Ich. Also eigentlich geht es um ein Schaf.«

Sie brachen wieder in Gelächter aus.

Ein großgewachsener, gutaussehender Riese von einem Mann trat aus der Toilette und zog seinen Reißverschluss zu. »Hey, Tattie«, rief einer der Männer durch den Raum. »Die Kleine hier will was von dir.« Er zwinkerte Elizabeth zu. »Pass bloß auf, dass seine Frau nichts davon erfährt.«

Elizabeth wurde rot. »Nein, wirklich. Es geht um ein in Not geratenes Schaf. Alison, die Lehrerin, hat mich losgeschickt, um Hilfe zu holen.«

Die Männer begannen wieder zu lachen. »Um ein Schaf. Ja, ja.«

Tattie war Anfang vierzig, etwa zwei Meter groß und an die 130 Kilogramm schwer. Seine Schultern und Hände waren riesig. Er sah aus, als könnte er sich ohne weiteres ein Schaf unter jeden Arm klemmen und hätte immer noch genügend Platz, um noch etwas anderes zu tragen. Seine grauen Augen blitzten amüsiert auf, während er Elizabeth musterte. »Aye, und wo ist dieses dumme Schaf?«

»Oben im Torf.«

Tattie trank sein Bier in einem Zug aus. »Gut. Wollen Sie mitkommen?«

»Klar. Warum nicht?«

Bald darauf saß Elizabeth auf dem Rücksitz von Tatties Quad und hatte die Arme um seinen massigen Körper geschlungen. Er war auf bodenständige Art äußerst gutaussehend und strahlte die Stärke und Zuverlässigkeit eines Steinhauses aus.

»Hat Alison Ihnen gesagt, wie weit oben es sich befindet?«, brüllte Tattie über den Motor hinweg.

»Etwa auf halbem Weg. Beim Wasserlauf«, schrie Elizabeth.

Das werden sie mir im Büro niemals glauben, dachte sie. Sie war hier und befand sich auf einer Rettungsmission für ein Schaf, während zu Hause in Kanada eine boshafte junge Frau, die ihr bloß schaden wollte, ein wütender Sänger, der ihr Unternehmen verklagte, und ein Liebhaber, der sie betrogen hatte, auf sie warteten. Noch nie zuvor war ihr der Unterschied zwischen diesen beiden Welten so bewusst gewesen. Und diese Welt hier fühlte sich immer behaglicher und heimeliger an.

Auf halbem Weg die Straße hinauf bremste Tattie und stellte den Motor ab. Elizabeth war wie immer beeindruckt von der wilden, unnahbaren Schönheit der Berglandschaft. Weit draußen konnte sie das graue Meer ausmachen, und unter ihnen sah sie das winzige Dörfchen Kinlochbervie.

»Hören Sie mal«, erklärte Tattie. »Man sollte es eigentlich hören können.«

Und tatsächlich hörte sie ein leises, mitleiderregendes Blöken, das vom Wind in ihre Richtung getragen wurde.

»Da entlang.« Tattie machte sich mit riesigen Schritten über die Steine und das Heidekraut hinweg auf den Weg zu einem kleinen Wasserlauf, der gurgelnd und spritzend die Landschaft durchschnitt. Nachdem sie dem Wasserlauf etwa fünf Minuten lang hügelaufwärts gefolgt waren, kamen sie zu einem Felsvorsprung. Darunter lag das unglückliche Schaf halb im Wasser und halb an Land und versuchte, sich zu befreien.

»Warten Sie hier«, sage Tattie. Er sprang über den Felsvorsprung und packte mit zwei schnellen Handgriffen die Vorder- und Hinterbeine des Tieres. Dann warf er sich das Schaf über die Schultern und kletterte so mühelos die Böschung hoch, als würde er lediglich ein kleines Kind tragen. Schließlich hob er das Tier über seinen Kopf und stellte es auf den Boden. Das Schaf blökte, trottete langsam davon und begann wieder zu grasen.

»Aye. Das war meine gute Tat für heute«, erklärte Tattie. Um seine Augen bildeten sich Fältchen, wenn er lächelte. Er sah wirklich äußerst gut aus. Der Ort, an dem sie sich befanden, war so abgelegen, dass sie beide auch vollkommen alleine auf der Welt hätten sein können. Hätten sie sich hier und jetzt die Kleider vom Leib gerissen und sich geliebt, dann hätte sie wohl niemand gesehen. Und niemand hätte je davon erfahren. Aber der Mann im Pub hatte Tatties Frau erwähnt. Und Elizabeth würde auf keinen Fall etwas mit dem Ehemann einer anderen Frau anfangen.

Tattie betrachtete sie. »Du bist echt ein gutaussehendes Mädel.«

Elizabeth wurde rot. »Danke, Tattie. Aber ich bin mir nicht sicher, ob deine Frau das so toll finden würde.«

Tattie sah sie erstaunt an. »Ich hab keine Frau. Wer sagt denn so was?«

»Die Männer im Pub.«

»Die machen bloß Spaß. Ich hatte mal eine, aber die ist mit ’nem Fischer abgehauen.«

Jetzt wirkte Elizabeth erstaunt. »Ach herrje.«

»Aye. Aber das ist lange her. Komm schon, Mädel. Bringen wir dich nach Hause.«

Sie kletterten auf das Quad, und Tattie wandte sich zu ihr um. »Wie heißt du noch mal?«

»Elizabeth.«

»Hübscher Name.«

Tattie startete das Quad mit einem starken Tritt, und in Elizabeths Kopf drehte sich alles. Sie hielt sich an ihm fest und genoss das Gefühl, seinen starken Rücken zu spüren, während sie hinunter ins Dorf fuhren.

Tattie setzte sie neben ihrem Peugeot ab und wirkte plötzlich verlegen. »Am Freitag steigt ’ne Party im Gemeindesaal. Kommst du?«

»Ich weiß noch nicht. Ich habe mir noch keine Gedanken darüber gemacht.«

»Aye. Na dann …« Tattie suchte nach den richtigen Worten. »Wenn du willst, könnten wir vielleicht ’n kleines Tänzchen wagen?«

»Klar, Tattie. Wenn ich hingehe, dann können wir auf alle Fälle tanzen.«

»Gut. Man sieht sich.«

Elizabeth sah zu, wie Tattie zügig davonfuhr. Ihr fiel auf, dass sie eine ganze Zeitlang nicht ans Büro oder an Declan gedacht hatte. Das war ein gutes Zeichen. Und Tattie war nicht verheiratet. War das ebenfalls ein gutes Zeichen?

Sie kehrte in ihr Cottage zurück und fühlte sich überraschend beschwingt. Jetzt war ein guter Zeitpunkt, um Effie über Skype anzurufen. Sie klickte auf Effies Kontakt, und bald darauf erschien das Gesicht ihrer besten Freundin auf dem Bildschirm.

Effie war ebenfalls bester Laune und hatte Neuigkeiten. »Stevie wurde eine Stelle bei der UNO angeboten. Wir ziehen nach New York.«

»Oh, wow. Und wann?«

»Sie ist bereits dort. Und ich packe hier noch alles zusammen.«

»Das ging ja schnell. Was ist mit der Hochzeit?«

»Wir haben noch immer vor, in Toronto zu heiraten. Es ist ja bloß eine Stunde entfernt. Und ich will, dass du meine Trauzeugin wirst.«

»Klar, Eff.«

»Und was ist das für ein Gerücht, dass Franco schwul ist?«

»Franco hat offensichtlich beschlossen, der Welt zu verkünden, dass er schwul ist. Und er hat dafür eine E-Mail-Adresse von ATM benutzt.«

»Im Ernst? Und hatte da vielleicht jemand, dessen Name mit ›N‹ beginnt, seine Finger im Spiel?«

»Ich glaube schon. Und jetzt verklagt Franco uns.«

»Verdammt. Das ist ja eine Katastrophe.«

»Du sagst es. Es ist mir egal, ob sie mich wegen unrechtmäßiger Entlassung verklagt, sobald ich wieder zu Hause bin, ist sie gefeuert. Ich werde sie auszahlen, auch wenn ich den Gedanken, dieser Schlampe Geld fürs Nichtstun zu geben, hasse.«

»Und Declan?«

»Nichts. Ich hätte es besser wissen müssen und mich nie mit einem Jungen seines Alters einlassen dürfen. Außerdem vögeln Natasha und er noch miteinander.«

»Es wird Zeit, dich etwas Neuem zuzuwenden, Liebes.«

»Du sagst es.«

»Und wie ist es so bei dir? Lass mich mal sehen.«

Elizabeth hob ihren Computer hoch und hielt die Kamera in Richtung des Fensters, das aufs Meer hinausführte.

Effie stieß einen leisen Pfiff aus. »Tolle Aussicht. Irgendwann werde ich auch mal dorthin fahren.«

Elizabeth hatte plötzlich eine Idee. »Verbringt doch eure Flitterwochen hier. Ich würde mich sehr freuen, es euch zur Verfügung zu stellen.«

»Wow. Wirklich?«

»Das ist mein Geschenk, Effie. Jeder sollte zumindest einmal im Leben hierherkommen.«

»Wir kommen vielleicht noch darauf zurück.«

»Wunderbar. Wir hören uns bald wieder.«

»Ciao, Süße.«

Elizabeth trennte die Verbindung und starrte zum Fenster hinaus. Die Aussicht war tatsächlich atemberaubend. Warum packte sie nicht ihre Sachen zusammen und zog für immer hierher? Sie seufzte, als sie an das riesige Chaos dachte, das zu Hause auf sie wartete. Vielleicht sollte sie wirklich darüber nachdenken, sich ganz zurückzuziehen.

Effie konnte es kaum erwarten, Stevie von Elizabeths Angebot zu erzählen. Doch gerade als sie eine Nachricht in ihr Telefon tippen wollte, erhielt sie einen Anruf von einer Nummer, die sie am wenigsten erwartet hatte. Es war Declan Thomas. Was zum Teufel wollte er von ihr? Wollte er, dass sie bei Elizabeth ein gutes Wort für ihn einlegte?

Effie nahm den Anruf entgegen und hörte ihm aufmerksam zu. Nachdem Declan sie in sein Vorhaben eingeweiht hatte, begann sie zu lachen. Das würde zumindest eines von Elizabeths Problemen lösen. Und vielleicht half es auch, sie von Declans Ehrlichkeit zu überzeugen. Er klang auf alle Fälle so, als meinte er es ernst mit ihr, und außerdem schien er sehr besorgt. Und er hätte nichts Derartiges vorgeschlagen, wenn Natasha und er es noch immer miteinander trieben, wie Elizabeth zu glauben schien. Nein, ganz sicher nicht. Der Plan erforderte Effies Unterstützung, und er klang nach einem Heidenspaß.

Sobald sie aufgelegt hatte, rief sie Manny an, um ihn in ihr kleines Spiel einzuweihen. Wenn es funktionierte, dann konnte sie Elizabeth bald eine großartige Geschichte erzählen, und es gäbe ein Problem weniger, mit dem sie sich herumschlagen musste.

kapitel achtzehn

Manny eilte auf den Empfangstresen zu und ließ eine Anzeige auf Natashas Tisch segeln. »Hier. Schick das an alle Angestellten raus. Mal sehen, ob jemand Interesse hat.«

Natasha hasste Manny und seine affektierte Art. Sie versuchte in der Regel, ihn, so gut es ging, zu ignorieren und erledigte das, was er ihr auftrug, meistens erst in letzter Minute. Sie warf einen kurzen Blick auf die Anzeige. Jemand suchte anscheinend eine persönliche Assistentin oder einen Assistenten. Sie sah Manny an. »Was ist das?«

»Du kannst doch lesen, oder etwa nicht?«

»Was hat das mit uns hier zu tun?«

»Miss La Chance ist eine Klientin meines Lebensgefährten. Er hat ihr Penthouse umgebaut. Der Job ist eine große Chance. Aber erzähl Miss Harding nichts davon. Sie und Eff – … Miss La Chance verstehen sich nicht besonders gut.«

»Echt?« Natasha las die Stellenanzeige noch einmal und wurde immer aufgeregter. Eine anerkannte Medienexpertin suchte eine persönliche Assistentin oder einen Assistenten. Der Job umfasste ausgedehnte Reisen und bot die Möglichkeit, Promis kennenzulernen.

»Verschick es jetzt sofort«, fuhr Manny sie an. »Miss La Chance braucht so bald wie möglich jemanden.«

»Was wissen Sie über sie?«

Manny betrachtete gelangweilt seine Fingernägel. »Ach, bloß, dass sie unglaublich reich ist. Und so geizig, wie nur Reiche es sein können. Sie reist um die Welt. Bewegt sich in Promikreisen. Und sie ist nebenbei bemerkt eine ziemliche Zicke.«

Natasha hob ihre mit Konturstift nachgezogenen Augenbrauen.

»Du spielst doch nicht mit dem Gedanken, dich zu bewerben, oder?«

»Warum eigentlich nicht?«

»Miss Harding würde dich nie weiterempfehlen, vor allem nicht, wenn du das Unternehmen verlässt, bevor dein Vertrag ausläuft.«

»Ist mir doch egal.«

»Was ist dein Sternzeichen?«

»Fische. Warum?«

»Miss La Chance interessiert sich sehr für Astrologie. Und ich weiß zufällig, dass sie bloß Luftzeichen einstellt. Und du, mein kleiner Fisch, bis ein Wasserzeichen. Sie besteht außerdem darauf, dass ihre Assistentin oder ihr Assistent stets Rot trägt. Und sie hat eine Schwäche für die Buchstaben ›C‹ und ›H‹. Sie ist ein wenig verrückt, wenn du mich fragst. Wie auch immer, sei ein braves Mädchen und schick das hier raus, in Ordnung?«

Sobald Manny gegangen war, steckte Natasha die Stellenanzeige in ihre Tasche. Danach googelte sie Effie La Chance. Effie war tatsächlich ein Medienmogul und hatte das Magazin *Stylish* gegründet. Glücklicherweise trug Natasha gerade heute ein rotes Kleid. Und sie konnte ohne weiteres ihren Geburtstag in ihrem Lebenslauf ändern und sich zu einem Luftzeichen machen. Sie nahm die Änderungen vor und änderte ihren Namen in »China«. Dann wählte sie die auf der Anzeige angegebene Nummer.

Effie nahm den Anruf mit ausgeprägtem französischem Akzent entgegen. »Miss La Chances Büro. Was kann ich für Sie tun?«

»Ich rufe an, um mich für die Stelle als persönliche Assistentin zu bewerben.«

»Ah, ja. Einen Moment bitte, ich stelle Sie durch.«

Effie wartete einen Moment, bevor sie mit normaler Stimme weitersprach. »Hier spricht Effie La Chance.«

»Mein Name ist Natasha Khomeini, aber meine Freunde nennen mich ›China‹. Ich möchte mich für die Stelle als Ihre persönliche Assistentin bewerben.«

»China? Ich verstehe. Wie alt sind Sie, China?«

»Zweiundzwanzig.«

»Und wann werden Sie dreiundzwanzig?«

Natasha wusste, dass Effie auf diese Weise ihr Sternzeichen herausfinden wollte, und gab die entsprechende Antwort.

»Hätten Sie heute Nachmittag Zeit?«

»Ja.«

»Und hätten Sie auch Zeit, am Montag nach Dubai zu fliegen, falls Sie den Job bekommen?«

Natasha war hocherfreut. »Ja, natürlich.«

»Sehr gut. Ich bin zu Hause. Hier ist die Adresse.«

Natasha teilte Manny mit, dass sie in die Mittagspause gehen würde.

»Okay. Aber komm nicht zu spät wieder.«

Manny kicherte leise, nachdem Natasha gegangen war.

Natasha machte in einem Laden halt und kaufte zwei billige Anhänger, die sie an ihrem Armband befestigte. Es waren die Buchstaben »C« und »H«. Dann nahm sie ein Taxi zu der Adresse, die Effie La Chance ihr genannt hatte. Sie war vollkommen beeindruckt, als sich die Aufzugtüren öffneten und den Blick in Effies riesiges Penthouse freigaben. Effie trug einen exquisiten Seidenkimono und glitt durch den Raum, um zwei Männer zu beaufsichtigen, die vorsichtig ihr Geschirr verpackten. Effie streckte Natasha die mit Diamantringen geschmückte Hand entgegen.

»Sie müssen China sein. Kommen Sie rein. Können Sie Terminpläne erstellen? Und Flüge buchen? Natürlich nur in der ersten Klasse.«

»Ja.«

Effie sah sie besorgt an. »Ich brauche jemanden, der sofort anfangen kann.«

»Das ist kein Problem.«

Effie warf einen Blick auf Natashas Armband und die Anhänger. »Das ist ja interessant. Warum ›C‹ und ›H‹?«

»Ach, diese Buchstaben haben in meinem Leben immer schon eine wichtige Rolle gespielt. Meine Mutter hieß Carmella und mein Vater Chadra. Und ich wurde in Charlotteville geboren. Und dann ist da noch mein Name. China.«

Effie tätschelte Natashas Hand und führte sie zu einer ausladenden Couch.

»Meine Liebe, das ist wirklich außergewöhnlich. Ich habe das Gefühl, dass unsere Beziehung unter einem guten Stern steht.«

»Dieses Gefühl habe ich auch, Miss La Chance.«

»Dann erzählen Sie mal, Liebes. Haben Sie Verpflichtungen? Einen Freund vielleicht, den Sie nicht im Stich lassen möchten?«

»Nein. Niemanden.«

»Das kann ich kaum glauben, China. Ein so hübsches Mädchen wie Sie? Da muss es doch sicher jemanden geben.«

»Nein. Ich habe mich vor einigen Monaten von meinem letzten Freund getrennt. Er hat jemand anderen gefunden.«

»Ach, tatsächlich? Und wie heißt er, Liebes? Es tut mir leid, dass ich so persönlich werde. Es ist bloß so, dass ich über solche Dinge gerne Bescheid weiß.«

»Sein Name ist Declan.«

»Ich verstehe. Und Sie meinten, er hätte jemand anderen gefunden?«

»Ja. Es ist die Frau, für die ich gerade arbeite. Ich glaube, Sie kennen Miss Harding.«

»Oh, ja, ich kenne Miss Harding. Es ist seltsam, dass Sie für sie arbeiten.«

Natasha zuckte mit den Schultern. »Ich wollte Sie im Auge behalten.«

»Falls sich eine Möglichkeit ergibt, ihn wiederzubekommen?«

Natasha nickte.

»Das war sehr einfallsreich von Ihnen. Also, China. Wann könnten Sie anfangen?«

»Ich kann noch heute Nachmittag kündigen.«

»Und wie kommen Sie mit Prominenten zurecht? Ich esse oft mit Katie zu Abend. Mein Gott, die kleine Suri ist eine richtige Göre.«

Natashas mandelförmige Augen weiteten sich. »Katie Holmes?«

»Ich bin mit ihnen allen befreundet. Ich kann also niemanden gebrauchen, der nervös wird, wenn er einen Prominenten sieht.«

»Nein, nein. Promis sind Menschen wie du und ich. Ich meine, sie benutzen auch alle die Toilette, so wie wir.«

»Ganz meine Rede. Ich berate Zeitschriften auf der ganzen Welt. Sie werden dafür verantwortlich sein, die

Promis einzukleiden. Sie besorgen ihnen Klamotten und sprechen mit den Designern. Kurz gesagt sollen Sie mir das Leben erleichtern.«

Natasha begann beinahe, vor Aufregung zu zittern.

»Also, China, Liebes, dann lassen Sie uns über Ihr Gehalt sprechen.«

»Ich mache es mehr oder weniger umsonst.«

»Mehr oder weniger?«

»Nun, ich brauche natürlich etwas Geld. Aber ich bin mit allem einverstanden.«

»Fünfhundert für den Anfang?«

»Fünfhundert*tausend?*«

Effie lachte lauthals. »Sie haben wirklich Sinn für Humor, China. Fünfhundert Dollar die Woche.«

Natasha zuckte zusammen. Das war sogar noch weniger, als sie bei ATM verdiente.

Effie warf einen Blick auf ihre mit Diamanten besetzte Uhr.

»Ich sehe schon, ich nehme zu viel von Ihrer Zeit in Anspruch«, entgegnete Natasha schnell. »Fünfhundert sind in Ordnung.«

»Habe ich fünfhundert gesagt? Da habe ich mich wohl vertan. Ich meinte vierhundert.«

Natasha zögert bloß eine Sekunde lang. »Ja, ja. Das ist in Ordnung.«

»Dann versuchen wir es also, oder nicht?«

»Sie werden es nicht bereuen, Miss La Chance.«

»Nein, Liebes, ich werde es ganz sicher nicht bereuen, das versichere ich Ihnen.«

Natasha erhob sich. »Und wie geht es jetzt weiter, Miss La Chance?«

»Haben Sie einen Reisepass?«

Natasha nickte.

»In Ordnung. Faxen Sie mir noch heute Nachmittag eine Kopie Ihrer Kündigung, und Sie können Montagmorgen anfangen. Kommen Sie um acht Uhr hierher, und dann fahren wir direkt zum Flughafen.«

Natasha war offensichtlich aufgeregt. »Vielen Dank, Miss La Chance.«

»Ach, und Liebes, Sie gehen dieses Wochenende am besten einkaufen. Meine Assistentin trägt ausschließlich Rot. Sie haben Glück, dass Sie die Farbe auch heute gewählt haben.«

»Natürlich, Miss La Chance.«

Sobald Natasha gegangen war, brach Effie auf der Couch zusammen und lachte, bis ihr die Tränen in die Augen stiegen.

Am späten Nachmittag hielt Manny bereits Natashas Kündigung in den Händen. Er verschickte eine interne E-Mail, in der stand, dass ATM auf der Suche nach einer neuen Empfangsdame war. Elizabeth würde außer sich vor Freude sein.

Sie würde sich allerdings weniger über den respekteinflößenden Brief freuen, den ihnen *Fasken, Walters und Coppins,* Francos Anwaltskanzlei, geschickt hatte.

kapitel neunzehn

Elizabeth warf einen Blick in ihren Schrank. Sie hatte nie elegante Kleider dabei, wenn sie nach Kinlochbervie fuhr, doch dieses Mal hatte sie einen hübschen weißen Kaschmirpullover eingepackt. Wenn sie ihn mit ihren Jeans und ihren Lederstiefeletten kombinierte, würde das für den Tanzabend wohl genügen. Sie fasste ihre Haare zu einem Pferdeschwanz zusammen und legte ein Paar weiße Perlenohrringe an. Dann betrachtete sie ihr Gesicht im Spiegel. Die frische Luft in KLB tat ihr gut. Sie leuchtete tatsächlich von innen heraus. Es würde ihr guttun, auszugehen und mit Tattie zu tanzen. Sie beschloss, ihr Auto stehen zu lassen und zu Fuß zum Gemeindesaal zu gehen. Ein Spaziergang würde sie erfrischen, und außerdem musste sie sich keine Sorgen machen, falls sie den einen oder anderen Drink nahm. Sie warf sich ihre Tasche über die Schulter und machte sich entlang des Lochs auf den Weg zum Gemeindesaal.

Der Gemeindesaal war ein großer Raum mit einer Bühne am einen und einer Bar am anderen Ende. An diesem Abend war er mit bunten Laternen geschmückt, die ihm einen festlichen Glanz verliehen. Entlang der Wände hatte man Tische und Stühle aufgestellt, so dass in der Mitte Platz zum Tanzen blieb. Als Elizabeth den Saal betrat, war er bereits voller Menschen aus dem Ort und den umliegenden Gemeinden. Eine Gruppe junger Männer stand in einer Ecke. Sie tranken Bier und scherzten miteinander. Ganz in ihrer Nähe stand eine Gruppe Mädchen, die allesamt kicherten, miteinander flüsterten und den Jungen auffordernde Blicke zuwarfen. Sobald sie genügend getrunken hatten, würden sich die beiden Gruppen miteinander vermischen.

Eine hübsche Blondine blieb auf dem Weg zur Toilette stehen, als sie einen gutaussehenden Jungen entdeckte. »Hey, Johnny«, sagte sie. »Was geht ab?«

»Was zum Teufel geht dich das an?«, fragte er zurück.

»Ach, fahr doch zur Hölle«, erwiderte sie und verschwand in der Toilette. Das war das typische Anmachgeplänkel in KLB. Vermutlich waren die beiden ineinander verliebt.

Elizabeth drängte sich zur Bar durch und bestellte ein Glas Wein. Es war zwar kein so exquisiter Wein, wie sie es gewohnt war, doch sie war gerne bereit, auf diesen Luxus zu verzichten, wenn sie dafür ihre Zeit in Kinlochbervie genießen konnte. Elizabeth nippte an dem Glas und hätte den Wein beinahe wieder zurückgespuckt. Am anderen Ende des Raumes entdeckte sie plötzlich einen großen, schlanken Mann mit dunklen, gewellten Haaren, die genauso aussahen wie Declans Haare. Doch das konnte nicht sein, oder doch? Unwillkürlich bewegte sie sich auf ihn zu. Ihr Mund wurde trocken. Ihr Herz pochte so heftig wie die Wellen, die gegen die Steine am Strand donnerten. Es war unmöglich, dass Declan hier an diesem entlegenen Ort auftauchte. Hatte er womöglich herausgefunden, wo sie war, und war ihr gefolgt?

Sie hatte die Tanzfläche bereits zur Hälfte überquert, als sich der Mann umdrehte. Sein Gesicht war schmal, und er hatte einen ausgeprägten Überbiss. Es war nicht Declan. Ihr Herz wurde schwer vor Enttäuschung, doch kurz darauf ärgerte sie sich bereits über sich selbst. Sie hatte mit Declan abgeschlossen. Er sollte keine derartigen Gefühle in ihr auslösen.

In diesem Augenblick umfassten sie zwei starke Arme

von hinten und wirbelten sie herum. Es war Tattie. Er trug ein frisch gebügeltes blaues Hemd und roch nach Aftershave. Er hatte seine dunklen Haare, die bereits ein wenig grau wurden, zurückgekämmt und sich offensichtlich Mühe mit seinem Aussehen gegeben.

»Hi, Tattie.«

»Dann wagen wir also ein kleines Tänzchen?«

»Klar. Warum nicht.«

»Ich sitz da drüben mit Muriel und Alison. Kann ich dir noch was holen?«, fragte er und deutete auf ihr Glas. Elizabeth nickte. Das war ihr letzter Abend in KLB, den sie mit Feiern verbringen konnte. Morgen Abend würde sie früh zu Bett gehen, um ausgeruht für die Heimreise zu sein. Heute wollte sie alle ihre Sorgen vergessen.

Muriel und Alison winkten sie an ihren Tisch. Elizabeth machte sich auf den Weg zu ihnen, während Tattie die Getränke holte.

Muriel strahlte Elizabeth an. »Na, da haben Sie wohl einen neuen Verehrer gefunden«, sagte sie.

»Aber fallen Sie bloß nicht über einen Felsvorsprung, sonst wirft er Sie über seine Schultern und trägt Sie davon wie ein Schaf«, fügte Alison mit einem klingenden Lachen hinzu.

»Aye, die Männer hier wissen mehr mit den Schafen anzufangen, als sie bloß zu scheren«, scherzte Muriel und zwinkerte Alison zu.

»Tattie scheint nett zu sein«, erwiderte Elizabeth.

»Ach, nun ja, er ist ein anständiger Kerl«, sagte Muriel. »Aber er ist immer auf der Suche nach einer Frau.«

Alison lehnte sich verschwörerisch über den Tisch. »Wenn er Sie fragt, ob Sie eine Spritztour mit ihm machen möchten, dann redet er nicht von seinem Quad.«

Elizabeth wurde neugierig. »Was meinen Sie damit?«

»Das ist ein typischer Anmachspruch hier in KLB. Die Männer rücken immer gleich mit der Sprache heraus. Und wenn sie einen fragen, ob man Lust auf eine Spritztour hat, dann meinen sie auf ihnen.«

»Danke für die Warnung. Sonst hätte ich vermutlich zugestimmt.«

Muriel und Alison brachen in Gelächter aus.

»Machen Sie sich keinen Kopf. Wir passen schon auf Sie auf«, sagte Muriel.

Tattie kam mit den Getränken an den Tisch zurück, und Elizabeth begann, den Abend zu genießen. Eine Gruppe namens *The Whiskeys* spielte keltische Musik, und die Tanzfläche füllte sich mit wippenden Körpern. Elizabeth tanzte einige Male mit Tattie, bis sie schweißgebadet war. Sie merkte plötzlich, dass sie doch einige Gläser Wein getrunken hatte, und musste an die frische Luft.

Tattie begleitete sie hinaus. »Sieh mal, ich möchte dir was zeigen.«

Tattie nahm Elizabeths zierliche Hand in seine große, fleischige Pranke und führte sie zur Rückseite des Gebäudes. Der Vollmond schien über dem Loch und tauchte das Wasser in ein magisches, silberfarbenes Licht.

Elizabeth schnappte nach Luft. »Mein Gott. Wie wunderschön.«

»Aye, das stimmt. Wunderschön«, erwiderte Tattie, der den Blick dabei jedoch nicht auf den Loch gerichtet hatte. Er lehnte sich nach vorne, um sie zu küssen, und seine rauhen Lippen fanden ihre. Elizabeth erwiderte den Kuss einige Sekunden lang. Sie ließ zu, dass Tatties dicke Zunge in ihren Mund eindrang, doch sie konnte bloß an Declan denken. Das hier waren nicht Declans süße Zunge oder seine langen Finger, die unter ihrem weichen Kaschmirpullover nach ihren Brüsten tasteten. Es war auch nicht sein harter, schlanker Körper, der sich an sie presste und ihr damit zu verstehen gab, wie sehr er sie begehrte. Elizabeth warf einen kurzen Blick auf Tattie im Mondlicht. Er war ein gutaussehender, starker Mann, aber er war nicht das, was sie wollte.

»Elizabeth«, flüsterte er. »Ich würde dich gerne zu einer Spritztour einladen.«

Gott sei Dank hatte man sie gewarnt. Elizabeth riss sich zusammen und drückte ihn sanft von sich. »Ich fühle mich geschmeichelt, Tattie. Aber das wird nicht passieren. Ich reise in zwei Tagen ab. Und ich möchte, dass wir als Freunde auseinandergehen.«

»Es wäre der beste Ritt, den du jemals hattest«, murmelte er.

»Das bezweifle ich nicht im Geringsten, Tattie. Ich lehne aber trotzdem ab.«

Tattie fuhr sich mit den Fingern durch die Haare. Er sah enttäuscht aus. »Geht klar, Elizabeth. Aber wenn du je deine Meinung ändern solltest …«

»Dann erfährst du es zuerst«, versicherte sie ihm.

Tattie nahm noch einmal ihre Hand und führte sie zurück in den Saal. Elizabeth war bewusst, dass nun über sie getratscht und spekuliert werden würde, doch das war ihr egal. Sie würde ohnehin bald abreisen.

Sie tanzten noch einige Male, dann war der Abend vorüber. Während die Band zusammenpackte, lehnte sich Alison zu Elizabeth hinüber. »Darf ich dich zu einer Spritztour einladen?«, fragte sie, und ihre Augen blitzten amüsiert. »In meinem Auto, meine ich.«

Elizabeth nahm das Angebot an. Es war ein aufregender Abend gewesen, und sie hatte zu viel Wein getrunken. Sie war froh, nicht zu Fuß nach Hause gehen zu müssen.

Sobald sie sicher in ihrem Cottage angekommen war, schlüpfte sie aus ihren Kleidern und ließ sich ein Bad ein. Der Abend hatte ihr großen Spaß gemacht. Sie dachte daran, wie einfach es gewesen wäre, Tatties Angebot anzunehmen. Er begehrte sie ganz eindeutig. Für eine Frau, die gerade vierzig geworden war, war sie also offensichtlich immer noch begehrenswert.

Elizabeth stieg in die Badewanne und genoss die Wärme, die sie umgab. Sie war froh, dass sie heute Abend ausgegangen war. Das aufregende Gefühl, begehrt zu werden, wirkte noch immer nach. Ihre Finger glitten zwischen ihre Beine. Sie drehte das Wasser auf, stellte den Brausekopf ein und richtete den Strahl genau auf das Zentrum ihrer Lust. Dann versank sie in ihrer Fantasiewelt.

Elizabeth befand sich im Schlafzimmer eines Hauses aus den 1970ern, in dem gerade ein Film gedreht wurde. Eine Filmcrew eilte umher, stellte Scheinwerfer ein und Kameras auf. Als Strafe dafür, dass sie sich von Tattie hatte küssen lassen, hatte sich Elizabeth bereit erklärt, für Declan in einem Porno mitzuspielen. Sie sah die Fußfesseln, die am Bett befestigt waren. Man würde sie ihr anlegen. Und sie würde die Bestrafung willig über sich ergehen lassen.

Declan saß im Regiestuhl und beaufsichtigte die Dreharbeiten. Er rief sie zu sich. »Zeig mir, was du zu bieten hast.«

Elizabeth öffnete ihren Bademantel aus Seide und ließ Declan einen Blick zwischen ihre Beine werfen.

»Jetzt dreh dich um und beug dich nach vorne«, befahl er.

Elizabeth tat, wie ihr geheißen.

Zufrieden rief Declan eine Kostümbildnerin zu sich. »Zieh ihr das Kostüm an.«

Die Assistentin half Elizabeth rasch in einen roten Spitzen-BH mit Öffnungen für die Brustwarzen und ein Höschen mit Loch im Schritt. Eine weitere Assistentin fesselte sie mit gespreizten Beinen ans Bett.

»Gut«, sagte Declan im Befehlston. »Dein Ehemann hat dich so zurückgelassen, um dich dafür zu bestrafen, dass du an einen anderen Mann gedacht hast. Du wartest darauf, dass er zurückkommt und dich losbindet, doch er hat eine Überraschung für dich parat. *Action.*«

Die Kameras bewegten sich. Elizabeth spürte, wie sie ihren Schritt filmten. Zwei Frauen betraten das Schlafzimmer. Die eine war groß und dunkelhaarig und trug Jeans und ein Arbeitshemd. Die andere war eine zarte Blondine in einem kurzen Rock und hochhackigen Schuhen.

»Das muss es sein«, sagte die Blondine.

»Ja, da ist sie«, erwiderte die Dunkelhaarige. »Besorgen wir es ihr.«

»Dein Ehemann hatte das Gefühl, dass du eine Lektion brauchst, wie du ihn zufriedenstellen kannst«, erklärte die Blondine. Sie zog sich bis auf ihr Höschen aus und begann, sich selbst zu befriedigen.

»Gut so.« Declan gab der Blondine über ein Headset Anweisungen.

»Und jetzt setz dich auf ihr Gesicht und schieb dein Höschen zur Seite. Nein, nicht ausziehen. Schieb es bloß zu Seite, damit sie dich lecken kann.«

Elizabeths Blick fiel auf die rasierten Schamlippen.

»Leck mich«, sagte die Blondine und öffnete sanft Elizabeths Mund. Elizabeth tat, wie ihr geheißen. Sie war überrascht, wie sehr sie den salzig-süßen Geschmack mochte.

Die Dunkelhaarige streifte sich das Hemd ab und stieg

aus ihren Jeans. Sie trug einen Dildo zum Umschnallen über ihrem Slip.

»Leck sie weiter«, befahl Declan Elizabeth, bevor er sich an die dunkelhaarige Frau wandte. »Fick sie.«

Die Frau kletterte auf Elizabeth und schob den Dildo durch das Loch in ihrem Höschen direkt in ihr Inneres, dann stieß sie zu. Elizabeth konnte kaum glauben, welche Gefühle sie gerade durchlebte. Der köstliche Geschmack der Blondine in ihrem Mund. Die steife Klitoris, die sich wie ein winziger Knopf anfühlte. Sie bewegte ihre Zunge schneller und immer schneller. Sie leckte eine Frau. Sie wurde von einer Frau gevögelt. Ihre Brustwarzen, die aus dem roten BH hervorsprangen, waren steif vor Erregung. Und Declan sah ihnen zu. Er war erregt, und seine Augen loderten. Sie wollte ihn zufriedenstellen. Sie würde alles tun, was er von ihr verlangte. Er durfte alles filmen, was er wollte. Sie kam. Sie kam. Sie kam. Die Kameras filmten ihren Körper in Großaufnahme. Die Frau vögelte sie härter und härter. Das hier war ihre Strafe. Das war, was sie verdiente. Oh! Oh! Oh! Elizabeths Orgasmus brandete über ihren Körper hinweg. Sie stieß einen letzten Schrei aus, bevor sie zurück in das warme Wasser glitt.

Es dauerte einige Sekunden, bis sie sich von den Zuckungen erholte, die sie wie bei einem Erdbeben erzittern ließen. Oh, Declan. Würde sie es jemals schaffen, ihn aus ihren Gedanken zu verbannen? Sie sehnte sich danach, ihn wiederzusehen, ihn zu berühren. Doch er hatte sie hintergangen. Leider würden ihr ihre Fantasien nun einfach genügen müssen.

kapitel zwanzig

Natashas Taxi steckte im Stau. Sie warf einen Blick auf die Uhr. Es war sieben Uhr fünfundvierzig. In nur fünfzehn Minuten sollte sie bei Effie sein. Sie hatte einen neuen, aufregenden Job. Die Art von Job, von der sie immer geträumt hatte. Sie würde reisen und Prominente kennenlernen. Sie hatte schon immer gewusst, dass sie einmal etwas Besonderes machen würde, etwas, wodurch die Welt auf sie aufmerksam werden würde. Es war bloß eine Frage der Zeit und des Timings gewesen. Sie hatte den ganzen Samstag damit verbracht, rote Klamotten einzukaufen. Nun war ihr Koffer voll damit. Sie rief sich ins Gedächtnis, dass sie nun China hieß. Sie mochte den Namen irgendwie. Und sie musste sich nun auch daran gewöhnen, an einem anderen Tag Geburtstag zu haben. Das war jedoch keine so große Sache.

»Könnten Sie sich beeilen?«, fragte sie den Taxifahrer. »Ich muss um acht Uhr da sein.«

Der Taxifahrer war solche verzweifelten Bitten gewohnt. Heutzutage waren alle in Eile. Was erwarteten seine Kunden von ihm? Dass er die Flügel ausbreitete und davonflog? Er seufzte und bog von der Hauptstraße in eine Seitengasse ein. Glücklicherweise war er schon lange genug dabei, um zahlreiche Abkürzungen zu kennen.

Sie kamen um fünf Minuten nach acht vor Effies Wohnhaus an. Sicher würde Effie Verständnis für den Verkehr haben. Natasha gab dem Fahrer ein Trinkgeld und eilte mit ihrem Koffer in das Gebäude. Der Portier sah sie fragend an.

»Effie La Chance. Sie erwartet mich. Nat– … China Khomeini.«

»Miss La Chance ist nicht mehr hier«, antwortete der Portier.

»Was meinen Sie damit? Ich bin doch bloß fünf Minuten zu spät. Ist sie bereits unterwegs zum Flughafen?«

»Ich weiß nicht genau, wo sie ist, Miss. Ich weiß nur, dass sie gestern aus ihrer Wohnung ausgezogen ist. Sie steht zum Verkauf.«

»Aber das ist unmöglich!«, schrie Natasha. »Ich bin ihre neue Assistentin. Sie kann nicht ohne mich fortfahren.«

»Davon weiß ich nichts«, erklärte der Portier. »Vielleicht sollten Sie sie anrufen.«

»Gute Idee.«

Natasha suchte in ihrer Tasche nach ihrem Telefon. Sie hatte Effies Nummer eingespeichert. Das hier war sicher bloß ein schreckliches Missverständnis. Natasha wählte und wartete. Der Anrufbeantworter verriet ihr, dass Effie gerade nicht erreichbar und bis auf weiteres außer Landes war.

Langsam dämmerte Natasha die Wahrheit. Sie war reingelegt worden. Es gab keinen Job. Keine Reise nach Dubai. Nichts.

»Alles in Ordnung, Miss?«, fragte der Portier.

Natasha riss sich das billige Armband mit dem »C« und dem »H« vom Handgelenk und schleuderte es zu Boden. Es zerbrach in Tausende Stücke, die über den Marmorboden der Lobby kullerten. »Nein, gar nichts ist in Ordnung«, schrie Natasha den verblüfften Portier an. »Es ist absolut gar nichts in Ordnung!«

Außer sich vor Zorn schwor Natasha Rache. Jemand würde für das bezahlen, was man ihr angetan hatte. Jemand würde furchtbar dafür bezahlen.

Elizabeth war positiv überrascht, als sie eine andere Empfangsdame im großen, marmornen Eingangsbereich von ATM sitzen sah. Elizabeth stellte sich vor und begrüßte das neue Mädchen, bevor sie sich auf den Weg in ihr Büro machte. Sie bat Manny über die Gegensprechanlage um einen Kaffee. Er kam wenige Minuten später mit einem dampfend heißen Cappuccino in ihr Büro.

Elizabeth hob eine Augenbraue und sah ihn fragend an. »Also? Erzähl es mir. Wo ist Natasha?«

»Fort«, strahlte Manny. »Sie hat am Freitag gekündigt.«

»Wie das?«

»Ich denke, da fragen Sie besser Effie. Sie meinte, Sie sollen sie über Skype kontaktieren, sobald Sie im Büro sind.«

Effie erzählte Elizabeth von ihrem Treffen mit Natasha, und Elizabeth reagierte amüsiert und erfreut. »Wessen Idee war denn das alles …? Die Sache mit dem ›C‹ und dem ›H‹ und den roten Klamotten?«

»Das war Manny«, lachte Effie. »Sie nannte sich doch tatsächlich China, ist denn das zu glauben? Aber«, fügte sie hinzu, »die ursprüngliche Idee stammte von Declan.«

»Declan?«

»Ja. Er rief mich an und erzählte mir von Natashas Leidenschaft für Promis und davon, dass sie immer schon davon geträumt hat, einmal die persönliche Assistentin einer Berühmtheit zu werden. Nun, diese Rolle habe ich übernommen. Ich habe ihr ein Leben voll Glamour und Reisen angeboten. Und sie ist darauf reingefallen. Mein Gott, und wie sie darauf reingefallen ist.«

»Und wo ist sie jetzt?«, fragte Elizabeth.

»Wen kümmert's? Vielleicht sitzt sie gerade in einem Flugzeug nach Dubai. Das Wichtigste ist aber, dass du sie los bist, und das verdankst du Declan. Es war ein Geniestreich.«

»Danke, Effie. Und grüß New York von mir.«

»Mach ich, Süße.«

Elizabeth beendete das Gespräch. Es war also Declans Plan gewesen, der ihr Natasha vom Hals geschafft hatte. Das war interessant. Vermutlich schuldete sie ihm dafür einen Anruf.

Er hob nach dem ersten Läuten ab. »Elizabeth?«

»Ja. Ich bin's.«

Allein der Klang seiner Stimme, die ihren Namen sagte, ließ ihr Inneres auf angenehme Weise bis zu ihren Zehen hinunter schmelzen.

»Ich wollte ohnehin bei dir im Büro vorbeikommen, um dir die Gitarre deines Vaters zurückzugeben.«

»Warum?«

»Ich dachte mir, nachdem du nichts mehr mit mir zu tun haben willst, sollte ich sie dir wohl wiedergeben.«

»Hör zu. Ich habe gehört, dass du mir geholfen hast, Natasha loszuwerden. Ich wollte mich dafür bedanken.«

»Kein Ding. Ich wusste, dass sie darauf reinfallen würde.«

»Also, danke.« Elizabeth atmete tief ein. Sie konnte es genauso gut gleich ansprechen. »Warum hast du ihr von mir erzählt?«

»Ich habe ihr nie irgendetwas über dich erzählt.«

»Nichts? Gar nichts?«

»Kein einziges Wort, ich schwöre es dir.«

»Dann hast du ihr also nicht von … von dem Marktplatz erzählt?«

»Du meinst von deiner Fantasie?«

Elizabeth schämte sich mit einem Mal. »Ja, genau das meine ich.«

»Natürlich nicht. Das ist doch albern.«

»Aber warum hat sie dann gesagt, was sie gesagt hat?«

»Elizabeth, ich habe keine Ahnung, wovon du sprichst.«

Sie hörte ihm an, dass er verwirrt und frustriert war. Also erklärte sie es ihm. »Sie hat im *Clinton's* etwas zu mir gesagt. Du warst vollkommen hinüber. Sie meinte, ich sei eine Sklavin.«

Das war's. Nun hatte sie es laut ausgesprochen. Wie würde er sich nun aus der Affäre ziehen? Stille. Als er endlich weitersprach, klang seine Stimme beherrscht und ruhig. »Ich weiß nicht, was du von mir hältst. Nein, das stimmt nicht. Ich glaube, ich weiß ziemlich genau, was du von mir hältst, und es gefällt mir überhaupt nicht. Aber ich möchte dir erklären, was genau passiert ist, und das mache ich lieber persönlich. Wie schnell kannst du zu mir kommen?«

Elizabeth dachte nach. Sie schuldete ihm zumindest die Gelegenheit, ihr alles zu erklären, obwohl der Gedanke daran, ihm persönlich gegenüberzustehen, sie überwältigte. »Ich bin gleich bei dir.«

Declan öffnete ihr die Tür. Er war barfuß und trug ein offenes, kariertes Hemd und Jeans, die ihm tief auf den schmalen Hüften saßen. Seine blauen Augen schienen ihr Gesicht förmlich zu verschlingen. Ihr erster Impuls war, sich ihm in die Arme zu werfen. Sie wollte unbedingt ihre Finger über seinen schlanken, muskulösen Oberkörper und seine starke, junge Brust gleiten lassen. Doch die bereits verblassenden Kratzspuren erinnerten sie an Natasha. Also riss sie sich zusammen und betrat schnell die Wohnung. Das Erste, was sie sah, war die Gitarre ihres Vaters, auf die neue Saiten aufgezogen worden waren.

»Nun, Declan. Es scheint, als hätten wir einiges zu besprechen.«

»Ja, das haben wir. Und ich möchte den Anfang machen, denn offensichtlich hast du bereits einige falsche Schlüsse gezogen.«

»Natasha hat deinen ganzen Körper zerkratzt.«

»Natasha ist eine verrückte Schlampe. Sie hat sich in den Kopf gesetzt, dass ich keine Zeit mehr für sie haben werde, wenn ich erst berühmt bin. Sie weigert sich zu akzeptieren, dass ich schon vor langer Zeit mit ihr abgeschlossen habe.«

»Sie hat hier geschlafen. Sie hat mit *dir* geschlafen.«

»Sie hat mich unter Drogen gesetzt, verdammt noch mal. Ich kann mich an nichts mehr erinnern, außer dass ich am nächsten Morgen neben ihr aufgewacht bin.«

»Aber du hast doch mit ihr geschlafen?«

Declans Stimme wurde lauter. »Ich war kurz davor, in Ohnmacht zu fallen. Sie hat versucht, mich zu verführen, doch als ich nicht darauf reagierte, hat sie mich zerkratzt, um Spuren zu hinterlassen, die du auf jeden Fall zu Gesicht bekommen würdest.«

»Und die Sache mit der Sklavin? Woher kam die?«

»Aus ihrer bösen, abartigen Seele.«

»Woher wusste sie davon?«

»Sie wusste es nicht. Sie hat bloß geraten.«

»Wie bitte?«

»Hör zu. Ich habe schon vor langer Zeit erkannt, dass der beste Sex für eine Frau zwischen ihren Ohren stattfindet. Das ist etwas, das nur wenige Männer wissen und worüber auch nur wenige Männer nachdenken wollen. Ich gebe zu, dass ich neugierig bin. Wenn ich also mit einer Frau Sex habe, dann versuche ich, ihre Fantasien herauszufinden. So hat sie besseren Sex und ich auch.

Natasha weiß das. Die Sache mit der Sklavin ist weit verbreitet. Sie hat also einfach im Dunkeln gefischt. Ich habe nie mit ihr darüber gesprochen. Niemals.«

Declan meinte es offensichtlich ehrlich.

»Hast du sie auch nach ihren Fantasien gefragt?«

»Ich habe dir doch schon gesagt, dass ich das immer so mache.«

Elizabeth fühlte sich plötzlich erschöpft. Sie hätte ihm glauben sollen, als er ihr gesagt hatte, dass er eine so große Chance niemals sausenlassen würde, um sich zu betrinken. Nun war sie an der Reihe, ihm die Wahrheit zu sagen. »Jayce ist bereit, dir noch eine Chance zu geben.«

»Wie bitte? Du hast doch gesagt, ich hätte es vermasselt.«

»Er ist sehr verständnisvoll. Und wenn ich ihm erkläre, was wirklich passiert ist, dann kommt er sicher noch einmal, um dich spielen zu hören.«

Man konnte Declan die Erleichterung deutlich ansehen. »Ich spiele heute Abend im *Horseshoe.*«

»Ich glaube nicht, dass Jayce in der Stadt ist«, log Elizabeth. Sie erinnerte sich daran, dass Jayce wollte, dass Declan nichts von seinem Kommen erfuhr. »Aber *ich* werde kommen.«

»Du glaubst nicht, welche Höllenqualen ich durchlitten habe. Es war schlimm genug, die Chance vertan zu haben, für Jayce Corning zu spielen. Aber am schlimmsten war der Gedanke, dich womöglich verloren zu haben.«

Elizabeth spürte, wie ihre Willenskraft unter seinem glühenden Blick dahinschmolz. »Wirklich? Du hast mich vermisst?«

»Ich habe an nichts anderes außer an dich gedacht, Elizabeth. Obwohl ich dich am liebsten umgebracht hätte, weil du mich drei Tage lang mit diesen Saukerlen in einen Tourbus gesteckt hast.«

Elizabeth lachte. »Ich wusste, dass du es überleben würdest. Ich habe die Tour online verfolgt. Es scheint, als hättest du Eindruck hinterlassen.«

Declan zog sie an sich und küsste ihren Scheitel. Sie ließ die Hände unter sein Hemd und über seinen nackten Rücken gleiten. Sie wollte ihre Zunge über seinen ganzen Körper wandern lassen. Sie spürte, wie er hart wurde.

»Ich möchte bloß bei dir einen guten Eindruck hinterlassen«, sagte Declan. Er hob sanft ihr Kinn hoch. Elizabeth blickte nach oben, um ihm in die Augen zu sehen, und spürte, wie das Verlangen von ihr Besitz ergriff. Sie wollte ihm sofort die Jeans vom Leib reißen. Sie ließ langsam die Hände nach unten gleiten und spürte sein Verlangen unter dem Jeansstoff. Er stöhnte, als sie ihn berührte. »Nimm mich in den Mund, Elizabeth.«

Elizabeth ging in die Knie, öffnete seinen Reißverschluss und befreite seinen steifen Penis. Sie ließ ihre Zunge seinen steinharten Schwanz auf und ab gleiten, bevor sie die Spitze in den Mund nahm und sanft daran saugte. Declan stöhnte vor Lust und Verlangen. In diesem Moment gehörte dieser Mensch gewordene Gott ihr. Er war das pure Verlangen, steif und stark. Ein Pfeil, der in sie eindringen wollte.

»Zieh dein Höschen aus. Zeig mir, was du zu bieten hast.«

Mein Gott. Das war wie in ihrer Fantasie. Würde sie ihm jetzt davon erzählen? Elizabeth wollte gerade den Raum betreten, in dem der Pornodreh stattfand, doch dann kam ihr eine neue Fantasie in den Sinn. Es war eine Wand voll Zungen. Sie wusste nicht, ob die einzelnen Zungen einem Mann oder einer Frau gehörten. Die Besitzer der Zungen blieben anonym hinter einer dünnen Latexwand verborgen, doch sie waren alle gekommen, um ihr Vergnügen zu bereiten. Sie zog ihre Schamlippen auseinander und legte ihre Klitoris auf eine der Zungen. Diese begann, in zitternden Bewegungen über sie hinwegzuschnellen. Sie spürte, wie sie anschwoll. Sie blieb einige Minuten in dieser Position und genoss das immer intensivere Gefühl zwischen ihren Beinen, doch es gab noch andere Zungen, die sie ausprobieren wollte. Elizabeth bewegte sich auf die nächste zu. Noch einmal zog sie ihre Schamlippen auseinander und positionierte ihre steife Klitoris auf der Zungenspitze. Sie stellte sich vor, dass sie einer Frau gehörte. Die schnellen Bewegungen der Zunge erregten sie noch mehr. Diese Zungen gehörten nur ihr und niemandem sonst. Sie konnte mit ihnen anstellen, was immer sie wollte. Warum genoss sie dieses Gefühl also nicht auch an einer anderen Stelle ihres Körpers? Der bloße Gedanke daran machte sie scharf. Sie würde sie ihren Hintern erkunden lassen. Sie drehte sich um und zog langsam ihre Pobacken auseinander, dann legte sie ihren Anus auf eine weitere Zunge. Es war ein köstliches, verruchtes Gefühl.

»Woran denkst du?«, knurrte Declan. »Sag es mir.«

Declans Zunge – die Zunge, die es wirklich gab – schnellte über ihre geschwollene Klitoris hinweg. Sie hörte sich selbst, wie sie ihm erzählte, was gerade in ihrem Kopf vor sich ging. Er war steif vor Erregung, und sie wusste, dass er bald explodieren würde. Er sprach mit ihr, während er in sie eindrang. »Eine Zunge steckt in deinem Arsch. Die Zunge eines Unbekannten. Es könnte die Zunge eines Mannes sein. Es könnte die Zunge einer Frau sein. Und jetzt vögle ich dich. Spür die Zunge in deinem Arsch. Spür, wie ich dich ficke. Berühr deine Klitoris. Jetzt wirst du endlich ordentlich gefickt, nicht wahr, Elizabeth? Das ist, was du willst. Das ist, was du brauchst. Du willst in den Arsch gefickt werden, von einem …« Das Wort »Fremden« kam nie über Declans Lippen. Der Orgasmus stürzte sich auf sie beide, bis sie zitternd und nach Luft ringend dalagen.

Declan sah sie bewundernd an. »Du hast eine ganz schön schmutzige Fantasie, Elizabeth. Eine Wand voll Zungen. Das habe ich noch nie gehört.«

Elizabeth schämte sich ein wenig, wie immer, wenn sie ihm einen versteckten Teil ihrer Persönlichkeit offenbart hatte. Doch sie fühlte sich auch so frei wie nie zuvor. So frei, dass sie sich zu fragen traute, was ihr schon lange auf dem Herzen lag. »Welche Fantasien hatte Natasha?«

Declan sah sie lange aufmerksam an. »Fantasien sind sehr intim, Elizabeth. Ich würde dir nie von ihren erzählen, genauso, wie ich ihr nie von deinen erzählen würde.«

Elizabeth wusste, dass sie nicht danach hätte fragen dürfen. Dennoch hatte er die richtige Antwort gegeben.

Declan knabberte spielerisch an ihrer Lippe. Er grinste, bevor er weitersprach. »Eines kann ich dir jedoch versichern.«

Mein Gott, was kam jetzt?

»Deine Fantasien sind unendlich heißer. Tatsächlich glaube ich, dass du die schmutzigste Fantasie hast, auf die ich jemals gestoßen bin. Und das liebe ich an dir.«

Fünfzehn Minuten später wollte sie Declan ein zweites Mal. Doch Elizabeth wusste, dass Vorfreude die Leidenschaft bloß noch steigerte. Es würde ihnen beiden guttun, wenn sie einige Stunden warteten.

»Ich muss jetzt gehen.«

Declan stöhnte. »Nein, nein, nein. Ich brauche dich. Ich will dich. Ich muss dich jetzt sofort haben.«

Elizabeth hätte beinahe nachgegeben, doch später, wenn sie bei ihr zu Hause waren, hätten sie alle Zeit der Welt. »Du kannst heute nach deinem Auftritt bei mir übernachten. Im *Horseshoe*, meintest du? Um welche Uhrzeit?«

Declan schenkte ihr ein anzügliches Lächeln. »Um zehn. Und gibt es noch mehr Fantasien, die du mit mir teilen möchtest?«

Elizabeth dachte daran, wie sie für ihn in einem Porno mitgespielt hatte. Was würde er wohl davon halten? Sie lächelte herausfordernd. »Wart's ab. Ach, und Declan?«

»Ja?«

»Du kannst die Gitarre behalten. Sie gehört dir.«

kapitel einundzwanzig

Franco verklagte ATM wegen Verleumdung und Rufschädigung. Die Aufregung in den Medien hatte sich gelegt. Seine vierte Frau ließ sich wenig überraschend von ihm scheiden.

Elizabeth rief ihre Anwältin Gretchen Sweetwater an. »Was machen wir mit Franco?«

»Wenn Sie nicht beweisen können, dass er tatsächlich schwul ist, würde ich vorschlagen, dass wir ihm ein Angebot machen und die Sache dann vergessen.«

»Ich habe die Pressemitteilung aber nicht genehmigt.«

»Das spielt keine Rolle. Die Meldung kam aus Ihrem Unternehmen. Die Beweislast liegt somit bei Ihnen.«

Elizabeth seufzte. »In Ordnung. Und was würden Sie nun vorschlagen?«

»Ich werde versuchen, mich mit seinen Anwälten zu einigen. Ich melde mich wieder bei Ihnen.«

Als Nächstes rief Elizabeth Jayce Corning an. Sie erzählte ihm, dass Natasha den Auftritt sabotiert hatte, und er erklärte sich sofort bereit, Declan eine zweite Chance zu geben.

»Dann sehen wir uns also heute Abend um zehn im *Horseshoe.*«

Das *Horseshoe* war der perfekte Ort für Jayce und Elizabeth, um unerkannt zu bleiben. Das einzige Licht kam von der Bühne, der Rest des Raumes versank in einem stickigen Dämmerlicht, in dem man unmöglich einzelne Gesichter ausmachen konnte. Wäre es heller gewesen, hätte Elizabeth womöglich Natasha entdeckt, die vollkommen in Schwarz gekleidet in einer Ecke stand und finster vor sich hin starrte. Natasha hingegen hatte Elizabeth und Jayce genau im Blick. Sie spielte mit dem Jagdmesser, das sie in der Vordertasche ihres Kapuzenpullovers versteckt hatte. Heute Abend würde ihre Rache schnell und endgültig sein.

Declan begann mit einem Solo und begleitete sich dabei selbst auf Jack Hardings Gitarre. Seine Stimme klang klar und stark, und er traf auch die hohen Töne mühelos. Der Song hieß *»Perfect Lover«*.

Perfect lover,
perfect storm.
Come inside,
I'll keep you warm.

Elizabeth hatte das Lied noch nie zuvor gehört. Handelte es von ihr? War sie die perfekte Liebhaberin für ihn? Die Leute stellten ihre Unterhaltungen ein. Sie versammelten sich vor der Bühne und lauschten Declan, der in seiner eindringlichen Ballade eine Liebesgeschichte erzählte, die tragisch endete. *Oh, nein,* dachte Elizabeth. *Es gibt also kein Happy End.* Würde es für sie und Declan ein Happy End geben, oder war ihre Beziehung von vorneherein zum Scheitern verurteilt?

Nachdem sich die Band zu ihm gesellt hatte, erhöhte Declan das Tempo und spielte seine übliche Mischung aus klassischen Pop- und Country-Songs. Die Tanzfläche war voller Menschen, und als das Konzert vorüber war, johlten sie und verlangten lautstark nach mehr.

Jayce war beeindruckt. »Wow. Dein Junge weiß ganz offensichtlich, wie man die Bühne rockt. So etwas nenne ich einen Goldesel.«

Elizabeth nickte glücklich. Jayce verteilte nicht gerne Lob.

»Du wirst also eine CD mit ihm aufnehmen?«

»Jawohl, Ma'am. Oh, ja. Dieser Junge hat was.« Jayce warf einen Blick auf seine Uhr. »Sag du ihm Bescheid. Sag ihm, er soll mich anrufen. Ich muss los. Hab meiner Frau versprochen, dass ich bis Mitternacht zu Hause bin. Sie wartet nicht gern.«

»Alles klar, Jayce. Danke, dass du gekommen bist.«

Elizabeth beobachtete, wie sich der riesige Mann seinen Weg durch die Menge bahnte und schließlich verschwand. Sie war außer sich vor Aufregung. Sie konnte es kaum erwarten, Declan zu erzählen, was für einen wunderbaren Eindruck er hinterlassen hatte, obwohl sie ihm die aufregenden Neuigkeiten vielleicht auch erst verraten würde, wenn sie gemeinsam im Bett lagen.

Elizabeth ging auf die Bühne zu, wo Declan gerade seine Sachen zusammenpackte. Als er sie sah, sprang er leichtfüßig von der Bühne. Sein Hemd war von dem Auftritt schweißgetränkt. Darunter konnte Elizabeth seine verführerischen Muskeln erkennen. Sie würden zuerst zusammen duschen, und dann würde er nur ihr alleine gehören.

Declan küsste sie. »Du siehst wunderschön aus. Wie immer.«

»Danke.«

»Wie hat dir die Show gefallen?«

»Wunderbar. Und du hattest einige neue Songs dabei.«

Declan grinste sie frech an. »Mehrere Tage in einem Tourbus mit einer Horde Verrückter sind die beste Inspiration.«

Elizabeth konnte nicht widerstehen, sie musste ihn einfach damit aufziehen. »Sie haben vor, noch einmal auf Tour zu gehen. Ich könnte dich wieder buchen.«

»Oh, nein. Nein, das kannst du nicht. Vorher steige ich aus dem Business aus.«

»Das wäre aber furchtbar schade.« Elizabeth konnte es nicht länger für sich behalten. »Vor allem jetzt, wo Jayce Corning eine CD mit dir aufnehmen möchte.«

Declan riss überrascht die Augen auf. »Wirklich? Er war da? Er hat mich spielen gehört?«

»Ja, er war da und hat dich gehört.«

Declan stieß einen Freudenschrei aus. Er hob Elizabeth hoch und wirbelte sie herum, bis ihr schwindelig wurde. Seine Freude brachte sie ebenfalls zum Lachen, bis sie ihn schließlich aufforderte, sie wieder runterzulassen.

Natasha beobachtete das glückliche Paar und wurde immer wütender. Sie fuhr mit dem Daumen über die rasiermesserscharfe Klinge des Messers, bis sie ihr eigenes, klebriges Blut spürte. Das würde nicht das einzige Blut bleiben, das heute Abend vergossen wurde, so viel war sicher.

Elizabeth ließ sich neben der Bühne nieder und glühte vor Freude, während Declan den Rest zusammenpackte. Sie würden zu ihr nach Hause fahren. Und heute hatten sie tatsächlich einen Grund zu feiern.

Declan warf noch einige lose Saiten in den Gitarrenkoffer, dann legte er ihr einen Arm um die Schulter. »Komm, lass uns von hier verschwinden.«

»Und wo wir schon beim Geschäftlichen sind«, meinte Elizabeth, »es gibt da ein paar Dinge, die wir noch nicht zu Ende gebracht haben.«

»Und das ist einfach inakzeptabel«, entgegnete Declan. Seine Augen versanken in ihren. Ein aufreizendes Lächeln umspielte seinen Mund. Er lehnte sich zu ihr und flüsterte ihr ins Ohr. »Wird der Marktplatz wieder eine Rolle spielen?«

»Eigentlich hatte ich an etwas anderes gedacht.«
»Und wirst du auch wieder versaute Dinge tun?«
»Oh, ja. Sehr versaut.«
»Und ich werde dich vögeln, wie du noch nie zuvor gevögelt worden bist.«
Elizabeth spürte, wie ihr Unterleib zu schmelzen und zu kribbeln begann. Sie brannte vor Verlangen. Sie konnte es kaum erwarten, mit ihm alleine zu sein. Sie mussten schnell fort von hier und nach Hause, bevor sie vor Erregung zusammenbrach. Sie hatte einige neue Spielsachen gekauft: mit Samt gefütterte Handschellen und einen Vibrator mit zehn verschiedenen Einstellungen. Declan würde die beiden Dinge verwenden, während sie ihm ihre Porno-Fantasie schilderte. Würde er schockiert sein, wenn sie ihm davon erzählte, dass sie mit zwei Frauen Sex hatte? Sie war noch nie mit einer Frau zusammen gewesen und wollte es auch nicht, aber der Gedanke daran war äußerst erregend.
Declan führte sie zum Ausgang, und Elizabeth spürte die eifersüchtigen Blicke der anderen Frauen, die sich sicher fragten, ob sie wohl Declans Freundin war.
Natasha stellte sich diese Frage nicht. Natasha wusste es genau. Und der Gedanke daran erfüllte sie mit einem mörderischen Hass. Wenn sie Declan Thomas nicht haben konnte, dann würde sie dafür sorgen, dass ihn auch niemand sonst haben konnte.
Die Luft vor dem *Horseshoe* war rauchgeschwängert, weil so viele Jugendliche mit ihren Zigaretten vor der Tür standen. *Die drastischen Bilder auf den Zigarettenpackungen zeigen offensichtlich keine Wirkung,* dachte Elizabeth. Sie war mit dem Taxi gekommen. Sie würden sich nun ebenfalls ein Taxi rufen, um zu ihr nach Hause zu fahren, und dann würde Declan bis zum Morgen ihr ge-

hören. Der Abend entwickelte sich wirklich ganz hervorragend. Elizabeth blieb neben Declans Gitarrenkoffer stehen, während er an den Randstein trat, um ein Taxi zu rufen. Eine Gruppe junger Mädchen, die zusammenstanden und rauchten, flüsterten miteinander, während sie ihn musterten. Er trug das schwarze Jackett, das sie in Paris gekauft hatten, und sah einfach umwerfend aus. Der feine, von Meisterhand genähte Stoff betonte Declans muskulöse Schultern und seine langen, schlanken Beine. Das Licht der Straßenlaterne fiel auf sein Gesicht, das im Profil so attraktiv war, dass man damit Werbung für jegliche Art von Männerprodukten machen konnte. Sein Kinn war fein geschnitten, und man sah nicht ein Gramm Fett. Die etwas eingefallenen Wangen unter den hohen Wangenknochen und der Anflug eines Bartes verliehen seinem Gesicht etwas Verlorenes. Elizabeth versank in der Vorstellung, ihn zu küssen und ihre Zunge seinen wunderschönen Mund erkunden und genießen zu lassen. Mein Gott, wenn sie daran dachte, was sie in nicht einmal einer Stunde miteinander anstellen würden. Sie hatte Kerzen im Schlafzimmer aufgestellt. Die Handschellen und der Vibrator lagen auf ihrem Bett. Declan würde genau wissen, was er damit zu tun hatte und was er zu ihr zu sagen hatte, vor allem, wenn sie ihm schließlich von ihrer neuesten Fantasie erzählte.

Plötzlich entdeckte Elizabeth aus dem Augenwinkel eine schemenhafte, weibliche Gestalt, die das pure Böse zu verkörpern schien. Dann hörte sie eine durchdringende Stimme. »Decky.« Nein, das konnte nicht sein. Elizabeth nahm wie in Zeitlupe wahr, wie Natasha sich auf Declan stürzte. Etwas Silbernes blitzte in ihrer Hand auf. Elizabeth schrie. »Declan! Pass auf!« Declan drehte sich überrascht um. Natasha riss das Messer in die Höhe. Sie richtete es auf Declans Gesicht, auf dieses wunderschöne, attraktive Gesicht. Elizabeth rannte über den Gehsteig und warf sich mit einem mächtigen Satz vor Declan, wobei sie ihn vom Bordstein und vor ein herannahendes Auto stieß. Das Auto blieb mit quietschenden Reifen stehen. Die rasiermesserschaffe Klinge aus kaltem Stahl drang tief in Elizabeths weichen Nacken. Der Schock ließ Elizabeth erstarren, und sie brach auf dem Gehsteig zusammen. Um sie herum bildete sich eine unheilvolle Blutlache.

»Eigentlich wollte ich ihn treffen, aber nun bin ich froh, dass Sie endlich bekommen haben, was Sie verdienen«, zischte Natasha. Sie hob den Arm, um noch einmal auf Elizabeth einzustechen. Doch dieses Mal fand die Waffe ihr Ziel nicht mehr. Declan trat Natasha das Messer aus der Hand, und es schlitterte klappernd über den Gehsteig. Dann packte er Natashas Arm und drehte ihn ihr auf den Rücken. Mehrere Augenzeugen, die zuerst noch schockiert geschwiegen hatten, begannen zu schreien.

»Ruft die Polizei, und holt einen Krankenwagen«, rief Declan ihnen zu. Jeder Einzelne von ihnen holte sein Handy hervor und begann zu wählen. Ein Türsteher des Clubs lief herbei, um zu helfen. »Hier. Halten Sie sie fest«, brüllte Declan und drückte Natasha dem Türsteher in die Arme. Dann ließ er sich auf die Knie fallen, um Elizabeth zu untersuchen. Er deutete auf eine junge Frau, die angesichts des schrecklichen Vorfalls in schockiertes Schweigen verfallen war. »Du. Gib mir deinen Schal.« Das Mädchen starrte ihn ausdruckslos an. Declan legte mehr Schärfe in seine Stimme. »Du sollst mir deinen Schal geben, hab ich gesagt!« Das Mädchen trottete schluchzend auf ihn zu und hielt ihm ihren Schal hin.

Declan schnappte ihn, bevor er seine Jacke auszog und sie über Elizabeth ausbreitete. Er rollte den Schal zu einer Kugel zusammen und drückte ihn fest auf Elizabeths Wunde. Sie befand sich in einem tiefen Schockzustand und verlor immer wieder das Bewusstsein.

Declan konnte seine Verzweiflung und Panik nicht verbergen. »Mein Gott, bitte stirb nicht, Elizabeth. Bitte halte durch. Das ist alles meine Schuld.«

Wenige Minuten später rasten drei Polizeiautos und ein Krankenwagen herbei. Die Sanitäter begannen mit ihrer Arbeit und drückten eine Sauerstoffmaske auf Elizabeths kalkweißes Gesicht. »Ihr Blutdruck fällt«, schrie einer der Sanitäter. »Sie muss ins Krankenhaus. Sofort!«

Sie hoben Elizabeths regungslosen Körper auf eine Trage und schoben ihn in den wartenden Krankenwagen. Dieser raste mit blinkenden Lichtern und brüllenden Sirenen in die Nacht hinaus.

Ein Polizist sprach in der Zwischenzeit mit Declan, der weiß wie eine Wand war und zitterte. »Alles in Ordnung, Sir?«

»Ja, Officer. Alle haben genau gesehen, wie sie angegriffen wurde.«

»Wir werden die Aussagen der Anwesenden aufnehmen.«

Declan wandte sich an Natasha, der bereits Handschellen angelegt worden waren. »Diesmal hast du so richtig Scheiße gebaut«, sagte er mit zornerfüllter Stimme.

Natasha lachte. Sie schien außer sich vor Freude. »Dein kleiner Plan ist wohl nicht ganz aufgegangen, nicht wahr, Decky? Die reiche Schlampe vögeln und sich an die Spitze hochschlafen?«

Declan antwortete ihr nicht. Natasha lachte irre, während der Polizist sie auf den Rücksitz des Polizeiautos schob.

Licht und Geräusche drangen wie durch einen schmutzigen Nebel zu Elizabeth durch, doch es wirkte alles vollkommen zusammenhangslos. Sie hörte Stimmen und Worte, die sofort wieder aus ihrem Bewusstsein verschwanden. »Halsschlagader.« »Schlampe.« »Baby.« Elizabeth sah Engel mit goldenen Flügeln.

kapitel zweiundzwanzig

Elizabeth nahm einen süßen, intensiven Geruch nach Blumen wahr. Sie hatte das Gefühl, als würde etwas in ihrem Hals stecken, und hatte das Bedürfnis zu husten.

»Ruhig, ganz ruhig«, besänftigte sie eine weibliche Stimme. »Das wird schon wieder. Langsam, ganz langsam. Versuchen Sie, selbst zu atmen.«

Eine asiatische Frau lächelte sie an. Wer war sie? Wo war sie? Panik ergriff von Elizabeth Besitz. Eine kühle Hand streichelte ihre Stirn. »Entspannen Sie sich, Elizabeth. Die Gefahr ist vorüber. Ihnen und Ihrem Baby geht es gut.«

»Welche Gefahr?«, wunderte sich Elizabeth. »Und welches Baby?« Sie glitt wieder in die Dunkelheit und in einen traumlosen, viele Stunden lang dauernden Schlaf.

Die Sonne schien durch das Fenster von Elizabeths Krankenzimmer und zeichnete gelbe Lichtstreifen auf ihre Bettwäsche. Ihre Fensterbank war voller Blumensträuße und Glückwunschkarten. Ein großer, schweigsamer Pfleger trat ein und brachte Elizabeths Bett in eine aufrechtere Position. Er stellte ein Tablett mit Essen vor ihr ab und verschwand wieder. Elizabeth überkam ein plötzlicher Heißhunger. Ihr linker Arm war mit einer Schlinge fixiert, weshalb sie die rechte Hand benutzte, um zu essen. Obwohl ihr Rachen schmerzte und sich wund anfühlte, schmeckten die wässrige Gemüsesuppe, das Eiersalatsandwich und der fade Kaffee so gut wie nie etwas zuvor. Sie schluckte dankbar und versuchte sich zu erinnern, weshalb sie hier gelandet war. War sie in einen Autounfall verwickelt gewesen? Sie erinnerte sich an quietschende Autoreifen. Declan? Oh mein Gott. Declan war bei ihr gewesen. War er tot? Nein. Es hatte keinen Unfall gegeben. Aber irgendetwas musste passiert sein. Sie erinnerte sich an Musik, an eine Menschenmenge und daran, dass sie im Freien gewesen war. An das Aufblitzen von etwas Silbernem, wie ein Fisch im Wasser, der verschwand, bevor man ihn richtig zu Gesicht bekommen hatte. Die aufblitzende Klinge eines … Messers? Gefahr. Declan. Natasha. Plötzlich sah Elizabeth die Szene wieder vor sich. Oh mein Gott. Natasha war vor dem *Horseshoe* mit einem Messer auf sie losgegangen. Aber Natasha hatte es ursprünglich nicht auf sie abgesehen gehabt. Sie hatte versucht, sich auf Declan zu stürzen. Wo war Declan? Ging es ihm gut? Es musste ihm gutgehen, denn neben ihrem Bett standen ein Dutzend rote Rosen mit einer Karte, die er ihr geschickt hatte. Sie erinnerte sich dunkel daran, dass er sich über sie gebeugt hatte, als sie verletzt am Boden gelegen hatte. Elizabeth tat sich schwer, das alles zu begreifen. Und mitten in dem allgemeinen Chaos und den furchtbaren Schmerzen hatte jemand plötzlich von einem Baby gesprochen. Glaubten sie etwa, dass sie schwanger war? Nein, das war unmöglich. Das musste ein Missverständnis sein. Man musste sie mit jemandem verwechselt haben. Mit einer jüngeren Frau.

Doch Dr. Fernandes, ein rundlicher, kleiner Arzt mit einem dünnen Bärtchen, versicherte ihr, dass sie schwanger war. Es bestand kein Zweifel. Wäre das Messer nur ein paar Zentimeter weiter oben eingedrungen, hätte es ihre Halsschlagader durchtrennt, und sie hätte sterben können. Sie hatte Glück gehabt. Ihr Blutverlust hatte außerdem eine Gefahr für das Ungeborene dargestellt. Sie hätte eine Fehlgeburt erleiden können. Wäre sie später ins Krankenhaus eingeliefert worden, hätte das furchtbare Folgen haben können. Das Krankenhauspersonal hatte um ihr Leben und um das ihres ungeborenen Kindes gekämpft. Sie war definitiv in der zehnten Woche schwanger. Elizabeth erlitt zum zweiten Mal in dieser Woche einen Schock.

Die ersten paar Tage durfte Elizabeth keine Besucher empfangen. Das Krankenhauspersonal wimmelte besorgte Anrufe von Declan, Effie, Manny, Sampson, Jayce Corning und Mitarbeitern aus dem Büro ab. Sie bekam so viele Blumensträuße, dass Elizabeth schließlich bat, diese auf die anderen Stockwerke aufzuteilen. Sie musste eine weitere Woche im Krankenhaus bleiben, bevor sie nach Hause durfte, um sich dort weiter zu erholen. Effie rief aus New York an, um ihr zu sagen, dass sie kommen und sich um sie kümmern würde. Declan rief an und erzählte ihr, dass er bereits ein Album mit Jayce aufnahm, aber sofort alles abbrechen würde, um sie zu besuchen. Sie bestand darauf, dass er die Aufnahmen beendete. Manny rief an und teilte ihr mit, dass er beweisen konnte, dass Franco schwul war.

Elizabeth horchte auf. »Wie denn das?«

»Lassen Sie mich es einfach so sagen: Damon hat vor einiger Zeit etwas mehr getan, als bloß Francos Haus umzubauen«, grinste Manny hämisch. »Sie haben Homevideos gedreht.«

»Ach?«

»Ja, wir haben Franco sozusagen mit heruntergelassener Hose erwischt, und glücklicherweise hatte Damon das Band noch. Franco ist ein schwules Flittchen.«

Elizabeth seufzte. »Gut gemacht, Manny. Und danke an Damon.«

»Also dann, Boss. Konzentrieren Sie sich darauf, wieder gesund zu werden. Bei ATM läuft alles wie geschmiert.«

Elizabeth legte auf. Sie musste über einiges nachdenken. Dass sie nun belastendes Material über Franco hatten, war sicher hilfreich, um die Klage abzuwenden, doch das bedeutete nicht, dass sie nun alle Sorgen los war. Sie würde ein Baby bekommen. Sie wiederholte diese Worte immer und immer wieder, um sich bewusst zu machen, was das bedeutete. Es war ein Wunder. Der attraktivste Mann der Welt hatte sie geschwängert. Aber wie würde er auf die Neuigkeit reagieren? Declan hatte äußerst deutlich gemacht, dass er keine Kinder wollte. Und schließlich war er sogar so weit gegangen, eine Vasektomie durchführen zu lassen. Warum wollte er so entschieden keine Kinder? Und wie würde er reagieren, wenn sie ihm die Neuigkeiten erzählte? Elizabeth hatte kein gutes Gefühl dabei. Absolut nicht.

Declan kam am nächsten Tag vorbei. Er hatte die Gitarre ihres Vaters und eine Tasche voller Geschenke dabei, darunter Kaffeetrüffel, einen Bildband über Rodin und ein Buch über Paris. Er sah so gut aus wie immer, schlank und sexy, doch er wirkte auch seltsam überspannt. Seine kornblumenblauen Augen blitzten unter den langen, dunklen Wimpern hervor. Sie zuckten hin und her, wie Elizabeth es noch nie zuvor gesehen hatte. Declan stürzte eine Dose Gingerale hinunter. Er konnte nicht stillsitzen. Er küsste sie mehrere Male. Er strich ihr Laken glatt. Er ordnete die Blumen auf der Fensterbank neu, während er unaufhörlich redete. Natasha wurde wegen Mordversuchs angeklagt. Es hatte so viele Zeugen gegeben, dass der Fall klar war. Elizabeth musste nicht als Zeugin aussagen. Er und Jayce arbeiteten an mehreren neuen Songs. Er hatte eine Wohnung für sich alleine gefunden. Er schien so beschwingt, dass er beinahe manisch wirkte. Schließlich hielt Elizabeth es nicht mehr länger aus. Sie klopfte neben sich aufs Bett, damit er sich zu ihr setzte.

Er sah sie besorgt an. »Es tut mir leid. Ich rede die ganze Zeit nur über mich. Was ist mit dir? Wie geht es dir? Was sagen die Ärzte? Wann kommst du hier raus?«

»Es geht mir gut, Declan. Es wird eine Narbe zurückbleiben, mehr nicht. Ich darf in ein paar Tagen nach Hause. Aber ich muss dir etwas sagen.«

»Was? Was musst du mir sagen? Gibt es bleibende Schäden? Wie schlimm wird die Narbe sein? Wie kann ich dir helfen? Kann ich dir irgendwie helfen? Sag es mir. Ich tue alles. Es war alles meine Schuld. Ich hätte mich niemals mit Natasha einlassen sollen.«

Elizabeth legte ihm einen Finger auf die Lippen, um ihn zum Schweigen zu bringen. Er wirkte verletzlich und verloren wie ein kleiner Junge, obwohl er so offensichtlich ein Mann war. Elizabeth strich zärtlich über sein starkes Kinn.

Declans tiefgründige blaue Augen blickten sie besorgt an. »Sag es mir.«

Elizabeth atmete tief ein. Was sie ihm zu sagen hatte, würde ihrer beider Leben verändern. Es gab nur eine Möglichkeit, es ihm zu sagen. Sie platzte einfach damit heraus. »Ich erwarte ein Baby.«

Declan sah sie an, als hätte sie Chinesisch gesprochen. »Wie bitte?«

»Ein Baby. Ich erwarte ein Baby.«

»Das ist unmöglich.«

»Ich weiß, es ist schwer zu glauben. Ich bin genauso überrascht wie du.«

Später würde Elizabeth Effie erzählen, dass sich

Declans Miene immer mehr verschloss, bis sie nur noch ein kaltes, teilnahmsloses Gesicht mit eisig blauen Augen vor sich sah.

»Ich hatte eine Vasektomie.«

»Aber wir haben davor bereits einige Male miteinander geschlafen. In Paris, zum Beispiel.«

»Du hast mir gesagt, dass du die Pille nimmst.«

»Das habe ich nie gesagt. Die Pille ist nicht gut für Frauen meines Alters. Ich habe bereits Mitte zwanzig damit aufgehört.«

»Ich bin Mitte zwanzig.«

»Ich weiß. Glaub mir, mir ist vollkommen bewusst, wie jung du bist.«

Declan sprang vom Bett auf, als hätte er sich verbrannt. »Lass es wegmachen.«

Das war das Letzte, womit Elizabeth gerechnet hatte. Es verschlug ihr einen Moment lang die Sprache. Dann fragte sie mit zitternder Stimme: »Können wir wenigstens darüber reden?«

»Da gibt es nichts zu reden.«

»Was ist los mit dir?«

»Einiges. Es ist einiges mit mir los, von dem du keine Ahnung hast.«

»Dann sag es mir.«

»Nein, nein, nein. Ich wollte nie Kinder, und das wusstest du. Niemals. Und das sollte dir als Erklärung reichen. Hast du mich verstanden?«

»Nun, aber ich bekomme offensichtlich ein Baby. Und es ist von dir.«

Declans Stimme war leise und hasserfüllt. »Du hast mich benutzt.«

Elizabeth schnappte nach Luft. Seine Worte trafen sie wie ein Blitz. »Nein, Declan. Das ist nicht wahr.«

»Du wolltest bloß schwanger werden!«

»Sag das nicht. Das ist schrecklich. Ich hätte nie gedacht, dass so etwas passieren könnte.«

»Aber du hast die Gelegenheit genutzt.« Declan wanderte unaufhörlich durchs Zimmer. Seine Stimme wurde immer lauter, je aufgewühlter er wurde. »Ein Ei. Ein Spermium. Ein *junges* Spermium. Wieso habe ich die Vasektomie nicht schon früher machen lassen? Aber vielleicht ...« Er hielt plötzlich inne.

Elizabeth wurde heiß vor Zorn. »Was, Declan? Was wolltest du sagen? Dass es vielleicht gar nicht von dir ist?«

»Woher soll ich das denn wissen? Vielleicht ist es nicht von mir.«

»Du Mistkerl. Du verfluchter Mistkerl.« Elizabeth griff nach der leeren Getränkedose, die Declan neben ihrem Bett abgestellt hatte, und warf sie nach ihm. »DNA, Declan. Ich werde dir die DNA-Analyse zuschicken lassen. Und das wird das letzte Mal sein, dass du von mir hörst.« Elizabeth nahm all ihre Energie zusammen, die sie aufbringen konnte, und schrie: »Raus hier!«

Mehrere Krankenschwestern tauchten in der Tür auf, um nach dem Grund für den Tumult zu sehen. Declan sah aus wie ein wildes Tier in der Falle. Er nahm sich nicht einmal mehr die Zeit, seine Gitarre mitzunehmen, bevor er sich an ihnen vorbeidrängte und verschwand.

Elizabeth war erschöpft und schockiert. Sie hatte nicht erwartet, dass Declan vor Freude zu tanzen begann, aber sie hatte auch nicht erwartet, dass er das Baby so vehement ablehnen und so grausam reagieren würde. Er hasste sie. Er hasste ihr Baby. Aber aus welchem Grund? Es ergab keinen Sinn. Heiße Tränen liefen ihr über die Wangen. Eine der älteren Krankenschwestern, die das Gespräch mit angehört hatte, nahm Elizabeth in die Arme. *Fühlt es sich so an, eine Mutter zu haben?*, fragte sich Elizabeth. Jemanden zu haben, der einen umarmt und bei dem man sich ausweinen kann, wenn die ganze Welt aus den Fugen gerät? Sie brach zusammen und begann zu weinen.

»Geben Sie ihm Zeit«, beruhigte sie die Schwester. »Es war auch für ihn ein Schock. Vielleicht kommt er darüber hinweg.«

Elizabeth war sich da nicht so sicher. Sie putzte sich die Nase mit dem Taschentuch, das ihr die Schwester anbot. »Vielleicht«, antwortete sie. Doch je mehr sie darüber nachdachte, desto wütender wurde sie. Vielleicht hatte Declan sie wirklich nur benutzt, um voranzukommen. Na gut. Aber wie konnte er es wagen zu behaupten, das Baby sei nicht von ihm? Wie konnte er es wagen, ihr zu sagen, dass sie es abtreiben sollte? Sie spürte, dass sie das Leben, das in ihr heranwuchs, unbedingt beschützen wollte. Sie würde darauf aufpassen. Sie würde sich darum kümmern. Sie würde es lieben. Sie brauchte diesen verdammten Declan Thomas nicht. Sie und das Baby würden sehr gut alleine zurechtkommen.

kapitel dreiundzwanzig

Zwei Wochen später war Elizabeth bereit, wieder ins Büro zurückzukehren. Effie hatte Wort gehalten und war aus New York angereist, um bei ihr zu bleiben. Als sie ihr von ihrer Schwangerschaft erzählt hatte, war Effie zunächst entsetzt gewesen, doch als Elizabeth ihr versicherte, dass sie das Kind alleine großziehen wollte und konnte, freute sie sich darauf, Tante zu werden. Sie verwöhnte Elizabeth mit becherweise heißer Schokolade und Essen aus den besten Restaurants der Stadt. Sie schmiedeten Pläne für Effies bevorstehende Hochzeit, was Elizabeth von den Gedanken an ihre Schwangerschaft und den unglaublichen Mistkerl Declan Thomas ablenkte. Sie würde keinen weiteren Gedanken mehr an ihn verschwenden.

Doch dann erhielt sie einen Anruf von Jayce Corning. Declan war verschwunden, er hatte sich einfach in Luft aufgelöst.

Jayce hatte einige große Aufnahmen geplant, doch Declan war nicht aufgetaucht. Er antwortete nicht auf Anrufe oder Textnachrichten. Er war aus seiner Wohnung ausgezogen und hatte keine neue Adresse hinterlassen. Jayce hatte sogar versucht, Declans Mutter anzurufen, doch diese hatte schon seit einigen Wochen nichts mehr von ihrem Sohn gehört. Jayce war frustriert und besorgt. Als Elizabeth schließlich auflegte, war sie es ebenfalls. Declan würde die zweite Chance, die ihm Jayce gegeben hatte, nicht einfach sausenlassen. Etwas musste furchtbar schiefgelaufen sein. Jayce hatte Declans Mutter zwar bereits angerufen, aber Elizabeth war sich sicher, dass Joan Thomas Licht in das mysteriöse Verhalten ihres Sohnes bringen konnte.

Joans Stimme am Telefon klang freundlich. Sie hatte nichts von Declan gehört, aber sie war sich sicher, dass er sich melden würde. Ja, sie konnte sich erinnern, Elizabeth auf der Beerdigung ihres Mannes kennengelernt zu haben. Elizabeth fragte sie, ob sie sich treffen könnten, und Joan lud Elizabeth zum Tee ein. Sie gab ihr ihre Adresse.

Joan lebte in einem hübschen älteren Backsteinhaus in der Beatrice Street im Westen der Stadt. Sie lächelte warmherzig und führte Elizabeth in ein Wohnzimmer voll moderner Kunst und Orchideen. Die zarten tropischen Blumen nahmen den ganzen Raum ein. Elizabeth konnte nicht anders, als sie zu bewundern. Ihre eigenen Erfahrungen mit diesen Blumen verliefen stets enttäuschend: Nachdem die ersten Blüten abgefallen waren, schaffte sie es nicht mehr, die Pflanzen wieder zum Blühen zu bringen. »Was ist Ihr Geheimnis?«, fragte sie und deutete auf eine spektakuläre Pflanze mit mehr als einem Dutzend violetter Blüten.

»Es ist wie in der Kindererziehung: Liebevolle Vernachlässigung«, antwortete Joan. Sie kicherte warmherzig, als Elizabeth sie verwirrt ansah. Sie deutete auf die Blume und erklärte, was sie damit meinte: »Die meisten Menschen machen sich zu viele Gedanken. Ich gieße sie, wenn ich gerade daran denke, aber nicht häufiger als einmal pro Woche. Ansonsten gebe ich ihnen bloß Licht, und das scheint alles zu sein, was sie brauchen.«

Alles in Joans Haus zeugte von Stil und Geschmack. Eine Teekanne aus feinem Porzellan und dazu passende Teetassen waren bereits vorbereitet. Joan bot Elizabeth einen Platz auf der Ledercouch an, während sie sich selbst elegant auf einem dick gepolsterten Stuhl niederließ. »Declan spricht oft von Ihnen«, erklärte Joan. »Bitte entschuldigen Sie meine Offenheit, aber er scheint sehr von Ihnen angetan zu sein.«

Elizabeth wusste nicht, was sie sagen sollte, und auch nicht, wie sie es sagen sollte. »Ja ... ich bin ebenfalls sehr von ihm angetan. Tatsache ist aber, dass er verschwunden ist.«

Joan goss den Tee ein und reichte Elizabeth eine Tasse. »Nehmen Sie sich bitte selbst Milch und Zucker. Ich würde mir ebenfalls Sorgen machen, wenn er so etwas nicht schon früher getan hätte.«

»Was meinen Sie damit?«

»Es ist schon einige Male vorgekommen, dass er verschwunden ist, wenn er zu sehr unter Stress stand. Er muss alleine sein, um die Dinge wieder auf die Reihe zu bringen. Ich habe mich bereits daran gewöhnt, deshalb mache ich mir auch keine Sorgen um ihn.«

»Wie lange bleibt er denn normalerweise verschwunden?«

»Das kommt darauf an. In der Regel einige Wochen. Aber einmal war er ein ganzes Jahr lang fort.«

»Ein Jahr lang?«

Joan nickte und nippte an ihrem Tee. »Ja, aber er hat zwischendurch angerufen. Ich denke, er wird sich bald bei mir melden.« Sie betrachtete sie mit ihren glitzernden dunkelblauen Augen, die Elizabeth an Declan erinnerten. »Sie sehen sehr gut aus, Elizabeth. Ich würde sagen, Sie strahlen richtig. Gehe ich recht in der Annahme, dass Sie schwanger sind?«

Elizabeth schluckte. »Ja. Sie haben recht.«

»Herzlichen Glückwünsch. Wann ist es denn so weit?«

»Im Dezember.«

»Wunderbar. Ein Baby zu Weihnachten ist das schönste Geschenk.«

Elizabeth wollte ihr sagen, dass Declan der Vater des Kindes war, doch sie fand nicht die richtigen Worte. Es schien ihr nicht richtig, einer Frau, die beinahe gleich alt war wie sie selbst, zu erklären, dass sie ein Baby von ihrem Sohn erwartete. Was, wenn Joan wie Declan reagierte und sie aus dem Haus warf?

Sie beschloss, das Thema zu wechseln. Sie deutete auf ein Foto in einem Silberrahmen, das auf einem Regal aus Mahagoniholz stand. Es zeigte eine junge Frau, die den kleinen Declan auf dem Arm hielt. Die intensiven blauen Augen verrieten, dass die beiden Mutter und Sohn waren. »Das ist ein sehr schönes Foto von Ihnen und Declan.«

»Vielen Dank. Doch das bin nicht ich.«

Elizabeths Blick wanderte von dem Foto zu Joan und wieder zurück. Spielten ihr ihre Augen einen Streich? Es bestand kein Zweifel, dass es sich hier um dieselbe Frau handelte.

»Das ist Jean, meine Zwillingsschwester. Sie ist – sie war – Declans Mutter.«

»Ich dachte, Sie wären …«

»Es ist seltsam, nicht wahr? Wenn Declan mich ansieht, dann sieht er seine Mutter, doch eigentlich bin ich seine Tante.«

»Was ist mit Jean passiert?«

Joan seufzte und nippte an ihrem Tee. »Wir sahen tatsächlich vollkommen gleich aus. Wir konnten sogar unsere eigene Mutter hinters Licht führen. Doch charakterlich hätten wir nicht unterschiedlicher sein können.«

Elizabeth war fasziniert. »Wie das?«

»Jean war ziemlich … wie soll ich sagen … wild. Es

wurde nie eine richtige Diagnose gestellt, aber ich glaube, sie war wohl manisch-depressiv.«

»Was ist mit ihr passiert?«

»Als wir noch Teenager waren, verlor sie regelmäßig die Kontrolle. Sie durchlebte wilde Zeiten und lief oft von zu Hause weg. Danach verfiel sie meistens in eine tiefe Depression. Sie war neunzehn, als sie schließlich schwanger wurde.«

»Declan?«

Joan nickte. »Jean verriet niemandem, wer der Vater war, außer dass er als Musiker in einer Bar spielte. Ich glaube, er hat wohl nie davon erfahren.«

»Was ist dann passiert?«

»Ich befürchte, der nächste Teil der Geschichte ist sehr bedrückend. Sind Sie sicher, dass Sie es wissen wollen?«

Elizabeth nickte.

»Jean wollte das Kind unbedingt behalten, also richteten unsere Eltern eine Wohnung für sie ein. Leider verfiel sie in eine postnatale Depression. Da sie ja bereits unter einer schweren psychischen Erkrankung litt, konnte sie unmöglich allein damit fertig werden, doch sie erzählte niemandem davon.« Joan hielt inne, um sich zu sammeln. Sie atmete tief ein. »Sie erhängte sich an einem Balken in ihrer Wohnung.«

Elizabeth erschauderte. »Wie furchtbar.«

»Ja. Und es war ein furchtbar traumatisches Erlebnis für Declan. Er trug damals noch Windeln.«

Elizabeth sah sie ungläubig an. »Wollen Sie damit sagen, dass er dabei war?«

»Er verbrachte drei Tage alleine mit seiner Mutter, die an einem Seil baumelte.«

Elizabeth stiegen Tränen in die Augen.

»Nachdem wir einige Tage nichts von Jean gehört hatten, fuhr mein Vater zu ihr, um nachzusehen. Declan war halb verhungert und vollkommen verdreckt. Er hatte es geschafft, einen Stuhl unter Jean zu schieben. Er stand dort oben und klammerte sich an den Beinen seiner Mutter fest. Bitte entschuldigen Sie.« Joan holte ein Taschentuch aus ihrer Handtasche und putzte sich die Nase. »Es ist schon erstaunlich, wie weh diese Dinge auch nach so vielen Jahren noch tun.«

Joan atmete ein weiteres Mal tief durch, bevor sie weitersprach. »Wir nahmen Declan bei uns auf. Und als ich älter wurde und schließlich heiratete, adoptierten mein Mann und ich ihn.«

Elizabeth schluckte. »Und wie ging es ihm? Ich meine, danach.«

»Er hatte Alpträume. Machte ins Bett. Und er sprach einige Zeitlang eine seltsame Geheimsprache. Wir haben ihn zu einer Kinderpsychiaterin geschickt. Sie nahm an, dass Declan sich in der Zeit, als er alleine mit Jean war, eine Art Fantasiewelt erschaffen hatte, in der seine Mutter noch am Leben war. Und als er mich dann sah, war es für ihn, als wäre sein Wunsch in Erfüllung gegangen. Er war überzeugt, dass seine Mutter wiederauferstanden war.«

»Wann haben Sie ihm die Wahrheit gesagt?«

Joan schwieg lange Zeit und betrachtete das Foto von Jean, die Declan auf dem Arm hielt. Sie schien darüber nachzudenken, was sie als Nächstes sagen sollte. »Wir haben es ihm nicht gesagt. Viele Jahre lang nicht. Wir sahen keinen Sinn dahinter. Ich zerstörte alle Fotos, auf denen Jean und ich gemeinsam zu sehen waren. Doch ich muss wohl eines übersehen haben. Declan war etwa sechzehn Jahre alt, als er es fand.«

»Also mussten Sie es ihm sagen.«

»Ja, er war vollkommen außer sich. Damals verschwand er zum ersten Mal. Doch schließlich verstand er, dass wir ihn aus Liebe angelogen hatten. Er meinte, soweit es ihn betreffe, sei ich seine richtige Mutter, doch er werde nie das Risiko eingehen, Jeans Krankheit weiterzuvererben.«

Elizabeth sagte kein Wort. Nun ergab es einen Sinn, dass Declan auf keinen Fall Kinder wollte und auf so grausame Art auf ihre Schwangerschaft reagiert hatte. »Jeans Krankheit war genetisch bedingt, nehme ich an.«

»Ja. Declan leidet darunter, aber Gott sei Dank nur an einer sehr leichten Form. Wir behielten ihn während seiner Kindheit und Jugend stets im Auge. Er litt nie unter wirklich manischen Zuständen, doch wie ich schon sagte: Wenn er unter Stress gerät, dann verschwindet er.«

»Ich verstehe.«

Joan lehnte sich nach vorne. Ihre Stimme klang sanft. »Und Ihr Baby? Machen Sie sich Sorgen, dass es seine Gene womöglich auch in sich trägt?«

Elizabeth schnappte nach Luft. »Wussten Sie es, oder haben Sie geraten?«

Joan lächelte warmherzig. »Ich bin sehr gut darin, eins und eins zusammenzuzählen. Und ich habe gesehen, wie Declan Sie auf der Beerdigung angesehen hat.«

»Wussten Sie, dass Declan eine Vasektomie machen ließ?«

Joan hob die Augenbrauen. »Nein, das wusste ich nicht. Er hat einmal davon gesprochen, aber ich wusste nicht, dass er es bereits gemacht hat. Aber wie sind Sie dann …?« Joans Stimme verlor sich.

»Wir waren zusammen in Paris. Im Frühling, vor dem Eingriff.«

Joan stellte ihre Tasse ab und sah sie nachdenklich an.

»Ich verstehe. Und haben Sie bereits Kinder, Elizabeth?«

Elizabeth schüttelte den Kopf. »Nein, das ist mein erstes Kind. Und mein letztes.«

»Und es ist auch das einzige Kind, das Declan jemals haben wird. Und da meinen manche Leute, dass es so etwas wie eine göttliche Fügung nicht gibt.«

Elizabeth fühlte sich sehr erleichtert, und sie stellte fest, dass sie diese verständnisvollen Frau wirklich mochte.

Joan stand von ihrem Stuhl auf, setzte sich neben Elizabeth auf die Couch und umarmte sie. »Weiß Declan, dass Sie ein Kind erwarten?«

»Ja. Er war ziemlich verärgert.«

»Lassen Sie ihm Zeit. Mit dem Baby wird alles in Ordnung sein. Es war wichtig, dass Sie erfahren haben, was mit Declan geschehen ist, denn nun können Sie auch besser auf sie achten.«

Elizabeth warf Joan einen Blick zu. »Sie? Wissen Sie etwas, das ich nicht weiß?«

Joan lachte. »Nur so ein Gefühl.«

Effies Hochzeit fand im August im Boulevard Club am Ufer des funkelnden Ontariosees statt. Elizabeth führte Effie zum Altar, wo die strahlende Stevie bereits auf sie wartete. »Es soll schon vorgekommen sein, dass die Braut schwanger war, aber von einer schwangeren Trauzeugin habe ich noch nie gehört«, flüsterte Effie.

Elizabeth blieb nicht lange bei der Feier, denn die Schwangerschaft machte sie extrem müde. Eddie holte sie ab und fuhr sie nach Hause, doch zuvor besorgten sie noch eine Großpackung Erdbeereis, Elizabeths neuestes Laster. Sie ließ sich auf die Couch fallen und strich mit der Hand über ihren immer größer werdenden Bauch. Sie spürte einen schnellen Tritt, gefolgt von einem leichten Beben, als das neue Leben in ihr sich auf die andere Seite drehte. »Okay, okay. Ich mach ja schon«, erklärte Elizabeth laut und öffnete die Eispackung. Sie stellte den Fernseher an und lehnte sich zurück, um sich die Lokalnachrichten anzusehen. Sie seufzte, als der köstliche erste Löffel Eiscreme ihren Hals hinunterglitt. Zufrieden ließ sie die Augen halb zufallen und las träge die Schlagzeilen am unteren Bildschirmrand, während sich der Nachrichtensprecher lautstark über die aktuelle Verkehrssituation ausließ.

Mein Gott! Sie setzte sich ruckartig auf. Was hatte sie da gerade gelesen? Sie drückte auf den Rückspulknopf, um die Schlagzeile noch einmal zu lesen. Oh, nein. »Natasha Khomeini, die des Mordversuchs und der schweren Körperverletzung an Elizabeth Harding, Präsidentin von ATM, angeklagt ist, wurde gegen eine Kaution von 50 000 Dollar aus dem Gefängnis entlassen.« Elizabeth saß wie versteinert da. Sie konnte es nicht glauben. Wie um alles in der Welt war diese verrückte Schlampe an so viel Geld gekommen? Sie erinnerte sich dunkel, dass Declan ihr einmal von Natashas wohlhabendem Vater erzählt hatte. Panik überkam Elizabeth, und sie spürte die Angst in ihr hochsteigen. Natasha war psychisch krank. Es würde ihr nichts ausmachen, die Kautionsauflagen zu brechen und somit das Geld ihres Vaters in den Sand zu setzen. Sie hasste Elizabeth genauso sehr, wie sie Declan hasste. Was würde geschehen, wenn sie erfuhr, dass Elizabeth ein Kind von ihm erwartete?

Elizabeth fuhr zusammen, als ihr Telefon plötzlich zu klingeln begann. Ihre Nerven waren zum Zerreißen gespannt. Sie warf einen ängstlichen Blick auf die Anruferkennung und war erleichtert, als sie sah, dass es ihre Anwältin, Gretchen Sweetwater, war. »Hi, Gretchen«, sagte sie. »Ich habe gerade von Natasha gehört.«

»Dieser irre Richter hätte schon vor Jahren in Rente gehen sollen.«

»Was soll ich jetzt machen?«

»Seien Sie vorsichtig. Halten Sie sich bedeckt. Mehr können Sie nicht tun. Aber das ist nicht der Grund meines Anrufes.«

»Ach nein? Was ist es dann?«

»Franco ist bereit, sich auf zwei Millionen zu einigen.«

»Wie nett von ihm.«

»Es erspart uns den Gang vor Gericht. Das könnte durchaus diesen Betrag ausmachen, oder sogar noch mehr.«

»Und was ist mit den Beweisen, dass er schwul ist? Mit dem Video?«

»Nicht zulässig. Es gilt als gestohlen, weil es ohne seine Zustimmung aus Francos Haus mitgenommen wurde. Ich befürchte, die Sache könnte ziemlich unschön werden. Und ›unschön‹ bedeutet viel Arbeit für die Anwälte, und das wiederum bedeutet …«

»Ich weiß. Sechshundert Dollar die Stunde.«

»Und das ist bloß mein Honorar, den Anwaltsgehilfen nicht mit eingerechnet. Ich würde Ihnen das alles wirklich gerne in Rechnung stellen, meine Liebe, aber ich bin Ihnen natürlich auch eine gute Beratung schuldig.«

»Okay, Gretchen, sagen Sie ihm, dass wir einverstanden sind.« Elizabeth seufzte und legte auf. Wann war ihr Leben so derart kompliziert geworden? Doch zumindest eine Sache war nun erledigt. Und jetzt musste sie sich um den Rest kümmern. Sie wählte Effies Nummer.

»Hallo, Süße. Wie geht's dem Baby?«

»Es wird jeden Tag dicker, wie seine Mum.«

»Genieß es, Süße. Jetzt kannst du für zwei essen.«

»Das tue ich auch, Effie.«

»Zumindest hast du eine Entschuldigung. Stevie gibt mir seit einem Monat nichts anderes als Tofu und Staub zu essen. Ich habe schon acht Kilo verloren.«

»Das ist schön für dich, Effie. Hör zu, wie hast du dich damals gefühlt, nachdem du *Stylish* verkauft hattest?«

»Du meinst, nachdem ich das ganze Geld bekommen hatte und nicht mehr fünfzehn Stunden am Tag arbeiten musste? Es war schrecklich.«

Elizabeth lachte. »Ich verstehe, was du meinst, Eff. Aber hat es dir denn nicht auch gefehlt? Du hast so hart gearbeitet, um deinen Traum zu verwirklichen.«

»So wie du bei ATM.«

»Ja.«

»Hast du vor, alles hinzuschmeißen?«

»Ich glaube, ich habe die Entscheidung bereits getroffen. Es wird Zeit, weiterzuziehen.«

»Weiterziehen? Und wohin?«

»In die schottischen Berge. So weit wie möglich fort von Natasha.«

»Natasha?«

»Sie ist auf Kaution frei.«

»Oh, nein. Das muss ja unheimlich sein.«

»Genau. Ich glaube, ich mache mich aus dem Staub, solange ich noch kann, und lasse das Chaos hinter mir. Außerdem habe ich einen neuen Job. Etwas, das ich noch nie zuvor gemacht habe.«

»Und das wäre?«

»Ich werde Vollzeitmutter.«

»Und du wirst so gut darin sein wie in allem anderen auch. Übrigens, Stevie und ich haben beschlossen, dass wir unsere Flitterwochen in der Toskana verbringen, aber wir werden dich in KLB besuchen.«

»Abgemacht, Effie.«

ATM wurde an einen großen Multimediakonzern mit Sitz in Kalifornien verkauft. Teil der Abmachung war, dass Elizabeths Angestellte nicht vor Ablauf eines Jahres gekündigt werden konnten. Manny reagierte philosophisch, als sie ihm die Neuigkeiten erzählte. Er und Damon hatten bereits darüber nachgedacht, nach Mexiko zu ziehen und dort ein kleines Restaurant zu eröffnen. Der Zeitpunkt war perfekt.

Elizabeth konnte nicht widerstehen, sie musste ihn einfach fragen: »Hat Damon etwas von Declan gehört?« Mannys Antwort überraschte sie.

»Ja, das hat er tatsächlich. Declan ruft immer an, um Damon zum Geburtstag zu gratulieren.«

Das versetzte Elizabeth einen Stich. »Wo ist er?«

»Halifax. Er sagte, er würde dort in einer Bar spielen. Sie hieß ... wie war es noch gleich?«

Elizabeth wartete ungeduldig.

»Eine irische Bar. *The Square. The Triangle.* So etwas in der Art. Er meinte, er würde nächste Woche zurückkommen.«

Nun, das war Pech, denn dann würde sie nicht mehr hier sein.

»Danke, Manny.«

Elizabeth rief Jayce an, um ihm von Declans Rückkehr zu berichten. Er war wütend und erleichtert zugleich »Ich werde dem Jungen einen ordentlichen Arschtritt verpassen, wenn er so was noch mal macht. Ich habe Pläne mit ihm, und die lass ich mir von niemandem versauen.«

Elizabeth unterschrieb die letzten Verträge, die den Verkauf von ATM unter Dach und Fach brachten. Dann war sie offiziell frei. Ihr Flug nach Schottland war bereits gebucht. War es Zufall, dass er für drei Stunden einen Zwischenstopp in Halifax einlegte? Elizabeth glaubte nicht daran. Wenn schon, dann war es ein Zeichen. Eine Chance, noch einmal den Mann wiederzusehen, der sie verzaubert und glücklicher gemacht hatte als jemals ein Mensch zuvor, nur um ihr schließlich das Herz zu brechen.

In Halifax verließ Elizabeth den Flughafen und nahm ein Taxi zum *Irish Triangle Ale House.* Ein kurzer Anruf hatte ihr bestätigt, dass Declan Thomas an diesem Abend tatsächlich dort auftrat. Sie schlug den Mantelkragen hoch und ließ sich in einer dunklen Ecke nieder, wo man sie von der Bühne aus nicht sehen konnte. Declan saß unter einem einzelnen Scheinwerfer, die Gitarre lässig auf den Knien. Es waren mehr als sechs Wochen vergangen, seit sie ihn zum letzten Mal gesehen hatte. Er wirkte blasser und dünner. Seine Haare waren länger und berührten bereits seinen Kragen. Er hatte Ringe unter den dunklen Augen, die ihm einen eindringlichen Look verliehen. Er war noch immer der attraktivste Mann, den sie jemals zu Gesicht bekommen hatte. Die Bar war nur zur Hälfte gefüllt, aber alle Augen waren auf ihn gerichtet.

Er sprach leise ins Mikrophon, und seine weiche Stimme klang traurig. »Dieser Song handelt von der wahren Liebe. Es ist womöglich nicht die Person, mit der man letzten Endes zusammen ist, sondern die eine Person, die man niemals vergisst. Manche würden vielleicht sagen, er handelt von der einen Person, die fortgegangen ist, und davon, dass man niemandem sonst die Schuld dafür geben kann, außer sich selbst.«

Declan schlang den Gitarrengurt um seinen Nacken und begann zu singen. Wie immer hatte er seine rauchige Stimme auch bei den hohen Tönen vollkommen unter Kontrolle.

Perfect lover,
perfect storm.
Beneath my blanket
I'll keep you warm.

Es war das Lied, das Declan für sie geschrieben hatte. Sie war seine perfekte Liebhaberin. Elizabeth stiegen die Tränen in die Augen. Sie konnte nicht mehr länger zuhören. Es schmerzte zu sehr. Ein Tritt gegen ihre Bauchdecke erinnerte sie daran, dass es Zeit wurde zu gehen. Sie würde nun ein neues Leben beginnen.

kapitel vierundzwanzig

Elizabeth hatte vor, die letzten beiden Wochen ihrer Schwangerschaft in einer möblierten Wohnung in der Nähe des Krankenhauses von Inverness, drei Stunden südlich von Kinlochbervie, zu verbringen. In der Zwischenzeit strich sie das Kinderzimmer in einem sonnigen Gelb und bestellte online Babykleidung und alles, wovon sie glaubte, es sonst noch zu brauchen. Muriels Ehemann Archie hatte sich bereit erklärt, ihr beim Zusammenbauen der Babymöbel zu helfen und ihr auch sonst im Haus zur Hand zu gehen. Bald stellte sich eine angenehme Routine in ihrem Tagesablauf ein. Sie umrundete jeden Tag den Loch und gönnte sich danach ein langes, traumloses Nickerchen. Ihr altes Leben und auch Declan schienen meilenweit fort.

Elizabeths Lieblingsstrand trug den Namen Oldshoremore. Es war ein atemberaubender weißer Sandstrand, der von Felsen und Grasdünen begrenzt wurde. Ihr war bewusst, dass sie es nicht mehr lange schaffen würde, den steilen Weg hinaufzuklettern, um zu den mit Gras bewachsenen Stufen zu gelangen, die hinunter zum Strand führten. Vielleicht war das heute die letzte Gelegenheit. Es war zwar bitterkalt, doch es schien ausnahmsweise einmal die Sonne, weshalb ihr ein kurzer Ausflug ins Freie guttun würde. Sie packte eine Thermoskanne mit koffeinfreiem Kaffee ein und marschierte los.

Üblicherweise war der Strand um diese Jahreszeit menschenleer, doch heute konnte sie zwei winzige Gestalten am anderen Ende ausmachen. Als sie näher kamen, erkannte Elizabeth Tattie. Er hielt mit einer kleinen, molligen Frau Händchen. Elizabeth blieb stehen, um die beiden zu begrüßen.

Tattie lächelte schüchtern und stellte ihr seine Begleiterin vor. »Hallo, Elizabeth. Das ist Bridie, meine Verlobte.«

»Das ist ja wunderbar«, sagte Elizabeth. »Wann ist denn der glückliche Tag?«

»Ach, so weit sind wir noch nicht«, erwiderte Tattie.

»Ich werde schon dafür sorgen, dass es bald so weit ist«, wandte Bridie ein. »Vorher kommt er mir nämlich nicht ins Bett.«

Tattie lachte laut auf, und Elizabeth mochte Bridie auf Anhieb. Sie sah, dass Elizabeth schwanger war, und fragte: »Und wann kommt das Kleine?«

»Am fünfzehnten Dezember.«

»Ist es Ihr Erstes?«

Elizabeth nickte.

»Ach, die Ersten lassen sich immer mehr Zeit.«

»Das hoffe ich nicht«, erwiderte Elizabeth. »Ich hätte es gerne bald hinter mir.«

»Aye«, stimmte Bridie ihr zu. »Aber behalten Sie das Gefühl immer in Erinnerung.«

Ein plötzlicher Windstoß wirbelte Sand in ihre Gesichter. Tattie rieb die Hände aneinander und warf einen Blick in den Himmel. »Da zieht wohl ein Sturm auf. Ich glaube, wir machen uns besser auf den Heimweg.«

Elizabeth erkannte überrascht, dass wie aus dem Nichts schwarze Wolken aufgetaucht waren. Sie hatte sich noch immer nicht daran gewöhnt, wie schnell das Wetter in Kinlochbervie umschlagen konnte. Ein eisig kalter Regentropfen traf sie im Gesicht. »Ja, lasst uns zurückgehen«, sagte sie. Sie wusste nicht, warum, aber sie hatte plötzlich Angst.

Elizabeth rutschte im Sand aus, als sie versuchte, über die Sandbank oberhalb des Strandes zu klettern. Das Gewicht, das sie mit sich herumtrug, erleichterte ihr das Klettern nicht unbedingt. Gott sei Dank war Tattie da, um ihr hinaufzuhelfen. Sie hatten bereits die Hälfte geschafft, als ein stechender Schmerz ihren Bauch durchzuckte. Elizabeth schrie auf und fiel auf die Knie. Der Schmerz war unerträglich. Bridie war sofort bei ihr. Elizabeth spürte einen Schwall Flüssigkeit, und Wasser und Blut ergossen sich auf den Sand unter ihr.

»Das Kleine hat wohl vor, Ihnen Ihren Wunsch zu erfüllen, und beeilt sich«, erklärte Bridie besorgt.

Elizabeth stöhnte. Das konnte nicht sein. Sie konnte auf keinen Fall weitergehen. Sie wollte sich nur noch zu einer wimmernden Kugel zusammenrollen. Der Schmerz hämmerte weiter auf sie ein.

Bridie warf Tattie einen ängstlichen Blick zu. »Wir müssen sie nach Hause bringen, Tat. Ruf einen Krankenwagen.«

Tattie holte sein Telefon aus der Tasche und rief im Krankenhaus an. Nachdem er aufgelegt hatte, erklärte er: »Der Hubschrauber ist gerade in der Nähe. In Scourie. Sie versuchen, hierher zu fliegen.«

»Ein Hubschrauber?« Elizabeth hatte das Gefühl, als müsste sie sterben. Das Letzte, was sie wollte, war mit einem Hubschrauber zu fliegen. Der Schmerz durchzuckte sie wie ein Blitz. Sie schrie auf.

»In Ordnung, Mädel. Leg deine Arme um mich«, befahl Tattie.

Elizabeth fühlte sich schwach und hilflos, doch sie schlang die Arme um seinen massigen Körper, und er hob sie hoch. Sie schloss die Augen und spürte den Regen auf ihrem Gesicht. Sie konnte nicht mit ansehen, wie es weiterging. Sie ergab sich einfach ihrem Schicksal, während Tattie gegen ihr Gewicht ankämpfte und versuchte, nicht auf dem feuchten Sand auszurutschen. Der Weg bis zum Ende der Sandbank schien endlos zu sein. Schließlich teilte ihr Tattie keuchend mit: »Wir sind da, Elizabeth.« Sie öffnete die Augen. Sie waren bei Tatties Pick-up angekommen. Er legte sie vorsichtig auf die Ladefläche und breitete eine Plane über ihr aus. »Das ist zwar nicht die Luxusausführung, aber so wirst du wenigstens nicht vollkommen durchnässt.«

Bridie kletterte neben ihr auf die Ladefläche und hielt sie fest. Der Regen prasselte auf die Plane, während Tattie die kurvige Straße zu Elizabeths Cottage hochfuhr. Er trug sie ins Haus und legte sie aufs Bett. Bridie streichelte ihre Haare und redete beruhigend auf sie ein. »Wenn sich ein Kleines dazu entschließt, dass es geboren werden möchte, dann muss man sich einfach damit abfinden.«

Elizabeth hatte ohnehin keine Wahl, doch wenn sie eine gehabt hätte, hätte sie es sich sicher anders gewünscht. Alles war besser als das hier. Der Schmerz rollte wie eine riesige Welle über sie hinweg und schleuderte sie an den Strand. Sie schrie ein weiteres Mal und hatte furchtbare Angst vor dem, was gerade geschah. Furchtbare Angst um das ungeborene Leben in ihrem Körper.

Tattie trat in Elizabeths Schlafzimmer und betrachtete sie besorgt. Der Wind vor dem Haus war stärker geworden. Er tobte um das Cottage, und es war ein unheimliches Pfeifen zu hören. Tattie rieb sich den Nacken. Er wandte sich an Bridie, und seine Stimme klang leise und besorgt. »Der Hubschrauber schafft es nicht.«

Bridie zögerte nicht lange. »Hol Muriel.« Sie wandte sich an Elizabeth. »Machen Sie sich keine Sorgen, Liebes.

Muriel hat mehr Kinder zur Welt gebracht als die Hälfte der Ärzte in Inverness.«

Tränen liefen über Elizabeths Gesicht. Die Schmerzen ließen nicht nach. Schwarze Schlangen durchzuckten ihr Blickfeld. Sie war sich sicher, dass sie bald sterben würde. Die Zeit verwandelte sich in einen langen schwarzen Tunnel der Qual. Der Donner krachte. Blitze zuckten über den Himmel. Der Wind heulte. Elizabeth bemerkte kaum, dass mittlerweile zwei Frauen im Zimmer waren und sich miteinander unterhielten. Sie spürte, wie Muriel ihren Kopf anhob und einige Tropfen einer warmen, süßen Flüssigkeit in ihren Mund träufelte. Es wirkte so entspannend, dass sie einige Sekunden lang eindöste, doch dann kam der Schmerz wieder und hämmerte unermüdlich auf sie ein. Von draußen fiel Tageslicht auf ihre Laken, so dass es aussah, als würden Finger nach ihr greifen. Elizabeth war sich sicher, dass sich der Tod bereits im Zimmer befand, so schwach fühlte sie sich. Sie wollte sich ihm ergeben. Doch wer würde sich dann um ihre Babys kümmern?

Muriel flüsterte ihr etwas ins Ohr. »Wir mussten das Baby drehen, Kleines, aber nun ist es bereit. Sie müssen bloß noch einmal pressen.«

Elizabeth war sich nicht sicher, ob sie noch die Kraft dazu hatte, doch dann hörte sie die Stimme ihres Vaters: »Du schaffst es. Du kannst alles schaffen, was du dir in den Kopf gesetzt hast.« Elizabeth stieß einen markerschütternden Schrei aus und nahm all ihre Kraft zusammen, um zu pressen. Dann ließ sie sich schluchzend zurückfallen. Sie war von der Hüfte abwärts vollkommen taub. Plötzlich war das Zimmer in ein wunderschönes Licht getaucht, und es wurde unglaublich still. Es war so friedlich und still, dass Elizabeth zunächst glaubte, tot zu sein. Sie hörte ein leises Wimmern, wie von einem winzigen Kätzchen. Sie fragte sich, wie die Katze wohl in ihr Schlafzimmer gekommen war. Plötzlich verwandelte sich das Wimmern in ein kräftiges Gebrüll. Muriel legte ihr ein zerknautschtes, rosarotes Bündel auf die Brust »Sie haben ein hübsches kleines Mädchen bekommen«, erklärte Muriel.

Elizabeth riss erstaunt die Augen auf. Dieses Kind war ein Wunder und vollkommen makellos. Muriel legte Elizabeth das Baby an die Brust, damit es nuckeln konnte. Elizabeth ruhte sich einige Minuten lang aus, doch dann fegte der Schmerz erneut wie ein Orkan über sie hinweg. Sie hörte, dass Muriel etwas zu ihr sagte. »Wir sind noch nicht fertig. Da kommt noch ein Kleines. Pressen Sie noch einmal. Pressen!«

Elizabeth nahm all ihre Kraft zusammen, von der sie nicht gewusst hatte, dass sie sie überhaupt besaß, biss vor Schmerz die Zähne zusammen und presste ein weiteres Mal. Einige Minuten später legte ihr Muriel ein zweites Bündel auf die Brust. »Und jetzt haben Sie auch noch einen hübschen kleinen Jungen.«

Es war also ein doppeltes Wunder. Elizabeths Herz ging auf vor Staunen und Freude. Sie hatte das Geheimnis, dass sie Zwillinge erwartete, erfolgreich gehütet.

kapitel fünfundzwanzig

Declans Album mit dem Titel »Heartstrings« kam kurz vor Weihnachten auf den Markt. Um die CD zu promoten, spielten er und seine Band als Vorgruppe von Taylor Swift auf einer Tournee, die sie durch dreißig nordamerikanische Städte führte. Die CD verkaufte sich fantastisch, sogar noch besser, als das neue Management von ATM erwartet hatte. Es wurde immer schwieriger für Declan, auf die Straße zu gehen, ohne von seinen Fans erkannt zu werden. Eine Dokumentation und eine mögliche Kinorolle waren bereits im Gespräch. Er erhielt den ersten Scheck über 100 000 Dollar, dem noch viele weitere folgen würden.

Er hätte außer sich vor Freude sein sollen. Er hatte sein ganzes Leben lang davon geträumt, so erfolgreich zu sein, dennoch fehlte etwas. Jedes Mal, wenn er irgendwo ein Konzert spielte und den Blick durch die Menge schweifen ließ, sah er plötzlich eine Frau mit langen roten Haaren. Bei dem Gedanken, es könnte sich um Elizabeth handeln, machte sein Herz einen Sprung. Immer wenn er ein Mädchen mit grünen Augen sah, erinnerte ihn das an sie. Er versuchte, sich abzulenken, indem er neue Songs schrieb, doch sie handelten letzten Endes alle nur von ihr.

Seine Mutter hatte ihm gestanden, dass Elizabeth mittlerweile über seine Vorgeschichte Bescheid wusste, und je erfolgreicher er wurde, desto ungeduldiger wurde Joan. »Declan, ich verstehe, warum du gezögert hast, dich mit einer reichen und mächtigen Frau einzulassen, als du noch das Gefühl hattest, ihr nichts bieten zu können, aber mittlerweile spielen sie dich auf jedem Radiosender. Sie spielen dich sogar im Supermarkt.«

Declan lachte. Es stimmte. Er hatte gerade Lebensmittel eingekauft, als er plötzlich einen seiner Songs hörte. Zwei Mädchen im Teenageralter hatten ihn erkannt und zu kreischen begonnen. Bevor er sich's versah, hatte sich zwischen den Regalen eine Menschenmenge versammelt, und er musste ohne das Brot und die Milch fliehen.

Joan gab nicht auf. »Es spielt keine Rolle, ob du Vater werden wolltest oder nicht, Tatsache ist, dass du jetzt einer bist. Was geschehen ist, ist geschehen. Du wirst deinen eigenen Vater nie kennenlernen, und niemand kann daran etwas ändern. Willst du das deinem Kind wirklich auch zumuten?«

Die Worte seiner Mutter zeigten die gewünschte Wirkung. Declan vermisste Elizabeth auf eine Art und Weise, die er nicht für möglich gehalten hätte. Wenn er abends die Augen schloss, sah er ihren nackten, wunderschönen Körper neben sich liegen. Er sehnte sich danach, ihre Haut zu küssen und zu spüren, wie sie sich ihm so bereitwillig hingab. Der Sex war so verdammt heiß gewesen. Er erhielt oft genug die Chance, mit anderen Mädchen zu schlafen. Sie warfen sich ihm praktisch an den Hals. Aber Elizabeth war kein Mädchen. Sie war außergewöhnlich sexy und eine selbstbewusste Frau, die ihn zum Lachen brachte und mittlerweile auch wusste, wie schwierig sein Start ins Leben gewesen war. Er war verrückt, ohne sie weiterleben zu wollen.

Sechs Monate verflogen, und es gab nur Konzerte und Tonaufnahmen für ihn. Sein Stern stieg immer höher. Worauf wartete er also noch? Er schnappte sich einen Atlas aus dem Regal seiner Mutter und suchte nach einer Schottlandkarte. Die Ortschaft hieß Kinloch… und noch irgendetwas. Da war sie, an der nordwestlichsten Spitze. Er fragte sich, wie schnell er wohl dort sein konnte. Aber er kannte Elizabeths genaue Adresse nicht. Wie sollte er sie überhaupt finden?

Joan Thomas lachte, als er ihr seine Sorgen anvertraute. »Es ist ein kleines Dorf. Ich bin mir sicher, dass dort jeder jeden kennt. Fahr einfach hin und frag nach ihr.«

Elizabeth hatte alle Hände voll zu tun mit den Zwillingen und einem unerwarteten Geschenk, das ihr Tattie vorbeigebracht hatte. Es war ein blonder Labradorwelpe. Ein Fellknäuel, dem es nichts auszumachen schien, dass er von den Babys malträtiert und eingespeichelt wurde, und der sich schnell in die Familie eingelebt hatte. Elizabeth taufte ihn Django, nach dem Lieblingsgitarristen ihres Vaters. Sie dachte manchmal darüber nach, wie sehr sich ihr Leben doch verändert hatte. Vor einem Jahr noch war sie eine erfolgreiche, aber einsame Geschäftsfrau gewesen, und nun war sie das Oberhaupt einer vierköpfigen Familie, die kaum eine Sekunde Zeit für sich selbst hatte. Sie beschloss, dass sie es um nichts auf der Welt anders haben wollte. Sie erfuhr so viel Liebe in ihrem Leben, wie sie es sich nie erträumt hätte, und noch viel mehr. Vielleicht würde sie sich eines Tages, wenn die Zwillinge älter waren, auf die Suche nach Declan machen und sie ihrem Vater vorstellen. In der Zwischenzeit musste sie ihnen bloß in die Augen schauen, um Declan zu sehen.

Manchmal dachte sie am Abend, wenn sie nicht sofort völlig erschöpft einschlief, an die schönen Zeiten, die sie mit Declan erlebt hatte. Ihre gemeinsame Zeit in Paris war wie ein Märchen gewesen. Und auf einer Brücke in der Stadt der tausend Lichter hing noch immer ein Schloss mit ihren beiden Namen als Beweis, dass sie gemeinsam dort gewesen waren. Damals war sie furchtbar nervös gewesen und unsicher, ob sie weiterhin mit Declan schlafen sollte oder nicht. Waren die Zwillinge in jener Nacht entstanden, als er auf dem Balkon die Kontrolle über sie gewonnen und sie dafür bestraft hatte, dass sie ihm einen Orgasmus vorgetäuscht hatte? Sie hatte das Gefühl, dass es so war. Sie hätte alles dafür gegeben, noch einmal eine Nacht mit ihm zu verbringen. Für die Chance, den Schmerz fortküssen zu können, den er in seiner Kindheit durchleiden musste, mit den Fingern über sein wunderschönes Gesicht zu streichen, seinen starken Mund zu berühren und ihn zu küssen, wie es nur Liebende taten. Sie hatte Declans Geschenk aus dem Musée Rodin behalten. Rodins *Kuss*, den Declan ihr geschenkt hatte, stand auf ihrer Kommode und erinnerte sie an diese schöne Zeit.

Mein Gott, hör auf damit, Elizabeth, schalt sie sich selbst. *Du hast deine Erinnerungen, und viele davon sind extrem erregend.* Welche anderen Fantasien hätte sie ihm wohl noch verraten, hätte sie die Gelegenheit dazu gehabt? Sie mahnte sich selbst, es endlich abzuschließen. Sie hatte Declan freigegeben. Das war das größte Geschenk, das sie ihm machen konnte.

Bridie eilte in die Küche und nahm ihre Schürze ab. Elizabeth war dankbar, dass sie sich bereit erklärt hatte, ihr mit den Zwillingen zu helfen, und Bridie war froh, etwas Geld dafür zu bekommen.

»Sie schlafen jetzt«, sagte Bridie. »Diese lieben kleinen Wesen.«

»Danke, Bridie. Wir sehen uns später.«

»In Ordnung.«

In der Ferne hörte Elizabeth die Schafe blöken. Sie schenkte sich eine Tasse Kaffee ein und starrte hinaus auf das unendliche, heranrollende Meer. Im Hintergrund drang leise Musik aus dem Radio. Elizabeth meinte, den Song zu kennen. Sie drehte das Radio lauter.

Declan sang:

Age is nothing but a number
Without a state of mind.
You pull a cake from the oven,
It's such a simple life.

Declan hatte offensichtlich im Musikbusiness Fuß gefasst, genau so, wie sie es vorhergesagt hatte. Gut. Sie freute sich für ihn. Sie warf einen Blick in das Zimmer der schlafenden Zwillinge und flüsterte: »Euer Daddy singt gerade im Radio, und eines Tages werdet ihr ihn kennenlernen.«

In diesem Moment raste Declan gerade die einspurige Straße nach Kinlochbervie entlang, scheuchte dabei Schafe auf und schaffte es mehrmals nur in letzter Sekunde, in eine der Ausweichbuchten zu schwenken, die es dem entgegenkommenden Verkehr erlaubten, an ihm vorbeizufahren. Mehrere wütende Autofahrer zeigten ihm den Mittelfinger oder hupten. Declan war es egal. Er wollte so schnell wie möglich ans Ziel kommen. Jetzt, wo er eine Entscheidung getroffen hatte, konnte ihn nichts mehr aufhalten.

Er blieb mit quietschenden Reifen mitten auf der Hauptstraße von Kinlochbervie stehen. Er war niemand zu sehen, außer einem alten Hund, der auf dem Gehsteig lag. *Mein Gott. Na dann mal los,* dachte er. Er stieg aus dem Auto und schrie, so laut er konnte. »Elizabeth! Elizabeth, wo bist du?«

Mehrere Gardinen wurden zur Seite geschoben, als die Bewohner entlang der Straße nachsahen, wer da so einen Lärm veranstaltete.

Alistair McFee stolperte die Straße entlang. Seine wässrigen Augen waren vom jahrelangen Alkoholmissbrauch gerötet. Er blieb vor Declan stehen und versuchte, seinen Blick auf ihn zu richten. Dann lehnte er sich verschwörerisch zu ihm. »Hey, Junge. Ich weiß, wo sie ist.«

»Wirklich? Wo?«

»Sie ist unten im …« Alistair hielt inne. Schluckauf plagte ihn, und er musste rülpsen. »… Pub. Komm und zahl mir ein Bierchen, dann wirst du sie schon finden.«

Declan war verwirrt. Er machte einige Schritte auf den Betrunkenen zu. »Sind Sie sicher, dass sie es ist?«

»Klar, mein Junge.«

Eine winzige Frau mit schlanken, tätowierten Armen lief den Pfad entlang, der von einem Haus zur Straße führte, und begann, mit einer Zeitung auf Alistairs Kopf einzuschlagen. »Du verdammter Trottel. Schon wieder besoffen. Wo ist mein Geld? Hast du es wieder versoffen?« Alistair wehrte die Schläge mit der Hand ab, bevor er den Pfad entlang auf sein Haus zustolperte und schließlich darin verschwand. Die winzige Frau verschränkte die Arme und musterte Declan geringschätzig. »Du suchst also nach einer Elizabeth?«, fragte sie.

Declan nickte.

»Nun, da gibt es einmal Elizabeth MacKay, sie lebt oben am Loch mit ihrem Bruder und seinen sechs Kindern.«

Ein Traktor rumpelte die Straße hinunter und hielt neben ihnen an. Der Fahrer, ein Mann in den Dreißigern, lehnte sich heraus, um zu sehen, was hier vor sich ging. »Was ist denn hier los?«

Die winzige Frau wandte sich an ihn. »Dieser Amerikaner hier sucht nach 'ner Elizabeth.«

»Da hätten wir Elizabeth MacIntosh, Elizabeth MacKay und Betty Wilder und Lizzie McIntyre. Lizzie, die Lesbe, lebt mit ihrer Freundin drüben am Loch.«

Declan wurde langsam ungeduldig. »Nein. Elizabeth Harding.«

Die winzige Frau strahlte. »Ach, du meinst die Amerikanerin.«

»Sie stammt aus Kanada.«

Ein junges Paar, beladen mit Lebensmitteleinkäufen, gesellte sich zu der Gruppe. Declan wandte sich frustriert an sie. »Ich suche Elizabeth Harding. Kennt ihr sie?«

Das Paar warf sich einen Blick zu, bevor es sich wieder an Declan wandte. »Meinst du das Mädel mit den Zwillingen?«

Declan schüttelte den Kopf. »Nein, sie hat keine Zwillinge.«

»Dann kennen wir sie nicht.«

Alison MacFadyen war gerade auf dem Weg von der Schule nach Hause und war überrascht, als sie die Menschenansammlung mitten auf der Straße sah. Annie Stirling, die örtliche Wichtigtuerin, und ihre Freundin Eileen hatten sich gerade ebenfalls zu ihnen gesellt.

Declan war gerade dabei, Elizabeth zu beschreiben. »Sie ist wunderschön. Lange, rote Haare. Zumindest waren sie lang, als ich sie zum letzten Mal gesehen habe. Vielleicht hat sie sie aber auch abgeschnitten.«

Alison mischte sich ein. »Sie suchen Elizabeth?«

»Ja. Elizabeth Harding. Wissen Sie, wo ich sie finden kann?«

Alison nickte und deutete die Straße hinauf. »Es ist das

letzte Cottage auf der linken Seite. Es steht ganz alleine mit Blick aufs Meer da.«

Declan hätte sie am liebsten geküsst. Er dankte ihr überschwenglich, bevor er in seinen Jeep sprang und davonraste.

Die Frauen in der Gruppe waren sprachlos. Eine von ihnen glaubte, ihn schon einmal im Fernsehen gesehen zu haben. Er war vermutlich der attraktivste Mann, den sie jemals in ihrem Leben zu Gesicht bekommen hatten. Und auf alle Fälle der attraktivste Mann in ganz Kinlochbervie.

Elizabeth holte ihre alte Violine aus dem Koffer. Sie hatte schon seit Jahren nicht mehr darauf gespielt, aber sie hatte vor, es sich selbst wieder beizubringen. Sie hatte noch immer die Gitarre ihres Vaters, die Declan nach Natashas Angriff in ihrem Krankenzimmer liegengelassen hatte. Sie würde sie für ihren Sohn oder ihre Tochter aufbewahren. Vielleicht hatten sie Declans Talent geerbt.

Sie zuckte zusammen, als es an der Tür klopfte. Django japste und knurrte, wie es nur Welpen können. Sie erwartete niemanden, aber vielleicht war es Muriel, die wieder ein paar Eier vorbeibrachte. Sie öffnete die Tür und wäre beinahe in Ohnmacht gefallen.

Declan sagte kein Wort. Er schlang bloß die Arme um sie und küsste sie so stürmisch wie ein Mann, der kurz vor dem Verdursten war. Geschah das gerade wirklich?

Elizabeth wurde zu Wachs in seinen Händen. Der Kuss schien ewig zu dauern. Dort, wo er anfing, hörte sie auf. Dort, wo er aufhörte, fing sie an.

Sie lösten sich voneinander.

»Elizabeth. Elizabeth, meine Liebe.« Declan streichelte ihr Haar. Er zog sie an seine starke Brust. Sie spürte sein Herz schlagen. Es schlug bloß für sie alleine. Elizabeth stiegen Freudentränen in die Augen.

Declan sah sie voller Leidenschaft und Verlangen an. »Ich habe dich vermisst, Elizabeth. Mein Gott, wie sehr ich dich vermisst habe. Ich war ein solcher Idiot. Kannst du mir jemals verzeihen?«

»Du bist hier. Ich verzeihe dir.«

»Ich habe es dir nie gesagt. Ich habe es noch nie jemandem gesagt. Ich liebe dich von ganzem Herzen.«

»Ich liebe dich auch, Declan, mehr, als du es dir jemals vorstellen kannst.«

»Ich möchte es mir vorstellen können. Ich will es jeden Tag hören.«

»Aber wie soll das gehen?«

»Ich werde dich nie wieder verlassen.«

Als wäre das das Stichwort gewesen, wachten die Babys auf und begannen zu weinen. Elizabeth nahm Declans Hand. »Komm, du solltest deinen Sohn und deine Tochter kennenlernen.«

Declan riss vor Überraschung ungläubig den Mund auf. »Zwei Babys? Zwillinge?«

Elizabeth lachte. »Wir machen keine halben Sachen, nicht wahr, Declan? Entweder ganz oder gar nicht.«

Sie schlichen gemeinsam auf Zehenspitzen ins Kinderzimmer. Declan riss vor Staunen und Freude die Augen auf. »Das hier sind Camille und Jack«, sagte Elizabeth. Die Babys hörten auf zu weinen, als sie sie hochhob. Sie sahen Declan neugierig an. »Camille und Jack, das ist euer Vater.«

Declan beugte sich nach vorne und küsste die Babys auf die Stirn. Jack schnappt sich eine Locke seines Vaters und zog daran. »Aua, immer langsam, kleiner Freund.«

»Ich glaube, das sollte heißen: ›Warum hat das denn so lange gedauert?‹«

Elizabeth trug die Babys ins Wohnzimmer und legte sie in ihren Laufstall.

Declan war begeistert. »Mein Gott, sie sind erstaunlich. Und es sind meine.«

Elizabeth nickte.

»Sie sind so wunderschön, so perfekt.« Declan ließ den Blick durch das Cottage wandern. »Und dieser Ort hier. Diese Aussicht. Ich verstehe, warum du so gerne hier bist.«

»Es ist etwas Besonderes.«

»Und du ebenfalls, Elizabeth. Du bist für mich so besonders wie niemand sonst.«

Elizabeth konnte kaum glauben, was als Nächstes geschah. Declan kniete sich nieder und nahm ihre Hand. »Ich will, dass du mich heiratest. Bitte sag ja.«

Sie genoss den Augenblick. Declans leuchtend blaue Augen sahen sie liebevoll an. Es machte Elizabeth überglücklich, dass gerade diese Fantasie nun wahr wurde.

»Ja«, antwortete sie endlich. »Ja!«

Butterfly of Venus

Teil 2: Erfüllte Lust

kapitel eins

Elizabeth wirbelte so leicht und elegant durch die Luft wie ein Blatt, das von einem Baum segelt. Sie spürte keine Angst, bloß ein wunderbares Vertrauen in ihre Fähigkeit, die nächste Figur auszuführen. Sie packte das Trapez mit einer Hand, bevor sie mit der anderen nach dem zweiten griff. Die Menge unter ihr rief »Ooohh«, während sie zwischen den beiden Stangen balancierte und sich schließlich zu einem Handstand hochschwang. Sie spreizte ihre Beine, so weit sie konnte, und ließ ihre Füße nach unten gleiten, so dass sie jeweils auf einer der Stangen zum Liegen kamen. Sie richtete ihren Körper auf und befand sich nun in einem Spagat, der dem Publikum den perfekten Einblick ermöglichte. Sie griff nach unten und öffnete den Reißverschluss im Schritt ihres knappen Outfits, so dass ihre Schamlippen zum Vorschein kamen. Die Menge rief: »Aaahh!« Deshalb waren sie hier. Die intensiven Blicke der Zuschauer, die in ihre intimsten Regionen vordrangen, machten sie heiß. Sie spürte, wie die Erregung sie packte. Ihre Klitoris schwoll an. Wie weit konnte sie sich noch öffnen? Wie weit konnte sie gehen? Sie ließ sich nach unten gleiten, bis ihre Beine ihre Ohren berührten. Ihr Körper war nun vollkommen in der Mitte gefaltet wie ein chinesischer Fächer. Elizabeth verschwand in sich selbst. Alles, was übrig blieb, war eine feuchtglänzende, rosafarbene Blume, die sich wie ein Gemälde von Georgia O'Keefe über die Menge spannte.

Elizabeth hörte, wie jemand ihren Namen rief. Declan schüttelte sie wach. Er brachte ihr Kaffee ans Bett.

»Ich brauche mehr als bloß Kaffee«, murmelte sie. Noch im Halbschlaf tastete sie nach ihm. Ihr Traum hatte sie extrem erregt, deshalb öffnete sie nun langsam den Reißverschluss an Declans Hose, bis sein Penis steif vor ihr in die Höhe ragte. Sie fand es immer noch unglaublich, wie leicht erregbar er war. Das war einer der Vorteile eines um fünfzehn Jahre jüngeren Liebhabers. Sie befanden sich beide am Höhepunkt ihres sexuellen Verlangens. Declans dicke, pilzförmige Penisspitze glitt mühelos in ihren Mund. Sie ließ die Zunge kreisen. Sie liebte es, wenn Declan dabei leise aufstöhnte. Sie zog ihre warmen Hände unter der Bettdecke hervor und massierte seinen Penis. Er war bereits wunderbar hart.

»Komm her, Liebling«, sagte sie. »Ich brauche dich hier bei mir.«

Ihre Klitoris war nach ihrem erotischen Traum noch immer angeschwollen. Declan schlüpfte aus seiner Hose und stieg zu ihr ins Bett. Sie führte seinen steifen Penis mit der Hand zwischen ihre Beine und bewegte die Spitze seiner Erektion schneller und immer schneller, als wäre sie ihr Finger, mit dem sie sich selbst befriedigte. Sie kam innerhalb weniger Sekunden und ließ ihn schließlich in sich hineingleiten, während eine Welle der Ekstase über sie hinwegbrandete. Er kam ebenfalls, und ein langes Schaudern durchfuhr sie beide.

So würde sich ihr Eheleben also anfühlen. Heißer Sex zu jeder Tageszeit. Sie konnte es kaum noch erwarten, Mrs. Declan Thomas zu werden. Sie würde einen der berühmtesten Rockstars der Welt heiraten, der nebenbei auch der attraktivste Mann war, den sie jemals kennengelernt hatte. Sie versank in Declans dunkelblauen Augen. Sie waren voller Bewunderung für sie. Er küsste sie liebevoll.

»Entspann dich. Du hast es dir verdient, heute einmal länger im Bett zu bleiben. Ich kümmere mich um die Kinder.«

Er verließ das Schlafzimmer, und Elizabeth rollte sich zur Seite und trank ihren Kaffee. Sie hörte, wie Camille und Jack in ihren Betten auf und ab hüpften und schrien: »Da-dy. Mum-my.« Dann öffnete sich langsam die Schlafzimmertür, und drei Gestalten krochen über den Teppich auf sie zu. Sie tat, als würde sie es nicht bemerken. »Buuh!«, brüllten schließlich alle drei gleichzeitig. Elizabeth schrie überrascht auf. »Wir wollen ins große Bett«, riefen die Zwillinge, und ihre Blicke wanderten von Elizabeth zu Declan. Elizabeth streckte die Hand nach Camille aus, während Declan Jacks Hintern einen Schubs gab. Kurz darauf lagen sie zu viert im Bett und kitzelten einander lachend.

Obwohl er früher strikt gegen eigene Kinder gewesen war, war Declan ein hingebungsvoller Vater. Als die beiden noch Babys gewesen waren, hatte er sich kein einziges Mal beschwert, wenn er mitten in der Nacht aufstehen oder die Windeln wechseln musste. Er verbrachte Stunden damit, ihnen seine Lieder vorzuspielen, und zeigte ihnen, wie sie die Saiten der Gitarre zum Klingen bringen konnten. Mehr als einmal hatte sich Declan für seine schroffe Reaktion auf Elizabeths Schwangerschaft bei ihr entschuldigt. Damals war Elizabeth furchtbar verletzt und verärgert gewesen, und erst nachdem sie Declans Mutter Joan besucht und mit ihr gesprochen hatte, verstand sie, dass Angst der Grund für Declans Reaktion gewesen war.

Joan hatte ihr gestanden, dass sie und ihr Ehemann Declan adoptiert hatten. Declans richtige Mutter war Joans Zwillingsschwester Jean, die nach einem One-Night-Stand schwanger geworden war. Sie war alleinstehend und manisch-depressiv und litt nach Declans Geburt an schweren postnatalen Depressionen. Das führte schließlich dazu, dass Jean sich erhängte. Declan, der damals noch Windeln trug, verbrachte drei Tage alleine mit seiner toten Mutter, bevor man die beiden fand. Aus Angst, die Krankheit seiner Mutter weiterzuvererben, ließ Declan eine Vasektomie durchführen. Doch kurz davor hatte es ein erotisches Zusammentreffen zwischen ihm und Elizabeth auf dem Balkon eines Hotelzimmers in Paris gegeben. In dieser Nacht waren die Zwillinge gezeugt worden.

»Es ist ein großes Wunder, dass es Jack und Camille überhaupt gibt«, sagte Elizabeth zu Declan.

»Ja, aber ihre beiden Seelen wollten scheinbar unbedingt zu uns kommen«, erwiderte er und drückte seinen Kindern einen Kuss auf den Kopf.

»Es ist schon verrückt, aber mittlerweile kann ich mir ein Leben ohne sie nicht mehr vorstellen.«

»Ich auch nicht«, erwiderte Elizabeth zufrieden, während die beiden Dreijährigen durch das Bett tobten. »Ich bin die glücklichste Frau der Welt. Und bald schon werden wir heiraten.«

Ein besorgter Ausdruck huschte über Declans Gesicht.

»Bist du sicher, dass wir das Richtige tun?«

»Absolut. Natürlich. Warum? Du etwa nicht?«, fragte Elizabeth.

»Ich möchte nie mehr mit einer anderen Frau zusammen sein«, erwiderte Declan.

Elizabeth küsste ihn.

»Dann ist ja alles wunderbar. Wir werden zusammen alt werden. Obwohl ich schon neunzig sein werde, wenn du deinen fünfundsiebzigsten Geburtstag feierst.«

»Reden wir besser nicht davon.«

»Aber es stimmt«, erklärte Elizabeth.

»Ich ertrage den Gedanken nicht, dass du jemals neunzig Jahre alt sein könntest«, antwortete Declan.

»Ich verspreche dir, sollte ich wirklich neunzig Jahre alt werden, dann darfst du dich von mir scheiden lassen und dir eine süße Siebzigjährige angeln«, sagte Elizabeth.

Declan lachte. »Abgemacht.«

»Halloooo?«, drang Bridies Stimme aus der Küche. »Wo seid ihr denn alle? Wo sind denn meine kleinen Engel?«

Elizabeth warf sich ihren Morgenmantel über.

»Wir sind hier drin, Bridie. Es tut mir leid, aber die Zwillinge sind noch nicht einmal angezogen.«

»Ach, kein Problem.«

Sobald die Zwillinge Bridie entdeckt hatten, stürzten sie auf sie zu und klammerten sich an ihre Beine. Bridie war seit ihrer Geburt jeden Tag bei ihnen gewesen und hatte Elizabeth geholfen, sie großzuziehen. Die Kleinen vergötterten sie. Bridie schob die beiden Kinder eilig in ihr Zimmer. Zwanzig Minuten später waren die beiden angezogen und zum Abmarsch bereit.

»Ich hab mir gedacht, ich gehe mit den Kleinen heute mal an den Strand.«

»Gute Idee. Nach ein paar Stunden am Strand werden sie müde genug für ihr Mittagsschläfchen sein«, erwiderte Elizabeth. »Wenn sie schlafen, sind sie richtige Engel.«

»Aye. Wir sehen uns dann später.«

Nachdem die Haustür ins Schloss gefallen war, kehrte Elizabeth ins Schlafzimmer zurück. Declan lag ausgestreckt auf dem Bett. Sie kannte diesen Gesichtsausdruck. Sie stieg ins Bett und kletterte auf ihn. Dann öffnete sie langsam ihren Morgenmantel, um sich ihm nackt zu präsentieren. Er strich mit den Händen über ihre Brüste, die noch immer fest, aber etwas schwerer waren, nachdem sie die Zwillinge gestillt hatte. Declans Zunge glitt langsam hinunter bis zu ihrem Nabel. »Du schmeckst überall so gut«, sagte er.

»Ich bin noch immer feucht von vorhin«, antwortete Elizabeth.

Declan drückte sie sanft zurück, bis sie mit gespreizten Beinen auf ihm lag und sich mit den Ellbogen abstützte.

Er beugte sich nach vorne und atmete tief ein.

»Du riechst nach Sex«, sagte er. »Nach heißem Sex. Möchtest du mir vielleicht eine Geschichte erzählen?«

Declan wusste, dass Elizabeths Erregung ihren eigenen Fantasien entsprang. Seit sie zusammen waren, forderte er sie immer wieder dazu auf, diese heißen Geschichten mit ihm zu teilen. Nein, er bestand sogar darauf. Zuerst war es ihr peinlich gewesen, denn sie hatte Angst gehabt, was er womöglich von ihr denken würde. Sie hatte ihm nur zögerlich von ihrer Fantasie erzählt, in der sie mit einem Fremden Sex hatte. Sie wechselte kein Wort mit dem gesichtslosen Mann auf dem Barhocker. Der Mann nahm einfach ihre Hand und legte sie in seinen Schritt, bevor er den Reißverschluss seiner Hose öffnete und ihre Hand hineingleiten ließ, damit sie seine riesige Erektion spüren konnte. In ihrer Fantasie ging Elizabeth auf die Toilette, um sich ihr Höschen auszuziehen, bevor sie eine schwere, silberfarbene Feuertür öffnete, die in eine Seitengasse führte. Die Gasse war menschenleer und lag im

Dunkeln. Elizabeth hörte Stimmen und Musik aus einem nahe gelegenen Wohngebäude dringen. Gerade als sie sich umdrehen wollte, wurde sie von hinten von starken Armen gepackt und gegen die Wand gedrückt. Zwei Finger glitten in sie, gefolgt von einem riesigen Penis. Der Mann kam innerhalb weniger Sekunden. Danach drehte er sich um und schlenderte so lässig in die Bar zurück, als wäre er bloß nach draußen gegangen, um eine Zigarette zu rauchen.

Elizabeth blieb keuchend zurück. Sie war so feucht, dass es ihre Beine hinunterrann. Ihre Klitoris pulsierte. Sie musste dem ein Ende setzen, doch das konnte sie nur, indem sie sich selbst befriedigte. Ihre Finger schnellten hin und her, und sie spürte, dass ihr Höhepunkt kurz bevorstand. Gerade als sie ihn erreichte, wurde ein helles Licht zwischen ihre Beine gerichtet. Elizabeth war so erregt gewesen, dass sie die beiden Polizisten auf Streife nicht bemerkt hatte. Während der Orgasmus über sie hinwegbrandete, hörte Elizabeth, wie sie sich miteinander unterhielten.

»Mein Gott. Es ist eine Frau.«

»Und sie besorgt es sich gerade selbst.«

Elizabeth zog eilig ihren Rock zurecht und floh durch die Feuertür. Die Bar war brechend voll. Der Fremde war fort. Die Polizisten hatten ihr Gesicht nicht gesehen. Elizabeth schnappte sich ihren Mantel, der noch über dem Barhocker hing, und machte sich auf den Weg hinaus auf die Straße. Hier endete ihre Fantasie, doch Declan wollte mehr. Seine Zunge kreiste zwischen ihren Beinen. Er ließ ihren eigenen Finger in sie gleiten, bevor er ihn wieder herauszog und ihn ihr unter die Nase hielt.

»Du stehst also dort auf der Straße, und deine Finger riechen nach dir selbst.«

»Ja«, erwiderte Elizabeth.

»Aber was wäre passiert, wenn du nicht schnell genug in der Bar verschwunden wärst? Was, wenn dich die beiden Polizisten erwischt hätten? Was wäre dann passiert?«, fragte Declan. Er war mittlerweile sehr erregt.

Elizabeth stöhnte. Sie stand wieder in der Gasse. Der erste Polizist öffnete gerade seinen Reißverschluss. Sein Schwanz war schwarz und hart und ragte hervor wie ein Schlagstock. Sein Partner hielt Elizabeth an den Schultern fest, während er in sie eindrang. Er stieß einige Mal hart zu, bevor er kam.

»Jetzt bin ich an der Reihe«, erklärte der zweite Polizist. Sein Schwanz war sogar noch größer.

»Dreh sie um. Ich mag es von hinten«, sagte er.

Elizabeth war mittlerweile so feucht, dass der Polizist mühelos in sie hineinglitt. Sein Kollege hielt die Taschenlampe auf ihren Hintern gerichtet und sah ungeniert zu, wie sein Partner kam und danach seinen Reißverschluss wieder schloss.

»Sie haben Glück, dass wir Sie nicht anzeigen, Ma'am. Wir wünschen Ihnen noch einen schönen Abend.«

Declans Zunge schnellte nun wie wild über ihre Klitoris hinweg. Er hielt inne und sah ihr in die Augen.

»Drei Männer. Innerhalb weniger Minuten? Und einer davon in den Hintern? Was soll ich nur mit einem so bösen Mädchen anstellen?«

»Du hast recht«, keuchte Elizabeth. »Ich bin ein furchtbar böses Mädchen. Fick mich. Bitte.«

»Ja, Ma'am. Ihr Wunsch ist mir Befehl.«

»Nein, Liebling«, flüsterte Elizabeth. »Dein Befehl ist mein Wunsch.«

Declan sah auf sie hinab, und seine Augen glänzten vor Erregung.

»Dreh dich um«, knurrte er. »Auf die Knie.«
Elizabeth tat, wie ihr geheißen.

Declan drang von hinten in sie ein. Zuerst bewegte er sich langsam, doch dann legte er zu und zog Elizabeths Rücken an sich. Sie liebten sich immer heftiger, bevor Declan schließlich den Kopf in den Nacken legte und die Augen schloss. Sein attraktives Gesicht war der Inbegriff der Ekstase. Elizabeth warf einen verstohlenen Blick über ihre Schulter. Sie liebte diesen Gesichtsausdruck an Declan. Er zeigte ihr, dass er sich in ihr verloren hatte, dass sie ihn auf eine Insel der Ekstase entführt hatte. Sie bewegten sich schneller und immer schneller im vollkommenen Gleichklang. Sie hörte, wie Declan nach Luft schnappte und schließlich laut aufstöhnte, während er sich in sie ergoss. Sie ließ sich von den Knien auf das Bett sinken, so dass Declan schließlich auf ihr lag. Er bedeckte ihren Nacken mit vielen kleinen Küssen.

»Das war der beste Sex, den ich jemals hatte«, flüsterte er ihr ins Ohr.

»Gleichfalls«, erklärte Elizabeth, bevor sie fortfuhr: »Manchmal frage ich mich, womit ich dich verdient habe.«

»Du warst wohl entweder sehr brav oder außerordentlich ungezogen. Vielleicht aber auch beides«, antwortete Declan, während er sich ihre langen roten Haare um die Faust wickelte. Er zog ihren Kopf sanft nach oben, so dass er ihre Wange küssen konnte.

»Ich liebe dich, Elizabeth Harding. Von ganzem Herzen.«

Sie lagen schweigend aufeinander, bis sich ihre pochenden Herzen wieder beruhigt hatten, dann rollte jeder auf seine Seite, damit sie einander in die Augen sehen konnten.

»Ich liebe dich auch, Declan Thomas. Mit all meiner Seele.«

Elizabeth seufzte schwer. Sie und Declan hatten mittlerweile Hunderte Male miteinander geschlafen, doch jedes Mal fühlte sich an, als wäre es das erste Mal. Sie wurde nie müde, ihn zu erregen.

»Warum seufzt du?«, fragte Declan.

»Es war ein zufriedenes Seufzen«, erwiderte sie. »Ich liebe dich so sehr. Ohne dich bin ich nichts.«

»Nein, Miss Harding. Ohne mich bist du immer noch eine wahnsinnig starke und fähige Frau.«

»Vielleicht, aber ich wäre auch sehr einsam. Du vervollständigst mich.«

»Yin und Yang«, sagte Declan. Er nahm Elizabeths Handgelenk und legte es an seines. Unter den Handflächen, wo ihre Haut sich berührte, fanden die beiden Teile des Yin-Yang-Symbols zusammen und bildeten eine Einheit.

»Mein erstes und einziges Tattoo«, sagte Elizabeth.

»Meine erste und einzige Liebe«, erwiderte Declan und küsste sie. »Möchtest du noch eine Tasse Kaffee?«

»Klar«, antwortete Elizabeth.

Declan sprang aus dem Bett. »Ich hole dir eine.«

Elizabeth betrachtete Declans nackten Körper, während er aus dem Zimmer eilte. Seine Figur glich Michelangelos David und war der Inbegriff männlicher Makellosigkeit. Sie wurde nie müde, ihn anzusehen. In den letzten Monaten schien er jedoch an Stärke gewonnen zu haben, und sein jugendlich schlanker Körper wirkte robuster, definierter und maskuliner. Seine Muskeln waren drahtig und hart, aber nicht übermäßig ausgeprägt. Um sich fit zu halten, lief er am Strand und überall sonst, wo es ihm gerade in den Sinn kam. Sie dachte daran, wie sie ihn kennengelernt hatte. Die Anziehungskraft zwischen ihnen war spontan entstanden, wie ein elektrischer Funke. Sie hatte sich eingeredet, dass es vollkommen lächerlich war. Damals war sie vierzig Jahre alt und eine erfolgreiche Geschäftsfrau gewesen. Als Eigentümerin von Nordamerikas renommiertester Musikagentur hatte sie die Macht, seine Karriere entweder in Gang zu bringen oder für immer zu ruinieren. Er war ein junger Mann im Alter von vierundzwanzig gewesen, ehrgeizig und extrem talentiert. Zwischen dem lustvollen Gedanken, sich mit ihm einzulassen und dem tatsächlichen Schritt in diese Richtung lag ein riesiger Abgrund, der eine Beziehung zwischen ihnen vollkommen unmöglich erscheinen ließ. Doch sie hatte diesen Abgrund überwunden. Nein, das stimmte nicht ganz. Declan hatte ebenfalls um ihre Beziehung gekämpft und darauf bestanden, dass sie ihre Gedanken mit ihm teilte und ihr Herz für ihn öffnete. Sie hatte ihm gegeben, wonach ihm verlangte, sowohl im Bett als auch was die Bühnen dieser Welt betraf.

Mittlerweile hatte Declan innerhalb eines Jahres zwei Nummer-eins-Hits abgeliefert und war in sämtlichen TV-Shows ein gerngesehener Gast. Das Geld floss in Strömen. Elizabeth gefiel, dass er so sorgsam damit umging. Nachdem er um ihre Hand angehalten hatte, hatte er sofort einen Treuhandfonds für ihre beiden Kinder eingerichtet. Seitdem waren beinahe drei Jahre vergangen. Sie hatten die Hochzeit wegen Declans vollem Terminplan immer wieder verschieben müssen, doch keiner der beiden hatte das Gefühl, dass die Zeit drängte. Während Declan auf Tour war, beaufsichtigte Elizabeth die Arbeiten für den Anbau an ihrem Cottage in Kinlochbervie. Nun gab es ein Studio, in dem Declan komponieren und neue Songs schreiben konnte, und ein Gästezimmer, in dem ihre beste Freundin Effie und deren Ehefrau während der bevorstehenden Hochzeit unterkommen würden. Zuerst hatten sie das Zimmer Declans Mutter Joan angeboten, doch diese zog die Privatsphäre in einem Hotel vor.

Declan betrat den Raum. Er hatte Elizabeths Kaffee dabei und sah vollkommen niedergeschlagen aus.

»Was ist los?«, fragte Elizabeth besorgt.

»Ich habe gerade meine E-Mails gecheckt. Mum kann nicht zur Hochzeit kommen.«

»Oh, nein«, erwiderte Elizabeth. »Was ist passiert?«

»Sie hat eine schlimme Ohrenentzündung«, erklärte Declan. »Der Arzt meinte, sie könne unter keinen Umständen fliegen.«

»Sollen wir die Hochzeit verschieben?«, fragte Elizabeth.

Declan schüttelte den Kopf. »Sie besteht darauf, dass wir es durchziehen.«

»Ach, Declan. Das sind ja schlimme Neuigkeiten«, sagte Elizabeth. »Die arme Joan. Das ist sicher ein herber Schlag für sie.«

Declan sah sie grimmig an. Obwohl Joan darauf bestanden hatte, wusste Elizabeth, dass sie selbst es sich nie verzeihen würde, ohne Declans Mutter zu heiraten. Sie musste Declan zur Vernunft bringen.

»Es ist noch nicht zu spät, die Sache abzublasen«, versicherte sie ihm. »Wir haben ja nicht gerade viele Leute eingeladen. Und eine Hochzeit ohne deine Mutter wäre keine richtige Hochzeit. Das wird jeder verstehen.«

»Bist du dir sicher?«, fragte Declan.

»So sicher, wie ich weiß, dass ich dich liebe«, erklärte Elizabeth und nippte an ihrem Kaffee. »Wir sind jetzt mehr als drei Jahre zusammen. Welchen Unterschied machen da ein paar Monate mehr?« Elizabeth nahm seine Hand. »Lass uns noch warten und es dann ordentlich durchziehen.« Genau diese Worte würde Elizabeth später noch bitter bereuen.

Declan schien erleichtert und dankbar, dass Elizabeth so verständnisvoll reagierte. Er stand seiner Mutter Joan sehr nahe, und Elizabeth hatte recht: Eine Hochzeit ohne sie wäre nicht dasselbe.

Declan küsste Elizabeth und warf dann einen Blick auf den Helikopter, der gerade über die Hügel flog. Seit bekannt geworden war, dass Declan Thomas vorhatte zu heiraten, wurde er immer wieder von Paparazzi verfolgt, die versuchten, aus der Luft mit ihren Teleobjektiven Fotos zu schießen.

»Und wer sagt den Paparazzi, dass wir alles abblasen?«, fragte Declan. Elizabeth wusste, dass diese Menschen ihn unendlich nervten.

»Zum Teufel mit den Paparazzi«, antwortete sie. »Wenn sie unbedingt für nichts Geld aus dem Fenster werfen wollen, dann ist das ihr Problem.«

»Und die Leute im Dorf?«, fragte Declan.

In KLB war es Tradition, das ganze Dorf einzuladen, wenn jemand heiratete, egal, ob das Brautpaar das wollte oder nicht. Zumindest war so die traditionelle, alkoholbedingte Schlägerei garantiert.

»Mach dir darüber mal keine Gedanken«, erwiderte Elizabeth. »Hier im Dorf verbreiten sich Neuigkeiten schneller als eine Erkältung in einem Flugzeug. Ein Wort im Pub und innerhalb der nächsten vierundzwanzig Stunden wissen alle Bescheid.«

»Und was ist mit Effie und Stevie?«, fragte Declan.

Elizabeth warf einen Blick auf ihre Uhr.

»Ach du Schande. Es ist schon zu spät. Sie sind bereits

unterwegs. Na gut, aber sie haben ja ohnehin versprochen, einmal vorbeizukommen. Ich hole sie wie geplant in Inverness ab und sage ihnen, dass wir die Hochzeit abgeblasen haben und sie stattdessen einfach Urlaub machen sollen.«

»Du bist ein Traum«, sagte Declan.

»Ich wäre lieber eine Fantasie«, erklärte Elizabeth.

Er grinste sie verschmitzt an. »*Das* bist du ganz bestimmt.«

Nachdem sie an diesem Morgen bereits zwei Mal miteinander geschlafen hatten, hatte Elizabeth nicht vor, den Kessel noch einmal auf den Ofen zu stellen, wo sie doch von vornherein wusste, dass er nicht mehr überkochen würde. Stattdessen umarmte sie Declan kurz.

»Nichts da. Ich gehe jetzt duschen.«

kapitel zwei

Elizabeth parkte ihren Jeep in einer Parklücke vor dem Flughafen von Inverness. Es war ein herrlicher Maitag, und die Hügel und Berge waren saftig grün. Sie war froh, dass ihre Freunde nun Gelegenheit bekommen würden, Schottland in seiner ganzen Pracht zu erleben. Sie hatte Effie das letzte Mal am Tag ihrer Hochzeit gesehen, wo Elizabeth in die Rolle der – schwangeren – Trauzeugin geschlüpft war. Zuerst war Elizabeth etwas schockiert darüber gewesen, dass Effie die Seiten gewechselt hatte und eine Frau heiraten wollte. Doch dann hatte sie sich ehrlich für ihre Freundin gefreut. Kurz darauf waren Effie und Stevie nach New York gezogen, wo Stevie als Anwältin für Menschenrechte für die UNO arbeitete. Effie und Elizabeth hatten es einige Male geschafft, sich via Skype zu unterhalten, doch die Internetverbindung in KLB war äußerst unzuverlässig. Nachdem sie frustriert vor eingefrorenen Bildschirmen gesessen und bruchstückhafte Gesprächsfetzen ausgetauscht hatten, waren sie auf den Gedanken gekommen, etwas ganz Neues auszuprobieren: Sie schrieben sich ab und zu einen Brief.

Elizabeth freute sich darauf, ihre beste Freundin endlich wieder einmal persönlich zu sehen. Das war ihre Chance, alles nachzuholen, und außerdem konnte sie so Effies Frau Stevie besser kennenlernen.

Elizabeth beobachtete die gerade gelandeten Passagiere und suchte verzweifelt nach der großen, schlanken Stevie und der kleinen, rundlichen Effie. Doch auch etliche Minuten später stand Elizabeth noch immer ratlos da. Wo waren die beiden? Mit dem Flug aus Glasgow kamen üblicherweise nicht mehr als hundert Passagiere nach Inverness, und die meisten von ihnen waren bereits aus dem Flugzeug ausgestiegen.

»Süüüüße. Wie geht es dir?«

Elizabeth hätte die rauhe Stimme überall wiedererkannt.

Sie wirbelte herum. »Effie?«

Kein Wunder, dass sie ihr zuvor nicht aufgefallen war. Effie schien um die Hälfte geschrumpft. Sie musste bei einer Größe von etwa einem Meter sechzig mindestens vierzig Kilogramm abgenommen haben.

»Mein Gott, Effie. Du bist so furchtbar dünn«, rief Elizabeth.

Effie strahlte und umarmte ihre Freundin.

»Dafür siehst du aus, als hättest du etwas zugelegt, aber es steht dir sehr gut«, erklärte Effie.

»Das machen die Kinder«, erwiderte Elizabeth.

»Wo sind denn die kleinen Racker? Hast du sie mitgebracht?«, fragte Effie.

»Nein, sie sind zu Hause bei ihrem Daddy«, antwortete Elizabeth. »Du lernst sie noch früh genug kennen. Wo ist Stevie?«, fragte sie. »Holt sie das Gepäck?«

»Nein«, erwiderte Effie entschieden. »Ich habe Stevie den Laufpass gegeben.«

Es dauerte einige Sekunden, bis sie die Bedeutung von Effies Worten verstand.

»Was? Was meinst du damit? Du willst mir doch nicht sagen, dass ihr euch getrennt habt, oder?«, sagte Elizabeth.

»Ja, ja und nochmals ja«, erwiderte Effie. »Diese Frau ist ein Alptraum. Ich bin froh, dass ich die Notbremse gezogen habe, das kann ich dir sagen.«

»Ach, Effie. Das tut mir leid.«

»Es muss dir nicht leidtun«, erklärte Effie bestimmt. »Mir tut es ja auch nicht leid. Ich erzähl dir später alles.«

»Nun, du wirst es nicht glauben, aber ich werde nicht heiraten«, sagte Elizabeth.

Effie stieß einen Schrei aus. »Nicht? Was zum Teufel ist passiert? Sag nicht, dass ihr euch ebenfalls getrennt habt.«

Elizabeth grinste, als sie merkte, wie entsetzt Effie war. »Wir haben die Hochzeit verschoben, das ist alles. Declans Mutter ist krank und kann nicht fliegen. Komm schon«, sagte sie. »Wir können im Auto weiterreden. Die Fahrt dauert drei Stunden.«

Effie holte ihr Gepäck vom Förderband und folgte Elizabeth zum Auto.

»Ich kann kaum glauben, dass ich nun endlich in Schottland bin«, sagte Effie und sah sich um. Wie auf ihr Stichwort hin eilte plötzlich ein Mann im Kilt an ihnen vorbei. Effie johlte.

»Oh mein Gott. Sieh dir den an. Glaubst du, er trägt Unterwäsche?«

Elizabeth musste über die Ausgelassenheit ihrer Freundin lachen und startete schließlich den Motor des Wagens. »Willst du zu ihm und ihn fragen?«

Effie zwinkerte ihr zu. »Es gibt vielleicht noch einen anderen Weg, das herauszufinden.«

»Jetzt erzähl mir bloß nicht, dass Männer für dich wieder im Spiel sind«, sagte Elizabeth.

Effie grinste. »Sagen wir einfach, ich bin für alles offen.«

Elizabeth legte den ersten Gang ein und steuerte aus der Parklücke. Nachdem sie einige Kreisverkehre hinter sich gebracht hatten und auf die Hauptstraße gelangt waren, lehnte sich Elizabeth in ihrem Sitz zurück. Sie fuhren gut eine Stunde in Richtung Norden, als die hügelige Landschaft von majestätischen Gebirgszügen abgelöst wurde, von denen sich hier und da Wasserfälle stürzten.

»Sieh nur«, rief Effie, als sie zum ersten Mal ein Schaf neben der Straße entdeckte.

»Mann, Effie, das ist so, als würdest du vollkommen aus dem Häuschen geraten, weil du in New York eine Taube entdeckt hast«, erwiderte Elizabeth.

Während sie durch die atemberaubende Landschaft fuhren, erzählte Effie Elizabeth, warum sie sich von Stevie getrennt hatte.

»Am Anfang war alles noch in bester Ordnung«, erklärte sie. »Wir kauften eine wunderschöne Wohnung mit Blick auf den Central Park. Sie kostete ein Vermögen, aber Stevie scheffelte haufenweise Kohle, und meine Aktien warfen genügend ab, so dass wir ein angenehmes Leben führen konnten. Doch dann begann Stevie, an meinem Gewicht herumzunörgeln«, erzählte Effie.

»Da ich wusste, dass ich ohnehin einige Kilos abnehmen musste, gab ich ihr nach. Mein Gott. Am Ende habe ich mich praktisch nur noch von Luft ernährt. Doch dann drehte sich plötzlich alles um meine Klamotten. Was ich tragen sollte. Was ich nicht tragen sollte. Und schließlich ging es darum, wohin ich ging und mit wem ich mich traf«, erklärte Effie. »Die Wohnung wurde zu einem Gefängnis, und sie war meine Aufseherin.«

»Ach Effie, das muss ja furchtbar gewesen sein«, erwiderte Elizabeth.

»Wem sagst du das, Schwester«, sagte Effie.

»Und der Sex?«, fragte Elizabeth.

»Sehr heiß, zumindest eine Zeitlang«, sagte Effie. »Diese Frau hat mehr Dildos als Donald Trump Haarspray.«

Elizabeth lachte.

»Was ist passiert?«, fragte Elizabeth.

»Es hing mir irgendwann zum Hals heraus«, erwiderte Effie. »So einfach ist das. Außerdem glaube ich, dass ich mit der Zeit allergisch auf Plastik reagiert habe oder auf Gummi oder woraus auch immer diese verdammten Dinger hergestellt werden.«

»Ach du liebe Zeit«, sagte Elizabeth.

»Und Stevie musste immer oben sein«, seufzte Effie. »Wenn ich versuchte, irgendetwas zu tun oder die Initiative zu ergreifen, wurde sie furchtbar wütend. Als sie schließlich von mir verlangte, Hormone zu schlucken, weil ich nicht mehr feucht genug wurde, brachte das das Fass zum Überlaufen. Ich habe ihr gesagt, sie soll sich selbst ficken, was sie vermutlich auch gerade tut.«

»Wie lange ist das jetzt her?«, fragte Elizabeth.

»Stevie hatte bereits ihre Koffer gepackt«, erklärte Effie. »Wir wollten gerade zum Flughafen aufbrechen, da habe ich ihr gesagt, dass ich alleine fliege.«

»Es ist also noch so frisch?«, erwiderte Elizabeth.

»Ja, es ist erst gestern passiert«, sagte Effie. »Aber es ist aus. Ich gehe nicht wieder zurück.«

»Es tut mir leid, das zu hören, Effie«, sagte Elizabeth. »Ich dachte, ihr hättet wirklich gute Chancen, miteinander glücklich zu werden.«

»Ich auch«, sagte Effie. »Aber hey, ehrlich gesagt bin ich unendlich erleichtert. Mein Selbstvertrauen begann sich bereits zu verabschieden, und du weißt ja, dass mir das absolut nicht ähnlich sieht.«

»Das kann ich mir gar nicht vorstellen«, sagte Elizabeth. »Du bist die selbstbewussteste Frau, die ich kenne.«

»Wo wir schon vom Selbstbewusstsein sprechen. Ich hatte im Flugzeug eine Idee«, erklärte Effie.

»Lass hören.«

»Nun, nachdem ich dich ja ganz gut kenne …«

»Ja?«

»Habe ich mir gedacht, dass du dich mittlerweile vermutlich bereits etwas langweilst.«

»Was bringt dich zu der Annahme?«

»Lass mal sehen … eine mächtige Geschäftsfrau, die es gewohnt ist, die Fäden in der Hand zu halten, und die Chefin einer bekannten Musikagentur ist, verkauft alles und tauscht ihr Leben gegen Windeln und Babykacke.«

»Die Kinder brauchen keine Windeln mehr, Effie. Und warum glaubst du, dass sich mein Leben nur noch um Babykacke dreht?«

»Hmmm … ich meine ja bloß, dass ein Teil von dir sicher den alten Zeiten nachtrauert, als du noch eine angesehene Geschäftsfrau warst.«

Obwohl sie es nicht zugeben wollte, musste Elizabeth sich eingestehen, dass Effie zum Teil recht hatte.

»Und was ist mit dir, Effie? Vermisst du es, eine erfolgreiche Geschäftsfrau zu sein?«

Effie hatte das überaus erfolgreiche Modemagazin *Stylish* gegründet und geleitet, bis sie es verkauft und geheiratet hatte.

»Ja, ich vermisse es tatsächlich, eine erfolgreiche Geschäftsfrau zu sein«, erwiderte Effie. »Ich glaube, ich möchte wieder ins Spiel einsteigen.«

»Und woran hattest du gedacht?«, fragte Elizabeth.

»Wir könnten dein Hintergrundwissen und deine Beziehungen zur Musikbranche und meine Erfahrungen im

Verlagsbereich und der Modeszene bündeln und ein neues Magazin gründen. Als Print und online.«

Die Idee regte sofort Elizabeths Fantasie an.

»Also ein Magazin, das Musik und Mode vereint«, sagte sie gedankenverloren.

»Genau«, erwiderte Effie. »Viele Musikstars haben ihre eigene Modelinie.«

»Zum Beispiel Gwen Stefani«, sagte Elizabeth. »Sie betreibt sie mittlerweile schon seit einigen Jahren.«

»Ja, und es werden immer mehr.«

»Das könnte wirklich eine gute Idee sein«, sagte Elizabeth. »Aber von hier aus? Wie kann ich so etwas von hier aus auf die Beine stellen?«

Effie schnaubte. »Telekommunikation, Schätzchen. Du musst mittlerweile nirgendwo mehr persönlich anwesend sein. Außerdem hättest du dann eine gute Ausrede, ab und zu aus der Mutterrolle auszubrechen und zu reisen.«

Elizabeth dachte an die letzten drei Jahre zurück, die sie nach dem Verkauf ihrer Musikagentur in Schottland verbracht hatte. Sie liebte ihr Leben als Hausfrau und Mutter, aber sie musste zugeben, dass es manchmal zu viel Routine beinhaltete, und außerdem waren die Winter hier lang, dunkel und trübselig.

»Und du glaubst, dass wir das schaffen, Effie?«

»Ich *weiß* es, Süße.«

Die beiden Freundinnen fuhren schweigend weiter, jede in Gedanken an ihre neue Geschäftsidee versunken.

»Ich hab's«, erklärte Elizabeth plötzlich.

»Was?«, fragte Effie.

»Den Namen. Den Namen für unser Magazin.«

»Und?«

Elizabeth warf Effie einen Blick zu, und ihre Augen leuchteten.

»Rags 'n' Beats.«

»Jawohl, Schätzchen. Das ist es. Du bist ein Genie.«

Elizabeth und Effie klatschten einander ab.

»Tante Effie ist zurück«, erklärte Effie lachend. »Scheiß auf die Diät. Scheiß auf die Dildos. Schottland, ich komme!«

kapitel drei

Die dreistündige Fahrt in Richtung Norden verging wie im Flug, während sich Elizabeth und Effie aufgeregt über ihre neue Geschäftsidee unterhielten, doch dann erregte plötzlich etwas anderes auf dramatische Weise ihre Aufmerksamkeit. Sie befanden sich bereits auf dem letzten Abschnitt der einspurigen Straße nach Kinlochbervie, als Elizabeth abrupt in eine Ausweichbucht bog.

»Dort drüben«, sagte sie zu Effie und deutete aus dem Fenster. »Sieh nur.«

Zwanzig Meter entfernt, zwischen Stechginster und Farnen, kämpften zwei Rothirsche. Ihre Geweihe krachten gegeneinander, und es klang wie der Zusammenstoß zweier Billardkugeln. Der Schwerere der beiden, ein älteres, männliches Tier, schien die Oberhand zu haben und schwenkte den mächtigen Kopf hin und her, während er ein furchteinflößendes Brüllen von sich gab. Der Jüngere bewegte sich daraufhin rückwärts, senkte das Geweih und setzte zum Angriff an. Plötzlich rutschte der ältere Hirsch auf einem Stein aus und verlor das Gleichgewicht. Er stürzte, und im nächsten Moment bohrte sich das Geweih seines Gegners in seinen Körper. Er brüllte vor Schmerz auf und stemmte sich hoch, wobei ein Schwall Blut und Eingeweide aus seinem Bauch hervorquollen. Effie schnappte entsetzt nach Luft und vergrub ihr Gesicht in Elizabeths Schulter.

»Ich kann gar nicht hinsehen«, sagte sie. »Es ist so brutal.«

Der jüngere Hirsch schien nicht zu begreifen, dass er

ohnehin gewonnen hatte, und verhakte sein Geweih mit dem seines Gegners, doch dieses Mal hing er fest. Er riss den Kopf vor und zurück, bockte und sprang umher, doch er konnte den deutlich schwereren Körper seines Feindes, der nur noch im Todeskampf zuckte, kaum bewegen. Der siegreiche Hirsch versuchte immer verzweifelter, sich zu befreien, doch ihre Geweihe waren ineinander verkeilt.

»Ich muss Tattie anrufen«, sagte Elizabeth. »Er wird wissen, was zu tun ist.«

»Was passiert jetzt?«, fragte Effie panisch.

»Sie müssen getrennt werden, sonst sterben beide«, erwiderte Elizabeth.

Tattie war ein Bauer aus dem Ort, der wie ein Gorilla aussah und Elizabeth einst geholfen hatte, ein widerspenstiges Schaf zu retten. Er hatte damals Interesse an Elizabeth gezeigt, doch dann hatte er Bridie Harris geheiratet, die Frau, die Elizabeth mit den Zwillingen half. Bridie ging ans Telefon.

»Hier ist Elizabeth. Ist Tattie da?«

»Aye, er ist gerade zum Tee hereingekommen«, sagte Bridie.

»Kannst du ihn bitten, etwa eineinhalb Kilometer die Straße runter in Richtung Durness zu kommen?«, fragte Elizabeth. »Zwei Hirsche haben sich mit ihren Geweihen verhakt. Einer von ihnen ist bereits tot.«

»Klar«, erwiderte Bridie.

Zehn Minuten später rumpelte Tatties Truck die Straße entlang. Auf dem Beifahrersitz saß Jimmy Mack, der örtliche Schrotthändler.

»Gut. Er hat Hilfe dabei«, sagte Elizabeth.

»Was machen die beiden jetzt?«, fragte Effie.

»Keine Ahnung. So etwas passiert nicht sehr häufig«, sagte Elizabeth.

»Na, Gott sei Dank«, erwiderte Effie. »Ich bin erst drei Stunden hier und wurde bereits Zeugin eines Kampfes auf Leben und Tod.«

Tattie sprang aus seinem Truck. Er trug wie immer kniehohe Gummistiefel und einen Arbeitsoverall. Jimmy Mack, der nur halb so groß war wie Tattie, kletterte hinter ihm aus dem Wagen. Er hielt eine lange Astsäge in der Hand.

»Sie schneiden das Geweih frei«, erklärte Elizabeth beeindruckt.

Der junge Hirsch, der von den Strapazen bereits vollkommen erschöpft war, lag im Heidekraut, doch als er Jimmy und Tattie kommen sah, sprang er panisch auf.

»Ganz ruhig, mein Junge«, sagte Tattie. Er streckte seine fleischigen Arme nach der Säge aus. »Meine Arme sind länger«, erklärte er Jimmy Mack. »Ich mach es.«

Elizabeth und Effie beobachteten aus sicherer Entfernung, wie sich Tattie an die heikle Aufgabe machte, die verhakten Geweihe auseinanderzusägen. Schließlich riss der junge Hirsch seinen Kopf in die Höhe. Endlich frei, blieb er noch einen Augenblick lang stehen und starrte seine Retter an, bevor er sich abwandte und sich mit einigen mächtigen Sprüngen davonmachte.

»Das war unglaublich«, keuchte Effie. »Ihr Jungs seid unglaublich.«

»Man hat uns schon ganz schön viele Sachen an den Kopf geworfen, aber dass wir unglaublich sind, war nicht dabei«, erwiderte Jimmy grinsend. Er streckte seine Hand aus.

»Ich bin Jimmy.«

»Ich bin Elizabeths Freundin Effie.«

»Und ich bin Tattie.«

Nachdem sie sich vorgestellt hatten, deutete Tattie mit dem Kopf auf den toten Hirsch.

»Was meinst du, Jimmy? Gibt es heute vielleicht Wildeintopf zum Abendessen?«

»Klingt gut. Also los«, erwiderte Jimmy.

Jimmy zog ein großes Jagdmesser und ein Paar Gummihandschuhe aus seinem Overall. Er öffnete den Körper des Tieres schwungvoll der Länge nach und verteilte die dampfenden Innereien auf dem Heidekraut. Nachdem er das Tier vollkommen ausgeweidet hatte, erhob sich Jimmy, wischte sich über die Stirn und hinterließ dabei eine Blutspur. Elizabeth und Effie sahen Jimmy gleichermaßen fasziniert und angewidert bei der Arbeit zu. Als er schließlich fertig war, zwinkerte Jimmy Effie zu.

»Der Kampf um die Frauen ist ein Kampf auf Leben und Tod und bringt uns Männer jedes Mal in Schwierigkeiten«, erklärte er.

»Und was machen Sie jetzt mit den Innereien?«, fragte Effie.

»Die bekommen die Füchse zum Abendessen«, lachte Tattie. »Es bringt nichts, das zusätzliche Gewicht mitzuschleppen.«

Tattie und Jimmy griffen nach dem Geweih und zogen das schwere Tier davon. Obwohl Jimmy wirklich winzig war, schien er genauso stark wie Tattie zu sein. Bald darauf lag das Tier hinter Tatties Truck. Tattie öffnete die Heckklappe, zog eine Plane von der Ladefläche, und sie hievten den Körper hinauf.

»Würden uns die Ladys vielleicht helfen, das Tierchen hochzuheben?«, fragte Tattie.

»Klar«, antworteten die beiden. Elizabeth und Effie

nahmen jeweils eine Ecke des hinteren Teils der Plane, wo der Körper des Tieres leichter war.

»Auf drei«, rief Tattie.

Wenige Minuten später hatten sie den toten Hirsch verladen.

»Ich komme später vorbei und bring euch was von dem Fleisch fürs Abendessen«, erklärte Jimmy Elizabeth, obwohl er dabei Effie ansah.

Als die beiden Männer schließlich fortgefahren waren, wandte sich Elizabeth an Effie: »Effie, ich glaube, du gefällst ihm.«

»Was für ein außergewöhnlicher Ort«, erklärte Effie.

»Und du hast noch nicht einmal die Hälfte davon gesehen«, erwiderte Elizabeth lachend. »Dieser Ort ist schon ziemlich seltsam.«

»Wie meinst du das?«, fragte Effie fasziniert.

»Nun«, sagte Elizabeth. »Die Vergangenheit ist hier noch sehr lebendig. Feindschaften bestehen über Generationen, obwohl sich niemand daran erinnern kann, wer eigentlich damit angefangen hat. Ein Kerl aus dem Ort behauptet, dass bei Vollmond ein Geisterpferd und eine Kutsche durch die Straßen fahren. Überall gibt es Kobolde und Geister, und außerdem haben sie eine Schwäche für seltsame Statuen im Garten.«

»Du machst Witze«, sagte Effie.

»Es gibt da einen sehr alten Strand namens Sandwood Bay«, erklärte Elizabeth. »Es gibt Leute, die behaupten, dass sie dort Geister gesehen hätten. Es sollen angeblich die Überlebenden zahlreicher Schiffsunglücke sein. Frauen in langen Kleidern, die weinend gegen das Wasser ankämpfen und kleine Kinder auf den Armen zur Küste tragen, von denen einige bereits ertrunken sind.«

»Erinnere mich bitte daran, dass ich niemals dorthin gehe«, sagte Effie.

»Ich glaube nicht, dass es dich dorthin verschlägt. Es ist ein vier Kilometer langer Fußmarsch.«

»Ah, nein, dann wohl eher nicht«, erwiderte Effie.

Elizabeth legte den ersten Gang ein und nahm die letzten Kilometer bis zu ihrem renovierten ehemaligen Fischerhaus in Kinlochbervie in Angriff. Sie konnte es kaum erwarten, Declan von ihrer neuen Geschäftsidee mit Effie zu erzählen.

kapitel vier

»Also, was erzählt man sich so über Jimmy Mack?«, fragte Effie, nachdem sie und Elizabeth es sich im Cottage bei einer Tasse Tee gemütlich gemacht hatten.

»Was willst du denn wissen?«, erwiderte Elizabeth. »Oder vielleicht sollte ich dich eher fragen, *warum* du etwas über ihn wissen willst, wobei ich glaube, die Antwort bereits zu kennen.«

»Er ist irgendwie niedlich. Ist er Single?«, fragte Effie.

Elizabeth nickte. »Er war noch nie verheiratet.«

»Das ist kein gutes Zeichen«, sagte Effie.

»Das heißt hier oben gar nichts«, sagte Elizabeth. »Ich glaube, er war wohl bereits mit der Hälfte der Frauen im Dorf im Bett.«

»Er ist also ganz sicher nicht …«, begann Effie und ließ die Frage im Raum stehen.

»Schwul?«, seufzte Elizabeth. »Nie im Leben. Ganz im Gegenteil.«

»Er ist ganz schön gut in Form und ziemlich stark, obwohl er so klein ist«, sagte Effie.

»Er ist wie eine Ameise«, sagte Elizabeth. »Er kann das Zehnfache seines Körpergewichts stemmen. Denkst du darüber nach, mit ihm …?«

»Lass es mich mal so sagen, Süße«, erwiderte Effie. »Es wäre nett, mal wieder von etwas gevögelt zu werden, das blutet, wenn man es mit einem Messer anritzt.«

Elizabeth tat, als wäre sie schockiert. »Effie!«

»Ich will damit bloß sagen, dass ich – und diese Doppeldeutigkeit ist durchaus beabsichtigt – nicht nur die Nase voll von dem Plastikzeug habe.«

In diesem Augenblick trat Declan durch die Tür. Er hielt die Zwillinge an den Händen, und neben ihm stand schwanzwedelnd und hechelnd ein goldfarbener Labrador. Die beiden Kinder liefen sofort auf ihre Mutter zu. Declan küsste Elizabeth und umarmte Effie zur Begrüßung.

»Wow, Effie. Es ist ja kaum noch etwas von dir übrig«, erklärte er.

Dann sah er sich um. »Wo ist Stevie?«

»In New York«, sagte Effie. »Es ist eine lange und furchtbar öde Geschichte. Die kurze, aufregende Zusammenfassung lautet, dass wir Schluss gemacht haben.«

»Das tut mir leid«, erwiderte Declan. »Aber wir sind froh, dass du endlich hier bist.«

»Ich bin auch ganz aus dem Häuschen, hier zu sein«, sagte Effie. Sie wandte sich an die Zwillinge, die es sich mittlerweile in Elizabeths Armen gemütlich gemacht hatten.

»Nun sieh sich mal einer diese wunderbaren Kinder an«, rief sie. »Wartet einen Augenblick. Tante Effie hat euch etwas mitgebracht.«

Effie eilte ins Gästezimmer und kam mit einer Puppe und einem Spielzeuglastwagen zurück.

»Also, wer von euch ist Camille?«, fragte sie und sah von einem Kind zum anderen. Camille hob schüchtern die Hand, und Effie gab ihr den Lastwagen, bevor sie Jack die Puppe überreichte.

»Ich versuche nur, die Geschlechterstereotype aufzubrechen«, erklärte sie Elizabeth.

Die Zwillinge warfen einander einen Blick zu, kicherten und tauschten sofort ihre Geschenke aus. Effie zuckte amüsiert mit den Schultern.

»So viel dazu«, sagte sie.

Während die Kinder mit ihrem neuen Spielzeug spielten, erzählte Elizabeth Declan von den beiden kämpfenden Hirschen.

»Mein Gott, das kommt wirklich sehr selten vor«, sagte Declan. »Da hattest du ja tatsächlich einen besonderen Einstand in Schottland, Effie.«

»Bisher ist es nicht schlecht hier. Ich kann es kaum erwarten, Scotch und Haggis auszuprobieren«, lachte Effie.

»Hat Elizabeth dir schon gesagt, dass wir die Hochzeit verschieben?«, fragte Declan.

»Ja. Da kann man nichts machen«, sagte Effie. »Du willst doch sicher nicht, dass deine Mutter an einem so wichtigen Tag fehlt.«

»Nein«, erwiderte er.

Elizabeth sah Declan an.

»Hast du es Joan schon gesagt?«, fragte sie.

»Ich habe sie angerufen«, antwortete Declan. »Ich glaube, sie war insgeheim froh, obwohl sie es nicht zugegeben hat.«

»Wie geht es ihren Ohren?«

»Sie hat eine ziemlich schlimme Infektion«, erklärte Declan. »Der Arzt hat ihr starke Antibiotika verschrieben.«

»Die Arme«, meinte Effie.

»Wo wir gerade von der Hochzeit sprechen«, sagte Declan. »Einige Paparazzi haben sich im Hotel eingemietet. Sie geben sich als Vogelbeobachter aus.«

»Wirklich? Dann haben sie wohl Pech gehabt«, sagte Elizabeth.

Effie hob fragend eine Augenbraue.

»Die Paparazzi hoffen, ein paar gute Fotos zu bekommen, um sie an die Klatschmagazine zu verkaufen«, seuftze Elizabeth. »Ich rufe gleich Reverend Stone an und informiere ihn, dass wir die Hochzeit absagen.«

Effie unterbrach sie. »Und dann könntest du ihn auch gleich fragen, ob sonst noch jemand heiratet.«

»Warum denn das?«, fragte Elizabeth.

»Vielleicht haben die Fotografen ja Interesse an anderen Hochzeitsfotos«, erwiderte Effie mit einem hinterhältigen Grinsen.

Elizabeth lächelte.

»Ich glaube, ich weiß, was du meinst. Sicher, warum nicht.«

In diesem Moment vibrierte Declans Mobiltelefon. Er hatte eine Nachricht bekommen. Er las sie und riss die Augen auf.

»Was ist los?«, fragte Elizabeth.

»Eine Nachricht von Solomon«, antwortete Declan. Solomon war Declans Manager bei ATM, jener Musikagentur, die Elizabeth an ein kalifornisches Firmenimperium verkauft hatte.

»Er will, dass ich bei Letterman auftrete«, erklärte Declan stolz.

»Wann?«, fragte Elizabeth.

»Am Montag. Es hat sich kurzfristig ergeben. Er versucht schon eine ganze Weile, das zu arrangieren.«

»Das ist ja wunderbar«, sagte sie.

»Ich kann eigentlich nicht ablehnen«, sagte Declan.

»Aber warum solltest du denn ablehnen?«, fragte Elizabeth. »Du musst da hingehen. Schreib ihm zurück und sag zu.«

Declan drückte Elizabeth einen Kuss auf die Stirn.

»Kein Wunder, dass ich dich so sehr liebe.«

»Ich bin mir sicher, dass Harry dich auch kurzfristig nach Inverness fliegt«, sagte Elizabeth. »Er hat schon genug damit verdient, die Paparazzi in seinem Helikopter herumzufliegen.«

»Ja, das stimmt«, sagte Declan. »Ich werde ihn anrufen. Und Solomon soll sich darum kümmern, dass die Band auch dort ist.«

Declan verschwand in seinem Studio, um alle Vorkehrungen zu treffen. Effie gähnte.

»Ich denke, der Flug fordert langsam seinen Tribut«, sagte sie. »Macht es dir etwas aus, wenn ich ein kleines Nickerchen mache?«

»Nein, geh nur«, sagte Elizabeth. »Ich werde die Kinder baden und mit ihnen zu Abend essen. Und wenn du willst, dann können wir später noch runter ins Hotel. Ich würde sagen, wir probieren den Scotch und den Haggis, von dem du vorhin gesprochen hast. Ich bin mir sicher, dass Declan gerne bei den Kindern bleibt, vor allem, weil er bald fort muss.«

»Das klingt wunderbar, Süße«, sagte Effie. Dann machte sie sich auf den Weg ins Gästezimmer, und bald darauf hörte Elizabeth Effie leise schnarchen.

Nachdem sie die Kinder gefüttert, gebadet und sie vor den Fernseher gesetzt hatten, wo sich die beiden eine DVD ansahen, schenkte Elizabeth sich selbst und Declan ein Glas Wein ein. Sie kuschelten sich auf der Couch im Wintergarten aneinander und blickten aufs Meer hinaus. Mittlerweile war es Mai geworden, und es blieb bis mindestens neun Uhr abends hell. Im Hochsommer würde es dann nachts nur noch für drei Stunden dunkel sein.

»Es war schön, Effie wiederzusehen«, sagte Declan. »Was ist zwischen ihr und Stevie vorgefallen?«

»Sie haben sich getrennt«, erwiderte Elizabeth. »Stevie

war ein Kontrollfreak. Und es klingt, als wäre es endgültig.«

Elizabeth wusste, dass Declan die genauen Hintergründe nicht interessieren würden.

»Das ist schade«, sagte er. »Ich kann mir gar nicht vorstellen, dass irgendjemand Effie kontrollieren kann.«

»Eigentlich hat es sogar Vorteile. Für mich. Für uns.«

Declan sah sie ein wenig verwundert an.

»Was meinst du damit?«

»Effie hatte da eine Idee. Und ich glaube, dass es funktionieren könnte.«

Declan hörte aufmerksam zu, während Elizabeth ihm von ihren Plänen für das Magazin *»Rags 'n' Beats«* erzählte. Da er Effies und Elizabeths Hintergrund kannte, musste er zugeben, dass es eine gute Idee war.

»Aber was bedeutet das für uns? Für unser Zuhause hier?«, fragte er.

»Die Kinder haben bereits einen schottischen Akzent«, erklärte Elizabeth.

»Ich dachte, du magst den schottischen Akzent«, erwiderte Declan und strich über ihre Haare.

»Das tue ich auch«, sagte Elizabeth. »Aber ich glaube, es wäre mir lieber, wenn Jack und Camille einen kanadischen Akzent hätten.«

Declan fuhr herum, um ihr in die Augen zu sehen.

»Du willst wieder zurück?«

»Wir behalten das Haus hier als Feriendomizil. So wie früher.«

»Du willst also wieder arbeiten?«

»Es wäre keine wirkliche Arbeit. Es würde einfach Spaß machen.«

»Und was ist mit den Kindern? Wer kümmert sich dann um sie?«

»Wir haben doch genug Geld. Wir könnten uns ein Kindermädchen oder eine Haushälterin besorgen. Und außerdem ist Joan ja auch noch da. Sie hätte sonst gar keine Gelegenheit, ihre Enkelkinder besser kennenzulernen.«

Declan saß eine Weile schweigend da.

»Ich werde das Haus hier vermissen«, sagte er. »Ich werde es vermissen, hier zu sein. Es fühlt sich wie ein Zuhause für mich an.«

»Aber wir können doch zurückkommen, wann immer wir wollen«, erwiderte Elizabeth. »Unser Zuhause wird dort sein, wo wir zu Hause sein wollen. Solange wir vier zusammen sind, werden wir zu Hause sein.«

Declan warf ihr ein schiefes Lächeln zu.

»Du hast recht«, sagte er. »Mir ist bloß wichtig, dass du glücklich bist. Mach das, was dich glücklich macht.«

Elizabeth schlang die Arme um seinen Hals.

»Du bist sicher der wunderbarste Mann der Welt«, sagte sie.

»Vergiss das ja nie«, erwiderte Declan.

»Also hätte der wunderbarste Mann der Welt kein Problem damit, heute Abend bei den Kindern zu bleiben, während Effie und ich ins Pub hinuntergehen?«

»Jetzt nutzt du meine Gutmütigkeit aber ordentlich aus«, antwortete Declan mit gespielter Ernsthaftigkeit. Er begann sie zu kitzeln.

»Aufhören, aufhören!«, schrie sie, während sie sich lachend zu befreien versuchte. Doch Declan hörte nicht auf, bis Elizabeths kreischendes Gelächter Effie aus ihrem Nickerchen riss.

kapitel fünf

Das Pub von Kinlochbervie war recht gut besucht. Effie hatte beschlossen, dass sie alles liebte, was mit Schottland zu tun hatte, und darauf bestanden, Haggis und Bratkartoffeln zu bestellen. Als das Gericht schließlich serviert wurde, warf Effie Elizabeth einen überraschten Blick zu.

»Wo ist denn der Teig?«, fragte sie.

»Haggis ist keine herkömmliche Pastete im Teigmantel«, erklärte Elizabeth. »Er besteht aus einer Mischung aus Fleisch und Hafer, die in einem Schafmagen gekocht wird.«

Effie, die gerade die Gabel zum Mund führen wollte, hielt plötzlich inne.

»Du erlaubst dir doch jetzt verdammt noch mal einen Scherz mit mir, oder?«

»Nein«, erwiderte Elizabeth. »Das tue ich nicht. Aber es schmeckt gut. Komm schon, versuch es.«

Effie legte die Gabel zur Seite und tupfte sich den Mund mit einer Papierserviette sauber.

»Musstest du mir das jetzt verraten?«

»Es ist keine große Sache, Effie. Es schmeckt herrlich.«

Effie warf einen zweifelnden Blick auf ihren Teller.

»Warum bestelle ich stattdessen nicht einfach ein paar Rinderaugen?«, fragte sie. »Vorzugsweise roh.«

»Mein Gott, dann gib ihn mir. Ich esse ihn«, erwiderte Elizabeth.

Effie weigerte sich, den Haggis auch nur zu kosten, dafür aß sie sich an den Bratkartoffeln satt und trank dazu drei Gläser Single Malt Whiskey.

Effie war offenbar in Feierlaune. Sie ging auf zwei Männer mittleren Alters zu, die mürrisch und alleine am anderen Ende der Bar saßen.

»Guten Abend, meine Herren. Sie sehen aus, als hätten Sie wichtige Geschäfte hierher verschlagen«, sagte Effie.

Die beiden Männer grinsten einander an.

»Lassen Sie mich raten«, sagte Effie. »Sie sind Vogelbeobachter und wollen den jährlichen Flug der Mohrenscharbe bewundern.«

Der größere der beiden Männer nickte und antwortete mit starkem Londoner Akzent: »Jawohl.«

Effie lehnte sich verschwörerisch nach vorne.

»Das ist aber schade. Hier findet nämlich bald eine Promi-Hochzeit statt, bei der sich sicher ein paar gute Fotos machen ließen. Das ist doch viel interessanter als Vögel.«

»Erzähl uns mehr, Süße. Sag uns, was du darüber weißt.«

Einer der Männer gab dem Barkeeper ein Zeichen.

»Was möchtest du trinken, Schätzchen?«

»Einen Single Malt. Laphroig, bitte.«

Die beiden Männer hörten aufmerksam zu, während Effie ihnen den exakten Standort der Kirche und den genauen Zeitpunkt der Trauung verriet. Sie grinsten, bedankten sich überschwenglich, beglichen ihre Rechnung und verschwanden.

Effie kehrte zu Elizabeth zurück, die in einer Ecke saß und sich mit ihrer Freundin Alison, der örtlichen Lehrerin, unterhielt.

»Geschafft«, erklärte Effie zwinkernd. »Die beiden Fotografen werden ganz sicher im Heidekraut hocken, um Fotos von der Hochzeit zu ergattern. Wer heiratet eigentlich?«

»Budgie und Gerts«, antwortete Elizabeth.

»Budgie und Gerts!«, rief Alison und lachte schallend. »Sie sind beide über neunzig Jahre alt!«

»Das ist ja perfekt!«, kicherte Effie. »Ich habe sie richtig in die Falle gelockt. Sie denken, dass sie Fotos von Elizabeths und Declans Hochzeit bekommen.«

Die drei Frauen stießen auf den gelungenen Streich an, bevor sich Alison wieder an Elizabeth wandte.

»Also, und wann findet eure Hochzeit denn nun statt?«, fragte Alison.

»Ich bin mir noch nicht sicher«, erwiderte Elizabeth. »Vielleicht heiraten wir in Toronto, wo Declans Mutter lebt. Dann könnten auch mehr Freunde zur Hochzeit kommen. Aber wir haben keine Eile. Wir haben schon so lange gewartet. Declan ist jetzt einige Tage unterwegs, deshalb werden wir wohl erst darüber sprechen, wenn er wieder hier ist.«

»Waren Sie schon einmal verheiratet?«, fragte Effie Alison.

»Ach, hören Sie mir bloß damit auf. Ich war drei Mal verheiratet, davon zwei Mal mit demselben Mann. Jetzt bin ich glücklicher Single. Ich muss es niemandem recht machen, außer mir selbst«, antwortete Alison.

»Amen, Schwester«, erwiderte Effie und stieß mit Alison an.

Jemand warf ein paar Münzen in die Jukebox, und gleich darauf drang der Rhythmus eines mitreißenden schottischen Volkstanzes durch den Raum. Ein paar Männer begannen spielerisch miteinander zu rangeln, bevor sie sich beieinander unterhakten und sich wild im Kreis drehten. Bald tanzte die ganze Bar, und Effie fand sich plötzlich in Jimmy Macks Armen wieder, der unbemerkt ebenfalls in die Bar gekommen war.

Jimmy trug ein frisch gewaschenes Hemd im Schottenmuster und dunkle Cordhosen. Er hatte seine braunen Haare nach hinten gekämmt und seinen Schnurrbart gestutzt.

»Sieh an, sieh an, Schätzchen«, rief Effie erfreut. »Du hast dich ja ganz schön in Schale geworfen.«

»Aye, du siehst aber auch nicht übel aus«, erwiderte Jimmy.

Er umfasste Effies neuerdings schlanke Taille mit seinen muskulösen Armen und schwang sie zum Rhythmus der Musik durch den Raum. Nachdem sie eine halbe Stunde getanzt hatten, war Effie schweißgebadet und rang nach Atem.

»Ich glaube, ich muss mal an die frische Luft, Jimmy«, sagte sie.

»Aye, dann komm mit«, sagte Jimmy. »Wir gehen nach draußen.«

Der Parkplatz vor dem Hotel war voll belegt. Vor der Tür standen einige Pärchen und rauchten. Jimmy Mack führte Effie zu einem kleinen Platz mit vier Picknicktischen, und sie setzte sich.

»Ich hol mir noch 'n Bierchen. Für dich auch was?«, fragte er.

»Bloß ein Glas Wasser, bitte.«

Während Jimmy davoneilte, um die Getränke zu holen, bewunderte Effie den Ausblick auf die Berge, die immer mehr im Dunkeln versanken, und die etwas weiter entfernte Bucht, in der sich das Wasser mittlerweile zurückgezogen und einen breiten Streifen schwarzen Sand offenbart hatte. Sie fühlte sich leicht beschwipst vom Scotch und war überglücklich, ihr Leben in der Stadt und ihre unglückliche Beziehung hinter sich gelassen zu haben. Hier in Kinlochbervie zu sein fühlte sich an, als wäre sie in die Vergangenheit zurückgereist, als alles noch viel unkomplizierter gewesen war. Sie verstand, warum Elizabeth so gerne hier war.

Jimmy kam mit einem Glas Bier und einem Glas Wasser zurück. Effie stürzte es dankbar hinunter.

»Also, wie lange bleibst du hier?«, fragte Jimmy.

»Ich weiß es noch nicht«, erwiderte Effie.

»Keine Pläne zu haben ist gut«, sagte Jimmy und rutschte neben sie. »Pläne stehen oft nur im Weg.«

»Was sollten sie denn im Weg stehen?«, fragte Effie.

»Dem hier.« Jimmy drehte Effies Gesicht zu sich und drückte ihr einen sanften Kuss auf die Lippen. Effie tat, als wäre sie schockiert.

»Na, na. Jimmy Mack!«

»Du siehst echt gut aus. Und ich weiß seit dem Zeitpunkt, als ich dich bei den Hirschen gesehen habe, dass ich dich gerne auf 'ne Spritztour einladen würde.«

Elizabeth hatte Effie bereits erklärt, dass »eine Spritztour machen« eigentlich Sex bedeutete.

»Oh mein Gott, Jimmy. Du lässt wirklich nichts anbrennen, oder? Wir kennen uns doch kaum«, erwiderte Effie.

»Es bringt doch nichts, erst mal lange um den heißen Brei herumzureden«, sagte Jimmy. »Wie man so schön sagt.«

»Offensichtlich nicht«, sagte Effie. Obwohl sie so tat, als wäre sie beleidigt, war sie eigentlich hocherfreut. Sie warf einen schnellen Blick hinunter auf Jimmys Schritt. Sein Penis wurde bereits steif. *Ach, was soll's,* dachte sie. Sie hatte den Haggis verweigert, doch das hier war eine schottische Erfahrung, die sie nicht missen wollte.

»Es ist einige Zeit her, seit ich das letzte Mal mit einem Mann zusammen war«, erklärte Effie.

»Ach, das verlernt man doch nicht. Und falls doch, dann werd ich dir schon auf die Sprünge helfen«, erwiderte Jimmy. »Mein kleiner Freund weiß genau, was zu tun ist.«

Effie legte eine Hand auf seinen Reißverschluss. Durch den Stoff der Cordhose hindurch spürte sie, dass er sehr gut ausgestattet war.

»Was heißt hier ›*kleiner* Freund‹?«, fragte sie.

Jimmy lachte lauthals.

»Wir werden sicher viel Spaß haben«, sagte er.

»In Ordnung, Jimmy. Das werden wir. Aber nicht heute Abend. Ich glaube, wir haben beide etwas zu viel getrunken.«

»Gut, dann morgen. In meinem kleinen Häuschen«, sagte Jimmy.

»Ich dachte, du wohnst bei deiner Schwester?«, fragte Effie.

»Aye, das tue ich. Aber ich hab noch 'n kleines Häuschen oben im Torf.«

Jimmy lehnte sich nach vorne, um sie noch einmal zu küssen. Dieses Mal war der Kuss fordernder, und Effie genoss das Kitzeln seines Schnurrbartes auf ihrer Oberlippe, während sie ihre Zunge über seine gleiten ließ.

»In Ordnung, Jimmy. Dann also morgen.«

»Ich komm so um die Mittagszeit mit dem Hirschfleisch vorbei, und dann könnten wir picknicken.«

»Das klingt gut«, erwiderte Effie.

Der Scotch, die frische Luft und der Jetlag forderten langsam Tribut. Effie wollte nur noch die Augen schließen und schlafen. Jimmy Mack begleitete sie zurück in die Bar, wo sich Elizabeth und Alison noch immer miteinander unterhielten. Sie warfen Effie und Jimmy einen neugierigen Blick zu.

»Dann freunden Sie sich also bereits mit den Einheimischen an?«, neckte Alison sie.

»Ja, das tue ich«, erwiderte Effie.

Jimmy Mack zwinkerte Effie zu.

»Wir sehen uns morgen, Effie.«

kapitel sechs

Am nächsten Morgen wachte Effie mit einem leichten Kater auf, doch das tat ihrer guten Stimmung keinen Abbruch. Sie konnte es kaum glauben, dass sie heute eine Verabredung mit einem *Mann* hatte. Sie duschte und seifte sich ein und stellte mit Hilfe von Elizabeths Vergrößerungsspiegel fest, dass ihre letzte Wachsbehandlung bereits etwas zu lange zurücklag und die Haare wieder zu sprießen begonnen hatten.

»Eeelizabeth«, rief sie. »Ich brauche deine Hiiilfe.«

»Mein Gott, ich kann nicht glauben, dass ich das hier wirklich mache«, erklärte Elizabeth fünf Minuten später, als sie mit einem Einwegrasierer Effies Haarstoppeln entfernte. »Das ist wahre Freundschaft.«

»Ich würde dasselbe jederzeit auch für dich tun«, lachte Effie.

»Dann hoffen wir, dass das niemals notwendig sein wird«, murrte Elizabeth. »Declan gefällt es, wenn ich die Haare bloß ein wenig stutze, und das kann ich selbst erledigen«, erklärte sie.

»Das geht bei euch Frauen mit feinem Haar. Aber ich sehe immer aus wie eine verdammte Amazone. Es hat schon Leute gegeben, die sich da unten verirrt haben und tagelang nicht wieder aufgetaucht sind«, sagte Effie.

Elizabeth spülte den Einwegrasierer im Seifenwasser ab. »So. Erledigt. Ich hoffe bloß, dass Jimmy Mack es auch zu schätzen weiß«, sagte Elizabeth.

»Das hoffe ich auch, Süße«, sagte Effie. »Das hoffe ich auch.« Sie wackelte mit den Hüften. »Alles bereit für die Spritztour.«

Jimmy Mack kam gegen Mittag mit einem Paket mit gefrorenem Hirschfleisch für Elizabeth, einer Thermoskanne Kaffee, einer Flasche Wein und einigen Schinkensandwiches vorbei. Effie hatte sich besondere Mühe mit dem Make-up gegeben und sah Elizabeths Meinung nach außergewöhnlich hübsch aus. Sie war von Kopf bis Fuß in Schottenkaro gekleidet. Effie schien es egal zu sein, dass die Muster nicht zusammenpassten. An einer anderen Frau hätte der wilde Mix vermutlich lächerlich gewirkt, doch Effie hatte ein Gespür für seltsame Outfits. Dazu trug sie teure italienische Slipper.

»Mein Gott, Effie. Deine Schuhe werden bald voller Schafscheiße sein«, warnte Elizabeth.

Effie riss die Augen auf. »Wirklich?«

»Wirklich. Und dann bist du verärgert. Hier, nimm besser die hier.«

Elizabeth gab Effie ein Paar Gummistiefel, die sie immer für Gäste bereithielt.

»Aber sie ruinieren mein Outfit«, protestierte Effie.

»Das hier ist keine Modenschau auf der Fifth Avenue. Es ist eine Torfstraße, um Himmels willen. Felsen. Steine. Schlamm. Schafscheiße. Und das nicht zu knapp«, erwiderte Elizabeth.

»Okay, in Ordnung«, gab Effie nach.

Dann tauschte sie zögerlich ihre Schuhe gegen die Stiefel.

»Ach, und Effie? Ich hoffe, das hier sind nicht die einzigen Gummiüberzieher, die du dabeihast?«, fragte Elizabeth.

Effie klopfte grinsend auf ihre Tasche. »Und ich hoffe, ich habe genügend eingepackt.«

Jimmy Mack stieß einen Pfiff aus, als er Effie sah.

»Du bist Balsam für wunde Augen, meine Hübsche«,

sagte er, und Effie hakte sich bei ihm unter. Sie war beinahe zehn Zentimeter größer als er.

»Lass uns gehen«, sagte Effie. »Folgen wir dem gelben Torfweg.«

Effie machte einen kleinen Luftsprung, bevor sie Arm in Arm mit Jimmy davonspazierte.

Effie hatte zwar einiges an Gewicht verloren, seit Elizabeth sie zum letzten Mal gesehen hatte, doch ihre körperliche Betätigung hatte sich mehr oder weniger auf Shoppingtouren beschränkt. Sie war vollkommen unvorbereitet auf die lange Strecke, die Jimmy und sie zurücklegen mussten.

»Bist du sicher, dass dort oben noch ein Haus steht?«, keuchte Effie, während sie neben Jimmy her kletterte.

»Aye.«

»Und werden wir jemals dort ankommen?«, fragte sie.

»Aye.«

Ein stürmischer Wind fegte plötzlich über die Berge und zerstörte Effies sorgsam frisierte Haare. Der Himmel wirkte grau und trostlos. Auf einen steilen, nach oben führenden Pfad folgte ein glitschiger, nach unten führender Grat, auf den ein noch steilerer Hang folgte. Effie spürte einen Regentropfen auf ihrem Gesicht.

»Mein Gott, Jimmy«, murmelte Effie atemlos. »Du kannst doch unmöglich hier oben ein Haus gebaut haben.«

»Wer hat gesagt, dass ich eins *gebaut* hab? Dort drüben ist es«, sagte Jimmy und hob die Hand.

Effie entdeckte einen winzigen Wohnwagen, der wie ein Puppenhaus auf einem der Hügel stand.

»Das ist es?«, fragte Effie erstaunt. »Das ist der kleinste Wohnwagen, den ich je gesehen habe.«

»Aber er ist groß genug«, sagte Jimmy. »Groß genug für uns beide. Komm schon, Mädel.«

Jimmy und Effie waren zwar der Meinung, alleine zu sein, doch das stimmte nicht ganz. Etwas weiter den Hügel hinunter lagen Tony Sims und sein Partner Al Gregoris flach im Gras und hatten ihre Teleobjektive direkt auf den Eingang der Manse Road Church gerichtet. Es waren die beiden Paparazzi, die die lange Reise aus London in Kauf genommen hatten, weil sie hofften, ein paar Bilder von Declan Thomas' Hochzeit zu ergattern. Es war ihnen nicht einmal in den Sinn gekommen, dass sie genauso gut auch vor der Kirche Aufstellung hätten beziehen können, um ihre Fotos zu schießen. Sie waren so daran gewöhnt, fortgejagt und geächtet zu werden, dass für sie bloß noch Heimlichtuerei in Frage kam.

»Das Vögelchen im Hotel hat uns doch gezwitschert, dass die Hochzeit um zwei Uhr beginnt, nicht wahr?«, fragte Tony.

»Jawohl«, antwortete Al mit schwerem Londoner Akzent. »Ich hoffe bloß, dass sie recht hatte.«

»Da kommen sie«, sagte Tony.

»Also los«, erwiderte Al. »Die Fotos sollten uns einiges einbringen.«

Die beiden Männer blickten durch die mächtigen Teleobjektive ihrer Kameras, bereit, jederzeit den Auslöser zu drücken.

»Verdammte Scheiße«, erklärte Tony plötzlich entsetzt. »Sie hat uns verdammt noch mal zur falschen Hochzeit geschickt.«

Al zoomte Budgies und Gerts faltige Gesichter näher heran und seufzte frustriert.

»Diese beiden alten Knacker sind zusammen mindestens zweihundert Jahre alt. Warum heiraten die überhaupt?«

»Weiß der Himmel«, erwiderte Tony. »Man möchte

doch meinen, dass sie es in ihrem Alter bereits besser wissen müssten.«

»Wir können genauso gut ein paar Fotos schießen, wo wir schon hier sind«, erklärte Al. »Vielleicht können wir sie unter dem Titel ›Das älteste Brautpaar der Welt‹ verkaufen oder so.«

»Geht klar«, sagte Tony und bewunderte den Einfallsreichtum seines Freundes. Innerhalb weniger Sekunden hatten sie einige gute Bilder des sich küssenden betagten Brautpaares.

»Ich frage mich, wohin wohl die Hochzeitsreise geht«, grinste Tony.

»Wahrscheinlich direkt ins Altersheim«, antwortete Al.

»Glaubst du, der kriegt ihn noch hoch?«, fragte Tony.

»Kann ich mir nicht vorstellen«, lachte Al. »Außerdem glaube ich, dass einem in dem Alter ohnehin nur noch nach Kuscheln zumute ist. Ich gehe zurück ins Hotel. Mal sehen, ob ich noch etwas über die richtige Hochzeit herausfinden kann. Kommst du mit?«

»Ne, ich gehe lieber noch ein wenig spazieren. Muss mir die Beine vertreten. Macht es dir was aus, mein Zeug mitzunehmen?«, fragte Tony.

»Kein Problem. Aber mach nicht zu lange«, erwiderte Al.

Tony erhob sich und schrie erschrocken auf.

»Sieh dir nur meinen verdammten Ellbogen an.«

Dort, wo Tony seinen Ellbogen aufgestützt hatte, befand sich ein dunkler, öliger Fleck.

»Diese verdammte Schafscheiße«, fluchte Tony.

Al seufzte. »Dieses verdammte Land. Ich frage mich, warum wir überhaupt versucht haben, diese schottischen Bastarde im achtzehnten Jahrhundert aus ihrem Land zu vertreiben. Wir hätten es ihnen lassen sollen. Es ist ohnehin zu nichts zu gebrauchen.«

Al schwang sich die beiden Kameras über die Schulter und machte sich auf den Weg den Hügel hinunter in Richtung Kinlochbervie. Tony hingegen stapfte ahnungslos direkt auf Jimmy Macks Wohnwagen zu.

kapitel sieben

Jimmy Mack zog einen Schlüssel aus der Tasche und öffnete die Tür der winzigen Behausung, doch der Wind riss sie ihm aus der Hand, und sie knallte gegen die Außenwand des Wohnwagens. Jimmy Mack klappte eine kleine Treppe aus Aluminium herunter und drehte sich um, um Effie hinaufzuhelfen. Sie musste zugeben, dass die Aussicht von hier oben einfach überwältigend war. Die Berge erstreckten sich bis hinunter zum Meer, das mittlerweile nur noch als dünne graue Linie am Horizont zu erkennen war. Kinlochbervie war nicht mehr zu sehen.

»Das ist ja wirklich ein wunderschönes Plätzchen«, sagte Effie, die froh war, dem Wind entkommen zu sein.

»Aye«, stimmte Jimmy ihr zu. »Und wir haben hier alles, was wir brauchen.«

Er öffnete die Fenster, und die frische Luft vertrieb bald darauf den moschusartigen Geruch im Inneren des winzigen Wohnwagens. Die Spüle und der Kühlschrank waren beide so klein, wie Effie es noch nie gesehen hatte. Außerdem entdeckte sie einen Gasherd mit einer einzelnen Kochplatte.

»Gibt es hier auch ein Badezimmer?«, fragte sie.

Jimmy Mack sah sich um. »Möchtest du denn ein Bad nehmen?«, fragte er.

»Nein, Jimmy. Ich meinte eigentlich, ob es hier auch eine Toilette gibt.«

Jimmy Mack lachte und deutete zum Fenster hinaus.

»Aye, dort draußen«, sagte er und zog ein Taschentuch aus seiner Hosentasche, um es Effie zu überreichen.

Während Effie nach draußen ging, um zu pinkeln, entfernte Jimmy Mack die Tischplatte des Esstisches und aus den beiden gegenüberliegenden, gepolsterten Sitzbänken wurde ein Doppelbett. Als Effie zurückkam, saß er bereits dort und klopfte einladend neben sich auf die Matratze. Effie war plötzlich nervös.

»Also Jimmy, ich hab dir ja bereits gesagt, dass ich schon längere Zeit mit keinem Mann mehr zusammen war«, sagte sie.

»Ja, das sagtest du schon. Aber das verlernt man nicht. Ist wie Fahrradfahren«, erwiderte Jimmy.

»Ich bin noch nie Fahrrad gefahren«, sagte Effie.

Jimmy sah sie überrascht an. »Nicht?«

»Irgendwie hat es in meiner Kindheit nie diese glückliche Zeit gegeben, in der man eben Fahrradfahren lernt«, sagte Effie. »Und ich war auch nie bei den Pfadfindern.«

Jimmy Mack nahm Effies Hand und küsste bedächtig nacheinander alle Finger.

»Dann muss ich dir eben zeigen, wie es geht«, sagte er.

Jimmy Mack drehte sich zu Effie und küsste sie sanft.

Das kratzende Gefühl seiner Bartstoppeln erregte sie, und ihre Angst war schon bald vergessen. Sie küsste ihn leidenschaftlich. Als sich ihre Zungen berührten, verspürte sie das überwältigende Verlangen, diesen Mann in sich zu spüren. Nun gab es kein Zögern mehr. Effie half ihm aus der Jacke, öffnete die Knöpfe seines Jeanshemdes und ließ ihre Fingernägel sanft über seine Brust gleiten. Dann drückte sie ihn aufs Bett zurück. Jimmy verschränkte die Arme hinter dem Kopf und sah verträumt zu ihr hoch.

Effie hatte es plötzlich eilig, ihre Kleider loszuwerden. Sie schlüpfte aus ihrer Bluse und ihrer Hose im Schottenmuster und ließ beides zu Boden fallen, bevor sie sich rittlings auf Jimmy setzte. Nun trug sie bloß noch einen Push-up und ihr Spitzenunterhöschen. Sie spürte seinen harten Penis unter ihr.

»Hol ihn raus, Mädel«, stöhnte er.

Effie sah, dass sich seine Hose bereits über seiner Erektion wölbte. Sie öffnete den Gürtel und danach den Reißverschluss, doch als sein Penis schließlich zum Vorschein kam, traf seine Größe sie vollkommen unvorbereitet.

»Mein Gott, Jimmy«, keuchte sie. »Der ist ja riesig.«

»Aye. Gott hat es gut mit mir gemeint, als er die Pimmel verteilt hat. Aber mir tut der riesige Typ leid, der den Kleinen bekommen hat, der eigentlich für mich bestimmt war.«

Jimmy ließ eine Hand in die Tasche seiner Jeans gleiten und holte ein Kondom hervor.

»Zieh ihm das hier über, Mädel.«

Effie riss die Packung auf, und während sie es ihm überstreifte, bewunderte sie noch immer Jimmys dicken, langen Penis.

»Und jetzt lass mich deine Möpse sehen.«

Effie öffnete ihren Büstenhalter aus Satin und lehnte sich nach vorne, so dass Jimmy an ihren Brustwarzen saugen konnte. Er liebkoste sie sanft, bevor er fester zudrückte. Jimmy stöhnte.

»Deine Nippel stehen stramm wie die Leibgarde der Königin«, erklärte er.

Effie spürte, wie sie feucht wurde. Sie war bereit für die Spritztour.

»Berühr mich, Jimmy«, flüsterte sie.

Jimmy ließ seine Hand in ihr Höschen gleiten.

»Ja, Jimmy. Und jetzt steck deine Finger in mich rein.«

Sie ging davon aus, dass er ihren Wunsch erfüllen würde, doch er hielt abrupt inne und zog seine Hand zurück, als hätte er sich verbrannt. Er sah sie erschrocken an.

»Was ist los, Jimmy?«, fragte sie.

»Du bist so glatt wie ein Hühnerei.«

»Oh mein Gott, Jimmy«, sagte sie. »Willst du mich verarschen?«

Jimmy sah sie immer noch verwundert an.

Effie kletterte von ihm herunter und zog ihr Höschen aus, so dass sie vollkommen nackt vor ihm stand.

»Heiliger Jesus Christus«, sagte Jimmy und starrte zwischen ihre Beine. »Du siehst aus wie ein kleines Mädchen.«

»Ich habe mir die Haare entfernen lassen. Ausreißen. Mit heißem Wachs«, erklärte Effie.

Jimmy erschauderte. »Verdammte Scheiße, Mädel. Das muss doch verdammt weh getan haben.«

Effie lachte. »Man gewöhnt sich daran. Und so etwas gibt es übrigens auch für Männer.«

»Ich bringe jeden Arsch um, der mit heißem Wachs an meine Eier will, das schwöre ich dir«, erwiderte Jimmy.

Effie machte einen Schritt nach vorne, um Jimmy aus seiner Jeans zu helfen. Er war tatsächlich ziemlich behaart, und sein riesiger Penis hatte sich etwas in den Wald aus seidigem Haar zurückgezogen. Sie kniete nieder und nahm die Spitze in den Mund. Sie saugte zuerst sanft und dann immer fester, bis er wieder so hart war wie zuvor.

Jimmy stöhnte. Dann griff er plötzlich nach ihr, schnappte sie unter den Armen und zog sie hoch, bis sie rittlings auf seinem Gesicht saß.

»Das hier ist mein erstes Mal mit einer haarlosen Muschi. Mal sehen, wie sie schmeckt.« Seine Zunge fand schnell das Zentrum ihrer Lust, und er leckte sie, bis auch sie hart und geschwollen war.

»Also gut, Mädel«, sagte er und wollte sie bereits zur Seite drehen, um die Position zu wechseln, doch sie hielt ihn zurück.

»Ich möchte oben sein.«

Jimmy grunzte zustimmend und lehnte sich zurück, damit Effie den Rest erledigen konnte. Sie rutschte zurück, bis sie Jimmys Penis spürte, der kurz davor war, in ihr zu versinken. Es war gut, dass sie so feucht war. Jimmy war riesig, aber auch nicht größer als der größte Dildo, den Stevie benutzt hatte. Sie lockerte ihre Muskeln und ließ sich langsam auf ihn gleiten, bis er sie vollständig ausfüllte. Jimmy begann sich zu bewegen. Er stieß wieder und wieder zu, und sie passte sich seinem Rhythmus an. Sie ließ sich nach vorne fallen und drückte seine starken Schultern auf die Schaumstoffmatratze.

»Meine Süße«, rief Jimmy, doch Effie war bereits in ihrem eigenen herannahenden Orgasmus versunken. Durch das Plexiglasfenster des Wohnwagens konnte sie hinaus auf die abgelegenen Berghänge um sie herum blicken. Sie waren vollkommen alleine auf dieser Welt.

»Aaaah!«, schrie sie und schloss die Augen. »Aaaah.« Sie spürte, wie Jimmy unter ihr mit einem Zittern ebenfalls kam. Als ihr Orgasmus schließlich verebbte, öffnete Effie die Augen, um noch einmal die Landschaft zu bestaunen. Doch das Letzte, was sie erwartet hatte zu sehen, waren die aufgerissenen Augen von Tony, dem Paparazzi, der sie anstarrte. Sie stieß einen gellenden Schrei aus. Zunächst reagierte Jimmy nicht darauf. Es vermutete wohl, dass das zu den sexuellen Vorlieben dieser Frau aus dem fremden Land gehörte. Doch als Effie noch einmal einen Schrei ausstieß, dieses Mal noch lauter und eindringlicher, und dabei angstverzerrt die Augen aufriss, schob Jimmy sie von sich. Er schnappte sich ein Geschirrtuch und hielt es sich vor sein Gemächt, von dem noch das Kondom baumelte. Dann riss er die Wohnwagentür auf. Tony, der es sich selbst besorgt hatte, während Effie und Jimmy es miteinander trieben, nahm sich nicht einmal die Zeit, seine Hose zu schließen, sondern trat sofort die Flucht an. Im nächsten Augenblick stürzte sich Jimmy Mack auf ihn.

»Du Bastard«, brüllte Jimmy. »Was zum Teufel machst du hier?«

Doch Tony hatte keine Zeit mehr, alles zu erklären, denn der vor Wut rasende Jimmy, der noch immer das Geschirrtuch vor sein Gemächt hielt, schlug Tony mit dem Kopf gegen das Nasenbein. In Schottland nannte man diesen Schlag den »Glasgow Kiss«. Tony fiel nach hinten um.

»Immer mit der Ruhe, Mann«, keuchte er. »Ich wusste nicht, dass ihr in dem Wohnwagen seid. Ich musste bloß pinkeln.«

»Aye. Deshalb ist deine Hose also offen? Du perverses Arschloch.«

Blut schoss aus Tonys Nase. Er wirkte, als hätte er furchtbare Angst. Angewidert warf Jimmy Tony das Geschirrtuch zu. Darin befand sich noch immer das Kondom, dessen Inhalt sich nun auf Tonys Jacke ergoss.

»Verschwinde von hier, verdammt noch mal«, knurrte Jimmy. »Und lass dich hier nie wieder blicken, sonst verpass ich dir noch eine.«

Tony hielt sich das blutige Geschirrtuch vor die Nase, stemmte sich hoch und schloss seinen Reißverschluss.

»Du bist doch vollkommen verrückt, weißt du das?«, sagte Tony.

»Ich werd dir zeigen, wie verrückt«, drohte Jimmy und senkte den Kopf, als wollte er ihm einen weiteren

Glasgow Kiss verpassen. Tony zuckte erschrocken zurück, wandte sich ab und lief davon. Als er weit genug fort war, drehte er sich um und brüllte in Richtung des Wohnwagens: »Du verdammter schottischer Mistkerl. Wir hätten euch alle umbringen sollen, als wir die Chance dazu hatten.«

Effie beobachtete den Tumult vom Wohnwagenfenster aus, bis der splitternackte Jimmy wieder in ihre Richtung trabte. Er war tatsächlich ein äußerst muskulöser kleiner Mann. Sein riesiger Penis war mittlerweile nur noch so groß wie der eines normalen Mannes. Es sah komisch aus, wie er auf und ab wippte und wie Jimmys Hoden hin- und herschwangen, während er auf sie zuging. Die ganze Geschichte erschien ihr mittlerweile äußerst komisch. Sie begann zu kichern und lachte schließlich lauthals los.

Jimmy kletterte in den Wohnwagen und begann ebenfalls zu lachen.

»Wie stehen die Chancen, dass so etwas passiert?«, keuchte Effie und versuchte, wieder zu Atem zu kommen. »Wir sind hier am Ende der Welt. Und trotzdem gibt's hier Spanner.«

»Aye«, lachte Jimmy. »Aber ich hab ihn vertrieben. Der kommt nicht wieder.«

»Das ist wirklich der seltsamste Ort der Welt.«

»Ja, das ist wahr«, stimmte Jimmy ihr zu. »Hier gibt es mehr, als man mit den Augen sehen und mit dem Verstand erklären kann.«

Effie bemerkte, dass Jimmys Penis bereits wieder hart wurde. Sie zog ihn zu sich.

»Ich denke, es wird Zeit für eine weitere Spritztour, Jimmy. Ich denke, ich probiere es noch einmal mit dem Fahrradfahren«, sagte sie.

kapitel acht

Da Effie bei ihrer Spritztour mit Jimmy war, Declan an einem neuen Song arbeitete und Bridie einen Zahnarzttermin in Inverness hatte, beschloss Elizabeth, mit den Kindern an den Strand in Durness zu fahren.

Im Gegensatz zu dem Strand in der Nähe ihres Hauses musste man in Durness nicht über Sanddünen klettern, sondern erreichte ihn problemlos über ein niedriges Weidetor. Elizabeth packte die Zwillinge und den blonden Labrador Django in ihr Auto. Die Fahrt dauerte dreißig Minuten. Früher hatte es ihr Angst eingejagt, in einer derart einsamen Gegend mit dem Auto unterwegs zu sein, doch mittlerweile wusste sie genau, wann sie in eine Ausweichbucht fahren musste, um ein entgegenkommendes Auto oder einen riesigen, mit Fischen beladenen Lastwagen vorbeizulassen. Sie winkte mehreren Einheimischen zu, die sie mittlerweile kannte, und erhielt im Gegenzug ein freundliches Hupen.

Auf dem Parkplatz, der zum Strand gehörte, standen bloß zwei Autos. Elizabeth und die Kinder hatten den riesigen weißen Sandstrand also mehr oder weniger für sich alleine. Mit Wasser gefüllte Felswannen luden die Kinder zum Planschen ein, während Django den Strand auf und ab raste und den Möwen hinterherbellte. Elizabeth breitete eine Picknickdecke aus und blickte gelassen auf das Wasser hinaus, das sich bereits wieder zurückzog. Das hier war sicher einer der schönsten Plätze auf dieser Welt, und sie war die glücklichste Frau von allen. In nicht einmal drei Jahren war aus der getriebenen, einsamen

Geschäftsfrau eine zufriedene Mutter und bald auch Ehefrau geworden, die nun auch noch ins Verlagsgeschäft einsteigen wollte. Declan war unwiderstehlich attraktiv, ein lustvoller Liebhaber und ein hingebungsvoller Vater. Und er gehörte nur ihr. Das Leben hätte nicht schöner sein können.

Eine kleine Wolke schob sich vor die Sonne und erinnerte Elizabeth daran, wie schnell das Wetter umschlagen konnte. Nicht umsonst sprach man im Dorf ständig darüber. Aber nicht bloß das Wetter war unberechenbar. Elizabeth wusste nur zu gut, dass es schreckliche Schicksalsschläge gab, die ein glückliches Leben innerhalb von Sekunden in einen Alptraum verwandeln konnten. Sicher forderte sie das Schicksal heraus, indem sie hier saß und selbstgefällig ihr Glück genoss. Ihre eigene Mutter war bei einem Unfall ums Leben gekommen, als Elizabeth gerade einmal vier Jahre alt gewesen war. Ihr Vater, Jack, war unerwartet an einem Gehirnaneurysma gestorben. Natasha, Declans teuflische Ex-Freundin, hatte versucht, ihn mit einem Messer niederzustechen, und Elizabeth dabei versehentlich am Hals verletzt. Es war seltsam, dass tatsächlich einmal jemand Gefallen an der frischen Narbe gefunden hatte. Sie hatte die Angelegenheit beinahe vergessen, doch jetzt kam sie ihr wieder in den Sinn und tauchte vor ihrem inneren Auge auf wie ein altes Foto, das gerade zum Entwickeln in ein Bad mit Chemikalien gelegt worden war. Sie dachte an jenen Tag vor fast vier Jahren zurück. Es war kurz nach ihrer Entlassung aus dem Krankenhaus gewesen, und sie hatte noch mit dem Schock über die Neuigkeit, dass sie schwanger war, gekämpft. Sie saß in einem Starbucks und versuchte gerade, ihr Leben wieder auf die Reihe zu bringen, als ein Mann mittleren Alters auf sie zukam und ihr seine Visitenkarte gab. Er erklärte ihr, dass er Fotograf sei und an einer Serie über Narben arbeitete. Er sagte, er habe die Narbe an ihrem Hals gesehen. Elizabeth wurde rot vor Scham.

»Bitte verzeihen Sie meine Aufdringlichkeit«, sagte er. »Ich weiß, dass meine Bitte etwas seltsam klingt, aber wenn Sie einverstanden sind, dann rufen Sie doch meine Assistentin an, um einen Termin zu vereinbaren. Ich würde auch nur Ihren Hals fotografieren«, fügte er hinzu. »Sie selbst würden nicht zu erkennen sein.«

Elizabeth sah im Internet nach und fand heraus, dass er ein angesehener Künstler und kein Verrückter war. Seine Bitte hatte sie zwar überrascht, aber ihr Leben hatte sich ohnehin in ein einziges Chaos verwandelt. »Warum nicht?«, dachte sie sich also. Sie vereinbarte einen Termin und suchte sein Studio im *Distillery District* in Toronto auf, einer äußerst schicken Gegend mit Kopfsteinpflasterstraßen und teuren Geschäften. Die Wohnung und das Atelier bestanden aus einem einzigen, offenen Raum, der von mehreren exquisiten und offensichtlich teuren, altertümlichen japanischen Paravents abgeteilt wurde. Hinter den Raumteilern befanden sich eine riesige Stoffkulisse, mehrere Scheinwerfer und ein Stuhl, auf dem Elizabeth sitzen würde. Der Fotograf gab Elizabeth ein Wickeltuch aus Frottee und zeigte ihr das Badezimmer. Er bat sie, das Tuch so um ihren Körper zu wickeln, dass er ihren Hals und ihre Schulter gut sehen konnte. Nachdem er die Scheinwerfer so eingerichtet hatte, dass sich ihr halber Körper im Schatten befand, machte er einige Fotos von der Narbe. Als er fertig war, bedankte er sich bei ihr, und sie verließ das Atelier. Nun fragte sie sich, was wohl mit den Fotos geschehen war. Mittlerweile konnte sie sich nicht einmal mehr daran erinnern, wie der Mann hieß.

Sie wusste nur noch, dass sein Name irgendwie wie der eines Dichters geklungen hatte. Vermutlich hatte sie noch irgendwo seine Karte. Wenn sie das nächste Mal in Toronto war, würde sie eventuell versuchen, ihn ausfindig zu machen. Wenn er nicht umgezogen war, würde sie ihn vielleicht wiederfinden. Damals war sie ein richtiggehendes Wrack gewesen, aber seitdem war viel Zeit vergangen, und ihr Leben hatte sich verändert. Sie berührte die Narbe. Sie war mittlerweile kaum noch erkennbar, bloß eine kleine Wölbung an ihrem Hals. Dennoch erinnerte sie Elizabeth immer daran, dass plötzlich und unerwartet alles schieflaufen konnte. Elizabeth erschauderte. *Beschwör das Unglück nicht herauf,* ermahnte sie sich selbst. *Es findet dich ohnehin früh genug.* Es war besser, diesen wunderbaren Augenblick zu genießen.

»Mum, Mum«, rief Jack, und sie sah in seine Richtung. Er hielt ein kleines, buntes Glasstück in der Hand, dessen Kanten das Meer im Laufe vieler Jahre abgerundet hatte. Die Zwillinge rannten auf sie zu, um ihr den gerade erst entdeckten Schatz zu zeigen. Sie bewunderte ihn angemessen und versprach, das Glasstück zu Hause in die eigens dafür vorgesehene Glasschale zu legen. Camilles grüne Augen blickten sie ernst an. »Es ist ein Schatz«, flüsterte sie.

»Ja, das ist es, meine Kleinen«, erwiderte Elizabeth. Dann umarmte sie die beiden Kinder. Sie und Declan hatten sich durch diese Kinder zwei Klone erschaffen. Camille, die Elizabeths grüne Augen und die blassroten Haare geerbt hatte, und Jack, der dieselben dunklen Locken und dieselben intensiv blauen Augen hatte wie sein Vater, würden ihre DNA in die Zukunft tragen.

Elizabeth fuhr den Kindern durch die Haare und küsste sie auf den Kopf.

»Aber der wahre Schatz seid ihr beide«, sagte sie.

»Nein«, erwiderte Camille ernst. »Wir sind kein Schatz, denn wir kommen nicht aus dem Meer.«

Jack begann, sich wie wild auf dem feuchten Sand zu drehen und schrie dabei: »Schätze kommen aus dem Meer! Schätze kommen aus dem Meer!«, bis ihm schwindelig wurde und er umfiel. Sein kindlicher Übermut brachte Elizabeth zum Lachen.

Nachdem sie zwei Stunden am Strand verbracht hatten, wurden die Zwillinge langsam müde. Elizabeth packte alles zusammen, und sie machten sich auf den Weg nach Hause, wo die beiden ein Nickerchen machen konnten. Als sie zu Hause ankamen, war Declan bester Laune. Er hatte an einem neuen Song gearbeitet. Er bestand darauf, ihnen eine kurze Passage daraus vorzuspielen.

»What good is help
If you don't take it?
What good is love
If you can't make it?
What good's a promise
If you have to break it?
Where did you go?
Flying low
So low down
Never touching ground«

Wie immer, wenn Declan spielte, hörten die Kinder aufmerksam zu. Als er schließlich zum Ende kam, erklärte Jack: »Mein Lied.« Camille zog Jack ordentlich an den Haaren. »Mein Lied«, jammerte sie. Elizabeth warf Declan einen wissenden Blick zu.

»Es wird Zeit für euer Nickerchen«, sagte sie.

Beide Kinder brüllten protestierend auf, doch nachdem sie sie ins Bett gelegt hatte, waren beide innerhalb weniger Minuten eingeschlafen. Nach den Stunden an der frischen Meeresluft schimmerten ihre Wangen rosig.

Im Cottage wurde es nun angenehm still. Selbst Django machte es sich in seinem Hundebett gemütlich und schlief ebenfalls ein. Im Fernsehen hielt der Präsident der Vereinigten Staaten gerade eine Rede, doch sie hatten den Ton leise gedreht.

»Er sieht gut aus, findest du nicht auch?«, sagte Elizabeth, während Declan sich an ihr Haar schmiegte.

»Woher soll ich wissen, was einen gutaussehenden Mann ausmacht?«, murmelte er. »Aber es ist sehr interessant, dass du ihn attraktiv findest.«

»Ach ja? Ist es das?«, fragte Elizabeth lachend und drehte sich in Declans Armen um, um ihn zu küssen. Sie lehnte sich ein wenig zurück, und seine intensiven blauen Augen versanken in ihren, was ihr immer noch Herzklopfen bereitete. Sie ließ ihre Finger durch seine dichten, dunklen Haare gleiten. Sie wusste, was nun kam. Sie würde eine Fantasie für Declan erschaffen, die sie mit ihm teilen und genießen konnte. Darauf basierte ihr Sexleben. Bevor sie Declan kennengelernt hatte, hatte sie ihre sexuellen Fantasien für sich behalten, doch er hatte diese Tür geöffnet und sie dazu gebracht, ihm alles zu erzählen. Und offensichtlich sollte in ihrer nächsten Fantasie der Präsident der Vereinigten Staaten eine Rolle spielen.

kapitel neun

Elizabeth befand sich im Pressezentrum des Weißen Hauses und hielt ihren Notizblock in der Hand. Sie schrieb eifrig mit, während der Präsident versprach, mehr Geld in die zerbröckelnde Infrastruktur der Vereinigten Staaten zu investieren.

»Wir brauchen bessere Straßen, wir müssen Brücken sanieren und unsere veralteten Wasserversorgungssysteme auf den neuesten Stand bringen«, erklärte der Präsident. »Nur so können wir effizienter arbeiten und unser Land wieder auf Vordermann bringen.«

Elizabeth hob die Hand. Ihr war bereits aufgefallen, dass der Präsident jede ihrer Fragen persönlich beantwortete. Der attraktive Schwarze hinter dem Rednerpult warf ihr einen Blick zu, und ein leises Lächeln umspielte seinen vollen Mund.

»Ja, Miss … ähm … Miss Harding, nicht wahr?«

Elizabeth erhob sich. »Ja, Sir. Haben Sie auch schon darüber nachgedacht, eine Art Schnellbahn zwischen größeren Städten einzurichten, um den Autoverkehr zu reduzieren?«

»Ich glaube, Sie meinen eine Hochgeschwindigkeitsbahn, Miss Harding. Eine Schnellbahn wäre wohl kaum in der Lage, die großen Entfernungen in unserem Land zu überwinden.«

Die anderen Pressevertreter kicherten. Elizabeth wurde rot und schalt sich selbst für ihren Ausrutscher.

»Ja, Sir. Genau das meinte ich«, sagte sie.

»Ja, Miss Harding«, sagte er Präsident. »Tatsächlich habe ich gerade erst eine Studie in Auftrag gegeben, die diese Frage beleuchten soll. Hochgeschwindigkeitszüge werden bereits überall in Europa und Asien eingesetzt. Wir werden uns ausführlich mit dieser Sache beschäftigen. Vielen Dank, meine Damen und Herren.«

Der Präsident wandte sich vom Rednerpult ab, doch nicht, ohne noch einen Blick in Elizabeths Richtung zu werfen. Sie hätte schwören können, dass er ihr zugezwinkert hatte.

Der Raum leerte sich rasch, denn alle Journalisten eilten davon, um ihre Artikel zu schreiben. Elizabeth erhob sich und strich ihren engen schwarzen Rock und die figurbetonte Jacke glatt, die bloß ein wenig von ihrem blassen Dekolleté offenbarte. Sie trug extrem hohe High Heels, die die feinen Muskeln an ihren Beinen zur Geltung brachten. Unter ihrem Rock trug sie ein winziges Höschen, einen Strumpfgürtel aus französischer Spitze und schwarze Strümpfe. Sie liebte es, sich für Pressekonferenzen sexy zu kleiden. Nicht zu sexy, damit es nicht unprofessionell wirkte, aber gerade sexy genug, um dem Präsidenten aufzufallen. Zumindest glaubte sie, dass sie das tat.

In den Medien war zuletzt ausführlich über die plötzliche Scheidung des Präsidenten spekuliert worden. Seine Frau war den Druck des politischen Amtes leid geworden. Sie hatte ihn dazu gedrängt, auf eine neuerliche Kandidatur zu verzichten, doch er sah es als seine Pflicht an, dem amerikanischen Volk zu dienen. Er war im Amt geblieben. Sie hatte ihn verlassen. Nun war der Präsident Single.

Declan unterbrach sie. »Der Präsident ist nicht Single. Soweit ich weiß, ist er glücklich verheiratet.«

Elizabeth verzog das Gesicht. »Das hier ist *meine* Fantasie. Ich würde nie mit einem verheirateten Mann schlafen, nicht einmal in meiner Vorstellung.«

Elizabeth hielt inne. »Es sei denn, *du* wärst der verheiratete Mann.« Declan drückte ihr einen schnellen Kuss auf den Mund, und seine Hände glitten über ihren Hintern.

»Und was ist mit den Kindern? Hast du in deiner Fantasiewelt Kinder?«, fragte er.

»Nein«, sagte Elizabeth. »Ich bin Single und habe keine Kinder. Und er ist Single und hat keine Kinder. Verstanden? Verdammt, Declan! Hör auf, Fragen zu stellen. Du machst noch alles kaputt.«

»Entschuldige. Mach weiter.«

Elizabeth schloss die Augen und lehnte sich zurück. Sie spürte Declans warme Haut auf ihrem Körper. Es dauerte ein paar Minuten, bis sie in die Welt zurückgefunden hatte, in der sie die vollkommene Kontrolle besaß.

Elizabeth ging mit großen Schritten auf das Rednerpult zu und stellte sich dahinter. Sie ließ ihre Finger über den Rahmen aus Eichenholz gleiten, auf dem die Hände des Präsidenten geruht hatten. Sie warf einen Blick auf ihren Stuhl und stellte sich vor, wie der Präsident sie gesehen haben musste. Eine selbstbewusste, rothaarige Frau Mitte vierzig, die Sexappeal verströmte wie andere Frauen Verzweiflung. Sie war absolut heiß. Und der Präsident hatte es offensichtlich bemerkt. Er war durch die Tür hinter ihr verschwunden. Sie drückte sie auf und befand sich plötzlich in einem langen, mit Teppichen ausgelegten Flur. Seltsamerweise war niemand zu sehen. Elizabeth schlüpfte aus ihren High Heels. Sie trug nur noch ihre Strümpfe und schlich auf Zehenspitzen auf die Doppelflügeltür zu, die weiß Gott wohin führte. Vielleicht ins Arbeitszimmer des Präsidenten? Ins Oval Office? In sein Schlafzimmer? Sie stellte sich vor, wie es wäre, ein Interview mit dem Präsidenten persönlich zu führen. Das wäre eine Sensation.

»Für wen arbeitest du?«, murmelte Declan und knabberte an ihrem Ohr.

»Mein Gott, Declan. Also ehrlich! Für die *New York Times,* CNN, den *Daily Planet*. Wenn kümmert das? Du versaust die Stimmung«, sagte sie.

Declan ließ einen Finger zwischen ihre Beine gleiten und lachte.

»Das glaube ich nicht«, erwiderte er. »Zumindest nicht, wenn man bedenkt, wie feucht du bereits bist.«

»Willst du die Fantasie jetzt hören oder nicht?«, fragte Elizabeth.

»Mach weiter«, sagte er.

»Und du unterbrichst mich nicht noch einmal?«, fragte sie.

»Versprochen«, sagte er.

Elizabeth wollte gerade durch die Doppelflügeltür im Weißen Haus treten, als sie von hinten an den Ellbogen gepackt wurde.

Sie schnappte nach Luft. Neben ihr standen plötzlich zwei Wachmänner. Es waren zwei hohlwangige Riesen in teuren Anzügen, die Sonnenbrillen trugen.

»Ma'am, kommen Sie bitte mit.«

»Ich hatte nichts Schlimmes vor, ich schwöre. Ich war bloß neugierig«, stammelte sie.

»Das muss der Präsident entscheiden, Ma'am.«

»Der Präsident? Meinen Sie damit, dass …«

Während sie sprachen, drängten die beiden Wachmänner sie durch mehrere Flure, bevor sie an eine riesige Eichentür klopften.

»Herein.«

Elizabeth kannte die Stimme. Mein Gott, sie würde nun das Oval Office betreten.

Der Präsident saß hinter einem ausladenden Tisch aus

Eichenholz, den sie bereits aus dem Fernsehen kannte. Er beendete gerade ein Telefongespräch.

»Okay, Alexandre. Njet. Njet.«

Elizabeth kannte den Namen und wusste, was die letzten beiden Worte bedeuteten. Er hatte gerade mit dem russischen Präsidenten gesprochen. Ihre Knie wurden weich. Der Präsident warf zuerst den Wachmännern und dann Elizabeth einen Blick zu. Ein leises Lächeln umspielte seine Lippen.

»Wen haben wir denn hier, Gentlemen?«, fragte der Präsident.

»Einen Eindringling, Sir. Sie schlich durch den Flur hinter dem Pressezentrum.«

»Einen Eindringling, meint ihr? Aber ich glaube, ich kenne sie. Ihr könnt sie loslassen«, erklärte er.

Die dunkelbraunen Augen des Präsidenten blitzten amüsiert auf. Er erhob sich aus seinem Stuhl und setzte sich lässig auf die Vorderkante seines Tisches, wobei ein Fuß in der Luft baumelte. Er klatschte in die Hände.

»Miss Harding, nicht wahr? Vom *Daily Planet*«, sagte er.

»Ja, Sir«, antwortete Elizabeth.

»Ich mag Ihre Fragen, Miss Harding. Sie gehören zu den … nun ja … *einsichtigeren* Pressevertretern«, erklärte der Präsident.

»Danke, Sir«, sagte Elizabeth.

»Aber es ist ein ernsthaftes Vergehen, ohne Genehmigung durch die Flure zu schleichen.«

»Natürlich. Entschuldigung, Sir.«

Der Präsident sprang von seinem Tisch auf und ging mit großen Schritten auf sie zu. Elizabeth bewunderte seine lässige Art und seinen perfekt sitzenden Anzug, der seinen athletischen Körper betonte. Er hob Elizabeths

Kinn an, und sie versank in den berühmtesten braunen Augen der Welt.

»Ich könnte Sie dafür ins Gefängnis werfen, das wissen Sie doch, oder?«, sagte er.

»Ja, Sir.«

Der Blick des Präsidenten wanderte hinunter zu ihrem Ausschnitt.

Elizabeths Nervosität und Angst wurden von einem Gefühl der Selbstsicherheit abgelöst. Sie nahm die Schultern zurück und streckte sich, so dass ihre Brüste ein wenig weiter nach oben gedrückt wurden.

»Aber das werden Sie nicht tun, Sir«, sagte sie.

»Nicht? Und warum nicht?«

»Weil es etwas gibt, das Sie noch viel lieber mit mir machen würden, Sir.«

In diesem Moment gellte ein furchtbares, quietschendes Geräusch durch Kinlochbervie. Es klang, als würde eine Katze in einem Dudelsack feststecken.

Declan hörte auf, Elizabeths Brüste zu küssen und blickte erschrocken auf.

»Was zum …?«

Das unbekannte Geräusch hatte auch die Zwillinge geweckt, die plötzlich zu weinen begannen.

»Heilige Muttergottes«, rief Elizabeth, die bereits aus dem Bett sprang und nach ihrem Morgenmantel griff. »Ich kümmere mich um die Zwillinge. Und du siehst nach, was passiert ist.«

Declan schlüpfte in seine Jeans und eilte auf die Haustür zu. Als er sah, woher das Geräusch kam, begann er zu lachen. Elizabeth trat mit den beiden verschlafenen Kindern an der Hand neben ihn.

»Was ist los?«, fragte sie.

»Dort«, sagte Declan und deutete in eine Richtung.

Effie raste auf einem klapprigen, alten Fahrrad die Torfstraße hinunter und kreischte dabei wie eine Furie. Jimmy Mack rannte hinter ihr her und rief ihr Anweisungen zu. »Halt dich fest, Mädel. Immer schön im Gleichgewicht. Und pass auf, es gibt hier …«

Jimmy Mack kam nicht mehr dazu, den Satz zu beenden.

Das Vorderrad des Fahrrades verfing sich plötzlich in einem der Schlaglöcher, und im nächsten Moment sauste Effie durch die Luft und schlug mit einem lauten »Uff« auf dem Boden auf.

Jimmy rannte zu ihr.

»Alles in Ordnung?«

Effie rieb sich das Handgelenk.

»Das tut ganz schön weh.«

Declan, der den Unfall beobachtet hatte, eilte aus dem Haus und auf die beiden zu. Er kniete neben Effie nieder.

»Kannst du deine Finger bewegen?«, fragte Declan.

Effie bewegte ihre Finger und streckte Jimmy schließlich den Mittelfinger entgegen.

»Ach, dann ist ja alles in Ordnung«, sagte Jimmy.

»Es sieht nicht so aus, als wäre etwas gebrochen«, sagte Declan. »Vermutlich ist es nur eine schlimme Verstauchung. Gehen wir ins Haus und legen etwas Eis drauf.«

Einige Stunden später hatte Effie ein paar Gläser Brandy geleert, um ihre Nerven zu beruhigen, und war schließlich mit Jimmy hinunter in die Bar gegangen. Elizabeth brachte die Kinder zu Bett und war schließlich wieder mit Declan alleine. Sie saß auf der Bettkante und sah ihm zu, wie er für seine bevorstehende Reise nach New York packte.

»Was hältst du davon, wenn ich das hier bei Letterman trage?«, fragte Declan und hielt ein enges, grau-schwarz gestreiftes Shirt in die Höhe, damit sie es begutachten konnte.

»Hmmm. Die Streifen passen nicht. Sie könnten im Fernsehen flimmern, und das würde bloß ablenken«, sagte sie.

»Okay, und was ist damit?«

Das Shirt war genauso kornblumenblau wie Declans Augen.

»Perfekt.«

»Und vergiss dein Messer nicht«, erinnerte ihn Elizabeth fürsorglich.

»Klar«, sagte Declan und steckte das multifunktionale Schweizer Messer, das ihm Elizabeth geschenkt hatte, in seine Jackentasche.

»Du kannst es aber nicht mit ins Flugzeug nehmen«, warnte sie ihn.

»Ich werde es in den Koffer stecken, sobald ich in Inverness bin«, antwortete er.

»Und warum nicht gleich?«, fragte sie.

»Man weiß ja nie, was zwischen hier und Inverness noch so alles passiert«, sagte er.

Elizabeth wusste nicht, warum, aber seine Worte lösten ein seltsames Gefühl der Unsicherheit in ihr aus, und sie wollte plötzlich Bestätigung.

»Declan?«, fragte sie.

Etwas am Klang ihrer Stimme ließ ihn innehalten. Er hörte auf zu packen.

»Was ist los?«

»Du bist doch vorsichtig, nicht wahr?«

Declan schloss seine Reisetasche und setzte sich neben sie aufs Bett.

»Mach dir keine Sorgen um mich. Ich bin in drei Tagen wieder hier.«

»Es ist bloß so … wenn irgendetwas passiert …« Elizabeths Stimme verlor sich.

»Es wird nichts passieren. Es ist alles wie immer, vollkommene Routine.«

»Ein Auftritt bei Letterman ist wohl kaum Routine.«

Declan zuckte mit den Schultern. »Es ist keine große Sache. Es ist doch alles immer mehr oder weniger dasselbe. Ein grüner Raum mit einem Teller voll traurigem Gemüse. Und gestresste Assistentinnen, die um einen herumtanzen.«

»Hm, solange sie nicht zu attraktiv sind, diese gestressten Assistentinnen«, sagte Elizabeth.

»Selbst wenn, ich habe ohnehin nur Augen für dich«, erwiderte Declan.

»Ich hasse den Gedanken, dass du dich auf demselben Kontinent aufhältst wie diese … diese Frau.«

Elizabeth fuhr mit dem Finger über die kleine Narbe an ihrem Hals, wo Natashas Messer in sie eingedrungen war.

»Mach dir keine Sorgen. Ich bin mir ziemlich sicher, dass sie noch immer im Gefängnis sitzt«, sagte Declan.

Er strich Elizabeths feuerrote Haare zur Seite und drückte eine Reihe winziger Küsse auf ihren weichen, weißen Hals. Elizabeth erschauderte, und die kleinen Härchen auf ihren Armen richteten sich auf. Sie wandte sich ihm zu und umfasste sein Gesicht mit beiden Händen.

»Declan Thomas. Du bist mein Mann. Du bist mein einziger, wahrer Liebhaber. Es wird niemals einen anderen für mich geben.«

»Das hoffe ich doch«, grinste Declan. »Es sei denn, es

handelt sich um den Präsidenten der Vereinigten Staaten.«

»Das war doch bloß eine Fantasie, Liebster. Eine Fantasie, um dich scharfzumachen«, sagte Elizabeth.

»Und eine, die du übrigens noch nicht zu Ende erzählt hast«, erwiderte Declan. Er hörte auf zu packen und legte sich stattdessen aufs Bett. Elizabeth öffnete langsam den Reißverschluss seiner Jeans. Sein Penis war bereits steif und bereit, in sie einzudringen, doch er würde warten müssen, bis sie ebenfalls so weit war. Sie schloss die Augen. Als sie sie wieder öffnete, beugte sich der Präsident gerade vor, um sie zu küssen. Sein Mund war voll und wunderschön, und der Kuss fühlte sich an, als würde man zwischen zwei flauschigen Kissen versinken. Sie wollte diesen Mund auf ihrem ganzen Körper spüren. Sie küsste ihn ebenfalls, und ihre Zungen tanzten den immerwährenden Tanz der Liebe.

»Einen Moment noch«, sagte der Präsident. Er löste sich von Elizabeth und nickte einem der Wachmänner zu. »Das Klebeband, bitte.« Er warf ihr einen entschuldigenden Blick zu, als der Wachmann mit einer Rolle Paketklebeband auf sie zutrat.

»Das hier ist bloß eine Vorsichtsmaßnahme. Ich darf keinen einzigen Kratzer riskieren«, sagte er. »Das verstehen Sie doch sicher.«

Elizabeth nickte, während der Wachmann ihre Hände hinter ihrem Rücken mit Klebeband fixierte. Der Präsident schien äußerst zufrieden darüber zu sein, dass sich Elizabeth nun nicht mehr bewegen konnte. Er öffnete ihren Rock und zog ihn über ihre spitzen High Heels hinunter. Seine Augen blitzten anerkennend auf, als er Elizabeths schwarzen Strumpfgürtel entdeckte. Dazu trug sie einfache schwarze Strümpfe mit einer Naht auf der Rückseite.

»Spreizen Sie bitte Ihre Beine«, sagte er. Elizabeth dachte bei sich, dass er sich das »bitte« hätte sparen können. Sie war bereit, einfach alles für diesen Mann zu tun.

Elizabeth warf einen Blick auf die beiden Wachmänner, die kerzengerade dastanden und geradeaus blickten. Zumindest vermutete sie das. Ihre Augen waren hinter den verspiegelten Brillen unmöglich zu erkennen.

Der Präsident lächelte.

»Keine Sorge. Die beiden sehen nichts. Sie hören nichts. Sie stellen keine Fragen, und sie werden niemals ein Wort über das hier verlieren.« Er lehnte sich nach vorne und flüsterte in ihr Ohr: »Außerdem sind sie schwul.«

Dann zog der Präsident eine Kugel in Rosa und Weiß aus seiner Tasche, die in etwa die Größe eines Apfels hatte. Er drückte einen Knopf, und Elizabeth hörte ein vibrierendes Geräusch.

»Hier, gefällt Ihnen das?«, fragte er und steckte die Kugel in ihr Höschen, wobei er sie sorgfältig genau über ihrer Klitoris positionierte.

»Oder ist das hier besser?«

Der Präsident drückte erneut den Knopf, und die Vibration wurde von einem intensiven Pulsieren abgelöst. Elizabeth spürte, wie sie vor Erregung anschwoll.

»Ja, Sir. Das gefällt mir«, sagte sie.

»Gut.«

Elizabeth sah überrascht zu, wie der Präsident sich von ihr abwandte, auf seinen Schreibtisch zuging und dahinter Platz nahm. Er griff nach seinem Telefon und wählte. Mein Gott, hatte er tatsächlich vor, ein Telefonat zu führen, während das Pulsieren zwischen ihren Beinen sie vor Erregung beinahe um den Verstand brachte? Ja, das hatte er ganz offensichtlich.

»Hallo, Rich«, sagte der Präsident mit gedehnter, lässiger Stimme.

»Ich habe um vier Uhr dreißig ein Treffen mit der Staatssekretärin. Sag ihr, dass ich etwa fünfzehn Minuten später komme. Danke.« Der Präsident warf ihr ein träges Grinsen zu.

»Sind Sie nun bereit, Ihrem Präsidenten zu Diensten zu sein, Miss Harding?«, fragte er.

Elizabeth schnappte nach Luft. »Ja, Sir. Oh, bitte. Sir. Ich kann nicht mehr länger warten.«

»Und worauf können Sie nicht mehr länger warten?«

Er spielte mit ihr. Er wusste verdammt gut, was sie wollte.

»Sie, Sir. Ich will Sie.«

Eine Zunge schnellte über ihre Klitoris. Declan. Elizabeth hörte, wie sie aufstöhnte.

»Wie sieht sein Schwanz aus?«, fragte Declan.

»Dick, hart und wunderschön.«

»Wie der hier?«, fragte er und drang in sie ein.

»Ja«, flüsterte Elizabeth.

»Du lässt dich also gerne von diesem großen, schwarzen Präsidenten vögeln?«, wollte er wissen.

»Ja, oh, ja«, sagte sie.

»Du bist ein böses Mädchen, nicht wahr?«

»Sehr böse.«

»Und jetzt muss ich dich vögeln«, sagte er.

Elizabeth starrte hinauf in Declans perfekt proportioniertes Gesicht mit dem starken, leicht spitzen Kinn und der geradlinigen Nase. Er hatte die Augen geschlossen, während er erneut in sie eindrang und bald zum Höhepunkt kam. Seine dichten, schwarzen Wimpern ruhten auf seinen Wangen, als wären sie aus Seide. Er verzog das Gesicht, beinahe als hätte er Schmerzen. Es war ein Gesichtsausdruck, den sie von seinen Auftritten kannte. Er bekam ihn immer dann, wenn er sich in seiner Begeisterung verlor. Es war die Freude an ihrer Vereinigung. Er schrie vor Lust auf. Sie nahm ihn in sich auf. Sie hielt ihn fest. Sie liebte ihn.

kapitel zehn

Al und Tony waren einigermaßen verärgert, dass Declan Thomas' Hochzeit abgesagt worden war, doch auch so war ein Foto des Rockstars sein Geld wert. Deshalb blieben sie noch vor Ort und hofften, ihn wenigstens einmal zu Gesicht zu bekommen. Als sie schließlich erfuhren, dass Declan Thomas noch am selben Nachmittag mit dem Hubschrauber nach Inverness fliegen wollte, waren sie hocherfreut. Sie bezogen neben dem alten Pier Stellung, wo sie freie Sicht auf die Landebahn hatten.

»Jackpot«, rief Al und stieß Tony mit dem Ellbogen in die Seite. Elizabeth, die halbherzig versucht hatte, sich mit einem Schal und einer dunklen Sonnenbrille ein wenig zu tarnen, war ebenfalls gekommen. Sie schob die Zwillinge im Kinderwagen vor sich her. Tony dachte bereits darüber nach, unter welchem Aufmacher sie die Fotos verkaufen konnten. *»Sitzengelassen!«* Sie drückten unablässig ihre Auslöser, und ihr letztes Foto zeigte schließlich Declan, der seine Reisetasche in den Hubschrauber warf.

Elizabeth und Effie begleiteten Declan zum Pier, wo bereits der Hubschrauber wartete. Die Rotorblätter durchschnitten die frühsommerliche Luft. Declan küsste Effie auf die Wange.

»Ich wünsche euch Mädels viel Spaß, aber bringt euch nicht in allzu große Schwierigkeiten.«

»Dafür ist es jetzt ohnehin bereits zu spät«, lachte Effie.

»Und ihr beiden«, sagte Declan und küsste die beiden Zwillinge, »seid nett zu eurer Mummy. Ich bin in drei Tagen wieder da.« Er wandte sich an Elizabeth. »Mein wunderschöner, sexy Liebling. Ich werde dich vermissen.«

»Ich dich auch«, antwortete sie.

Elizabeth strich Declan eine dunkle Locke aus der Stirn. »Nimm dich in Acht, hörst du?«

»Wovor soll ich mich denn in Acht nehmen? Vor Letterman? Er wirkt zwar ziemlich griesgrämig, aber seine Quoten sind immer noch hervorragend«, erwiderte Declan.

»Pass einfach gut auf dich auf. Ich mache mir bloß Sorgen um dich, weil ich dich liebe«, erklärte Elizabeth.

»Und ich liebe dich. Für immer und ewig. Du bist alles, was ich will. Du bist meine Traumfrau. Du bist …«

Elizabeth versetzte Declan einen spielerischen Stoß.

»Okay, ich hab's kapiert. Und jetzt verschwinde«, sagte sie und küsste ihn noch einmal.

Declan duckte sich unter den Rotorblättern von Harrys Hubschrauber hindurch und winkte ihnen zum Abschied.

Er warf seine Tasche ins Innere des Hubschraubers und kletterte an Bord. Er legte den Sicherheitsgurt an und warf Elizabeth und den Kindern durch die Windschutzscheibe Küsse zu. Schließlich drehten sich die Rotorblätter so schnell, dass sie nicht mehr einzeln auszumachen waren, die Nase des Hubschraubers kippte nach vorne, das Hinterteil hob sich, und sie flogen davon.

»Also«, sagte Elizabeth zu Effie. »Was möchtest du zum Tee?«

»Ich habe mich immer noch nicht daran gewöhnt, dass

ihr hier unter ›Tee‹ nicht nur eine Tasse Tee versteht, sondern eine ganze Mahlzeit.«

»Eigentlich meinen wir damit das Abendessen. Was hältst du von *Bangers* und Kartoffelbrei?«, fragte Elizabeth und rieb sich die Arme. Ihr war plötzlich kalt geworden.

»Sind Bangers nicht diese Würstchen?«, fragte Effie.

Elizabeth nickte.

»Das klingt gut«, sagte Effie. »Und dazu Unmengen an Kartoffelbrei mit Butter. Lecker.«

»In Ordnung. Dann legen wir auf dem Nachhauseweg noch einen Zwischenstopp im Laden ein«, sagte Elizabeth, bevor sie sich noch einmal umdrehte, um dem Hubschrauber hinterherzusehen, der nur noch ein kleiner Punkt in der Ferne war.

»Ich hoffe, dass alles gutgeht«, sagte sie.

»Natürlich geht alles gut. Warum auch nicht?«, fragte Effie.

»Ich weiß es nicht. Ich habe bloß ein komisches Gefühl bei der Sache, das ist alles«, erwiderte Elizabeth.

»Vielleicht wohnst du schon zu lange hier«, meinte Effie.

»Vielleicht hast du recht«, sagte Elizabeth. Sie drehte sich um, um dem Hubschrauber noch ein letztes Mal nachzublicken, doch er war bereits hinter einer riesigen Wolke verschwunden. Die Wolke wirkte unheilvoll, als wäre sie aufgeladen mit böser Energie. Irgendetwas stimmte hier absolut nicht.

Sie waren erst fünf Minuten lang unterwegs, als Declan einen ekelhaft süßen, abgestandenen Geruch wahrnahm. Er warf Harry, der konzentriert den Hubschrauber manövrierte, einen prüfenden Blick zu. Harrys Augen wirkten glasig und leicht verschleiert. Oh, nein. Er hatte wieder getrunken.

»Kannst du überhaupt fliegen?«, schrie Declan, um das Geräusch des Motors zu übertönen.

»Ich? Sicher! Alles bestens.«

Hätte er zuvor bemerkt, dass Harry alkoholisiert war, wäre Declan nie an Bord gegangen. Doch dafür war es nun zu spät. Declan war diesem Mann ausgeliefert. Er konnte nicht einmal darauf bestehen, dass er sofort landete, da sie sich bereits über dem offenen Meer befanden. Und wenn sie umdrehten, würde er seinen Anschlussflug von Glasgow nach New York verpassen. Declan sprach ein leises Gebet und hoffte das Beste. Harry war diese Route schon Tausende Male geflogen. Declan vermutete, dass er es sogar mit geschlossenen Augen schaffen würde.

»Kennst du Handa dort unten?«, brüllte Harry und deutete auf eine kleine, mehrere Kilometer vor der Küste gelegene Insel.

»Nein, nicht wirklich«, rief Declan.

»Es gibt dort eine riesige Seevögelkolonie. Ich fliege an den Klippen vorbei, dann kannst du sie dir ansehen.«

Declan wollte gerade erwidern, dass ihn die Seevögel nicht interessierten, doch Harry schien davon besessen, sie ihm zu zeigen.

»Mach dir keinen Kopf. Wir müssen ohnehin an der Insel vorbei.«

Plötzlich entdeckte Declan drei große schwarze Lebewesen unter der Wasseroberfläche.

»Was ist das?«, brüllte Declan.

»Zwergwale. Und siehst du das dort? Die Dinger, die aussehen wie Treibholz? Das sind Papageientaucher.«

Die Tiere trieben in einiger Entfernung auf dem Wasser und bedeckten die Oberfläche wie ein Schleier. Mehrere Möwen kreisten um den Hubschrauber und kreischten bei dem Anblick des riesigen, motorisierten Eindringlings. Declan dachte bei sich, dass sie den steil aufragenden Klippen viel zu nahe kamen. Sein Herz klopfte plötzlich schneller. Er geriet in Panik. Vergiss den verdammten Letterman, dachte er. Ich bringe diesen Clown jetzt dazu, dass er umdreht und zurückfliegt. Er wollte Harry gerade die entsprechende Anweisung zubrüllen, doch dazu kam es nicht mehr. Sie flogen eine scharfe Kurve, als plötzlich ein entwurzelter Baum im rechten Winkel von einer Klippe ins Meer hinunterhing.

»Harry, pass auf«, brüllte Declan.

»Heiliger Jesus Christus!«, schrie Harry.

Er riss den Hubschrauber herum und die Nase nach unten, um unter dem Baum hindurchzufliegen, doch die Zeit und das Schicksal hatten sich gegen sie verschworen, denn ein Rotorblatt verfing sich in einem der Äste. Declan hörte ein schneidendes, knirschendes Geräusch, und Funken stoben auf. Er roch ätzenden Rauch. Wenige Augenblicke später befand sich der Hubschrauber bereits in einer schwindelerregenden Abwärtsspirale.

»Mayday! Mayday!«, brüllte Harry in sein Funkgerät, während das tintenblaue Meer auf sie zuraste. Der Motor heulte beängstigend auf, und der Hubschrauber schoss taumelnd abwärts. Doch kurz vor dem Aufprall schienen Declans Sinne ihm plötzlich einen Streich zu spielen, und er sah alles nur noch in Zeitlupe. Er glaubte, ein Orchester spielen zu hören. Es schien ihm, als hätte er alle Zeit der Welt. Er konnte durch das Fenster das Meer betrachten, seinen Sicherheitsgurt lösen, lässig aus dem Passagiersitz springen und einfach davonschwimmen. Der Aufprall ging beiden Männern durch Mark und Bein. Die Windschutzscheibe wurde aus dem Rahmen gerissen, als der Hubschrauber auf dem Meer aufschlug. Wasser schoss mit der Kraft einer Flutwelle in den Innenraum. Die tosende, eiskalte See umfing Harry und Declan, während sie in die Dunkelheit unter der Wasseroberfläche gezogen wurden.

Harry wurde aus dem Pilotensitz geschleudert, und sein alkoholvernebeltes Gehirn fragte sich plötzlich, warum er eigentlich nie schwimmen gelernt hatte. Sein Leben zog an ihm vorbei. Die Hochzeit, die Scheidung, die Kinder. Er hatte keine Angst. Er tat so, als wollte er schwimmen, und bewunderte die hübschen Luftblasen, die seinen Lippen entwichen. Es war so ruhig hier unten, aber man sah die Sterne nicht. Wo war sein Hubschrauber? Er drehte sich zur Seite, gerade als eines der Rotorblätter, die sich noch immer drehten, auf ihn zugerast kam. Harrys Gesicht gefror zu einer immerwährenden Grimasse, während sein abgetrennter Kopf in die unendliche Tiefe sank.

Declan stand ebenfalls unter Schock. Er warf sich zur Seite, und das Adrenalin schoss durch seine Adern. Es gab ihm die Kraft, immer weiter zu strampeln, um von dem sinkenden Hubschrauber fortzukommen. Er kämpfte verzweifelt gegen die Sogwirkung an, die ihn nach unten ziehen wollte. Seine Lungen brannten wie Feuer. *Schwimm! Schwimm!,* rief ihm sein Verstand zu. Und gerade als er aufgeben wollte, durchstieß sein Kopf die Wasseroberfläche. Er keuchte und schnappte hustend nach Luft, als eine Welle ihm ins Gesicht schlug und noch mehr Salzwasser seine Kehle hinunterrann. Hustend und würgend sah er sich verzweifelt nach einen Stück Land um, zu dem er schwimmen konnte. Doch zu seiner Rechten ragten die unheilvollen Klippen senkrecht aus dem Wasser, und zu seiner Linken sah er bloß den wolkenverhangenen Himmel über dem endlosen Meer. Declan kämpfte sich aus seinen Schuhen und Kleidern, die ihn unter Wasser zu ziehen drohten. Er dachte an Elizabeth und seine beiden Kinder. Die furchtbare Gewissheit, dass er sie nie wiedersehen würde, fuhr wie ein Blitz durch seinen geschundenen Körper. Der Tod würde ihn so sicher zu sich holen, wie die eisige Kälte des Nordatlantiks gerade bis in seine Knochen drang. Er spürte, dass sich plötzlich etwas von unten gegen seinen Körper drückte. Ein Wal? Der Druck wurde stärker, bis Declans Körper vollständig aus dem Wasser gehoben wurde. Er lag auf der gewölbten Windschutzscheibe des Hubschraubers, unter der sich eine Luftblase gebildet hatte und die auf dem bereits dunkler werdenden Meer auf und ab schaukelte. Das hier war zwar vorerst seine Rettung, doch letzten Endes wurde der unabwendbare Tod damit nur hinausgezögert. Ein letztes Seufzen drang über seine Lippen, bevor er in der feuchten Dunkelheit der Ungewissheit versank. Eine Ungewissheit, in der ein seltsamer Nebel über ihm hereinbrach und die Zeit plötzlich jegliche Bedeutung verlor.

kapitel elf

Die Nachricht, dass ein Hubschrauber über dem Meer abgestürzt war, verbreitete sich rasend schnell in ganz Kinlochbervie, doch niemand wollte es Elizabeth sagen. Diese unangenehme Pflicht fiel schließlich Reverend Stone zu, der das Überbringen schlechter Nachrichten gewohnt war.

Elizabeth stand gerade am Küchenfenster und schälte Kartoffeln, als sie die schlanke Silhouette des Priesters entdeckte, der geradewegs auf ihre Eingangstür zuging. Plötzlich wurde sie von einer furchtbaren Angst gepackt. Sie ließ das Messer fallen, und es fiel klappernd in die Spüle. Sie trocknete sich die Hände an ihrer Schürze ab.

»Effie«, rief sie. »Oh mein Gott, Effie.«

Der drängende Unterton in Elizabeths Stimme schreckte Effie auf, und sie eilte aus dem Wohnzimmer, wo sie gerade mit den Zwillingen ein Puzzle zusammengesetzt hatte.

»Was ist passiert?«, fragte Effie.

Elizabeths Gesicht war kalkweiß, und sie öffnete die Haustür, noch bevor der Reverend die Gelegenheit hatte zu klopfen. Ein Blick in sein Gesicht genügte, und sie wusste, dass das passiert war, wovor sie so große Angst gehabt hatte. Sie sank auf die Knie.

»Nein, bitte … sagen Sie es mir nicht.«

Ein langes, unmenschliches Heulen drang aus Elizabeths Kehle, als hätte gerade jemand ihre Seele ermordet. Der Laut hatte weder Vokale noch Konsonanten. Es schien, als wäre ein solches Geräusch geradezu unmöglich. Doch es drang aus jeder Zelle, aus jedem Muskel, aus dem kollektiven Gedächtnis aller Frauen, deren Leben der Verlust zerstört hatte.

Effie half Elizabeth hoch und drängte sie sanft zur Couch im Wohnzimmer. Der Priester bot an zu bleiben, doch Effie versicherte ihm, dass es in Ordnung sei, zu gehen. Sie schenkte ihnen beiden ein Glas Brandy ein, doch Elizabeth schaffte es nicht, ihn zu schlucken. Selbst das Atmen fiel ihr schwer. Das Cottage um sie herum wirkte plötzlich unwirklich, als wäre es bloß ein Bühnenbild. Sie spielte eine Rolle in einer Tragödie. Ihr wunderbarer Geliebter war fort.

Die schottische Küstenwache führte eine vierundzwanzigstündige Suchaktion rund um die Insel Handa durch, doch man fand lediglich eine verbogene Windschutzscheibe und Teile eines Rotorblattes im Meer. Tiefseetaucher wurden herangezogen, doch sie mussten die Suche aufgrund der starken Strömungen bald wieder abbrechen. Eine Rettungshundestaffel durchkämmte jeden Zentimeter der bereits seit langem verlassenen Insel, doch auch sie fanden keinen Hinweis auf Überlebende. Schließlich stand es fest: Harry Peters, der Pilot des verunglückten Hubschraubers, und sein Passagier, der Rockstar Declan Thomas, wurden für tot erklärt. Nun fiel Elizabeth die furchtbare Aufgabe zu, Declans Mutter anzurufen. Sie schaffte es kaum, die Worte hervorzupressen. »Mein Junge, mein Junge«, war alles, was Joan sagte. Immer und immer wieder, während sie bitterlich weinte.

Bald wusste die ganze Welt, dass Declan Thomas tot war. Kamerateams kamen scharenweise nach Kinlochbervie, um die Einheimischen zu allem, was mit Declan Thomas zu tun hatte, zu interviewen. Der CNN-Moderator Anderson Cooper berichtete live von den Klippen von Handa. Jimmy Mack ernannte sich selbst zum inoffiziellen Wachmann und bezog vor Elizabeths Haus Stellung. Er drohte jedem Journalisten, der sich näher als zwanzig Meter heranwagte, mit dem »Glasgow Kiss«. Die Nachbarn kamen mit Kuchen und Eintopf vorbei und standen peinlich berührt in der Tür, wo Effie sie empfing und ihnen versprach, Elizabeth ihre Beileidsbekundungen auszurichten.

Mehrere Radiostationen spielten zu Declan Thomas' Ehren seine Lieder vierundzwanzig Stunden lang in Dauerschleife. Trauernde Fans hielten bei Kerzenschein Nachtwachen vor den Bars, in denen er einst gespielt hatte. Tony und Al, die beiden Fotografen, waren außer sich. Endlich hatten sie den Jackpot geknackt. Sie hatten die letzten Bilder von Declan Thomas, der gerade in den verunglückten Hubschrauber stieg. Der Preis der Bilder schoss förmlich in die Höhe.

Die Nachricht von Declan Thomas' Tod erreichte schließlich auch das Vanier Frauengefängnis in Milton, Ontario. Die Fernsehstationen sendeten Bilder von der Insel Handa, und mehrere Fernsehreporter brachten Beiträge über Declan Thomas' Leben. Viele der Insassinnen waren entsetzt, doch keine war so schockiert wie Natasha Khomeini. Sie weinte tagelang, nachdem sie von Declans Tod erfahren hatte. Dann legte sie zum Trost ein Notizbuch an, in dem sie alle Stationen seines kometenhaften Aufstiegs verzeichnete. Elizabeth Harding, die Eigentümerin der äußerst erfolgreichen Musikagentur *Alternative Talent Management*, hatte ihn entdeckt. Sie hatte ein Image für ihn erschaffen und ihn so zurechtgebogen, dass der ultimative Star aus ihm werden konnte. Doch dann hatte diese Schlampe ihn sich geschnappt und ihre Beziehung auch noch mit zwei Kindern besiegelt. Natasha hasste es, etwas über Elizabeth Harding zu lesen, doch sie hielt sämtliche Zeitungsausschnitte in Ehren, in denen ihr eigener Name vorkam. Sie war stolz darauf, mehrere hundert Treffer zu landen, wenn sie sich selbst googelte. Das Messer war für Declan bestimmt gewesen. Es sollte eine Narbe hinterlassen, die ihn stets daran erinnerte, dass Natasha seine einzig wahre Liebe war. Doch Elizabeth, diese dumme Kuh, hatte sich zwischen Natasha und Declan geworfen, und dann hatte sich das Messer in ihren Nacken gebohrt. Nun war es Elizabeth, die von einer Narbe gezeichnet war. Eine Erinnerung daran, dass Natasha ernst zu nehmen war.

Am meisten ärgerte sich Natasha über die Klatschreportagen, die von Declans und Elizabeths Liebesglück berichteten. Doch mittlerweile hatte sie auch dafür das perfekte Gegenmittel gefunden, das sie einem Photoshop-Kurs – einer von vielen Kursen, die im Gefängnis angeboten wurden – verdankte. Natasha hatte einfach aus einem Hochzeitsfoto, das sie in einem Magazin gefunden hatte, die Gesichter von Braut und Bräutigam entfernt und dafür ihr eigenes und Declans Gesicht eingesetzt. Das Foto war ihr größter Schatz. Sie waren ein umwerfendes Paar. Ja, es war eine märchenhafte Hochzeit gewesen, in jeder Hinsicht perfekt. Sie war nun Mrs. Declan Thomas. Sie würde im September, also in etwas mehr als drei Monaten, aus dem Gefängnis entlassen werden. Und dann würde sie sich einen Ehering kaufen.

Während Natasha das bearbeitete Foto ihrer Hochzeit mit Declan betrachtete, kam ihr ein genialer Gedanke.

Sie würde ein Buch schreiben. Sie hatte doch viele Male seinen Schwanz in sich gespürt. Sie hatte ihm doch andauernd einen geblasen. Sie hatte eine Menge zu erzählen. Die Leute wären sicher äußerst interessiert daran, auf welche Weise Declan Thomas sie gevögelt hatte. Vielleicht würde Hollywood das Buch sogar verfilmen. Wer würde sie spielen? Vielleicht eine der Kardashians.

Natasha träumte von ihrem Leben als Star, der im Geld schwamm. Bald schon würde ihre Zeit kommen. Und dann wäre sie weltberühmt. So berühmt wie Declan Thomas.

Weder Joan noch Elizabeth legten Wert auf eine Trauerfeier, etwas, das die Sache bloß endgültig machen und ihren Verlust für immer besiegeln würde. Declan lebte in seinen Songs und seinen Videos weiter, die im Radio und im Musikfernsehen rauf und runter gespielt wurden. Stattdessen erstellten sie Declan zu Ehren eine neue Website mit Fotos und Videos, die Declan bei seinen Auftritten zeigten. Es trafen so viele Beileidsbekundungen von Fans aus aller Welt ein, dass die Website mehrere Male zusammenbrach.

Die Trauer umgab Elizabeth wie ein dichter Nebel. Bridie hatte die Zwillinge bei sich zu Hause untergebracht, damit sie nichts von dem zombieähnlichen Zustand ihrer Mutter bemerkten, doch die beiden spürten instinktiv, dass etwas nicht stimmte.

Elizabeth verbrachte die Tage im Bett, wo sie abwechselnd weinte und schlief. Effies Valium half ihr, dem Schmerz zu entkommen, doch er kehrte mit voller Wucht zurück, sobald die Wirkung der Medikamente nachließ.

Sie fühlte sich wie gelähmt, unfähig, auch nur so etwas

Banales zu tun, wie eine Kanne Tee aufzusetzen. Nach drei Tagen kam Bridie mit Tränen in den Augen zu Elizabeth.

»Du musst den Kleinen etwas sagen«, meinte sie. »Sie vermissen dich ganz furchtbar und verstehen nicht, warum sie dich nicht sehen dürfen.«

»Ich weiß«, entgegnete Elizabeth. »Es war ihnen gegenüber nicht fair. Danke, Bridie, ich weiß es zu schätzen, dass du mir etwas Zeit verschafft hast. Ich werde es schaffen. Sie können wieder nach Hause kommen.«

Elizabeth spritzte sich kaltes Wasser ins Gesicht. Ihre Augen waren so verschwollen, dass sie aussahen wie Golfbälle. Doch sie musste sich um ihrer Kinder willen zusammenreißen. Sie gab ihr Bestes, doch das war nicht sonderlich viel.

Jack und Camille liefen ins Haus und stürzten sich auf sie. Camille weinte. Sie wirkte einsam und klammerte sich an ihrem Lieblingsspielzeug fest. Es war ein rosaroter Stoffhase, dem mittlerweile ein Ohr fehlte.

»Jack hat Bunny ein Ohr abgerissen«, schluchzte sie.

»Nein, das habe ich nicht«, antwortete Jack und zog einen Schmollmund. »Das warst du selbst.«

»Psst, psst«, warnte Elizabeth »Hast du das Ohr denn noch, Camille?«

Das Mädchen nickte und zog ein schlappes Ohr aus ihrer Tasche.

»Wir können es flicken, dann sieht Bunny wieder aus wie neu«, sagte Elizabeth und griff nach ihrem Nähkorb. *Wenn sich mein Herz nur auch so einfach flicken ließe,* dachte Elizabeth.

»Kinder«, sagte Elizabeth, während sie das abgetrennte Ohr wieder annähte, »ich muss euch etwas sagen.«

Die Ernsthaftigkeit in der Stimme ihrer Mutter ließ die Kinder innehalten, und sie hörten ihr aufmerksam zu.

Elizabeth biss den Faden mit den Zähnen durch und sah die beiden an.

»Daddy wird lange Zeit nicht wieder zurückkommen.« Etwas anderes fiel ihr in diesem Moment nicht ein. Sie gab Camille ihren Hasen zurück.

»Jetzt ist er wieder wie neu«, sagte sie und rang sich ein schwaches Lächeln ab.

»Weine nicht, Mummy«, sagte Jack.

»Daddy kommt sicher wieder«, sagte Camille und nahm ihre Hand.

Elizabeth bemerkte, wie besorgt die beiden sie ansahen. Auch wenn sie sich selbst kraftlos fühlte, schuldete sie es diesen beiden Kindern, die Normalität aufrechtzuerhalten.

»Sollen wir einen Spaziergang hinunter zu der Schaukel neben der Schule machen?«, fragte sie.

»Jaaa!«, antworteten beide wie aus einem Mund.

Elizabeth war bewusst, dass sie sich wie ein Roboter verhielt, aber es würde ihr guttun, das Haus zu verlassen. Effie bot an, sie zu begleiten, doch Elizabeth lehnte ab. Sie würde sich irgendwann daran gewöhnen müssen, mit den beiden Kindern alleine zu sein.

Elizabeth hatte keine andere Wahl. Sie musste akzeptieren, dass Declan tot war.

Elizabeth und Effie mieteten ein Fischerboot, mit dem sie die Küste von Handa umrundeten. Sie hatten einen Korb mit getrocknetem Heidekraut dabei, und Elizabeth sah schweigend zu, wie die kleinen weißen Blüten auf den Wellen auf und ab hüpften, die ihr den Liebsten genommen hatten.

kapitel zwölf

Aus der Perspektive einer Möwe, die hoch über der Insel schwebte, wirkte das weiße Etwas am Strand der Insel Handa wohl wie ein Häufchen Sand, ein großer weißer Fisch oder eine Abdeckplane. Tatsächlich war es jedoch ein nackter Mann. Er war durch Zeit und Raum gereist und lag auf der Seite. In seinen Haaren hatte sich Seegras verfangen, und eine lange Wunde verlief sein Bein hinunter. Die Beine des Mannes befanden sich noch halb im Wasser und wurden von den harmlosen kleinen Wellen immer wieder sanft emporgehoben. Die Morgensonne schien auf seinen Körper, und da und dort glitzerte etwas Sand. Seine Augen waren geschlossen, als wäre er eingeschlafen. Oder tot. Doch der Mann war nicht tot. Der Mann war Declan Thomas. Oder hatte zumindest Ähnlichkeit mit ihm.

Nachdem er einige Minuten regungslos dagelegen war, begann Declan plötzlich zu husten und Meerwasser auszuspucken. Er stöhnte und drehte sich auf den Rücken, wobei er seine ganze Männlichkeit entblößte. Callum McNamara war auf diesen Anblick nicht vorbereitet gewesen, genauso wenig wie seine siebzehnjährige Tochter Fionnaugh, die bereits einige Augenblicke vor ihrem Vater erkannt hatte, dass es sich bei dem seltsamen Ding um einen Mann handelte. Sie schnappte nach Luft. Callum, der sich gerade mit dem Riegel seiner Hummerfalle herumschlug, blickte in dieselbe Richtung wie seine Tochter. Dann riss er eilig einen Arm in die Höhe, um sein unschuldiges Kind vor der Männlichkeit zu schützen, die sich vor ihren Augen offenbarte.

»Verschwinde hier. Schnell. Lauf nach Hause. Hol deine Mutter. Und bring eine Decke mit«, bellte ihr Callum auf Gälisch zu.

Fionnaugh raffte ihren langen Rock und lief davon. Sie eilte so flink wie eine Gazelle den steinigen Weg hinauf, den sie gekommen waren. Callum machte sich wieder daran, das schwere Seil in Richtung Strand zu ziehen. Er betrachtete einige Augenblicke lang das Geschenk, das ihm das Meer dieses Mal gemacht hatte, bevor er Declans Intimregion schließlich mit seiner Jacke bedeckte. Er drehte Declan zur Seite und schlug ihm mit seinen fleischigen Fäusten einige Male auf den Rücken. Declan begann wieder zu husten und spuckte noch mehr Meerwasser aus.

»Aye, du wirst schon überleben«, erklärte Callum.

Das erste Geräusch, das zu Declan durchdrang, war ein schrilles, wildes Kreischen, das wie ein hungriger Seevogel klang. Sein Blick war noch getrübt, doch schließlich erschien vor seinen Augen das Gesicht einer älteren Frau, die ihn anstarrte. Ihr Blick wirkte merkwürdig intensiv, weil eines ihrer blassblauen Augen in eine andere Richtung zu sehen schien als das zweite. Ihre von grauen Strähnen durchzogenen Haare waren zu einem dicken Zopf gebunden und steckten unter einer Art Mütze. Sie erschien ihm in einem sanften Nebel. Die Frau schluchzte und weinte. Sie hielt Declans Kopf in ihrem Schoß und wiegte ihn sanft vor und zurück.

»Johnny. Johnny. Du bist zu mir zurückgekommen«, heulte sie.

Callum grunzte. Das hier war nicht ihr Sohn Johnny, der schon vor langer Zeit gestorben war, doch wenn seine arme, verwirrte Frau das glauben wollte, dann würde er sie nicht davon abhalten. Er erlaubte ihr, weiter zu heulen, bis Fionnaugh wiederkam.

»Gut, Moira«, wandte sich Callum ernst an seine Frau. »Lass uns den Jungen ins Haus bringen. Fionnaugh, gib mir die Decke.«

Fionnaugh, die vollkommen von dem hilflosen Mann im Sand fasziniert war, stürzte nach vorne und reichte ihrem Vater die dicke Schafwolldecke. Die Geschlechtsteile des Mannes hatten sich bereits in ihr Gedächtnis eingebrannt. Sie hätte ihn gerne noch einmal nackt gesehen, doch ihr Vater hatte den Mann bereits bedeckt. Nun wickelte er die Decke um den Körper des Fremden und steckte sie fest, so dass es aussah, als würde er einen langen Rock tragen.

Callum schlüpfte wieder in seine Jacke und zog den leblosen Körper hoch, wobei er einen Arm des Mannes um seine kräftigen Schultern legte. Seine Frau stützte den Mann auf der anderen Seite. Obwohl sie winzig war, war sie dennoch äußerst kräftig.

»Es ist ein Wunder«, sagte sie immer wieder. »Das Meer hat ihn mir zurückgegeben. Meinen armen, kleinen Johnny.«

Callum wandte sich an seine Tochter.

»Fionnaugh. Steh nicht bloß rum und guck blöd. Lauf hinauf zum Haus und setz heißes Wasser auf. Mach uns Tee. Und etwas Haferbrei. Beeil dich, Mädchen.«

Fionnaugh eilte davon, um dem Wunsch ihres Vaters nachzukommen. Ihr Herz hämmerte vor Aufregung. Ein Fremder war an ihre Küste gespült worden. Und es war nicht irgendein Fremder, er sah auch noch sehr gut aus. Sie hatte heute zum ersten Mal einen Blick auf einen nackten Mann erhascht. Sie klammerte sich an die Erinnerung an seinen blassen Penis vor den dichten, schwarzen Haaren zwischen seinen Beinen. Der Anblick hatte etwas in ihr zum Leben erweckt, und sie spürte ein Kribbeln zwischen ihren Beinen. Sie wusste, dass ihre Mutter der Meinung war, der Mann sei ihr Bruder, der vor langer Zeit ertrunken war. Doch sie wusste es besser. Vielleicht war der Fremde tatsächlich ein Geschenk des Meeres, aber sie hatte das Gefühl, dass dieses Geschenk alleine für sie bestimmt war.

Für Declan fühlte es sich so an, als würde ihn jemand einen Hügel hinaufzerren. Als er seine Augen öffnete, schien die Landschaft um ihn herum von Nebel verhüllt, weshalb er sie gleich wieder schloss. Einige Minuten später wurde er von einer wunderbaren Wärme umgeben, die langsam in seine gefrorenen Knochen drang. Eine Tasse mit einer heißen, süßen Flüssigkeit wurde an seine Lippen gehalten. Er trank einige Schlucke und spürte, wie der Zucker durch seine Adern jagte. Er hörte Geräusche. Die klangvolle Stimme eines Mannes und das hohe Geplapper zweier Frauen. Die Geräusche ergaben keinen Sinn. Nichts ergab einen Sinn. Die Müdigkeit übermannte ihn.

Declan erwachte und blickte in das blasse Gesicht eines jungen Mädchens, das ihn anstarrte. Sie hatte große, porzellanblaue Augen, und ihre rosafarbenen Lippen hatten die makellose Form einer Rosenknospe. Ihr ovales Gesicht wurde von struppigen, rotblonden Locken umrahmt. Sie streckte die Hand aus und streichelte sein Gesicht. Sie sagte etwas, das er nicht verstand. Schließlich schloss er die Augen wieder und glitt zurück in einen tiefen Schlaf.

Declan mochte eine Stunde, einen Tag oder eine Woche geschlafen haben. Er wusste es nicht. Schließlich wurde er von seinem knurrenden Magen geweckt, und der Geruch nach Essen drang in seine Nase. Er streckte sich und registrierte besorgt den stechenden Schmerz in seinem Bein. Er schob die Decke zur Seite und stellte fest, dass das Bein sorgfältig verbunden worden war. Er hatte keine Ahnung, wer den Verband angelegt hatte oder wo er war. Er wusste nicht einmal, *wer* er war. Was war geschehen? Wie war er hierhergekommen? Er sah sich auf der Suche nach Hinweisen in dem Zimmer um. Erneut schienen die Ränder seines Gesichtsfeldes im Nebel zu versinken. Er rieb sich die Augen, bis der Nebel verschwand und er alles klar sehen konnte.

Das Zimmer, in dem sich Declan befand, war klein und hatte dicke Steinmauern. Es gab ein schmales Eisenbett und einen altmodischen Waschtisch. Über dem Waschtisch hing ein zersprungener Spiegel und daneben ein Kalender. Er konnte die Monatsnamen nicht entziffern, dennoch war er sich sicher, dass es tatsächlich ein Kalender war. Declan warf einen Blick auf den oberen Rand des vergilbten Blattes. Dort war deutlich das Jahr zu lesen: 1846. Declan blinzelte und rieb sich noch einmal die Augen, doch die Ziffern veränderten sich nicht. Das war sicher ein Irrtum. In einer Ecke des Zimmers stand ein Holzstuhl mit gerader Lehne, auf dem ein ordentlicher Stapel Männerbekleidung lag. Zwei Paar Hosen und zwei dicke Hemden. Declan kletterte vorsichtig aus dem Bett, und sein Bein begann sofort zu pochen. Er zog die Gardinen zur Seite, die den Raum in eine angenehme Dunkelheit gehüllt hatten, und betrachtete die Umgebung. Feiner Regen fiel auf die trostlose, hügelige Graslandschaft. In der Ferne blökten ein paar Schafe.

Declan sah, dass die Schüssel auf dem Waschtisch in seinem Zimmer mit Wasser gefüllt war. Er steckte eine Hand hinein. Es war noch immer lauwarm. Neben der Waschschüssel lagen ein Kamm, der aus einer Art Knochen zu bestehen schien, ein Rasierpinsel, ein Stück Naturseife und ein Rasiermesser. Er spritzte sich Wasser ins Gesicht und warf einen Blick in den Spiegel. Das Gesicht, das ihm entgegensah, wurde von einem ungepflegten Bart bedeckt. Die Augen, die ihm entgegenstarrten, waren violett-blau und wurden von schwarzen Wimpern umrahmt, über denen zwei geschwungene, schwarze Augenbrauen prangten. War das hier sein Gesicht? Offensichtlich war es das, doch er erkannte es nicht wieder. Er warf erneut einen Blick auf den Kalender. Jemand hatte die Tage mit einem X ausgestrichen. Wenn er den Kalender richtig deutete, war heute der 18. Mai 1846. Das war sicher ein Irrtum, aber auf der anderen Seite, warum eigentlich nicht? Wenn er sich schon selbst nicht im Spiegel wiedererkannte, dann war es doch auch möglich, dass er sich nicht erinnern konnte, in welchem Jahrhundert er sich befand.

Declan rieb sich etwas von der Naturseife ins Gesicht und versuchte, das Rasiermesser von unten nach oben zu führen, doch er schnitt sich sofort. Der kleine Schnitt hörte zwar schnell auf zu bluten, doch Declan beschloss, dass er kein weiteres Blutvergießen riskieren wollte, und brach die Rasur ab. Seine Haare waren extrem verfilzt. Nachdem er mehrere Male versucht hatte, sie zu kämmen, gab er es auf, doch zuvor entfernte er noch das Seegras und die kleinen Muschelstückchen, die sich darin verfangen hatten. Er schlüpfte in die bereitgelegte Hose und stellte überrascht fest, dass sie knapp unter seinen Knien endete. Obwohl sie um die Taille ein wenig weit war, passte sie ihm recht gut. Als Nächstes probierte er das Hemd. Es schien wie für ihn gemacht. Auf dem Boden fand er schließlich ein Paar handgefertigte Schaflederschuhe. Auch diese passten wie angegossen.

Sein leerer Magen knurrte bereits protestierend, als Declan seine Zimmertür öffnete und in eine Art Wohnküche mit Lehmboden hinaustrat. Sein Blick fiel auf ein großes Eisengitter, unter dem ein Feuer brannte, und einen schlichten Holztisch mit vier Stühlen. Über dem Rost befand sich ein Kamin, unter dem ein großer Eisentopf hing. Die winzige Frau, die er bereits am Strand gesehen hatte, stand daneben und rührte emsig. Sie wandte sich um, als sie ihn kommen hörte. Sie legte eilig die Schöpfkelle zur Seite und eilte auf ihn zu, bevor sie die Arme um ihn schlang und ihr Gesicht an seiner Brust vergrub.

»Ach, Johnny. Johnny«, wiederholte sie immer wieder. Dann löste sie sich von ihm, und ihre beiden wässrigen Augen blickten jeweils in eine andere Richtung.

Sie brabbelte etwas in einer Sprache, die er nicht verstand, bevor sie schließlich einen Stuhl heranzog und ihm bedeutete, sich zu setzen. Sie stellte einen Becher Milch vor ihm ab und sah zufrieden zu, wie Declan den cremigen Inhalt mit drei großen Schlucken hinunterstürzte. »Ith lan do bhidh«, sagte sie und stellte einen Teller Haferbrei, einen Laib selbstgemachtes Brot und ein Glas Wildbeerenkonfitüre vor ihm ab. Sie nickte anerkennend, als Declan den ganzen Laib Brot verschlang.

Er war noch nie in seinem Leben so hungrig gewesen, und dieses Mahl war das beste, das er jemals zu sich genommen hatte.

Als Declan gerade die letzten Krümel von seinem Teller sammelte, ging plötzlich die Haustür auf, und ein Windstoß wehte ein Huhn herein. Fionnaugh hatte die Tür mit dem Hintern aufgedrückt und trat nun rückwärts ein, wobei sie beide Arme um einen Korb voller Eier geschlungen hatte. Neben ihr tänzelte ein kleiner Hirtenhund umher. Als Fionnaugh Declan sah, lächelte sie schüchtern und zeigte ihm eine Reihe ebenmäßig weißer Zähne. Der Hund zeigte ihm ebenfalls die Zähne, jedoch weit weniger freundlich. Er begann, wütend zu bellen.

»Freuchie. Freuchie«, mahnte ihn Fionnaugh, und der Hund zog sich mit gesträubten Nackenhaaren von ihm zurück. Declan streckte eine Hand nach dem Tier aus. Es zog sich immer weiter in die Ecke zurück. Fionnaugh packte den Hund am Nacken und zog ihn in Declans Richtung. An Declans Fingern befand sich immer noch etwas Konfitüre. Er hielt sie von sich gestreckt, damit der Hund daran riechen konnte. Seine Aggression schien sich in Angst verwandelt zu haben. Der Hund zitterte, als Declans Finger sich seiner Nase näherten.

»Guter Junge, Freuchie.«

Der Hund konnte der Konfitüre nicht widerstehen und begann schon bald, Declans Finger abzulecken, und er erlaubte ihm schließlich sogar, ihn zu streicheln. Doch sobald die Konfitüre aufgeschleckt war, hetzte der Hund dem Huhn hinterher und jagte es zur Tür hinaus.

Fionnaugh half der älteren Frau, die Eier im Schrank zu verstauen, in dem sie bereits Kartoffeln und Wurzelgemüse aufbewahrten. Während die Frau ihm den Rücken zuwandte, warf Fionnaugh Declan immer wieder Blicke zu, als wollte sie mit ihm flirten. Dann senkte sie kurz die Augen, bevor sie ihn süß anlächelte. Er konnte nicht anders, er musste einfach zurücklächeln.

Declan nahm an, dass es sich bei der älteren Frau um Fionnaughs Mutter handelte. Bald darauf begannen die beiden, sich zu streiten. Declan hörte einige Male den Namen »Johnny« und das Wort »Brudhair«. Aus den Blicken, die die beiden Frauen ihm immer wieder zuwarfen, schloss Declan, dass sie über ihn sprachen. Er musste *Johnny* sein. Derjenige, über den sie sprachen, denn ihm fiel kein anderer Name ein. Er beschloss, einen Spaziergang zu machen, während die Frauen ihren Streit austrugen. Er war ganz offensichtlich der Grund, warum sie sich so heftig zankten.

kapitel dreizehn

Janine, die diensthabende Wachbeamtin, unterbrach Natashas Tagträume von ihrem Leben nach dem Gefängnis. Janine war im Laufe ihrer Haft ihre spezielle Freundin geworden. Natasha machte es nichts aus, ab und zu Janines Muschi zu lecken, denn sie hatte dafür einen Dildo zum Umschnallen bekommen, mit dem auch sie selbst ein wenig Spaß haben konnte. Natasha hatte damit schon einige der anderen Frauen gevögelt und besonderen Gefallen an ihrer aktuellen Zellengenossin »Maus« gefunden. Maus, ein schottisches Mädchen aus Glasgow, das mit richtigem Namen Barbara Fellen hieß, saß wegen Urkundenfälschung ein. Ihre Spezialität waren gefälschte Reisepässe. Natasha hatte sie sehr genau darüber ausgefragt, wie man zu einem gefälschten Pass kam. Aktuell brauchte sie zwar keinen, aber man wusste nie, wann dieses Wissen vielleicht einmal nützlich sein würde. Natasha mochte es, wenn ihr alle Möglichkeiten offenstanden.

»Khomeini. Besuch«, brüllte Janine.

Natasha seufzte. Das war ohne Zweifel ihr Vater. Aber solange er Klatschzeitschriften mitgebracht hatte, würde sie es mit ihm aushalten. Sie konnte es nur nicht leiden, wenn er emotional wurde, und das wurde er immer.

Janine führte Natasha den pinkfarbenen Flur hinunter in den Empfangsraum, in dem eine durchgesessene Couch und einige Tische und Stühle standen und wo die Insassinnen einmal in der Woche ihre Familien und Freunde empfangen durften. Khaleed Khomeini erhob sich, als seine Tochter auf ihn zutrat, drückte ihr einen flüchtigen Kuss auf die Wange und überreichte ihr einen Stapel Klatschzeitschriften. Er war ein dünner, nervös wirkender Mann, gezeichnet vom Alter und von der – wie er es nannte – »Schande«, die seine Tochter über ihn gebracht hatte.

»Hi Paps.«

Khaleed zuckte zusammen.

»Bitte nenne mich nicht so. Ich bin dein Vater, und so solltest du mich auch nennen. Paps klingt billig und banal.«

»Ja, Vater«, murmelte Natasha.

»Also, was hast du vor?«, fragte Khaleed.

»Was ich vorhabe?«, erwiderte Natasha.

»Du wirst in ein paar Monaten aus dem Gefängnis entlassen. Und danach musst du schließlich irgendetwas tun«, erklärte Khaleed.

Natasha zuckte mit den Schultern.

»Ich weiß es nicht. Vielleicht suche ich mir ’nen Job in ’ner Bar«, sagte sie.

»Bitte, Tochter. Du bist doch um einiges klüger«, erwiderte Khaleed. »Warum machst du keine Ausbildung und lernst etwas Brauchbares? Du weißt, dass ich dich dabei sehr gerne unterstützen würde.«

Natasha musste zugeben, dass ihr Vater, der Autohersteller mit Stoffen für Sitzbezüge belieferte und damit reich geworden war, sehr großzügig war. Sie gähnte.

»Ja, vielleicht.«

Khaleeds Augen begannen zu leuchten.

»Aber zuerst …«, sagte Natasha, die beschlossen hatte, ihren Vorteil auszunutzen.

»Ja, alles, was du willst«, unterbrach sie Khaleed.

»… zuerst brauche ich etwas Urlaub, wenn ich hier rauskomme«, sagte Natasha.

»Warum brauchst du denn Urlaub?«, wollte Khaleed wissen. »Du hattest doch praktisch die letzten drei Jahre Urlaub.«

Natasha sah sich um.

»Ja, das hier ist wirklich ein Urlaubsparadies«, erwiderte sie. »Sehr malerisch. Ich bin hier im *Gefängnis,* Vater.«

»Und wessen Schuld ist das?«, fragte Khaleed frustriert.

»Meine. Ja, das weiß ich«, seufzte Natasha.

»Und das nur, weil du dummes Mädchen so besessen von diesem verdammten Sänger bist«, sagte Khaleed.

»Er ist tot. Wusstest du das?«, fragte Natasha.

»Ich verfolge solche Dinge nicht«, sagte Khaleed. »Aber es ist vermutlich eine gute Sache, dass er tot ist.«

Natashas Augen blitzten auf. »Wie kannst du so etwas nur sagen? Er bedeutet mir alles.«

»Er war doch bloß ein Junge, der infantile Musik machte«, erwiderte Khaleed.

»Ich werde dafür sorgen, dass er weiterlebt«, sagte Natasha. »Ich werde ein Buch darüber schreiben, wie sehr er mich geliebt hat.«

Khaleed Khomeini gab auf. Er wusste, dass es sinnlos war, weiter mit seiner dickköpfigen Tochter zu diskutieren.

Declan fühlte sich benommen und verwirrt, als er den Pfad hinunterstieg, der vom Haus fortführte. Er starrte erstaunt auf den Strand hinunter. Etwas Dunkles trieb im Wasser. Er nahm ein Stück Treibholz, trat ans Wasser und zog das Ding zu sich. Es war eine Männerjacke. Schließlich folgten noch eine Hose und ein Paar durchtränkter Schuhe. Er untersuchte die Jacke und spürte etwas Hartes im Inneren. Er öffnete den Reißverschluss der Innentasche und fand ein Messer, das man zu mehreren Werkzeugen umbauen konnte, und ein Päckchen mit einer Art dünnem Draht.

Diese Dinge bedeuteten ihm etwas, doch er konnte nicht sagen, was.

Er klemmte sich das eine Ende des Drahtes zwischen die Zähne und hielt das andere mit der Hand gespannt. Dann zupfte er daran und war erfreut, als ein Ton erklang. Aber warum?

Declan legte die nassen Kleidungsstücke auf den Sand und zeichnete ein ovales Gesicht mit Augen und einem Mund darüber. Dann fügte er vor den Jackenärmeln ein Paar Hände und unter den Hosenbeinen ein Paar Knöchel hinzu, damit die Schuhe Halt fanden. Er hatte einen Mann erschaffen. Eine leere Hülle, wie er selbst eine war.

»Johnny?«

Declan hob den Blick und sah Callum, der mit einem Bündel Seegras auf ihn zukam.

»Ith, ith«, sagte Callum und riss das dunkelgrüne Seegras in zwei Teile. Declan sah ihn verständnislos an, denn er wusste nicht, was von ihm erwartet wurde. Callum lachte, steckte sich die Hälfte des Seegrases in den Mund und begann zu kauen. Er nickte immer noch und fuchtelte mit der anderen Hälfte durch die Luft, bis Declan danach griff und sie sich ebenfalls in den Mund steckte. Callum nickte zustimmend und tätschelte seinen dicken Bauch. Dann warf er einen Blick auf den Sand und das, was der junge Mann gezeichnet hatte. Er sah Declans moderne Kleider nicht und auch nicht das Schweizer Armeemesser oder die Gitarrensaiten. Callum sah nur das ovale Gesicht mit den Augen und dem Mund und dem Paar Hände, die zu keinem Körper zu gehören schienen. Es sah aus wie die Zeichnung eines kleinen Kindes.

kapitel vierzehn

Während der Wochen nach Declans Tod, die sich wie bleischwere Ziegelsteine auf ihre Seele legten, unternahm Elizabeth lange, einsame Spaziergänge in die Berge. Nachdem ihr Vater Jack gestorben war, hatte sie dasselbe getan. Eines Tages erklomm sie den Arkle Mountain und kehrte erst am Abend heim. Vom Gipfel aus konnte sie die Insel Handa als winzigen Punkt in der Ferne ausmachen. *Warum? Warum nur?*, fragte sie sich selbst. *Warum musste er so jung sterben?*

Der Wind am Gipfel rauschte wild in ihren Ohren und schlug ihr die Haare ins Gesicht. »Declan, oh Declan«, heulte sie. »Wo bist du? Warum hast du mich verlassen?« In der Ferne begann ein einsames Schaf zu blöken. Elizabeth glaubte, Declans Stimme zu hören, die ihren Namen flüsterte. Doch das war bloß Wunschdenken, wie sie sich selbst versicherte. Ein paar Regentropfen trafen ihr Gesicht. Es war nun beinahe zwei Monate her, seit ihr Leben zerbrochen war. Es wurde Zeit, zurückzukehren. Sie schlang sich ihren Regenmantel um den Körper. Zeit, zurückzukehren. Dieser Gedanke hallte lange in ihrem Kopf nach. Dieser Ort, der einst eine Zufluchtsstätte gewesen war, versank nun in Dunkelheit und Trauer. Es wurde Zeit, zurückzukehren und die Trauer hinter sich zu lassen. Sie würden aus dem Cottage ausziehen, es vielleicht sogar verkaufen. Das wogende Meer, das sie von ihrer Veranda aus beobachten konnte, verschaffte ihr keinen Trost mehr. Sie hasste es mittlerweile. Wäre Effie nicht da gewesen, hätte sie der Nordatlantik womöglich ebenfalls zu sich geholt.

Kurz nach dem Unfall, als Elizabeth noch schwer an der Verzweiflung zu tragen gehabt hatte, waren sie und Effie über den weißen Sand des Oldshoremore Strandes spaziert. Die Trauer war so überwältigend, dass es Elizabeth plötzlich nur logisch erschien, sich zu Declan zu gesellen. Er lag doch irgendwo dort draußen auf dem Meeresgrund, nicht wahr? Und er wartete sicher auf sie. Sie stürzte sich ins Wasser, die Wellen spritzten auf, und sie strauchelte.

»Nein, Elizabeth«, schrie Effie und lief hinter ihr her. Es war gerade Flut. Eine riesige Welle erfasste zuerst Elizabeth und dann auch Effie, und sie wurden wie Seetang herumgewirbelt.

»Denk an deine Kinder«, brüllte Effie und versuchte, sie zu packen. »Denk an Jack und Camille.«

Doch in diesem Augenblick bedeuteten Elizabeth diese Namen nichts mehr. Sie wusste nur, dass etwas sie hinaus in die unendliche Weite des Ozeans zog. Sie hatte das Gefühl, dass sie sich nur ergeben musste, dann würde alles wieder in Ordnung kommen. »Elizabeth«, schrie Effie. »Komm zurück. Ich bin keine sehr gute Schwimm…« Die Gedanken wirbelten durch Elizabeths Kopf wie Kleidungsstücke in einem Wäschetrockner, als Effie plötzlich unterging. Dann gewann ihr Instinkt die Oberhand. Sie begann zu strampeln und kraulte zu der Stelle, wo sie Effie zum letzten Mal gesehen hatte. Da war sie. Elizabeth griff nach unten, schnappte Effies Kragen und zog sie daran an Land. Der Zeitpunkt war perfekt, denn eine riesige Welle erfasste Effie und schwemmte sie in Richtung Strand. Elizabeth schwamm ihr nach. Endlich befanden sie sich wieder im seichten Wasser. Elizabeth taumelte rückwärts und stemmte sich auf die Beine.

»Mein Gott, Effie. Es tut mir leid«, keuchte Elizabeth. »Ich weiß nicht, was in mich gefahren ist.«

»Die Trauer«, antwortete Effie und schnappte nach Luft. »Und diese Monsterwelle. Verdammt noch mal, Elizabeth, was zum Teufel hast du dir dabei gedacht?«

Die beiden Freundinnen wateten Arm in Arm zurück zum Strand und brachen schließlich im Sand zusammen.

Elizabeth begann zu weinen.

»Beinahe hätte ich dich auch noch verloren, Effie.«

Effie legte einen Arm um Elizabeth.

»Es braucht schon mehr als einen verdammten Ozean, um mich alle zu machen«, sagte sie.

»Es wäre eine Tragödie gewesen«, schluchzte Elizabeth. »Denk doch nur, wie furchtbar es hätte enden können.«

»Das spielt jetzt keine Rolle mehr«, erklärte Effie bestimmt. »Du hast für einen Moment den Verstand verloren, das ist alles. Es ist doch nichts passiert.«

»Meine Kinder. Wie konnte ich sie nur vergessen?«, schluchzte Elizabeth.

»Aber du denkst jetzt an sie«, sagte Effie. »Das ist die Hauptsache.«

»Ich kann immer noch nicht glauben, dass er fort ist, Effie. Ich kann es einfach nicht glauben. Ich habe immer noch das Gefühl, dass er irgendwann wieder auftauchen wird.«

»Nun«, sagte Effie. »Vielleicht wäre es das Beste, wenn du dir vorstellst, dass er nur eine Weile fort ist und bald wiederkommt. Was kann es schon schaden, wenn es dir hilft, einen Tag nach dem anderen zu überstehen?«

In der darauffolgenden Nacht träumte Elizabeth zum ersten Mal seit Wochen wieder von Declan. Sein makelloses Gesicht und seine lebhaften kornblumenblauen

Augen waren zum Greifen nah. Sie träumte davon, wie sie die schwarzen Locken streichelte, die seinen Kopf umrahmten, und sich sehnsüchtig an seinen Nacken schmiegte. In ihren Träumen küsste sie ihn. Sie spürte seine starken Arme, die sie umschlangen. Und sie erwachte in seiner sicheren Umarmung, bloß um festzustellen, dass sie sich das Laken um den Körper gewickelt hatte und ihr Kissen von Tränen durchnässt war.

kapitel fünfzehn

Declan war sich nicht sicher, wie viel Zeit vergangen war, seit er an diesen seltsamen Ort gespült worden war. Er saß niedergeschlagen auf einem flachen Stein und versuchte, sich einen Reim auf seine Situation zu machen. Befand er sich wirklich im Jahr 1846? Er hatte den Kalender von der Wand in seinem Zimmer genommen und Callum und Moira das Jahr gezeigt. Die beiden hatten bloß genickt und ihn angelächelt, als wollten sie sagen: »Ja. Und weiter?«

Seine Erinnerungen blieben hinter einer dichten Nebelwand verborgen, die sich allerdings ab und zu lichtete und ihn einen Blick auf Menschen erhaschen ließ, die er zu kennen glaubte: eine blonde Frau mit einem freundlichen Gesicht. Eine rothaarige Schönheit. Declan befand sich an einem seltsamen Ort, an einem wilden, abgelegenen Ort. Moira und Callum, die ihn bei sich aufgenommen hatten, wirkten freundlich und besorgt. War er mit ihnen verwandt? Er glaubte nicht daran. Moira nannte ihn »Johnny« und tat, als wäre er ihr Sohn. War er tatsächlich ihr Sohn? Und wenn er ihr Sohn war, bedeutete das dann, dass das Mädchen mit den rotblonden Haaren, das sie Fionnaugh nannten, seine Schwester war? Nein, Fionnaugh war ganz sicher nicht seine Schwester, denn sonst würde sie ihm nicht andauernd so aufreizende Blicke zuwerfen.

Elizabeth war vollkommen erschöpft und emotional am Ende. Sie hatte das Gefühl, als hätte sie keine Tränen mehr übrig. Der Wind heulte über Kinlochbervie, und es war das Geräusch der Trauer. Der Regen, der vom Himmel fiel, schien wie der Schmerz, den ihr Herz erlitten hatte, nachdem es im Meer der Tränen ertrunken war.

Effie spendete Elizabeth Trost. Sie saß Nacht für Nacht bei ihr, während Elizabeth die Grausamkeit des Schicksals beklagte. Sie hörten sich immer und immer wieder Declans Songs an, denn sie waren wie eine bittersüße Erinnerung daran, was hätte sein können. Als der schmerzerfüllte Sommer schließlich in den Herbst überging, gestand Elizabeth Effie, dass sie beschlossen hatte, nach Toronto zurückzukehren.

»Ich kann einfach nicht mehr länger hierbleiben«, sagte sie. »Das Meer macht mich verrückt. Ich werde das Cottage verkaufen.«

»Man sollte keine wichtigen Entscheidungen treffen, während man trauert«, riet ihr Effie.

»Trotzdem muss ich aus dem Haus ausziehen«, erklärte Elizabeth.

»Du könntest es vermieten«, schlug Effie vor.

»Es wird sich niemand finden, der es mieten möchte«, sagte Elizabeth. »Der Winter steht vor der Tür, und glaub mir, dieser Ort ist im Winter kein Paradies. Die Tage sind kurz. Die Nächte lang und dunkel. Es ist bitterkalt. Und Hagelstürme heulen ums Haus.«

»Das klingt doch wunderbar«, meinte Effie.

Es dauerte einige Augenblicke, bis Elizabeth bewusst wurde, was Effie gerade gesagt hatte.

»Du? Du willst hier wohnen?«, fragte Elizabeth.

Effie nickte.

»Eine Weile. Ich möchte es mieten.«

»Nein, sicher nicht«, erwiderte Elizabeth. »Du kannst hierbleiben, solange du willst. Ohne dich hätte ich die letzten Monate nicht überstanden.«

»Ich komme mit zurück nach Toronto, wenn du es möchtest«, erklärte Effie.

»Das weiß ich«, sagte Elizabeth. »Aber ich denke, dass es an der Zeit ist, mein Leben wieder selbst in die Hand zu nehmen. Du warst wie ein Schutzengel für mich und die Kinder, ich kann dir gar nicht genug danken.«

»Es tut mir so leid, dass du solchen Kummer und Schmerz erleiden musstest«, sagte Effie.

»Mir tut es auch leid. Ich vermisse ihn so sehr«, sagte Elizabeth.

Effie legte ihrer Freundin einen Arm um die Schulter.

»Und ich denke, das wird auch für immer so bleiben«, sagte sie.

Effie zog ein Taschentuch hervor, damit Elizabeth sich die Tränen abtupfen konnte, von denen sie gedacht hatte, sie hätte alle verbraucht.

»Aber mit jedem Tag, den du durchhältst, mit jedem Tag, den du überstehst, wirst du ein winziges Stück stärker«, sagte Effie.

Elizabeth lächelte matt.

»Ich weiß, dass du recht hast, Eff. Aber es sind nicht die Tage, denn da versuche ich einfach, mich zu beschäftigen. Es sind die langen Nächte, die so furchtbar weh tun«, sagte Elizabeth.

»Natürlich«, sagte Effie. »Aber Declan kann in deinen Träumen zu dir kommen.«

Elizabeth warf ihrer Freundin einen erstaunten Blick zu.

»Es ist seltsam, dass du das sagst. Letzte Nacht habe ich geträumt, eine Libelle zu sein. Ich flog über einen wunderschönen, vollkommen ruhigen See. Und als ich hinunter aufs Wasser blickte, sah ich Declans Spiegelbild«, sagte Elizabeth. »Er war nicht wirklich da, bloß sein Spiegelbild. Ich versuchte also, auf dem Wasser zu landen, um ihn zu berühren, doch ich verursachte dadurch kleine Wellen, und sein Gesicht verschwamm. Die einzige Möglichkeit, ihn noch einmal zu sehen, war, wieder davonzufliegen.«

»Das ist ja wunderschön«, seufzte Effie. »Das war dein Unterbewusstsein, das versucht, dich vor der Trauer zu schützen. Es sagt dir, dass du fortfliegen musst, um alles aus einer anderen Perspektive zu sehen, und genau das wirst du tun.«

»Du bist brillant«, erklärte Elizabeth.

Effie bezeichnete sich selbst als spirituell, obwohl sie nicht im herkömmlichen Sinn religiös war. Doch sie sah immer wieder Zeichen und Omen und glaubte fest an das Schicksal und die Astrologie. Effies Meinung nach war Elizabeths Traum definitiv ein Zeichen, dass Elizabeth eine neue Richtung einschlagen musste.

Elizabeth war sehr erfreut, dass Effie bleiben und sich um das Haus kümmern wollte. Nachdem sie nun endlich die Entscheidung getroffen hatte, nach Toronto zurückzukehren, hatte sie das Gefühl, dass ihr Leben vielleicht schon bald wieder ins Lot kommen würde.

»Sobald ich wieder ein wenig auf die Beine gekommen bin, können wir ja noch einmal über unser Magazin nachdenken«, sagte Elizabeth.

»Sicher«, sagte Effie. »Es wird ohnehin eine Weile dauern. Ich kann ja schon mal ein paar Leute anschreiben. Mal sehen, ob Interesse besteht. Und vielleicht einen Businessplan ausarbeiten.«

Elizabeth küsste die rundliche Wange ihrer Freundin. Seit sie in Kinlochbervie war, hatte Effie mindestens zehn Kilo zugenommen, und es stand ihr gut.

»Aber jetzt sagen Sie mir, Miss Effie«, fragte Elizabeth,

die sich nun um einiges besser fühlte, »hat vielleicht ein bestimmter, ein wenig zu klein geratener Schotte etwas mit deinem Wunsch zu tun, hierzubleiben?«

»Möglicherweise«, erwiderte Effie.

»Erzähl mir von euch«, bat Elizabeth. »Du hast schon seit Ewigkeiten nicht mehr von Jimmy gesprochen.«

Seit der Tragödie war Effie sehr diskret gewesen und hatte sich nur mit Jimmy Mack getroffen, wenn Elizabeth gerade etwas zu erledigen hatte, wie zum Beispiel mit den Zwillingen zur Vorsorgeuntersuchung nach Inverness zu fahren.

Jimmy war sehr verständnisvoll und drängte Effie nie, mehr Zeit mit ihm zu verbringen. Aber wenn sich die Gelegenheit ergab, schätzte er es sehr, mit ihr zu schlafen, und nannte sie »mein hübsches Mädel«.

Nach dem Zwischenfall am Strand hatte Effie beschlossen, dass sie und die Zwillinge schwimmen lernen sollten. Nun fuhr Jimmy sie jeden Samstag zum Schwimmbad in Ullapool, wo Kinder und Erwachsene Schwimmunterricht erhielten. Effie war erstaunt, als sie erfuhr, dass Jimmy Mack ebenfalls nicht schwimmen konnte. Tatsächlich konnten das in Kinlochbervie nicht einmal die Fischer.

»Aber warum denn nicht?«, fragte Effie.

»Die Fischer glauben, dass es länger dauert, bis man tot ist, wenn man schwimmen kann, und das wollen sie nicht«, antwortete Jimmy schroff. Es war eine seltsame Logik, aber in gewisser Weise verstand sie es auch. Sie schnitt das Thema nie wieder an, doch sie bestand darauf, weiterhin den Schwimmunterricht zu besuchen, bis sie und die Zwillinge Wassertreten und sich im Wasser treiben lassen konnten.

»Jimmy hat mich gebeten zu bleiben«, erklärte Effie

Elizabeth. »Tatsächlich hat er mich sogar gefragt, ob ich zu ihm ziehen möchte, aber das habe ich abgelehnt. Mir gefallen die Dinge so, wie sie sind. Getrennte Wohnungen. Kein Druck. Und niemand, der im Bett furzt. Und damit meine ich mich selbst.«

»Willst du damit sagen, dass du nicht furzt, wenn Jimmy in der Nähe ist?«, fragte Elizabeth.

»Nicht, wenn es sich vermeiden lässt«, erwiderte Effie. »Und das gelingt mir nicht besser als jedem anderen, aber wenn Jimmy in der Nähe ist, dann macht es mir nicht gerade Spaß.«

»Wusstest du, dass man durch Furzen jemanden umbringen kann?«, fragte Elizabeth.

Effie hob die Augenbrauen. »Niemals!«

»Doch, wirklich«, erwiderte Elizabeth. »Vor einigen Jahren stand ein Mann genau deshalb vor Gericht. Er hielt seine Frau unter der Decke gefangen, während er furzte. Sie starb. Es war das Methan. Es ist ein tödliches Gas.«

»Oh mein Gott«, sagte Effie. »Du hast ein immenses Wissen an nützlichen Dingen.«

Elizabeth fuhr fort. »Es nennt sich ›Holländischer Ofen‹. Ernest Borgnine, ein Filmstar aus den Vierzigern, hat ihn bei seiner Frau Ethel Merman angewandt.«

Effie sah sie gespannt an. »Und was ist dann passiert?«

»Was glaubst du?«, sagte Elizabeth. »Sie ließ sich scheiden.«

»Das dachte ich mir«, erwiderte Effie.

»Aber stell dir einmal vor, alle Welt weiß, dass das der Grund für die Scheidung war. Ist das nicht furchtbar peinlich?«, fragte Elizabeth.

»Ja. Danach haben es wohl sehr viele Leute vermieden, in Ethels Nähe einen fahren zu lassen«, lachte Effie.

»Mein Gott. Das ist ja schlimm. Was für eine Art, sich zu verabschieden. Ich wünschte, ich hätte die Geschichte bereits gekannt, als ich noch mit Stevie zusammen war.«

»Du bleibst also weiter mit Jimmy zusammen?«, fragte Elizabeth.

»Zum Teufel, aber ja«, sagte Effie. »Wo finde ich sonst einen Kerl, der mich *Mädel* nennt?«

kapitel sechzehn

Die Besuchszeit ging für diesen Tag zu Ende. »Also, wohin willst du in den Urlaub fahren?«, fragte Khaleed Khomeini seine Tochter resigniert.

»Schottland«, erwiderte Natasha.

Khaleeds Augenbrauen schossen in die Höhe.

»Schottland ist wohl kaum ein typisches Urlaubsziel«, sagte er.

»Ich will den Ort sehen, wo Declan Thomas gestorben ist.«

Als sie sah, wie ihr Vater die Augen verdrehte, fügte Natasha noch schnell hinzu: »Und danach werde ich eine Ausbildung beginnen und … Ärztin werden.«

Khaleed strahlte.

»Das wäre wunderbar. Ich wäre sehr stolz auf dich«, sagte er.

»Ja, klar. Das ist die Hauptsache. Es geht doch immer bloß um dich, nicht wahr, Pap… Vater?«, erwiderte Natasha.

»Du machst mich sehr glücklich«, sagte Khaleed. »Ich werde dir sofort das Geld überweisen.«

Natasha dachte einen Augenblick lang nach.

»Wir haben doch immer noch das Haus oben im Norden, oder etwa nicht?«, fragte sie.

»Ja, natürlich«, sagte Khaleed. »Die Asche deiner Mutter wurde dort verstreut. Aber warum fragst du?«

»Ich habe mir nur gedacht, dass ich gerne eine Zeitlang alleine wäre«, sagte Natasha.

Sie sah sich um. »Hier ist man nicht oft alleine.«

Khaleed griff in die Tasche seines wahnsinnig teuren,

maßgeschneiderten Anzugs, der eigens für seinen schmächtigen Körper angefertigt worden war. Er holte einen Schlüssel hervor. »Ich hatte schon gehofft, dass du einige Zeit mit dem Geist deiner verstorbenen Mutter verbringen möchtest, also habe ich dir einen Zweitschlüssel anfertigen lassen.«

»Super, danke«, sagte Natasha. »Aber ich darf ihn hier drinnen nicht behalten. Nimm ihn mit nach Hause und häng ihn mir einfach ans Schlüsselbrett.«

Khaleed lehnte sich über die durchgesessene Couch und drückte seiner Tochter einen weiteren flüchtigen Kuss auf die Wange.

»Du machst mich wieder einmal sehr stolz«, sagte Khaleed.

»Ja, ja. Und das ist alles, was zählt«, erwiderte Natasha.

Sie stand auf, um zu gehen, und klemmte sich die Klatschzeitschriften unter den Arm.

»Tschüss, Paps. Vergiss das Geld nicht.« Sie warf ihm ein süßes Lächeln zu. »Und sei ruhig großzügig. Das Medizinstudium wird eine ganze Weile dauern, und ich will mich vorher noch ordentlich amüsieren.«

Khaleed machte beinahe Luftsprünge, als er das Gefängnis verließ. Seine Tochter wollte Ärztin werden. Sie würde den guten Ruf der Familie wiederherstellen. Er wollte es der ganzen Welt sagen.

Natasha schlurfte zurück in ihre Zelle. Ärztin ... ja genau. Der war gut. Sie grinste. Ihr alter Herr war ein gutgläubiger Trottel. Sie würde eine berühmte Schriftstellerin werden. Scheiß auf Elizabeth Harding. Natasha warf die Klatschmagazine auf ihre Pritsche. Declan Thomas war beinahe in jedem davon zu sehen. Sie blätterte die Zeitschriften durch, immer auf der Suche nach Bildern, die sie herausschneiden konnte. Viele hatten dasselbe Foto verwendet: Darauf blickte Declan besonders intensiv in die Kamera. Diese Augen sahen sie voller Verlangen und Bewunderung an. Voller Liebe. Natasha küsste seinen Mund auf dem Papier und erinnerte sich daran, wie er sich in Wirklichkeit angefühlt hatte.

Natasha hatte sich in dem Augenblick, als sie ihn das erste Mal auf der Straße spielen sah, Hals über Kopf in Declan verliebt. Er konnte damals kaum älter als neunzehn Jahre alt gewesen sein. Sie war vollkommen hin und weg. Nicht bloß wegen seiner Stimme, sondern auch wegen seines schlanken Körpers, der puren Sexappeal verströmte. Sie warf einen Dollar in seinen Gitarrenkoffer, fing den Blick seiner blauen Augen auf und lächelte.

Ihr war bewusst, dass er sie musterte, während er weitersang. Sie blieb in seiner Nähe. In jener Nacht lag er zum ersten Mal in ihren Armen. Er war kein sonderlich guter Liebhaber, aber sie zeigte ihm alles. Sie zeigte ihm, was einem Mädchen gefällt. Er hatte überrascht reagiert, als sie ihn gebeten hatte, sie zu fesseln, doch dann hatte er gehorcht, und der Sex war wirklich heiß gewesen. Er liebte es, sie zu vögeln, und er liebte es, wenn sie ihm ihre versauten Fantasien verriet.

Natasha blätterte weiter die Zeitschriften durch, dieses Mal auf der Suche nach ihrem Namen. Sie hielt überrascht auf der zweiten Seite eines der Magazine inne, dann packte sie die Wut. Die Überschrift lautete: *Die trauernde Mutter.* Auf dem Foto war Elizabeth zu sehen, die sich hinter einem Schal und einer dunklen Sonnenbrille versteckte und ihre Kinder in einem Zwillingswagen vor sich herschob. *Wie kann diese Schlampe es wagen, alle Trauer für sich zu beanspruchen?*, dachte Natasha. Hätte sie bloß die Gelegenheit gehabt, mehr Zeit mit Declan zu verbringen, dann wäre sie die Mutter dieser Gören. Sie und Declan wären an einen sonnigen Ort gezogen, nein, an einen abgelegenen Ort, weit entfernt von den neugierigen Fotografen, die sich alle darum zankten, ein Bild von ihr zu ergattern. Sie dachte darüber nach, wie sie sich verkleiden würde. Vielleicht mit einer blonden Perücke, damit sie sich unbehelligt in der Öffentlichkeit bewegen konnte, obwohl sie ihre Tarnung ab und zu vielleicht fallenlassen und ein oder zwei Fotografen einige Fotos schießen lassen würde. Natasha sah die Schlagzeilen bereits vor sich. »Declan Thomas wieder mit seiner wunderschönen ersten Liebe vereint.« *Scheiße. Scheiße. Scheiße.* Das würde nicht passieren. Er war tot. Sie sah eine neue Schlagzeile vor sich, die ihr besser gefiel: »Declan Thomas' wunderschöne und äußerst heiße erste Liebe verrät in ihrem aktuellen Bestseller alles.« Ja, das war viel besser.

Zufrieden lehnte sich Natasha zurück und begann, in den Zeitschriften nach Filmstars zu suchen, die sie in der Verfilmung ihres Buches spielen könnten. Wenn sie damit fertig war, würde sie die Klatschmagazine gegen andere Gefälligkeiten eintauschen. Sie wusste, dass Maus bald wiederkommen und ganz versessen darauf sein würde, es ihr zu besorgen. Vielleicht würden sie heute Abend wieder den Umschnall-Dildo verwenden. Warum eigentlich nicht? Die Gedanken an Declan hatten Natasha scharfgemacht. Die arme Maus würde sie wohl vermissen, wenn Natasha Mitte September aus dem Gefängnis entlassen wurde. In ein paar Wochen würde sie der ganzen Welt zurufen, sich doch selbst ins Knie zu ficken.

kapitel siebzehn

Declan hatte noch immer keine Ahnung, wie es ihn an diesen seltsamen Ort verschlagen hatte oder wer er war. Er sprach die Sprache der Menschen um ihn herum nicht, obwohl er sich mit Hilfe einiger Handzeichen und einfacher Worte verständigen konnte.

Etwas weiter den Hügel hinauf befanden sich noch andere Häuschen, doch die Familien hier blieben lieber unter sich. Declan hatte einige Frauen beobachtet, die hinter ihren Häusern Wäsche auf die Leine hängten, und Männer, junge wie alte, die zum Fischen ausfuhren. Zwei etwa zehnjährige Mädchen spielten oft mit einem Reifen und einem Stock im Freien, doch sobald sie ihn sahen, begannen sie zu kichern und liefen zurück in ihre Häuser.

Einmal war er gerade einen lehmigen Pfad entlanggeschlendert, als er auf einen etwa achtzehnjährigen Jungen mit roten Haaren und einem Gesicht voller Pickel und Sommersprossen stieß. Nachdem der mürrische Junge an ihm vorbeigegangen war, hörte Declan, wie dieser sich geräuschvoll räusperte. Dann landete ein großer Klumpen Schleim direkt vor Declans Füßen. Er drehte sich um, um den Jungen einen bösen Blick zuzuwerfen, doch dieser ging einfach weiter in die andere Richtung. »Ja«, murmelte Declan. »Du mich auch.«

Moira war noch immer sehr besorgt um ihn, und allein die Vorstellung, er könnte dem Meer zu nahe kommen, brachte sie zur Verzweiflung.

Als Callum schließlich andeutete, dass Declan ihn bei

seinem monatlichen Ausflug aufs Festland begleiten sollte, um dort Vorräte einzukaufen, war Moira außer sich. Declan wollte gerade ins Boot klettern, als sie an den Strand gelaufen kam und weinend die Arme um ihn schlang. »Johnny. Chan! Chan!«

Callum rollte mit den Augen, als wollte er sagen: »Diese Frau hat nicht mehr alle Tassen im Schrank.« Resigniert scheuchte er Declan schließlich von Bord und machte sich mit mächtigen Ruderbewegungen alleine auf den Weg.

Moira tupfte sich die Augen mit ihrer Schürze trocken und tanzte um Declan herum, während sie ihn den Pfad hinauf in Richtung Steincottage drängte. Plötzlich tauchte Freuchie auf, was ein Zeichen war, dass sich auch Fionnaugh in der Nähe befand. Der Hund folgte ihr überallhin. Jedes Mal, wenn Freuchie Declan sah, bellte er, als wäre er ein Fremder.

»Freuchie. Ruhig«, befahl Fionnaugh, die mit einem Eimer auf dem Arm und einem Schemel in der Hand hinter dem Haus hervortrat. Ihre Haut war so weiß wie Alabaster, doch sie begann leicht rötlich zu schimmern, wann immer sie Declan sah. Sie wechselte einige Worte mit ihrer Mutter, die zustimmend nickte.

Fionnaugh nahm Declans Hand. Sie deutete auf den Eimer und machte ein muhendes Geräusch. Declan verstand sofort, dass sie die Kuh melken wollte. Das Tier lebte in einer Bodensenke hinter dem nächsten Hügel, wo Gras im Überfluss zur Verfügung stand.

Fionnaugh stellte den Schemel ab, plazierte den Eimer unter dem geschwollenen Euter der Kuh und bedeutete Declan, sich zu setzen. Er tat, wie ihm geheißen, und starrte ratlos auf die hervorstehenden Zitzen. Fionnaugh zeigte ihm, wie er daran ziehen musste. Er griff nach einer der seidig glatten Zitzen und zog daran. Nichts geschah. Die Kuh muhte verärgert auf. Fionnaugh kniete sich neben Declan nieder. Sie griff nach seiner Hand und zeigte ihm, wie man die Zitzen kraftvoll massierte, damit sich ein Strahl Milch in den Eimer ergoss. Declan schaffte es bald darauf alleine. Fionnaugh wich nicht von seiner Seite. Sie betrachtete sein Profil, während er arbeitete, seine dunklen Haare, die in Locken auf seine Schultern fielen, und seinen konzentrierten Blick, während er versuchte, die Technik des Melkens zu erlernen.

Auch Declan spürte natürlich die körperliche Nähe des Mädchens. Sie lehnte sich nahe an ihn heran und murmelte leise Worte, von denen er instinktiv wusste, dass sie nichts mit dem zu tun hatten, was er gerade tat.

Fionnaughs Atem roch so süß wie frisch gemähtes Heu. Sie roch nach der frischen Meeresbrise. Ihre Wange war nun so nahe, dass sie sich wohl geküsst hätten, hätte er den Kopf nur ein wenig zur Seite gedreht. Declan spürte, wie er hart wurde. Fionnaugh wollte ihn ganz offensichtlich. Er drehte den Kopf, um sie zu küssen, doch dann bemerkte er zwei Gestalten, die den Hügel herunter auf sie zukamen. Es waren Moira und der übelgelaunte Junge namens Iain. Sobald Fionnaugh die beiden sah, sprang sie auf, als hätte sie sich verbrannt. Sie raffte ihren Rock und lief auf die beiden zu, wobei sie auf Declan zeigte und lachte, als wollte sie sagen: »Seht nur, er hat es geschafft.«

Die Kuh gab keine Milch mehr, und der Eimer war voll. Declan war ziemlich zufrieden mit sich selbst. Er stand auf und bemerkte, dass sich seine Erektion nur langsam zurückbildete. Der Junge bemerkte es ebenfalls. Er murmelte leise vor sich hin, während er auf Declan zueilte und wütend nach dem vollen Eimer griff, so dass die Milch herausschwappte.

»Iain«, mahnte ihn Moira. »Thugad.«

Moira bedeutete Declan und Fionnaugh, dass sie ihr ins Haus folgen sollten. Nachdem sie einige Schritte gegangen waren, wandte sich Fionnaugh zu Declan um. Sie wickelte sich eine Locke um den Finger und warf ihm ein aufreizendes Lächeln zu. Sie war ein wunderschönes, elfenhaftes Geschöpf. Er konnte nicht anders, er musste einfach zurücklächeln. Doch er war vollkommen unvorbereitet auf das, was als Nächstes geschah. Fionnaugh zog ihre Bluse hinunter und zeigte ihm ihre milchig weiße Brust, die sie auch noch sanft zusammendrückte.

Declan hielt inne, überrascht von Fionnaughs Unverfrorenheit. Sie forderte ihn ganz offensichtlich heraus. Fionnaugh lachte und eilte auf das Haus zu. Declan war der Anblick einer weiblichen Brust vertraut. Er wünschte bloß, er hätte dasselbe auch über die anderen Dinge auf dieser seltsamen Insel sagen können.

kapitel achtzehn

Elizabeth war seit zwei Wochen wieder in Toronto, wo sie bei Declans Mutter Joan wohnte. Obwohl sich die beiden Frauen gegenseitig Trost spendeten, erinnerte sie der Schmerz der anderen doch an ihren eigenen. Elizabeths Wunden begannen beim Anblick von Joans Tränen erneut zu bluten. Joan hatte ihr einziges Kind verloren. Eine Frau konnte einen anderen Mann oder einen anderen Liebhaber finden, aber niemals ein anderes Kind. Der Gedanke, Jack oder Camille zu verlieren, verursachte Elizabeth körperliche Schmerzen. Sie wusste, dass Frauen es schaffen konnten – und es auch tatsächlich geschafft hatten – nach einem derartigen emotionalen Schicksalsschlag weiterzumachen, doch sie würden nie mehr dieselben sein. Sie waren nur noch Hüllen, die vorgaben, ein Mensch zu sein.

Joan hatte abgenommen. Sie war blass, und obwohl der Arzt ihr Medikamente verschrieben hatte, hatte sie Schwierigkeiten einzuschlafen. Zumindest hatte Joan jetzt, wo Elizabeth im Haus war, jemanden, mit dem sie über Declan sprechen konnte.

»Natürlich waren meine Freunde sehr einfühlsam«, erklärte Joan. »Aber es konnte nicht ewig so weitergehen. Irgendwann fühlen sich die Leute unwohl, weil sie nicht helfen können, und sie beginnen, sich zurückzuziehen.«

Elizabeth stimmte ihr zu. Sie wusste nicht, was sie ohne Effie getan hätte. Und nun war sie an der Reihe, Joan eine Stütze zu sein.

Jeden Abend, nachdem sie die Kinder zu Bett gebracht hatte, blieb Elizabeth wach, um sich mit Joan zu unterhalten. Joan hatte Declan nach dem Selbstmord ihrer Zwillingsschwester Jean adoptiert. Er war also zu ihr gekommen, als sie gerade eine Zeit der furchtbaren Trauer durchlebt hatte, und nun trauerte sie wieder, doch dieses Mal war *er* es, der fortgegangen war. »Er hat Charles und mir solche Freude bereitet«, sagte Joan. »Er war ein kluges, verschmitztes Kind. Und musikalisch. So musikalisch. Zu seinem siebten Geburtstag haben wir ihm schließlich eine Gitarre gekauft. Wir schafften es nicht mehr, ihn aus seinem Zimmer zu bekommen. Er blieb einfach dort oben und übte stundenlang«, erzählte Joan wehmütig.

Die beiden Frauen tranken Wein und lagen sich weinend in den Armen. Einmal tanzten sie sogar in der Küche zu einem von Declans Liedern.

»Er würde nicht wollen, dass wir so traurig sind«, sagte Joan.

»Nein«, stimmte Elizabeth ihr zu. »Das würde er nicht. Aber es ist einfach so schwer zu akzeptieren, dass er fort ist.«

Elizabeth strich über das winzige Tattoo auf ihrem Handgelenk.

»Was ist das?«, fragte Joan.

»Die Hälfte eines Yin-Yang-Symbols«, erklärte Elizabeth. Sie biss sich auf die Lippe, um die Tränen zurückzuhalten. »Die andere Hälfte befindet sich auf Declans Handgelenk, irgendwo am Meeresgrund.«

Joan nahm Elizabeths Hand.

»Als er ein Teenager war, musste er mir versprechen, sich nie tätowieren zu lassen«, sagte Joan. »Ich bin froh, dass er sein Versprechen gebrochen hat.«

Elizabeth lächelte. »In jener Nacht in Inverness waren wir betrunken vor Liebe und zu viel Whiskey. Es ist ein

Symbol dafür, dass wir einander vollständig machen … machten.«

»Solange wir uns an ihn erinnern, wird er immer bei uns sein«, erklärte Joan. »Erst wenn die Erinnerung an uns mit jeder weiteren Generation langsam verblasst, hören wir tatsächlich auf zu existieren.«

»Abgesehen von Hitler«, erwiderte Elizabeth mürrisch.

Joan warf ihr einen beunruhigten Blick zu. Elizabeths Bemerkung hing in der Luft. Es war unfassbar. Hitler? Joan konnte nicht anders. Sie begann, laut und herzhaft zu lachen. Elizabeth fiel in das Gelächter mit ein, bis aus den Tränen der Trauer Tränen der Ausgelassenheit wurden. Abwechselnd nannten die beiden Personen, die der Lauf der Geschichte unsterblich gemacht hatte.

»Prinzessin Diana.«

»Attila der Hunnenkönig.«

»George Bush.«

Jeder weitere Name ließ sie erneut auflachen, bis Joan schließlich rief: »Aufhören. Aufhören. Ich habe bereits Seitenstechen.«

Elizabeth tupfte sich die Tränen ab. Das Lachen hatte Glückshormone in ihrem Körper freigesetzt. Plötzlich hatte sie das Gefühl, dass alles gut werden würde. Sie würde zurechtkommen. Sie würde es durchstehen. Sie hatte das Schlimmste bereits hinter sich. Doch da irrte sie sich gewaltig.

Natasha trat aus dem Eingangstor des Vanier Gefängnisses und atmete das erste Mal seit drei Jahren wieder Freiheit. Mann, das schmeckte vielleicht gut. Nun brauchte sie nur noch ein paar Gläser Tequila. Ihr Vater hatte angeboten, sie mit seiner Limousine abzuholen, doch sie hatte abgelehnt und ihm gesagt, dass sie lieber alleine sein wollte. Er hatte gegrunzt und dann widerwillig zugestimmt. Nun konnte sie tun und lassen, was sie wollte. Sie checkte ihr iPhone, aber der Akku war leer. Diese verdammten Idioten im Gefängnis hätten es zumindest für sie aufladen können.

Natasha überlegte, was sie als Nächstes tun würde. Zuerst würde sie zum Haus ihres Vaters fahren und sich frisch machen. Und dann würde sie sich eine Bar suchen und sich betrinken. Morgen würde sie dann die Vorkehrungen für ihre Reise nach Schottland treffen. Wie zum Teufel hieß dieser Ort noch mal? Es war eine verdammte Insel im verdammten Nirgendwo. *Handa.* Das war's. Sie würde sehen, wo ihr Liebling, ihre einzig wahre Liebe ertrunken war. Sie war sich sicher, dass er an sie gedacht hatte, als er seinen letzten Atemzug tat. Sie war ein Mädchen mit einer tragischen Geschichte, die sie bald allen offenbaren würde. Nun brauchte sie nur noch einen Titel für ihren Bestseller. »Declan und ich«. Ja, das klang nett. Aber einen Moment. Sollte es nicht heißen: »Ich und Declan«? Sie wusste es nicht. Sie hatte in der Schule nie wirklich aufgepasst. Ach, scheiß drauf. Jemand anderer sollte sich darüber Gedanken machen. Dafür waren Lektoren doch da, nicht wahr? Sie musste lediglich viele heiße Details aus ihrem Sexleben mit Declan preisgeben. Und es würde ihr nicht an Episoden mangeln. Sie war bereit, alles zu erzählen. Und noch viel mehr. Selbst wenn sie sich einige Dinge bloß ausdachte, würde es nie jemand erfahren. Sie würde mit allem durchkommen. Denn immerhin war die einzige Person, die es besser wusste, tot.

kapitel neunzehn

Elizabeth hatte zwar das Gefühl, dass die Trauer nie wieder ganz aus ihrem Leben verschwinden würde, dennoch konnte sie sich selbst trösten, indem sie Declan in ihrer Fantasie wieder zum Leben erweckte. Sie legte das Buch, das sie gerade las, zur Seite, und machte die Nachttischlampe aus. *Lady Chatterley.* Es war seltsam, dass dieses Buch bei seiner Veröffentlichung 1928 für derartige Furore gesorgt hatte, bloß weil es Mellors, der Jagdaufseher, und die verheiratete Lady Chatterley miteinander trieben. Obwohl es sehr eindeutige Beschreibungen enthielt, bezeichnet Mellors seinen Penis doch als »John Thomas«.

Elizabeth dachte eine Weile darüber nach, wie sehr sich die gesellschaftliche Einstellung zum Thema Sexualität seit jener Zeit verändert hatte. *John Thomas,* also wirklich. Sie ließ sanft eine Hand zwischen ihre Beine gleiten. Dann schickte sie ihre Gedanken auf die Reise.

Lady Jane saß im Salon ihres Schlosses. Sie trug einen Morgenmantel und lauschte dem einsamen Ticken der Standuhr. Ihr gefühlloser, bierbäuchiger Gemahl war auf der Jagd. Letzte Nacht hatte er sich ihr nach einigen Gläsern Whiskey aufgezwungen. Er hatte seine große Gürtelschnalle geöffnet, unter der die gepolsterte Schamkapsel zum Vorschein gekommen war, die seinen winzigen Penis etwas größer erscheinen ließ. Unfähig, in sie einzudringen, hatte er sich einfach an ihrem Schambein gerieben. Sie hatte den Kopf zur Seite gedreht, um ihren Abscheu zu verbergen. Oh, wie sehr sie sich nach mehr sehnte. Nach etwas Animalischem, nach einer alles verzehrenden Leidenschaft.

Sie griff nach der Glocke, damit der neue Diener ihr Tee brachte. Sie vermutete, dass es sich bei ihm wohl um eine etwas jüngere Version des alten Familiendieners handeln würde, der in Ruhestand getreten war und es gut verstanden hatte, sich zu verbeugen und alles zu tun, was man von ihm verlangte. Sie seufzte. Gab es denn gar keine Freude mehr in ihrem Leben?

Die Tür zum Salon wurde geöffnet. Eine große, schlanke Gestalt betrat rückwärts den Raum und zog einen Teewagen hinter sich her. Elizabeths Blick wurde sofort von den straffen, runden, jugendlichen Pobacken gefangen genommen.

»Ihr Tee, Madam.«

Elizabeth unterdrückte ein Seufzen. Bildete sie es sich bloß ein, oder ging es ihm genauso? Der neue Diener stand stocksteif vor ihr. Doch er hätte geradeaus starren sollen, anstatt ihr ehrlich bewundernde Blicke zuzuwerfen. Seine Augen waren so dunkel und blau, wie sie es noch nie zuvor gesehen hatte, und sie wurden von schwarzen Wimpern umrahmt, die ihre eigenen in den Schatten stellten. Sein Gesicht war wunderschön und wirkte wie aus Stein gemeißelt. Sie glaubte, einen kurzen Blick auf seine makellosen, weißen Zähne erhascht zu haben, doch gleich darauf war der Augenblick vorüber. Lächeln war nicht erlaubt.

»Euer Name?«, fragte sie bemüht gebieterisch.

»John Thomas, Madam.«

»John Thomas.« Sie wiederholte den Namen und genoss jede einzelne der drei Silben. »Ihr könnt nun meinen Tee servieren. Milch. Kein Zucker.«

John Thomas deutete eine kleine Verbeugung an und griff nach der Teekanne. Elizabeth tat, als würde sie woanders hinblicken, doch sie spürte, wie seine Blicke sie durchbohrten und über die sanfte Wölbung ihrer Brüste, über ihre milchig weiße Haut und ihre feurig roten, geflochtenen Haare glitten.

»Madam?«

John Thomas reichte ihr eine volle Teetasse. Ihr Blick fiel auf seine langen, schlanken Finger und die makellos geschnittenen Fingernägel. Sie griff nach dem Tee und bemerkte, wie albern ihre Hand plötzlich zitterte. Und John Thomas war so kühn, so verwegen, ihre Hand mit der seinen zu stützen. Funken stoben auf, als hätte jemand ein Feuer entzündet. Sie sah ihn scharf an. Eine Grenze war überschritten worden. Er hatte sie berührt, als wäre sie eine gewöhnliche Frau. Das war inakzeptabel. Er musste bestraft werden.

»Ich könnte Euch ob einer solchen Vertraulichkeit hinauswerfen lassen«, erklärte sie kalt.

»Das könntet Ihr, Madam. Aber Ihr werdet es nicht tun«, erwiderte John Thomas.

»Legt Kohle im Kamin nach«, sagte Lady Jane. »Und zieht Euren Wams aus. Wir wollen doch nicht, dass die Dieneruniform durch Schweiß verunreinigt wird.«

John Thomas blickte in ihre grünen Augen. Ein leises Lächeln umspielte seinen makellosen, vollen Mund.

»Es ist bereits sehr heiß im Zimmer, und dennoch verlangt Madam nach mehr?«, fragte er.

»Tut, was ich Euch sage. Seid nicht so unverschämt«, erwiderte sie.

Er nickte. Seine dichten schwarzen Haare waren mit Pomade zurückgekämmt und verliehen ihm das Aussehen eines geschmeidigen Panthers. Er zögerte einen Moment, bevor er ihr einen bedeutungsvollen Blick zuwarf, als verstünde er sie besser als sie sich selbst.

»Wie Madam wünschen«, sagte er.

John Thomas öffnete langsam die Knöpfe seines Wamses. Sosehr sie auch wollte, Lady Jane schaffte es einfach nicht, den Blick von diesen verführerischen Fingern zu lösen. Er schlüpfte aus dem Jackett und dem Wams und faltete die Kleidungsstücke sorgsam über einen Stuhl neben dem Kamin. Dann kniete sich John Thomas nieder und schaufelte langsam Kohle in das Feuer, so dass die Funken stoben. Das Licht des Feuers fing ihn ein, und Elizabeth konnte seine Muskeln unter dem dünnen Leinenhemd arbeiten sehen. Als er damit fertig war, das Feuer zu schüren, wandte er sich wieder an sie.

»Ist es Mylady nun warm genug?«, fragte er.

»Kommt her. Auf den Knien«, befahl sie.

Er kroch auf sie zu, und Lady Jane schob langsam ihren Morgenmantel nach oben. Als er bei ihr ankam, waren ihre Beine, die von den Knien bis zu den Fußgelenken nackt waren, vollkommen entblößt.

»Ihr könnt mich ansehen, John Thomas. Aber Ihr dürft mich nicht mit den Händen berühren«, sagte sie.

»Natürlich nicht, Mylady«, antwortete er mit einem ironischen, amüsierten Lächeln auf dem makellosen Gesicht. Langsam öffnete er seinen Hosenlatz.

»Aber Mylady sagten nichts davon, dass ich mich nicht selbst berühren darf«, neckte er sie.

Lady Jane schnappte nach Luft. Sie beobachtete fasziniert, wie verlockend langsam er die Knöpfe öffnete, und wartete atemlos auf das, was sich ihr offenbaren würde. Schließlich ragte John Thomas' Penis stolz und stark vor ihr auf, ein Beweis dafür, dass er sie ebenso wollte wie sie ihn. Er hob sich vor der roten Glut der Kohle ab und erschien ihr tatsächlich wie ein riesiger Schürhaken. John Thomas grinste verführerisch, ehe er die Hände hinter dem Rücken faltete und sich vorbeugte, um ihre schmalen Knöchel zu küssen. Er ließ die Zunge langsam bis zu ihrem Knie hinaufwandern, dann hielt er inne. Lady Janes Herz pochte, und sie war der Vorfreude hoffnungslos ausgeliefert.

»Wünschen Madam, dass ich fortfahre?«, fragte John Thomas.

»Ja«, rief sie.

»Dann erlauben mir Madam vielleicht, dass ich auch meine Hände benutze?«, erwiderte er.

»Ja, oh, ja.« Sie griff nach seinen breiten Schultern und zog ihn an sich. Sie küsste ihn leidenschaftlich, und ihre tanzenden Zungen versetzten sie in eine Art Rausch. John Thomas ließ seine Finger über ihre Brüste gleiten. Er spielte mit ihren Brustwarzen und kniff sie sanft, während seine Zunge langsam ihren Hals hinunterwanderte. Lady Jane griff nach seinem Penis, während John Thomas' Finger sich einen Weg unter ihre Spitzenunterhose bahnten und in ihre behaarte Spalte glitten. Sie war so feucht, wie man nur sein konnte.

»Und was wünschen Madam nun von mir?«, neckte sie John Thomas. Das Entzücken ließ Lady Jane vollkommen den Verstand verlieren. Es kümmerte sie nicht, dass ihr Gemahl jederzeit den Raum betreten konnte. Es kümmerte sie nur noch eine Sache.

»Fickt mich, John Thomas. Und zwar hart«, bettelte sie.

»Und wie sehr wünschen Madam, dass ich sie jetzt ficke?«, fragte er. Er spielte mit ihr. Lady Jane schrie beinahe vor Verlangen.

»Unbedingt. Bitte«, bettelte sie erneut.

»Wie sehr brauchen es Madam, einmal ordentlich gefickt zu werden?«

»Mehr als alles andere. Mehr als Essen und Trinken«, rief sie.

John Thomas' Finger schoben ihre Unterhose zur Seite. Er stieß seinen Schürhaken in ihre feuchte Höhle.

»Oh«, schrie Elizabeth, während ihre Finger über ihre Klitoris hinwegschnellten. »Oh. Oh. Declan.« Der Orgasmus brandete über sie hinweg, bis sie atemlos, keuchend und alleine zurückblieb.

kapitel zwanzig

Callum trug nur selten Schuhe. Declan wunderte sich über die Füße des Mannes. Sie waren nicht nur äußerst groß und ledrig, auch die Zehen wirkten gekrümmt wie die Klauen eines Tieres. Fionnaughs Füße sahen genauso seltsam aus. Declan begriff jedoch rasch, dass sich ihre Körper auf äußerst nützliche Weise angepasst hatten. Eines Morgens im August brachen Callum und Fionnaugh zu einer Wanderung auf. Das Wetter war ruhig und klar, und die beiden trugen jeweils einen großen Leinenbeutel um den Hals. Declan war neugierig, wohin sie wollten, deshalb beschloss er, sie zu begleiten. Es stellte sich bald heraus, dass sie zu den steilen, felsigen Klippen am anderen Ende der Insel unterwegs waren, wo Tausende kreischende Seevögel lebten.

Am Ende der Klippen befand sich ein sandiger, grasbedeckter Felsvorsprung. Callum bedeutete Declan, dass er sich hinlegen und über die Kante blicken sollte. Der Blick hinunter auf das von Felsen und hohen Steinsäulen durchzogene Meer war schwindelerregend. Declan blieb vornübergebeugt liegen, denn er hatte Angst, dass er womöglich das Gleichgewicht verlieren würde, wenn er aufstand. Callum und Fionnaugh schien diese Angst fremd zu sein. Sie drehten sich um und ließen sich flink auf einen einige Meter weiter unten liegenden Felsvorsprung gleiten. Callum bewegte sich in die eine Richtung vorwärts, während Fionnaugh die andere Richtung einschlug. Sie kletterten die Klippen entlang und hielten immer wieder inne, um Eier aus den Nestern der Vögel zu holen, die vollkommen außer sich waren.

Declan sah fasziniert zu, mit welchem Geschick und welcher Gewandtheit sich Callum und Fionnaugh fortbewegten. Ihr Gleichgewichtssinn und ihre flinke Art wirkten übermenschlich und animalisch zugleich. Declan beobachtete mit offenem Mund, wie sie ihre klauenartigen Zehen benutzten, um sich an den Felsen festzuklammern und das Gleichgewicht zu bewahren. Etwa eine halbe Stunde später kletterten sie mühelos auf den Felsvorsprung zurück, auf dem Declan lag, und zeigten ihm stolz, was sie an Eiern erbeutet hatten. Es wirkte wie ein Wunder.

Obwohl Moira nicht erlaubte, dass Declan die Insel auf Callums Boot verließ, fand er andere Gelegenheiten, sich nützlich zu machen. Er sammelte Eier im hohen Gras, wo die Moorhühner brüteten, und Callum zeigte ihm, wie man mit einem dünnen Zweig ein winziges Loch in die Eierschalen stach, um das süße Innere herauszusaugen. Außerdem bastelte er Declan aus einem einzigen Stück Seil und einem kleinen Stück Leder eine Steinschleuder. Declan sammelte am Strand Steine, die er als Wurfgeschosse verwenden konnte, und übte stundenlang, bis seine Schüsse letztlich tödliche Wirkung zeigten. Nachdem er das erste Mal einen Hasen erlegt hatte, beobachtete er stolz, aber auch erschüttert, wie der Körper des Tieres im Todeskampf zuckte.

Moira hingegen freute sich sehr, als er den Hasen nach Hause brachte. Sie zog ihm sofort das Fell ab und legte ihn in den Kochtopf, um einen köstlichen Haseneintopf zuzubereiten. Das Fell wurde aufbewahrt und getrocknet. Nachdem er noch einige Hasen erlegt hatte, hatte Declan genügend Fellstücke, um daraus ein warmes Paar Handschuhe zu nähen. Er wanderte mit Callum über die Insel, bis sie zu einer sumpfigen Stelle gelangten, wo er Callum half, Torf für den Winter zu schneiden. Declan lernte schnell, wie man den lehmig schwarzen Boden am besten mit einem Spaten in Stücke schnitt. Sobald sie zwei große Säcke mit Torf gefüllt hatten, zerrten die beiden Männer diese zurück zum Haus, wo der Torf mehrere Tage trocknen konnte, bevor sie ihn zu einem immer größer werdenden Haufen aufschichteten. Callum machte ihm klar, dass sie noch drei Mal so viel Torf benötigen würden, also machte Declan sich auch alleine auf den Weg, wenn Callum ausfuhr, um zu fischen. Er sammelte Brombeeren und genoss den fruchtigen Geschmack. Sein Blick wurde immer schärfer, und schon bald konnte er die Rebhühner in seiner Umgebung erspähen. Und auch wenn er sich nicht aufs Meer hinauswagte, fand er einen Felsvorsprung, der sich perfekt eignete, um Krabben und kleine Fische zu fangen, die er schließlich über einem Torffeuer briet.

Declan hatte Fionnaugh nicht sehr oft zu Gesicht bekommen, seit sie ihm ihre schneeweiße Brust mit der harten, rosafarbenen Brustwarze gezeigt hatte, doch die Erinnerung daran erfreute und erregte ihn.

Eines Tages, als Declan gerade den letzten Sack Torf neben dem Kartoffelacker auslegte, glaubte er, einen erstickten Schrei aus der Scheune zu hören. Er griff nach seinem Spaten und stürzte hinein. Dort drückte Iain Fionnaugh gerade gegen die Wand. Er hatte eine seiner roten, schwieligen Hände auf ihren Mund gepresst, während die andere unter ihrem Rock verschwand. Sie kämpfte gegen ihn an und wand sich protestierend, doch mit ihrer zarten Statur hatte sie keine Chance gegen den großgewachsenen Jungen.

»Hey«, brüllte Declan. »Hör auf damit. Was zum Teufel machst du da?«

Iain ließ Fionnaugh los und drehte sich um. Er verzog sein Gesicht zu einem bösartigen Grinsen. Er murmelte etwas, das Declan nicht verstand, doch er wusste auch so, was es bedeutete, denn die Worte waren hasserfüllt. Fionnaugh lief zu Declan, doch der schob sie zur Tür hinaus. Er wollte nicht, dass sie sah, was als Nächstes passierte.

Iain griff nach der spitzen Mistgabel, die an einem Heuhaufen lehnte. Dann stieß er ein bedrohliches Grunzen aus und schleuderte sie mit aller Kraft auf Declan. Das Licht im Schuppen war zwar gedämpft, doch Declan sah das Geschoss kommen und trat rasch einen Schritt zur Seite. Die Zacken der Mistgabel drangen fünf Zentimeter tief in die Scheunenwand neben ihm. Iain machte Anstalten, sie herauszuziehen, doch Declan stellte sich ihm in den Weg. Er hatte noch immer den scharfkantigen Spaten in der Hand, den er benutzt hatte, um den Torf zu schneiden. Er ließ ihn krachend auf den Lehmboden fallen. Dieser Kampf sollte fair ausgefochten werden.

Iain brüllte vor Zorn auf und ging mit erhobenen Fäusten auf ihn los. Er schlug nach Declans Kopf, doch dieser duckte sich. Dann wirbelte er herum und riss dabei ein Bein in die Höhe, um Iain einen Tritt in den Magen zu verpassen. Declan war von sich selbst überrascht. Woher zum Teufel wusste er, wie man einen so raffinierten Angriff ausführte? Welche Talente hatte er außerdem noch, von denen er nichts wusste? Wozu war er noch fähig?

»Uff«, grunzte Iain und fiel zu Boden wie ein mit Torf gefüllter Sack. Declan stürzte sich auf ihn. Er packte das Hemd des Jungen und schlug seinen Kopf auf den Lehmboden.

»Halte dich von ihr fern. Hast du mich verstanden?«, brüllte Declan.

Iain sah ihn angsterfüllt an. Er wurde von einem Schluckauf gequält und atmete flach. Plötzlich heulte er erneut vor Schmerz auf. Declan wandte sich um und sah Fionnaugh, die gerade ihren Fuß aus Iains Schritt zog. Iain kauerte auf dem Boden wie ein kleines Kind und schluchzte und heulte vor Schmerz.

»Das war ganz schön unter der Gürtellinie. Und vermutlich auch nicht wirklich notwendig«, erklärte Declan.

Fionnaugh stand über dem zitternden Bündel und hob erneut den Fuß, als wollte sie ihm noch einmal fest in die Hoden treten. Da stemmte sich Iain endlich auf alle viere hoch und kroch auf die Tür zu. Er schaffte es, sich mit einem Seufzen ganz aufzurichten, dann stolperte er davon.

Fionnaugh lächelte und strich Declan mit der Hand über die Wange. Sie wollte ihm ganz offensichtlich danken, und zwar mit viel mehr als bloßen Worten. Sie legte seine Hand auf ihre Brust und knabberte sanft an seinem Ohr. Declan spürte, wie er hart wurde. Declans Herz raste noch immer und pumpte nach dem Kampf das Adrenalin durch seine Adern. Und nun war er auch noch äußerst erregt.

Ein Lichtstrahl drang durch einen Spalt in der Scheunenwand und fiel auf Fionnaugh. Sie war der Inbegriff von Jugend und Schönheit. Er zog sie an sich und küsste sie zuerst sanft und dann immer heftiger. Sie stöhnte und legte seine Hände auf ihre Brüste. Sie wollte, dass er sie begehrte.

Declan öffnete die Knöpfe seiner Hose, so dass sein steifer Penis hervorsprang. Fionnaugh hielt inne, um ihn zu betrachten. Dieses männliche Ding dort unten erschien ihr wie ein Wunder. Dieses Ding, das sie an dem Tag, als Declan an Land gespült worden war, zum ersten Mal gesehen hatte. Sie hatte immer und immer wieder daran gedacht, doch sie hätte sich nie im Leben vorgestellt, dass es sich in etwas so Mächtiges verwandeln konnte. Sie hatte gesehen, wie ein Widder ein Schaf und ein Hahn seine Hennen bestieg, doch das hier war etwas vollkommen Neues. Sie streckte die Hand aus und berührte das Ding staunend. Ihre Berührung ließ Declan aufstöhnen. Das überraschte sie und ermutigte sie weiterzumachen. Die Spitze mit der winzigen Öffnung war dick und geschwollen. Sie drückte sie sanft und schließlich ein wenig fester. Offensichtlich machte sie etwas richtig, denn Declan stöhnte erneut. Sie war sich nicht sicher, was sie als Nächstes tun sollte, doch darüber musste sie sich keine weiteren Gedanken machen. Declan hob sie hoch und trug sie zu einigen Heuballen, wo er sie auf dem Rücken ablegte. Seine Finger glitten an den geheimen Ort zwischen ihren Beinen. Es fühlte sich so anders an als Iains grobes Herumfingern. Declans Finger fanden zärtlich den Weg in ihr Inneres. Ein Schwall Feuchtigkeit breitete sich aus. Sie war bereit. Sie würde das erste Mal mit einem Mann zusammen sein, und es war nicht irgendein Mann. Er war eine mystische Gestalt, ein Mensch gewordener Gott, der nur für sie aus dem Meer gestiegen war. Sie spreizte ihre Beine, damit Declan in sie eindringen konnte. Er fühlte sich seltsam und weich wie Gummi an, absolut nicht so, wie sie es sich erwartet hatte. Declan hielt inne, als er spürte, dass Fionnaugh noch Jungfrau war und warf dem jungen Mädchen unter ihm einen erstaunten Blick zu.

»Mein Gott, du bist noch Jungfrau«, flüsterte er.

Fionnaugh verstand nicht, was Declan gerade gesagt

hatte. Sie wusste nur, dass sie unbedingt wollte, dass er weitermachte. Sie wackelte mit den Hüften und zog ihn näher heran. Declan stieß immer und immer wieder zu. Sie starrte in sein Gesicht und beobachtete interessiert, was darauf vor sich ging. Declan hatte die Augen geschlossen, und die dunklen Wimpern hoben sich von seinem blassen Gesicht ab. Er lächelte, doch es war ein Lächeln, wie sie es noch nie zuvor gesehen hatte. Sie konnte seine makellosen Zähne sehen, während er sich in ihr bewegte. Sein Gesichtsausdruck verriet ihr, wie erregt er war. Und sie war dafür verantwortlich. So fühlte sich also der Paarungsakt an. Sie liebte dieses Gefühl. Sie wollte es immer und immer wieder erleben.

Fionnaugh drückte sich an Declan und folgte instinktiv dem Rhythmus. Declan stieß ein letztes Mal zitternd zu, bevor er über ihr zusammenbrach. Sie spürte seinen warmen Atem an ihrem Nacken. Er seufzte tief und sagte ein Wort, das sie wieder nicht verstand.

»Elizabeth.«

kapitel einundzwanzig

Natasha saß summend auf dem Rücksitz eines Taxis und raste auf die Villa ihres Vaters in Rosedale zu. Es fühlte sich gut an, frei zu sein und ein Ziel zu verfolgen. Sie tastete nach dem Schlüssel, den ihr Vater unter einem falschen Stein versteckt hatte, und betrat die große Eingangshalle. Die Putzfrau hatte das Haus wohl gerade erst verlassen, denn es roch angenehm nach Desinfektionsmittel und Möbelpolitur.

Als Erstes schaltete sie den Computer im Büro ihres Vaters ein, um ihren Kontostand zu überprüfen. Der gute alte Paps. Er hatte erst vor kurzem 50 000 Dollar auf ihr Konto überwiesen. Das würde für die bevorstehende Reise und eine neue Garderobe reichen. Nach allem, was sie durchgemacht hatte, hatte sie sich auf jeden Fall neue Klamotten verdient. Und außerdem waren ihre alten Sachen seit mindestens einem Jahr aus der Mode.

Natasha duschte und wusch sich die Haare. Sie war froh, den schmierigen Gefängnisgeruch endlich los zu sein. Ihr Vater kam nicht vor neun Uhr nach Hause. Zu diesem Zeitpunkt würde sie allerdings bereits herausgeputzt durch die Innenstadt flanieren, wo es genügend Bars gab, die Tequila ausschenkten. Sie griff nach einem Paar Lederstilettos mit zehn Zentimeter hohen Absätzen, in denen ihre langen Beine aussahen, als würden sie ihr bis zu den Achseln reichen. Dazu schlüpfte sie in einen winzigen dunkelblauen Jeansrock, ein Tanktop und eine Jeansjacke. Sie glättete ihre langen schwarzen Haare, umrandete ihre mandelförmigen Augen mit schwarzem Kajalstift und betonte ihren vollen Mund mit einem leuchtend roten Lippenstift, wobei sie die Konturen etwas nach außen verlegte, um noch sinnlicher zu wirken. Anschließend drehte sie sich vor dem mannshohen Spiegel hin und her und entschied, dass sie heiß aussah. Heute war der Glückstag des Mannes, den sie sich aussuchen würde. Sie warf eine Handvoll Kondome, ein Paar Handschellen und einen Buttplug in ihre Handtasche. Natasha war drei Jahre lang ausschließlich mit Frauen eingesperrt gewesen. *Doch das ist jetzt vorbei,* dachte sie. Heute Nacht ging sie auf die Jagd.

Natasha erkor die Bar im obersten Stockwerk des Drake Hotels zu ihrem Jagdrevier. In dem Hotel gab es zwei Bars, in denen Bands auftraten. Natasha vögelte am liebsten mit Musikern. Normalerweise fanden sich in jeder Band ein oder zwei Männer, die gut aussahen und ihr zu Willen waren.

An diesem Abend war die Bar recht gut besucht, und Natasha ließ sich auf einem der Barhocker nieder. Sie schlug ihre langen Beine seitlich übereinander, so dass sie verführerisch in der Luft baumelten. Sie war sich der vielen verstohlenen Blicke absolut bewusst, die ihr viele der Männer in dem Raum zuwarfen, obwohl sie bereits in Begleitung waren. Auch die Frauen sahen in ihre Richtung, aber ihre Blicke waren weniger freundlich. Das machte Natasha jedoch nichts aus. Solange sie den Menschen auffiel, war alles in Ordnung.

Sie bestellte zwei Gläser *Don Julio Tequila* und ein Bier zum Nachspülen. Nachdem sie den Tequila hinuntergestürzt und das wärmende Gefühl des Alkohols genossen hatte, begann sie mit der Bestandsaufnahme. Ein etwa dreißigjähriger Mann stand am anderen Ende des Raumes und betrachtete sie freiheraus und wohlwollend.

Er war blass, aber gutaussehend. Als sich ihre Blicke trafen, tippte er mit dem Finger auf seine Bierflasche. Natasha wollte ihm gerade zu verstehen geben, dass er zu ihr kommen sollte, doch eine junge Blondine, die gerade aus der Toilette kam, hatte die Geste des Mannes ebenfalls bemerkt und ging sofort wütend auf ihn los. Der Mann zuckte entschuldigend mit den Schultern und wandte sich dann von Natasha ab, um sich mit seiner Freundin zu befassen. Erst jetzt bemerkte Natasha die Ohrläppchen des Mannes, in denen Ringe steckten, die die Haut um sie herum so weit dehnten, dass ein Hamster hindurchgepasst hätte. *Igitt,* dachte Natasha und stellte sich vor, wie der Mann die Ringe entfernte und seine ausgedehnten Ohrläppchen daraufhin bis hinunter zum Hals baumelten. Nein, er war ohnehin keine gute Wahl. Einige Minuten später verließ das Pärchen die Bar. *Ihr Idioten,* dachte Natasha. Beziehungen waren bloß Zeitverschwendung. So viele Erwartungen und Versprechen, die am Ende nicht erfüllt wurden. Ihrer Meinung nach begann die Langeweile sofort, nachdem man sich zu jemandem bekannt hatte. Außer es handelte sich dabei um Declan Thomas.

Natasha tastete nach dem goldenen Ehering in ihrer Tasche. Sie würde ihn tragen, wenn sie nicht gerade auf der Jagd war. Sie gab dem Barkeeper ein Zeichen, damit er ihr noch eine Runde brachte. Sie fragte sich kurz, ob sie vielleicht ihre Anziehungskraft eingebüßt hatte. Früher hätten sie zu diesem Zeitpunkt bereits drei Männer auf einen Drink eingeladen. Sie stürzte eilig das dritte Glas hinunter und wollte gerade nach dem vierten greifen, als sich eine Hand auf ihre legte. »Vielleicht solltest du ein wenig langsamer machen, Schätzchen«, sagte eine tiefe Stimme.

Der Barkeeper war Natasha bisher noch nicht aufgefallen, doch nun versank sie plötzlich in seinen dunklen Augen. Er war süß. Eigentlich war er sogar mehr als das. Er war muskulös, aber dennoch schlank, und er hielt sich offensichtlich fit. Eine tätowierte Schlange wand sich um seinen Hals und verschwand hinter seinem linken Ohr.

»Ach ja?«, fragte Natasha. »Und weshalb?«

»Nicht, dass du nachher zu betrunken bist, wenn ich dich ficke«, erwiderte er.

»Und warum glaubst du, dass du mich ficken wirst?«, neckte ihn Natasha. Sie war äußerst zufrieden. Das hier war die Art von Spiel, die sie am besten beherrschte.

»Ich glaube es nicht. Ich *weiß* es«, sagte er. Er grinste sie an, und seine braunen Augen funkelten. »Ich habe in fünf Minuten Dienstschluss.«

»Ich kenn doch nicht einmal deinen Namen«, sagte Natasha.

»Ich heiße Mike. Und du?«

»Elizabeth«, erwiderte Natasha. »Elizabeth Harding.«

Mikes Wohnung befand sich über einem chinesischen Restaurant in der Spadina Avenue. Wenn er nicht im Hotel arbeitete, verdiente er sich sein Geld als Personal Trainer und half fetten Geschäftsleuten beim Abnehmen. Natasha konnte sich das gut vorstellen. Mikes Hintern war so hart wie Stahl, davon hatte sie einen guten Eindruck erhalten, als sie ihm die steile Treppe zu seiner Wohnung hinauf gefolgt war. Sobald sie die Wohnung betreten hatten, drückte er sie gegen die Wand und küsste sie leidenschaftlich. Seine Finger verloren keine Zeit und fanden schnell den Weg zwischen ihre feuchten Schenkel.

»Immer langsam«, sagte Natasha. »Wenn du mich vögeln willst, dann muss du zuerst das hier überziehen.«

Sie griff in ihre Handtasche und gab ihm ein Kondom. Er zog es sich schnell über seinen großen, steifen Penis. Natasha sah, dass auch auf seinen Penis eine Schlange tätowiert war.

»Was hat es mit den Schlangen auf sich?«, wollte sie wissen.

Mike drang in sie ein und kam viel schneller, als ihr lieb war.

»Sex«, keuchte er. »Sie sind ein Zeichen für Sex … und Sünde.«

»Sünde«, wiederholte Natasha. »Das ist ja interessant. Bist du denn ein Sünder, Mike?«

»Was glaubst du denn?«, grinste er.

»Ich glaube, dass es eine Sünde ist, ein Mädchen wie mich unbefriedigt zurückzulassen«, sagte sie.

Mike sah sie besorgt an. »Hat es dir denn nicht gefallen?«

»Sagen wir so, das hier war gerade einmal die Vorspeise«, sagte Natasha. »Und nun bin ich bereit für den Hauptgang.«

»In Ordnung«, willigte Mike erfreut ein. »Und wo möchtest du die Hauptspeise einnehmen, Elizabeth?«

Natasha sah sich in der Wohnung um. Im angrenzenden Zimmer sah sie ein Doppelbett mit einem altmodischen Eisenrahmen.

»Dort«, sagte sie und deutete auf das Bett. »Das sieht gut aus.«

Natasha schlenderte ins Badezimmer, um sich zu erleichtern. Sie beschloss, einen Blick in den Badezimmerschrank zu werfen. Mike hatte vielleicht Medikamente, die sie mitnehmen konnte. Nichts. Typisch für Mr. Fitness. Ah, aber was war das? Natasha griff nach einer Schachtel Antibabypillen. Mike hatte also eine Freundin.

Dieser Lügner. Natasha hasste Lügner. Sie würde dafür sorgen, dass er bekam, was er verdiente.

Natasha schlüpfte aus ihren Klamotten und behielt bloß ihre Schuhe an. Dann schlenderte sie zurück in den vorderen Teil der Wohnung.

»Leg dich aufs Bett, Mike«, befahl sie. »Nackt.«

Natasha sprach betont herrisch. Sie sah, dass er bereits wieder hart wurde. Sie hatte also richtig vermutet. Mike mochte es, wenn man ihm sagte, was er zu tun hatte. Mike folgte ihren Anweisungen und betrachtete bewundernd Natashas feste Brüste und ihren straffen Hintern, der durch die hohen Absätze, die sie trug, noch aufreizender wirkte.

Natasha setzte sich neben ihn auf das Bett und strich mit einer Haarsträhne über seine Brustwarzen, die sofort steif wurden. Sie lehnte sich nach vorne und biss sanft hinein.

»Elizabeth ist der Meinung, dass du tatsächlich ein Sünder bist, der bestraft werden muss.«

»Du hast recht. Das muss ich«, erwiderte Mike.

Natasha strich mit ihrem langen, roten Fingernagel schnell über die Spitze seiner Erektion.

»Sag schon«, forderte sie ihn auf. »Hast du etwas da, um dich zu fesseln?«

»Du willst mich fesseln?«

»Ja, du weißt schon ... mit Handschellen?«

»Ähm, nein«, antwortete er.

Natasha küsste ihn und biss ihm sanft in die Lippe.

»Da hast du aber Glück, Mike, denn ich gehe nie ohne meine Handschellen aus dem Haus.«

Nachdem Natasha Mike mit den Händen ans Bett gefesselt hatte, durchstöberte sie das Zimmer. In einer Schublade fand sie schließlich, wonach sie gesucht hatte:

einen Schal. Sie verband Mike damit die Augen. Seine Erektion war riesig.

»Das ist ja ganz schön versaut, Elizabeth«, keuchte er.

Natasha wurde kurz wütend, weil Mike den Namen dieser verdammten rothaarigen Schlampe, die ihr Declan Thomas gestohlen hatte, aussprach. Sie wusste noch nicht, wie sie es anstellen würde, aber sie würde es Elizabeth heimzahlen.

»Ja, *versaut*«, erwiderte Natasha. Sie ließ ihre Zunge Mikes Penis emporwandern.

»Hast du Kerzen da, Mike? Ich brauche etwas Atmosphäre«, fragte Natasha.

»Ja, auf dem Tisch dort drüben ist eine«, antwortete er schwer atmend.

»Also, Mike«, fragte sie, während sie mit der brennenden Kerze zum Bett zurückkehrte und sie schließlich auf dem Nachttisch abstellte. »Ich habe da einige Pillen im Badezimmer gefunden. Hast du etwa Angst davor, schwanger zu werden?«

Mike lag völlig regungslos da.

»Scheiße. Die hatte ich vergessen. Sie gehören Cindy.«

Natasha hockte sich auf ihn und begann, sich langsam auf und ab zu bewegen. Sie ließ ihn spüren, wie feucht sie war.

»Cindy? Aha. Ist sie denn deine Freundin, Mike?«

Mike stöhnte.

»Ja, nun ja. So ungefähr«, antwortete er.

»Ich glaube, Cindy wäre wohl nicht allzu glücklich, wenn sie wüsste, was du hier gerade treibst, oder Mike?«

Mike ächzte.

Natasha lehnte sich zum Nachttisch hinüber und griff nach der brennenden Kerze. Sie kippte sie zur Seite und ließ einen Tropfen heißes Wachs auf Mikes Brust fallen.

»Aua«, schrie er. »Was war denn das?«

»Bloß ein kleiner Vorgeschmack auf das, was dich erwartet, Mikey.« Natasha ließ einen weiteren Tropfen heißes Wachs auf ihn fallen, dieses Mal traf es eine seiner rosafarbenen Brustwarzen.

»Verdammt, hör auf damit, du verrückte Schlampe«, sagte er und kämpfte gegen die Handschellen an.

»Aber, aber«, erwiderte Natasha. »Ich bin mir nicht sicher, ob es gut ist, wenn du mich in deiner momentanen Position auch noch beschimpfst.«

»Öffne sofort die Handschellen«, befahl er.

»Oh, ich denke, das werde ich wohl nicht tun«, murmelte Natasha. »Nicht jetzt, wo ich dich genau dort habe, wo ich dich haben wollte.« Sie ließ erneut heißes Wachs auf seine Brust tropfen. Mike lag völlig regungslos da.

»Was willst du? Willst du Geld? In der obersten linken Schreibtischschublade findest du was. Lass mich einfach gehen«, bettelte Mike.

»Aber nein, Mikey. Ich will kein Geld. Ich wollte Macht über dich, und jetzt habe ich sie. Du hast sie mir überlassen, erinnerst du dich?«, fragte Natasha.

Natasha ließ erneut ihre Zunge seinen Penis auf und ab wandern und hielt nur inne, um die Spitze zu umkreisen. Mike war steinhart.

»Jetzt fick mich endlich, du verrückte Fotze, und dann verschwinde von hier.«

»Also wirklich, Mikey. So redet man doch nicht mit einem Mädchen. Und weil du das böse ›F‹-Wort verwendet hast, muss ich dich jetzt wohl bestrafen, nicht wahr?«, erwiderte Natasha.

Natasha holte den Buttplug aus ihrer Handtasche und machte ihn mit etwas Vaseline, die sie auf dem Nachttisch fand, gleitfähig. Als er spürte, dass Natasha zwischen seine Pobacken griff, begann Mike wie wild um sich zu treten.

»Das hier wird für uns beide viel einfacher und um einiges erfreulicher, wenn du dich einfach entspannst«, gurrte Natasha. »Und dann verschwinde ich vielleicht auch wieder von hier.«

Mike stieß ein Geräusch aus, das wie ein Schluchzen klang. Er hatte den Unterkörper mittlerweile zur Seite gedreht, so dass Natasha keine Schwierigkeiten hatte, das Sexspielzeug einzuführen.

Sie drehte ihn auf den Rücken und kletterte auf ihn. Seine Erektion war zurückgegangen, doch sie erholte sich sofort wieder, als sie seinen Penis in den Mund nahm. Sie holte das zweite Kondom aus ihrer Handtasche und streifte es ihm über. Dann setzte sie sich auf ihn, und ließ ihre Finger wie wild über ihre Klitoris schnellen. Sie kam innerhalb weniger Minuten. Und Mike, der Natashas Zuckungen gespürt hatte, stöhnte ebenfalls laut auf und kam noch einmal. Er hoffte bloß, dass diese Tortur nun verdammt noch mal ein Ende hatte.

»Na also«, sagte Natasha, während sie von ihm herunterkletterte und sich wieder anzog. »Das war doch schon viel besser. Es ist nicht genug, ihn einfach bloß in ein Mädchen hineinzustecken, Mike. Manchmal braucht es auch ein wenig Vorstellungskraft.«

»Elizabeth«, wimmerte Mike. »Bitte mach mich jetzt los.«

Natasha legte den Schlüssel für die Handschellen auf den Nachttisch. Dann sammelte sie ihre restlichen Kleider zusammen und war bald darauf zur Tür hinaus verschwunden. Sie ging gerade die lange Treppe in Richtung Spadina Avenue hinunter, als eine junge Blondine mit einer Tasche voller Lebensmittel durch die Haustür trat. Natasha wagte einen Schuss ins Blaue.

»Cindy?«, fragte sie, als das Mädchen an ihr vorbeiging.

Das Mädchen hielt inne.

»Ja«, antwortete sie. »Kennen wir uns?«

»Nicht wirklich«, erwiderte Natasha. »Aber Mike kenne ich besser, als du ihn vermutlich jemals kennen wirst. Er ist gerade ein bisschen eingespannt, aber bald schon gehört er wieder nur dir alleine. Schönen Abend noch.«

Natasha ließ die verblüffte Cindy auf der Treppe zurück und drückte die Haustür auf, die auf die Spadina Avenue hinausführte. Sie winkte ein Taxi herbei und lachte laut auf. Was für ein wunderbarer Abend.

Am nächsten Tag beschloss Natasha, ein wenig zu shoppen, doch zuvor buchte sie noch ihren Flug. Sie öffnete die Website von *Air Canada* und kaufte sich ein Ticket erster Klasse nach Glasgow. Es schien keine Verbindungsflüge nach Inverness zu geben, doch sie fand schnell heraus, dass sie auch einfach den Zug nehmen konnte. Das würde vielleicht sogar Spaß machen. Als Nächstes buchte sie ein Mietauto, und nachdem sie sich durch die verschiedenen Tourismusseiten geklickt hatte, fand sie ein Hotel, das nur wenige Kilometer von der Insel entfernt lag, vor der Declan den Tod gefunden hatte. *Handa.* Nun, da sie etwas Zeit gehabt hatte, um darüber nachzudenken, hatte sie beschlossen, dass es das Beste war, dass Declan tot war. Er war ihr als bloße Erinnerung von größerem Nutzen. Ihr Buch würde ein Bestseller werden, da war sie sich sicher.

kapitel zweiundzwanzig

Joan kannte Eleanor Springfield aus ihrem Buchclub und schlug Elizabeth vor, die Zwillinge an deren Schule, der *Miss Springfield Academy,* anzumelden. Die Schule lag nicht weit entfernt von ihrem Haus und hatte einen ausgezeichneten Ruf. Außerdem wurde ein ganztägiges Vorschulprogramm für Kinder angeboten, die eigentlich noch zu klein für den Kindergarten waren, was perfekt für Jack und Camille war. Elizabeth war einverstanden und vereinbarte einen Termin.

Miss Springfield war eine große, schlanke Frau mit einer ernsten Ausstrahlung, die wohl daher rührte, dass sie es gewohnt war, Kinder zu maßregeln. Dennoch schien sie Kinder sehr gerne zu mögen, denn als sie von ihrem Programm erzählte und davon, wie sehr die Kinder davon profitierten, begann ihr schmales Gesicht zu strahlen.

»In unserer Akademie werden Kinder nicht wie kleine Schwachköpfe behandelt«, erklärte sie Elizabeth. »Kinder sind wie Schwämme. Ihre Gehirne nehmen sehr leicht alle möglichen Informationen auf, unter anderem auch Sprachen. Zu Beginn unterrichten wir auf Französisch und Spanisch, danach wechseln wir zu Italienisch und Deutsch.«

»Und lernen sie auch Englisch?«, fragte Elizabeth.

»Aber ja, natürlich«, erwiderte Miss Springfield und wirkte einen Moment lang beleidigt. »Dabei geht es vor allem um die richtige Grammatik, Satzstellung, Rechtschreibung und Satzanalyse.«

»Wunderbar«, erklärte Elizabeth und fragte sich, ob

sie selbst wohl einen Satz analysieren konnte. Vermutlich nicht.

Miss Springfield fuhr bereits fort zu erzählen: »Und was die Fremdsprachen betrifft, so erwerben die Kinder bei uns in der Schule Grundkenntnisse in allen vier Sprachen und werden dann von uns ermutigt, sich für eine Sprache zu entscheiden, die sie irgendwann fließend beherrschen werden.«

»Das ist ja fantastisch«, erwiderte Elizabeth, die sich bereits vorstellte, wie die Zwillinge ihre Streitgespräche in Zukunft auf Deutsch führten, so dass es ihr unmöglich war, sich einzumischen.

»Und was ist mit den anderen Fächern wie Mathematik, Naturwissenschaften und Geschichte?«, fragte Elizabeth.

Miss Springfield strahlte.

»Darum kümmern wir uns natürlich auch. Es ist erwiesen, dass sich klassische Musik gut auf den Lernerfolg auswirkt, weshalb sie in allen Klassenzimmern gespielt wird. Das Erlernen eines Musikinstrumentes ist obligatorisch, genauso wie der Tanzunterricht, denn beides hat positive Auswirkungen auf die geistige Entwicklung«, erklärte sie.

»Ich verstehe«, erwiderte Elizabeth beeindruckt. »Und wann können die beiden anfangen?«

Miss Springfield warf einen Blick in ihren Kalender.

»Sie haben Glück, Miss Harding. Sie sind doch nicht verheiratet, oder etwa doch?«

»Nein.«

»Darf ich Sie nach Ihrem Familienstand fragen?«, fragte Miss Springfield.

»Verwitwet«, erklärte Elizabeth, bevor sie hinzufügte: »Nun, mehr oder weniger verwitwet. Wir haben noch nicht geheiratet, doch die Hochzeit befand sich bereits in Planung.«

»Das tut mir leid«, sagte Miss Springfield. »Sie sind noch zu jung, um einen derartigen Verlust zu erleiden.«

»Ja«, pflichtete Elizabeth ihr bei.

Miss Springfield ließ das Thema fallen.

»Ich habe noch zwei freie Plätze in unserem Vorschulprogramm. Ihre beiden Kinder könnten bereits morgen beginnen.«

»Gut«, erwiderte Elizabeth einigermaßen erleichtert. Die Zwillinge verlangten ihr mehr ab, als sie ihnen derzeit geben konnte.

»Im ersten Jahr müssen noch keine Uniformen getragen werden, damit sich die Kinder besser eingewöhnen. Danach sind jedoch unser Schulblazer, ein schwarzer Rock oder eine schwarze Hose und eine Krawatte obligatorisch«, erklärte Miss Springfield. »Wir erachten Schuluniformen als egalitär. Sie tragen zum Gemeinschaftsgefühl bei und verhindern, dass einige Kinder die anderen übertrumpfen. Vor allem bei den Mädchen.«

»Da bin ich ganz Ihrer Meinung«, sagte Elizabeth.

»Und nun zu den Gebühren. Sie sind im Voraus zu entrichten. Für das Vorschulprogramm verrechnen wir zehntausend Dollar pro Jahr und Kind«, erklärte Miss Springfield.

Elizabeth holte ihr Scheckbuch aus der Tasche und stellte einen Scheck über den gewünschten Betrag aus. Es war natürlich teuer, aber sie hoffte, dass es das wert war.

»Eine Sache noch«, sagte Miss Springfield. »Wir brauchen Fotos von jedem Erwachsenen, der die Kinder abholen darf. Es gab einige unschöne Situationen mit geschiedenen Elternteilen.«

»Ja, das ist kein Problem«, erwiderte Elizabeth. »Ich bringe die Fotos morgen vorbei. Grundsätzlich gibt es nur meine Schwiegermutter und mich. Aber ich werde auch ein Foto des Vaters der Kinder beilegen.«

Miss Springfield warf ihr einen scharfen Blick zu.

»Ich dachte, Sie seien verwitwet.«

»Ja, prinzipiell stimmt das auch«, sagte Elizabeth. »Aber seine Leiche wurde nie gefunden. Ich weiß, es ist albern und vermutlich auch reines Wunschdenken, aber manchmal habe ich das Gefühl, er ist noch am Leben.«

»Natürlich«, erwiderte Miss Springfield mitfühlend. »Das muss sehr schwer für Sie sein.«

Elizabeth spürte, wie ihr die Tränen in die Augen stiegen.

»Die Kinder vermissen ihn sehr. Er war Declan Thomas, der Rocksänger. Sagt Ihnen der Name etwas?«, fragte sie.

Miss Springfield schüttelte den Kopf.

»Es tut mir leid, aber ich interessiere mich nicht für Popkultur. Ich schenke ihr keinerlei Beachtung, denn meiner Meinung nach ist sie bloß Fast Food fürs Gehirn.«

Elizabeth lächelte. »Nun gut. Dann bringe ich Jack und Camille also morgen vorbei.«

»Um Punkt neun Uhr«, erklärte Miss Springfield. »Und iPads oder andere Dinge, die die Kinder ablenken könnten, sind nicht erlaubt. Kinder können keine sozialen Kompetenzen erwerben, wenn sie sich den ganzen Tag nur auf ihre Computer konzentrieren. Nur weil die Eltern zu faul sind, sich selbst um sie zu kümmern.«

»Nein, keiner der beiden hat ein iPad.«

Miss Springfield stand auf und schüttelte Elizabeths Hand.

»Nun gut, Miss Harding. Ich freue mich darauf, Jack und Camille morgen kennenzulernen.«

»Wunderbar«, sagte Elizabeth.

»Und vergessen Sie die Fotos nicht«, sagte Miss Springfield. »Sonst dürfen Jack und Camille nicht wieder von hier fort und müssen für immer bleiben.« Miss Springfield lachte herzlich über ihren eigenen müden Scherz.

»Das werde ich nicht«, sagte Elizabeth. »Ich bin froh, dass Sie vorsichtig sind.«

Am Nachmittag machte sich Elizabeth schließlich auf die Suche nach einem Haus für sich und die Kinder. Sie waren Joan lange genug zur Last gefallen. Die ordnungsliebende Joan war bemerkenswert gut mit der unvermeidbaren Unordnung, die mit Kinderspielzeug einherging, zurechtgekommen. Doch nun wurde es Zeit, ihr wieder mehr Privatsphäre zu gönnen.

kapitel dreiundzwanzig

Fionnaugh war den ganzen Morgen damit beschäftigt gewesen, die Wäsche aufzuhängen, die Hühner zu füttern und ihren Mist im Garten als Dünger zu verstreuen. Ihre Mutter Moira hatte letzte Nacht wieder einen Anfall gehabt. Das passierte häufig bei Vollmond. Dann tanzte Moira nackt im Garten und behauptete, Feen und Kobolde zu sehen. Fionnaugh und Callum hatten Moira schließlich in eine Decke gehüllt und sie dazu überredet, wieder ins Haus zu gehen.

Nachdem wieder Ruhe eingekehrt war, schlich Fionnaugh in Declans Zimmer, um ihn beim Schlafen zu beobachten. Sie verlor sich vollkommen in seiner Schönheit. Er lag auf der Seite, und sein nackter Arm war über das Laken gebreitet. Fionnaugh starrte auf das seltsame Zeichen auf seinem linken Handgelenk. Es war ein kleiner Halbkreis mit einem Punkt. Sie hatte einmal darauf gezeigt und eine Augenbraue gehoben, um ihn zu fragen, was es bedeutete. Declan hatte das tintenblaue Symbol lange Zeit betrachtet, als handelte es sich dabei um einen wichtigen Hinweis, der das Rätsel um seine Identität lösen konnte. Schließlich hatte Declan Fionnaugh angesehen und mit den Schultern gezuckt. Er wusste es nicht. Fionnaugh hatte ihren Finger mit Speichel befeuchtet und versucht, das Symbol zu entfernen, doch es war ihr nicht gelungen.

Fionnaugh holte eine Hühnerfeder aus ihrer Schürzentasche und zeichnete damit sanft die Konturen seiner Muskeln nach.

»Graidhean«, murmelte sie. Declan rührte sich, rollte

sich auf den Rücken und kratzte sich am Arm. Nachdem sie sich vor einem Monat zum ersten Mal gepaart hatten, waren sie und Declan noch einige Male zusammen in der Scheune gewesen. Doch als sie sich das letzte Mal dort getroffen hatten, hatte er etwas getan, das sie schockiert hatte. Sie hatte erwartet und erhofft, dass er sein wunderbares Ding wieder in sie hineinstecken würde, doch stattdessen hatte er innegehalten und seinen Kopf zwischen ihre Beine gelegt. War das denn möglich? Nun, offensichtlich. In dem Augenblick, als seine Zunge sie berührte, durchfuhr ein Prickeln ihren ganzen Körper. Sie schrie auf. Declan schien von ihrer unmittelbaren Reaktion überrascht. Er legte ihr die Hand auf den Mund, um ihre Schreie zu dämpfen. Moira war ganz in der Nähe.

Declan hatte über Moiras Verhalten seit dem Tag, als er auf der Insel aufgetaucht war, nachgedacht. Er wusste mittlerweile, dass Moira nicht ganz bei Trost war und dachte, er sei ihr Sohn Johnny, der im Meer ertrunken und nie gefunden worden war. Es wäre nicht gut, wenn Moira herausfände, dass Johnny seine eigene Schwester vögelte.

Nachdem sie sich von der Überraschung erholt hatte, dass es Declan scheinbar Freude bereitete, sie dort unten zu küssen, forderte Fionnaugh ihn bald dazu auf, es wieder zu tun. Doch als Declan ihr zu verstehen gab, dass sie ihm diesen Gefallen erwidern konnte, zuckte sie zurück. Sie schüttelte den Kopf, so dass ihre üppigen, rotblonden Locken wippten, und riss vor Angst die Augen auf.

»Ach, komm schon, Schätzchen«, bettelte Declan und streichelte seinen Penis. Er wünschte sich nichts mehr, als ihre süßen, rosafarbenen Lippen auf seinem Penis zu spüren. Er legte eine Hand auf ihren Hinterkopf und drückte sie hinunter. Fionnaugh fuhr vorsichtig und schüchtern mit der Zunge über seine Penisspitze. Declan stöhnte. Fionnaugh sah überrascht zu ihm hoch. Das hatte sie nicht erwartet. Sie hatte Macht über ihn. Schließlich öffnete sie den Mund und machte sich ans Werk.

»Aaaaah«, brüllte Declan und schob sie von sich. Sie hatte ihn gebissen. »Nein, verdammt noch mal. Nein«, schrie er.

Fionnaugh fuhr erschrocken zurück und brach in Tränen aus. Sie raffte ihren Rock und stolperte die Leiter hinunter. Declan eilte ihr nach. Er fand sie weinend vor der Scheune, umarmte sie und streichelte ihre Haare.

»Es tut mir leid, Liebling. Woher solltest du das auch wissen?«

Er bedeutete ihr zu warten, bevor er in den Gemüsekeller eilte und mit einer Möhre wiederkam. Fionnaugh war vollkommen fassungslos. Was wollte dieser seltsame Mann nun von ihr?

Declan führte Fionnaugh behutsam zurück in den Schuppen und setzte sie auf ein Bündel Heu. Dann spitzte er die Lippen und zeigte ihr anhand der Möhre, wie sie ihn liebkosen sollte. Er deutete auf seine Zähne und bewegte den Finger hin und her, um ihr zu zeigen, dass das verboten war. Dann griff er sich in den Schritt und heulte schmerzverzerrt auf. Schließlich hatte Fionnaugh verstanden. Sie öffnete ihren zarten Mund und legte die Lippen über die Zähne. Dann nahm sie die Möhre und zeigte ihm, was sie mit ihm anstellen würde.

»Ja, genau so«, seufzte er erleichtert. »Endlich hast du es verstanden, Elizabeth. Und jetzt versuchen wir es noch einmal in echt.«

kapitel vierundzwanzig

Declans Mutter, Joan Thomas, war gerade damit beschäftigt, einige ältere Erstausgaben von Leonard Cohens Gedichtbänden dem jeweiligen Jahr zuzuordnen, als das Glöckchen über der Tür klingelte. Sie hatte einen Halbtagsjob in einem Antiquariat angenommen, um sich abzulenken. Sie genoss das Gefühl der Ruhe, das ihr die Bücher gaben. Sie waren Stimmen, die schweigend zwischen Buchdeckeln ausharrten, begierig darauf, zum Leben zu erwachen, sobald jemand sie öffnete. Außerdem mochte sie den modrigen Geruch nach vergilbtem Papier und die Tatsache, dass Bücher so zuverlässig waren. Ein Buch würde nie von seinem zukünftigen Leser verlangen, es erst einmal herunterzuladen, bevor er es las. Man öffnete es einfach und tauchte in die fremde Welt ein. Joan war jedoch pragmatisch. Sie wusste sehr genau, dass den Büchern das gleiche Schicksal drohte wie den Telefonzellen. Sie würden langsam verschwinden, obwohl Lesen Gott sei Dank heute populärer zu sein schien als jemals zuvor, wenn auch nur auf einem Tablet-Computer.

Der Mann, der nun auf Joan zukam, war mittelgroß und gut trainiert. Sie vermutete, dass er Anfang fünfzig war, denn seine kurzgeschnittenen Haare waren von grauen Strähnen durchzogen. Das Bemerkenswerteste waren jedoch seine dichten Augenbrauen, die wie ein Staudamm in einem Fluss wirkten. Die darunterliegenden Augen waren dunkelbraun und schienen von Natur aus zu funkeln.

»Kann ich Ihnen behilflich sein?«, fragte Joan.

»Ja«, antwortete er. »Ich bin auf der Suche nach einer Biographie von Nora Barnacle.«

»Ach ja«, erwiderte Joan. »Die Ehefrau von James Joyce. Ich glaube, wir haben dort hinten noch ein Exemplar.«

Sie führte ihn an einigen Bücherstapeln vorbei in die Biographie-Abteilung, wo sie das abgegriffene Buch schnell fand.

»Ja, hier ist es.« Joan zog das Buch aus dem Regal und gab es ihm.

»Haben Sie *Ulysses* gelesen?«, fragte sie.

»Hat *irgendjemand* Ulysses gelesen?«, erwiderte er.

Joan lachte.

»Ich muss zugeben, das habe ich tatsächlich«, sagte sie. »Ich hatte das Buch im Programm, als ich noch als Professorin an der Universität von Dublin unterrichtete.«

Er hob die Augenbrauen.

»Das ist ja wirklich beeindruckend«, sagte er.

»Und warum interessieren *Sie* sich für Mrs. James Joyce?«, fragte Joan, bevor sie hinzufügte: »Das tun heutzutage nicht mehr viele Menschen.«

»Ich dachte, dass mir Joyce dadurch vielleicht etwas verständlicher wird«, erwiderte er.

»Das ist sicher der Fall«, bestätigte Joan. »Er plünderte Noras Leben regelrecht. Er nahm ihre Geschichten und tat dann so, als wären es seine eigenen.«

Der Mann lächelte sie an, und sein schmales Gesicht begann zu strahlen.

»Dieser Mistkerl.«

»Ja«, stimmte Joan ihm zu. »Das war er tatsächlich.«

»Als ich hierherkam, hätte ich nicht erwartet, auf eine derart attraktive Expertin zu stoßen«, sagte er.

Joan spürte, wie sie unter seinem Blick errötete. Sie

wusste nicht, was sie als Nächstes sagen sollte. Der Mann streckte ihr seine Hand entgegen.

»Byron Sparks«, sagte er.

Joan erwiderte seinen starken Händedruck. Ihr fiel auf, dass an seiner linken Hand, in der er das Buch hielt, kein Ehering steckte.

»Joan Thomas«, sagte sie.

»Schön, Sie kennenzulernen, Joan. Darf ich Sie Joan nennen, oder ist Ihnen Mrs. Thomas lieber?«

»Joan ist in Ordnung. Ich bin nicht verheiratet.«

Byron Sparks warf einen Blick auf ihren Ehering und hob fragend eine Augenbraue. »Verwitwet«, erklärte Joan und drehte den Ring um ihren Finger. Dieser Kunde brachte sie aus der Fassung, und außerdem wurde sie das Gefühl nicht los, ihn bereits zu kennen. Es schien eine natürliche Vertrautheit zwischen ihnen zu geben, etwas, was Joan so nicht kannte. Üblicherweise war sie eher reserviert und brauchte Zeit, um Menschen näher kennenzulernen.

»Nun, Joan«, sagte Byron. »Es geschieht nicht jeden Tag, dass ich auf eine James-Joyce-Expertin treffe. Darf ich Ihr Wissen vielleicht noch etwas strapazieren? Vielleicht bei einem Kaffee?«

Joan zögerte. Die Einladung kam unerwartet, aber sie war ihr nicht unangenehm.

»Im Interesse der Literatur? Sicher, warum nicht?«, antwortete sie.

»Vollkommen im Interesse der Literatur«, erwiderte Byron. »Wie viel bin ich Ihnen schuldig?«

Joan führte ihn zurück zu ihrem Tisch und verrechnete das Buch. Byron bezahlte mit Kreditkarte. Sie steckte das Buch für ihn in eine Papiertragetasche.

»Hätten Sie noch heute Zeit für einen Kaffee?«, fragte er.

Joan warf einen Blick auf die Uhr.

»Heute nicht. Ich muss meine Enkelkinder von der Schule abholen«, erklärte sie.

»Dann also morgen?«

»Morgen wäre wunderbar«, sagte Joan. »Sagen wir um drei Uhr?«

»Gut, dann um drei Uhr. Es war schön, Sie kennenzulernen«, erwiderte Byron Sparks, bevor er kurz nickte, ihr ein weiteres umwerfendes Lächeln zuwarf und den Laden verließ.

Joan stellte überrascht fest, dass sie etwas außer Atem war. Sie warf erneut einen Blick auf die Uhr. Sie hoffte, dass Hersh, ihr Boss, nicht zu spät kommen würde. Er war der Besitzer des Ladens, ein betagter Akademiker mit einer Vorliebe für weite Wolljacken, die seinen knochigen Körper betonten. Das Glöckchen über der Tür klingelte erneut, und Hersh eilte in den Laden. Seine erste Frage lautete immer gleich.

»Und? Etwas verkauft?«

»Bloß ein Buch«, erwiderte Joan. »Eine Biographie über Nora Barnacle.« Hersh blickte über sie hinweg und durchstöberte in Gedanken das Wissen, das er in sechzig Jahren angehäuft hatte, bis er schließlich fand, wonach er gesucht hatte.

»Ach, sie war ein kleines Luder«, sagte er. »Wusstest du, dass Joyce sie ›mein kleines Fickvögelchen‹ nannte?«

»Ja, das weiß ich, Hersh«, erwiderte Joan, die bereits ihre Sachen zusammenpackte, um zu verschwinden. Aber Hersh dachte nicht daran, das Thema fallenzulassen.

»Und wusstest du, dass sie ihm schmutzige Briefe schrieb?«, fragte er.

»Ja, auch das ist mir bekannt«, erwiderte Joan.

»In einem schlug sie ihm vor, sie von hinten zu bumsen«, kicherte Hersh.

»Ja, ja«, sagte Joan, die bereits sehnsüchtig darauf wartete, endlich zur Tür hinauszukommen.

Hersh schüttelte den Kopf. »*Bumsen.* Was für ein Wort. Diese Iren, ich sag's dir …«

»Ich muss jetzt gehen, Hersh. Sonst komme ich zu spät, um die Kinder abzuholen. Wir sehen uns morgen«, sagte Joan.

»Sicher«, erwiderte Hersh. Er bewegte sich bereits durch die Regale und murmelte vor sich hin. »Bumsen«, wiederholte er lachend.

Joan stürzte zur Tür hinaus und winkte ein Taxi heran. Damit würde sie etwa zehn Minuten bis zur Miss Springfield Academy benötigen. Sie würde also nur einige Minuten zu spät kommen. Den Zwillingen gefiel es in ihrer neuen Schule, doch Joan wusste, dass sie sich freuen würden, sie zu sehen.

Sonst holte Elizabeth die Kinder ab, doch heute hatte sie einen Termin mit der Immobilienmaklerin, um sich einige Häuser anzusehen. Joan bezahlte den Fahrer und gab ihm Trinkgeld. Als sie aus dem Taxi stieg, bemerkte sie plötzlich ein Mädchen in einem Minirock und bis zu den Oberschenkeln reichenden Stiefeln, das mit Einkaufstaschen beladen auf sie zukam.

»Hallo!«, rief das Mädchen.

Joan beschloss, dass wohl jemand anderer gemeint war, und eilte in das Schulgebäude.

»Großmama!«, brüllten die Zwillinge, nachdem sie Joan entdeckt hatten. Sie stürzten auf sie zu und klammerten sich an ihre Beine.

Miss Mott, die Vorschullehrerin, holte eine dicke Heftmappe hervor und blätterte zum Buchstaben »H«. Er stand für »Harding Thomas«, dem Namen, unter dem Elizabeth die beiden Kinder angemeldet hatte. Auf der dazugehörigen Seite befanden sich drei Fotos. Eines von Elizabeth, eines von Joan und eines von Declan Thomas. Miss Mott betrachtete die Fotos eingehend, und ihr Blick wanderte von dem Foto zu Joan und wieder zurück.

Mein Gott, dachte Joan. Sie war doch ganz offensichtlich berechtigt, die beiden abzuholen.

»Auf Wiedersehen, Camille und Jack«, erklärte Miss Mott schließlich und nickte Joan zustimmend zu.

Joan nahm die Kinder an der Hand und wollte gerade gehen, als sie plötzlich gegen das Mädchen mit den Einkaufstaschen prallte, das genau hinter ihr stand und alles beobachtet hatte.

»Entschuldigen Sie bitte«, sagte Joan.

»Sie sind es wirklich«, erwiderte das Mädchen. »Ich dachte mir schon, dass Sie es sind.« Sie ließ sich auf die Knie fallen, um sich die Kinder anzusehen.

»Jetzt sagen Sie aber nicht, dass das Declans Kinder sind? Hallo, ihr zwei!«, rief sie.

Die Zwillinge reagierten schüchtern und versteckten sich hinter Joans Beinen. Das Mädchen richtete sich wieder auf.

»Kennen wir uns?«, fragte Joan. Das Mädchen kam ihr so bekannt vor wie zuvor Byron. Joan fragte sich, warum wohl.

»Ich war die Freundin Ihres Sohnes Declan«, erklärte das Mädchen. »Ich war auf der Beerdigung Ihres Mannes, wissen Sie noch? Mein herzliches Beileid.«

Die Puzzleteile fügten sich plötzlich zusammen. Joan erinnerte sich an das nervtötende Mädchen, das auf der Beerdigung ihres Mannes Charles so hysterisch geheult hatte.

»Ach ja«, antwortete Joan zögerlich. Doch das Mädchen plapperte bereits weiter.

»Declan und ich waren recht lange zusammen. Wir haben uns geliebt. Ich werde nach Schottland fliegen, um zu sehen, wo er starb.«

Plötzlich begannen die Alarmglocken in Joans Kopf zu schrillen. War das hier etwa …?

»Mein Name ist Natasha«, erklärte das Mädchen gerade und lächelte die Zwillinge an. »Mein Gott, so wunderhübsche Kinderchen. Und der kleine Junge sieht aus wie Declan.«

Als sie den Namen des Mädchens hörte, zog Joan scharf die Luft ein. Das hier war diese Verrückte, die auf Declan und Elizabeth losgegangen und dafür im Gefängnis gelandet war.

»Es tut mir leid«, sagte Joan kalt. »Wir sind spät dran. Wir müssen gehen.«

»Ja, kein Problem«, erwiderte Natasha. »Es hat mich gefreut, dass ich Ihnen und den Kindern über den Weg gelaufen bin.«

Joan drängte die Kinder zur Tür hinaus. Sie war beunruhigt. Dennoch beschloss sie, Elizabeth nichts von ihrer verstörenden Begegnung mit Natasha zu erzählen. Elizabeth würde sich bloß aufregen, und es gab in letzter Zeit ohnehin genug, womit sie sich herumschlagen musste.

kapitel fünfundzwanzig

Als Elizabeth endlich ins Bett kroch, war sie vollkommen erschöpft. Sie hatte sich heute zehn Häuser in verschiedenen Stadtteilen angesehen. Sie waren entweder zu groß, zu klein oder maßlos überteuert gewesen. Das einzige Haus, das sie wirklich angesprochen hatte, war ein großes Zweifamilienhaus aus Backstein in der breiten und schattigen Palmerston Avenue am Stadtrand Torontos, doch der Preis war unverschämt hoch. Um finanziell in einem vernünftigen Rahmen zu bleiben, müsste sie die zweite Hälfte des Hauses wohl vermieten, doch der Gedanke daran gefiel ihr absolut nicht. Sie würde also weitersuchen müssen.

Nachdem sie sich davon überzeugt hatte, dass die Zwillinge ruhig schliefen, kroch sie in Joans Gästezimmer zwischen die exquisiten Laken aus ägyptischer Baumwolle und genoss das beruhigende Gefühl der Geborgenheit und des Luxus. Sie schloss die Augen. In letzter Zeit wurde sie von beunruhigenden Träumen heimgesucht. Declan erschien ihr immer wieder, um ihr zu sagen, dass er noch am Leben war. Aber das war unmöglich. Declan war fort, und sie würde ihn nie wiedersehen. Ein Teil von ihr würde niemals aufhören, um ihn zu trauern, würde dieses Gefühl des Verlustes nie hinter sich lassen können, doch sie musste einen Weg finden, um diesen Teil ihrer Persönlichkeit von den Anforderungen zu trennen, die das tägliche Leben an sie stellte. Sie fragte sich, ob sie vielleicht einen Therapeuten aufsuchen sollte. Mein Gott, wie sehr sie sich nach ihm sehnte. Ob sie sich selbst einen Gefallen tat, wenn sie Declan in ihren Fantasien immer wieder zum Leben erweckte? Nein. Sie weigerte sich, diese Fantasien aufzugeben. Und da Declan nun nicht mehr hier war, um sie mit ihr zu teilen, waren sie wieder zum Teil ihrer geheimen Welt geworden. Es ging niemanden etwas an, außer sie selbst. Sie schloss die Augen und begann, sich eine Geschichte auszudenken, die ihre Fantasie in Schwung brachte.

Declan Thomas' Penthouse befand sich genau gegenüber ihrem Fenster. Er machte sich nicht die Mühe, die Gardinen zu schließen, deshalb konnte Elizabeth immer wieder beobachten, wie er sich nackt durch seine Wohnung bewegte. Seine langen Gliedmaßen und der straffe Hintern erregten sie, ganz zu schweigen davon, dass sie ihm häufig dabei zusehen konnte, wie er sich selbst befriedigte.

Elizabeth sah schüchtern hinter ihren Gardinen hervor in der Hoffnung, vielleicht einen Blick auf ihn zu erhaschen. Sie fühlte sich schuldig, doch sie war vollkommen von ihm fasziniert. Sie musste nicht lange warten. Declan, der bloß eine weite Jogginghose trug, betrat zusammen mit einer exotisch aussehenden Frau das große Wohnzimmer. Sie schien sowohl afrikanischer als auch asiatischer Herkunft zu sein, hatte lange schwarze Haare und trug lange schwarze Handschuhe und schwarze Stiefel, die ihr bis zu den Oberschenkeln reichten. Declan ließ sich auf dem Sofa nieder und wirkte so entspannt, als würde er fernsehen, während die Frau langsam vor ihm zu strippen begann. Das Ausziehen ihrer Handschuhe war ein langsamer, sinnlicher Prozess. Die Frau löste jeden Finger einzeln mit den Zähnen, während sie träge die Hüften hin und her bewegte. Die Stiefel behielt sie an. Elizabeth konnte unschwer erkennen, dass Declans Penis härter und härter wurde. Als er schließlich aus seiner Hose schlüpfte, stand seine Erektion steil in die Höhe.

Declan erhob sich langsam. Er stand mit dem Rücken zum Fenster und gab der Frau ein Zeichen, damit sie ihn in den Mund nahm. Sie folgte freudig seinen Anweisungen und kniete sich vor ihm nieder. Elizabeth konnte das Gesicht der Frau nicht mehr erkennen, doch es war offensichtlich, was sie gerade tat. Lange rote Striemen zierten Declans Hintern dort, wo die Frau ihn mit ihren Nägeln gepackt hielt, um ihn tiefer in ihren Mund zu stoßen.

Elizabeth begann, sich selbst zu streicheln. Sie sollte die beiden wirklich nicht beobachten, doch sie spürte, wie ihre Klitoris verräterisch zu pochen begann, und wusste, dass sie sich Erleichterung verschaffen musste. Die Muskeln an Declans Hintern spannten sich an, als er seinen Penis schließlich aus dem Mund der Frau zog. Er drehte sich um und blickte aus dem Fenster, so dass Elizabeth seinen riesigen Penis in voller Größe bewundern konnte. Er drehte die Frau zu sich und bat sie weiterzumachen. Nun sah Elizabeth nur noch den Hinterkopf der Frau, die wieder Declans Penis im Mund hatte. Declan lehnte sich mit geschlossenen Augen etwas zurück. Er genoss ganz offensichtlich das Gefühl der Zunge, die ihn verwöhnte. Dann öffnete er zu Elizabeths Schreck die Augen und deutete zuerst mit zwei Fingern auf seine Augen und dann auf Elizabeth, als wollte er sagen: »Ich sehe dich.« Elizabeth zog sich schamerfüllt zurück. Er hatte sie entdeckt. Was sollte sie nun tun? Doch Declan gab ihr einen Hinweis. Er befahl der Frau noch einmal, innezuhalten, und gab ihr neue Anweisungen. Sie erhob sich und stellte sich vor das Fenster, so dass Elizabeth genau sehen konnte, was sie tat. Sie zog ihre Schamlippen auseinander und begann zu masturbieren. Declan zeigte auf die Frau und dann auf Elizabeth. Er wollte, dass sie dasselbe tat. Sie trat hinter den Gardinen hervor und war zunächst noch scheu, doch als Declan ihr aufmunternd zunickte, spreizte sie ihre Beine und tat es der Frau gleich, so dass Declan sie beobachten konnte.

Declan befahl der Frau, ihn wieder in den Mund zu nehmen. Ihm wurde einer geblasen, während Elizabeth in aller Öffentlichkeit für ihn masturbierte. Wer weiß, wer ihr sonst noch dabei zusah. Elizabeths Orgasmus peitschte mit der Kraft einer ganzen Kavallerie über sie hinweg. Wie traurig, dass Declan nicht hier war, um dieses Erlebnis mit ihr zu teilen.

Elizabeth erwachte noch vor den Zwillingen. Sie duschte, kochte sich eine Tasse Tee und genoss die Ruhe am Morgen. Sie dachte an Effie und fragte sich, was sie wohl gerade tat. Sie hatte seit einem Monat nichts mehr von ihrer Freundin gehört.

Elizabeth fragte sich, ob sie wohl noch immer mit Jimmy Mack glücklich war oder ob sie einander bereits überdrüssig geworden waren. Sie warf einen Blick auf die Uhr. Es war sechs Uhr morgens. Das bedeutete, dass es in Schottland mittlerweile elf Uhr vormittags war. Effie war vermutlich bereits wach. Elizabeth beschloss, es über Skype zu versuchen, obwohl die Internetverbindung in Kinlochbervic bekanntermaßen unzuverlässig war. Sie stellte ihren Computer an und stellte erfreut fest, dass Effie gerade online war.

»Süüüüße. Wie geht es dir?«, rief Effie, und ihr rundes Gesicht strahlte Elizabeth aus dreitausend Kilometern Entfernung an.

»Nun, wie zu erwarten«, antwortete Elizabeth.

»Und wie geht es den Kindern?«, fragte Effie.

»Gut. Sie gehen jetzt zur Vorschule. Es verschafft mir eine Verschnaufpause, und ihnen scheint es zu gefallen. Was gibt es Neues im guten alten Kinlochbervie?«, fragte Elizabeth.

Elizabeth sah, dass Jimmy Mack sich hinter Effie in der Küche zu schaffen machte. Effie schnitt eine Grimasse und zog die Mundwinkel nach unten.

»Hi, Jimmy«, rief Elizabeth. Er winkte dem Bildschirm zu.

»Bleib kurz dran«, sagte Effie. Dann wandte sie sich vom Bildschirm ab und drückte Jimmy einen schnellen Kuss auf den Mund.

»Auf Wiedersehen, Liebling. Wir sehen uns später«, meinte sie.

Dann wandte sich Effie wieder an Elizabeth.

»Er ist fort. Jetzt kann ich offen reden.«

»Was ist los?«, fragte Elizabeth.

»Ich muss verdammt noch mal von hier fort«, stöhnte Effie. »Ich habe seit einem Monat keinen einzigen Sonnenstrahl mehr zu Gesicht bekommen. Nichts als Regen und Wind. Ich mache mir Sorgen, dass ich vielleicht noch Rachitis bekomme.«

»Das bekommt man, wenn man zu wenig Vitamin C zu sich nimmt«, erklärte Elizabeth. »Und nicht Vitamin D, das von der Sonne produziert wird.«

»Wie auch immer«, sagte Effie. »Mir fehlt das ganze verdammte Alphabet an Vitaminen.«

Elizabeth grinste. »Ich dachte, ich hätte dich auf das Wetter hingewiesen«, sagte sie.

»Ja, das hast du«, erwiderte Effie. »Aber ich dachte, du übertreibst. Außerdem ist es hier unmöglich, etwas repariert zu bekommen.«

»Was meinst du damit?«, fragte Elizabeth.

»Die Spülmaschine funktioniert nicht. Jimmy hat sie sich angesehen, aber er meinte, wir brauchen einen richtigen Mechaniker. Und jetzt muss ich die Teller mit der Hand spülen«, sagte Effie.

»Das muss ja furchtbar sein«, erwiderte Elizabeth.

Doch Effie schimpfte bereits weiter. »Ich habe beim Mechaniker in Inverness angerufen. Sie meinten, sie könnten in sechs Monaten jemanden vorbeischicken. In sechs Monaten! Das ist doch lächerlich. Bridie und Tattie haben Probleme mit ihrer Toilette. Sie brauchen einen Klempner. Aber es gibt keinen. Es gibt im gesamten Umkreis keinen verdammten Klempner! Und der Elektriker hier arbeitet sich fast zu Tode. Im Pub hat mir jemand erzählt, dass er über ein Jahr gewartet hat, bis der Elektriker endlich bei ihm auftauchte. Und wenn man schließlich einen Handwerker findet, dann scheinen sie die Rechnung danach auszulegen, wie viel Geld man besitzt«, jammerte Effie. »Das nervt.«

»Ich weiß«, pflichtete Elizabeth ihr bei. »Aber wenn man es auf die schottische Art betrachtet, dann erscheint es nur fair.«

»Und es gibt auch keinen Zahnarzt«, grummelte Effie. »Die Regierung schickt einen verdammten Bus umher, damit sich die Leute Filme ansehen können, aber um ihre Zähne und ihr Zahnfleisch kümmert sich niemand!«

Elizabeth lauschte amüsiert Effies Ausbruch. Sie wusste nur zu gut, welche Schwierigkeiten es mit sich brachte, an einem derart abgelegenen Ort in Schottland zu leben.

»Also, was hast du jetzt vor, Eff?«, fragte Elizabeth.

»Mir reicht's«, erwiderte Effie. »Ich überstehe den Winter hier auf keinen Fall. Ich werde noch verrückt.«

»Weiß Jimmy schon davon?«, fragte Elizabeth.

»Noch nicht«, antwortete Effie bedrückt. »Und ich freue mich auch nicht darauf, es ihm zu sagen.«

»Er wird dich vermissen, so viel ist sicher«, sagte Elizabeth. »Ich glaube, er hat dich ins Herz geschlossen.«

»Er ist Waage«, erklärte Effie. »Er ist es gewohnt, die Dinge so zu nehmen, wie sie kommen. Außerdem kann ich ihn hier immer wieder mal besuchen.«

»Das ist wahr«, sagte Elizabeth. »Es sind ja bloß zwölf Stunden.«

»Und es gibt noch einen anderen Grund, warum ich gerne zurückkehren würde«, sagte Effie. »Ich habe mit einigen Investoren gesprochen, und sie hätten Interesse …«

»… an *Rags 'n' Beats*?«, hakte Elizabeth nach.

»Ja«, erwiderte Effie. »Aber wir müssen mit den Leuten persönlich sprechen, um sie auf unsere Seite zu ziehen.«

»Ich habe bereits mit Solomon gesprochen. Er hat mir versichert, dass er mir helfen wird, wieder im Musikgeschäft Fuß zu fassen«, sagte Elizabeth.

»Wunderbar«, erwiderte Effie. »Ich glaube, wir könnten es tatsächlich schaffen.«

In diesem Moment tauchte ein blonder Labrador auf dem Bildschirm auf. Seine Lange rosafarbene Zunge hing ihm aus dem Mund.

»Oh, da ist ja Django«, rief Elizabeth. »Wie geht es ihm?«

»Er hat wohl deine Stimme gehört«, sagte Effie und tätschelte den Kopf des Hundes. »Er ist ein guter Junge. Tattie und Bridie meinten, dass sie ihn sehr gerne zu sich nehmen würden.«

»Wunderbar«, sagte Elizabeth. »Sie lieben ihn und werden ihm ein gutes Zuhause geben.«

»Ja, so wird alles gut«, sagte Effie.

»Und wann hast du vor zurückzukommen?«, fragte Elizabeth.

»So bald wie möglich«, erwiderte Effie.

»Gib doch Bridie die Schlüssel und bitte sie, das Haus winterfest zu machen«, sagte Elizabeth. »Sie hat es schon einmal gemacht, und es wird sicher keine Probleme geben.«

»Und was ist mit dir?«, fragte Effie. »Wohnst du noch bei Joan?«

»Ja, aber ich bin bereits auf der Suche nach einem eigenen Haus. Wir brauchen etwas für uns alleine.« Plötzlich hatte Elizabeth eine Idee.

»Ich habe heute ein wunderbares Haus in Palmerston besichtigt, das mir sehr gut gefällt«, erzählte Elizabeth. »Aber es ist ein Zweifamilienhaus. Hättest du vielleicht Interesse am Obergeschoss? Es ist wirklich sehr hübsch.«

»Du kannst mit mir rechnen«, sagte Effie »Ich brauche ohnehin eine Wohnung, also warum nicht?«

»Wir könnten es anfangs auch als Büro nutzen. Ich schicke dir den Link, dann kannst du es dir ansehen«, sagte Elizabeth.

»Perfekt«, erwiderte Effie.

Elizabeth hörte, dass die Zwillinge langsam wach wurden.

»Okay, Eff. Ich muss los. Die Kinder sind bereits wach, und ich muss sie für die Schule fertig machen. Wir sehen uns.«

»Ja, das werden wir. Auf Wiedersehen, Süße«, sagte Effie.

Effies Gesicht verschwand vom Bildschirm. Elizabeths Idee, sich das Haus mit Effie zu teilen, war perfekt. So hätten sie beide ihre Privatsphäre, wären aber dennoch in der Nähe, um einander Gesellschaft zu leisten. Außerdem würde es die Gespräche über ihr Magazin erleichtern. Zum ersten Mal seit Monaten blickte Elizabeth hoffnungsvoll in die Zukunft.

kapitel sechsundzwanzig

Während Effie eifrig Pläne schmiedete, Schottland zu verlassen, war Natasha gerade auf dem Weg dorthin. Sie machte es sich in der ersten Klasse gemütlich und nippte an ihrem Champagner. Gott sei Dank gehörte sie nicht zu dieser Viehherde im hinteren Teil des Flugzeuges. Sie glaubte fast, sie muhen zu hören. Sie bestellte Steak zum Abendessen und lehnte sich zurück, um die *Vogue* durchzublättern. Der Flug dauerte etwas mehr als sechs Stunden, gerade lange genug, um ein wenig Schlaf abzubekommen, bevor sie ihre Pilgerreise zu Declans nassem Grab begann.

Joan betrachtete ihr Gesicht im Spiegel. Üblicherweise trug sie kaum Make-up, doch heute Morgen hatte sie beschlossen, ihrem Gesicht etwas mehr Farbe zu verleihen. Heute traf sie sich zum Kaffee mit Byron Sparks … vorausgesetzt, dass er auch auftauchte. Er sah gut aus für sein Alter, war offensichtlich intelligent und schien sich extrem wohl in seiner Haut zu fühlen. Fand er sie attraktiv? Sie hatte einige Fältchen um ihre großen blauen Augen, doch das war normal. Sie war immerhin bereits achtundvierzig. Die Zeichen des Alters machten ihr nichts aus. Sie war der Meinung, dass sie jetzt sanfter und charaktervoller wirkte.

Sie beschloss, ihre blonden Haare heute nicht aus dem Gesicht zu kämmen und zu einem Zopf zusammenzufassen, sondern sie offen zu tragen. Ja, dachte sie bei sich, Byron Sparks gefiel ihr. Wollte er bloß eine Freundschaft oder vielleicht sogar mehr? Der Gedanke an eine sexuelle

Beziehung verunsicherte sie. Sie war sich nicht sicher, ob sie überhaupt noch wusste, was genau zu tun war. Sie rechnete nach, wann sie das letzte Mal Sex gehabt hatte. Es war sieben Jahre her. Charles, ihr verstorbener Mann, war um einiges älter als sie gewesen. Er hatte ein schwaches Herz, weshalb Viagra nicht in Frage kam, und er war auch nicht der Typ Mann, der etwas für Sexspielzeug übrig hatte. Während der letzten Jahre ihrer Ehe hatten sich ihre Intimkontakte auf zärtliche Küsse und Kuscheln beschränkt. Joan hatte es nichts ausgemacht. In gewisser Weise war sie sogar erleichtert gewesen, sich keine Gedanken mehr über das leidige Thema Sex machen zu müssen. Es war eine Sorge weniger.

Ja, dachte Joan, während sie sich selbst betrachtete. Ihr Gesicht zeugte auf jeden Fall von den Erfahrungen, die sie in ihrem Leben gemacht hatte, einschließlich des furchtbaren Verlustes, den Declans Tod darstellte. Sie hatte stundenlang geweint, bis einfach keine Tränen mehr übrig gewesen waren. Am Ende hatte sie sich selbst eingeredet, dass Declans Zeit wohl einfach abgelaufen war. Joan war nicht religiös, doch sie glaubte an eine höhere Macht, die es möglich machte, dass inmitten einer Betonwüste Gras wuchs. Ihrer Meinung nach bot der Körper der Seele bloß ein vorübergehendes Zuhause. Nach dem Tod wanderte die Seele weiter, und der Körper blieb verlassen zurück, damit die Mitmenschen darum trauern und ihn schließlich begraben konnten. Leider war es in Declans Fall nicht möglich gewesen, dieses Ritual zu vollziehen. Sein Körper war nie gefunden worden.

Joan trug einen mattierenden Puder auf. Dann sprühte sie etwas Jo Malone Parfum in die Luft und schritt durch den duftenden Nebel hindurch. So hinterließ es nur einen Hauch und keine penetrante Duftwolke.

Joan verabscheute exzessiven Parfumgebrauch und wunderte sich, dass manche Menschen nichts dabei fanden, sich in den Häusern anderer Leute mit Parfum einzusprühen, ohne sich zu fragen, ob diese den Duft eigentlich mochten. Es war einfach rücksichtslos. Sie warf einen letzten Blick auf ihr Gesicht und entschied, dass sie ganz in Ordnung aussah. Sie hatte sich für einen dunkelgrauen, weichen Pullover und eine schwarze Hose entschieden. Darüber trug sie eine schwarz-weiße Jacke im Hahnentrittmuster von Ralph Lauren. Dazu kombinierte sie den roten Kaschmirschal, den Elizabeth ihr aus Schottland mitgebracht hatte und der zu ihren Stiefeln passte.

»Wow!«, erklärte Elizabeth, die gerade Milch in die Müslischüsseln der Zwillinge goss, als Joan die Küche betrat. »Du siehst umwerfend aus. Gibt es denn einen bestimmten Anlass?«

»Nichts Besonderes«, erwiderte Joan. »Ich hatte bloß das Bedürfnis, mich ein wenig zurechtzumachen.«

»Wenn ich es nicht besser wüsste, würde ich sagen, du triffst dich mit jemandem«, neckte Elizabeth sie.

»Nein, nicht wirklich. Nun, vielleicht doch«, erwiderte Joan. »Es ist bloß ein Kunde, der gestern in den Laden kam. Wir trinken nach der Arbeit einen Kaffee.«

»Der Glückspilz«, sagte Elizabeth, während sie Butter auf den Toast strich und Jack und Camille jeweils ein Stück gab. »Du hast schon bald das ganze Haus wieder für dich, falls du ihn einmal einladen möchtest. Ich werde ein Angebot für das Haus abgeben, von dem ich dir erzählt habe«, fuhr sie fort.

»Das ist ja wunderbar«, sagte Joan und zog sich ihre roten Lederhandschuhe über. »Aber ich dachte, ein Zweifamilienhaus wäre dir zu viel?«

»Effie kommt wieder zurück. Wir ziehen gemeinsam ein«, erklärte Elizabeth.

»Das sind ja gute Neuigkeiten«, erwiderte Joan.

»Nachdem ich die Kinder von der Schule abgeholt habe, werden wir es uns noch einmal ansehen. Ich möchte sichergehen, dass es ihnen auch gefällt«, sagte Elizabeth und gab ihnen einen Kuss. »In Ordnung, Kinder?«

»Ja«, antworteten beide gleichzeitig.

Jetzt, wo sie an die Kinder dachte, hätte Joan Elizabeth beinahe von ihrer unangenehmen Begegnung mit Natasha erzählt, doch wieder entschloss sie sich, es nicht zu tun. Elizabeth schien langsam wieder die Alte zu werden. Joan wollte sie nicht unnötig beunruhigen. Natasha war offensichtlich verrückt. Wenn sie sich nur vorstellte, dass sie den ganzen Weg nach Schottland auf sich nahm, bloß um einen kurzen Blick auf die Stelle zu werfen, an der Declan ums Leben gekommen war. Es war makaber und auch ein wenig gruselig. Joan spürte, wie ihr ein Schauer über den Rücken lief. Sie drückte Elizabeth einen Kuss auf die Wange und machte sich auf den Weg zur Arbeit. Der Gedanke an den Kaffee mit Byron Sparks verlieh ihren Schritten neuen Schwung.

kapitel siebenundzwanzig

Jimmy Mack verwöhnte Effie mit der Zunge. Sie saß rittlings auf seinem Gesicht und beugte sich etwas nach vorne, damit er leichter an ihre hervortretende Knospe kam. Gleichzeitig befriedigte sich Jimmy fieberhaft selbst. Sie kamen etwa zur gleichen Zeit.

Jimmy war hocherfreut gewesen, dass Effie so leicht und oft kam und ihre Säfte mit jedem Orgasmus mehr zu fließen begannen. Effie kletterte keuchend von Jimmy und ließ sich neben ihn fallen, um sich an ihn zu schmiegen. Jimmy griff nach einigen Taschentüchern auf dem Nachttisch, um sich zu säubern.

»Mein Gott, Mädel«, erklärte er. »Du bist so feucht, man könnte meinen, du hättest das Meer zwischen deinen Beinen.«

Effie seufzte. Sie hatte diese Unterhaltung schon zu lange hinausgeschoben. »Das liegt bloß an dir, Jimmy«, erklärte sie. »Du bist wohl der süßeste, netteste und natürlich auch erregendste Mann, den ich jemals kennengelernt habe.« Sie streckte die Hand aus und zwirbelte seine Brusthaare um ihre Finger. »Aber ich muss dir etwas sagen.«

»Aye«, sagte Jimmy. »Ich weiß. Du gehst von hier fort.«

Überrascht stützte sich Effie auf einen Ellbogen auf und sah ihm in die graugrünen Augen.

»Woher um alles in der Welt weißt du das? Ich habe doch niemandem ...« Effie wollte gerade sagen, dass sie niemandem von ihrer Entscheidung erzählt hatte, doch dann erinnerte sie sich, dass sie Tattie und Bridie gebeten hatte, sich um Elizabeths Hund Django zu kümmern.

»Es tut mir leid, Jimmy«, sagte sie.

»Dummes kleines Mädel«, sagte er und umarmte sie. »Es hätte mich mehr überrascht, wenn du geblieben wärst.«

»Wirklich?«, fragte Effie.

»Aye«, antwortete Jimmy. »Du bist ein Stadtmädel. Du brauchst deine Cappuccinos und Taxis und deine Luftverschmutzung. Das hier ist nicht der richtige Ort für dich.«

Jimmy hatte recht.

»Würdest du es vielleicht in Erwägung ziehen, mich in Toronto zu besuchen?«, fragte Effie. »Wenn ich dir ein Ticket schicke?«

»Ach, lieber nicht«, kicherte Jimmy. »Wer kümmert sich denn dann um meine Kühe?«

Jimmys Cousin war vor kurzem gestorben und hatte ihm sechs Hochlandrinder mit riesigen Hörnern und misstrauischen Mienen vermacht.

»Nun, vielleicht findest du ja jemanden«, erwiderte Effie und küsste ihn.

»Ich glaube eher nicht«, sagte Jimmy. »Und ich würde mich in der Stadt einfach nicht wohl fühlen. Ich mag nicht einmal Inverness. Zu viele Menschen.«

Sie lagen einige Minuten aneinandergekuschelt da.

»Ich werde dich vermissen, Jimmy«, sagte Effie. Dann drückte sie seinen Penis liebevoll. »Und ich werde deinen großen Freund hier vermissen.«

»Aye. Ich werde deine Muschi ebenfalls vermissen. Wann fährst du?«

»Übermorgen«, sagte Effie.

»In Ordnung«, sagte Jimmy und rollte sich auf sie.

»Dann müssen wir noch mal ordentlich vögeln, bevor du nicht mehr da bist.«

»Aye«, antwortete Effie.

Später am selben Abend machten Effie und Jimmy im Rhichonich Hotel halt, um sich einige Drinks zu genehmigen. Muriel, eine der Einheimischen, hatte sie mit dem Auto mitgenommen, nachdem sie beschlossen hatten, dass es besser wäre, zu Fuß nach Hause zu gehen, als von einem einsamen Polizeibeamten aufgehalten zu werden. Effie war überrascht gewesen, wie gewissenhaft die Schotten die Vorgabe, nach einem Drink nicht mehr mit dem Auto zu fahren, einhielten. Aber es war natürlich absolut nachvollziehbar. Das Auto war in einer derart abgelegenen Umgebung von immenser Wichtigkeit.

Die Hotelbar des Rhichonich war klein und daher ziemlich voll. Jimmy ließ sich auf einem abgewetzten, zerrissenen Lederhocker nieder und klopfte auf den Stuhl neben sich, damit Effie sich ebenfalls setzte. Dann bestellte er ein Pint Cidre für sich und einen McLeish Scotch für Effie. Während ihrer Zeit in Schottland hatte Effie eine Vorliebe für Scotch entwickelt und den rauchigen Torfgeschmack des Single Malts schätzen gelernt.

»Wie geht's deinem Traktor, Jimmy?«, fragte Angus, der Barkeeper. Er hatte ein riesiges rotes Muttermal im Gesicht und wischte gerade die Resopalplatte vor ihnen mit einem Tuch sauber.

»Aye, er fällt immer mehr auseinander, aber ich halte ihn trotzdem noch gut in Schuss«, erwiderte Jimmy.

»Du hast gerade Willie verpasst«, erklärte Angus.

»Wie geht es ihm?«, fragte Jimmy.

Selbst Effie wusste von Willies gesundheitlichen Problemen und dass seine Zeit beinahe abgelaufen war.

»Er hat 'ne Runde bezahlt und auch selbst einiges getrunken. Er kam gerade vom Arzt und war in ungewöhnlich guter Stimmung.«

»Dann gab es sicher gute Neuigkeiten«, sagte Jimmy.

»Aye« erwiderte Angus. »Der Arzt hat ihm gesagt, dass er doch noch sechs Monate hat.«

Effie schüttelte ungläubig den Kopf. Nur in Kinlochbervie wurde ein derartiges Todesurteil auch noch gefeiert, denn für die Menschen hier hieß es, dass sie noch sechs Monate ins Pub gehen und mit ihren Freunden trinken konnten. Sie nippte an ihrem Scotch und spürte, wie sich die Wärme in ihrem Magen ausbreitete. Jimmy stieß mit Effie an. »Slange.« Das bedeutete: »Auf unsere Gesundheit.« Effie erwiderte den Trinkspruch. Sie würde diesen seltsamen Ort und den gut bestückten Schotten neben ihr vermissen.

kapitel achtundzwanzig

Elizabeth war hocherfreut, als die Immobilienmaklerin anrief und ihr mitteilte, dass ihr Angebot angenommen worden war. Elizabeth hatte die Vorbesitzer gebeten, den Verkauf innerhalb von zwei Wochen abzuwickeln. Die Familie war sofort einverstanden, denn die Frau war ohnehin gerade nach Übersee versetzt worden, wo sie ein großes Unternehmen leiten sollte. Die mit Unmengen an Botox vollgestopfte Maklerin hatte es mit süßlicher Stimme als »Win-win-Situation« bezeichnet.

Nachdem die Zwillinge den Reifen gesehen hatten, der als Schaukel von einem riesigen Ahornbaum im Garten baumelte, waren sie sofort mit ihrem neuen Zuhause einverstanden gewesen. Elizabeth dachte bei sich, dass es das perfekte Haus für sie war. Einige der ursprünglichen Details wie der weitläufige Holzboden oder der fantastische gemeißelte Kaminsims waren erhalten geblieben, während der Rest des Hauses geschmackvoll renoviert worden war. Das Haus wirkte hell, luftig und einladend. *Declan hätte es geliebt,* dachte Elizabeth. Im hinteren Teil des Gartens befand sich sogar ein kleiner Schuppen, den er als Tonstudio hätte nutzen können. Es war so ungerecht, dass er ihr und den Kindern genommen worden war. Sie verstanden es immer noch nicht, denn ab und zu erhaschten sie einen Blick auf eines seiner Videos. Zwei Tage zuvor hatte Jack sie aufgeregt in Joans Fernsehzimmer geführt und gemeint: »Daddy ist da. Er ist dort im Fernsehen.« Und wie hätte sie Jack erklären sollen, dass Declan nun für immer eine nicht greifbare Figur auf dem

Fernsehbildschirm bleiben würde? Sie fuhr ihrem Sohn durch die dunklen Locken und kämpfte mit den Tränen. Das Musikvideo war sechs Monate vor seinem Tod aufgenommen worden. Es wirkte unheimlich, denn es zeigte Declan, der alleine am Strand saß, Gitarre spielte und aufs Meer hinausstarrte. Seine Stimme füllte das Zimmer. Er legte den Kopf in den Nacken und summte. Sein Adamsapfel wirkte wie ein Hügel, hinter dem die Sonne unterging.

We come and we go
So little do we know.

Jack sang ebenfalls. Es war herzzerreißend, dem Kind dabei zuzuhören, wie es die Worte seines Vaters nachahmte. Das Video endete mit einer Großaufnahme von Declans Gesicht. Der Wind wehte ihm sanft die schwarzen Locken aus der Stirn. Ein leichter Dreitagebart bedeckte sein kantiges Kinn. Declan schloss die Augen, während die letzten Akkorde des Liedes langsam verklangen. Dann blickte er direkt in die Kamera, lächelte aufreizend und flüsterte: »Du bist wunderschön.«

Jack sah seine Mutter mit den großen, blauen Augen seines Vaters an.

»Mummy … Daddy sagt, dass du wunderschön bist.«

Elizabeth suchte in ihrem Sweatshirt nach einem Taschentuch.

»Vielleicht wollte Daddy aber auch *dir* sagen, dass *du* wunderschön bist«, schniefte Elizabeth.

»Nee«, erwiderte Jack, stürzte sich auf die Couch und hämmerte mit den Fäusten auf sie ein. »Jungen sind nicht wunderschön. Nur Mädchen.«

Elizabeth schluckte die Tränen hinunter, bis sie später

im Bett lag. Dann fiel sie in einen tiefen, traumlosen Schlaf. Als sie schließlich wieder aufwachte, meinte sie, Declans Stimme zu hören, die ihr ins Ohr flüsterte: »Du bist wunderschön.«

»Mmm«, murmelte sie und drehte sich zur Seite. Dann tastete sie nach ihm, doch neben ihr war nur Leere.

»Du bist wunderschön«, flüsterte Declan und steckte Fionnaughs rotblonde Locken hinter ihr zartes Ohr. Sie standen in der Küche und schnitten Gemüse für den Eintopf. Mehrere Hühner liefen sehr zu Moiras Ärgernis im Zimmer umher, und sie schlug mit ihrer Schürze nach ihnen, um sie hinauszuscheuchen. Fionnaugh griff nach einer Möhre. Dann grinste sie Declan frech an und biss das Ende ab.

»Aua«, sagte Declan. Fionnaugh kicherte und wagte einen schnellen Griff zwischen seine Beine.

»Pimmel«, sagte sie.

Seit Declan Fionnaugh dieses Wort gelernt hatte, sagte sie es andauernd. »Pimmel, Pimmel, Pimmel«, sagte sie, wenn sie zum Frühstück Haferbrei aßen. »Pimmel«, sagte sie, wenn sie Declan dabei beobachtete, wie er Säcke voller Torf schleppte. »Pimmel«, rief sie ihm zu, wenn sie gerade auf ihrem Melkschemel saß und die Kuh molk.

Callum und Moira verstanden nicht, warum ihre Tochter so von diesem seltsamen Wort besessen war.

»Pimmel?«, fragte Moira eines Tages und sprach dann in ihrer Sprache weiter. Sie wollte offensichtlich wissen, was dieses Wort bedeutete. Doch Fionnaugh lachte bloß laut auf, so dass Moira ihr mit der Rückseite eines Holzlöffels eine verpasste und sie hinaus in den Garten schickte, um das Unkraut zu jäten. Als schließlich Iain mürrisch vorbeitrottete, rief Fionnaugh ihm »Pimmel!« nach.

Seit er mit Declan aneinandergeraten war, mied Iain Fionnaugh, und das gefiel Moira gar nicht.

Als Iain also vorbeikam, um Eier zu holen, bat Moira ihn ins Haus. Sie bot ihm etwas von dem süßen, heißen Haferbrei an, der immer über dem Feuer blubberte, doch Iain schüttelte den Kopf und sah nervös zu Declan hinüber, der in einer Ecke saß und gerade einen Hummerkorb reparierte. Nachdem er einige Worte mit Moira gewechselt hatte, verschwand Iain mit einem Dutzend Eier im Korb wieder.

Declan legte den Hummerkorb zur Seite und starrte hinunter auf seine Hände mit den schwieligen Fingerspitzen. Wenn er mit dem Korbgeflecht hantierte, bekam er Lust, Saiten zum Klingen zu bringen und Musik zu hören. Er sah erwartungsvolle, freudige Gesichter, die zu ihm aufsahen. Sie erwarteten etwas von ihm. Aber was?

Später, nachdem Callum und Fionnaugh mit dem Hummer für das Mittagessen nach Hause zurückgekehrt waren, hielt Moira Fionnaugh einen Vortrag über Iain. Declan verstand im Wesentlichen, worum es ging. Moira versuchte offensichtlich, Fionnaugh dazu zu ermuntern, sich mit dem schwerfälligen Jungen einzulassen. Fionnaugh stampfte mit dem Fuß auf und erhob ihre Stimme.

»Chan«, rief sie. »Chan.«

Callum, der bemerkt hatte, dass zwischen den beiden Frauen ein Sturm aufzog, rollte mit den Augen und verließ das Haus. Declan hob seinen Blick von der komplizierten Arbeit, die er gerade am Hummerkorb zu verrichten hatte, und sah Fionnaugh direkt in die Augen. Sie tauschten einen verschwörerischen Blick, der jedoch nicht unbemerkt blieb. Moira drängte sich zwischen die beiden, und ihre Stimme verwandelte sich in ein fanatisches, wütendes Kreischen.

Declan zuckte zusammen, als er die Worte »Johnny« und »Iain« hörte. Er war sich ziemlich sicher, dass sie Fionnaugh gerade erklärte, dass er ihr Bruder war und eine Liebesbeziehung zu ihm nicht in Frage kam. Declan wusste nicht, wer er war oder wo er war oder wie er hierhergekommen war, aber er war sich sicher, dass er keine Schwester hatte. Zumindest an dieser Tatsache hegte er keinen Zweifel, wenn sein Leben sich auch sonst anfühlte, als würde er es in einem Spiegelkabinett auf dem Jahrmarkt verbringen.

Der Streit zwischen Moira und Fionnaugh endete schließlich damit, dass Moira ihrer Tochter einen Schlag ins Gesicht versetzte. Fionnaugh schnappte schockiert nach Luft und floh aus dem Haus. Moira trat auf Declans Arbeitsplatz zu. »Ach Johnny«, sagte sie. Sie wiederholte den Satz mehrere Male, während ihn ihre wässrigen Augen traurig anblickten. Declan umarmte die winzige Frau. Das schien sie zu beruhigen, denn sie wandte sich endlich wieder dem Feuer zu und begann, im Haferbrei zu rühren.

Declan wollte nichts sehnlicher, als Fionnaugh suchen und sie trösten. Es tat ihm leid, dass er ihr so viel Kummer bereitete. Doch selbst wenn er versucht hätte, sich von Fionnaugh fernzuhalten, hätte es nichts genützt. Jetzt, wo er sie mit den Freuden ihres Körpers bekanntgemacht hatte, wollte sie ständig mit ihm zusammen sein. Bei dem Gedanken an ihre rosafarbenen Brustwarzen, den gierigen Mund und das flaumige, feuchte Dreieck zwischen ihren Beinen wurde er sofort hart. Wie hätte er ihr widerstehen sollen? Es war unmöglich. Dennoch wusste er nicht, warum Fionnaugh stets dieses beunruhigende Wort wiederholte, wenn sie sich liebten. Sie sagte immer und immer wieder »Elizabeth«. Und jedes Mal, wenn sie es sagte, spürte er ein elektrisches Kribbeln. Der

Name bedeutete etwas. Aber was? Nein, das Wichtigste war jetzt, dass Moira sie nicht erwischte.

Elizabeth war alleine in ihrem Zimmer und verlor sich in ihrer Fantasiewelt. Sie stand an einem Pier und sah zu, wie ein Piratenschiff mit Proviant beladen wurde. Plötzlich packten starke Arme sie von hinten und fixierten ihre Handgelenke hinter ihrem Rücken. Eine grobe Männerstimme drang an ihr Ohr.

»Kommt mit an Bord, Mylady. Der Kapitän hat Euch vom Vordeck aus beobachtet. Er ist der Meinung, dass Ihr ein nettes Spielzeug an Bord der *Jolly Roger* abgeben würdet.«

Elizabeth versuchte, sich zu wehren, doch der Mann schubste sie grob vorwärts. Bald darauf befand sie sich auf der Landungsbrücke, über die zuvor riesige in Salz eingelegte Fleischstücke und Fässer voller Rum an Bord geschafft worden waren.

»Warum ich?«, rief Elizabeth.

»Der Kapitän mag keine Huren. Er mag richtige Damen. Und er mag es, wenn es den Männern gutgeht.«

Elizabeth schnappte angsterfüllt nach Luft.

»Damit meint Ihr aber nicht, dass ...?«

»Das werdet Ihr schon noch herausfinden, wenn der Kapitän beschließt, dass er Zeit für Euch hat«, erwiderte der Mann. »Bis dahin werdet Ihr Euch gedulden müssen.« Er deutete auf eine Leiter, die in den Laderaum des Schiffes hinabführte.

»Die kleine Tür auf der rechten Seite führt in die Damenkabine«, sagte er, und bei dem Wort »Damen« nahm seine Stimme einen spöttischen Unterton an. Elizabeth klammerte sich an der Leiter fest, während das Schiff knarrend und ächzend ablegte. Sie hörte Männerstimmen, die sich Anweisungen zubrüllten. Der Gedanke daran, was sie vielleicht für sie tun musste, machte ihr Angst, aber es war zu spät, um die Flucht zu ergreifen. Sie war eine Gefangene des Kapitäns, wer auch immer er sein mochte.

Die Kabine, die Elizabeth zugedacht war, war sehr klein, und es gab kaum genügend Platz für das Bett und den Nachttopf. Sie legte sich auf das Bett und fragte sich, was wohl als Nächstes passieren würde. Das sanfte Schaukeln des Schiffes nahm ihr die Angst, und schließlich döste sie sogar ein wenig ein. Sie fuhr hoch, als sie ein lautstarkes Klopfen an der Tür vernahm. Der Mann, der sie an Bord gebracht hatte, schrie: »Zieht Eure Unterwäsche aus und kommt ans Oberdeck. Der Kapitän möchte Euch sehen. Ich meine, er möchte sich Euch *ansehen.* Also seid nicht zu schüchtern.«

Elizabeth tat, wie ihr geheißen. Oben an Deck wehte ein starker Wind. Das Schiff schnitt mit vollen Segeln durchs Wasser. In diesem Moment erfasste ein Windstoß Elizabeths Rock und hob ihn bis über ihren Kopf. Sie versuchte hektisch, ihn nach unten zu drücken, denn sie wusste nur zu gut, dass sie vollkommen entblößt war. Die gesamte Crew sah ihre intimsten Stellen.

»Aye, der Kapitän hat eine gute Wahl getroffen«, hörte sie eine heisere Baritonstimme.

»Ich hoffe, er gibt uns die Möglichkeit, sie uns ordentlich anzusehen«, ergänzte ein anderer.

»Ihre Titten sind nicht schlecht.«

»Und ich würd mir gern ihren Arsch genauer ansehn.«

Es war unmöglich, gegen den Wind, der ihren Rock hochhob, anzukämpfen. Elizabeth spürte die Blicke der Männer auf sich und dachte, sie müsste vor Scham sterben.

Dann hörte sie hinter sich eine leise, bedrohliche Stimme. »Nur keine Angst, meine Schöne. Der Herrgott hat Euch in vielerlei Hinsicht gesegnet. Ihr könnt meinen Männern keinen Vorwurf machen, wenn sie Euch näher betrachten wollen.«

Elizabeth drehte sich um und wusste, dass sie nun zum ersten Mal den Kapitän zu Gesicht bekommen würde. Seine Augen nahmen sie vollkommen gefangen. Sein Blick war intensiv und eindringlich, und ein dunkler Kreis umgab die blaue Iris. Seine langen, schwarzen Locken fielen bis auf seine ausgeprägten Schultern, die von einem Rüschenhemd und einem Wams bedeckt waren. Ein leises Lächeln umspielte seine Lippen, und seine perfekten Zähne blitzten auf.

»Ich habe Angst«, sagte Elizabeth und schlug die Augen nieder.

Der Kapitän hob ihr Kinn mit seiner Pistole an und presste schließlich seine Lippen auf ihre, zuerst sanft, dann immer heftiger. Elizabeth hörte, wie die Männer johlten und pfiffen.

»Die besten Fleischstücke an Bord gehören mir alleine«, erklärte der Kapitän und löste sich von ihr. Elizabeth fühlte sich, als würde sie in Flammen stehen.

»Aber ich kann meinen Männern nicht das Essen verweigern, auch wenn ich ihnen nur geringere Qualität bieten kann. Also los, hebt Euren Rock und zeigt Euch, damit sie heute Nacht von etwas träumen können. Und …«, fügte er hinzu und biss ihr kurz in die Lippe, »Ihr müsst natürlich auch mich zufriedenstellen, sonst werde ich Euch bestrafen.«

Elizabeth spürte, wie ein Schauer sie durchlief. Der Kapitän war gutaussehend, aufregend und hatte hier offensichtlich das Kommando. Sie wollte ihn zufriedenstellen.

Als der nächste Windstoß ihren Rock hochhob, versuchte Elizabeth nicht, ihn wieder nach unten zu drücken, sondern spreizte die Beine, damit die Crew sie besser sehen konnte.

»Mehr, mehr«, schrien die Männer. »Lass uns alles sehen.«

Elizabeth zog mit zitternden Fingern ihre Schamlippen auseinander, so dass sie vollkommen entblößt war.

»Und jetzt die Hintertür«, rief einer der Männer. Elizabeth wusste nicht, was er meinte. »Sie wollen deinen Arsch sehen«, flüsterte ihr der Kapitän ins Ohr.

»Nein«, erwiderte Elizabeth. Natürlich wollte sie den Kapitän zufriedenstellen, doch dieser Wunsch war ungeheuerlich. »Sie bekommen meinen Hintern nicht zu sehen. Es ist schon genug, dass sie meine Möse gesehen haben«, meinte sie aufsässig.

Zunächst schien der Kapitän wie vor den Kopf gestoßen. Doch dann hob er überrascht die dunklen Augenbrauen und erwiderte mit drohender Stimme, aus der sie deutlich seine Wut heraushörte: »Hier auf diesem Schiff habe ich das Kommando. Ich habe das Kommando über jedes Arschloch hier an Bord, auch über Eures.«

Der Kapitän winkte zwei seiner Männer herbei. »Bringt sie in meine Kabine. Die Dame hat beschlossen, anständig zu bleiben«, sagte er mit spöttischer Stimme. Dann schubste er Elizabeth in ihre Richtung.

»Ihr wisst, was zu tun ist.«

»Aye, Kapitän«, antworteten die Männer. Sie griffen nach Elizabeths Armen und zogen sie in Richtung der Kabine, die sich im hinteren Teil des Schiffes befand. Sie wehrte sich mit Händen und Füßen.

Die Kapitänskabine war um einiges größer als ihre eigene, und es gab genügend Platz für ein Doppelbett und einen Schreibtisch. Eine Öllampe spendete dämmriges Licht. Es war jedoch hell genug, dass Elizabeth den Gegenstand erkennen konnte, der auf dem Bett lag. Er flößte ihr Angst ein und erregte sie zugleich. Es war eine Peitsche, eine neunschwänzige Katze. Die beiden Männer warfen Elizabeth auf das Bett und fesselten sie mit einem Seil, so dass sie mit dem Kopf nach unten auf dem Bett kniete. Dann fixierten sie ihre Arme unter ihrem Hintern. Einer der Männer hob ihren Rock hoch und stülpte ihn über ihren Kopf. Nun war ihr Po vollkommen entblößt. Sie war noch nie zuvor so gedemütigt worden. Die beiden Männer verpassten ihrem Hintern jeweils einen harten Schlag, bevor sie die Kabine verließen. Es hatte keinen Sinn, sich gegen das hier zu wehren. Die Schläge der Männer brannten noch immer. Sie fragte sich, was als Nächstes passieren würde. Sie musste nicht lange warten, bis sie das Klicken der Kabinentür hörte. Dann folgten Stimmen.

»Einer nach dem anderen«, sagte der Kapitän.

Oh mein Gott, dachte Elizabeth. Was würden die Männer mit ihr anstellen? Sie bereitete sich auf das Schlimmste vor, doch keiner rührte sie an und niemand kam ihr zu nahe. Sie war nur hier, damit die Männer sie betrachten konnten.

Die Männer durften nacheinander den Raum betreten und sie anstarren. Nach einigen Sekunden scheuchte der Kapitän sie wieder hinaus. Die Männer lachten und scherzten.

»Das reicht für heute Nacht, Willy«, sagte einer. »Heute Nacht hast du alle Hände voll zu tun, Johnson«, meinte ein anderer. Schließlich nahm die Parade ein Ende. Der Kapitän zog ihr den Rock von den Augen und stellte sich neben das Bett. Elizabeth sah mit aufgerissenen Augen zu, wie er seine riesige Erektion massierte.

»Nun, Mylady. Wisst Ihr mittlerweile, wer hier das Kommando hat?«, fragte er barsch.

»Ja, Kapitän«, flüsterte sie.

»Und wenn ich Euch etwas befehle, dann folgt Ihr diesem Befehl. Verstanden?«

»Ja, Kapitän.«

»Bloß um sicherzugehen, muss ich Euch noch ein letztes Mal bestrafen.« Elizabeth spürte, wie die neunschwänzige Katze auf ihren Hintern niederraste. Es brannte wie Feuer. Ihre Pobacken waren flammend rot. Der Kapitän begann, sie zu streicheln.

»Eure Pobacken sind tatsächlich sehr heiß, Mylady.«

Der Kapitän befreite sie aus ihrer unbequemen Lage und drehte sie zur Seite, bevor er ihre Beine spreizte.

»Was wünschen Mylady jetzt, nachdem jeder Mann an Bord ihren Arsch und ihre Möse gesehen und nachdem sie alle vor Verlangen in den Wahnsinn getrieben hat?«, fragte er leise.

»Fickt mich, Kapitän.«

»In das rosarote Loch oder in das dunkle?«

»Das rosarote«, flüsterte sie.

Elizabeth spreizte die Beine und spürte, wie die dicke Spitze des Kapitäns in sie eindrang.

»Was glaubt Ihr, macht meine Crew wohl gerade?«, fragte er und stieß tief in sie hinein.

»Sie besorgen es sich selbst«, keuchte sie.

Der Kapitän bewegte sich schneller und immer schneller in ihr.

»Und woran denken sie?«

»An mich«, stöhnte sie. »An meine Möse. An mein Arschloch.«

Elizabeths Orgasmus kam wie eine Explosion. Als er schließlich verebbte, verschwand auch das Bild von Declan als Kapitän des Schiffes. Elizabeth drehte sich zur Seite, umarmte das Kissen und stellte sich vor, es wäre Declan. Declan hätte diese neue Fantasie sehr gerne gehört. Leider würde sie nie die Gelegenheit haben, sie mit ihm zu teilen.

kapitel neunundzwanzig

Joan fragte sich, ob Byron Sparks wohl auftauchen würde. Obwohl sie gerne mehr über ihn erfahren hätte, hatte sie beschlossen, seinen Namen nicht zu googeln. Sie ließ sich lieber überraschen und lernte Menschen selbst kennen. Joans Meinung nach hatte die Technik dem Leben den Zauber genommen. Mittlerweile konnte man dank der überwältigenden Macht der Suchmaschinen beinahe alles über andere Menschen herausfinden. Und man kam nicht mehr aufgeregt an seinem Urlaubsort an und freute sich darauf, Neues zu entdecken. Vermutlich hatte man schon zu Hause einen Blick in das Zimmer und auf die Fassade des Hotels geworfen und kannte die Speisekarten der Restaurants in der näheren Umgebung. Joan war überzeugt davon, dass es wichtig war, Erfahrungen aus erster Hand zu machen. Sie wollte nicht vorgewarnt oder von der Meinung anderer Menschen beeinflusst werden. Sie konnte sich ihr eigenes Bild machen.

Byron Sparks kam fünf Minuten zu früh. Joan war gerade damit beschäftigt, die Verkäufe des Nachmittags in den Computer einzugeben. Heute hatten mehrere Studenten etwas gekauft, und Hersh würde zufrieden sein. Sie hörte das Klingeln des Glöckchens über der Tür und sah Byron Sparks, der auf sie zukam. Ein Lächeln erhellte sein freundliches Gesicht.

»Hallo«, sagte er. »Bereit für den Kaffee?«

»Ja«, erwiderte Joan. »Geben Sie mir nur noch eine Minute.«

»Natürlich«, erwiderte Byron. »Ich sehe mich einfach

ein wenig um, bis Sie fertig sind. Wo haben Sie denn die Bücher über Fotografie?«

Joan deutete nach rechts und beeilte sich, ihre Arbeit rasch fertigzustellen. Sie hatte gerade das letzte Buch eingegeben, als Hersh auftauchte.

»Und? Etwas verkauft?«, fragte er.

»Ja, mehrere Bücher«, nickte Joan.

Hersh strahlte. Joan beschloss, dass sie Byron wohl besser aus dem Laden schaffte, bevor Hersh sich über das »Bumsen in den Hintern« auslassen konnte. Wenn sich einmal etwas in Hershs Kopf festgesetzt hatte, gab er so schnell keine Ruhe mehr damit.

»Byron«, rief sie. »Ich bin so weit.«

Byron trat mit einem Buch über die viktorianische Fotografin Julia Margaret Cameron zwischen den Regalen hervor.

»Ich nehme das hier«, sagte er und legte es auf den Tisch.

»Sicher, sicher«, sagte Hersh und drängte Joan zur Seite. Joan stellte die beiden Männer einander vor, und sie schüttelten sich die Hände.

»Eine talentierte Frau«, sagte Hersh, und sein Blick wanderte von dem Buch zu Joan.

»Und eine Spätberufene«, sagte Byron. »Sie war bereits achtundvierzig, als ihre Tochter ihr eine Kamera schenkte und sie zu fotografieren begann.«

»Achtundvierzig. Da war sie ja noch ein junges Küken«, kicherte Hersh. Er warf Joan einen Blick zu und deutete dann mit dem Kopf in Richtung Byron.

»Ist das hier etwa eine Verabredung?«

Hersh versteht es wirklich, peinliche Fragen zu stellen, dachte Joan. Sie griff nach ihrer Handtasche und wickelte sich ihren Schal um den Hals.

»Wir haben uns erst gestern hier im Laden kennengelernt«, erklärte Joan.

Hersh tippte mit seinem knorrigen Finger gegen Byrons Schulter.

»Aha«, sagte er, als hätte er gerade ein Geheimnis gelüftet. »Dann sind Sie also derjenige, der das Buch über Nora Barnacle gekauft hat.«

»Schuldig im Sinne der Anklage«, lächelte Byron.

»Sie war eine bemerkenswerte Frau«, sagte Hersh. »Wussten Sie, dass …«

»Wir müssen jetzt gehen«, unterbrach ihn Joan schnell und griff nach Byrons Arm.

»Viel Spaß, Kinder«, rief Hersh, während Joan Byron aus dem Laden drängte.

Byron stellte einen Cappuccino vor Joan ab und setzte sich. Er hatte ein kleines Café unweit des Buchladens ausgesucht, und den Starbucks auf der gegenüberliegenden Straßenseite nicht weiter beachtet. Das gefiel Joan.

»Sie sind also ein Büchernarr und interessieren sich für Fotografie«, sagte sie.

Byron gab Zucker in seinen Kaffee und warf ihr einen entwaffnenden Blick zu. Joan atmete tief ein und nippte an ihrer Tasse. Warum hatte sie bloß das Gefühl, ihn bereits zu kennen? Es war äußerst eigenartig.

»Sie haben ja detektivisches Talent«, erwiderte er, und seine haselnussbraunen Augen funkelten. Machte er sich über sie lustig?

»Nicht wirklich«, erwiderte sie. »Jeder, der sich für James Joyce interessiert, muss ein Büchernarr sein. Und außerdem haben Sie ein Buch über eine Fotografin gekauft.«

»Und was fällt Ihnen sonst noch zu mir ein?«, fragte er.

Joan dachte einen Augenblick lang nach. Er trug keinen Ehering, obwohl sie glaubte, eine dünne Linie zu entdecken, wo einmal ein Ring gewesen war.

»Sie sind geschieden«, sagte sie.

Er nickte.

»Und Ihre beiden Kinder studieren.«

Byron formte mit einem Finger und dem Daumen eine Null.

»Dann also keine Kinder«, schloss sie. Sie betrachtete Byrons Kleider. Er trug einen dicken schwarzen Pullover mit großen Knöpfen vom Hals bis zur Brust, dunkle Jeans und bequeme schwarze Schnürschuhe. Seine Kleider wirkten teuer, aber geschmackvoll.

»Sie sind selbständig und fahren einen Lexus«, sagte Joan entschlossen.

Byron hob überrascht die Augenbrauen.

»Nun, Miss Sherlock«, sagte er. »Das stimmt beides. Aber woher wussten Sie das?«

Joan genoss den Flirt. »Nun, Sie tragen zum Beispiel keine Uhr, das heißt, dass Sie selbst über Ihre Zeit verfügen können. Und außerdem haben Sie einen Lexus-Schlüsselanhänger.«

Byron sah auf seinen Schlüsselbund hinunter, den er auf dem Buch über Fotografie abgelegt hatte, und lachte.

»Gut beobachtet«, sagte er. »Und nun bin ich an der Reihe.«

»Los geht's«, erwiderte Joan.

»Sie haben mir ja bereits verraten, dass Sie verwitwet sind und Literatur an der Universität von Dublin unterrichtet haben, das zählt also nicht mehr«, erklärte Byron.

»Aber es gibt da etwas, das ich noch nicht weiß … nämlich, wie lange Sie sich schon für Baseball interessieren.«

»Wie bitte?« Joan hätte beinahe ihren Kaffee verschüttet. »Woher wissen Sie das?«

»Das war einfach«, neckte er sie. »Obwohl Sie meine Gesellschaft genießen, wandern Ihre Augen immer wieder dort hinüber.« Er nickte in Richtung eines Fernsehers ohne Ton, der in der Ecke stand. Es lief gerade ein Spiel der Toronto Blue Jays.

»Erwischt«, lachte Joan. »Ich dachte einen Moment lang, Sie hätten vielleicht hellseherische Fähigkeiten.«

Ein angenehmes Schweigen breitete sich zwischen ihnen aus, während sie an ihren Kaffeetassen nippten und sich anlächelten.

»Also, was sind Sie für ein Mensch?«, fragte Byron, als er schließlich seine Tasse abstellte und sich in seinem Stuhl zurücklehnte.

Diese Frage überraschte Joan. Das hatte sie noch nie zuvor jemand gefragt. Sie hatte die Erfahrung gemacht, dass die Menschen lieber über sich selbst sprachen.

»Nun, ich bin ähm … halbwegs intelligent«, begann Joan.

»Und bescheiden«, fügte Byron hinzu.

»Ich genieße das Leben. Ich habe viele Interessen. Ich bin vernünftig.«

»Dann gehen Sie also nicht gerne Risiken ein?«, fragte Byron.

Joan sah in Byrons haselnussbraune Augen, doch sie entdeckte kein Missfallen in ihnen.

»Ich würde nicht sagen, dass ich *nie* Risiken eingehe«, sagte Joan. »Aber ich denke, dass sie stets kalkulierbar sind.«

»Dann haben Sie also auch mich kalkuliert?«

»Wie bitte?«, fragte Joan einigermaßen verwirrt.

»Nun, Sie haben vermutlich beschlossen, dass ich das Risiko wert bin, sich mit mir auf einen Kaffee zu treffen.«

»Ich glaube nicht, dass es ein großes Risiko ist, mit jemandem einen Kaffee zu trinken«, sagte Joan.

»Nein, aber man weiß ja nie«, erklärte Byron. »Ein Schneeball nimmt ja auch in einer einzelnen Flocke seinen Anfang.«

»Das ist wahr«, lächelte Joan. »Ich werde daran denken, wenn ich wieder Risiken kalkuliere.«

Die nächste Stunde verging wie im Flug, während jeder in breiten Pinselstrichen sein Leben für den anderen skizzierte. Byron reagierte äußerst mitfühlend, als Joan ihm vom Tod ihres Mannes und ihres Sohnes erzählte. Als sie den Namen Declan Thomas erwähnte, schien Byron tatsächlich überrascht.

»Er war ein großer Star. Ich habe in den Zeitungen über ihn gelesen«, sagte Byron.

»Ja, er war ein großer Star«, pflichtete Joan ihm bei.

»Und überaus talentiert. Ich mochte seine Musik sehr«, sagte Byron.

Er streckte die Hand über den Tisch, um Joans Hand zu drücken. Seine Berührung fühlte sich außergewöhnlich warm und beruhigend an. Dennoch wollte sie das Thema wechseln.

»Erzählen Sie mir mehr von sich«, bat sie.

Joan erfuhr, dass Byron seine Kindheit auf einer Farm in Niagara-on-the-Lake an der Mündung des Niagara-Flusses verbracht hatte. Sosehr er die natürliche Schönheit der Gegend liebte, so sehr sehnte er sich danach, das provinzielle Kleinstadtleben hinter sich zu lassen. Er schloss sich einer Rockband an und hatte bescheidenen Erfolg als Bassgitarrist, doch er verließ die Band, nachdem der Sänger Selbstmord begangen hatte.

»Wie hieß die Band?«, fragte Joan.

Byron sah sie verlegen an.

»*Ballsack.*«

»Sie machen wohl Witze.«

»Wir waren jung und unreif und wollten mit unserer Anspielung auf die männlichen Geschlechtsteile provozieren«, erklärte Byron. »Außerdem dachten wir, dass es ein cleveres Wortspiel mit dem Namen des französischen Schriftstellers Balzac sei.«

»Ich kann mich an die Band *Ballsack* erinnern … Sie haben im Untergeschoss des *El Mocambo* gespielt. Mein Gott, vielleicht haben wir Sie sogar spielen sehen.«

Joan sah sich selbst als neunzehnjähriges Mädchen. Sie wartete ungeduldig auf ihre Schwester, mit der sie sich unter der berühmten Neonpalme des Clubs treffen wollte.

»Wäre das nicht ein Zufall?«, lachte Byron. »Vielleicht habe ich deshalb das Gefühl, Sie zu kennen.«

»Sie auch? Ich habe das gleiche Gefühl«, sagte Joan. Die Art, wie er seinen Kopf neigte, wenn er sie ansah, ließ ein starkes Déjà-vu aufkommen.

»Vielleicht kannten wir uns in einem früheren Leben«, sagte Byron.

»Vielleicht«, überlegte Joan. »Ich habe tatsächlich das Gefühl, das hier schon einmal erlebt zu haben.«

»Vielleicht haben Sie das«, sagte Byron. »Manche Philosophen glauben, dass es unendlich viele Paralleluniversen gibt, wo jede mögliche Konsequenz in einer anderen Dimension ausgelebt wird. Die Zeit als Möbiusband anstatt einer geraden Linie, wo Zeitreisen möglich sind.«

Joan war jedoch in Gedanken noch bei einem anderen Thema.

»Und wie stand es mit den Frauen?«, fragte sie. »Damals hatten Sie wohl jede Nacht eine andere?«

»Und manchmal auch zwei«, erwiderte Byron. »Ich glaube, man kann durchaus behaupten, dass ich ein ziemlich böser Junge war.«

»Es ist schwer, den Frauen zu widerstehen, wenn sie sich einem mehr oder weniger an den Hals werfen«, erwiderte Joan nachdenklich. »Und nach dem Rock 'n' Roll? Was ist dann passiert?«

Byron zuckte mit den Schultern. »Ich nahm die üblichen Scheißjobs als Bauarbeiter und Barkeeper an. Doch dann«, sagte er und tippte auf das Buch, »bekam ich wie Julia Cameron eine alte Kamera. Wie sie faszinierte mich die Möglichkeit, Schönheit festzuhalten. Also drückte ich noch einmal die Schulbank. Ich lernte alles über die alten Techniken und darüber, wie man Fotos in der Dunkelkammer entwickelt. Ich lernte alles über Chemikalien und Belichtung. Doch dann wurde alles digital, und plötzlich gibt es nur noch Experten. Fachkenntnis und Geschick sind nicht mehr gefragt.«

»Ja«, stimmte Joan ihm zu. »Aber den Unterschied zur Kunst gibt es noch. Bloß weil man ein Foto schießen kann, bedeutet das nicht, dass man ein Künstler ist.«

Byron kaute gedankenverloren auf seiner Lippe und starrte sie an.

»Das ist wahr. Ich hätte wirklich gerne erfahren, was Sie davon halten.«

»Wovon?«, fragte Joan. Seine Augen wirkten hypnotisierend.

»Von meiner Kunst. Am Donnerstagabend wird meine neue Ausstellung eröffnet. Ich würde mich sehr freuen, wenn Sie vorbeikommen und mir sagen, was Sie davon halten.«

»Ich bin keine Expertin, was die Fotografie anbelangt«, erwiderte Joan, die sich von der Einladung geschmeichelt fühlte.

»In der Kunst geht es nicht darum, eine Expertin zu sein«, sagte Byron. »Es geht um das Gefühl.«

Joan hatte das Gefühl, als würde dieser Mann direkt in ihre Seele blicken.

»Wenn ich es schaffe, etwas in Ihnen auszulösen, dann habe ich mit meiner Arbeit Erfolg«, sagte Byron. »Werden Sie kommen?«

Trotz des Kaffees wurde Joans Mund plötzlich trocken. Sie nickte.

»Sehr gerne.«

Joan wollte unbedingt so viel wie möglich über diesen Mann herausfinden.

»Erzählen Sie mir von Ihrer Ehe«, sagte sie.

»Das möchte ich lieber nicht, wenn es Ihnen nichts ausmacht.«

»Nein, natürlich nicht«, sagte Joan, die plötzlich das Gefühl hatte, eine Grenze überschritten zu haben. »Es tut mir leid, wenn ich zu neugierig war.«

»Es war eine harte Zeit. Eine sehr harte Zeit. Aber Menschen kommen und gehen«, sagte Byron und zuckte mit den Schultern. »Und eines habe ich daraus gelernt.«

»Und das wäre?«

»Man sollte nie einer schönen Frau nachjagen.« Er sah Joan eindringlich in die Augen.

»Und warum nicht?«, fragte sie.

»Weil sie es erwarten«, sagte Byron. »Weil sie es gewohnt sind.«

»Und was ist mit den hässlichen Frauen?«, fragte Joan.

Byron lachte. »Nun, das ist etwas anderes.«

kapitel dreißig

»Nächster Halt Pit Lochrie«, kündigte eine weibliche Stimme vom Band an. Natashas Kopf sank zur Seite und auf die Schulter des Mannes, der neben ihr saß.

»Entschuldigung«, murmelte sie verschlafen.

»Keine Sorge, Herzchen«, antwortete er. »Du kannst dir meine Schulter jederzeit ausleihen.«

»Herzchen«, dachte sie. Das klingt ja nett. Na ja, er hatte es ihr angeboten, warum sollte sie das Angebot also ausschlagen? Sie lehnte sich an die Schulter des Mannes und glitt in einen tiefen Schlaf, während der Zug auf seinem Weg in Richtung Norden sanft hin und her ruckelte.

Als Natasha eineinhalb Stunden später aufwachte, war sie am Verhungern. Der Mann, der ihr als Kopfkissen gedient hatte, war verschwunden. Wie gerufen kam jedoch gerade ein junger Mann mit einem Wagen voller Getränke und Sandwiches vorbei. Er blieb vor Natasha stehen.

»Möchten Sie etwas?«, fragte er.

Natasha gähnte und streckte sich.

»Haben Sie Tequila?«

Der junge Mann lachte.

»Nein, tut mir leid. Dafür haben Sie sich das falsche Land ausgesucht. Ich hätte Whiskey, Bier oder Cidre im Angebot.«

»Dann bloß einen Becher Tee, bitte. Und ein Schinkensandwich«, erwiderte Natasha.

»In Ordnung. Das macht dann vier Pfund fünfzig«, sagte der junge Mann und überreichte ihr das Sandwich und den brühend heißen Tee.

Natasha gab ihm eine Fünfpfundnote.

»Behalten Sie den Rest«, sagte sie.

Der junge Mann sah sie überrascht an.

»Vielen Dank, Miss.«

Natasha beschloss, sich zu merken, dass Trinkgeld in diesem Land scheinbar nicht erwartet wurde. Sie wickelte das etwas ausgetrocknete Sandwich aus und nippte an ihrem Tee. *Wie zivilisiert hier doch alles ist,* dachte sie. Essen und Alkohol wurden den Zugpassagieren tatsächlich an ihren Sitzplatz serviert. Kanada sollte sich ein Beispiel an diesem zuvorkommenden Verhalten nehmen.

Natasha sah zu, wie die Landschaft an ihr vorbeirauschte: Kühe auf grünen Wiesen, weißgetünchte Cottages, dichte Wälder und ab und zu ein Wasserlauf. Dennoch langweilte sie der Blick aus dem Fenster bald, und sie begann, sich ihre Mitreisenden näher anzusehen.

Der Zug war bei der Abfahrt in Glasgow voll besetzt gewesen, doch nun war die Hälfte der Sitzplätze leer. Ihr gegenüber saßen zwei ältere Damen und lösten Kreuzworträtsel. Hinter ihnen saß ein junges Paar mit einem Baby. Natasha schätzte die Frau auf etwa neunzehn Jahre. Sie sah billig aus, hatte wasserstoffblonde Haare und einige Speckröllchen am Bauch. Sie stellte das Baby in seiner Babyschale auf den Tisch vor ihr und schlief beinahe augenblicklich ein. Der Mann hingegen konnte seinen Blick nicht von Natasha wenden. Er sah auf muskulöse und animalische Weise gut aus. Natasha sah seinen Oberarmen an, dass er trainierte. Seine dunklen Haare waren kurz geschnitten und brachten seine schmalen, blauen Augen zur Geltung. Die Farbe seiner Augen erinnerte Natasha an Declan. Der Mann streckte seine Beine in den Mittelgang. Natashas Blick fiel auf die Erektion, die sich unter seinen Jeans abzeichnete.

Sieh an, dachte sie. *Diese Zugfahrt wird vielleicht doch noch interessant.* Sie stand auf, griff nach ihrer Handtasche und machte sich auf den Weg zur Toilette. Als sie an dem Mann vorbeiging, ließ sie sanft und einladend ihre Finger über seine Schulter gleiten. Sie ging schwankend den Mittelgang hinunter und hielt sich an den Sitzlehnen fest, um nicht das Gleichgewicht zu verlieren. Die Toilette befand sich am Ende des Waggons. Natasha war sich jedoch nicht sicher, wie die Tür zu öffnen war.

»Drück einfach den Knopf«, hörte sie die Stimme des Mannes hinter ihr. Er sprach mit britischem Akzent und hatte ihre Einladung scheinbar angenommen.

»Danke«, erwiderte Natasha und drückte den Knopf.

Die Tür glitt zischend auf. Die Toilette war überraschend geräumig. Natasha trat ein, und der Mann folgte ihr. Er drückte einen leuchtenden Knopf, und die Tür glitt wieder zu. Ein weiterer Knopf verriegelte sie schließlich.

»Du bist umwerfend«, sagte der Mann und küsste sie fordernd. Sie presste sich an ihn. Seine Finger wanderten unter ihren Rock und unter ihren String.

»Ich wollte dich vögeln, seit wir den Zug betreten haben«, erklärte er mit rauher Stimme. »Wie heißt du?«

»Ich heiße, wie ich heiße«, antwortete Natasha. »Und ich will auch nicht wissen, wie du heißt.«

Sie öffnete den Reißverschluss seiner Jeans und griff nach seiner beachtlichen Erektion. Mit der anderen Hand holte sie ein Kondom aus ihrer Handtasche und gab es ihm.

»Hier, zieh das über.«

Der Mann riss die Packung mit den Zähnen auf und streifte sich das Kondom über.

»Und jetzt fick mich«, befahl ihm Natasha. »Bevor deine Frau aufwacht.«

Der Mann brauchte keine weitere Einladung. Er hob Natasha mühelos hoch, und ihr Rock bauschte sich um ihre Taille. Sie zog ihren String zur Seite, damit er in sie eindringen konnte.

»Mein Gott, bist du heiß«, grunzte er. »Du bist eine heiße, geile Schlampe.«

»Und du bist … ein richtiger Mistkerl.«

Natasha ließ die Hände unter sein Hemd gleiten und strich bewundernd über seinen muskulösen Rücken.

»Komm schon, fick mich«, schrie sie. »Mach schon, du Arsch.«

Gerade als er sich in das Kondom ergoss, versenkte sie ihre Fingernägel in seinen Rücken und hinterließ vier blutige Striemen.

»Aua«, rief er. »Was soll das denn?« Er starrte sie angewidert an, bevor er das Kondom abzog und in den Mülleimer warf.

Natasha zog ihren Rock hinunter und strich ihre Haare vor dem Spiegel glatt.

»Bloß ein kleines Andenken an diese Zugfahrt«, erwiderte sie.

»Und wie soll ich diese Kratzspuren erklären?«, fragte er und sah sie verärgert an.

»Ich weiß es nicht, und es ist mir auch egal«, sagte Natasha.

»Danke für den Fick, du Schlampe.«

»Gern geschehen«, sagte Natasha. »Ebenfalls danke.«

Der Mann drückte den Türöffner, und die Tür glitt auf. Eine der Damen, die vorhin Kreuzworträtsel gelöst hatten, stand davor. Sie riss überrascht den Mund auf, als Natasha und der Mann heraustraten. Natasha kehrte zu ihrem Platz zurück. Der Mann ließ sich ebenfalls in seinen Sitz sinken und gab seiner schlafenden Frau einen Kuss. Dann starrte er wütend in Natashas Richtung. Sie lächelte ihn süß an und winkte ihm mit den Fingernägeln hinterher, als seine Frau, das Baby und er an der nächsten Haltestelle ausstiegen. *Ein weiterer Betrüger, der seine gerechte Strafe bekommen hat,* dachte Natasha. *Werden diese Männer denn niemals schlauer?*

kapitel einunddreißig

Über dem Meer braute sich ein Sturm zusammen und zog in Richtung Handa. Unheilvolle, dunkelgraue Gewitterwolken schoben sich über den Himmel. Der Wind hatte seit dem frühen Nachmittag einiges an Stärke zugelegt. Mächtige Wellen krachten gegen die Felsen, und die Gischt spritzte auf.

Declan stand am Rande einer Sandsteinklippe und beobachtete fasziniert die dramatischen Szenen, die sich unter ihm abspielten. Wie lange war er bereits auf dieser Insel? Wenn es nach dem Kalender in seinem Zimmer ging, dann waren mittlerweile etwa drei Monate vergangen. Die Tage flogen nur so dahin. Die tägliche Routine, in der sich harte Arbeit und die Suche nach Schutz vor den Elementen abwechselten, wurde nur von den sinnlichen Freuden unterbrochen, die er mit Fionnaugh erlebte.

Ein Blitz durchzuckte die bedrohlichen Wolken. Declan beschloss, dass es zu gefährlich war, noch länger hierzubleiben. Selbst das Kreischen der Möwen verebbte bereits, und die Tiere suchten Zuflucht in den Spalten und Ritzen der über hundert Meter hohen Sandsteinklippen unter ihm.

Mittlerweile wusste Declan, welche Vögel sich als Nahrung eigneten. Er dachte an Moiras missbilligenden Gesichtsausdruck, als er mit seiner Steinschleuder eine Raubmöwe erbeutet hatte. Sie hatte die Stirn gerunzelt und unerfreute Laute von sich gegeben, obwohl ihr die Federn gefallen hatten. Schließlich hatte sie die Raubmöwe Freuchie, dem Hund, vorgesetzt, der kein Problem damit hatte, das sehnige Fleisch von den Knochen zu nagen.

Declan nahm die Abkürzung quer über die Insel. Seine Fußsohlen waren bereits so ledrig, dass er keine Schuhe mehr benötigte. Er hatte es sogar gewagt, mit Callum an den Klippen zu klettern, und dabei seine Zehen benutzt, um Halt zu finden, wie Callum es ihm gezeigt hatte. Declan hatte es schließlich sogar geschafft, aus dem Nest einer empörten Rissa-Möwe zwei Eier zu stehlen, doch dann hatte er den Fehler gemacht und nach unten gesehen, woraufhin ihn die Übelkeit übermannt hatte. Callum hatte ihm geholfen, wieder sicher an den oberen Rand der Klippen zu klettern, doch danach hatte er darauf bestanden, dass Declan oben wartete, während er alleine die Klippen erkundete.

Declan kämpfte erfolglos gegen den Regen an. Schon bald war er durchnässt und durchgefroren. Er spürte, wie sein Herz pochte. Jedes Mal, wenn er herauszufinden versuchte, wer er war, versank sein Gehirn im Nebel. Das eine oder andere Mal sah er Bilder vor sich aufblitzen – das seidige Haar einer rothaarigen Frau, helle Lichter, jubelnde und klatschende Menschen –, doch sobald er versuchte, einzelne Bilder festzuhalten und sie miteinander in Verbindung zu bringen, verschwanden sie wie ein Stein, der im Meer versank. Die Vergangenheit war verloren. Die Gegenwart war ein Mysterium. Die Zukunft war nicht vorhersehbar. Der öde Boden der Insel unter seinen Füßen, der heulende Wind und sein leeres Gehirn machten ihm Angst. Obwohl er mit Callum, Moira und Fionnaugh zusammenlebte, schienen diese Menschen einer anderen Zeit anzugehören, in die er nicht wirklich passte. Declan hatte das Gefühl, vollkommen alleine zu sein.

Natasha steckte sich ihren Ehering an. Ab nun war sie eine respektable, verheiratete Frau, die ihrem Ehemann, Declan Thomas, treu ergeben war. Sie holte ihr Notizbuch aus der Tasche und betrachtete das manipulierte Hochzeitsfoto, das sie als Braut und Declan als Bräutigam zeigte. Sie würde jedem, der sie danach fragte, erzählen, dass ihre Hochzeit ein märchenhaftes Fest mit mehr als fünfhundert Gästen gewesen war. Sie hatten in der altehrwürdigen Timothy Eaton Church in Toronto geheiratet, und die Superstars des Musikgeschäfts waren da gewesen: Von Lady Gaga über Katy Perry bis hin zu Justin Timberlake, der einen eigens für sie komponierten Song vorgetragen hatte. Natashas Kleid hatte aus Unmengen an französischer Spitze bestanden, und sie war die wunderschönste Braut gewesen, die die Welt je gesehen hatte. Declan liebte sie abgöttisch. Er hatte ihr den Ring an den Finger gesteckt und sie voller Bewunderung angesehen. Natasha drehte den Ring an ihrem Finger. »Ja, ich will«, murmelte sie leise, während der Zug in den Bahnhof von Inverness einfuhr.

Das Büro der Autovermietung befand sich neben dem Bahnhof. Natasha hatte einen flotten, kleinen Fiat mit Navigationssystem vorbestellt. Mit Hilfe des Angestellten gab sie die Koordinaten von Scourie ein.

Der Angestellte war ein fröhlicher, dicklicher Mann, der schließlich meinte: »Dann fahren Sie also hinauf in die Highlands?«

»Ja«, antwortete Natasha.

»Aye, es ist wirklich schön dort oben. Aber passen Sie auf die Schafe auf, wenn Sie mit dem Auto unterwegs sind«, warnte er sie. »Und wohin sind Sie genau unterwegs?«

»Zur Insel Handa«, erwiderte Natasha.

»Ach so, dann sind Sie also hier, um Vögel zu beobachten. Dort gibt es ja nichts anderes als Vögel.«

»Ja«, sagte Natasha. »Ich bin verrückt nach Vögeln. Ich kann gar nicht genug davon bekommen.«

»Aber warten Sie mal, ich glaube, ich habe gelesen, dass die Insel diese Saison bereits für Besucher gesperrt ist, weil es zu viele Wilderer gab. Einen Augenblick …« Der Mann eilte zu seinem Computer, dann lächelte er Natasha fröhlich an.

»Sie haben Glück. Aye. Ich hatte zwar recht, die Insel war tatsächlich gesperrt, doch nun ist sie wieder frei zugänglich. Nicht, dass irgendjemand noch dorthin fahren würde. Es ist schon zu spät. Die Leute fahren gerne im Frühling hin, wenn die Jungvögel zu sehen sind, aber dann gibt es auch die meisten Wilderer.« Der Mann überreichte Natasha die Autoschlüssel. »Viel Glück.«

Ja, viel Glück, du Idiot, dachte Natasha, während sie davonfuhr. Es war eine Weile her, seit sie ein Auto mit Gangschaltung gefahren hatte, doch sie fand sich schnell wieder zurecht, nachdem sie einige haarsträubende Kreisverkehre hinter sich gelassen hatte, die aus der Stadt hinausführten. Nach einer Stunde fühlte sie sich in ihrem kleinen Auto bereits ziemlich wohl. Die Hügel wurden immer mächtiger, bis man sie schließlich tatsächlich als Berge bezeichnen konnte. Nach zwei Stunden machte Natasha in dem winzigen Ort Lairg halt. Hier schien es nicht viel mehr zu geben als ein Café, einen Schuhmacher und einen Laden für Jagdutensilien. Nachdem sie sich etwas zu essen besorgt hatte, warf Natasha einen Blick in das Schaufenster des Jagdladens. Mein Gott, viele der Dinge hier sahen genauso aus wie in der Fernsehserie *Downton Abbey.* Dearstalker-Hüte und Tweedstoffe.

Natasha kaufte sich als Andenken eine flotte Schiebermütze, die sie sehr zum Ärgernis der schmallippigen Frau hinter dem Verkaufstresen beim Verlassen des Ladens bereits verkehrt herum trug.

Die Straße verlief bald nur noch einspurig, und Natasha fuhr immer wieder an Schildern mit der Aufschrift »Ausweichbucht« vorbei. Das ist seltsam, dachte sie. Was zum Teufel hat das zu bedeuten? Sie sollte es bald herausfinden, denn kurz darauf kam ihr ein Auto aus der anderen Richtung entgegen. Der Fahrer bog in eine Ausweichbucht, um sie vorbeizulassen. *Jetzt hab ich es kapiert,* dachte sie sich und legte einen anderen Gang ein. Fünf Minuten später bog sie selbst in eine Ausweichbucht, um einen riesigen LKW vorbeizulassen. *Was für ein verrücktes Land,* dachte sie sich.

Als Natasha schließlich Scourie erreichte, dämmerte es bereits. Sie checkte in der Scourie Lodge ein, einer bezaubernden alten Pension mit weißgetünchten Wänden, einem wunderschönen Garten und Ausblick auf das Meer, das in der Ferne silbern glänzte. Die Reise hatte sie erschöpft, deshalb kroch Natasha dankbar in ihr weiches Doppelbett und war bald darauf eingeschlafen. Morgen würde sie zur Insel Handa pilgern. Sie würde Fotos schießen, die sie in ihrem Buch verwenden konnte. Sie würde den Menschen für immer als Declan Thomas' einzig wahre Liebe in Erinnerung bleiben.

kapitel zweiunddreißig

Declan war erleichtert, nachdem er endlich sicher in das Steinhaus zurückgekehrt war. Ein Torffeuer loderte fröhlich unter dem Eisengitter, und im Cottage war es heimelig warm. Moira und Fionnaugh saßen im Licht einer Öllampe und nähten. Callum döste in seinem Stuhl, und Freuchie schlief vor seinen Füßen. Fionnaugh hob den Blick und lächelte Declan kaum merklich an. Er war sich ziemlich sicher, dass sie sich heute Nacht wieder in sein Zimmer schleichen würde, sobald Moira und Callum eingeschlafen waren. Es schien, als hielte sie es keine paar Tage aus, ohne ihn in sich zu spüren.

In seinem winzigen Zimmer schälte sich Declan schließlich aus seinen nassen Kleidern und hängte sie über einen Stuhl, damit sie trocknen konnten. Er schlüpfte nackt unter die Decke und lauschte den anderen, die sich für die Nacht zurechtmachten. Er musste nicht lange warten, bis das Knarren der Tür Fionnaughs Ankunft verriet. Fionnaugh, die ein dickes Wollnachthemd trug, kletterte zu ihm ins Bett. Sie griff nach seinem steifen Penis und flüsterte das Wort »Pimmel« in sein Ohr.

»Ja, da hast du recht«, sagte Declan. »Und du wirst ihn jetzt in den Mund nehmen.« Er drückte ihren Kopf nach unten, wo er ihn haben wollte. Sie widersetzte sich nicht. Fionnaugh war mehr als willig und murmelte leise und zufrieden vor sich hin, während sie ihn leckte. Declan stöhnte leise.

Ein Hagelsturm heulte ums Haus, fegte über das Reetdach und riss an den Fenstern, so dass die Geräusche der

Liebenden ungehört blieben. Fionnaugh würde ihn mit dem Mund befriedigen, und dann würde er sie ordentlich vögeln. Er spürte, wie sich seine Säfte sammelten, er war bereit, sich in ihren süßen Mund zu ergießen. Ja, er stand kurz davor zu kommen. Gleich war es so weit. »Mach schon, Baby. Mach schon«, stöhnte er. Doch gerade, als der Orgasmus über ihn hinwegfegte, wurde die Tür zu seinem Zimmer aufgerissen. Moira stand im Nachthemd in der Tür und hielt einen Topf mit kochend heißem Haferbrei in den Händen. Ihre verrückten Augen versuchten, sich einen Reim auf die Szene zu machen. Ihre Tochter und ihr Sohn trieben es miteinander.

»Chan! Chan!«, kreischte sie. »Fhalbh!«

Draußen ging ein Blitz nieder und erleuchtete Moira in ihrer ganzen Wut und ihrem ganzen Wahnsinn. Mit aller Kraft schleuderte sie den Haferbrei auf Declan und Fionnaugh. Declan hörte, wie Fionnaugh vor Schmerz aufheulte. Eine sengende Hitze traf seinen Arm. Es donnerte, und der Himmel schien zu bersten. Die Blitze gingen nun ohne Unterlass nieder, und ihr Licht flackerte gelblich. Die Wände von Declans Zimmer fielen in sich zusammen, genauso wie der Rest des Steinhauses. Alles um ihn herum verschwand, und Declan stand plötzlich im Freien, den Elementen schutzlos ausgeliefert. Er stand alleine auf einem Hügel. Vor ihm tat sich ein kummervolles Bild auf: Heerscharen von gespenstischen Soldaten marschierten in ihren Kilts an ihm vorbei, und ihre Dudelsäcke heulten im Wind. Er sah weinende Kinder, die sich an ihre Eltern klammerten, während die Familien aus ihren Häusern getrieben wurden. Er sah Unmengen von Menschen, die ihre armseligen Besitztümer in Bündeln bei sich trugen. Er sah, wie sie ihr gewohntes Leben hinter sich ließen und sich bereit für eine Reise ins Ungewisse machten. Er spürte ihre Tränen und ihren Kummer. Dann wurde alles um ihn herum schwarz und still.

Es war ein sonniger, klarer und ruhiger Morgen. Natasha hatte in der Nacht zwar einige Donnerschläge gehört, doch die meiste Zeit über hatte sie gut geschlafen. Sie erwachte erfrischt und war voller Tatendrang. Sie schlang das schottische Frühstück mit Eiern, Würstchen, Speck, Bohnen, Pilzen und dieser eigenartigen schwarzen Masse hungrig hinunter. Sie war sich nicht sicher, worum es sich bei der schwarzen Masse tatsächlich handelte. Sie sah aus wie ein großes Stück zu lange gebratene Salami, aber sie schmeckte gut. Sie wischte ihren Teller sauber, aß noch eine Scheibe dick mit Apfelsinenkonfitüre bestrichenen Toast und trank ihren Kaffee. Nun fühlte sie sich bereit, ihre Mission zu vollenden …

Natasha erkundigte sich an der Rezeption und reservierte schließlich ein kleines Boot mit Außenbordmotor, das in Tarbet vor Anker lag, einem kleinen Fischerhafen auf dem Festland genau gegenüber der Insel Handa. Ihre Eltern hatten immer Boote besessen, deshalb war Natasha damit aufgewachsen und besaß einen Segelschein. Die Überfahrt nach Handa dauerte bloß zehn Minuten und würde kein Problem darstellen. Vor allem, da das Wasser so glatt war wie ein frisch gebügeltes Laken.

Natasha verstaute die Kamera und ein Lunchpaket, das man ihr im Hotel zur Verfügung gestellt hatte, in ihrem Rucksack. Sie gab Tarbet in ihr Navigationssystem ein. Nun würde sie sicherstellen, dass sie und Declan Thomas für immer miteinander verbunden waren. Ihr Buch würde zum Bestseller werden.

Natasha bog auf den Parkplatz und stapfte den Steinpfad hinunter zum Anlegesteg von Tarbet. Dort sah sie bereits das Boot vor Anker liegen. Es war ein Aluminiumboot mit einem 60cc Außenbordmotor. Es war niemand zu sehen, außer einigen Enten, die um den Anlegesteg trieben.

»Hallo?«, rief sie.

»Aye«, antwortete die Stimme eines Mannes.

Natasha wandte sich um und sah einen kräftigen Kerl, der hinter einer Hütte, die als Büro diente, hervortrat. Offensichtlich hatte er sich soeben erleichtert, denn er schloss gerade den Reißverschluss seiner Hose.

»Ist das mein Boot?«, fragte sie.

»Aye, wenn du das Mädel bist, das es gemietet hat«, erwiderte der Mann.

Natasha zog ein Bündel Banknoten hervor.

»Fünfhundert inklusive Kaution, nicht wahr?«

Der Mann schob seine speckige Seemannsmütze nach hinten, kratzte sich am Kopf und warf Natasha einen skeptischen Blick zu.

»Und du weißt ganz sicher, was du tust?«, fragte er.

Natasha sah ihn gelangweilt an. Sie machte sich nicht einmal die Mühe, ihm zu antworten. Stattdessen ging sie mit großen Schritten forsch auf das Boot zu, machte die Leinen los und sprang lässig hinein. Der Außenbordmotor sprang ohne Probleme an. Geschickt wendete Natasha das Boot, schwenkte es herum und raste in Richtung der Insel Handa davon, die sich einige Kilometer vor der Küste befand.

Natasha stellte den Motor ab und nutzte den Schwung des Bootes, um sich die letzten paar Meter bis zur Küste treiben zu lassen. Als der Bug schließlich auf dem Sand- und Kieselstrand aufkam, hüpfte Natasha aus dem Boot und war froh, dass sie an ihre Gummistiefel gedacht hatte. Sie vertäute das Boot an einem verrosteten Eisenring, der an einem massiven grauen Klotz befestigt war. Am Strand stand eine einzelne Holzhütte, die als Touristeninformation diente, aber derzeit geschlossen war. Ein verwitterter Glaskasten an einer der Wände verriet dem Besucher die wichtigsten Fakten zur Insel, und es gab auch eine Karte. Natasha las den Text:

»Bis 1847 lebten zwölf Familien auf der Insel, die schließlich nach Kanada ausgesiedelt wurden. Seither ist die Insel unbewohnt.«

Aha, dachte Natasha. Es gab also eine indirekte Verbindung zwischen Handa und Kanada. Das war ja interessant. Sie studierte die Karte der Insel und den Verlauf des Pfades, der die Besucher an den Ruinen der einstigen Siedlungen vorbeiführte. Laut Karte dauerte der Marsch bis zu den Klippen, von wo aus man die Seevögel beobachten konnte, etwa neunzig Minuten. Natasha beschloss, genau dort ein Foto von Declan Thomas' letzter Ruhestätte zu schießen. Die dramatische, wilde Landschaft wäre genau die richtige Metapher für ihre Beziehung.

kapitel dreiunddreißig

Effie war vollkommen begeistert von dem neuen Zweifamilienhaus am Palmerston Boulevard. Innerhalb kürzester Zeit hatte sie Maler, Innenarchitekten und Designer engagiert. Sie richtete die Küche im Obergeschoss neu ein und ließ eine Dachterrasse und Glastüren einbauen. Jeden Tag war das Haus voller Handwerker. Elizabeth verbrachte ihre Tage damit, Farben und Lacke auszuwählen und mit Effie nach Möbeln für ihr neues Zuhause zu suchen. Elizabeth war froh, beschäftigt zu sein. Effies gute Laune und naturgegebene Gutmütigkeit erhellten das Haus.

»Ich bin froh, dass du wieder hier bist«, erklärte Elizabeth Effie. Nach einer anstrengenden Shoppingtour hatten sie beschlossen, sich einen Martini in einem ihrer alten Stammlokale, dem *Windsor Arms*, zu gönnen.

»Ich auch«, sagte Effie und kuschelte sich in den Sessel. »Dieser Ort ist schon etwas Besonderes«, erklärte sie.

»Meinst du KLB oder unser neues Haus?«, fragte Elizabeth.

»Beides«, sagte Effie. »Das Haus ist auf gute Art etwas Besonderes, KLB auf seltsame Art.«

»Ja«, stimmte Elizabeth ihr zu und nippte an ihrem Glas. »Es ist definitiv ein ziemlich exzentrischer Ort.«

»Kennst du Angus MacDonald?«, fragte Effie.

»Der Kerl, der seine Frau schlägt? Sie wohnen in dem alten Pfarrhaus etwas außerhalb des Dorfes«, antwortete Elizabeth.

»Ja, den meine ich«, erwiderte Effie. »Seine Frau hat ihn endlich verlassen. Endgültig.«

»Schön, das zu hören«, sagte Elizabeth. »Alle wussten, dass er sie schlägt, aber sie hat es immer abgestritten. Dieser verdammte Mistkerl. Hat sie die Kinder mitgenommen?«

»Ja«, sagte Effie. »Offenbar sind sie nach England ausgewandert.«

»Ich wette, Angus war nicht sehr glücklich darüber«, sagte Elizabeth.

»Er war tagelang betrunken«, sagte Effie. »Aber weißt du, was dann passiert ist?«

»Nein«, antwortete Elizabeth.

»Angus bekam jede Woche ein Paket aus Kalifornien. Von einer Firma namens ›Die Freuden der Liebe‹«, sagte Effie.

»Und weiter?«, fragte Elizabeth.

»Nun, Barry, sein Nachbar, ging in Angus' Garten, weil er sich seinen Gartenschlauch leihen wollte. Er zieht ihn also hinter dem Schuppen hervor und entdeckt plötzlich einen Haufen rosarotes Plastik. Er wird neugierig und zieht an dem Plastik. Und zum Vorschein kommt ... ein Kopf ... der Kopf einer Frau mit einem Loch als Mund.«

»Nein!«, rief Elizabeth schockiert.

»Kein Witz«, erklärte Effie. »Angus bestellte aufblasbare Puppen, um sie windelweich zu prügeln.«

»Oh mein Gott«, sagte Elizabeth. »Das ist doch verdammt noch mal vollkommen irre.«

»Verrückter geht es kaum«, pflichtete Effie ihr bei. »Aber warte ab, es wird noch schlimmer.«

Elizabeth war es gewohnt, seltsame Geschichten aus KLB zu hören, doch diese schien alle anderen in den Schatten zu stellen.

»Was kommt denn noch?«

»Angus betrinkt sich mal wieder. Dann fährt er mit der

letzten Puppe an den Strand und versucht, sie zu ertränken.«

»Nein! Aber … aber …«

»Aber natürlich kommt das verdammte Ding immer wieder an die Oberfläche, denn er hat vergessen, die Luft auszulassen«, sagte Effie.

»Oh mein Gott«, erwiderte Elizabeth.

»Die Puppe kommt also immer wieder zurück an die Oberfläche, und der stumpfsinnige Angus schafft es irgendwann nicht mehr, sie festzuhalten«, sagte Effie.

»Und endlich ist sie frei«, erklärte Elizabeth. »Lass uns einen Toast auf sie ausbringen.«

Die beiden Frauen stießen an und nippten an ihren Gläsern.

»Doch dann«, fuhr Effie fort, »kommt ein Segelboot vorbei und sieht etwas im Meer treiben, das aussieht wie der Körper einer Frau. Die Küstenwache wird gerufen. Und Angus erhält eine Anzeige wegen Erregung öffentlichen Ärgernisses und Irreführung der Küstenwache.«

»Ach du meine Güte«, sagte Elizabeth.

»Also hat Angus nun einen neuen Spitznamen«, erklärte Effie.

»Und der lautet?«, fragte Elizabeth.

»Die Einheimischen nennen ihn …« Effie versuchte, ein Lachen zu unterdrücken.

»Wie? Wie lautet der Name?«, fragte Elizabeth. »Um Himmels willen, Eff, nun sag schon!«

»Dolly. Sie nennen ihn Dolly«, sagte Effie.

»Nein!«, rief Elizabeth.

»Ja. Dolly MacDonald.«

Die beiden Frauen brüllten vor Lachen, so dass Effie etwas von ihrem Martini ausspuckte. Sie griff nach der Serviette. »Tut mir leid«, sagte sie.

»So etwas gibt es nur in Kinlochbervie«, sagte Elizabeth und schüttelte den Kopf. »Und dennoch behandeln sie Angus so wie jeden anderen auch.«

»Ja, das ist wahr«, stimmte Effie ihr zu. »Exzentriker unter sich.« Sie gab dem Kellner ein Zeichen, damit er ihnen noch zwei Drinks brachte.

»Also, was hat Jimmy zu deiner Abreise gesagt?«, fragte Elizabeth, als sich die beiden Frauen wieder beruhigt hatten.

»Er hat sehr zivilisiert reagiert«, erwiderte Effie. »Es ist schön zu wissen, dass ich ihn besuchen kann, wann immer ich will, und wir da weitermachen können, wo wir aufgehört haben, wenn wir wollen. Keine Verpflichtungen. Kein Druck.«

»Er ist ein netter Kerl«, pflichtete Elizabeth ihr bei. Sie nippte an ihrem Martini, bevor sie das Thema wechselte. »Ich möchte unser Projekt *Rags 'n' Beats* vorantreiben. Es ist wirklich eine hervorragende Idee, Effie. Ich habe sehr viel darüber nachgedacht.«

»Ich auch«, sagte Effie. »Ich habe bereits einen Businessplan erstellt und außerdem einige Besprechungen organisiert.«

»Wow, das sind ja tolle Neuigkeiten, Effie.«

»Das ist das Gute an Kinlochbervie. Man kann sich dort sehr gut auf eine Sache konzentrieren. Es gibt ja sonst nichts zu tun.«

»Außer zu vögeln«, neckte sie Elizabeth.

»Ja, außer zu vögeln«, pflichtete Effie ihr bei. »Aber ein Mädchen stößt auch einmal an ihre Grenzen.«

Elizabeth stieß mit Effie an.

»Auf *Rags 'n' Beats.*«

»Auf uns.«

kapitel vierunddreißig

Natasha wanderte den Pfad entlang, der quer über die Insel führte. Es war ein sonniger Septembertag und so warm, dass sie sogar ein wenig ins Schwitzen geriet. Nach etwa einer halben Stunde entdeckte sie die Ruinen mehrerer Häuser, von denen mittlerweile nur noch die Steinfundamente zu sehen waren. Natasha fiel es normalerweise schwer, sich in das Leid anderer hineinzuversetzen, dennoch ließ sie der Gedanke nicht los, wie schwierig das Leben der Menschen hier gewesen sein musste. Nicht nur, dass es sicher schwierig gewesen war, Nahrung zu finden, sie hatten auch ohne Internet und Handyverbindung auskommen müssen. Mein Gott, was für ein Alptraum!

Die Ruinen mehrerer Häuser grenzten direkt an den Pfad. Neugierig trat Natasha über eine der ehemaligen Türschwellen. Das kleine, mittlerweile vollkommen von Unkraut und Gras überwucherte Zimmer dahinter war vermutlich einmal der wichtigste Raum im Haus gewesen. Eine Öffnung an der Rückwand führte in zwei kleinere Räume, die wohl als Schlafzimmer gedient hatten. Hier in diesem Haus hatten Familien gelebt und geliebt, gevögelt und gestritten. Ein seltsamer Schauer durchfuhr Natasha. Hätte sie an solche Dinge geglaubt, hätte sie fast meinen könnten, dass es hier Geister gab.

Sie wollte gerade gehen, als sich scheinbar wie von selbst ein kleiner Stein aus einer der verfallenen Wände löste und zu Boden fiel.

»Was zum Teufel soll das?«, rief Natasha. »Ist da jemand?«

Keine Antwort.

»Hallo?«, rief Natasha noch einmal.

Doch die einzigen anderen Lebewesen schienen die Seevögel zu sein, die hoch über ihrem Kopf durch die Luft segelten. Natasha sah, dass der Boden mit Federn und Eierschalen übersät war. *So ein unordentliches Getier,* dachte sie.

Natasha machte sich nichts aus Vögeln. Sie wollte gerade weitergehen, als sie glaubte, in der Ruine des Nebenhauses eine Bewegung bemerkt zu haben. Doch das bildete sie sich sicher bloß ein. Dieser abgelegene, wilde Ort begann, ihr auf die Nerven zu schlagen. Obwohl sie sich einzureden versuchte, dass sie alleine hier war, kam ihr plötzlich ein furchterregender Gedanke. Was, wenn sie mit einem Irren auf der Insel gefangen war? Oder noch schlimmer, mit dem Geist eines Irren?

Natasha pfiff laut vor sich hin, um sich selbst Mut zu machen, bevor sie sich abwandte und den Pfad entlang weitereilte. Sie stampfte fest mit den Füßen auf, um jedem möglichen Angreifer zu zeigen, dass sie keine Angst hatte. Aber warum richteten sich dann die Härchen auf ihren Armen auf? Und warum hatte sie das Gefühl, sich alle paar Minuten umdrehen zu müssen, um sicherzustellen, dass sie nicht verfolgt wurde? Warum hatte sie das Gefühl, beobachtet zu werden? Sie hatte nur noch eine Stunde vor sich, dann konnte sie endlich ihre Fotos schießen und verdammt noch mal von hier verschwinden. Dieser Ort war unbeschreiblich gespenstisch.

Als sie endlich am anderen Ende der Insel angekommen war, vergaß Natasha ihre Angst einen Augenblick lang. Die Aussicht war spektakulär. Aus dem Meer unter ihr erhoben sich Sandsteinsäulen wie mittelalterliche Türme. Natasha legte sich auf den Bauch und schoss Foto um Foto, bis sie das Gefühl hatte, die dramatische Landschaft tatsächlich eingefangen zu haben. Dann machte sie einige Fotos von sich selbst und bemühte sich, dabei möglichst verzweifelt auszusehen. Sie schaffte es sogar, einige Tränen zu vergießen. Hier hatte ihre große Liebe ihr Leben gelassen. Die Fotos, die sie in tiefer Trauer zeigten, würden ihrem Buch einen netten Touch verleihen.

Zufrieden packte Natasha ihre Ausrüstung wieder ein. Sie wäre noch geblieben, um etwas zu essen, doch ihre Haut hatte erneut zu prickeln begonnen. Verdammt. Genug war genug. Es wurde Zeit, von hier zu verschwinden.

Natasha eilte in einem noch schnelleren Tempo als vorhin den Pfad entlang. Als sie wieder zu den Ruinen kam, schwitzte sie bereits stark und war außer Atem. Aber sie würde verdammt noch mal nicht stehen bleiben. Natasha glaubte, ein Geräusch zu hören. Es klang wie ein Husten. Mein Gott. Jemand war hinter ihr her. Sie hörte Schritte, die näher kamen. Sie wagte nicht, sich umzudrehen. Sie begann zu laufen. *Wenn ich jetzt schreie, dann hört mich niemand,* dachte sie. Natasha lief so schnell, wie es ihr in den Gummistiefeln möglich war. In einiger Entfernung konnte sie bereits die Touristenhütte ausmachen. Dort war auch ihr Boot vertäut. Sie musste unbedingt dorthin, damit sie sich in Sicherheit bringen konnte. Aber es war zu spät. Zwei Arme schlossen sich um ihre Beine. Sie hatte das Gefühl, wie in Zeitlupe zu Boden zu fallen, bis sie schließlich tatsächlich auf der Erde aufschlug. Die Luft wurde aus ihrem Körper gedrückt. Das war's also. Das hier war das Ende.

Sie versuchte verzweifelt, wieder etwas Luft in ihre Lungen zu bringen, und rollte sich zur Seite, um es mit ihrem Angreifer aufzunehmen. Plötzlich starrte sie in die blauen Augen eines zerlumpten Wilden. Es bestand Zweifel, wem diese Augen gehörten. Sämtliche Haare auf Natashas Körper richteten sich auf. Sie sah sich gerade einem Geist gegenüber. Der Geist packte ihren Arm und murmelte einige Worte in einer Sprache, die sie nicht verstand. Doch das hier war kein Geist. Keine Kreatur, die von den Toten auferstanden war. Sie riss ungläubig und entsetzt die Augen auf.

»Declan!«, keuchte sie. »Verdammte, heilige Scheiße. Declan! Du bist es wirklich. Was zum Teufel soll das!?«

Declan war extrem dünn. Seine Rippen stachen hervor, und sein Bauch wirkte genauso eingesunken und hohl wie seine Wangen. Letztere waren wie sein Kinn von einem verfilzten Bart bedeckt, der sie zumindest ein wenig voller erscheinen ließ. Er sah äußerst verwirrt aus. Er rieb sich immer wieder die Augen, als wäre sein Blick vernebelt. Er kniff sich selbst, bevor er Natasha ebenfalls kniff.

»Aua! Verdammte Scheiße!«, rief Natasha und taumelte rückwärts.

Das hier war die seltsamste Situation, die sie jemals erlebt hatte.

»Cuidich«, sagte Declan bittend. »Cuidich.«

Er redete bloß wirres Zeug. Vielleicht hatte er Durst. Sobald Natasha wieder zu Atem gekommen war, durchwühlte sie ihren Rucksack und holte eine Wasserflasche und ein Sandwich heraus. Declan riss ihr beides aus der Hand und trank und aß gierig. Wieder redete er in einer Sprache, die sie nicht verstand. Sie streichelte sein Gesicht.

»Declan. Declan. Ich bin's«, sagte sie.

Der Klang seines Namens schien etwas in Declan auszulösen.

»Wer bist du?«, fragte er, und dieses Mal verstand sie ihn.

»Ich bin's. Natasha.«

»Na-tash-a.« Declan betonte jede einzelne Silbe, als würde das Wort dadurch an Bedeutung gewinnen. Ja, das hier war jemand, den er einmal gekannt hatte. Es war jemand, der ihn kannte. Aber er wusste nicht, woher.

Natasha ließ ihre Finger sanft über die rote Brandwunde auf Declans Arm gleiten.

»Woher hast du die? Hast du dich verbrannt?«, fragte Natasha. Declan starrte auf seinen Arm hinunter, als gehörte er nicht zu seinem Körper.

»Ich weiß es nicht. Wer bist du?«, fragte er noch einmal.

Natasha wurde langsam bewusst, was das hier zu bedeuten hatte. Declan hatte keine Ahnung, wer er war und wo er sich befand. Mit anderen Worten: Er war ihr ausgeliefert. Ihre Gedanken drehten sich wie die Walzen eines einarmigen Banditen, bis sie schließlich den Jackpot knackte.

»Ich bin deine Frau«, sagte sie und strich über seine verfilzten Haare. »Ich bin hier, um dich nach Hause zu bringen, Liebling.«

»Meine Frau?« Declan betrachtete die schwarzhaarige Schönheit, die so besorgt um ihn war. »Ich habe keine Frau.«

»Doch, das hast du«, sagte Natasha. »Und zwar mich.«

Declan sah sich panisch um.

»Wo sind die anderen?«

»Welche anderen? Du bist ganz alleine hier, Declan. Es gab einen Unfall.«

Vor Declans Augen tauchte ein verschwommenes Bild eines Kessels mit kochendem Haferbrei auf.

»Es war kein Unfall«, sagte er. »Sie hat es absichtlich getan.«

Natasha fragte sich langsam, ob er vollkommen den Verstand verloren hatte.

»Ich muss nach ihnen suchen«, sagte er. »Fionnaugh. Wo ist sie?«

»Ich weiß es nicht«, antwortete Natasha. Sie hatte beschlossen, dass es das Beste sein würde, einfach mitzuspielen, egal, was er sich zusammenreimte. »Ich schätze, sie wird wohl hier irgendwo sein.«

Er warf einen Blick auf die Ruinen.

»Das Haus. Es ist fort«, sagte er. Er rieb sich wieder die Augen, als könnte er dadurch besser sehen. Declan sah Natasha angsterfüllt an. »Wo ist die Scheune?«, fragte er.

»Ähm … sie wurde von einem riesigen Sturm davongeweht?«, schlug Natasha vor.

»Wir müssen die anderen finden. Wir müssen sie suchen«, erklärte Declan, und seine Stimme klang immer verzweifelter.

»Sicher, Liebling«, sagte Natasha, um ihn zu beruhigen. »Wo willst du denn suchen?«

»Hier«, sagte Declan. »Sie müssen hier irgendwo in der Nähe sein.«

»Okay. Wir sehen uns um, und vielleicht finden wir sie«, meinte Natasha beschwichtigend.

Declan wirkte immer verzweifelter, während sie die alte, verfallene Siedlung umrundeten.

»Ich habe bei ihnen gelebt. Sie waren hier«, beharrte Declan. Er schien vollkommen verwirrt.

»Ist schon gut, ganz ruhig«, sagte Natasha. »Es war bloß ein böser Traum. Du hast schlecht geträumt, und nun bist du endlich aufgewacht.«

Doch Declan hörte ihr nicht zu. Er blieb auf einer grasbewachsenen Fläche hinter den Ruinen stehen und sah sie eindringlich an.

»Hier war die Scheune«, sagte er.

Schon wieder diese verdammte Scheune. Natasha seufzte. »Ja, Declan. Hier war die Scheune, aber jetzt ist sie nicht mehr da.«

Declan ließ sich auf die Knie sinken und riss an den Grashalmen. Er holte ein Schweizer Messer aus seiner Tasche und benutzte eine der Klingen, um die Erde abzukratzen.

»Hier. Sieh nur«, rief er aufgeregt.

Natasha kniete sich neben ihn.

»Was ist das?«, fragte sie, obwohl sie es eigentlich nicht wissen wollte.

»Sieh nur, sieh nur«, beharrte er.

Natasha sah, dass er einen Grabstein freigelegt hatte. Sie wollte von hier verschwinden, aber Declan würde sich offensichtlich nicht zufriedengeben, bis er den Stein vollständig von Erde befreit hatte. Sie half ihm graben, obwohl sie sich Sorgen um ihre Fingernägel machte. Schließlich konnten sie die Inschrift auf dem verwitterten Grabstein lesen.

Fionnaugh McNamara, 1. Mai 1829–16. September 1847

»Sie ist tot«, flüsterte Declan.

»Ja, und zwar schon eine ganze Zeitlang«, erwiderte Natasha.

»Wie kann das sein? Nein, nein. Das kann nicht sein. Das ist unmöglich«, beharrte Declan. »Sie war doch eben noch hier.« Er sah sich um, als erwartete er, dass Fionnaugh jeden Moment auftauchte. Er schien vollkommen fassungslos und kurz davor, zusammenzubrechen. Natasha wollte nur zu gerne wissen, was das alles zu bedeuten hatte. Was auch immer es war, es schien ungeheuer wichtig.

Natashas Finger wühlten weiter im Gras, bis sie plötzlich einen weiteren Grabstein fand.

»Hier gibt es noch einen«, sagte sie und beobachtete Declans Reaktion. Der zweite Grabstein war um einiges kleiner und gehörte offensichtlich einem Kind.

Stewart McNamara, 16. September – 17. September 1847

»Diese Fionnaugh starb scheinbar bei der Geburt, und ihr Baby folgte ihr am nächsten Tag. Aber was zum Teufel hat das alles mit dir zu tun, Declan?«, fragte Natasha. »Das ist mehr als hundertfünfzig Jahre her.«

Declan schwieg. Er ließ sich auf das Gras sinken, als hätte ihn jemand niedergeschlagen.

»Welches … welches Jahr haben wir denn jetzt?«, fragte er Natasha.

»2013«, erwiderte Natasha. »September 2013.«

Declan starrte wie hypnotisiert auf die Grabsteine. Sein Blick ruhte schweigend auf Fionnaugh und dem Baby. *Ein Baby.* Fionnaugh hatte ein Kind zur Welt gebracht und war bei der Geburt gestorben.

Natasha sah sich weiter um und entdeckte einige weitere, ebenfalls grasbewachsene Grabsteine. Doch sie wollte keinen davon ausgraben. Dieser Tag war schon gespenstisch genug gewesen.

Einige Minuten später wandte sich Declan zu Natasha um. In seinen Augen standen Tränen.

»Bring mich nach Hause«, flüsterte er. »Bring mich nach Hause.«

In der Zwischenzeit hatte Natasha fieberhaft nachgedacht und einen Plan gefasst.

»Sicher, Declan. Ich bringe dich jetzt nach Hause, aber wir müssen dich verstecken.«

Er sah sie überrascht an. »Verstecken? Aber warum?«

»Weil du gesucht wirst. Du wirst polizeilich gesucht.«

»Weshalb?«, fragte er erstaunt.

»Wegen Mordes, Declan. Du wirst wegen Mordes gesucht.«

kapitel fünfunddreißig

Joans Taxi hielt vor der *Cumberland Gallery* gegenüber der renovierten *Art Gallery of Ontario,* die an einen umgekehrten Schiffsrumpf erinnerte.

Das schmale dreistöckige Backsteinhaus, in dem sich nun die Galerie befand, war in einen schicken Kulturtreffpunkt umgewandelt worden. Joan blickte zu den Glasflächen im zweiten Stockwerk empor und sah die Menschen, die durch die Gänge schlenderten. Hier fand also Byrons Ausstellung statt.

Joan wickelte sich ihren weichen, cremefarbenen Paschmina um die Schultern und schritt die glänzende Mahagonitreppe hinauf in den zweiten Stock. Es waren bereits schätzungsweise um die dreißig Gäste anwesend. Ein vorbeieilender Kellner drückte ihr ein Glas Champagner in die Hand, und sie sah sich um. Byron unterhielt sich gerade mit einem Pärchen. In einer Ecke saß eine Cellistin und spielte Bach.

Livemusik, dachte Joan. *Sehr beeindruckend.*

Byron fing ihren Blick auf und gab ihr ein Zeichen, dass sie sich noch fünf Minuten gedulden sollte. Joan nickte und beschloss, sich in der Zwischenzeit Byrons gerahmte Fotografien an den Wänden anzusehen. Ihr fiel auf, dass viele davon mit kleinen roten Punkten versehen waren, die darauf hinwiesen, dass diese Bilder bereits verkauft waren. Die Preise waren ziemlich heftig. Einige der größeren Fotografien kosteten fünftausend Dollar. Byron verdiente also nicht schlecht.

Joan blieb vor dem größten Foto stehen. Auf den ersten Blick wirkte das, was sie sah, wie blasse, hügelige

Sanddünen, doch dann erkannte Joan, dass es sich um den Körper einer Frau handelte. Sie lag ein wenig nach vorne gebeugt auf der Seite und neben ihrer Wirbelsäule verlief eine leuchtende Narbe, die sich wie eine Straße durch die Wüste schlängelte. Das nächste Foto zeigte ebenfalls einen Körper, der wie eine in blaues Licht getauchte Mondlandschaft wirkte. Der Nabel sah aus wie ein Krater, und darunter sah man eine Narbe als Erinnerung daran, dass etwas aus diesem Körper entnommen worden war. Joan betrachtete die Fotografie des eleganten Schwanenhalses einer Frau, der von einer auffälligen Narbe verunstaltet wurde, und danach das Foto eines Männergesichtes, das im Schatten verschwand, so dass nur eine dünne weiße Linie sichtbar blieb, die vom Ohr bis hinunter zum Kinn verlief. Byrons Thema waren also entstellte Körper.

Byron trat neben Joan. Er reichte ihr ein weiteres Glas Champagner.

»Also, was denken Sie?«, fragte er.

»Sie sind wunderschön. Aber auch verstörend«, erwiderte sie.

Er nickte und war offensichtlich zufrieden.

»Wie sind Sie auf dieses Thema gekommen?«, fragte Joan.

»Wir haben alle Narben, angefangen bei dieser hier«, erklärte Byron und zeigte auf das Foto mit dem Bauchnabel. »Sie kommen auf die eine oder andere Weise zu uns.«

»Und dann gibt es auch noch die seelischen Narben«, erwiderte Joan, wobei sie an den Selbstmord ihrer Zwillingsschwester und den Tod ihres Sohnes und ihres Mannes dachte.

»Ja, das ist wahr«, erwiderte Byron sanft.

»Erzählen Sie mir von diesem Foto«, bat Joan.

Der Vordergrund wirkte wie eine Landschaft von Edward Burtynsky, fleischig und trostlos. Im Hintergrund erhob sich ein blasser Hügel.

»Das war, nachdem sich meine Mutter kurz vor ihrem Tod die Brust entfernen ließ.«

»Das tut mir leid«, erwiderte Joan. »Litt Ihre Mutter denn an Brustkrebs?«

»Ja, sie ist daran gestorben.« Byron deutete auf seine Bilder. »Deshalb gehen auch zwanzig Prozent meiner Gewinne an die Forschung.«

In diesem Augenblick unterbrach sie ein gutsituierter Mann im Anzug.

»Entschuldigen Sie bitte, Mr. Sparks. Mein Partner und ich würden gerne das Bild ›Sectio‹ kaufen, und wir haben uns gefragt, ob Sie vielleicht einige Minuten Zeit hätten, um uns die Geschichte hinter dem Bild zu erzählen.«

»Natürlich«, willigte Byron ein. Er wandte sich an Joan. »Bitte entschuldigen Sie mich kurz. Ich bin gleich wieder bei Ihnen.«

Joan schlenderte in der Zwischenzeit durch den Raum und lauschte den Kommentaren der anderen Besucher.

»Verdammt, so etwas brauche ich wirklich nicht in meinem Wohnzimmer«, sagte ein Mann gerade zu seiner Frau. Sie betrachteten ein Foto eines Männerkörpers, dessen Brustkorb von einer unauslöschlichen Narbe in Form eines Kreuzes gezeichnet war. Die Frau warf ihm einen vernichtenden Blick zu. »Nein, also wirklich. Gott bewahre, dass sich in deinem Haus etwas befindet, das nicht absolut perfekt ist, George.«

Joan lächelte in sich hinein und nippte an ihrem Champagner. Die anderen Besucher standen in Zweier- oder Dreiergruppen zusammen und unterhielten sich. Joan bemerkte, dass mittlerweile noch mehr Fotografien mit einem roten Punkt versehen waren.

Das ist ja wirklich interessant, dachte Joan. *Byron verfolgt das, was er tut, und das, wofür seine Arbeit steht, mit offensichtlicher Leidenschaft.* Er trat erneut neben sie.

»Tragen Sie ebenfalls körperliche Narben, Joan?«, fragte er sie.

Joan lachte. »Bloß eine kleine Narbe am Knie. Ich hatte einen Unfall beim Eislaufen, als ich noch klein war. Sie ist kaum mehr zu sehen.«

Byron nickte. »Ja, sie verblassen, aber sie sind immer da, um uns an etwas zu erinnern. An eine Begebenheit, an einen Unfall, an eine Krankheit.«

Byron warf einen Blick auf den Eingang, wo gerade eine kräftige Frau erschienen war, die eine Aktentasche bei sich trug.

»Mein Gott. Das ist eine bekannte Kunstkritikerin«, erklärte Byron. »Ich muss zu ihr und sie so gut wie möglich um den Finger wickeln.«

Das wird dir wohl nicht allzu schwerfallen, dachte Joan bei sich. Byron Sparks war äußerst charmant.

»Gehen Sie nur«, sagte sie. »Ich werde bald nach Hause gehen, also verabschiede ich mich gleich jetzt von Ihnen und wünsche Ihnen noch alles Gute.«

Byron lehnte sich zu ihr und drückte ihr einen Kuss auf die Wange. Joan nahm den berauschenden Duft eines teuren Eau de Colognes wahr. Während seine Lippen zart ihre Wange berührten, zog er zwei Eintrittskarten für ein Baseballspiel aus seiner Tasche.

»Ein Freund hat eine Saisonkarte für die besten Plätze im Stadion. Das Spiel findet am Samstagnachmittag statt. Kommen Sie mit?«

Joan schnappte nach Luft.

»Oh mein Gott. Das ist ja wunderbar. Ja! Ja, natürlich. Danke. Und vielleicht koche ich uns nachher ein Abendessen?«, antwortete sie.

Die Einladung zum Abendessen war ihr spontan in den Sinn gekommen, doch es passte plötzlich alles zusammen. Byron Sparks war faszinierend. Und er mochte Baseball.

»Ich würde sehr gerne bei Ihnen zu Abend essen«, sagte er. »Treffen wir uns um zwölf Uhr dreißig vor Eingang 7?«

»Ich werde da sein«, antwortete Joan. »Gibt es etwas, das Sie besonders gerne oder gar nicht essen?«

»Nein, da gibt es nichts«, sagte er und warf ihr ein Lächeln zu. »Ich kann Ihnen versichern, dass ich dankbar und mit großem Appetit alles essen werde, was Sie für mich zubereiten.«

Die kräftige Frau watschelte bereits auf Byron zu.

»Wir sehen uns vor dem Stadion«, sagte Joan.

Als Joan schließlich die Galerie verließ, klopfte ihr Herz ein wenig schneller als gewöhnlich. Was hatte Byron gesagt? Dass er nie auf attraktive Frauen zuging? Joan war sich nicht sicher, ob sie als schön durchging, aber sie fand sich doch zumindest einigermaßen attraktiv.

Ach, hör auf damit, Joan, mahnte sie sich selbst. Dieser Gedanke war doch lächerlich. Byron Sparks entwickelte sich einfach zu einem guten Freund, obwohl … obwohl …

kapitel sechsunddreißig

Elizabeth glitt hinab in ihre Traumwelt. Sheawolf trottete auf allen vieren über einen gefrorenen See, der im Mondlicht blau leuchtete. Ihr dickes Winterfell schützte sie vor dem beißenden Wind. Sie hielt inne und schnüffelte. Ihr Rudel streifte ganz in der Nähe durch den Wald. Sie fing den kräftigen, moschusartigen Geruch ihres Rudelführers ein. Heawolf war das Alphatier in ihrer Gruppe. Sie spürte ein Kribbeln. Sie war paarungsbereit. Sie hoffte, sich mit Heawolf paaren zu können, doch zuerst musste sie seine Aufmerksamkeit erregen. Sie wusste, dass die anderen, fügsameren Weibchen ebenfalls um seine Gunst buhlen würden, doch sie konnte es mit ihnen aufnehmen. Sie fletschte die Zähne und erhöhte das Tempo. Sie war ein Alphaweibchen, das über das Eis und durch das Schneetreiben auf ihr Schicksal zuhetzte.

Sheawolf schloss sich dem Rudel gerade noch rechtzeitig an, um mit anzusehen, wie eines der kleineren Weibchen seinen Kopf auf Heawolfs Rücken legte. Es war eine Aufforderung, sich mit ihm zu paaren. Sheawolf schoss auf das ihr unterlegene, kleinere Weibchen zu und biss ihm ins Ohr. Das Weibchen winselte und zog sich an den Rand des Rudels zurück, wo es hingehörte.

Heawolf legte seinen schönen, behaarten Kopf in den Nacken, und seine Kehle vibrierte, während er ein eindringliches Heulen ausstieß. Sheawolf und die anderen Wölfe stimmten mit ein, und ihr heulender Gesang tönte durch die uralten Nadelwälder. Sie bewegten sich Seite an Seite vorwärts, zum Töten bereit. Heawolf zeigte ihnen den Weg. Sheawolf trottete neben ihm her, und ihr

Fell berührte sich. Sie war sich nicht sicher, ob er damit einverstanden war. Sie war darauf gefasst, dass er nach ihr schnappen oder zu knurren beginnen würde, doch nichts geschah.

Heawolf hielt inne. Er hatte den Geruch der Beute aufgenommen. Er duckte sich, bevor er rasend schnell nach vorne schoss und wenige Minuten später bereits seine mächtigen Zähne in das Hinterbein eines jungen Rehs vergrub. Der Rest des Rudels schloss zu ihm auf. Sie brachten das Reh gemeinsam zur Strecke und begannen zu fressen.

Nachdem ihre Mägen nun voll waren, beschloss Sheawolf, einen Paarungsversuch zu wagen. Sie legte vorsichtig eine Pfote auf Heawolfs muskulösen Rücken. Er starrte sie mit leuchtend gelben Augen an. Es war kein Knurren zu hören. Sie konnte also fortfahren. Der Rest des Rudels zog sich zurück und ließ sich in einem Kreis nieder, um dem Pärchen beim Paarungstanz zuzusehen. Der nächste Schritt war entscheidend. Sheawolf stellte sich vor Heawolf und rollte den Schwanz zur Seite, damit er ihre prallen Genitalien begutachten konnte. Er akzeptierte ihre Einladung. Sie hob ihren Schwanz in die Höhe und rieb ihr Hinterteil an seinem, wobei sie ihrerseits seine mächtigen Hoden spürte. Nun wandte sich Heawolf ihr zu und stemmte sich auf die Hinterbeine hoch. Genau das wollte sie. Sie erhob sich ebenfalls auf die Hinterbeine, und der Paarungstanz konnte beginnen. Als Nächstes würde er sie besteigen. Und danach würden sie ein Paar sein. Kein anderes Männchen durfte mehr in ihre Nähe kommen, dafür würde er sorgen. Und ihre Jungen würden im Frühling zur Welt kommen. Heawolf sprang von ihr herunter und beschnüffelte sie. Er hatte seinen Samen in sie abgegeben.

Sheawolf ließ sich auf die Hinterbeine nieder. Sie säuberte sich mit der Zunge und sah Heawolf zu, der sich vorsichtig den Weg zu einem nahe gelegenen Bach erschnüffelte, um von dem kalten Wasser zu trinken. Er hatte die Nackenhaare aufgestellt. Sie hatte plötzlich Angst um ihn. Dann durchschnitt ein lautes Krachen die stille Nacht. Sheawolf hörte Heawolfs markerschütterndes Heulen. Er war in eine Falle geraten. Heawolfs Vorderbein war zerfleischt, und der weiße Schnee um ihn färbte sich bereits leuchtend rot. Er knurrte und winselte vor Schmerz und versuchte, sein gebrochenes Bein zu befreien, doch es hatte keinen Sinn. Er heulte weiter, und seine Schmerzensschreie waren ihr unerträglich.

Sheawolf versuchte, zu ihm zu laufen, doch ihre Beine bewegten sich bloß noch in Zeitlupe. Nur durch äußerste Willenskraft schaffte sie es schließlich, zu ihrem Gefährten zu gelangen. Heawolf lag auf der Seite und winselte leise. Sheawolf legte sich neben ihn, und ihr dickes Fell bedeckte das seine. Sie leckte ihm über das Gesicht. Sie hoffte, dass ihn die Wärme ihres Körpers beruhigen würde. Für Heawolf gab es kein Entkommen mehr. Er würde sterben. Sheawolf war hilflos. Sie versuchte zu heulen, doch kein Laut drang über ihre Lippen. Elizabeth stöhnte und warf sich im Bett hin und her, so furchtbar war der Gedanke, so absolut hilflos zu sein. Schließlich wachte sie auf.

Der Traum war so real gewesen, dass Elizabeth sich noch Tage danach daran erinnerte. Sie erzählte Effie davon und fragte sie, ob sie vielleicht eine Erklärung dafür hatte.

»Wir haben alle ein Seelentier, das uns beschützt«, erklärte Effie. »Und ich würde sagen, dein Seelentier ist ein Wolf.«

»Aber was bedeutet das?«, fragte Elizabeth.

Effie schlug in ihrem dicken Buch der Symbole nach. »Hier steht, dass der Wolf ein Symbol für Intuition ist«, sagte Effie. »Ich würde sagen, dass der Traum dich darauf aufmerksam machen wollte, dass du auf deinen Instinkt hören sollst.« Sie las weiter. »Du kannst ihn aber auch als Warnung verstehen, niemandem zu vertrauen.«

kapitel siebenunddreißig

Joan stand pünktlich um zwölf Uhr dreißig vor Eingang 7 des Rogers Centers. Den ganzen Vormittag hatte sie damit verbracht, das Essen für heute Abend vorzubereiten. Sie hatte die Zeitschaltuhr ihres Backofens auf drei Uhr eingestellt, und wenn sie und Byron nach Hause kamen, würde es im ganzen Haus köstlich nach dem Rindfleisch duften, das im Ofen vor sich hin schmorte. Im Kühlschrank wartete eine Schale cremiger Kartoffelbrei bloß noch darauf, aufgewärmt zu werden. Joans Geheimnis war, dass sie stets ein rohes Ei, ein wenig Butter und etwas Sahne hinzufügte. Als Nachspeise hatte sie einen einfachen Zitronenkuchen zubereitet. Ihr Magen knurrte, wenn sie an das Essen dachte. Oder waren es bloß die Nerven, die bei dem Gedanken daran, dass sie es zusammen mit Byron genießen würde, rebellierten?

Zehn Minuten später war immer noch nichts von ihm zu sehen. Joans Blick glitt ängstlich über die Menge. Eine große Gruppe leicht angetrunkener Jugendlicher schob sich an ihr vorbei, gefolgt von einigen Pärchen und Männern mit Trikots und Mützen der Blue Jays. Ein paar Meter weiter versuchte ein peinlich berührt wirkender Mann mittleren Alters ein paar Eintrittskarten loszuwerden. Er war ganz offensichtlich kein professioneller Schwarzmarkthändler. Joan warf einen Blick auf die Uhr. Wieder waren fünf Minuten vergangen. Das Spiel begann in fünfzehn Minuten. Joan saß gerne bereits auf ihrem Platz, wenn der Einlauf der Spieler begann. Hatte Byron sie versetzt? Der ängstlich wirkende Mann hatte seine Eintrittskarten noch nicht verkauft, weshalb Joan sich bereits überlegte, ihm ein Ticket abzukaufen. Wo sie schon hier war, konnte sie sich genauso gut das Spiel ansehen, auch wenn sie es alleine tun musste. Joan wollte ihr Vorhaben gerade in die Tat umsetzen, als jemand ihren Namen rief. Sie wandte sich um und sah Byron, der durch die Menge auf sie zueilte.

»Es tut mir leid, ich bin zu spät«, keuchte er. »Ich bin auf der Spadina in eine Baustelle geraten. Der Verkehr in dieser Stadt ist eine Katastrophe.«

»Das ist wahr«, pflichtete Joan ihm bei.

Die Stadtplaner hatten sich in den fünfziger Jahren mit dem Bau des *Gardiner Expressway,* einer hässlichen, betonierten Stadtautobahn, die Toronto vom herrlichen Ufer des Ontariosees trennte, keinen Gefallen getan. Mittlerweile war die Straße sanierungsbedürftig, doch während die Baufirmen versuchten, sie wieder auf Vordermann zu bringen, mussten sie den Verkehr ständig über die anderen Hauptstraßen umleiten, die ohnehin bereits verstopft waren. So dauerte eine Autofahrt, für die man früher zehn Minuten gebraucht hatte, mittlerweile eine Stunde.

»Die Politiker bleiben doch sicher auch oft im Stau stecken«, sagte Byron. »Also müsste man wohl meinen, dass sie endlich einmal kreative Lösungen bereithätten.«

»Leider sind Menschen in Gruppen selten kreativ«, sagte Joan und dachte dabei an die vielen langweiligen Fakultätstreffen, die sie an der Universität miterlebt hatte. »Die Leute hören sich einfach bloß gerne selbst reden.«

»Ich schwöre Ihnen, man könnte die Hälfte der Beamten in dieser Stadt feuern, und es würde niemandem auffallen«, erwiderte Byron. Er zeigte am Eingang zwei Eintrittskarten vor und führte Joan hinein.

»Natürlich könnte man die Hälfte von ihnen feuern, aber dann würde der Rest bloß doppelt so viele Besprechungen abhalten«, sagte Joan. »Ich glaube, sie müssen diesbezüglich eine bestimmte Quote erfüllen.«

Byron lachte. Er trug Jeans und eine leichte Herbstjacke aus braunem Wildleder, die seine Augen zur Geltung brachte. Er warf ihr einen anerkennenden Blick zu.

»Sie sehen übrigens umwerfend aus.«

Joan spürte, wie sie unter seinem Blick ein wenig errötete.

»Danke«, sagte sie. »Sie auch. Umwerfend. Ich meine, *attraktiv.*«

»Nun werde ich auch gleich rot«, erwiderte er, obwohl nicht das kleinste Anzeichen dafür zu bemerken war. Joan spürte, dass ihr Gesicht noch mehr Farbe annahm, und war froh, dass Byron gerade nach ihren Sitzplätzen Ausschau hielt und es nicht bemerkte. Mein Gott! Es waren wirklich die allerbesten Plätze im ganzen Stadion.

»Diese Plätze hier sind unglaublich«, sagte Joan. »Die besten Plätze, die ich jemals hatte.«

»Was gefällt Ihnen so an Baseball?«, fragte Byron, während sie sich setzten.

»Mir gefallen die Gemächlichkeit und die zivilisierte Art des Spiels«, erklärte Joan. »Im Gegensatz zu anderen Sportarten ist es ein ruhiges Spiel. Keine hässlichen Kerle, die regelmäßig versuchen, einander die Köpfe einzuschlagen.«

»Dasselbe gilt für Fußball«, erwiderte Byron. »Obwohl man als Fußballspieler auch ein guter Schauspieler sein muss. All diese vorgetäuschten Fouls …«

»Da haben Sie recht«, sagte Joan. Sie betrachtete Byron von der Seite. Er beobachtete aufmerksam, wie die beiden Teams auf das Spielfeld liefen. Da war es wieder. Dieses nagende Gefühl, ihn von irgendwoher zu kennen. Byron wandte sich ihr zu.

»Joan, ich weiß, wir haben schon einmal darüber gesprochen, aber ich werde das Gefühl einfach nicht los, Sie bereits zu kennen.«

Joan zog scharf die Luft ein.

»Vielleicht haben wir uns tatsächlich im El Mocambo getroffen«, sagte er.

»Ja«, erwiderte Joan. »Das ist durchaus möglich.« Joan verriet Byron jedoch nicht, was ihr gerade in den Sinn gekommen war. Es war etwas, das ihr zwar möglich, aber gleichzeitig auch vollkommen unmöglich erschien.

Das Spiel begann. Beide Mannschaften blieben ohne Punkte, bis der dritte Baseman der Jays den Ball außerhalb des Spielfeldes schlug. Die Menge grölte begeistert, und alle erhoben sich von ihren Plätzen. Joan und Byron klatschten einander ab, und dann umarmte er sie plötzlich heftig. Als seine starken Armen sie umfingen, hatte sie beinahe das Gefühl, in Ohnmacht zu fallen. Der Augenblick dauerte nur wenige Sekunden, doch für Joan fühlte es sich an wie eine kleine Ewigkeit. Sie rang nach Atem und setzte sich, während Byron stehen blieb. Er riss die Faust in die Höhe und stieß mit zwei Fingern einen schrillen Pfiff aus. Joan sagte sich, dass die Umarmung keine weitere Bedeutung gehabt hatte und bloß die Reaktion eines begeisterten Fans gewesen war. Sie wollte nicht glauben, dass es mehr sein könnte, obwohl sie es gleichzeitig hoffte.

kapitel achtunddreißig

Natasha betrachtete Declan. Seine verschlissenen Kleider und sein ungepflegtes Äußeres ließen ihn wie einen Schiffbrüchigen wirken, der auf einer einsamen Insel gestrandet war. Was für eine Neuigkeit. Declan Thomas war noch am Leben. Sie musste versuchen, ihn zurück aufs Festland zu bringen, ohne Aufsehen zu erregen. Seine verfilzten Haare würden sich gut unter ihrer Schiebermütze verstecken lassen. Sie suchte in ihrem Rucksack nach ihrer Fliegersonnenbrille.

»Hier Declan, setz die hier auf«, befahl sie und gab ihm die Mütze und die Sonnenbrille. Abgesehen von seinen schäbigen Klamotten, sah er nun einigermaßen vorzeigbar aus.

»Wen habe ich denn ermordet?«, fragte er entsetzt.

»Tu, was ich dir sage, und alles wird gut. Vertrau mir«, erwiderte Natasha. »Und jetzt schaffen wir dich erst einmal von hier fort.«

Natasha führte Declan zurück zum Strand, wo ihr Boot vertäut lag, und befahl ihm einzusteigen. Er schien wie in Trance und tat alles, was sie von ihm verlangte. Zehn Minuten später hatten sie den menschenleeren Anlegesteg von Tarbet erreicht. Natasha vertäute das Boot und drängte Declan den Steinpfad hinauf zum Parkplatz. Gott sei Dank war ihr Auto das einzige, das übrig geblieben war. Sie schob Declan auf den Beifahrersitz und befahl ihm, dort auf sie zu warten, während sie erneut hinunter zu dem Bürohäuschen ging. Sie klopfte einmal und öffnete die Tür. Der Mann, von dem sie das Boot gemietet hatte, fläzte ausgestreckt in einem abgewetzten Bürostuhl und hatte die Füße auf den Tisch gelegt. Er machte gerade ein Nickerchen und fuhr überrascht hoch.

»Aye, dann sind Sie also wieder da?«

Was ist los mit diesem Kerl, das ist doch offensichtlich, dachte Natasha.

»Ja, ich möchte bloß meine Kaution abholen«, sagte sie.

»Ich sehe mir das Boot nur noch kurz an. Bloß um sicherzugehen, dass Sie keinen Zusammenstoß mit einem Stein oder einer Robbe hatten.«

Der Mann trottete hinunter zum Boot. Nachdem er es kurz in Augenschein genommen hatte, gab er Natasha ihre Kaution wieder.

»Und? Haben Sie gefunden, wonach Sie gesucht haben?«, fragte er. »Irgendetwas Außergewöhnliches gesehen?«

»Oh, ja«, erwiderte Natasha. »Ich habe tatsächlich etwas sehr Außergewöhnliches gesehen.«

»Ach, das hört man gerne«, sagte er Mann. »Diese Wilderei hat uns heuer alle Touristen gekostet. Deshalb müssen wir jetzt schließen.«

»Dann bin ich froh, dass ich es noch geschafft habe«, sagte Natasha mit einem süßen Lächeln. »Es hat sich auf alle Fälle gelohnt.«

Der Mann sah dem wunderhübschen jungen Mädchen nach.

Ein Vögelchen, das Vögel liebte. Er kicherte über seinen eigenen Scherz. Er würde ihn später unten im Pub erzählen. Er dachte bei sich, dass diese Vogelbeobachter tatsächlich die verrücktesten Leute auf der ganzen Welt waren.

Declan schwieg auf der Fahrt zurück zur Scourie Lodge. Der wunderschöne schottische Hochlandtag hatte ein Ende gefunden, und mittlerweile war Nebel hereingebrochen, und es nieselte. Declan lehnte den Kopf gegen das Beifahrerfester und verlor sich in den rhythmischen Bewegungen der Scheibenwischer. Natasha hatte einen klassischen Radiosender eingestellt. Sie wollte nicht, dass Declan womöglich einen seiner Songs hörte. Es war wichtig, dass sie ihn im Unklaren über seine Vergangenheit ließ. So konnte sie eine neue Zukunft für sie beide erschaffen. Eine Zukunft, in der sie seine Frau war. Sie würden sogar Kinder haben. Und alles würde gut werden.

»Wer war es?«, fragte Declan schließlich mit ausdrucksloser Stimme. Natasha wusste, dass er den Mord meinte.

»Niemand von Bedeutung. Bloß ein Arschloch in einer Bar. Er hatte es auf alle Fälle verdient.«

»Aber wie? Und warum?«

Natasha bog schwungvoll auf den Parkplatz der Scourie Lodge. Der Kiesel unter den Rädern knirschte, bevor sie schließlich den Motor abstellte. Sie warf Declan einen mitleidsvollen Blick zu.

»Es war ein Unfall. Du wolltest ihn nicht töten. Der Kerl war betrunken und ein Schläger. Er ließ mich nicht in Ruhe. Du hast ihn einige Male gewarnt, aber er hat mir an den Hintern gegriffen. Da hast du die Beherrschung verloren«, erklärte Natasha, bevor sie fortfuhr: »Du hast ihm einen Schlag versetzt, so dass er durch die halbe Bar geschleudert wurde. Leider schlug er mit der Schläfe gegen eine Tischkante. Er war sofort tot.«

Die Tatsache, dass er mit einem anderen Mann um eine Frau gekämpft hatte, kam Declan bekannt vor.

»Sollten wir … ich … nicht zur Polizei gehen?«

»Damit du ins Gefängnis wanderst? Auf keinen Fall. Glaub mir, da willst du nicht hin«, sagte Natasha.

»Aber es muss doch Zeugen geben?«, fragte er.

»Die Bar war nicht gerade gut besucht. Es ist alles sehr schnell passiert. Ich habe dich fortgebracht, bevor die Leute ihre Handys herausholen und allen möglichen Scheiß auf Facebook posten konnten.«

»Facebook?«, fragte Declan verwirrt. Ein Teil seines Verstandes kannte das Wort, doch es war nicht klar genug, um es zu begreifen.

»Vergiss es«, sagte Natasha. »Das ist nicht wichtig. Tu einfach, was ich dir sage, und alles wird gut. Ich hole uns aus dieser Scheiße raus.«

Declans Kopf wurde immer schwerer. Er wollte sich jetzt bloß noch hinlegen und schlafen.

Die Eingangstür der Pension wurde geöffnet. Der Besitzer und seine Frau wollten los, um Besorgungen zu machen. Das Timing war perfekt. Natasha wartete, bis sie fort waren, und bemerkte nebenbei, dass der Besitzer in etwa so groß und schwer wie Declan war. Sie griff nach ihrem Zimmerschlüssel.

»Komm schon, Decky, lass uns reingehen.«

Sobald Declan eingeschlafen war, machte sich Natasha auf die Suche nach der Wohnung der Besitzer. Nachdem sie mehrere Türen geöffnet hatte, fand sie sich schließlich in einem altmodischen Wohnzimmer mit einem ausgeblichenen Teppich im Schottenmuster, einem Ledersofa und einem Fernseher wieder. Dahinter befand sich ein Schlafzimmer mit einer Sammlung Porzellanpuppen, die völlig unpassend unter zahlreichen Fischen in Glaskästen saßen. *Seine und ihre,* dachte Natasha. *Wie süß.* Sie durchstöberte den Kleiderschrank des Mannes und nahm eine schwarze Hose, ein weißes Hemd, einen burgunderroten Pullover, ein Paar Strümpfe und ein Paar Sneakers mit. Das würde reichen, bis sie zu einem ordentlichen Klamottenladen kam. Auf dem Weg aus der Wohnung schlich sie schließlich noch rasch ins Badezimmer und nahm einige Verbände und eine antiseptische Salbe mit.

Natasha schaffte es unbemerkt zurück in ihr Zimmer. Sie starrte auf das Gesicht auf dem Kissen in ihrem Bett hinunter. Obwohl er einiges an Gewicht verloren hatte, war er immer noch der attraktivste Mann, den sie jemals gesehen hatte, und nun gehörte er ihr ganz alleine. Morgen würden sie nach Glasgow fahren, und sie würde ihren Plan in die Tat umsetzen. Bis dahin nutzte sie die Zeit, während Declan schlief, um alle Seiten aus ihrem Notizbuch zu entfernen, die einen Hinweis auf ihr Verbrechen oder Declans Vergangenheit lieferten. Sie verbrannten hell lodernd im Kamin des Speisesaals der Pension. Sie behielt bloß zwei Bilder: das manipulierte Hochzeitsfotos und das Bild von Elizabeth, die die beiden Zwillinge im Kinderwagen vor sich herschob. Elizabeth trug darauf eine dunkle Sonnenbrille und einen Schal. Es hätte ebenso gut jede andere Frau sein können. Je länger Natasha das Foto betrachtete, desto überzeugter war sie, dass sie es war, die die Kinder vor sich herschob. Natasha war außer sich vor Freude. Die Dinge verliefen weitaus besser, als sie es sich erträumt hatte. Nun musste sie nur noch den Rest ihres Plans in die Tat umsetzen.

kapitel neununddreißig

Elizabeth und Effie nutzten das Kellergeschoss ihres Hauses als einstweiliges Büro, um ihr Magazin *Rags 'n' Beats* auf die Beine zu stellen. Nachdem Effies früheres Modemagazin *Stylish* sehr erfolgreich gewesen war, waren sie guten Mutes, genügend Geldgeber aufzutreiben. Sie wussten, dass ein starker Internetauftritt genauso wichtig war wie die Druckversion, und kamen überein, sich gemeinsam einen Webdesigner zu leisten, der ihnen einen ersten Entwurf erstellen sollte. Nachdem sie mit einigen Kandidaten Gespräche geführt hatten, entschieden sie sich für einen jungen Mann namens Peabody. Als sie ihn nach seinem Vornamen fragten, erwiderte er: »Peabody.«

»Sie heißen also *Peabody Peabody?*«, fragte Elizabeth und versuchte, nicht laut loszulachen. Der junge Mann sah sie finster an und rutschte unangenehm berührt auf seinem Stuhl hin und her. Offensichtlich hatte er derartige Scherze bereits einige Male über sich ergehen lassen müssen.

»Meine Freunde nennen mich Pea«, erwiderte er schließlich. Er war Anfang zwanzig und trug eine leuchtend rote Designerbrille und eine enge Hose. Seine Hauptinteressengebiete waren Musik und Mode. Er hatte am *Ontario College of Art* studiert und besaß einen Abschluss in Webdesign. Sein Portfolio war ebenso beeindruckend wie die Websites, die er Effie und Elizabeth zeigte. Er kannte die neuesten Designprogramme und war hocherfreut, an einem Projekt arbeiten zu dürfen, das seinen beiden Interessengebieten entsprach.

»Was für ein Sternzeichen sind Sie?«, fragte Effie.

Pea sah sie überrascht an. »Und wenn ich das falsche Sternzeichen habe, heißt das dann, dass ich den Job nicht bekomme?«, fragte er.

»Ignorieren Sie meine Freundin einfach«, sagte Elizabeth. »Es ist uns wirklich egal.«

»Ich bin trotzdem neugierig«, erwiderte Effie.

»Ich bin ein Wasserwesen.«

Effie strahlte. »Ein Wasser*mann.* Das ist ja wunderbar. Wann können Sie anfangen?«, fragte sie, nachdem ihr Elizabeth kaum merklich zugenickt hatte. Pea warf einen Blick auf die Uhr. »Jetzt sofort?«, fragte er.

»Morgen würde auch genügen. Sagen wir um zehn Uhr?«, fragte Elizabeth.

»Perfekt«, erwiderte Pea, griff nach seiner Umhängetasche und schloss den Reißverschluss seiner Bewerbungsmappe. »Bis dann.«

»Ein Problem weniger«, seufzte Elizabeth, nachdem Pea gegangen war.

»Wenn man glaubt, ein Problem gelöst zu haben, ist das meist ein untrügliches Zeichen dafür, dass das nächste bereits vor der Tür steht«, erwiderte Effie und warf einen Blick auf die Liste der Dinge, die noch zu erledigen waren.

»Ja, du hast recht«, erwiderte Elizabeth. »Aber ich muss sagen, Effie, es ist einfach wunderbar, wieder zu arbeiten.«

»Ja«, pflichtete Effie ihr bei. »Ich habe die alten Zeiten irgendwie doch vermisst. Entscheidungen über das Layout treffen, Designer engagieren, Modeschauen besuchen …«

»Ich auch«, sagte Elizabeth. »Es hat Spaß gemacht, Verträge zu erstellen, zu entscheiden, wen man vertreten möchte und wen nicht, und die Musikbranche dazu zu bringen, sich für einen Unbekannten zu interessieren.«

»Wo wir gerade von den Stars sprechen. Hattest du Glück bei Gwen?«, fragte Effie.

»Nein, noch nicht«, sagte Elizabeth. »Ich warte noch auf eine Rückmeldung.«

Die beiden Frauen hatten beschlossen, dass die Sängerin Gwen Stefani der Neunziger-Jahre-Band »No Doubt« gut auf das erste Cover von *Rags 'n' Beats* passen würde. Mit Solomons Hilfe hatte Elizabeth Kontakt zu ihrem Manager aufgenommen, der ihr erklärt hatte, dass das durchaus im Bereich des Machbaren lag. *Rags 'n' Beats* würde nicht nur über Musikstars und ihre Kleidung berichten, es war auch geplant, auf der Webseite Links zu den jeweiligen Onlineshops der Stars einzubinden.

»Es ist einfach genial«, sagte Effie. »Wer könnte dazu schon nein sagen?«

Elizabeth stimmte ihr zu. »Wenn Apple Martin Designer-Sneakers von Jimmy Choo trägt, will die ganze Welt diese Schuhe ebenfalls für ihre Kinder.«

»Die ganze Welt, oder zumindest diejenigen, die mehr Geld als Verstand haben«, grunzte Effie.

»Da hast du recht«, erwiderte Elizabeth. »Jack und Camille bekommen sicher keine Designer-Sneakers, aber es gibt genügend andere, auf die das nicht zutrifft.«

Wie auf das Stichwort stürzten die beiden Kinder ins Zimmer. Sie hatten die Augen vor Aufregung weit aufgerissen.

»Mummy, Mummy, im Gras liegt eine Schlange!«, rief Jack.

»Vermutlich gibt es hier mehr als eine«, erwiderte Effie.

Camille sah sie an. »Wirklich? Mehr als eine? Du

meinst, wie eine ganze Familie mit Mummy und Daddy und allem?«

Elizabeth warf Effie ein schiefes Grinsen zu.

»Kommt schon, Kinder. Sehen wir sie uns an«, sagte Elizabeth.

Joan hatte gehofft, dass die Jays noch einen Homerun schaffen und Byron sie noch einmal umarmen würde, doch ihr Team verlor drei zu eins.

Na gut, dachte sie. Zumindest konnte sie sich jetzt auf ein angenehmes Abendessen mit Byron freuen. Sie hatte recht gehabt, im Haus duftete es tatsächlich köstlich. Sobald sie durch die Tür traten, war Byron vollkommen hingerissen.

»Mein Gott, riecht das gut«, sagte er. »Wenn es nur halb so gut schmeckt, dann haben Sie es ein weiteres Mal geschafft, mich zu beeindrucken.«

Ach, dann habe ich dich also wirklich beeindruckt?, dachte Joan. Die Vorstellung gefiel ihr. Sie schenkte ihnen beiden ein Glas Wein ein, doch Byron lehnte dankend ab.

»Es tut mir leid«, sagte Joan. »Ich bin davon ausgegangen, dass Sie gerne ein Glas hätten. Darf ich Ihnen etwas anderes anbieten? Der Schrank mit den Likören ist gut gefüllt.«

»Ich hätte gerne einen Drink, doch dann könnte ich nie wieder damit aufhören«, erklärte Byron. »Ich trinke keinen Alkohol.«

»Dann sind Sie also …« Joan hielt inne, sie wollte das Wort nicht laut aussprechen.

»Trockener Alkoholiker? Ja, das bin ich«, sagte Byron. »Aber ich bin nicht der nervtötende Typ, der auch alle anderen bekehren möchte.«

»Darf ich Ihnen stattdessen ein Glas Mineralwasser anbieten?«, fragte Joan.

Byron schenkte ihr ein umwerfendes Lächeln.

»Mit einem Schuss Zitronensaft, dann haben Sie den Weg in mein Herz gefunden«, erwiderte er.

Mein Gott, von mir aus kann er die ganze Zitrone haben, dachte Joan. Sie bereitete sein Getränk zu, bevor sie sich schließlich in das mit Kunstwerken dekorierte Wohnzimmer setzten. In der Zwischenzeit wärmte sie den Kartoffelbrei auf.

»Hier hat jemand einen wirklich guten Geschmack«, sagte Byron und sah sich um.

»Danke«, erwiderte Joan. »Mein Mann war eine Art Sammler.«

»Aber es gibt keine Familienfotos«, sagte Byron.

»Ich hatte einmal sehr viele Fotos, aber ich habe sie fortgeräumt. Sie erschienen mir mit der Zeit wie Geister«, sagte Joan. »Meine Familie ist in meinem Kopf so lebendig, dass ich keine weiteren Erinnerungen an sie brauche.«

»Die Toten können den Lebenden noch lange Kummer bereiten«, sagte Byron daraufhin.

»So ist es.«

Byron lehnte sich auf Joans Couch zurück. Er schlug die Beine übereinander und schien sich instinktiv wie zu Hause zu fühlen.

»Sie haben mich einmal nach meiner Frau gefragt«, sagte er.

»Das ging mich wirklich nichts an. Ich wollte bloß Konversation betreiben«, erwiderte Joan und nippte an ihrem Wein.

Byron rückte auf der Couch hin und her.

»Es war eine legitime Frage, denn es ist eine gute Möglichkeit, mehr über einen Menschen herauszufinden. Fünf Mal verheiratet? Ein untreuer Hurensohn, der sich nicht entscheiden kann. Nie verheiratet? Furchtbar egoistisch, schwul oder möglicherweise beides.«

Joan lachte. »Und in welche Kategorie fallen Sie?«

Byron seufzte. »Ich bin … ich war … ein romantischer Narr.«

Joan spitzte die Lippen. »Und jetzt nicht mehr?«

»Nein«, erwiderte Byron. »Wissen Sie, ich wurde hinters Licht geführt. Ich war ihr mit Haut und Haaren verfallen.«

»Sprechen wir jetzt von der Frau, mit der Sie verheiratet waren?«, fragte Joan.

Byron nickte. Sein Blick war auf die Wand hinter Joan gerichtet, als würde dort seine Vergangenheit wie ein schmerzhafter Film an ihm vorbeiziehen.

»Ich habe sie sehr geliebt. Und ich dachte, dass sie mich auch liebte, dass wir ein gemeinsames Leben aufbauen und Kinder haben würden.«

»Was ist passiert?«, fragte Joan. »Ist sie … gestorben?«

»In gewisser Weise, ja«, erklärte Byron. »Und ich mit ihr.«

»Ich verstehe nicht«, erwiderte Joan.

»Wir waren fünf Jahre zusammen«, antwortete Byron. »Sie war jung und wunderschön, aber sie hatte nichts für Sex übrig.«

»Wirklich nicht?«, fragte Joan.

»Zumindest was den Sex mit mir betraf. Oder vielleicht sollte ich sagen: den Sex mit Männern«, erklärte Byron betrübt. »Sie hat mich für eine Frau verlassen.«

»Mein Gott. Aber warum war Ihnen das nicht bereits vor der Hochzeit klar?«, fragte Joan. »Sie muss doch sicher …«

»Sie war Schauspielerin«, erwiderte Byron. »Und zwar eine verdammt gute, wie sich herausstellte. Sie gestand mir, dass sie schwanger sei, um mich dazu zu bringen, sie zu heiraten. Das war natürlich eine Lüge. Und ich war ein Narr und bin darauf reingefallen. Schließlich nahm sie all ihren Mut zusammen und gestand es ihren Eltern ... und mir. Sie hat sich endlich geoutet.«

»Das muss sehr schlimm für Sie gewesen sein«, sagte Joan.

»Ich hätte verstanden, wenn sie mit einem anderen Mann zusammen sein wollte. Wenn es einen Rivalen gegeben hätte. Jemanden, den ich zur Rede stellen und mit dem ich es aufnehmen hätte können. Aber eine Frau? Wie sollte ich dagegen ankommen? Ich zog mich vollkommen zurück. Es gab nichts, woran ich meine Wut auslassen konnte, also richtete ich sie gegen mich selbst. Das war der Zeitpunkt, als ich schließlich Trost im Alkohol suchte«, sagte er. »Ich begab mich in die wärmende Umarmung des Alkohols, und er enttäuschte mich nicht. Er war immer für mich da. Damals erkannte ich natürlich noch nicht, dass er mich auf andere Art zu zerstören drohte.«

»Dann waren Sie also ganz unten?«, fragte Joan.

»›Ganz unten‹ trifft es nicht einmal ansatzweise«, lachte Byron. »Ich wachte in einem billigen Motel am Ufer des Ontariosees auf. Ich wusste nicht, wie ich dorthin gekommen war. Ich wusste nicht, wie lange ich schon dort war. Ich stolperte zur Tür hinaus und brach schließlich vor der Ausfahrt des Gardiner Expressway zusammen. Dort bettelte gerade ein vielleicht achtzehnjähriger Junge die Autofahrer an, die die Straße entlangkamen. Er half mir hoch und gab mir seinen Kaffee. Er hatte einen räudigen, alten Hund bei sich. Die Menschen waren so nett und ließen ihre Autofenster hinunter, um ihm etwas

Kleingeld zu geben. Ich denke, es war wohl mehr wegen des Hundes als wegen ihm. Dann kam mir plötzlich der Gedanke, dass ich kein Recht hatte, im Selbstmitleid zu versinken. Ich erschien mir selbst wie das größte Arschloch auf der ganzen Welt. Es war die beste Einsicht, zu der ich jemals gelangt bin. Ich ging zu den Anonymen Alkoholikern, und kurze Zeit später schenkte mir eine alte Freundin meiner Mutter ihre Kamera. Das war vor fünfzehn Jahren. Und seitdem ist mein Leben recht gut verlaufen.«

Joan war überrascht von Byrons Geschichte.

»Ich weiß nicht, was ich dazu sagen soll«, sagte sie.

»Sie müssen gar nichts dazu sagen«, erklärte er ihr. »Ich schütte normalerweise mein Herz nicht auf diese Weise aus. Und außerdem habe ich jetzt auch genug davon, immer nur von mir zu sprechen. Ich möchte mehr über Sie erfahren. *Wer sind Sie,* Joan?«

Joan atmete tief ein, bevor sie von ihrer Kindheit und Jugend erzählte. Sie hatte eine Mittelklasseerziehung genossen, die vor allem dem Zweck diente, die Schande, die die psychische Erkrankung ihrer Schwester über die Familie gebracht hatte, zu kaschieren. Joan war die Beständige, die Vernünftige, von der viel erwartet wurde. Sie war eine gute Schülerin und hatte ohne weiteres ein Stipendium erhalten. Die Welt der Wissenschaften erschien ihr sicher. Also entschied Joan sich für den sicheren Weg, der zu einer stabilen Ehe und soliden Zielen geführt hatte. Byron hörte ihr aufmerksam zu, und seine Augen versanken in ihren.

Das Piepen der Mikrowelle unterbrach Joan. »Kommen Sie mit. Das Essen ist fertig«, sagte sie. Sie führte Byron ins Esszimmer, wo sie den Tisch für zwei Personen gedeckt hatte.

»Kann ich Ihnen irgendwie helfen?«, fragte er.

»Nein, ich mache das schon. Bitte setzen Sie sich doch«, erwiderte sie. Er hatte ihr seine Hilfe angeboten. Das war noch nie passiert. Ihr Mann Charles hätte nie auch nur einen Finger gerührt.

»Noch etwas Wein?«, fragte er, und seine haselnussbraunen Augen sahen sie fragend unter seinen attraktiven Augenbrauen hervor an.

»Ja, gerne«, erwiderte Joan.

Nachdem sie bereits alles vorbereitet hatte, musste sie den köstlichen Braten nur noch auf dem dampfend heißen Kartoffelbrei verteilen und servieren.

»Das sieht absolut himmlisch aus«, sagte Byron.

»Bitte fangen Sie doch gleich an«, sagte Joan. »Solange es noch heiß ist.«

Byron ließ Joan während des Essens immer wieder wissen, wie köstlich es war, und äußerte sich auch bewundernd zu ihren Leinenservietten.

»Meine Mutter hat immer zu mir gesagt, dass Männer große Leinenservietten mögen«, sagte Joan.

»Hat sie das?«, fragte Bryon, und kleine Lachfältchen erschienen um seine Augen. »Nun, da hatte Ihre Mutter wohl recht. So wie Mütter immer recht haben«, fügte er hinzu. Byron begann von etwas anderem zu erzählen, und Joan war sich nicht einmal sicher, wovon. Ein abwesendes Nicken schien ihm jedoch zu genügen, während sie auf die zarten Haare auf seinen Unterarmen starrte und darüber nachdachte, was er ihr erzählt hatte.

Byron hatte sich ihr anvertraut und seine schmerzhaftesten Erfahrungen mit ihr geteilt. Sie beschloss, das Gespräch wieder auf neutralen Boden zu bringen.

»Und? Wie geht es Ihnen mit *Ulysses?*«, fragte Joan, während sie aßen.

»Ich muss zugeben, dass es mir nicht gerade leichtfällt, dieses Buch zu lesen«, erwiderte Byron. »Und es wäre vermutlich um einiges einfacher, wenn es Satzzeichen gäbe.«

»Der Bewusstseinsstrom«, nickte Joan. »Es kann schwer sein, den Gedanken einer anderen Person zu folgen.«

»A heaven tree of stars filled with blue and humid fruit«, zitierte Byron.

»Ja, das stammt aus dem Buch«, sagte Joan. »Warum ist Ihnen gerade diese Stelle in den Sinn gekommen?«

»Ich habe einmal gelesen, dass einer dieser bekannten englischen Schriftsteller – vermutlich war es Martin Amis? – meinte, es sei der schönste Satz, den die englische Sprache zu bieten habe. Was meinen Sie dazu?«, fragte Byron zwischen zwei Bissen.

»Der Satzrhythmus ist wunderschön«, erwiderte Joan. »Aber ich glaube, dass es schwer sein wird, Shakespeare in Sachen Schönheit zu schlagen.«

»Ich schaffe es einfach nicht, das Wort ›humid‹, also ›feucht‹, mit ›fruit‹, also ›Frucht‹, in Verbindung zu bringen«, erklärte Byron.

Joan lachte. »Dann sind Sie jetzt also zum Kritiker von James Joyce mutiert?«

»Vielleicht«, erwiderte Byron. »Oder zum Kritiker von Martin Amis.«

»Er ist ein äußerst unzuverlässiger Schriftsteller«, erklärte Joan. »Wenn ihm etwas gelingt, ist er brillant, wenn nicht, dann ist er furchtbar.«

»Da bin ich ganz Ihrer Meinung«, pflichtete Byron ihr bei.

Als er schließlich fertig gegessen hatte, lehnte er sich in seinem Stuhl zurück und seufzte. »Ich muss ganz ehrlich sagen, das war eines der besten Abendessen, die ich jemals zu mir genommen habe.«

»Das freut mich«, erwiderte Joan.

»Das nächste Mal möchte ich für Sie kochen«, fuhr er fort, während er ihr Wein nachschenkte.

Das nächste Mal? Würde es ein nächstes Mal geben?

»Das wäre wunderbar«, erwiderte Joan. »Haben Sie denn eine Spezialität?«

»Die Spezialität eines jeden Junggesellen«, erklärte Byron. »Spaghetti. Aber meine Soße ist phänomenal.«

»Herausforderung angenommen«, erwiderte Joan.

Nachdem sie sich noch etwas über Bücher und Schriftsteller unterhalten hatten, war Joan enttäuscht, als sich Byron schließlich verabschiedete. Sie begleitete ihn noch zur Tür.

»Joan, vielen Dank für die angenehme Gesellschaft, die noch wunderbarer war als das hervorragende Essen.«

»Gern geschehen«, murmelte Joan. Er beugte sich zu ihr, um sie zu küssen.

Joan öffnete erwartungsvoll die Lippen, doch Byrons Mund streifte lediglich ihre Wange. Jede Zelle ihres Körpers registrierte die Beschaffenheit seines Kusses. Er war sehr bestimmt.

»Gute Nacht«, sagte er und sah ihr mit warmem Blick in die Augen. »Ich melde mich bei Ihnen.«

kapitel vierzig

Joans größte Angst war, sich zu verlieben. Sie war eine erfahrene, reife Frau, die sowohl ihren Ehemann als auch ihr Kind verloren hatte. Diese Verluste waren wie ein unsichtbarer Trauerschleier, den sie für den Rest ihres Lebens tragen würde. Von nun an würde sie ihr Leben in aller Ruhe weiterleben und sich mit einfachen Dingen zufriedengeben, die ihr Freude bereiteten. Sie arbeitete gerne im Garten und besuchte ihren Buchclub. Sie hatte einen interessanten Halbtagsjob. Sie hatte ihre Enkelkinder. Lediglich etwas Aufregung fehlte in ihrem Leben. Sie redete sich selbst ein, dass sie gut darauf verzichten konnte. Sich auf pubertierende, schwindelerregende, unkontrollierbare Weise in jemanden zu verlieben war undenkbar.

Noch schlimmer war jedoch der Gedanke, dass diese Gefühle womöglich unerwidert bleiben könnten. Hatte sie sich die Spannung, die zwischen ihr und Byron herrschte, bloß eingebildet? Wenn er mehr als Freundschaft wollte, würde sie ihm einfach sagen, dass sie sich sehr geschmeichelt fühle, aber ihr Interesse an Sex schon vor langer Zeit verloren habe. Aber halt, das würde ohnehin nicht passieren, denn er hatte ihr ja erzählt, dass er niemals auf schöne Frauen zuging, sondern diese den ersten Schritt machen ließ. Verdammt. Das war nicht fair. War sie attraktiv genug, um den ersten Schritt zu wagen? Was, wenn er sie zurückwies? Wie töricht und erniedrigt würde sie sich dann fühlen? Und sosehr sie sich auch danach sehnte, seine Lippen näher zu erkunden, so beschämend war der Gedanke an mehr. Sie konnte ihm ja kaum sagen, dass sie ihn bloß küssen wollte. Sie würde wie ein Teenager klingen. Sie war eine Frau mit Höhenangst, die auf der Brüstung eines hohen Gebäudes stand. Byron war die Schwerkraft. Bei dem Gedanken daran, einen Blick nach unten zu werfen, wurde sie beinahe ohnmächtig.

Joan sah Byrons schlanker Silhouette hinterher, während er die Treppe vor ihrem Haus hinuntereilte und dabei zwei Stufen auf einmal nahm, bevor er mit großen Schritten auf seinen Wagen zuging. Sie schloss die Tür und lehnte sich seufzend dagegen. Sie würde jetzt Ordnung schaffen und das Geschirr in die Spülmaschine räumen. Doch zuvor packte sie die Gabel, die Byron benutzt hatte, in eine Plastiktüte und versiegelte sie. Seine DNA würde ihr alles verraten, was sie wissen musste.

Elizabeth lag in ihrem Bett. Die geistige Herausforderung, gemeinsam mit Effie ein Unternehmen aufzubauen, tat ihr gut. So war sie beschäftigt und dachte nicht so oft an Declan. Doch sobald es Nacht wurde, verlor sie die Kontrolle.

Sie dachte zurück an ihren Traum vom Wolfsrudel. Er war verstörend gewesen, und es dauerte einige Tage, bis er ihr nicht mehr wie die schmerzhafte Realität erschien, sondern zu einer bloßen Erinnerung verblasste. *Warum träumen wir eigentlich?*, fragte sie sich. Effie hatte gesagt, dass das Unterbewusstsein im Traum einen nächtlichen Ausverkauf veranstaltete. Alles musste raus. *Effie und ihre Shopping-Metaphern,* dachte Elizabeth. Effie meinte, dass das Unterbewusstsein jede Situation oder Emotion, die man nicht akzeptieren konnte, in einen Traum verpackte. Als Wölfin war sie nicht fähig gewesen, ihren Gefährten vor der Gefahr und letztlich auch vor dem

Tod zu bewahren. Der Traum spiegelte ihr Leben wider. Sie hätte nie zustimmen dürfen, dass Declan bei Letterman auftrat. Es war ihre Schuld. In dem Moment, als er davongeflogen war, war sein Tod besiegelt gewesen.

Sie versuchte, sich zu entspannen und etwas Schlaf zu finden, aber die Gedanken an Declan ließen sie nicht los. Würde jemals ein anderer Mann seinen Platz in ihren Fantasien einnehmen? Sie bezweifelte es. Sie konnte sich nicht vorstellen, jemals mit einem anderen Mann zusammen zu sein. Sie schloss die Augen, doch sie fand keine Ruhe und warf sich bloß hin und her. Sie brauchte etwas, um sich zu entspannen. Ihre Gedanken schweiften langsam ab, und so landete sie schließlich … auf einem Motorrad.

Das Brüllen des mächtigen Motors drang an Elizabeths Ohren. Sie saß auf dem Rücksitz einer Harley und schoss damit über den Highway. Ihre Arme umschlangen Declans Oberkörper. Er trug eine Lederjacke, und auch sie war von Kopf bis Fuß in Leder gekleidet, doch ihre enganliegende Hose ließ ihren Schritt frei. Immer wieder griff Declan nach hinten, um sie zu berühren. Die anderen Motorradfahrer bekamen nichts von ihren geheimen Aktivitäten mit, bis sie an einer Ampel zum Stehen kamen. Neben ihnen hielt ein Auto voller halbwüchsiger Jungen, die sahen, wie Declan nach hinten griff und Elizabeth streichelte. Sie hupten und johlten, und der Fahrer tat, als wollte er sich selbst befriedigen. Declan lachte und gab Gas. Er riss das Motorrad in die Höhe, so dass es sich wie ein Hengst aufbäumte, und schoss davon.

Declan raste mit äußerst hoher Geschwindigkeit über den Highway, bis sie schließlich den Klang einer Sirene hörten. Ein Polizist auf einem ähnlich starken Motorrad hatte ihre Verfolgung aufgenommen. »Verdammt«, fluchte Declan. Er fuhr zur Seite und hielt an. Er und Elizabeth stiegen vom Motorrad. Der Polizist ging langsam auf sie zu. Er nahm den Helm und die verspiegelte Sonnenbrille ab. Es war ein heißer Tag, und die Hitze wurde plötzlich so beklemmend, dass Elizabeth das Gefühl hatte zu schmelzen.

»Was haben wir denn hier?«, fragte der Polizist und warf einen Blick auf Elizabeths Lederhose mit dem Loch im Schritt. Er führte eine kurze Leibesvisitation bei Declan durch, begierig darauf, sich so bald wie möglich Elizabeth zuzuwenden. Sie musste ihm den Rücken zudrehen. Er ließ seine Hände über ihren Hintern wandern, bevor er sie an sich drückte und ihr mit der anderen Hand zwischen die Beine griff.

»Ist das deine?«, fragte er Declan.

Declan nickte.

»Ich könnte euch einen Strafzettel wegen überhöhter Geschwindigkeit ausstellen«, sagte der Polizist, »aber …«

»Aber?«, fragte Declan ruhig.

»Wir können das auch anders lösen. Kommt mit«, sagte der Polizist. Declan und Elizabeth folgten ihm auf ihrem Motorrad. Wenige Minuten später hielten sie vor einem Vorstadtbungalow.

»Meine Alte hat heute Geburtstag«, erklärte der Polizist und stieg von seinem Motorrad. Er nahm den Helm ab und sah Elizabeth an. Dann legte er die Hand auf seine Waffe.

»Und du bist ihr Geburtstagsgeschenk.«

Im Inneren des Bungalows lag eine attraktive, etwas ältere Frau nackt und mit gespreizten Beinen gefesselt auf dem Bett.

»Sie wünscht sich, dass einmal eine andere Frau an ihren Titten nuckelt«, erklärte der Polizist.

»Mach schon, Liebling. Tu, was er sagt«, befahl Declan.

Elizabeth kniete neben dem Bett nieder und begann, die Brustwarzen der Frau zu lecken und daran zu saugen. Die Frau stöhnte erregt auf. Dann gab der Polizist Elizabeth seine Waffe.

»Mach dir keine Sorgen, sie ist nicht geladen«, sagte er. »Reib damit über ihre Klitoris. Wie mit einem Vibrator.«

Elizabeth nahm ihm das glänzend schwarze Ungetüm aus der Hand und begann sanft, die Klitoris der Frau damit zu bearbeiten.

»Schneller«, befahl der Polizist. Er öffnete den Reißverschluss seiner Hose und begann zu masturbieren. Seine Frau keuchte plötzlich und schrie auf.

»Das reicht«, erklärte der Polizist. »Jetzt werde ich sie vögeln.«

Der Polizist kletterte auf das Bett und drang in seine Frau ein, während Declan und Elizabeth leise davonschlichen.

»Alles Gute zum Geburtstag!«, rief Elizabeth.

Im nächsten Augenblick rasten sie mitten in ein offenes Biker-Clubhaus. Die anwesenden Männer, die meisten von ihnen in Declans Alter, waren alle durchtrainiert. Testosteron lag in der Luft. Elizabeths Blick fiel auf einen älteren, etwa sechzigjährigen Mann, der sich noch immer sehen lassen konnte und gerade Zeitung las. Sein silberfarbener Bürstenhaarschnitt ließ ihn aus der Menge hervorstechen. Er sah gelangweilt auf, als Elizabeth und Declan mit brüllendem Motor hereinbrausten. Elizabeth fielen seine stahlgrauen Augen auf. Sein Blick streifte sie, bevor er sich wieder seiner Zeitung zuwandte. Declan ließ den Motor seiner Harley laufen und sah Elizabeth tief in die Augen. »Sie wollen uns beim Vögeln zusehen. Aber wir werden mehr tun, als bloß zu vögeln. Wir werden die Libelle machen.«

»Mit wem?«, fragte Elizabeth.

Declan deutete in den Raum. »Das ist deine Entscheidung.«

»Er«, sagte Elizabeth und zeigte auf den älteren Mann.

»Fox, du bist dabei«, sagte Declan.

Der ältere Mann schien weder begeistert noch abgeneigt. Er faltete einfach seine Zeitung und schlenderte lässig auf die Harley zu.

»Leg dich mit dem Rücken auf das Motorrad. Den Kopf in Richtung Lenkstange. Und dann spreiz die Beine, so weit du kannst«, befahl ihr Declan. »Und halt dich an der Lenkstange fest.« Die anderen Männer verschwanden aus Elizabeths Blickfeld, doch sie wusste, dass sie noch immer da waren, vor allem Fox, der sie aufmerksam beobachtete.

Declan öffnete seine Lederhose, und seine riesige Erektion sprang heraus. Er schwang ein Bein über das Motorrad und setzte sich rittlings darauf. Dann rieb er die Spitze seiner Erektion an ihr. »Halte durch, Liebling. Diese Spritztour wird etwas ganz Besonderes.«

Elizabeth wusste, dass der Schmetterling der Venus einen Finger in jedem Loch und eine Zunge auf ihrer Klitoris bedeutete. Die Libelle hingegen erforderte zwei Finger in jedem Loch und zwei Zungen. Fox' Zunge würde ihnen zu Hilfe kommen. Declan ließ den Motor aufheulen, bevor er zwei Finger in ihren Hintern schob. Die Vibrationen durchfuhren Elizabeths gesamten Körper. Zwei Finger drangen in ihre Vagina ein. Sie war vollkommen ausgefüllt. Ihre Klitoris war hart und geschwollen. Fox senkte den Kopf und spielte mit der Zungenspitze damit. Er war so geschickt wie ein Geigenspieler in einem Symphonieorchester. Dann war Declan an der Reihe. Elizabeth hatte das Gefühl, in einem Meer der Lust zu versinken. Sie war sich sicher, dass es sich die anderen Männer in dem Raum gerade selbst besorgten, während sie dabei zusahen, wie vor ihnen die Libelle zelebriert wurde.

»Fick mich, Declan. Fick mich«, verlangte Elizabeth. Sie starrte Fox an, der mittlerweile lässig seinen Penis massierte und die Geschehnisse genoss. Er leckte sich über die Lippen, um ihren Geschmack auszukosten. Er war sexy. Declan war sexy. Und sie selbst war so sexy wie noch nie zuvor in ihrem Leben. Diese Fantasie war heißer als heiß. Sie kam mit einem einzigen langen Schaudern.

kapitel einundvierzig

Declan schlief beinahe fünfzehn Stunden lang. Als er schließlich aufwachte, wusste er nicht, wo er war. Nichts an dem Raum kam ihm bekannt vor. In dem roten Koffer, der geöffnet auf einem der Stühle lag, befanden sich Frauenkleider. Daneben lagen auf einem zweiten Stuhl eine Hose, ein Hemd und ein Pullover. Auf dem Boden stand ein Paar Sneakers. Diese Dinge mussten wohl ihm gehören, denn seine zerrissenen alten Klamotten waren nirgendwo zu sehen. Im Badezimmer entdeckte er in einem der Regale die Toilettenartikel einer Frau und schließlich auch sein Schweizermesser. Er nahm es und untersuchte die vielen verschiedenen Funktionen, darunter auch eine winzige Säge und ein Vergrößerungsglas. An einer der Klingen klebte noch immer ein wenig Blut. Das Gewicht des Messers wirkte vertraut und beruhigte ihn. Es hatte ihm geholfen zu überleben.

Declan drehte die Dusche auf und kletterte in die Wanne. Das heiße Wasser, das auf seinen Körper prasselte, fühlte sich himmlisch an. Er seifte sich ein und wusch sich die Haare. Gerade als er die Dusche verlassen wollte, hörte er, dass jemand das Zimmer betrat.

»Decky?«, rief eine weibliche Stimme, und dann tauchte auch schon Natashas Kopf in der Badezimmertür auf.

»Oh, gut. Du bist wach. Wir schnappen uns jetzt etwas zu essen, und dann verschwinden wir von hier. Aber zuerst kümmere ich mich um deine Brandwunde.«

Natasha verwendete die Schere seines Taschenmessers, um einen Streifen Verbandsmull abzuschneiden. Sie benetzte die Blasen auf seiner Hand zuerst mit einer antiseptischen Salbe, bevor sie die Stelle verband. Sie fragte sich, wie er es geschafft hatte, sich auf einer einsamen Insel derartige Verbrennungen zuzuziehen. Vielleicht war es ein Unfall mit dem Vergrößerungsglas gewesen. Declan musste irgendwo Feuer gemacht haben. Erst jetzt sah Natasha die Narbe, die Declans Bein hinunter verlief.

»Oh mein Gott, Decky. Was ist denn da passiert?«

Declan hatte keine Ahnung, genauso wie er keine Ahnung hatte, woher die Verbrennung auf seinem Arm stammte. Soviel er wusste, war die Narbe an seinem Bein schon immer da gewesen. Natasha ließ ihre Hand die Narbe hinaufgleiten. Sie spielte mit dem Gedanken, sie noch weiter nach oben wandern zu lassen und ein wenig mit seinen Hoden zu spielen, an die sie sich noch gut erinnern konnte, doch sie mussten weiter. Während Natasha seine Wunde versorgte, erzählte sie ihm erneut Dinge, die keinen Sinn ergaben. Sie war Declans Frau. Sie hatten zwei Kinder. Er wurde wegen Mordes gesucht.

»Und was habe ich gemacht, bevor ich … du weißt schon?«

»Du warst Kampfsporttrainer«, sagte Natasha. Das war nicht zu weit hergeholt, dachte sie. Declan Thomas war vor seinem Unfall ein erfahrener Kickboxer gewesen.

»Darum war der Schlag, den du deinem Gegner verpasst hast, ja auch so tödlich«, erklärte Natasha. »Und darum wirst du auch gesucht.«

»Und du sagst, dass wir verheiratet sind?«, fragte Declan. Natasha hatte bereits auf den Augenblick gewartet, an dem sie ihm endlich das bearbeitete Foto zeigen konnte.

»Sieh nur, es war eine wunderschöne Hochzeit. Sind wir nicht ein schönes Paar?«

Declan musste ihr einfach zustimmen. Natasha sah umwerfend aus. Sie küsste ihn fest auf den Mund. Ihr Lipgloss schmeckte nach Erdbeeren.

»Und das bin ich, wie ich gerade mit den Kindern spazieren gehe«, sagte Natasha. Declan betrachtete das Foto.

»Es sieht aus wie aus einer Zeitschrift«, sagte er.

»Ja, ich bin ein ziemlich bekanntes Fotomodell«, erklärte Natasha. »In Kanada werde ich überall von Fotografen verfolgt. Es ist ziemlich nervig, vor allem, wenn sie Fotos von den Kindern schießen, aber was soll ich tun?«

»Wir kommen aus Kanada?«, fragte Declan.

»Ja, und wir kehren dorthin zurück, sobald ich alles in die Wege geleitet habe«, erwiderte Natasha. »Ich habe lange Zeit auf dich gewartet, Declan. Ich würde jetzt am liebsten sofort mit dir ins Bett, aber wir müssen von hier fort. Dafür haben wir später noch mehr als genug Zeit.«

Während Declan sich anzog, packte Natasha ihren Koffer.

»Im Erdgeschoss gibt es noch Frühstück«, sagte sie. »Geh hinunter und iss etwas. Ich bringe inzwischen den Koffer ins Auto.« Natasha reichte ihm die Sonnenbrille und ihre Tweedmütze. »Behalte die hier auf, und rede nicht zu viel.«

In den konservativen Klamotten und dem durch die Sonnenbrille und den Bart verdeckten Gesicht sah Declan absolut gewöhnlich aus. Er ging locker als Fischer oder Jäger durch.

Der Speisesaal war leer, abgesehen von einem schmächtigen Mann, der ein Fischereimagazin las. Declan setzte sich an einen Tisch mit weißem Tischtuch. Ein junges Mädchen trat mit einer silbernen Kanne neben ihn.

»Kaffee, Sir?«
Declan nickte.
»Hätten Sie gerne Haferbrei oder Cornflakes?«
»Haferbrei, bitte«, sagte Declan.
»Und danach ein schottisches Frühstück?«
Declan nickte noch einmal. Natasha setzt sich zu ihm und bestellte bloß Kaffee. Sie legte ihre Hand auf seine.
»Ich habe uns gerade online eine Unterkunft in Glasgow gebucht«, flüsterte sie.
»Und dann?«, fragte Declan.
»Es sollte nicht allzu lange dauern«, erwiderte Natasha.
»Was sollte nicht allzu lange dauern?«
»Dir einen gefälschten Pass zu besorgen.«
Declans Gedanken rasten. Er war verheiratet. Er hatte zwei Kinder. Er hatte jemanden mit bloßen Händen ermordet. Und nun verhalf ihm seine Frau zu einem gefälschten Pass, damit er nach Kanada zurückkehren konnte. Es war alles zu viel auf einmal.
Die Kellnerin stellte einen Teller mit dampfendem Haferbrei vor Declan auf den Tisch.
»Sei vorsichtig, sonst verbrennst du dich womöglich«, warnte Natasha. »Vielleicht lässt du ihn erst noch ein wenig auskühlen.«
»Kochender Haferbrei«, sagte Declan. Dann sah er Natasha an, als suchte er nach der Antwort auf eine Frage, die ihm nicht einfiel.
»Iss schon, Decky«, sagte Natasha. »Wir müssen los.«
Doch der Anblick der gräulichen Masse auf dem Teller widerstrebte Declan plötzlich, und der Gedanke, irgendetwas zu essen, ließ Übelkeit in ihm hochsteigen.
»Bestell das Frühstück wieder ab«, sagte er zu Natasha. »Ich habe keinen Hunger mehr.«

Natasha winkte die Kellnerin zu sich.

»Wir möchten doch nichts essen. Würden Sie die Bestellung bitte stornieren?«

Das junge Mädchen wirkte durcheinander.

»Hat es Ihnen denn nicht geschmeckt, Sir?«

»Doch, doch, es war sehr gut«, erwiderte Natasha ungeduldig. »Uns ist bloß gerade eingefallen, dass wir schon längst unterwegs sein sollten. Bringen Sie uns bitte die Rechnung.«

»Das Frühstück ist im Zimmerpreis eingeschlossen«, antwortete das Mädchen. »Sie können Ihre Rechnung bei Mrs. Fitz-Hughes begleichen, sie sitzt an der Rezeption.«

Natasha gab Declan die Autoschlüssel.

»Geh durch den Seiteneingang hinaus, Decky. Ich bin in einer Minute bei dir.«

Natasha ging zur Rezeption und übergab der Besitzerin ihren Schlüssel.

Mrs. Fitz-Hughes warf ihr über ihre Brille hinweg einen missbilligenden Blick zu.

»Sie hatten ein Einzelzimmer gebucht, Miss Khomeini«, sagte sie.

»Ja? Und?«, erwiderte Natasha.

»Ich glaube aber, dass Sie heute Nacht Herrenbesuch hatten.«

»Das war kein Herrenbesuch«, sagte Natasha. »Das war mein Ehemann.«

»Hmm.« Mrs. Fitz-Hughes glaubte dieser jungen Frau kein Wort. »Wie dem auch sei, ich muss Ihnen den Preis für ein Doppelzimmer berechnen«, sagte sie.

»Sicher, wie auch immer«, erwiderte Natasha und legte ihre Kreditkarte auf den Tresen. Dann unterzeichnete sie die Zimmerrechnung und verließ die Pension.

Mrs. Fitz-Hughes rief ihren Mann zu sich, der gerade im Garten Unkraut jätete.

»Jim«, sagte sie. »Hast du den jungen Mann gesehen, der gerade durch den Seiteneingang hinaus ist?«

»Nicht wirklich«, murmelte Jim und wischte sich die Hände an seiner Latzhose sauber.

»Ich könnte schwören, dass er deine Kleider anhatte«, sagte Mrs. Fitz-Hughes. »Wirklich äußerst seltsam.«

kapitel zweiundvierzig

Die Fahrt nach Glasgow dauerte sechs Stunden.

»Warum gibt es hier so viele verdammte Kreisverkehre?«, fragte Natasha, nachdem sie schnell einen anderen Gang eingelegt hatte und gerade noch einer Kollision mit einem Minivan entgangen war.

»Das ist doch lächerlich.«

Declan schwieg den Großteil der Fahrt über.

»Was ist mit den Kindern?«, fragte er Natasha plötzlich.

»Mit welchen Kindern? Oh, du meinst unsere?«

»Ja, unsere Kinder«, sagte Declan. »Ich kann mich nicht an sie erinnern. Was ist mit ihnen?«

»Nun, lass mich mal sehen. Es sind Zwillinge.«

»Erzähl weiter.«

Natasha versuchte verzweifelt, sich an alles zu erinnern, was sie über die beiden gelesen hatte. »Sie sind drei Jahre alt.«

»Und wie heißen sie?«

»Ähm … Jack und …« Natasha tat, als wäre sie von einem Fußgänger abgelenkt, der gerade die Straße kreuzte, während sie sich an den Namen des Mädchens zu erinnern versuchte.

»Jack und …?«, fragte Declan.

»Camille.« Gott sei Dank fiel ihr in letzter Minute der zweite Name ein.

»Und wo sind sie jetzt?«

»Sie sind bei deiner Mutter.«

Declan schien überrascht.

»Das ist unmöglich. Sie ist tot.«

Natasha lachte. »Aber nein, Decky. Mein Gott, bist du vielleicht verwirrt. Sie ist noch sehr lebendig. Ich habe sie erst vor kurzem gesehen.«

»Wo?«

»In Toronto. Dort wohnen wir.«

»Und was ist mit mir passiert? Wie bin ich auf dieser Insel gelandet?«

»Ich erzähle dir jetzt die ganze Geschichte«, erwiderte Natasha. Sie hatte gewusst, dass er ihr diese Frage irgendwann stellen würde, und hatte sich bereits eine Antwort zurechtgelegt.

»Du und ich haben unseren Jahrestag mit einer kleinen Reise quer durch Schottland gefeiert. Und dann war da dieser Streit in dieser Bar, und ich wusste, dass ich dich verstecken musste, bis ich dir eine neue Identität verschaffen konnte. Wir haben uns Campingausrüstung besorgt und dieses Messer, und ich habe dich auf der Insel Handa versteckt. Doch dann bekam ich eine Nachricht von deiner Mutter, dass die Zwillinge schwer erkrankt seien, und ich musste zurück nach Kanada. Es war noch viel schwerwiegender, als alle angenommen hatten, und ich konnte sie nicht alleine lassen. Und ich konnte natürlich auch niemandem sagen, wo du warst.«

»Was war los mit ihnen?«, fragte Declan.

»Meningitis … Verdacht auf Meningitis«, erwiderte Natasha. »Sie mussten ins Krankenhaus, doch dann stellte sich heraus, dass es nur eine schlimme Grippe war. Mittlerweile geht es ihnen wieder gut.«

»Und diese Frau, von der du behauptest, dass sie meine Mutter ist, hat sie sich nicht gefragt, wo ich bin?«

»Ich habe ihr gesagt, dass dein Pass gestohlen wurde und du auf die Ausstellung eines neuen wartest.«

»Oh.« Declan dachte an seine Zeit auf der Insel. »Ich kann mich nicht an irgendeine Campingausrüstung erinnern.«

»Es gab einige schlimme Stürme, Decky. Vermutlich wurden dein Zelt und deine Ausrüstung davongeweht.«

»Und warum kann ich mich an nichts mehr erinnern?«

»Du bist vermutlich hingefallen und hast dir den Kopf angeschlagen. Den Eierschalen nach zu urteilen, die dort, wo ich dich gefunden habe, verstreut lagen, hast du dich wohl von Eiern ernährt. Oder was hast du sonst noch gegessen?«

»Vor allem Seetang«, erwiderte Declan. »Und ich habe einmal einen Vogel erlegt. Und einen Hasen.«

Natasha griff nach Declans Bein und drückte es. »Wie auch immer, Liebling. Das Wichtigste ist, dass ich jetzt wieder da bin und mich richtig gut um dich kümmere.«

Natasha parkte den Wagen vor den *Glasgow Lofts,* einem Gebäude, in dem man möblierte Wohnungen tageweise mieten konnte. Ihre Wohnung hatte ein Schlafzimmer mit einem großen Bett, war mit modernen Ledermöbeln eingerichtet und verfügte über eine Küche mit einer Arbeitsplatte aus Granit.

»Liebling, warum stellst du dich nicht noch einmal unter die Dusche, während ich unsere Sachen auspacke? Und dann organisiere ich uns etwas zu essen. Du musst am Verhungern sein«, sagte Natasha.

Declans Magen knurrte tatsächlich bereits.

»In Ordnung«, sagte er.

Sobald Natasha das Rauschen der Dusche hörte, schlüpfte sie schnell ins Wohnzimmer und durchschnitt das Fernsehkabel. So würde Declan nicht zufällig Nachrichten aus der Welt dort draußen aufschnappen. Sie packte ihren Koffer aus und legte ihr Hochzeitsfoto auf das Bett, so dass Declan es sehen konnte. Je mehr ihn daran erinnerte, dass sie verheiratet waren, desto besser. Sie überlegte, was noch alles zu erledigen war. Zuerst Essen. Dann Klamotten und einen Koffer für Declan. Dann ein Passfoto. Die Wohnung lag zentral inmitten des Einkaufsviertels, weshalb all diese Dinge nicht schwer zu besorgen sein würden.

»Okay, Liebling. Ich muss noch einige Besorgungen machen«, sagte Natasha, als Declan aus dem Badezimmer trat. »Entspann dich einfach. Das Fernsehen funktioniert nicht, aber es gibt jede Menge DVDs.«

Sie nahm Declans Hand und dachte bei sich, dass er beinahe wie ein kleines Kind wirkte. Sie suchte einen Actionfilm aus und legte ihn für ihn ein.

»Ich bin gleich wieder da«, sagte sie.

Declan nickte. »Klar.«

Sobald die Eingangsmusik erklang, hörte Declan plötzlich Melodien in seinem Kopf. Noten und Teile von verschiedenen Musikstücken schwirrten umher. Die Musik war irgendwie Teil seines Lebens.

Genau gegenüber der Wohnung befand sich eine Primark-Filiale. Natasha eilte durch die Gänge und warf eine Auswahl von Männerkleidung in ihren Einkaufswagen: Strümpfe, Unterwäsche, Hemden, Hosen, einige Pullover, ein Paar Schuhe, eine dünne Jacke und schließlich einen Koffer. Nachdem sie alles in den Koffer gepackt hatte, suchte sie einen Lebensmittelladen auf, um die notwendigsten Grundnahrungsmittel und einige Tiefkühlprodukte zu kaufen. Schließlich besorgte sie in einem Spirituosenladen zwei Flaschen Wein. Beladen mit ihren Einkäufen machte sie sich auf den Weg zurück in die Wohnung. Als sie durch die Tür trat, hörte sie Pistolenschüsse. Die DVD plärrte lautstark vor sich hin, doch zu ihrem Entsetzen war die Wohnung vollkommen leer. Declan war verschwunden.

kapitel dreiundvierzig

Joan durchstöberte die Truhe im Flur, in der sie die alten Fotoalben aufbewahrte. Auch sie gehörten längst der Vergangenheit an. Schließlich fand sie, wonach sie gesucht hatte. Das Album enthielt Kinderfotos von Declan. Declan auf einem Dreirad. Declan, dem die beiden vorderen Schneidezähne fehlten. Declan in einem aufblasbaren Swimmingpool. Die Erinnerungen brachen über sie herein. Was hatte Byron zu ihr gesagt? Die Toten konnten den Lebenden noch lange Kummer bereiten? Declans Tod hatte sowohl sie selbst als auch Elizabeth ohne Zweifel in große Trauer gestürzt, doch abgesehen davon gab es ja auch noch die beiden armen Kinder, die nun ohne Vater aufwachsen mussten.

Joan weinte leise, während sie das Album durchblätterte. So viele Jahre waren hier auf Papier gebannt. Sie war sich ziemlich sicher, dass sie eine Haarsträhne aufbewahrt hatte, nachdem sie das erste Mal mit Declan beim Friseur gewesen war. Ja, da war sie, eingewickelt in Seidenpapier. So zart. Sie sog den kaum merklichen Geruch nach Haarshampoo und Unschuld ein. *Ach, mein allerliebster Sohn,* murmelte Joan vor sich hin, während die Tränen über ihr Gesicht kullerten. *Mein aller-, allerliebster Sohn.*

Effie stürzte in das Übergangsbüro von *Rags 'n' Beats* und drückte Peabody einen Kuss auf den Kopf.

»*Du* – mein Lieber – bist ein absolutes Genie«, erklärte sie ihm. »Er liebt es. Er liebt dein Layout.« Sie wandte sich an Elizabeth.

»Schätzchen, wir sind im Geschäft.«

Effie hatte gerade eine Besprechung mit John Sweeney hinter sich, einem potenziellen Investor, der Millionen mit einem sehr erfolgreichen Brettspiel gescheffelt hatte. Effie hatte also genügend Kapital aufgetrieben, um ihr Magazin aus der Taufe zu heben.

»Das ist ja fantastisch, Effie«, sagte Elizabeth und umarmte sie. »Das sind tolle Neuigkeiten.«

Effie tanzte durchs Büro.

»Es gibt Leute, die nehmen an einer Parade teil, es gibt Leute, die sehen bei einer Parade zu, und es gibt Leute, die wissen nicht einmal, dass eine Parade stattfindet«, erklärte Effie stolz.

»Und wir führen die Parade an«, lachte Elizabeth.

»Ihr habt eine Gruppe vergessen«, erklärte Peabody.

»Und die wäre?«, fragten Effie und Elizabeth gleichzeitig.

»Die Leute, die wissen, dass eine Parade stattfindet, die sich aber einen Scheiß darum kümmern«, erwiderte er.

»Und du gehörst zu dieser Gruppe?«, fragte Elizabeth.

»Absolut«, antwortete Peabody und wandte sich wieder seinem Computer zu.

Es stellte sich heraus, dass Peabody für ihr Unternehmen unbezahlbar war. Er war kreativ, arbeitete hart und hatte einen teuflischen Sinn für Humor. Deshalb hatten die beiden Frauen auch beschlossen, ihm eine Vollzeitstelle anzubieten.

»Glaubst du, es ist in Ordnung, wenn ich Mr. Sweeney auch zu der Party einlade?«, fragte Effie.

»Sicher, warum nicht?«, erwiderte Elizabeth.

Die beiden Freundinnen gaben eine Cocktailparty zu früher Stunde, um ihr gemeinsames Zuhause einzuweihen. Und nun konnten sie auch die Geburtsstunde von *Rags 'n' Beats* feiern. Zusammen waren Elizabeth und Effie ein mächtiges Gespann.

Natasha versuchte, sich nichts anmerken zu lassen, als sie den Portier fragte, ob er Declan gesehen habe.

»Er ist in etwa so groß wie Sie und trägt eine Mütze und eine dunkle Sonnenbrille«, sagte sie.

»Ja«, antwortete dieser. »Er ist vor etwa zwanzig Minuten zur Tür hinaus.«

»In welche Richtung ist er gegangen? Konnten Sie das vielleicht sehen?«

»Nach links.«

»Danke.«

Natasha bog in die Buchanan Street ein und sah sich hektisch um. Junge Mütter schoben ihre Babys in Kinderwagen vor sich her, Schulkinder in Schottenröcken folgten in Zweierreihen ihren Lehrern, Jungen schossen auf ihren Fahrrädern vorbei, und eine Gruppe älterer Damen betrat gerade eine Teestube, doch von Declan fehlte jede Spur. Natasha beschloss, es in der Sauchiehall Street zu versuchen, der größten Einkaufsstraße Glasgows. Sie lag nur einen Block entfernt. Was zum Teufel hatte sich Declan bloß dabei gedacht? Nun, er schien überhaupt nicht zu denken. Offensichtlich musste sie das Denken für sie beide übernehmen.

Natasha bog um die Ecke. Plötzlich hörte sie die ansteckenden lateinamerikanischen Klänge einer Band, die etwas weiter die Straße hinunter spielte. Ihrem Gefühl folgend eilte sie in die Richtung, aus der die Musik kam. Schließlich entdeckte sie eine kleine Menschenmenge, die sich um die Gruppe südamerikanischer Musiker versammelt hatte. Und natürlich war da auch Declan, der im Takt mitwippte.

Natasha trat neben ihn, als die Band gerade ihren Auftritt beendete. Die Menschen applaudierten und warfen Münzen in einen offenen Gitarrenkoffer.

»Hey, Mann. Spielst du auch?«, fragte einer der Musiker Declan.

»Nein, das tut er nicht«, antwortete Natasha, noch bevor Declan etwas sagen konnte. Dann packte sie ihn am Ellbogen und zog ihn fort.

»Declan, was zum Teufel sollte das? Ich habe dir doch gesagt, dass du in der Wohnung bleiben sollst. Verstehst du denn nicht? Die Polizei sucht nach dir.«

»Aber mit der hier erkennt mich doch niemand«, erwiderte Declan und deutete auf seine Sonnenbrille.

»Das reicht nicht. Es ist zu gefährlich. Wohin wolltest du überhaupt?«

»Ich wollte mir die *Glasgow Concert Hall* ansehen. In einem der Magazine in unserer Wohnung war ein Artikel darüber.«

Das war kein gutes Zeichen. Ein Teil von Declan wurde von der Musik magisch angezogen. Natasha musste sich beeilen.

Auf der gegenüberliegenden Straßenseite befanden sich gleich zwei Läden, die sie unbedingt aufsuchen mussten: ein Friseur und ein Fotograf. Doch zuerst zum Friseur. Der Laden war leer. Angelo, der Friseur, hob den Blick von seinem Sudoku-Rätsel, als das junge Paar den Laden betrat. Der Mann kam ihm sehr bekannt vor. Er sah aus wie dieser Sänger, der bei einem Hubschrauberabsturz ums Leben gekommen war. Er wollte ihn gerade darauf ansprechen, doch Natasha unterbrach ihn.

»Ja, das wissen wir. Er wird ständig mit diesem Kerl

verwechselt. Es nervt mittlerweile ziemlich, deshalb wollen wir einen vollkommen neuen Look«, erklärte sie.

Angelo führte Declan zu einem Stuhl und breitete ihm einen Plastikmantel über die Schultern. Natasha warf einen schnellen Blick auf die Magazine auf dem Tresen.

Gott sei Dank waren es allesamt Sportmagazine.

»Schneiden Sie alles ab«, befahl sie Angelo.

Angelo warf Declan über den Spiegel einen Blick zu und hob die Augenbrauen.

»Wollen Sie das wirklich? Alles ab?«

Declan nickte und schloss die Augen, während sich Angelo an die Arbeit machte. Bald schon fielen Declans dichte Haare in dunklen Strähnen zu Boden. Sein kahler Kopf glänzte, nachdem Angelo ihn mit Öl nachbehandelt hatte.

»Und jetzt der Bart«, befahl Natasha. »Er gehört geschnitten, aber nicht zu kurz.«

Ziemlich herrschsüchtig, dachte Angelo. Doch nachdem der junge Mann keine Einwände erhob, folgte er ihren Anweisungen.

»Wunderbar«, erklärte Natasha, nachdem Angelo fertig war. Declan fuhr sich mit den Händen über seinen nackten Schädel.

»Fühlt sich seltsam an«, sagte er.

»Ja, Liebling«, erwiderte Natasha. »Und ich sage es dir nur ungern, aber so siehst du noch heißer aus.«

Angelo zwinkerte Declan zu. »Die Dame weiß, was ihr gefällt.«

Drei Läden weiter befand sich ein Fotograf, der laut Werbeschild auch Passbilder anfertigte.

»Da hinein, Decky«, sagte Natasha, während sie die

Tür aufdrückte und ihn in den Laden schob. Eine hübsche Japanerin versicherte ihnen, dass Declans Foto die richtige Größe für einen kanadischen Pass haben würde. Declan setzt sich auf einen Stuhl und starrte, ohne zu lächeln, in die Kamera, während das Mädchen den Auslöser drückte und die Kamera blitzte. Zwanzig Minuten später hielten sie die mit einem Stempel versehenen Fotos in den Händen. Natasha hoffte sehr, dass das Mädchen Declan nicht wiedererkannt hatte, doch es schien nicht so, als würde sie ihn kennen. Außerdem war sie gerade damit beschäftigt, mit jemandem Textnachrichten auszutauschen.

Natasha drängte Declan zurück in ihre Wohnung, wo sie eine Quiche aufwärmte. Es machte Natasha nichts aus, dass Declan den Großteil alleine aß. Die Aufregung über das, was ihr bevorstand, war so groß, dass sie keinen Hunger verspürte. Sie schenkte ihnen beiden ein Glas Wein ein.

»Also, Decky, ich will, dass du mir jetzt beim Leben unserer Kinder schwörst, dass du die Wohnung nicht wieder verlässt«, sagte Natasha. Declan sah plötzlich zwei engelsgleiche Kinder vor sich, die lachten, während er sie kitzelte.

»Sicher. Es tut mir leid«, erwiderte Declan. »Ich wollte bloß raus, das ist alles.«

»Bald schon kannst du hingehen, wo auch immer du willst«, sagte Natasha. »Aber jetzt ist es äußerst wichtig, dass du in der Wohnung bleibst. Vertrau mir.«

Natasha trank ihren Wein aus. Sie hatte bereits bemerkt, dass Declan seinen nicht angerührt hatte, deshalb leerte sie auch sein Glas.

»Ich muss jetzt eine Weile fort, Liebling«, sagte sie und

drückte ihm einen Kuss auf den rasierten Kopf. »Und du versprichst mir …«

»Ja, ja«, erwiderte Declan. »Ich bleibe hier.«

»Gut.«

Auf ihrem Weg nach draußen sah Natasha, dass noch immer derselbe Portier Dienst hatte.

»Sie arbeiten aber lange«, sagte sie und lächelte ihn an.

»Doppelschicht«, erwiderte er mürrisch.

»Haben Sie einen Stift und ein Blatt Papier für mich?«, fragte Natasha.

»Sicher«, sagte er und gab ihr, wonach sie verlangt hatte. Sie schrieb ihre Telefonnummer auf und gab sie ihm.

»Wenn mein Freund die Wohnung noch einmal verlässt, rufen Sie mich bitte an.«

»Klar.«

Natasha gab ihm eine Fünfpfundnote. »Das hier ist für die Umstände. Mein Freund erholt sich gerade von einer schweren Gehirnoperation. Der Tumor war so groß wie eine Grapefruit. Er soll das Haus nicht ohne Begleitung verlassen.«

Der Mann nickte und fuhr damit fort, seine Unterlagen zu sortieren.

Geschafft, dachte Natasha. Dann fragte sie sich kurz, warum Tumore eigentlich immer so groß wie eine Grapefruit waren und nie so groß wie eine Pflaume oder eine Weintraube. Nicht, dass es eine verdammte Rolle spielte. Sie hob den Arm, um sich ein Taxi zu rufen.

»Also, Mädel. Wohin fahren wir?«, grunzte der Taxifahrer.

»Ins *Brazen Boar*«, antwortete Natasha. »Im Süden der Stadt.«

»Bist du dir sicher, Mädel? Das ist ein ziemlich wilder Laden.«

»Ja, ich bin mir sicher«, erwiderte Natasha. Dann kam ihr ein amüsanter Gedanke. »Ich mag es gerne wild.« Sie dachte wieder an Declan. Er hatte es geliebt, wenn sie es wild miteinander trieben. Sie freute sich bereits wieder darauf.

Das *Brazen Boar* befand sich definitiv in einer der schäbigsten Gegenden Glasgows. Alte, von Unkraut überwucherte Eisenbahnschienen führten direkt daran vorbei. Natasha vermutete, dass das Gebäude einmal ein Bahnhof gewesen war, bevor man es in ein Pub umgewandelt hatte. Sie wollte gerade aus dem Taxi steigen, als ihr der Fahrer eine Karte in die Hand drückte.

»Ruf mich an, falls du in Schwierigkeiten gerätst. Und pass gut auf dich auf, Mädel. Dort drinnen wimmelt es von Dieben und Gaunern.«

»Danke«, sagte Natasha und nahm die Karte. Sie strich ihren Rock glatt, atmete tief ein und marschierte in die Bar. Hinter der Theke stand eine blonde mürrische Frau.

»Was willst du?«, fragte sie, während sie die Theke mit einem grauen zerrissenen Tuch sauberwischte.

»Einen Martini. Pur mit Schuss«, sagte Natasha.

Die Frau grinste sie an. Sie rief dem Mann, der gerade hinter ihr Flaschen einsortierte, über die Schulter etwas zu.

»Hey, Ray. Die Tussi hier will 'nen Martini.« Sie hielt kurz inne, um die Spannung zu erhöhen, bevor sie mit sarkastischem Unterton fortfuhr: »Mit Schuss.«

Ray, ein großer Kerl mit abgekauten Fingernägeln, schlenderte auf Natasha zu.

»Mit Schuss?«

Natasha nickte.

»Mal überlegen.« Der Mann nahm seine Finger zu Hilfe, um ihr die Möglichkeiten aufzuzählen.

»Willst du einen Schuss Pfefferminze, einen Schuss Schokolade oder einen Schuss von mir?«

Mehrere von Rays Saufkumpanen, die an der Theke saßen, brachen in heiseres, johlendes Gelächter aus.

»Mit einem Schuss *Zitrone*«, erwiderte Natasha, die sich bereits wünschte, sie hätte einfach ein Bier bestellt.

Ray lehnte sich über die Theke und sah Natasha in die Augen.

»Wir haben hier keine verdammte Zitrone. Wo zum Teufel glaubst du, dass du hier gelandet bist? Im verdammten Ritz, oder was?«

Die Männer an der Bar lachten schallend.

»Egal«, antwortete Natasha schnell. Sie deutete auf einen älteren Mann, der alleine am anderen Ende der Bar hinter einem Glas mit einer dunklen Flüssigkeit saß.

»Ich nehme das Gleiche wie der dort drüben.«

»Hey Enoch, sie will was von dir!«, rief Ray dem Mann zu.

Die Männer begannen daraufhin, mit den Knöcheln auf die Theke zu trommeln, und skandierten lautstark: »Enoch, Enoch, Enoch, Enoch.«

Enoch war der Name des Mannes, den Natasha suchte. Ihre Zellengenossin Barbara »Maus« Fellen hatte ihr gesagt, wo sie ihn finden würde. Sie meinte, dass man ihn leicht erkennen konnte, weil er immer irgendwo auf seinen Kleidern ein Marihuanablatt als Erkennungszeichen trug. Ja, jetzt sah sie es. Ein winziges grünes Plastikblatt auf dem Revers seiner ausgebleichten Jacke. Natasha rutschte von ihrem Barhocker, ließ die johlenden und pfeifenden Witzbolde an der Theke links liegen und setzte sich zu Enoch.

»Enoch«, flüsterte sie. »Barbara Fellen schickt mich.«

Enoch riss überrascht die Augen auf.

»Babs? Mein kleines Mädchen?« Er nahm einen Schluck von dem braunen Getränk. »Sie sitzt im Knast«, sagte er schließlich niedergeschlagen.

»Ja, ich weiß. Ich war auch dort«, erklärte Natasha. »Sie war meine Zellengenossin. Ist sie deine Tochter?«

Enoch nickte kaum merklich.

»Sie redet nicht gerne von mir«, murmelte Enoch. »Meint, es wäre meine Schuld, dass sie kriminell wurde. Aber sie hatte den besten Lehrmeister.«

Natasha beschloss zu raten. »Dich?«

»Klar. Ich bin der Beste.«

Der Barkeeper stellte ein Glas mit einer braunen Flüssigkeit vor Natasha ab.

»Das macht dann fünf Pfund. Ist Enochs Spezialität. Guinness und Scotch.«

»Bring Enoch noch eine Glas davon und eines für dich«, sagte Natasha. Der Barkeeper knurrte missbilligend, doch er nahm das Geld.

»Also, meine Babs hat dir doch sicher das Codewort verraten«, sagte Enoch.

Natasha dachte einen Augenblick nach. Was war noch einmal das Codewort für einen gefälschten Pass? Ach ja, jetzt erinnerte sie sich.

»Flügel«, flüsterte sie.

»Lass uns da rüber in die Ecke gehen«, erklärte Enoch. »Wo uns niemand belauschen kann.«

Nachdem sie sich gesetzt hatten, lehnte sich Enoch verschwörerisch über den Tisch. »Welche Nationalität?«

»Kanada«, erwiderte Natasha.

Enoch nickte. »Fotos?«

Natasha schob sie über den Tisch.

»Ich bekomme jetzt sofort fünfhundert in bar und noch einmal fünfhundert bei Lieferung«, erklärte Enoch.

»Wie lange brauchst du?«, fragte Natasha.

Sie warf einen kurzen Blick hinüber zu den Männern an der Theke, doch sie waren mittlerweile mit einem Fußballspiel beschäftigt und grölten in Richtung des Fernsehers.

»Eine Woche«, erwiderte Enoch.

Natasha schüttelte den Kopf. »Ich brauche den Pass schon früher. Schaffst du es in drei Tagen?«

»Für ein wenig Extrakohle«, sagte Enoch.

»Noch einmal fünfhundert?«, bot Natasha an.

Enoch lächelte. Einer seiner Schneidezähne fehlte.

»Klar«, erwiderte er.

Natasha ging auf die Toilette, um die genaue Summe abzuzählen. Das hier war definitiv kein sicherer Ort, um mit so viel Geld gesehen zu werden. Sie ging zurück zum Tisch und hielt dabei die Banknoten fest umklammert. Dann ließ sie sie unauffällig in Enochs Tasche gleiten. Er tastete mit der Hand danach und schien sie mit den Fingerspitzen zu zählen.

»In Ordnung. Das wär's dann«, sagte er. »Trink aus, und ich begleite dich hinaus.«

Natasha nippte an ihrem Glas und verzog das Gesicht. Es war eine ekelerregende Mischung aus Bier und Scotch. Sie gab Enoch das Glas. »Hier, trink du.«

Enoch leerte das Glas mit einigen großen Schlucken. Dann rülpste er laut.

»Dann sehen wir uns also in drei Tagen. Selbe Zeit?«

»Nein«, erwiderte Natasha. Der Gedanke, noch einmal in diese Gegend zurückzukehren, missfiel ihr.

»Kennst du die *Glasgow Lofts*? In der Buchanan Street?«, fragte sie.

Enoch dachte einen Augenblick lang nach. »Aye.«

»Bring den Pass dorthin. Wir treffen uns am Mittwoch um drei Uhr in der Lobby«, sagte Natasha. Sie holte eine Zehnpfundnote aus ihrer Handtasche und gab sie ihm.

»Das hier ist für die Umstände. Nimm dir ein Taxi.«

»In Ordnung«, erwiderte Enoch.

So weit, so gut, dachte Natasha.

kapitel vierundvierzig

Declan schlief auf der Couch, als Natasha zurück in die Wohnung kam. Sie ging mit ihrem Laptop online und buchte für Donnerstagnachmittag zwei Flüge nach Toronto. Dann schrieb sie eine schnelle E-Mail an ihren Vater, um ihm mitzuteilen, dass sie wieder nach Hause kam, und um herauszufinden, ob er da war. Er antwortete mehr oder weniger unmittelbar und erklärte ihr, dass er auf Geschäftsreise in Dubai sei und erst am Samstag wiederkommen würde. *Gut,* dachte Natasha. Das waren wunderbare Neuigkeiten. Sie schrieb noch eine weitere E-Mail an ihren Vater, in der sie ihm erklärte, dass sie sich seinen SUV ausleihen würde, um Freunde zu besuchen. »Wie war deine Reise?«, fragte er daraufhin. Sie antwortete, dass sie sogar noch besser verlaufen war als erhofft, und schickte ihm noch jede Menge guter Wünsche und Küsse. Sie musste den alten Herrn bei Laune halten. Ihr Plan schien zu funktionieren.

Declan gähnte und streckte sich auf der Couch aus. Er war von der Taille aufwärts nackt. Natasha bewunderte seinen schlanken, jugendlichen Körper. Sein glattrasierter Schädel machte ihn noch anziehender als ohnehin schon. Ein paar regelmäßige Mahlzeiten hatten ihn wieder zu Kräften kommen lassen, und Natasha konnte sich gut vorstellen, dass er nun Appetit auf sie hatte. Sie klappte ihren Laptop zu und schmiegte sich an ihn. Sie war bester Laune und geil. Mein Gott, es war beinahe drei Tage her, seit sie mit diesem Kerl im Zug gevögelt hatte. Eine Frau hatte nun mal Bedürfnisse. Vielleicht würde Declan diese Bedürfnisse befriedigen. Sie ließ ihre Hände über seine Brust gleiten.

»Küss mich, Liebling«, flüsterte sie.

Declan tat, wie ihm geheißen. Ach, es war so himmlisch. Der berühmte Declan Thomas, ihr Ehemann, begehrte und küsste sie wie damals, als sie sich gerade erst kennengelernt hatten. Sie ließ ihre Hände genüsslich über seinen Kopf gleiten und war überrascht, dass ihr das Gefühl der Glatze unter ihren Fingern besser gefiel als seine dichten Haare.

Natasha biss Declan sanft in die Lippe.

Er zuckte überrascht zurück.

»Aua«, sagte er. »Wofür war das denn?«

»Komm schon, Decky. Du musst mich auch beißen. Das ist doch unser kleines Spiel.«

»Tatsächlich?«, fragte Declan.

»Ja, du weißt doch, dass mir das gefällt.«

Natasha schlüpfte aus ihrem Top und schälte sich aus ihrem Rock. Nun trug sie nur noch einen schwarzen Spitzen-BH und einen Stringtanga. Sie setzte sich rittlings auf Declan, bevor sie ein Körbchen ihres BHs nach unten zog, so dass eine dunkle Brustwarze zum Vorschein kam.

»Du weißt, wie gerne du daran saugen würdest, Declan. Du weißt, dass du gerne hineinbeißen würdest.«

Natasha lehnte sich nach vorne, so dass ihre Brustwarze Declans Mund berührte. Er umfasste sie mit den Lippen und begann leidenschaftlich zu saugen.

»Ja, genau so«, stöhnte Natasha. Sie lehnte sich zurück und zog ihren String zur Seite, damit er das Ergebnis ihrer brasilianische Wachsbehandlung begutachten konnte.

»Das ist, was du willst, nicht wahr, Declan? Das ist, was du immer wolltest. Mich. Und niemanden sonst.«

Declan starrte zwischen ihre Beine. Natasha spürte, dass sie immer feuchter wurde. Sie konnte es kaum noch erwarten, seinen Schwanz in sich zu spüren. Er würde sie vögeln. Sie und niemanden sonst. Sie lehnte sich zurück und griff nach seinem Penis, doch dann hielt sie inne und sah ihn erstaunt an.

»Was ist los, Decky? Wo ist deine Erektion?« Es gab keine Erektion, die bloß darauf wartete, von ihr in die Hand genommen zu werden. Declans Penis war so weich wie nur irgend möglich.

Natasha öffnete den Reißverschluss seiner Jeans und nahm ihn in den Mund. Doch egal wie sehr sie sich auch bemühte, er wurde nicht hart. Sie hatte schon von solchen Dingen gehört, doch es war ihr selbst noch nie passiert. Sie war wie vor den Kopf gestoßen. Hatte sie ihre Anziehungskraft verloren? Nachdem sie noch einige Male versucht hatte, ihn zu erregen, gab Natasha schließlich auf.

»In Ordnung, Decky«, sagte sie. »Bleib einfach liegen und sieh mir zu.«

Natasha holte einen Vibrator aus ihrem Koffer und setzte sich Declan gegenüber auf einen Stuhl. Sie spreizte die Beine, schaltete den Vibrator an und bewegte ihn schnell zwischen ihren Beinen auf und ab. Als sie kurz vor dem Orgasmus stand, ließ sie den Vibrator in sich gleiten, während sie sich weiter mit den Fingern befriedigte.

Sie bäumte sich nach hinten und schrie vor Lust auf.

»Jetzt vögelst du mich, Declan. Du vögelst mich mit aller Gewalt. Du besorgst es mir, Liebling. Jaaaa!«

Doch Declan besorgte es ihr absolut nicht. Der Vibrator erledigte das, was er nicht konnte oder wollte. Er sah ihr unbeteiligt zu und schien weder erregt noch abgestoßen. Nachdem sie fertig war, kniete sich Natasha neben ihn.

»Was ist passiert, Declan? Ist dein Schwanz gebrochen?«, fragte sie.

»Ich weiß es nicht«, sagte Declan. »Ich kann es mir nicht erklären.« Dann fuhr er fort: »Wie so viele andere Dinge auch. Die Narbe. Die Brandwunde.«

»Ich sehe mal nach«, sagte Natasha. Sie googelte »Penisbruch«, doch das schien ein äußerst seltenes Problem zu sein. Als Nächstes versuchte sie es mit »weicher Penis«. Der medizinische Fachausdruck lautete scheinbar »erektile Dysfunktion«, und nachdem sie einige Beiträge von Ärzten und Betroffenen gelesen hatte, erkannte Natasha, dass es sich um ein psychisches Problem handelte. Declan war enormem Stress ausgesetzt gewesen, und nun sollte er mit einem falschen Pass und unter falschem Namen heimlich das Land verlassen. Natasha beschloss, dass alles wieder in Ordnung kommen würde, sobald sie ihn nach Hause gebracht hatte. An einen sicheren Ort, gemeinsam mit seinen Kindern. Mit *ihren* Kinder. Dann wären sie eine glückliche Familie, und Declan würde sie so oft und leidenschaftlich vögeln, wie sie es wollte.

Enoch tauchte zur vereinbarten Zeit auf. Der Portier rief in Natashas Wohnung an, um ihr mitzuteilen, dass ein Gentleman auf sie wartete, wobei er das Wort Gentleman kaum merklich betonte.

Natasha nahm den Umschlag mit den fünfhundert Pfund und ging hinunter in die Lobby. Gott sei Dank hatte sie Maus kennengelernt, denn sonst hätte sie keine Ahnung gehabt, woher sie einen gefälschten Pass bekommen sollte. Sie sagte sich, dass wohl alles Bestimmung gewesen war. Das Schicksal hatte beschlossen, dass sie und Declan füreinander bestimmt waren. Sie hatte den Entschluss gefasst, sich ihm nicht mehr sexuell zu nähern, bis sie ihn sicher zurück nach Kanada gebracht und er sich eingelebt hatte.

Enoch wartete in der Lobby. Er trug ein mit Marihuana-Blättern besticktes Haarband, unter dem seine dünnen Haare wie Rauch hervorquollen.

»Bitte sehr«, sagte er und gab ihr ein kleines Päckchen. Natasha riss es auf. Der Pass war eine exzellente Fälschung. Declan hieß nun offiziell *John Beatty.*

»Wunderbar, danke«, sagte sie. Dann gab sie ihm den Umschlag. Enoch warf einen schnellen Blick auf den Inhalt.

»Es war mir eine Freude, mit dir Geschäfte zu machen. Wenn du Babs wieder einmal zu Gesicht bekommst, sag ihr, dass ich nach ihr gefragt habe.«

»Klar«, erwiderte Natasha. Enoch tippte sich zum Gruß mit zwei Fingern an die Stirn und schlurfte davon.

Perfekt, dachte Natasha. Jetzt mussten sie es nur noch durch die Grenzkontrolle schaffen.

Der Grenzbeamte warf bloß einen flüchtigen Blick auf die Fotos in den Pässen des jungen Paares vor ihm. Er war viel mehr damit beschäftigt, die Frau anzustarren. Ein exotisches Wesen mit wilden, mandelförmigen Augen, die katzenhaft leuchteten.

»Was ist der Grund Ihrer Reise?«

Natasha schmiegte sich an Declans Arm.

»Reines Vergnügen«, erwiderte sie und sah lächelnd zu ihm hoch.

Du verdammter Glückspilz, dachte der Grenzbeamte. Er versah die beiden Pässe mit einem Stempel und rief schließlich: »Der Nächste!«

Declan und Natasha wandten sich ab.

»Mr. Beatty, Mr. Beatty?«

Glücklicherweise war Natasha geistesgegenwärtig genug, um stehen zu bleiben.

Der Grenzbeamte wedelte mit einem Blatt Papier durch die Luft.

»Das hier werden Sie noch brauchen. Ihre Zollabfertigung.«

Der Beamte warf Declan einen misstrauischen Blick zu.

»Er reagiert nicht wirklich auf seinen Namen, nicht wahr?«, fragte er Natasha.

Sie deutete auf Declans Glatze, die unter der Kappe hervorblitzte.

»Er hatte eine Gehirnverletzung«, flüsterte sie. »Eigentlich sollte er sich auf unserer Reise davon erholen.«

Der Grenzbeamte nickte.

»Na gut. Aber nehmen Sie das hier bitte mit.«

Der Grenzbeamte sprach so laut, als ob Declan taub wäre.

»Hier. Passen Sie gut darauf auf.«

Declan nahm das Formular und murmelte: »Danke.«

Sie waren wieder da. Sie hatten es geschafft. Sie waren sicher nach Kanada zurückgekehrt.

kapitel fünfundvierzig

Joan dachte aufgeregt an Elizabeths und Effies Cocktailparty. Sie war zwischen sechs und acht Uhr abends anberaumt, aber einige der Gäste würden zweifelsohne länger bleiben. Joan hatte sich bereit erklärt, die Kinder von einer Geburtstagsparty abzuholen und nach Hause zu bringen. Das bedeutete zwar, dass sie die Party früher verlassen musste, doch das machte ihr nichts aus. Sie hatte Byron eine E-Mail geschrieben, und er hatte geantwortet, dass er sie sehr gerne begleiten würde. Joan konnte es kaum erwarten, ihn Elizabeth vorzustellen. Sie war stolz auf ihn. Er sah gut aus. Er war intelligent. Er war charmant. Und sie hatte eine Entscheidung getroffen. Sie würde all ihren Mut zusammennehmen und ihn in ihr Bett einladen. Wenn er sie zurückwies, dann musste sie einfach damit leben.

Joan lag auf dem Wohnzimmerboden und streckte ihre Beine in die Höhe. Es war eine Yogaübung, um ihr Becken zu lockern. Es war so lange her, dass sie mit einem Mann zusammen gewesen war, dass sie hoffte, dass keine Fledermäuse aus der Höhle fliegen und ihn womöglich erschrecken würden. Sie ließ ihre Hand in ihre Hose und einen Finger in ihr Inneres gleiten. Sie war relativ feucht. Sicher würde seine Zuwendung sie noch mehr erregen und ihre Säfte zum Fließen bringen.

Joan lag flach auf dem Boden und konzentrierte sich auf ihre Atmung. Sie versuchte, an nichts zu denken, doch Byron tauchte immer wieder in ihren Gedanken auf. Sie erinnerte sich an das Gefühl, als seine festen Lippen ihre Wange berührt hatten, und an die elektrische Spannung, als er sie während des Basketballspieles in seinen starken und drahtigen Armen gehalten hatte. Würde sie es schaffen, ihn zu verführen? Würde er sie begehren? Was erwarteten sich Männer heutzutage im Bett? Sie war sich nicht sicher, aber was auch immer es war, sie würde es tun. *Ach, hör auf damit, Joan,* mahnte sie sich selbst. *Du machst dir zu viele Sorgen. Byron hat dich bis jetzt noch nicht einmal geküsst.*

Joan gab die Atemübungen schließlich auf und wusch sich die Hände. Dann holte sie ihre besten Laken aus ägyptischer Baumwolle hervor und bezog das Bett neu. Es wirkte wie eine frisch gewaschene, weiß leuchtende Einladung zum Sex. Sie dachte an die Party. Was zum Teufel sollte sie anziehen? Sie durchstöberte ihren Kleiderschrank und holte einige Kleider hervor, dir ihr angemessen erschienen. Sie hielt sie sich vor den Körper und betrachtete sich in ihrem mannshohen Spiegel. Sie kamen ihr langweilig vor. Sie brauchte etwas mit mehr Pfiff. Sie würde einkaufen gehen und zum Friseur. Vielleicht ließ sie sich sogar ein Make-up verpassen. Wenn sie schon bis zum Äußersten gehen wollte, dann konnte sie auch gleich das volle Programm durchziehen.

Nachdem Elizabeth die Kinder am Donnerstagmorgen in der Schule abgeliefert hatte, traf sie auf Miss Springfield.

»Guten Morgen«, strahlte Miss Springfield. »Heute ist ein wunderschöner Tag, und die Bäume zeigen sich in ihrer ganzen herbstlichen Pracht.«

»Ja«, pflichtete Elizabeth ihr bei. »Ich wünsche Ihnen auch einen guten Morgen. Ich bin froh, dass ich Sie treffe, Miss Springfield. Morgen Nachmittag dürfen die

Zwillinge mit den Jacksons nach Hause gehen. Sie besuchen zum ersten Mal eine Geburtstagsparty im Haus einer Freundin.«

»Nun, das ist sicher sehr aufregend für die beiden«, sagte Miss Springfield.

»Ich bringe Ihnen morgen die Erlaubniserklärung mit«, sagte Elizabeth.

»Ich werde es in meinem Notizbuch vermerken«, erwiderte Miss Springfield. »Ihre Kinder haben sich ja sehr gut eingewöhnt.«

»Ja, darüber bin ich sehr froh«, sagte Elizabeth. »Letztens meinte Jack: ›Je t'aime‹, als ich ihm einen Gutenachtkuss gab.«

»Sie sind wie kleine Schwämme«, sagte Miss Springfield und tippte sich an den Kopf.

»Dennoch würde ich Sie gerne um einen Rat bitten«, sagte Elizabeth.

Miss Springfields gepuderte Stirn legte sich in Falten.

»Ja?«, fragte sie.

»Die Zwillinge werden langsam ein wenig aufsässig«, sagte Elizabeth.

Miss Springfield nickte.

»Letztens hatte ich große Schwierigkeiten, sie anzuziehen und fertig für die Schule zu machen. Sie wollten sich einfach nicht anziehen.«

»Ach, meine Liebe. Dafür gibt es tatsächlich eine ganz einfache Lösung«, erklärte Miss Springfield. »Bringen Sie sie doch einfach einmal in ihren Schlafanzügen zur Schule.«

»Wirklich?«, fragte Elizabeth. »Aber wie soll das funktionieren?«

»Sie werden schon sehen«, erwiderte Miss Springfield. »Nehmen Sie einfach ihre Schulkleider in einem Beutel mit. Ich kann Ihnen versichern, dass Sie diese Probleme nie wieder haben werden.«

»In Ordnung«, sagte Elizabeth. »Ich werde es versuchen. Danke.«

»Keine Ursache, meine Liebe. Sie können sich jederzeit mit allen Problemen an mich wenden.«

Miss Springfield wandte sich ab, um in ihr Büro zurückzukehren. Da war etwas, was sie noch hatte tun wollen, aber nun hatte sie vollkommen vergessen, was es war.

»Ist das hier unser Haus?«, fragte Declan und betrachtete ehrfürchtig die imposante Villa in Rosedale. Natasha gab dem Taxifahrer ein Trinkgeld.

»Nein«, lachte sie. »Das Haus gehört meinem Vater. Wir bleiben bloß eine Nacht, bevor wir zu unserem Haus im Norden fahren.«

»Ach«, erwiderte Declan. »Und dort warten unsere Kinder auf uns?«

»Nein, sie sind bei deiner Mutter.« Natasha begann, eine Textnachricht auf ihrem Telefon zu verfassen. »Ich schreibe ihr bloß, dass wir wieder da sind. Wir holen die Kinder morgen von der Schule ab, aber vorher gönnen wir uns noch eine ruhige Nacht. Komm schon.«

Natasha führte Declan ins Haus, wo es vollkommen ruhig war und nach Möbelpolitur und Geld roch.

»Wir haben also ein Haus im Norden?«, fragte Declan.

»Ja«, antwortete Natasha.

»Ist es ruhig dort?« Declan hatte genug von den Menschenmassen. Obwohl sie in der ersten Klasse geflogen waren, hatten ihm die Enge im Flugzeug und der Lärm der Triebwerke zu schaffen gemacht. Sein Kopf begann immer wieder zu pochen, und er hatte immer noch das

Gefühl, als blieben seine Gedanken hinter einem Nebel verborgen.

»Aber ja«, erwiderte Natasha. »Es ist sehr ruhig. Und sehr abgelegen. Du wirst es lieben, Decky. Mein Vater hat es uns zur Hochzeit geschenkt.«

Natasha ließ eine Hand unter Declans Jacke und sein Hemd gleiten und genoss die verlockende Wärme seiner Haut. Sie zog ihn an sich und küsste ihn. Sie glaubte, eine kleine Regung unter dem Stoff seiner Jeans zu spüren. Ja, es war richtig gewesen, zu warten und ihm Zeit zu lassen. Bloß noch eine Nacht, sagte sie sich. Bloß noch eine Nacht, und alles, was sie begehrte, würde in greifbare Nähe rücken.

kapitel sechsundvierzig

Elizabeth erwachte aus einem tiefen und traumlosen Schlaf. Welcher Tag war heute? Ach ja, Freitag. Heute Abend veranstalteten Effie und sie ihre Cocktailparty. Sie rollte sich zur Seite und sah auf ihren Wecker. Warum hatte er nicht geklingelt? Oh, nein, sie hatte vergessen, ihn zu stellen. Es war bereits sieben Uhr dreißig. Sie hatte nur noch eine Stunde, um die Kinder zu wecken und sie für die Schule fertig zu machen. Sie warf sich ihren Morgenmantel über und steckte den Kopf durch die Türen der beiden Kinderzimmer.

»Kommt schon, ihr Schlafmützen. Es ist Zeit, aufzustehen.«

Elizabeth eilte nach unten in die Küche, wo sie Kaffee aufsetzte, und dann ins Badzimmer, um sich schnell zu duschen.

»Zieht euch für die Schule an, meine Lieblinge«, rief sie. Sie hatte ihnen am Abend zuvor ihre Kleider zurechtgelegt, und nun schlüpfte sie selbst in eine schwarze Wildlederhose und einen dazu passenden Rollkragenpullover. Sie hörte Effie im Obergeschoss. Heute würden sie das Haus für die Party auf Vordermann bringen. Die Caterer und der Florist kamen um vier Uhr. Ihre Putzfrau war bereits gestern hier gewesen, und alles war sauber und glänzte. Trotzdem gab es noch jede Menge zu tun.

»Jack. Camille. Beeilt euch und kommt herunter zum Frühstücken«, rief Elizabeth.

Jack betrat die Küche. Er trug noch immer seinen Schlafanzug.

»Warum bist du noch nicht angezogen?«, fragte Elizabeth mahnend.

»Ich will mich nicht anziehen«, sagte Jack und rieb sich die Augen.

Camille trat neben ihn. »Ich auch nicht«, ergänzte sie.

Elizabeth dachte an Miss Springfields Rat. Es war einen Versuch wert.

»In Ordnung«, sagte sie. »Dann geht ihr eben in euren Schlafanzügen zur Schule.«

Camille und Jack warfen einander einen überraschten Blick zu.

»Aber wir können doch nicht im Schlafanzug zur Schule gehen!«, erklärte Camille.

»Ich will nicht zur Schule. Mir ist schlecht. Mein Bauch tut weh«, sagte Jack.

»Meiner auch«, ergänzte Camille.

An diese Ausrede hatte sich Elizabeth bereits gewöhnt.

»Esst etwas, dann fühlt sich euer Bauch sicher gleich besser an«, sagte Elizabeth.

Heute war ein besonders unpassender Tag, um die Kinder zu Hause bleiben zu lassen. Elizabeth nahm an, dass sie die Aufregung im Haus spürten und einfach nichts versäumen wollten.

»Heute besucht ihr doch nach der Schule die Party bei den Jacksons«, erinnerte Elizabeth die beiden.

Jack sah Camille an.

»Ja!«, rief er begeistert.

»Ja!«, erwiderte Camille.

Elizabeth lächelte in sich hinein. Was auch immer der eine Zwilling tat, der andere machte es ihm nach.

Sie stellte gekochte Eier und Toast vor ihnen auf den Tisch.

»Und jetzt esst, meine Engel. Wir wollen doch nicht

zu spät kommen. Ich gehe bloß zwei Sekunden nach oben, um nach Effie zu sehen.«

Effie saß an ihrem Küchentisch. Sie trug einen Seidenkimono und hatte eine grüne Maske im Gesicht.

»Hi, du Hübsche«, scherzte Elizabeth. »Heute ist unser großer Tag.«

»Jawohl, Schätzchen«, antwortete Effie. Sie wollte gerade aufstehen, doch dann beugte sie sich schmerzerfüllt nach vorne.

»Aua!«, heulte sie.

»Was ist los?«, fragte Elizabeth besorgt.

»Verdammt!«, schrie Effie. »Meine Klitoris ist eingeschlafen. Es fühlt sich an wie tausend Nadelstiche. Aua.«

»Ich hasse es, wenn das passiert«, erwiderte Elizabeth lachend. »Ich würde dir ja anbieten, sie für dich zu massieren, doch das wäre wohl eher unpassend.«

Effie schlug die Beine übereinander und öffnete sie wieder, bevor sie meinte: »Du bist ohnehin nicht mein Typ.«

»Hör zu, Eff. Ich bringe jetzt die Kinder zur Schule und fahre danach im Weinladen vorbei, sobald er geöffnet hat. Wie viele Kisten *Veuve Clicquot* brauchen wir?«

»Zwei«, erwiderte Effie. »Nein, warte. Sagen wir drei. Wir werden schon eine Verwendung dafür finden.«

»In Ordnung«, sagte Elizabeth. »Wir sehen uns später.« Elizabeth wandte sich ab, während Effie noch immer die Beine übereinanderschlug und wieder öffnete und dabei leise vor sich hin fluchte.

Als Elizabeth wieder nach unten kam, hatten die Zwillinge ihr Frühstück bereits beendet.

»Okay, ihr beiden. Auf zum Auto.«

»Komm schon, Jack«, sagte Camille und nahm ihren Bruder an der Hand. »Wir gehen heute im Schlafanzug zur Schule.«

»Ich will nicht zur Schule«, sagte Jack abweisend. »Mein Bauch tut weh.«

»Meiner auch«, ergänzte Camille.

»Aber ihr wollt doch nicht die Party versäumen, oder?«, fragte Elizabeth.

»Nein!«, rief Camille und rannte um die Couch herum.

»In Ordnung«, sagte Elizabeth. »Dann lasst uns gehen.«

Sie packte die Kleider der Zwillinge in eine Tasche und zog den beiden ihre Jacken an. *Das wird sicher interessant,* dachte sie, während sie sie in ihren Kindersitzen festgurtete. Miss Springfield schien überzeugt, dass das die einfachste Lösung war, wenn sich Kinder nicht anziehen wollten.

Und sie hatte recht. Sobald sie die Schule betreten und ein paar Kinder zu kichern und mit dem Finger auf sie zu zeigen begonnen hatten, klammerte sich Jack an Elizabeths Bein.

»Ich will meine Sachen anziehen, Mummy«, flehte er.

»Ich auch«, ergänzte Camille.

Elizabeth schob die beiden in die Umkleidekabine vor der Turnhalle, und innerhalb weniger Minuten waren beide fertig angezogen.

Ja, ja, dachte Elizabeth. Miss Springfield hatte also recht gehabt. Elizabeth war sich sicher, dass Jack und Camille sich nie wieder weigern würden, sich anzuziehen. Sie brachte die Kinder zu ihrem Klassenzimmer und wollte gerade gehen, als sie Miss Springfield entdeckte.

»Danke für den Tipp mit den Schlafanzügen, Miss

Springfield«, sagte Elizabeth. »Ich glaube nicht, dass die beiden schon einmal so schnell angezogen waren.«

»Man nennt so etwas *logische Konsequenz*«, erklärte Miss Springfield. »Daran glauben wir hier. Solange es ihnen nicht weh tut, lassen wir sie tun, was immer sie möchten. Es ist ein wunderbares Lerninstrument.«

»Hier ist die Erlaubnis, dass die Jacksons die Zwillinge heute nach der Schule mit nach Hause nehmen dürfen«, sagte Elizabeth und gab Miss Springfield einen Umschlag.

»Wunderbar«, strahlte Miss Springfield. Sie hatte völlig vergessen, diese Information in ihrem Kalender zu notieren, doch sie würde nun gleich die Klassenlehrerin der Zwillinge informieren.

»Es ist ihre erste Party«, erklärte Elizabeth. »Ich hoffe, sie benehmen sich gut.«

»Ich bin mir sicher, dass alles gutgehen wird«, sagte Miss Springfield.

»Ich eigentlich auch«, erwiderte Elizabeth. »Ich bin bloß überfürsorglich.«

»Überfürsorglichkeit ist das Land, in dem moderne Mütter leben«, erklärte Miss Springfield freundlich.

Elizabeth warf einen letzten Blick durch die Tür in das Klassenzimmer der Zwillinge. Jack saß am Boden und malte. Camille zeigte ihrer besten Freundin Phoebe Jackson ihre Puppe.

Elizabeth versuchte, sich selbst zu beruhigen. Ihre Kinder waren bereits einige Male zum Spielen bei den Jacksons gewesen, während sie und Linda Jackson gemeinsam Tee getrunken hatten. Sie würden sehr gut ohne sie zurechtkommen.

Effie eilte geschäftig in Elizabeths Wohnung umher, um alles für die Party vorzubereiten. Sie schüttelte Kissen auf, richtete Lampen neu aus und stellte auf der hinteren Veranda Aschenbecher für die rauchenden Gäste bereit. Effie rauchte selbst ab und zu und verstand nicht, dass man tatsächlich süchtig danach werden konnte, dennoch machte es sie wütend, dass Raucher oft wie Aussätzige behandelt wurden. Warum mussten sich Restaurants und Bars nicht einfach entscheiden, ob sie ein Raucher- oder ein Nichtraucherlokal sein wollten? Dann konnten die Gäste selbst wählen, ob sie das Lokal aufsuchen wollten oder nicht. Es war zum Verrücktwerden.

Effie trug einige ausgewählte Liköre und Spirituosen und einen Eimer für das Eis zur Kücheninsel. Um fünf Uhr dreißig würden der Barkeeper und drei Kellner eintreffen, die den Gästen Horsd'œuvres und Champagner servieren sollten. Etwa vierzig Personen hatten ihr Kommen zugesagt. Effie war in der Modewelt genauso bekannt wie Elizabeth im Musikgeschäft. Zusammen waren sie ein unschlagbares Team. *Rags 'n' Beats* würde zu einem weiteren sensationellen Erfolg werden.

Jessica Mott, die Vorschullehrerin, fühlte sich plötzlich unwohl. Sie warf einen Blick auf die Uhr. Noch fünfundvierzig Minuten, dann war der heutige Schultag zu Ende. Ihre Klasse würde gleich wieder ins Klassenzimmer stürmen. Am Freitag verbrachten sie die letzte Unterrichtseinheit meist mit einem Spiel, doch heute fühlte sich Jessica nicht dazu in der Lage. Sie hatte das Gefühl, als müsste sie sich übergeben oder würde bald ohnmächtig. Vielleicht aber auch beides. Sie eilte den Flur hinunter zu Miss Springfields Büro und klopfte.

»Herein«, rief Miss Springfield.

»Es tut mir sehr leid, Miss Springfield, aber ich fühle mich nicht wohl«, sagte Jessica.

»Mein Gott, Sie sind ja so weiß wie eine Wand«, erwiderte Miss Springfield, dann fiel ihr Blick auf die Schweißtropfen auf der Stirn der jungen Frau.

»Gehen Sie sofort nach Hause«, befahl sie ihr.

»Sind Sie sicher? Ich könnte versuchen, noch zu bleiben, bis die Kinder abgeholt werden.«

»Nein, nein. Ist schon gut. Ich übernehme die Kleinen heute selbst«, sagte Miss Springfield. »Gehen Sie schon.«

»Danke«, erwiderte Jessica. Sie eilte ins Lehrerzimmer, um ihren Mantel zu holen, während sich Miss Springfield in das Klassenzimmer der Kleinsten begab und gerade rechtzeitig eintraf, als die Kinder aus der Turnhalle wiederkamen.

»Gut, Kinder. Wir lesen jetzt eine Geschichte«, erklärte sie und klatschte in die Hände. »Setzt euch in einem Kreis auf den Boden.«

Sie wartete, bis sich alle Kinder gesetzt hatten, und las ihnen eine Geschichte über eine abenteuerlustige französische Maus vor.

Einige Minuten bevor die Glocke an diesem Tag zum letzten Mal läuten sollte, erinnerte sich Miss Springfield daran, dass sie noch einen Termin mit einem der größten Gönner der Schule hatte. Sie konnte ihn kaum warten lassen. Also rief sie die Schulkrankenschwester an, eine Portugiesin namens Suzanne, die sie erst vor kurzem eingestellt hatte.

»Suzanne, würde es Ihnen etwas ausmachen, unsere Kleinsten heute zu beaufsichtigen, bis sie von ihren Eltern abgeholt werden? Ich habe noch einen Termin.«

»Nein, Miss Springfield«, erwiderte Suzanne. »Ich komme gleich zu Ihnen.«

Miss Springfield gab Suzanne die Mappe mit den Fotos der Personen, die berechtigt waren, die Kinder abzuholen.

»Sie müssen bloß sicherstellen, dass das Foto mit der Person übereinstimmt, die die Kinder abholt«, erklärte Miss Springfield.

»Sicher. Kein Problem«, erwiderte Suzanne. Während sie sich auf den Weg zu ihrer Besprechung machte, hatte Miss Springfield plötzlich das Gefühl, dass sie vergessen hatte, Suzanne etwas Wichtiges zu sagen. Wurde sie langsam, aber sicher zerstreut?

Natasha lenkte den SUV schwungvoll in die Auffahrt vor Miss Springfields Schule und hielt an.

»Es ist das erste Klassenzimmer auf der rechten Seite«, erklärte Natasha Declan.

Declan schien ein wenig nervös.

»Was, wenn ich Jack und Camille nicht wiedererkenne?«, fragte er.

»Geh einfach«, erwiderte Natasha. Sie konnte es kaum erwarten, von hier zu verschwinden.

Am Vormittag hatte sie in einem Einkaufszentrum passende Kleidung für ihren Ausflug in den Norden gekauft. Nun waren ihre Koffer gepackt, und sie waren zur Abreise bereit.

Declan blieb in der Tür zum Klassenzimmer stehen und betrachtete die Kinder. Er fühlte sich schuldig, weil er sich nicht an ihre Gesichter erinnern konnte. Doch diese Gedanken waren nicht notwendig. Jack, der gerade mit einem Lego-Bahnhof spielte, hielt plötzlich inne und starrte zur Tür.

»Daddy!«, kreischte er schließlich, und Camille begann ebenfalls zu kreischen. Die beiden Kinder liefen auf ihn zu und warfen sich in seine Arme.

»Daddy, du hast es geschafft, aus der Kiste zu entkommen!«, rief Jack und sprang auf und ab.

»Daddy! Daddy! Daddy!«, kreischte Camille und klammerte sich an seinem Bein fest. Suzanne kannte die Zwillinge bereits, da sie einmal wegen Ohrenschmerzen bei ihr gewesen waren. Sie öffnete den Ordner unter dem Buchstaben H. Und dort fiel ihr Blick tatsächlich auf Declans Foto. Suzannes Blick wanderte von dem Foto zu dem Mann vor ihr und wieder zurück. Der Mann war dünner und trug eine Tweedmütze, doch es handelte sich offensichtlich um ein und dieselbe Person. Außerdem kreischten die Zwillinge ohne Unterlass »Daddy!«, seit sie ihn zu Gesicht bekommen hatten.

»Auf Wiedersehen«, verabschiedete sie sich von den beiden. »Ich wünsche euch ein schönes Wochenende!«

Natasha war äußerst erleichtert, als Declan mit den Kindern an der Hand aus der Schule trat. Die beiden hüpften neben ihm auf und ab. Sie erlaubte sich ein leises Lächeln. Langsam fuhren auch die anderen Eltern vor, und sie wusste, dass es unglaublich wichtig war, nun so schnell wie möglich auf die Schnellstraße zu kommen, doch zuerst musste sie noch etwas erledigen.

Declan schnallte die Kinder auf dem Rücksitz an. Natasha fuhr einmal um den Block und hielt schließlich vor einem Lebensmittelladen. Sie drückte Declan einen Zwanzigdollarschein in die Hand.

»Decky, hol uns doch etwas zu trinken für die Reise und ein paar Süßigkeiten für die Kinder.«

Sobald Declan im Inneren des Ladens verschwunden

war, drehte sich Natasha zu Jack und Camille um und starrte sie böse an.

»Jetzt hört mir genau zu, ihr beiden Bälger«, zischte sie. »Ab jetzt sagt ihr Mummy zu mir, verstanden?«

Jack und Camille starrten die seltsame Frau bloß an, ihre Augen waren vor Verwirrung und Angst weit aufgerissen.

»Wenn ihr nicht Mummy zu mir sagt, dann wird eure richtige Mummy tot sein. Sie wird *tot* sein. Verstanden?«

Jack und Camille stiegen die Tränen in die Augen.

»Und hier wird auch nicht geflennt«, sagte Natasha. »Also, wenn euer Daddy wiederkommt, wie nennt ihr mich dann?«

»Mummy«, erwiderten die Zwillinge einstimmig.

»Wunderbar. Ich sehe, wir verstehen einander«, sagte Natasha. Declan kam mit den Getränken und den Süßigkeiten zurück.

Natasha drehte sich um und gab den Zwillingen die Süßigkeiten.

»Und? Wie sagt man?«, fragte sie und schenkte ihnen ein strahlendes Lächeln.

»Danke«, flüsterten die beiden.

»Danke wer?«

»Danke, Mummy.«

Es war ein genialer Einfall gewesen, die Kinder dazu zu bringen, sie Mummy zu nennen, dachte Natasha. Sie tätschelte Declans Knie.

»Alles in Ordnung, Daddy?«, fragte sie.

Declan warf einen kurzen Blick auf die Kinder, die schweigend auf ihren Plätzen saßen. Er konnte kaum glauben, dass diese wohlerzogenen, unschuldigen Kinder zu ihm gehörten. Der Junge sah aus wie er, und das Mädchen ähnelte jemandem, den er einmal gekannt hatte. Es war ein richtiges Wunder. Er hoffte bloß, dass seine Erinnerung bald wiederkehren würde.

»Ja, ich denke schon«, sagte er.

»Okay, dann lass uns fahren«, erwiderte Natasha und fuhr los.

In drei Stunden würden sie das Blockhaus ihrer Familie erreichen. In drei Stunden würden sie zu Hause sein, und Natashas Traum von einem perfekten Eheleben mit Declan und ihren beiden Kindern würde endlich wahr werden.

Linda Jackson war einigermaßen verblüfft, als sie erfuhr, dass Jack und Camille bereits abgeholt worden waren.

»Ihre Eltern waren hier«, erklärte Suzanne, die Krankenschwester.

Linda mochte Elizabeth Harding nicht sonderlich gerne. Zunächst einmal war sie einfach zu attraktiv. Und obwohl sie immer außerordentlich freundlich gewesen war, hielt Linda Elizabeth für ein wenig hochnäsig. *Sie hat wohl ihre Meinung geändert und lässt die Kinder nun doch nicht zur Party kommen,* dachte Linda. *Sie hätte zumindest anrufen können.* Aber eigentlich war es keine große Sache. Nun musste sie sich anstatt um zehn bloß um acht Kinder kümmern. Das war auch in Ordnung.

Elizabeth sprühte sich ein wenig von Cartiers *Pasha* in den Nacken und auf die Handgelenke. Es war ein himmlischer, aber teurer Duft. Sie rieb ihre Handgelenke aneinander und strich mit dem Finger über die kleine Tätowierung, die sie mit Declan verband. *Yin und Yang.* Zwei Hälften, die zu einem Ganzen wurden. Nun blieb sie für immer bloß die Hälfte eines Ganzen und würde nie mehr vollständig sein. Sie nahm an, dass sie vielleicht irgendwann einmal jemanden finden würde, doch es war realistischer, dass sie ihr restliches Leben alleine verbringen würde. Zumindest hatte Declan ihr die Kinder geschenkt. Sie verliehen ihrem Leben einen Sinn und füllten es mit Liebe. So viel Liebe. Sie fragte sich, wie es ihnen wohl bei den Jacksons gefiel. In der Zwischenzeit hatten sie und Effie einen Grund zu feiern.

Gerade heute Morgen hatte sich Gwen Stefani für das Cover der Erstausgabe von *Rags 'n' Beats* bereit erklärt. Nächste Woche würde Elizabeth einen Fotografen und einen Journalisten losschicken, um den Star zu interviewen und Fotos ihrer Modelinie zu schießen. Elizabeth und Effie spielten bereits mit dem Gedanken, sich in der zweiten Ausgabe Nicole Kidmans Kindermodelinie zu widmen. Nicole selbst war zwar keine Musikerin, doch ihr Mann, Keith Urban, war ein Country-Music-Star, und das Paar betrieb in Zusammenarbeit mit Busatti, einem exquisiten italienischen Stoffproduzenten, eine Kindermodelinie. Elizabeth hatte vor, selbst nach Italien zu reisen, um Giovanni Busatti zu interviewen. Er war ein richtiggehender Gentleman der alten Schule, der sein weltweites Familienimperium noch immer von der mittelalterlichen Stadt Anghiari in der Toskana aus leitete.

Trotz der Trauer wirkte Elizabeths Welt nun ein wenig heller. Sie betrachtete sich selbst im Spiegel. Sie trug ein mit Perlen besetztes, asymmetrisches, dunkelgraues Satinkleid, das eine Schulter unbedeckt ließ. Sie hatte sich die Haare zur Seite gekämmt, so dass sie auf die bedeckte Schulter fielen und die andere Schulter sowie der alabasterne Hals frei blieben. Die Narbe, die ihr die teuflische Natasha zugefügt hatte, war mittlerweile kaum mehr sichtbar. Sie war bereit, ihre Gäste zu empfangen.

Der Eingangsbereich war bereits voller Menschen, als Elizabeth den Raum betrat. Peabody, der einen dunkelgrünkarierten Anzug trug, wurde von einem zierlichen asiatischen Mädchen begleitet. Das Mädchen, das Elizabeth an einen Schmetterling erinnerte, erwies sich als Tänzerin des kanadischen Staatsballetts. Elizabeth hatte angenommen, dass Peabody schwul sei. Man sollte niemals Vorurteile hegen, mahnte sie sich selbst. Sie machte sich daran, die Gäste zu begrüßen.

Effie, die in ihrer smaragdgrünen Jacke und dem Turban einfach umwerfend aussah, hatte sich bereits unter die Gäste gemischt und unterhielt sich gewandt mit den Anwesenden. Als sie Elizabeth entdeckte, griff sie nach ihrer Hand.

»Das ist er. Unser Investor«, flüsterte sie und zog Elizabeth in die Richtung eines stämmigen Mannes in einem maßgeschneiderten Anzug.

»Elizabeth, darf ich dir John Sweeney vorstellen?«

Elizabeth blickte in die verschleierten grauen Augen des Mannes. John Sweeney war einmal ein attraktiver Mann gewesen. Obwohl seine Wangen mittlerweile schlaff geworden waren und etwas herabhingen, wirkte er noch immer anziehend.

»Ich gratuliere Ihnen zu Ihrem neuen Magazin«, erklärte John. »Ich freue mich, ein Teil davon zu sein.«

»Wir freuen uns ebenfalls«, erwiderte Elizabeth.

»Ich habe einen guten Freund in der Werbebranche«, sagte John. »Er hat einige Klienten, die wunderbar zu Ihnen passen würden. Ich werde ihn anrufen und sicherstellen, dass er *Rags 'n' Beats* in sein Portfolio aufnimmt.«

»Ist das nicht wunderbar?«, fragte Effie und sah Elizabeth mit hochgezogenen Augenbrauen an.

»Ja, das ist es tatsächlich«, erwiderte Elizabeth. »Dafür sind wir Ihnen sehr dankbar.«

»Ich werde der ganzen Welt von euch beiden erzählen«, erklärte John. »Es ist nicht wichtig, wen man kennt, sondern von wem man gekannt wird.«

»Da haben Sie recht, Mr. Sweeney«, erwiderte Elizabeth.

»John«, sagte er. »Nennen Sie mich John.«

»Würden Sie mich bitte einen Augenblick entschuldigen, John?«, bat Elizabeth. Sie hatte gerade gesehen, dass Joan mit einem äußerst attraktiven Mann durch die Tür getreten war. Wer um alles in der Welt war das?

Ein Kellner half Joan aus ihrem Mantel und brachte ihn in den provisorischen Garderobenraum. Joan sah in dem königsblauen Kleid aus Spitze und Tüll mit dem V-Ausschnitt an Rücken und Dekolleté einfach umwerfend aus. Ihr Make-up wirkte wunderschön, und sie trug ihre langen blonden Haare zu einem attraktiven Bob frisiert.

»Hallo, meine Liebe«, sagte Joan und küsste Elizabeth auf die Wange. Dann wandte sie sich an den Mann an ihrer Seite.

»Elizabeth, darf ich dir Byron Sparks vorstellen?«

kapitel siebenundvierzig

Nachdem es Freitagnachmittag war, war der Verkehr aus Toronto heraus entsprechend heftig gewesen, doch nun befanden sich Natasha und Declan bereits auf freier Fahrt in Richtung nördliches Ontario.

»Mein Bauch tut weh«, klagte Jack, als sie gerade ostwärts auf den Highway 118 bogen, der in Richtung Dorset führte.

»Es dauert nicht mehr lange, Liebling«, erwiderte Natasha. »Wir sind bald da.«

Jack krümmte sich zusammen und wimmerte vor sich hin. Einige Sekunden später füllte bereits der saure Geruch nach Erbrochenem den Wagen. Wie in einer Kettenreaktion übergab sich auch Camille auf den Rücksitz.

»Herr im Himmel«, murmelte Natasha und fuhr an den Fahrbahnrand. Vielleicht war es ein Fehler gewesen, diese Gören mitzunehmen.

Declan sah sie besorgt an.

»Was ist los mit ihnen?«, fragte er.

»Vermutlich zu viele Süßigkeiten«, erwiderte Natasha. Sie holte einige Papiertücher aus dem Handschuhfach und gab sie Declan.

»Hier, Decky. Wenn sie brav sind, dann sind es *meine* Kinder. Wenn sie krank sind, gehören sie dir.«

Declan beschwerte sich nicht, sondern kletterte auf den Rücksitz, um sauber zu machen, wobei er selbst gegen seinen Würgereflex ankämpfte.

»Vielleicht sollten wir anhalten und ihnen Medikamente besorgen«, schlug er Natasha vor.

»Ja, wir kaufen etwas in Dorset«, sagte sie.

»Wie lange dauert es noch bis dorthin?«

»Noch etwa eine halbe Stunde.«

Natasha setzte sich wieder hinter das Lenkrad. Camille und Jack sahen müde aus. Wenn sie schließlich in Dorset ankamen, würden die Kinder bereits schlafen, und sie konnte sie alleine mit Declan im Auto zurücklassen. Sie würden ihm nichts verraten. In der Zwischenzeit konnte sie einige Besorgungen machen. Es war eine gute Idee gewesen, den Kindern Medikamente zu verabreichen, die sie müde und ausgelaugt machten. Sie trat aufs Gaspedal.

Joan nippte an ihrem Champagner. Sie fühlte sich ein wenig schwindelig, vor allem, wenn sie daran dachte, was vielleicht nach der Party geschehen würde. Hoffentlich fand Byron den Weg in ihr Bett. Sie überlegte, ob sie ihm vorab ihre Absichten zu verstehen geben sollte. Wenn er nicht interessiert war, würde sie es so wenigstens sofort wissen und sich nicht zum Narren machen. Vielleicht ein Kuss auf der hinteren Veranda, wenn sie einmal alleine waren.

Sie sah sich nach Byron um, doch sie konnte ihn nirgendwo entdecken. Sie hatten sich einige Zeit mit einer Freundin von Effie unterhalten, die zufälligerweise eine von Byrons Fotografien gekauft hatte. Byron schien sich mit allen gut zu unterhalten, vor allem mit Elizabeth. Wo war Elizabeth eigentlich? Joan konnte auch sie nirgendwo entdecken.

Elizabeth stand im Gästebadezimmer, um ihre Lippen nachzuziehen. Sie klemmte sich eine lose Haarsträhne hinters Ohr. Es war wirklich eine wunderbare Party.

Gerade als Elizabeth die Tür entriegelte, drückte jemand von außen dagegen. Im nächsten Augenblick stieß sie mit Byron Sparks, Joans Verabredung, zusammen.

»Entschuldigen Sie bitte«, sagte er.

»Keine Ursache«, erwiderte Elizabeth.

»Wissen Sie, seit wir einander vorgestellt wurden, mache ich mir Gedanken darüber, woher ich Sie kenne«, erklärte Byron. »Aber ich kann es nicht genau sagen.« Elizabeth spielte mit dem Pferdeschwanz, der über ihre rechte Schulter fiel, was Byron dazu veranlasste, seinen Blick auf ihren Nacken zu lenken.

»Das ist es«, sagte er.

»Was meinen Sie?«, fragte Elizabeth.

»Jetzt weiß ich es. Hier«, sagte Byron und berührte die kleine Narbe an ihrem Hals.

»Sie sind die Frau aus dem Café. Sie haben mir Modell gestanden.«

»Ich habe Modell gestanden?«, fragte Elizabeth überrascht.

»Ja, Sie waren in meinem Atelier im Distillery District. Sie haben mir großzügigerweise erlaubt, Ihre Narbe zu fotografieren.«

»Oh mein Gott«, erwiderte Elizabeth. »Natürlich. Ja, genau. Das ist mittlerweile Jahre her.«

Joan, die weiter unten im Flur stand, hörte nicht, worüber sich die beiden unterhielten, doch sie hatte die intime Geste beobachtet. Sie hatte gesehen, wie Byron Elizabeths Hals berührt hatte. Byron hatte ihr gestanden, dass er in seiner Jugend ein Draufgänger gewesen war. *Männer ändern sich nicht,* dachte sie. Sie hätte es besser wissen und sich nicht der Vorstellung hingeben sollen, mit ihm ins Bett zu gehen. Vor allem, wo sie wusste, dass er zuvor Elizabeth kennenlernen würde. Alle Männer schienen sich von ihr angezogen zu fühlen. Obwohl Joan bloß vier Jahre älter als Elizabeth war, fühlte es sich nun wie ein ganzes Jahrzehnt an. Joan war mit einem sehr viel älteren Mann verheiratet gewesen. Vielleicht hatte sein Alter auf sie abgefärbt. Sie fühlte sich wie ein Narr. Nun, Byron konnte gerne bleiben und so lange mit Elizabeth flirten, wie er wollte. Sie würde Jack und Camille abholen. Sie holte ihren Mantel aus dem Garderobenzimmer und machte sich auf den Weg. Sie hatte einige Gläser Champagner getrunken, also würde sie sich ein Taxi rufen. Völlig niedergeschlagen verließ Joan die Party.

Gegen acht Uhr machten sich die meisten Gäste zum Aufbruch bereit. Byron trat verwirrt auf Effie zu.

»Haben Sie Joan gesehen? Ich kann sie nirgendwo finden«, fragte er.

»Nein«, erwiderte Effie. »Ich habe sie schon eine ganze Weile nicht mehr gesehen.«

Byron sah sich schnell im ganzen Haus und auf der hinteren Terrasse um.

»Ich weiß nicht, wohin Joan verschwunden ist«, wandte er sich schließlich an Elizabeth.

Elizabeth warf einen Blick auf die Uhr. »Sie wollte Jack und Camille für mich abholen.«

»Aber dann hätte sie doch sicher irgendetwas gesagt. Ich wollte sie doch begleiten.« Byron zuckte mit den Schultern. »Ich bin mir sicher, es gibt eine einfache Erklärung dafür. Wie auch immer, vielen Dank für die wunderbare Party.«

»Es war mir ein großes Vergnügen«, erwiderte Elizabeth.

»Kommen Sie doch irgendwann einmal in der Galerie vorbei, und sehen Sie sich Ihr Foto an«, lud Byron sie ein.

»Das werde ich bestimmt«, erwiderte Elizabeth. »Vielen Dank.« Byron drückte ihr einen Kuss auf die Wange und verließ die Party schließlich alleine.

Die Jacksons wohnten etwa zehn Häuserblocks von Effie und Elizabeth entfernt. Joan bat den Taxifahrer zu warten, während sie die Kinder holte. *Vielleicht nehme ich sie ja mit zu mir, damit Byron und Elizabeth ungestört sein können,* dachte Joan bitter. Sie würde Elizabeth anrufen und ihr erklären, dass die Zwillinge bei ihr übernachteten. Joan läutete an der Tür. Im Inneren des Hauses hörte sie mehrere Kinder brüllen und toben.

Ein großer Mann in einem Clown-Kostüm öffnete die Tür.

»Ah, Sie kommen keinen Moment zu früh«, erklärte er und streckte ihr seine fleischige Hand entgegen. »Phil Jackson, auch bekannt als *Bobby, der Clown.*«

»Joan Thomas«, erwiderte Joan, schüttelte seine Hand und trat ins Haus.

»Hier entlang«, sagte Phil und führte Joan durch einen Flur mit glänzenden Holzdielen in ein Wohnzimmer voller Luftballontiere und Kinderspielzeug. Jemand hatte Sofakissen übereinandergestapelt, die den Kindern als Festung dienten. Auf dem Fußboden rangelten zwei Jungen miteinander, und ein Mädchen in einem Prinzessinnenkostüm sprang gerade von der Kissenmauer und rief: »Ich kann fliegen!«

»Wer gehört denn zu Ihnen?«, fragte Phil. Dann zwinkerte er ihr zu. »Sobald alle gegangen sind, genehmige ich mir ein ordentliches Glas.«

»Das kann ich Ihnen nicht verübeln«, erwiderte Joan. Ihrer Meinung nach sah Phil furchtbar erschöpft aus.

»Gibt es noch einen anderen Raum, in dem die Kinder

sein könnten?«, fragte sie. »Ich sehe meine beiden nicht. Es sind zwei, ein Junge und ein Mädchen. Zwillinge. Jack und Camille.«

»Ein paar Kinder wurden bereits abgeholt«, erklärte Phil. »Aber immer nur einzeln. Da waren keine Zwillinge dabei.«

Joan war wie vor den Kopf gestoßen. »Nein«, sagte sie. »Ich bin mir sicher, dass sie noch nicht abgeholt wurden.«

Phil rief nach seiner Frau. »Linda?«

Linda trat aus der Küche. Sie trug eine Schürze, und ihr Gesicht war voller Mehl.

»Hatten wir Zwillinge hier?«, fragte Phil. »Das hier ist Joan, und sie scheint der Meinung zu sein, dass sie auf unserer Party waren.«

»Oh Gott«, erwiderte Linda. »Sie hätten tatsächlich kommen sollen. Jack und Camille, nicht wahr?«

Joan nickte.

»Als ich zur Schule kam, hatte sie bereits jemand abgeholt. Ich dachte noch, dass es seltsam ist, dass Elizabeth mir nicht Bescheid gegeben hat.« Joans Gesichtsausdruck verriet Linda Jackson, dass etwas Schreckliches passiert war.

»Und wer … wer hat sie abgeholt? Wissen Sie das?«, fragte Joan mit zitternder Stimme.

»Keine Ahnung. Ich war um Punkt halb vier dort, und da waren die beiden bereits fort«, erwiderte Linda und wischte sich die Hände an ihrer Schürze sauber.

»Es muss eine logische Erklärung dafür geben«, sagte Joan. »Vielen Dank. Ich gehe jetzt besser und erledige gleich ein paar Anrufe.«

Während sie im Taxi zu Elizabeths Haus zurückfuhr, rief Joan Eleanor Springfield an. Sie wollte so viele Informationen wie möglich sammeln, bevor sie mit Elizabeth sprach. Was um Himmels willen war hier geschehen? Jemand hatte die Kinder abgeholt, aber wer?

Eleanor hob nach dem ersten Klingeln ab. Sie hörte sich an, was Joan zu sagen hatte, und versprach, sie sofort zurückzurufen, nachdem sie mit Suzanne, der Schulkrankenschwester, gesprochen hatte. Joans Telefon klingelte, als sie gerade vor Elizabeths Haus vorfuhr. Joan hörte Eleanor ungläubig zu. Die Krankenschwester war sich absolut sicher, denn sie hatte die Identität der Person mit den Fotos abgeglichen, die Elizabeth zur Verfügung gestellt hatte. Es bestand absolut kein Zweifel. Die Person, die die Kinder abgeholt hatte, war ihr Vater. Declan Thomas.

kapitel achtundvierzig

Die Zwillinge schliefen tief und fest in den Stockbetten in ihrem neuen Zimmer. Declan hatte Jack und Camille vom Auto ins Haus getragen, zusammen mit den wichtigsten Lebensmitteln und einem Koffer voller neuer Klamotten.

»Musstest du wirklich alles neu kaufen?«, fragte Declan, während Natasha den Koffer auspackte.

»Natürlich, Decky«, erwiderte sie. »Wir beginnen ein neues Leben, warum sollten wir also nicht auch neue Klamotten kaufen?«

»Wie du meinst«, sagte er und zuckte mit den Schultern. Er sah sich um. Das Haus war ursprünglich ein Blockhaus gewesen, das über die Jahre immer wieder ausgebaut worden war, so dass im vorderen Teil ein großes Wohnzimmer mit einem Steinkamin entstanden war. Die Fenster führten hinaus auf den im Dunkeln liegenden See. Declan konnte gerade noch einen Anlegesteg und ein Ruderboot erkennen, das vor einem flach abfallenden Steinstrand lag.

»Dann sind wir hier also ganz alleine?«, fragte er Natasha.

»Das hier ist das einzige Cottage am See«, bestätigte Natasha.

»Wow«, erwiderte Declan. »Dein Vater muss ein Vermögen dafür ausgegeben haben.«

»Geld bedeutet Paps nichts«, sagte Natasha und rümpfte die Nase. »Er verdient es im Schlaf.«

»Also, was hast du jetzt vor? Was machen wir jetzt?«, fragte Declan.

Natasha war gerade damit beschäftigt, ein altes Foto des Blockhauses aus dem Rahmen zu nehmen und es durch ihr Hochzeitsfoto zu ersetzen. Sie stellte die gerahmte Fotografie auf den Kaminsims.

»Wir werden hier leben«, sagte sie. »Du und ich werden ein wundervolles Leben mit unseren beiden wunderbaren Kindern verbringen.«

»Aber müssen sie denn nicht zur Schule gehen?«, fragte Declan.

»Sie sind ja noch sehr klein. Es spielt keine Rolle, wenn wir sie eine Zeitlang aus der Schule nehmen. Und in Dorset gibt es eine Dorfschule«, erklärte Natasha. »Mir gefällt die Schule, die sie bis jetzt besucht haben, sowieso nicht. Ich werde dort anrufen und ihnen sagen, dass wir die Kinder abmelden.«

»In Ordnung«, erwiderte Declan. »Aber was soll ich tun? Ich kann mich nicht ewig hier verstecken.«

Natasha ging langsam auf Declan zu, griff nach seinem Gürtel und zog ihn an sich. Dann strich sie mit den Händen über seinen Rücken.

»Du, mein wundervoller, süßer Ehemann, wirst in Zukunft einfach bloß da sein, um mich zu lieben.« Sie küsste ihn. »Mach dir keine Sorgen, Decky. Du hast eine Menge durchgemacht. Entspann dich einfach und komm wieder zu Kräften.«

Natasha ließ langsam ihre Hand hinunter zu seinem Reißverschluss gleiten. Wieder spürte sie, dass sich etwas regte, doch es war bei weitem nicht das, was sie sich erhofft hatte. Sie seufzte.

»Ich hoffe, das hier dauert nicht mehr allzu lange, Decky. Ich habe gewisse Bedürfnisse, weißt du?«

Declan warf ihr einen verlegenen Blick zu.

»Es tut mir leid«, sagte er.

Wenn dieser Zustand noch länger anhielt, würde Natasha wohl nichts anderes übrigbleiben, als ihm Viagra zu besorgen. Sie gähnte. Es war eine lange Fahrt gewesen, und sie litt noch immer unter dem Jetlag.

»Ich gehe duschen«, sagte sie. »Wenn du Hunger hast, dann hol dir doch etwas aus dem Kühlschrank.«

Während Natasha unter der Dusche stand, sah sich Declan in der Hütte mit den drei Schlafzimmern um. Sie war eine wunderbare Mischung aus rustikal und modern und auf einer kleinen Landzunge erbaut worden, so dass man von jedem Zimmer aus den See sehen konnte. Eine Seite des Cottages wurde von einem langgezogenen verglasten Wintergarten eingenommen, in dem sich ein kleines Bett und mehrere Schaukelstühle befanden. In einer Ecke standen einige Ruder und Angelruten. Und an der Wand hing ein Paar uralter Schneeschuhe neben zwei Kohle- und Tuschezeichnungen von amerikanischen Ureinwohnern, die stolz auf ihn herabblickten.

Aus reiner Neugierde öffnete Declan einen Werkzeugkasten, der Köder, Gewichte und Angelschnüre enthielt. Er hob den Einsatz hoch. Das war ja interessant. Eine Steinschleuder. Declan nahm sie heraus. Aus irgendeinem Grund beruhigte ihn das Gefühl der Waffe in der Hand. Er zog an der Schlinge. Sie bestand aus robustem Gummi. Er schnappte sich eine Handvoll Angelgewichte und trat durch die Fliegengittertür hinaus auf die Veranda. Das Zirpen der Zikaden und das Quaken der Frösche drangen durch die kalte Nachtluft. In weiter Ferne heulte ein Wolf.

Declan holte eine große Taschenlampe aus einer Ecke des Wintergartens und ging damit vorsichtig hinunter zum Anlegesteg. Im Westen war noch ein dünner, rosafarbener Streifen am Horizont auszumachen, der jedoch schnell von der Dunkelheit verschluckt wurde. Im Osten ging bereits der rosige Vollmond auf. Declan legte ein Angelgewicht in die Steinschleuder und spannte sie, so gut er konnte, bevor er sie losließ. Das Gewicht pfiff mit wahnwitziger Geschwindigkeit über den See. Er wiederholte den Vorgang immer und immer wieder, bis keine Gewichte mehr übrig waren, und ließ sich schließlich auf dem Anlegesteg nieder. Ganz in der Nähe schrie ein Seetaucher auf, und er zuckte zusammen. Wer war er? Was machte er hier? Er war es leid, auf nichts eine Antwort zu wissen. Natasha rief vom Cottage aus nach ihm.

»Decky, wo bist du?«

Declan stemmte sich hoch und machte sich auf den Weg den Pfad hinauf in Richtung Cottage. *Morgen*, dachte er bei sich. *Vielleicht erscheinen mir die Dinge morgen klarer.*

»Ich komme!«, rief er.

kapitel neunundvierzig

Elizabeth wurde vor Schreck vollkommen weiß im Gesicht, als Joan ihr erzählte, was geschehen war. Die kalten Klauen der Angst legten sich um ihr Herz. Ein Mann hatte vorgegeben, der Vater ihrer Kinder zu sein, und sie entführt. Mit zitternden Fingern wählte sie den Notruf.

Miss Springfield begleitete die beiden Polizeibeamten, Rigby und Lee, zu ihrer Schule. Sie übergab ihnen die Fotos der Personen, denen es erlaubt war, Jack und Camille abzuholen. Danach kontaktierten die beiden Polizeibeamten die Krankenschwester Suzanne Marcos. Sie bestätigte, dass der Mann, der die Kinder abgeholt hatte, der Mann auf dem Foto war, das Elizabeth, ihre Mutter, zur Verfügung gestellt hatte. Zumindest habe er ihm sehr ähnlich gesehen. Sie fügte außerdem hinzu, dass die Kinder sehr aufgeregt gewesen seien, ihn zu sehen, und ihn »Daddy« genannt hätten. Laut Miss Springfield war Declan Thomas allerdings tot. Suzanne Marcos verstand nicht, warum sich das Foto eines toten Mannes in den Unterlagen befand, aber vermutlich lebte sie noch nicht lange genug in Kanada, um sämtliche Eigenheiten zu verstehen.

Officer Rigby hatte zwei Töchter im Teenageralter und erinnerte sich noch gut an ihre Verzweiflung, nachdem Declan Thomas' Tod in den Medien bekanntgegeben worden war. Nachdem er grundsätzlich den Menschen und ihren Beweggründen misstraute, fragte er sich ernsthaft, ob es sich bei diesem Vorfall nun tatsächlich um eine Kindesentführung handelte oder bloß um eine geschickte Täuschung, um die Verkaufszahlen von Declan Thomas' Liedern in die Höhe zu treiben. Dennoch war es eine Tatsache, dass zwei Kinder abgängig waren, und diese Tatsache musste ernst genommen werden. Er seufzte schwer, bevor er sich mit seinem Partner auf den Weg in die Palmerston Avenue machte, wo sie den Polizeiwagen vor Elizabeths und Effies riesigem Backsteinhaus parkten. Er klingelte an der Tür und wartete. Eine stämmige Frau in einem weiten Kaftan öffnete die Tür.

»Elizabeth Harding?«, fragte Rigby.

»Nein, ich bin bloß eine Freundin. Ich wohne im Obergeschoss. Sie ist dort drinnen.«

Effie führte die beiden Polizeibeamten in ein weitläufiges Wohnzimmer, wo Elizabeth in eine Decke gewickelt zitternd auf der Couch saß. Sie sah sie aus geschwollenen Augen an.

»Haben Sie sie gefunden?«, fragte sie. »Haben Sie Jack und Camille gefunden?«

Officer Rigby legte das Foto vor ihr auf den Tisch.

»Laut Auskunft der Schule war es dieser Mann hier, Ma'am. Declan Thomas, der Vater der Kinder, hat die beiden abgeholt.«

Elizabeth warf Effie einen bestürzten Blick zu, bevor sie sich wieder an die beiden Polizisten wandte.

»Ihr Vater ist tot. Wollen Sie mir weismachen, dass ein Geist sie abgeholt hat?«

»Das habe ich nicht gesagt, Ma'am. Die Kinder haben ihn offensichtlich wiedererkannt.«

»Es sind doch noch Kinder. Vermutlich haben sie sich geirrt. Es könnte irgendjemand sein, jemand, der ihm ähnlich sieht. Ich sagte Ihnen doch schon: Meine Kinder wurden entführt!«, schrie Elizabeth. »Sie müssen sie finden. Bitte.« Sie brach zusammen und schluchzte laut.

Officer Rigby sah sich im Haus um. Er entdeckte einige leere Flaschen *Veuve Clicquot* und schloss daraus, dass hier wohl eine Party stattgefunden hatte. Effie hatte sich neben Elizabeth gesetzt und einen Arm um sie gelegt. Sie gab ihr ein Taschentuch.

»Ich bin bloß neugierig, Miss Harding«, sagte Rigby. »Aber warum haben Sie das Foto eines Toten zu den Akten gelegt?«

»Verdammt noch mal. Es war bloß Wunschdenken«, erwiderte Elizabeth. »Seine Leiche wurde nie gefunden.«

»Dann ist es also möglich, dass er noch am Leben ist«, schlug Officer Lee vor.

»Er war in einen Hubschrauberabsturz vor der Küste Schottlands verwickelt«, antwortete Elizabeth langsam. »Die schottische Küstenwache, die Taucher, die Hunde, die Polizei ... ja, es ist schon möglich, dass sich alle geirrt haben. Vielleicht ... vielleicht entwickelte Declan plötzlich Superkräfte und spazierte übers Meer. Vielleicht tanzte er sogar.« Sie starrte die beiden böse an.

»Ich verstehe«, erwiderte Rigby, obwohl er überhaupt nichts verstand, außer dass Elizabeth vollkommen verzweifelt war. »Es gibt noch eine dritte Person«, fuhr er fort. »Joan Thomas. Sie ist ebenfalls berechtigt, die Kinder abzuholen. Wer ist sie, und wo finden wir sie?«

»Ich bin hier«, antwortete Joan, die gerade das Zimmer betrat. »Ich bin ihre Großmutter.«

Elizabeth starrte auf Declans Foto hinunter. Sie konnte kaum glauben, was sie gerade erfahren hatte. Declan war noch am Leben? Das war doch vollkommener Schwachsinn.

»Der Mann, der sie abgeholt hat, ist offensichtlich ein

Betrüger. Es war ein grausamer Trick«, schluchzte Elizabeth.

»Sie haben Ihre Einwilligung gegeben, dass dieser Mann, der Vater der Kinder, sie abholen darf. Wenn es denn der Vater war«, entgegnete Rigby.

»Und was, wenn er es nicht war? Was, wenn es jemand war, der ihm bloß ähnlich sieht? Was, wenn er sie außer Landes gebracht hat?« Elizabeth stand knapp davor, zu explodieren.

»Wenn es sich hier um eine Entführung handelt, dann wollen sie sicher Geld«, erwiderte Rigby.

»Sie?«, hakte Elizabeth nach. »Sie? Warum sprechen Sie von mehreren Personen?«

»Das war bloß so dahergesagt, Ma'am.«

Rigby schlug sein Notizbuch zu und warf Lee einen Blick zu. Er konnte das Ende seiner Schicht kaum erwarten, damit er sich zu Hause ein kühles Bier genehmigen konnte.

»Wir melden uns bei Ihnen. Geben Sie uns Bescheid, wenn Sie etwas Neues erfahren.«

»Sicher. Natürlich«, erwiderte Elizabeth bitter. »Ich lasse es Sie wissen, wenn eine Lösegeldforderung eingeht.«

»Vermutlich gibt es für alles eine logische Erklärung«, sagte Rigby. »Wir werden das Rätsel schon lösen.« *Die Menschen sehen einfach zu viel fern,* dachte er bei sich. »Bleiben Sie ruhig sitzen, Ma'am. Wir finden alleine den Weg hinaus.«

Elizabeth warf Effie einen ungläubigen Blick zu.

»Mein Gott, Effie. Was soll ich jetzt bloß machen?«

Seit sie erfahren hatten, dass die Zwillinge verschwunden waren, hatten Effie, Joan und Elizabeth alle möglichen

Szenarien Tausende Male durchgespielt. Wer konnte sie entführt haben? Elizabeth gab sich selbst die Schuld daran.

»Jack meinte, er würde sich nicht wohl fühlen. Ich hätte sie zu Hause behalten sollen. Aber ich war so egoistisch, Effie. Ich wollte sie aus dem Haus haben, damit wir unsere Party feiern konnten. Es ist alles meine Schuld.«

Elizabeth brach erneut zusammen und lehnte sich weinend an Effies Schulter.

»Ruhig, ganz ruhig«, tröstete sie Effie und umarmte Elizabeth. »Du konntest ja nicht wissen, was passieren würde. Du bist eine gute Mutter, Elizabeth.«

»Nein, das bin ich nicht«, heulte Elizabeth. »Ich bin die schlechteste Mutter der Welt. Und nun sind sie fort. Meine Babys sind fort.«

Schlaf erschien unmöglich. Die drei Frauen saßen in Elizabeths Wohnzimmer und gingen alle Möglichkeiten durch. Jemand hatte die Kinder irrtümlich mitgenommen. Jemand, der aussah wie Declan. Denn es konnte unmöglich Declan gewesen sein, oder? Nachdem sie alle möglichen Szenarien durchgekaut hatten, saßen die Frauen schließlich schweigend und benommen im Wohnzimmer, bis das erste Licht des neuen Tages in den Raum fiel. Plötzlich fuhr Joan hoch.

»Natasha«, sagte sie.

Effie und Elizabeth wurden sofort hellhörig.

»Was meinst du damit?«, fragte Elizabeth.

»Natasha, diese Verrückte. Ich habe sie in der Schule getroffen. Sie schlich mir nach, als ich die Kinder vor einigen Wochen von der Schule abholte«, erklärte Joan.

»Und warum hast du mir nichts davon erzählt?«, wollte Elizabeth wissen.

»Ich wollte dich damals einfach nicht beunruhigen«, erwiderte Joan.

»Nun, das hat ja auch wunderbar funktioniert, nicht wahr?«, sagte Elizabeth und spürte, wie Galle in ihr hochstieg. Natasha war zu allem fähig. Sogar zu einem Mord.

»Ich habe nicht mehr an sie gedacht. Bis gerade eben«, sagte Joan.

»Aber warum sollte sie etwas mit der Sache zu tun haben?«, fragte Effie.

Elizabeth warf ihre Decke zur Seite.

»Sie wurde mittlerweile vermutlich aus dem Gefängnis entlassen«, erklärte Elizabeth und stürzte zu ihrem Computer. »Ihr Familienname ist Khomeini. Ihr Vater ist eine große Nummer in der Automobilindustrie.«

Einige Minuten später hatte Elizabeth Khaleed Khomeinis Telefonnummer herausgefunden. Sie wurde direkt auf die Mobilbox weitergeleitet. Elizabeth rief Rigby an und hinterließ eine Nachricht mit den neuesten Informationen über Natasha. Nun blieb nichts mehr zu tun, als zu warten, während sämtliche Nerven zum Zerreißen gespannt waren.

Als Khaleed schließlich aus dem Nahen Osten zurückkehrte, fand er fünf Nachrichten einer verzweifelt klingenden Elizabeth auf seiner Mailbox. Er rief sofort zurück.

»Natasha ist gerade aus Schottland zurückgekehrt«, erklärte er Elizabeth. »Sie wollte die Stelle sehen, an der dieser Sänger ums Leben kam.«

»Nein!«, rief Elizabeth entsetzt.

»Und jetzt hat sie sich mein Auto geliehen, um Freunde zu besuchen«, fuhr Khaleed fort.

»Wo? Mr. Khomeini? Wohin kann sie unterwegs sein?«, flehte Elizabeth ihn an.

»Ich kenne nicht alle ihre Freunde. Sie kann überall sein«, antwortete er.

»Nehmen wir an, dass sie keine Freunde besuchen will. Nehmen wir an, sie wollte sich irgendwo verstecken. Wo könnte sie Ihrer Meinung nach sein?«, fragte Elizabeth.

»Ich nehme an, dass sie in diesem Fall vielleicht hinauf in unser Cottage gefahren ist. Ich habe ihr den Schlüssel gegeben, nachdem sie aus dem Gefängnis entlassen wurde«, erwiderte Khaleed, bevor er einen Blick auf das Schlüsselbrett warf. »Der Schlüssel ist nicht mehr da.«

»Lässt sich herausfinden, ob sie tatsächlich dort ist?«, fragte Elizabeth.

»Ich könnte sie anrufen«, erwiderte er.

»Würden Sie das bitte tun? Und mich dann zurückrufen?«, bat Elizabeth.

»Ich werde es versuchen und gebe Ihnen dann Bescheid«, sagte er.

»Vielen Dank«, erwiderte Elizabeth.

Nachdem sie Khaleed ihre Nummer gegeben hatte, blieb Elizabeth nichts mehr tun, außer gegen die Verzweiflung anzukämpfen, die sie zu übermannen drohte.

»Natasha ist gerade aus Schottland zurückgekehrt«, erklärte Elizabeth niedergeschlagen. »Sie wollte die Stelle sehen, an der Declan ums Leben kam.«

»Nein!«, rief Effie.

»Aus irgendeinem Grund glaube ich, dass sie meine Kinder hat. Ihr Vater ruft mich an, wenn sie sich tatsächlich in diesem Cottage aufhält«, sagte Elizabeth.

»Warum hast du die Kinder ihm gegenüber nicht erwähnt?«, fragte Effie.

»Das hätte doch keinen Sinn«, sagte Elizabeth. »Entweder sie sind bei ihr oder nicht. Ich wollte ihn nicht beunruhigen. Ich meine, wer weiß? Vielleicht steckt Mr. Khomeini sogar mit ihr unter einer Decke?«

»Aber was ist mit diesem Mann, der aussieht wie Declan?«, rief Joan.

»Soweit ich weiß, ist Declan tot. Ich habe also absolut keine Ahnung«, erwiderte Elizabeth. Ihr war plötzlich übel.

Khaleed versuchte es über das Telefon im Cottage, doch niemand antwortete. Es hatte auch keinen Sinn, Natasha auf dem Handy anzurufen, denn so weit im Norden gab es keinen Handyempfang. Was um alles in der Welt hatte Natasha nun wieder angestellt? Er wünschte, seine Frau wäre noch am Leben, um ihm beizustehen. Die Frau am Telefon hatte verzweifelt gewirkt. Das Mindeste, was er tun konnte, war, sie zurückzurufen und ihr zu sagen, dass er Natasha nicht erreicht hatte.

Elizabeth hob sofort ab.

»Es tut mir sehr leid, aber ich konnte meine Tochter nicht erreichen, deshalb kann ich Ihnen auch nicht sagen, ob sie sich in dem Cottage aufhält oder nicht«, erklärte Khaleed.

»Würden Sie mir bitte verraten, wo genau sich das Cottage befindet?«, fragte Elizabeth und versuchte, ruhig zu klingen. Gegen ihren Willen war sie vorhin eingedöst, und nun trank sie gemeinsam mit Effie und Joan eine Tasse Kaffee, während sie noch einmal alle Fragen durchgingen, die sie sich schon Hunderte Male zuvor gestellt hatten. Sie gab Effie ein Zeichen, damit diese ihr einen Stift und ein Blatt Papier brachte.

»Und wie komme ich dorthin?«

»Möchtest du, dass ich mitkomme?«, fragte Effie.

»Oder ich?«, fragte Joan.

»Nein, ich glaube, es ist besser, wenn ihr beide hierbleibt«, sagte Elizabeth. »Vielleicht hat die Polizei bald neue Informationen.«

»Was, wenn sie mit dir sprechen wollen?«, fragte Joan.

»Sie können mich ja auf dem Handy anrufen und eine Nachricht hinterlassen«, erwiderte Elizabeth. »Dann rufe ich zurück.«

»Und wo genau ist dieser Ort?«, fragte Effie. »Wenn er sehr abgelegen ist, dann funktioniert dein Handy dort vielleicht nicht.«

Elizabeth kritzelte die Adresse auf ein Blatt Papier.

»Was, wenn du den ganzen Weg dort hinauf auf dich nimmst, und dann ist niemand dort?«, fragte Joan.

»Dann drehe ich um und fahre wieder zurück. Es ist immer noch besser, als hier herumzusitzen und nichts zu tun«, erklärte Elizabeth bitter.

Sie schlüpfte in ihre Freizeitkleidung: Wanderstiefel, Jeans, einen dicken Pullover, eine Daunenjacke, Handschuhe und einen Schal. Es war mittlerweile zwei Uhr nachmittags.

»Ich sollte noch vor sechs Uhr dort sein«, sagte sie.

Dann küsste Elizabeth Effie und Joan.

»Viel Glück«, wünschten sie ihr. »Und pass auf dich auf.«

Elizabeth hoffte, dass sie kein Glück brauchen würde, denn Glück war ein furchtbar unzuverlässiger Weggefährte.

Es dauerte eine Stunde, bis Elizabeth die Stadt endlich hinter sich lassen konnte. Obwohl es Samstag war, behinderten scheinbar überall Baustellen den Verkehr. Elizabeth seufzte frustriert. Sie drehte das Radio auf, um sich abzulenken, und hörte eines von Declans Liedern, das er für sie geschrieben hatte. Die Worte ließen sie erschaudern. Sie erschienen ihr wie eine Nachricht. War es bloß Zufall, oder wollte ihr das Universum etwas mitteilen? Declans Worte brandeten über sie hinweg.

I could cry into forever.
When I think about losing you
We're a long way from tomorrow
Don't colour my sunshine blue.

Byron rief Joan mehrere Male an und hinterließ ihr zahlreiche Nachrichten. Schließlich fuhr er zu ihrem Haus und klopfte an ihre Tür. Nachdem sie nicht zu Hause war, beschloss er als letzten Ausweg, zu Elizabeth zu fahren, um sie zu fragen, ob mit Joan alles in Ordnung war. Joan öffnete gerade die Tür, um Effie zu verabschieden.

»Ich bin oben in meiner Wohnung, wenn du etwas brauchst, Joan. Und sag mir Bescheid, wenn du etwas Neues erfährst«, sagte Effie.

»Natürlich«, erwiderte Joan. Dann wandte sie sich an Byron, und ihre Stimme klang furchtbar traurig.

»Es tut mir leid, Byron. Aber hier geht gerade alles drunter und drüber. Wenn du Elizabeth suchst, sie ist nicht da.«

»Ich wollte tatsächlich zu Elizabeth, aber bloß, um sie zu fragen, was mit dir los ist. Was meinst du mit ›drunter und drüber‹?«, fragte er besorgt.

Ein Teil von Joan wollte ihn fortschicken. Doch als er dort im Türrahmen stand, sah er so energisch und männlich, so stark und verlässlich aus, dass sie ihm am liebsten in die Arme gefallen wäre.

»Komm rein«, seufzte sie. »Dann erzähle ich dir, was geschehen ist.«

Fünfzehn Minuten später kannte Byron die ganze Geschichte.

Er zog sein Handy aus der Tasche.

»Wen rufst du an?«, fragte Joan.

»Den Polizeichef von Ontario. Erinnerst du dich an die Baseballkarten? Es waren seine.« Byron sprach mit jemandem am anderen Ende der Leitung.

»Hi Deborah. Hier spricht Byron Sparks. Stellen Sie mich bitte zu Jerry durch?«

Nachdem Byron die Situation geschildert hatte, gab er die Adresse des Cottages durch und legte auf.

»Jerry wird sich darum kümmern. Er ist ein guter Mann«, erklärte Byron. »Ich glaube, es ist besser, kein Risiko einzugehen. Diese Natasha könnte verdammt gefährlich sein.«

Joan nickte. »Ja, du hast recht. Danke.«

»Und jetzt verrate mir bitte etwas«, bat Byron, während er sich vorbeugte, um sich mit den Ellbogen auf seinen Knien abzustützen. »Was ist gestern Abend geschehen? Du warst plötzlich verschwunden.«

Joan war peinlich berührt. Es hatte keinen Sinn, ihn anzulügen. Sie konnte ihm genauso gut die Wahrheit sagen.

»Ich habe dich und Elizabeth beobachtet. Vor der Toilette.«

»Und weiter?«, fragte Byron. »Was hast du gesehen?«

»Hör zu«, sagte Joan. »Elizabeth ist eine sehr attraktive Frau, deshalb verstehe ich, wenn du …«

Byron sah sie ungläubig an, bevor er zu lachen begann.

»Ich und Elizabeth? Das muss ein Scherz sein. Wir haben uns doch gestern erst kennengelernt.«

Es machte Joan wütend, dass er so amüsiert darauf reagierte.

»Dafür, dass du sie gerade erst kennengelernt hattest, schien es dir ja nicht gerade unangenehm, ihren Hals zu berühren«, sagte sie.

»Wie bitte?«, fragte Byron. Er dachte an den vergangenen Abend zurück. Es stimmte, er hatte Elizabeths Hals berührt, und Joan musste ihn dabei beobachtet haben.

»Du hast recht, ich habe gelogen«, gestand er.

Na also, jetzt ist es so weit, dachte Joan.

»Wir hatten schon einmal miteinander zu tun. Ein einziges Mal«, erklärte Byron. »Kannst du dich an das Foto von dem Frauenhals auf meiner Ausstellung erinnern?« Byron beobachtete Joan genau und wartete, dass sie die Verbindung herstellte. Dann fuhr er fort: »Ich war bereits der Meinung, Elizabeth von irgendwoher zu kennen. Und als ich ihre Narbe sah, ergab alles einen Sinn. Ich musste die Narbe einfach berühren. Das Foto ist mittlerweile ziemlich bekannt.«

»Und wie … habt ihr euch kennengelernt?«, fragte Joan.

»Vor drei Jahren in einem Café. Es war reiner Zufall. Die Narbe war damals noch frisch und gut sichtbar. Ich ging auf sie zu und fragte sie, ob sie für mich posieren würde. Mehr steckt nicht dahinter.«

Joan dachte zurück an Byrons Ausstellung. Sie konnte sich an das Foto erinnern. Sie fühlte sich wie ein Narr.

»Byron, es tut mir so leid«, sagte sie niedergeschlagen.

Byron erhob sich aus seinem Lehnsessel und setzte sich neben Joan auf die Couch. »Ich fühle mich geschmeichelt, dass du tatsächlich Angst hattest, ich könnte mich für eine andere Frau interessieren«, sagte er. Byron legte einen Arm um Joans Schultern, und Joan versank in seinen Augen. Ihr Kuss war unschuldig kurz, aber wohlig süß.

»Byron, oh Byron«, seufzte Joan, als sie sich von ihm löste. Sie dachte an Declan und die seltsame Situation, in der sie sich gerade befanden. »Ist es wirklich möglich?«, fragte sie.

»Ist was wirklich möglich?«, fragte Byron und strich mit dem Zeigefinger sanft über Joans Wange.

»Ist es möglich, dass mein Sohn noch am Leben ist?«

»Glaube mir«, sagte Byron. »Es ist absolut alles möglich.«

kapitel fünfzig

Die Sonne ging gerade unter, als Elizabeth in Dorset ankam. Laut ihrem Navigationsgerät musste sie nun den Highway 35 verlassen und zwanzig Kilometer lang einer kurvenreichen Nebenstraße folgen. Das Dämmerlicht begann, Elizabeths Wahrnehmung Streiche zu spielen. Schatten schienen sie im hohen Gras am Straßenrand zu verfolgen. Und einmal trat Elizabeth mit aller Kraft auf die Bremse, weil sie überzeugt war, einen Elch gesehen zu haben, doch es war letztlich bloß ein großer Felsbrocken gewesen. Sie fragte sich, ob sie vielleicht eine Brille benötigte, zumindest wenn sie in der Nacht Auto fuhr. Zum Glück war sie bald da.

Elizabeths Gedanken drehten sich im Kreis, seit sie Toronto hinter sich gelassen hatte. Was hatte Natasha in Schottland zu suchen gehabt? Es schien nicht der passende Ort für sie zu sein. Waren sie und Declan in eine Verschwörung verwickelt? Aber zu welchem Zweck? Und wie passten die Kinder ins Bild? War es tatsächlich möglich, dass Declan noch am Leben war? Sie und Effie hatten gesehen, wie Declan in den Hubschrauber gestiegen und davongeflogen war. Die schottische Küstenwache hatte bestätigt, dass der Hubschrauber tatsächlich abgestürzt war und es keine Überlebenden gab. Es war unmöglich, dass Declan überlebt hatte. Es musste jemand sein, der ihm ähnlich genug sah, um ihre Kinder hinters Licht zu führen. »Mein Gott, Camille und Jack … wo seid ihr? Wo seid ihr?« Elizabeth unterdrückte ein Schluchzen. Wo auch immer sie waren, sie hoffte, dass sich jemand um sie kümmerte und sie keine Angst hatten. Es war alles ihre Schuld. Wäre sie nicht so egoistisch gewesen und hätte darauf bestanden, dass sie zur Schule gingen, dann wären sie jetzt bei ihr. Stattdessen … Stattdessen … Elizabeth umklammerte das Lenkrad so fest, dass ihre Knöchel weiß hervortraten. Obwohl sie vollkommen erschöpft war, floss genug Adrenalin durch ihre Adern, um sie vorwärtszutreiben. Riesige Kiefern schossen an ihr vorbei, dazwischen sah sie immer wieder rotbraune Felsen und Steine. Es herrschte beinahe kein Verkehr mehr. Sie gab Gas. Was machte es schon, wenn sie wegen überhöhter Geschwindigkeit angehalten wurde? Sie würde den Polizisten einfach zwingen, mit ihr zu kommen. Silberne Wasserläufe und Seen rasten an ihr vorbei, während sie versuchte, nicht zu weinen. Während sie versuchte, ihre Kinder zu retten. Sie begann zu beten, wie sie noch nie zuvor in ihrem Leben gebetet hatte, denn jetzt betete sie, dass sie ihre Kinder finden würde. Und dass es noch nicht zu spät war.

Natasha war der Meinung, dass ihr erster Tag als Familie recht gut verlaufen war, obwohl Jack sich beim Frühstück danebenbenommen hatte. Er war wieder in eine Art Babysprache zurückverfallen und hatte mehrere Löffel Rührei auf den Boden geschleudert. Unter anderen Umständen hätte Natasha ihn angeschrien oder ihm eine verpasst, doch sie hatte sich zusammengenommen. Sie hatte ihn süßlich angelächelt und den Schlamassel beseitigt. Dann hatte sie versucht, Jack durch die Haare zu fahren, doch er hatte sich wimmernd von ihr abgewandt. Camille hingegen war überaus fügsam. Sie hatte sich nicht gewehrt, als Natasha sie auf ihren Schoß gezogen hatte, und ihr sogar erlaubt, ihre feinen roten Haare zu flechten. Dafür lutschte sie die ganze Zeit über am Daumen. *Mädchen können sich einfach besser benehmen als Jungen,* dachte Natasha.

Am Nachmittag war Declan mit den Kindern hinunter zum Anlegesteg gegangen, um nach kleinen Fischen Ausschau zu halten. Es war zu kalt, um schwimmen zu gehen, doch Jack und Camille lagen auf dem Bauch auf dem Steg und versuchten, die winzigen Fische mit einem Eimer zu fangen. Declans Meinung nach wirkten die Kinder unterwürfig und apathisch, aber er schob es auf die Medikamente, die Natasha ihnen gegeben hatte.

Natasha beobachtete die glückliche Szene vom Fenster des Blockhauses aus. *Das verstehen die Menschen also unter einem glücklichen Zuhause,* dachte sie. Sie ließ ihre Hände über ihren Bauch gleiten. Sie konnte sich gut vorstellen, noch ein weiteres Kind zu bekommen. Ein Mädchen, ganz sicher ein Mädchen. Eine Miniaturausgabe ihrer selbst. Und dieses Kind würde dann nur ihr gehören. Ihr und Decky.

Declan durchstöberte den alten Holzschuppen neben dem Blockhaus und entdeckte dabei eine alte Darts-Scheibe. Er stellte sie auf einen Holzklotz an der Rückseite des Cottages, um sie als Zielscheibe für seine Übungen mit der Steinschleuder zu benutzen. Natasha war verblüfft von seiner Zielsicherheit.

Jack und Camille wollten ebenfalls üben, und sie verbrachten Stunden damit, nach einem geeigneten Stück Holz zu suchen, um eine Steinschleuder für die Kinder zu basteln. Declan fand auch ein Gummiband und baute jedem der Kinder eine eigene Schleuder. Am Abend waren die Zwillinge schließlich hundemüde. Natasha bot an, ihnen eine Geschichte zu erzählen, doch Jack bestand darauf, dass Declan das übernahm. Die einzige Geschichte, an die sich Declan erinnern konnte, war »Hans und die Bohnenranke«. Jack gefiel die Geschichte außerordentlich gut. Doch als Declan zu der Stelle kam, an der der menschenfressende Riese die Bohnenranke hinabklettert, bekam Jack Angst. Er versteckte sich unter seiner Bettdecke und flüsterte: *»C'est maman.«*

Declan sah ihn erstaunt an.

»Tu parles Français?«, fragte er.

Jack nickte.

»Très bien«, erwiderte er. Declan war von sich selbst überrascht. Er hatte nicht gewusst, dass er ebenfalls Französisch sprach. Was gab es noch, von dem er keine Ahnung hatte? Und warum bezeichnete Jack seine Mutter als menschenfressendes Ungeheuer? Das war sehr seltsam.

Laut ihrem Navigationssystem war Elizabeth am Ziel angelangt. Sie hielt den Wagen an und stieg aus. Ein gusseisernes Tor versperrte die Einfahrt, dahinter befand sich eine sandige Zufahrtsstraße. Sie konnte natürlich die Gegensprechanlage benutzen, um das Tor zu öffnen, doch das hatte sie auf keinen Fall vor. Verdammt, warum hatte ihr Khaleed Khomeini nichts von dem Tor erzählt und ihr die Zahlenkombination verraten? Sie musste ihn anrufen. Sie warf einen Blick auf ihr Telefon, doch sie hatte keinen Empfang. Verdammt.

Elizabeth betrachtete die Umgebung. Frische Reifenspuren führten vom Tor fort. Wenn sich nicht jemand anderes gerade im Cottage aufhielt, dann stammten sie auf jeden Fall von Natasha. Elizabeth war sich ziemlich sicher, dass das Tor nachgeben würde, wenn sie mit dem Auto dagegenfuhr. Es sah nicht allzu stabil aus, doch sie wusste nicht, wie weit das Tor vom Cottage entfernt lag.

Sie wollte unbemerkt zum Haus gelangen. Was sollte sie also tun?

Zu beiden Seiten der Straße befanden sich dichte Wälder. Elizabeth war sich sicher, dass das Tor bloß der optischen Abschreckung diente. Der angrenzende Zaun führte vermutlich nicht allzu weit in den Wald hinein. Sie würde versuchen, zu Fuß weiterzugehen. Tatsächlich endete der Zaun nach etwa hundert Metern. Elizabeth schlüpfte daran vorbei und machte sich wieder auf den Weg zurück zur Zufahrtsstraße. Dabei behielt sie die Umgebung im Auge, damit sie sich rechtzeitig verstecken konnte, falls ein Auto auftauchte.

Gott sei Dank befand sich an ihrem Schlüsselbund mit den Autoschlüsseln auch eine kleine Taschenlampe. Sie erleichterte den Marsch durch die sumpfige Landschaft und über die heimtückischen Baumstümpfe ungemein. Elizabeth hörte das Knacken eines Astes hinter sich. Sie fuhr herum und das Licht traf kurz auf ein Paar gelbe Augen und einen buschigen Schwanz, bevor das Tier verschwand.

Ein Wolf, dachte Elizabeth. *Mein Seelentier.* Der Geist des Wolfes beschützte sie. Nach ihrem Traum hatte sie sich mit dem Verhalten von Wölfen beschäftigt, und mittlerweile wusste sie, dass es keinen Grund gab, sich zu fürchten. Wölfe hatten furchtbare Angst vor Menschen und kamen ihnen nicht zu nahe. Die Tatsache, dass sie einen zu Gesicht bekommen hatte, war ein gutes Omen. Wenn ihr hingegen ein Bär begegnen sollte … sie beschleunigte ihre Schritte.

Natasha öffnete eine Flasche Wein. Die Kinder schliefen mittlerweile. Sie hatte ein gemütliches Feuer für sich und Declan entfacht. Vielleicht konnte sie ihn heute Nacht verführen. Der Gedanke daran, mit Declan nackt auf einer Decke vor dem Kamin zu liegen, erregte sie. Sie spürte ein Kribbeln.

»Decky, Liebling?«, fragte sie.

Declan hob den Blick von einem alten Magazin über Blockhäuser, in dem er gerade las.

»Wir haben kaum noch Holz«, erklärte Natasha. »Glaubst du, du kannst vielleicht hinausgehen und einige Scheite hacken, damit das Feuer nicht ausgeht?«

»Äh, ja. Klar«, antwortete Declan. Sie bewunderte seine Beweglichkeit und die Anmut, mit der er sich aus dem Stuhl erhob. Er schien wieder zu Kräften zu kommen. Ja, heute Nacht würde es endlich so weit sein. Sie würde mit Declan vögeln, als wäre es das letzte Mal. Sie hörte Holz splittern. Sie war noch nie glücklicher gewesen.

kapitel einundfünfzig

Das Geräusch von splitterndem Holz verriet Elizabeth, dass sie am Ziel angelangt war. Sie versteckte sich hinter einem Baum und beobachtete den Mann, der gerade eine Axt hoch über seinen Kopf hob und sie mit voller Wucht niederfahren ließ, so dass das Holz in kleinere Stücke zersprang. Sie hätte beinahe laut aufgeschrien. Es war Declan, daran bestand kein Zweifel. Er war schlanker, als sie ihn in Erinnerung hatte, aber etwas an der Art, wie er sich bewegte, verriet ihr, dass er es tatsächlich war. Schwaches Licht drang aus der Küche hinter ihm und erhellte sein Profil. Er war es ohne Zweifel. Obwohl er seine Haare abrasiert hatte und nur noch ein schwacher Schatten zu sehen war. Elizabeth zögerte. Steckte er mit Natasha unter einer Decke? Trieb er ein grausames Spiel mit ihr? Wo waren Jack und Camille? Sie dachte zurück an den Declan, den sie gekannt hatte. Er hatte sie über alles geliebt, da war sie sich sicher. Und am Ende ihrer Beziehung hatte er es kaum noch mit Natasha ausgehalten. Was ging hier vor? Es gab nur einen Weg, das herauszufinden. Sie musste den Schritt nach vorne wagen. Elizabeth tastete den Boden nach einem kleinen Stein ab. Dann warf sie ihn in Declans Richtung. Er landete einige Zentimeter von seinen Füßen entfernt. Declan hörte auf, Holz zu hacken, und sah in ihre Richtung.

»Wer ist da?«, rief er.

Elizabeth richtete das Licht ihrer Taschenlampe auf den Boden, damit er sah, wo sie sich befand. Er legte neugierig die Axt zur Seite und ging auf sie zu. Elizabeth hätte sich ihm beinahe in die Arme geworfen.

»Declan, oh Declan«, flüsterte sie, als er näher kam. Schließlich stand er vor ihr. Hier war der Mann ihrer Träume, der ihre geheimsten, dunkelsten Fantasien mit ihr geteilt hatte, den ihre wilde Vorstellungskraft so sehr erregt hatte, der ihr zwei Kinder geschenkt hatte und der sie heiraten wollte. Und sie hatte gedacht, der grausame Ozean hätte ihn ihr genommen.

Declan betrachtete sie von oben bis unten.

»Wer sind Sie?«, fragte er.

Seine Worte versetzten ihr einen schweren Schlag. Er erkannte sie nicht.

»Ich bin's, Elizabeth«, antwortete sie. »Sind die Kinder hier?«

»Ja«, sagte er. Der Name Elizabeth war für ihn von größter Bedeutung, doch er stürzte ihn zugleich auch in große Verwirrung. »Die Kinder sind hier.«

»Gott sei Dank.« Elizabeth begann, vor Erleichterung zu zittern.

»Wo sind sie?«, fragte sie, und ihre Zähne klapperten, so aufgeregt war sie.

»Im Cottage. Bei ihrer Mutter«, antwortete er. »Was ist hier los? Warum sind Sie …?«

»Bei ihrer Mutter? Meinst du Natasha?«, Elizabeth war vollkommen entsetzt.

»Ja«, antwortete Declan.

»Nein, nein«, erwiderte Elizabeth bestimmt. »*Ich* bin ihre Mutter.«

»Sie?« Declan war nun komplett verwirrt.

»Ja, ich. Kinlochbervie? Schottland?«

»Ich war in Schottland, das stimmt«, sagte Declan.

»Du bist mit einem Hubschrauber abgestürzt. Wir dachten, du seist tot«, sagte Elizabeth drängend. Sie musste unbedingt zu ihm durchdringen.

»Wer bin ich?«, fragte er Elizabeth.

»Du bist Declan Thomas«, erklärte sie ihm. »Du bist *mein* Declan Thomas. Die Kinder, Jack und Camille … es sind *unsere* Kinder. Deine und meine. Erinnerst du dich denn nicht? Bitte erinnere dich doch, Declan!«

Declan sah aus, als versuchte er, beliebige Worte zu einem Satz zusammenzufügen.

»Und werde ich … werde ich wegen Mordes gesucht?«, fragte er.

Elizabeth schnappte nach Luft. »Hat dir das etwa Natasha erzählt?«

Declan nickte.

»Mein Gott, nein!« Was für ein grausames Netz hatte Natasha hier gesponnen?

Elizabeth griff nach Declans Handgelenk und legte es auf ihres. Dann leuchtete sie mit der Taschenlampe darauf, so dass er sehen konnte, wie sich die beiden Tätowierungen vereinten. »Sieh nur, Declan. Sieh es dir an. Yin und Yang. Wir haben uns die Tattoos in Inverness stechen lassen. Wir waren betrunken.«

Declan sah sie leiderfüllt an. Dann begannen sich die kleinen Rädchen in seinem Gehirn plötzlich zu drehen, und Erinnerungen fanden an ihren Platz. Funken sprühten.

Das schwarze Meer schlug über ihm zusammen. Er hörte Lieder und das Kreischen der Möwen. Bruchstücke fügten sich zu ganzen Bildern zusammen. Eine wunderschöne Frau mit roten Haaren. Liebe. Kinder. Jack, der ihm auf Französisch sagte, dass seine Mutter ein schreckliches, menschenfressendes Ungeheuer sei. Seine Alarmglocken begannen zu schrillen.

»Wir müssen die Kinder von hier fortbringen«, erklärte Elizabeth. »Komm schon.«

»Ja«, erwiderte Declan. »Ja, Elizabeth. Ja. Meine Liebste.«

Eilig zog Declan Elizabeth aus dem Schatten. Dann liefen sie Hand in Hand die wenigen Meter auf das Cottage zu. Das Fliegengitter schlug krachend gegen die Wand, als sie ins Haus stürzten.

»Natasha?«, brüllte Declan. »Natasha, wo bist du? Ich kann mich an alles erinnern.«

Im ganzen Haus war es vollkommen still bis auf das leise Knacken der Holzscheite im Kamin. Die Stockbetten der Kinder waren leer. Die Tür, die aus ihrem Zimmer hinaus zur Rückseite des Cottages führte, stand sperrangelweit offen.

»Wo sind sie?«, flüsterte Elizabeth panisch.

»Psst. Hör mal«, sagte Declan. Sie hörten das rostige Ächzen der Ruder und das Platschen, als sie auf dem Wasser aufschlugen.

»Sie sind unten beim Anlegesteg«, erklärte Declan. »Gehen wir. Hier entlang!«

Sie eilten durch das Cottage zurück und zur Tür im Wintergarten hinaus. Declan schnappte sich eine Taschenlampe und steckte etwas in seine Tasche, das Elizabeth nicht erkennen konnte.

»Beeil dich«, drängte sie. »Wir müssen sie aufhalten. Die Kinder sind in furchtbarer Gefahr.«

Declans Mund war nur noch eine wütende, schmale Linie. Sein Gesicht wirkte wie zu allem entschlossen. Er führte Elizabeth einen abfallenden Pfad hinunter zum Anlegesteg und leuchtete ihr dabei den Weg. Eine unheimliche Stille hatte sich über den See gelegt. Das Ruderboot war nicht mehr zu sehen.

»Wo sind sie?«, heulte Elizabeth.

»Natasha!«, brüllte Declan. Die einzelnen Silben wurden vom Echo des Sees zurückgeworfen. »Natasha, wo bist du?«

Declan ließ den Strahl der Taschenlampe über das tintenschwarze Wasser gleiten, aber das Ruderboot war nirgendwo zu sehen.

»Natasha!«, schrie Elizabeth. »Komm zurück! Bitte!«

Die dicke Wolke, die sich vor den Mond geschoben hatte, zog endlich weiter, und der See glänzte gespenstisch blau im Mondlicht. Plötzlich entdeckte Elizabeth etwa zwanzig Meter entfernt einen dunklen Umriss nahe des Ufers.

Sie deutete mit dem Finger darauf. »Dort drüben, Declan.«

Das Licht seiner Taschenlampe fiel auf die silberfarbenen Ruder des Bootes und die blassen, angsterfüllten Gesichter der Kinder.

»Oh mein Gott, sie tragen keine Schwimmwesten«, sagte Elizabeth zu sich selbst. »Jack. Camille. Seid ihr okay?«

»Mummy!«, riefen die Zwillinge einstimmig.

Natasha ruderte das Boot langsam wieder in ihre Richtung. Dann hielt sie etwa zehn Meter entfernt plötzlich inne.

»Nun, nun«, sagte Natasha und grinste spöttisch. »Ist das nicht kuschelig? Was für eine wunderschöne Nacht für einen kleinen Bootsausflug, meint ihr nicht auch? Kommt schon, Kinder, lasst uns singen! *Da lernt man rudern, da lernt man segeln, da lernt man steuern auf hoher See!* Singt alle mit, kommt schon. Singt mit, oder die Kinder gehen gleich eine Runde schwimmen.«

Declan und Elizabeth standen wie angewurzelt da.

»Ich sagte, ihr sollt mitsingen!«, befahl Natasha.

Elizabeth begann, mit zitternder Stimme zu singen.

»Da lernt man rudern, da lernt man segeln …«

»Und jetzt du, Decky«, forderte Natasha.

Nachdem das Lied zu Ende war, lachte Natasha irr. »Wir sollten ein Feuer machen und gemeinsam Lagerfeuerlieder singen. Na Kinder, wie findet ihr das? Würde euch das gefallen? Und wir könnten auch Marshmallows braten, was haltet ihr davon?«, sagte sie.

»Bitte Natasha. Tu ihnen nicht weh«, flehte Elizabeth.

»Aber warum sollte ich das denn tun?«, fragte Natasha gedehnt. »Ich würde doch nie Declans und dein perfektes Leben zerstören, nicht wahr? Euch und eure nette vierköpfige Familie.« Natasha schien kurz nachzudenken. »Wisst ihr was, vier ist eigentlich keine schöne Zahl, oder was meint ihr? Die Chinesen sind der Meinung, dass diese Zahl Unglück bringt. Sie symbolisiert den Tod«, erklärte sie.

Elizabeths Knie zitterten so stark, dass sie sich setzen musste.

»Was willst du, Natasha?«, fragte Declan und versuchte dabei, nicht allzu wütend zu klingen.

»Was ich will?«, fragte Natasha. »Ich will, dass sich Madame Wunderbar hier entscheidet, welches ihrer Bälger gleich über Bord geht.«

»Mein Gott, nein!«, sagte Elizabeth.

»Oder ich werfe sie beide ins Wasser«, fügte Natasha hinzu.

Mein Gott, das ist wie in »Sophies Entscheidung«, dachte Elizabeth. Sie hatte das Gefühl, als würde sie nach hinten und durch das Zeitgefüge stürzen, das ihr einen Streich zu spielen schien. Plötzlich befand sie sich wieder auf der Highschool und hörte während der Englischstunde angsterfüllt zu, wie die Romanfigur Sophie gezwungen wurde, sich zwischen ihrem Sohn und ihrer Tochter zu entscheiden.

»Komm schon, Natasha. Komm zurück ans Ufer!«, befahl Declan. »Das ist deine letzte Chance.«

»Aber nein«, erwiderte Natasha. »Das ist *eure* letzte Chance. Wähle eines deiner Kinder aus, Elizabeth. Welches liebst du mehr als das andere?«

»Bitte, Natasha, zwing mich nicht dazu!«, flehte Elizabeth.

»Entscheide dich!«

Doch sie konnte sich unmöglich entscheiden. Das unterdrückte Schluchzen der Kinder drang über das Wasser hinweg zu Elizabeth.

»Entscheide dich!«, befahl Natasha. »Oder sie gehen beide über Bord. Ich zähle bis drei. Eins. Zwei. Dr…« Natasha kam nicht dazu, die letzte Zahl auszusprechen. Elizabeth hörte plötzlich ein Zischen, gefolgt von einem dumpfen Schlag. Declan hatte mit seiner Schleuder einen Stein abgeschossen, der Natasha an der Schläfe traf. Sie schrie vor Schmerz auf, stürzte ins Wasser und brachte dabei das Boot zum Kentern.

»Die Kinder!«, schrie Elizabeth. »Schnell, wir müssen sie retten!«

Declan und sie schlüpften beide aus ihren Jacken und sprangen in den eisig kalten See.

Das Boot befand sich nur etwa zehn Meter vom Ufer entfernt, doch plötzlich wirkte alles so langsam wie in einem Traum, den man in Zeitlupe durchlebt. Beide Kinder brüllten. Declan kam zuerst bei Jack an. Er packte ihn unterm Kinn und zog ihn zurück an Land. Elizabeth erreichte schließlich Camille. Natasha war nirgendwo zu sehen. Obwohl der Mond wieder verschwunden war, sah Elizabeth, dass das Gesicht ihrer

Tochter bereits blau anlief. Camilles Zähne klapperten vor Angst und Kälte.

»Halte durch, Liebling! Immer schön paddeln, wie du es im Schwimmunterricht gelernt hast«, keuchte Elizabeth.

Sie packte den Pyjama ihrer Tochter. Das Adrenalin peitschte durch ihren Körper. In ein paar Minuten würde sie Camille sicher ans Ufer gebracht haben. Declan hatte mit Jack bereits den Anlegesteg erreicht und stürzte sich wieder ins Wasser, um ihr zu Hilfe zu kommen. Elizabeth nahm all ihre Kraft zusammen und schwamm mit ihrer Tochter in seine Richtung. Bloß noch ein paar Meter, und sie wären in Sicherheit. Elizabeths Gedanken schienen plötzlich wie in Zeitlupe. Sie wusste, dass sie sich beeilen musste. Sie wusste, dass sie all ihre Kraft zusammennehmen und zurück ans Ufer schwimmen musste. Ja, das musste sie. Doch die Kälte fühlte sich plötzlich seltsam warm an. Und der Mond, der nun wieder auf den See schien, war so wunderschön, dass sie sich am liebsten hätte treiben lassen. Ja, warum ließ sie sich nicht einfach treiben und genoss das Wasser?

Plötzlich wurde Elizabeth von einer Hand mit roten Fingernägeln gepackt und unter Wasser gezogen. Tiefer und immer tiefer. Elizabeth war keine Zeit geblieben, nach Luft zu schnappen und so hatte sie bald das Gefühl, zu ersticken. Das eisig kalte Wasser schoss in ihre Ohren und in ihre Nase. Alles um sie herum wurde kalt und schwarz, abgesehen von einer Sache: Eine Hand schwebte vor ihrem Gesicht umher wie ein farbloser Fisch. Elizabeth griff nach der Hand und biss so fest zu, wie sie nur konnte. Sie schmeckte Blut und Seewasser. Das Ding, das sie nach unten zog, gab endlich nach. Elizabeth stieß sich kraftvoll mit den Beinen ab und durchbrach schließlich hustend und keuchend die Wasseroberfläche. Sie sah, dass Declan Camille zum Anlegesteg gebracht hatte. Elizabeth fuhr herum. Plötzlich sah sie sich ihrer schlimmsten Feindin gegenüber.

»Du Schlampe«, knurrte Natasha. Doch diese Frau hatte bereits oft genug versucht, Elizabeth alles zu nehmen. Sie würde verdammt noch mal nicht zulassen, dass sie ihr auch noch das Leben nahm. Mit einer Kraft, von der sie nicht gewusst hatte, dass sie sie besaß, stürzte Elizabeth sich auf Natasha.

Elizabeth packte Natashas Schultern und drückte sie nach unten. Sie spürte, wie Natasha gegen sie ankämpfte und strampelte, doch Elizabeth drückte sie weiter unter Wasser, bis die Bewegungen langsam weniger wurden … Natasha verließen allmählich ihre Kräfte. Schließlich wickelte sich Natashas Fuß anmutig um ein dickes Schilfrohr am Boden des Sees und blieb dort fixiert.

Als Elizabeth endlich am Ufer ankam, machte sich Declan daran, die Kinder ins Haus zu bringen. Elizabeth fühlte sich seltsam schläfrig. Sie fragte sich, ob sie vielleicht ein Nickerchen am Anlegesteg machen sollte. Und sie fragte sich, woher plötzlich die vielen Blaulichter kamen.

»Dort ist sie. Sie ist in Sicherheit«, hörte sie eine Männerstimme, die jedoch nicht Declan gehörte. Jemand breitete eine Polizeidecke über ihre Schultern. Das Martyrium war zu Ende. Natasha war fort.

kapitel zweiundfünfzig

Die Tage und Wochen, die auf den Vorfall in Dorset folgten, waren vollkommen verrückt. Die Nachricht von Declan Thomas' wundersamer Auferstehung verbreitete sich wie ein Lauffeuer um den gesamten Globus. Horden von Pressevertretern lagerten vor Elizabeths und Joans Haus, bis Declan gezwungen war, eine Pressekonferenz abzuhalten. Er gab an, auf der Insel Handa überlebt zu haben, indem er sich von Vogeleiern, Fischen, Seegras und Hasenfleisch ernährt habe. Die McNamaras erwähnte er dabei nicht. Declan fragte sich inzwischen, ob er sich die Gesellschaft der Familie bloß eingebildet hatte, um nicht den Verstand zu verlieren. Die Brandwunde, die der Haferbrei auf seinem Arm hinterlassen hatte, war mittlerweile vollständig verschwunden, als wäre sie nie da gewesen.

Ein Polizeitaucher befreite Natashas Leiche vom Grund des Sees. Ihr Körper wurde im nahe gelegenen Huntsville eingeäschert, und Khaleed Khomeini verstreute ihre Asche schließlich um das Cottage. Er hoffte, dass sie sich mit der Asche ihrer Mutter vereinen würde. So würde seine Tochter endlich Frieden finden.

Das gerichtsmedizinische Gutachten bestätigte, dass Natashas Tod durch Ertrinken ein Unfall gewesen war. Elizabeth war sehr erleichtert, denn das bedeutete, dass sie keine Anklage zu fürchten brauchte. Nun konnten sie und Declan ihr gemeinsames Leben weiterführen.

Nach einem kurzen Krankenhausaufenthalt, bei dem sichergestellt wurde, dass Declan, Elizabeth und den Kindern nichts fehlte, besuchte Declan zuallererst seine Mutter. Joan brach in Tränen aus, als sie ihn sah.

»Mein Sohn, mein Liebling«, weinte sie und schloss ihn in die Arme. »Was ist geschehen? Wir dachten, du seist tot.«

Nachdem Joan ihn wieder losgelassen hatte, setzten sich die beiden, und Declan erzählte ihr alles, woran er sich erinnern konnte.

»Ich wusste es. Ich hätte Elizabeth warnen sollen, nachdem ich Natasha damals vor der Schule getroffen hatte«, sagte Joan.

»Du konntest doch nichts von alldem ahnen«, erwiderte Declan. »Niemand konnte wissen, wie bösartig sie tatsächlich war.«

»Und sie hat dich wirklich davon überzeugt, dass du ein Mörder bist?«, fragte Joan ungläubig.

»Ich war wie eine leere Leinwand«, antwortete Declan. »Sie konnte mir erzählen, was immer sie wollte. Wenn sie mir erzählt hätte, dass ich als Affe bei einem Drehorgelspieler gelebt habe, hätte ich ihr es auch geglaubt.«

Joan schüttelte verblüfft den Kopf. Es war wirklich eine unglaubliche Geschichte.

Nachdem Declan gegangen war, tupfte Joan ihre Augen trocken. Sie war überglücklich. Ihr Sohn war noch am Leben. Sie konnte es kaum erwarten, Byron die unglaublichen Neuigkeiten mitzuteilen. Nachdem er den Polizeichef angerufen hatte, hatte Joan sich bei ihm bedankt, ihm aber gleichzeitig erklärt, dass es wohl besser war, wenn sie einander eine Weile nicht trafen. Sie durchlebte gerade schwere Zeiten und hatte nicht das Gefühl, ihm etwas bieten zu können. In Wahrheit schämte sie sich, weil sie ihn so schnell aufgegeben und angenommen hatte, dass er eher an Elizabeth als an ihr interessiert war. Byron hatte sich verständnisvoll gezeigt. Und Joan konnte sich jederzeit wieder bei ihm melden.

Zögernd wählte Joan Byrons Nummer. Zehn Minuten später stand er vor ihrer Tür. Die magnetische Anziehungskraft zwischen ihnen war so mächtig wie die Schwerkraft, und sie stürzte sich in seine Arme. Es gab nichts mehr zu sagen. Ihre Lippen trafen aufeinander. Ihre Zungen berührten sich fordernd und mit sehnsüchtigem Verlangen. Byron drängte Joan rückwärts in den Flur und schob die Tür mit dem Fuß zu, während er sie eng umschlungen hielt. Joans Nervenenden standen unter Strom. Sie zog ihm die Jacke von den Schultern und ließ sie auf den Boden fallen. Ihre Finger machten sich an den Knöpfen seines Hemdes zu schaffen, doch Byron riss es einfach auf, so dass die Knöpfe über den Hartholzboden hüpften. Er streifte ihr den Pullover über den Kopf und schleuderte ihn zur Seite. Dann fiel er über ihre Brüste her wie ein Verhungernder, dem gerade das üppigste Mahl der Welt angeboten worden war. Byron drückte Joan mit dem Rücken an die Wand, und seine Finger schlüpften unter ihren BH. Er hob ihn mit einem Ruck über ihren Kopf, und schließlich waren ihre Brüste frei. Er saugte an ihren Brustwarzen, bis sie nach Luft schnappte. Dann wanderten seine Finger unter ihren Rock.

»Liebe mich, Byron«, keuchte sie.

»Versuch nur, mich davon abzuhalten«, knurrte er. »Ich wollte es bereits, als ich dich zum ersten Mal sah.«

Er hatte Joans Rock mittlerweile bis zur Hüfte hochgeschoben.

»Schling die Beine um mich«, befahl ihr Byron. Er war bereits aus seiner Jeans geschlüpft, und Joan spürte seinen dicken, harten Penis, der sich gegen sie drückte und seinen Weg in ihr Inneres suchte.

»Was soll ich jetzt tun?«, keuchte Byron und ließ seine Zunge ihren Hals hochwandern. Joan stöhnte und bäumte sich ihm entgegen.

»Sag es!«, sagte Byron.

»Oh Gott!«

»Sprich es aus«, sagte Byron. »Sag, was ich machen soll.«

»Mich lieben«, flüsterte Joan.

Byron zog sich so ruckartig zurück, dass sie nach Luft schnappte.

»Sag es. Härter. Sag, was du willst.«

»F …«

Byron ließ seine Penisspitze in ihre feuchte Höhle gleiten, um sie zu necken.

Joan biss sich in die Hand.

»Ja, Joan! Sag es!«

»Fick mich«, erwiderte Joan.

Und Byron stieß mit einer ungeheuerlichen Dringlichkeit zu.

»Lauter. Härter. Mehr davon.«

»Fick mich!«, brüllte Joan. Schon die Tatsache, dass sie diese Worte laut aussprach, versetzte sie in eine urgewaltige, lustvolle Ekstase. Sie konnte es kaum glauben, dass sie ihr über die Lippen gekommen waren.

»Ja«, sagte Byron. »Das ist es. Das ist, was du willst, Joan. Du willst, dass ich dich ficke, und bei Gott, das werde ich auch.«

»Fick mich, fick mich, fick mich«, heulte sie.

Und dann tat er es.

Drei Tage später erhielt Joan einen Brief aus dem diagnostischen Labor. Sie riss den Umschlag auf, unsicher, wie sie auf den Inhalt reagieren würde. Es war, wie sie erwartet hatte. Sie war nun im Besitz einer sehr wichtigen Information. Sie würde sich Zeit lassen, um darüber nachzudenken, was sie nun damit anfangen würde.

Plötzlich hörte sie, wie Declan die Haustür öffnete und Jack und Camille den Flur entlangstürmten. Joan ließ den Umschlag in die Küchenschublade gleiten. Sie würde sich später damit beschäftigen.

»Hallo, meine Lieben«, rief sie und umarmte ihre Enkelkinder. Abgesehen von einigen Alpträumen schienen die Kinder nach dem Martyrium mit Natasha keine größeren Schäden davongetragen zu haben.

»Was machen wir denn heute?«, fragte sie die beiden.

Declan grinste Joan an.

»Sie haben gehört, dass es im Museum einen riesigen Dinosaurier gibt.«

»Können wir uns den Dinosaurier ansehen?«, fragte Camille und sah Joan an.

»Ja, da gibt es einen Sausausaurier«, erklärte Jack. »Können wir hin, Oma?«

»Ja, warum nicht«, erwiderte Joan und blickte glücklich in ihre lachenden, hoffnungsfrohen Gesichter. »Ich hole bloß schnell meinen Mantel.«

»Okay, dann gehe ich jetzt«, erklärte Declan und drückte seiner Mutter einen Kuss auf die Wange.

»Eines noch, Declan«, sagte Joan.

»Ja. Was gibt es?«, sagte er.

»Ich hätte gerne meinen Hausschlüssel wieder, wenn es dir nichts ausmacht.«

»Warum denn das?«, fragte er, während er den Schlüssel vom Schlüsselring zog.

»Ach, es hat bloß etwas mit meiner Privatsphäre zu tun«, sagte Joan. Sie dachte an Byron. Nun gab es tatsächlich einen Grund, mehr Privatsphäre einzufordern.

Declan legte den Schlüssel und eine Tasche auf ihren Tisch.

»Hier sind einige Klamotten zum Wechseln. Bloß für den Fall. Und Teddy und Bunny«, fügte er hinzu. Declan kniete nieder, um den beiden Kindern einen Kuss zu geben.

»Seid lieb zu Großmama«, sagte er, bevor er Camille einen gespielt ernsten Blick zuwarf.

»Nimmst du Bunny denn mit ins Museum?«, fragte er.

»Nein!«, rief sie »Dann frisst ihn womöglich der Dinosaurier!«

»Und das wollen wir auf keinen Fall«, erwiderte Declan. Der rosafarbene und weiße Hase mit den Schlappohren, den Elizabeth repariert hatte, war Camilles Lieblingsspielzeug, seit sie ein Baby war. Jack brauchte seinen kleinen weißen Bären nicht mehr so oft, obwohl er sich in der Nacht immer noch gerne an ihn kuschelte.

»Gut. Dann sehen wir uns um fünf wieder«, sagte Declan zu Joan. »Viel Spaß!«

Joan hatte sich bereit erklärt, Jack und Camille jeden Mittwochnachmittag zu sich zu nehmen. Declan baute den Schuppen hinter dem Haus in ein Tonstudio um, während Elizabeth mit *Rags 'n' Beats* beschäftigt war. Joan freute es, wenn sie ihnen behilflich sein konnte. Sie genoss die Zeit mit ihren Enkelkindern, doch sie war auch froh, wenn sie anschließend wieder zu ihren Eltern zurückkehrten. Kleine Kinder waren ganz schön anstrengend.

»Kommt schon, Kinder«, sagte sie. »Wir werden das

Auto in der Parkgarage abstellen und dann mit der Straßenbahn ins Museum fahren.«

Das *Royal Ontario Museum* in der Avenue Road war ein imposantes Gebäude mit einem neuen Anbau, der an die Bloor Street grenzte. Im Gegensatz zur würdevollen Architektur des alten Gebäudes stach der Anbau durch scharfe Linien und Glasflächen hervor. Die Einwohner Torontos waren unterschiedlicher Meinung, was Daniel Libeskinds Entwurf betraf. Joan mochte das Gebäude jedoch sehr. Es erinnerte sie an eine Druse, einen von diesen glatten, runden Steinen, die im Inneren glitzernde, spitze Kristalle offenbarten, wenn man sie aufschlug. Sie und die Kinder betraten das Gebäude über die Bloor Street und standen plötzlich vor dem riesigen Skelett eines fünfzig Meter hohen Dinosauriers, der über der Rotunde aufragte.

»Wow«, erklärte Jack und starrte das Skelett ehrfürchtig an.

»Wow«, wiederholte auch Camille. »Großmama, wenn ich einmal alt bin, werde ich dann auch ein Dinosaurier?«

»Manche Leute nennen dich dann vermutlich so«, lachte Joan.

Nachdem sie zwei Stunden umhergewandert waren, wurden Joans Füße langsam schwer, und sie war froh, endlich nach Hause zu fahren. Die Kinder spielten glücklich im Wohnzimmer und sahen sich zufrieden eine DVD an. Um fünf Uhr befahl sie ihnen schließlich, ihre Spielsachen wieder in der eigens dafür vorgesehenen Kiste zu verstauen, und zog sie an, damit Declan sie abholen konnte.

Sobald die beiden gegangen waren, machte sich Joan

eine Tasse Tee und sank auf die Couch, dankbar für die Stille, die nun hereingebrochen war. Byron würde später vorbeikommen und etwas vom Inder mitbringen. Sie hatten vor, zu Hause zu bleiben und sich einen Film anzusehen. Sie würde noch duschen, um wieder zu Kräften zu kommen und für ihn bereit zu sein. Der Sex mit ihm war spektakulär. Joan fühlte sich wie neugeboren. Sie fühlte sich wieder als Frau. Doch nun fragte sie sich auch, was sie mit dem Umschlag anstellen sollte, der in ihrer Küchenschublade lag.

kapitel dreiundfünfzig

Effie hatte vorgeschlagen, dass Declan eine eigene Modelinie entwerfen sollte, um sie in *Rags 'n' Beats* zu präsentieren. Außerdem konnten sie in diesem Zusammenhang auch von Declan Thomas' Überlebenskampf berichten, hatte Effie augenzwinkernd zu Elizabeth gemeint. Bis jetzt hatte Declan kaum darüber gesprochen. Er hatte nicht einmal Elizabeth davon erzählt. Je mehr Zeit verging, desto mehr war Declan davon überzeugt, dass er sich alles nur eingebildet hatte. Es hatte kein hübsches Mädchen mit rotblonden Haaren gegeben. Keine Mutter mit irrem Blick und keinen schweigsamen Vater, die sich auf Handa um ihn gekümmert hatten. Sie waren alle dem Schock und seiner Fantasie entsprungen.

»Und an welche Art von Mode hattest du gedacht?«, fragte Declan Effie. Es war ein anstrengender Tag gewesen, und sie genossen gerade eine Flasche Wein, während Elizabeth die Kinder zu Bett brachte.

»Hmm«, erwiderte Effie und ließ die burgunderfarbene Flüssigkeit in ihrem Glas kreisen.

»Wie wär's mit einer Art ›Schiffbrüchigen-Look‹? Zerrissene Hosen und Hemden?«

Declan lachte. »Ja genau, Eff. Ich kann mir nicht vorstellen, dass das funktioniert.«

»Vertrau mir, Schätzchen, wenn du die Klamotten trägst und sie dir gefallen, dann werden die Kids verrückt danach sein«, erwiderte Effie.

»Ich habe im Moment sehr viel um die Ohren, Effie. Ich glaube nicht, dass noch Platz für etwas anderes ist«, sagte Declan.

»Nun, denk einfach mal darüber nach«, sagte Effie. »Ich kenne da ein Magazin, das dich sicher aufs Cover nehmen würde.«

Plötzlich drang ein herzzerreißender Schrei aus dem Badezimmer, gefolgt von einem lauten Heulen.

»Declan«, rief Elizabeth. »Hast du Bunny gesehen? Cam ist gerade fix und fertig.«

»Siehst du?«, sagte Declan zu Effie. »Ich bin viel zu sehr damit beschäftigt, Hasen nachzujagen, um auch noch eine eigene Modelinie zu entwerfen.«

Declan und Elizabeth suchten im ganzen Haus, doch Bunny war nicht aufzufinden. Camille war untröstlich.

»Ein Dinosaurier hat Bunny gefressen«, schluchzte sie.

Elizabeth warf Declan einen erschöpften Blick zu.

»Er muss noch bei deiner Mutter sein.«

»Ich rufe sie an«, sagte er und holte sein Telefon aus der Tasche. Er ließ es eine Weile klingeln, während Camille immer hysterischer wurde.

»Mum ist vermutlich nicht zu Hause. Ich fahre hinüber und sehe nach«, erklärte er Elizabeth.

Declan drückte Camille einen Kuss auf die Stirn.

»Mach dir keine Sorgen. Wir haben Bunny vermutlich bei Großmama vergessen. Daddy fährt jetzt los und holt ihn für dich.«

Camilles Schluchzen ging in einen leisen Schluckauf über.

»Danke, Daddy«, sagte sie.

Joan und Byron hatten es gerade einmal geschafft, sich die Hälfte des Films anzusehen.

»Komm, lass uns ins Bett gehen«, flüsterte Joan ihm zu, und Byron war nicht schwer zu überreden.

»Wenn eine schöne Frau einen Schritt auf mich zugeht, würde ich sie niemals abweisen«, erklärte Byron.

»Tatsächlich?«, fragte Joan. »Nun, dann muss ich dich wohl in Zukunft von schönen Frauen fernhalten.«

Byron zeichnete mit dem Finger die Konturen ihrer Lippen nach. »Außer von dir«, sagte er. »Ich möchte niemals von dir ferngehalten werden.«

Joan nahm seine Hand und führte ihn die Treppe hinauf zu ihrem Bett mit den blütenweißen Laken. Eigentlich musste sie ihm noch etwas erzählen, doch das konnte warten.

Declan fuhr vor dem Haus seiner Mutter vor. Ihr Auto stand nicht im Carport, und das Haus lag im Dunkeln. Verdammt.

Warum hatte er ihr nur den Haustürschlüssel wiedergegeben? Er verstand auch nicht, warum sie ihn wiederhaben wollte. Und nun musste er in ihr Haus einbrechen. Auf der Rückseite des Hauses gab es ein Fenster, das in den Kellerraum führte, der früher einmal sein Zimmer gewesen war. Declan war sich ziemlich sicher, dass er das Fliegengitter lösen, das Fenster öffnen und so ins Haus gelangen konnte.

Joan genoss das Gefühl, als Byron in sie eindrang. Sie liebte das warme Gefühl seiner Haut, seinen sanften, weichen Bauch und die Härte seines restlichen Körpers. Er leckte sie eine Zeitlang, wobei er sie bat, ihm zu sagen, ob er zu schnell oder zu langsam war. Er folgte geschickt ihren Anweisungen. *Ein Orgasmus ist wie ein Ausrufezeichen am Ende eines Satzes,* dachte Joan. Sie spürte, wie sie nach vorne kippte, von einem Gebäude stürzte, aus einem Flugzeug sprang. *Jetzt. Jetzt ist es so weit,* dachte sie. Eine riesige Welle der Lust brach über ihr zusammen. »Byron!«, rief sie. »Oh, Byron!!!«

Byron hielt Joan in den Armen und streichelte ihr Haar, doch dann versteifte er sich plötzlich.

»Hast du das gehört?«, fragte er.

»Was denn?«, murmelte sie. Sie hörte bloß das Pochen ihres eigenen Herzens.

»Da, schon wieder«, sagte er.

Joan lauschte aufmerksam. Sie hörte ein Quietschen, gefolgt von einem dumpfen Schlag, der aus dem Keller zu kommen schien.

»Es klingt, als würde jemand einbrechen«, sagte sie erschrocken.

Byron schlüpfte in seine Boxershorts und sah sich nach einer Waffe um.

»Dort drüben«, flüsterte Joan und zeigte auf einen Baseballschläger. »Ich habe ihn immer hier, bloß für den Fall.«

Declan hatte es endlich geschafft, das rostige Kellerfenster zu öffnen, und zwängte sich hindurch. Er landete unsanft auf dem Boden seines ehemaligen Zimmers. Er ließ das Fenster offen stehen, damit er wieder hinausklettern konnte, und machte sich auf den Weg hinauf zur Spielzeugkiste der Kinder. Dort würde er Bunny sicher finden.

Es drang genug Helligkeit von den Straßenlaternen ins Haus, dass Declan kein Licht machen musste. Er wollte die Nachbarn nicht aufschrecken, falls Joan ihnen erzählt hatte, dass sie nicht zu Hause war. In dieser Gegend wurde oft eingebrochen, und Declan wusste, dass die Nachbarn ein wachsames Auge auf die anderen Häuser hatten.

Er durchwühlte die Spielzeugkiste und hoffte inständig, Bunny zu finden.

Byron schlich auf Zehenspitzen die Treppe von Joans Schlafzimmer hinunter und hoffte, dass sie nicht quietschen würde. Der Überraschungseffekt war immens wichtig. Er hielt den Baseballschläger bereit. Ja, da war tatsächlich jemand im Wohnzimmer. Eine schattenhafte Gestalt, die sich über eine Kiste beugte.

Byron nahm die letzten Meter in einem Satz, brüllte laut auf und stürzte sich auf den Eindringling. Declan fuhr herum. Mein Gott, ein halbnackter Mann ging gerade mit einem Baseballschläger auf ihn los. Was zum Teufel sollte das? Declan rollte sich schnell über die Schulter zur Seite und trat mit aller Kraft zu, wodurch der Mann mit dem Rücken gegen das Bücherregal geschleudert wurde.

»Bist du vollkommen verrückt, verdammt noch mal?«, brüllte Declan.

Byron kämpfte sich hoch und hob erneut den Baseballschläger. Er umrundete sein Opfer argwöhnisch.

»Was willst du? Was machst du hier?«, keuchte Byron.

»Ich könnte dich dasselbe fragen, du verrückter Mistkerl«, erwiderte Declan.

Plötzlich ging das Wohnzimmerlicht an. Joan stand in der Tür und wickelte sich ihren Bademantel um den Körper.

»Declan!«, rief sie. »Du?«

Byron erstarrte. Er hielt den Baseballschläger über den Kopf, bereit, ein weiteres Mal zuzuschlagen.

»Declan?«, fragte er. Er warf Joan einen verwirrten Blick zu. »Dein Sohn?«

Declan war furchtbar wütend.

»Du hast mich verdammt noch mal zu Tode erschreckt, Mann«, sagte er und starrte Byron wütend an.

»Ja, und du hast uns beide verdammt noch mal zu Tode erschreckt«, erwiderte Byron. »Und warum brichst du überhaupt ins Haus deiner Mutter ein? Hast du noch nie etwas davon gehört, dass man auch klopfen kann?«

Declan hatte sehr wohl bemerkt, dass Byron das Wort »uns« benutzt hatte.

»Und hast *du* schon einmal etwas davon gehört, dass sich jeder um seinen eigenen verdammten Kram kümmern sollte?«, erwiderte Declan, bevor er sich wütend an Joan wandte. »Wer zum Teufel ist dieser Kerl, Mum?«

»Ganz ruhig, mein Sohn. Wir sollten uns jetzt alle beruhigen«, sagte Byron und legte den Baseballschläger zur Seite. Joan trat auf die beiden zu und legte einen Arm um Byrons Taille. Diese Geste machte Declan noch wütender, ganz abgesehen von dem herablassenden Ton, in dem Byron mit ihm gesprochen hatte.

»Ich bin nicht dein Sohn«, erklärte Declan kurz angebunden mit wütender Stimme.

»Nun, eigentlich bist du das sehr wohl«, erwiderte Joan. Doch die beiden Männer waren so beschäftigt damit, einander feindselig anzustarren, dass ihre Worte ungehört verhallten. Joan beschloss, sie noch einmal zu wiederholen.

»Declan, du bist Byrons Sohn.«

Die beiden Männer starrten sie an, als hätte sie den Verstand verloren.

»Verdammt«, sagte Declan.

Joan seufzte. »Ich wollte den richtigen Moment abwarten, um es euch zu sagen. Und ich denke, jetzt ist dieser Moment gekommen.«

»Was zum Teufel soll das?«, fragten Byron und Declan gleichzeitig.

»Das ist doch ein Scherz, oder?«, fragte Declan.

»Irgendwie scheint mir deine Mutter nicht zu den Frauen zu gehören, die über solche Dinge Witze machen«, sagte Byron.

»Heilige Scheiße«, sagte Declan.

»Heilige Scheiße trifft es ziemlich gut.«

Joan führte die beiden Männer in die Küche und holte den Laborbericht aus der Küchenschublade. Byron und Declan lasen den Brief, während Joan Kaffee aufsetzte.

»Ich glaube, ich brauche jetzt etwas Stärkeres«, sagte Declan.

»Und ich brauche einen starken Kaffee ohne Milch«, sagte Byron.

Joan schenkte etwas Whiskey in ihren Kaffee und gab Declan die Flasche, damit er es ihr gleichtun konnte. Die beiden Männer hatten so viele Fragen. Sie warfen einander immer wieder verstohlene Blicke zu.

Declans Telefon läutete. Es war Elizabeth.

»Hey, Declan. Mach dir keine Sorgen wegen Bunny«, sagte sie. »Cam ist ohne ihn eingeschlafen. War er bei deiner Mum?«

Declans Blick fiel auf ein rosafarbenes Ohr, das unter einem Stuhl hervorblitzte.

»Ja, er ist hier.«

»Alles in Ordnung?«, fragte Elizabeth. »Du klingst seltsam.«

»Ich erzähle es dir später«, sagte Declan.

Joan nippte an ihrem Kaffee und erklärte Declan und

Byron schließlich, dass sie zum ersten Mal Verdacht geschöpft hatte, als Byron erwähnt hatte, im El Mocambo gespielt zu haben.

»Du spielst?«, fragte Declan.

Byron nickte. »Früher«, sagte er.

Joan erinnerte sich, dass sie eines Abends mit ihrer Zwillingsschwester Jean dort gewesen war. Jean durchlebte gerade eine manische Phase und tanzte wie verrückt direkt vor der Bühne herum. Joan versuchte, sie zu beruhigen, doch Jean wollte nichts davon wissen. Sie war besessen davon, sich einen Musiker aus der Band zu angeln. Am Ende des Abends sah Joan, wie Jean die Bar gemeinsam mit dem Bassisten verließ. Einem gutaussehenden jungen Kerl in einer Lederjacke.

Byron sah Joan fassungslos an.

»Deine … Zwillingsschwester? Ich kann mich an sie erinnern. Wir verbrachten bloß diese eine Nacht zusammen. Am nächsten Tag sind wir weiter nach Montreal.«

»Eine Nacht war genug«, sagte Joan. »Jean wurde schwanger. Und sie wollte nichts von einer Abtreibung wissen …«

»Aber warum hat sie sich denn nicht gemeldet? Ich hätte ihr geholfen«, sagte Byron.

»Sie war sehr unabhängig«, erwiderte Joan. »Sie bat niemanden um Hilfe. Leider.«

Declan rutschte unangenehm berührt auf seinem Stuhl hin und her.

»Meine Mutter beging Selbstmord, als ich achtzehn Monate alt war«, erklärte Declan.

»Und mein Mann und ich haben Declan danach adoptiert«, fügte Joan hinzu.

»Mein Gott«, sagte Byron. Er trank seinen Kaffee aus und schenkte sich eine weitere Tasse ein.

»Einige der Dinge, die du mir erzählt hast, etwa dass du ein Draufgänger warst, haben etwas in mir ausgelöst«, sagte Joan. »Und dann war da noch das seltsame Gefühl, dass wir uns kennen. Einige Male hast du mich auf eine ganz besondere Art angesehen. Es erinnerte mich an Declan. Also …«, fuhr sie fort. »Also dachte ich mir, dass es nur eine Möglichkeit gab, die Wahrheit herauszufinden. Nach unserem ersten Abendessen bewahrte ich deine Gabel auf, um die DNA sicherzustellen, und dann nahm ich eine Haarlocke von Declan, die ich ihm abgeschnitten habe, als er noch ein Kind war. Die DNA stimmt überein.«

Declan war sprachlos.

»Dann habe ich also nicht bloß einen Sohn, sondern auch Enkelkinder?«, fragte Byron langsam und ließ die Worte wirken.

»Ja«, sagte Joan. »Zwei. Es sind Zwillinge.«

»Und ich … ich habe einen Vater«, sagte Declan.

Nun wollte Declan wissen, wie Joan und Byron sich kennengelernt hatten. Joan erzählte ihm von dem Buchladen und dass Byron sie zum Kaffee eingeladen hatte. Schließlich erzählte sie ihm von dem Baseballspiel und der Kunstgalerie.

»Dann lasst mich eines klarstellen«, sagte Declan. »Ihr beide seid also zusammen.«

Byron und Joan sahen einander an und nickten. Byron legte seine Hand auf Joans.

»Deine Mutter ist eine wundervolle Frau«, erklärte er Declan. »Und ich verliebe mich gerade in sie.«

Joan atmete tief durch. Sie hatte auch das Gefühl, sich gerade zu verlieben.

»Meine Mutter und mein Vater schlafen also miteinander und verlieben sich gerade ineinander«, fasste Declan zusammen. Die beiden nickten und sahen ihn ängstlich an.

»Das ist verdammt noch mal extrem eigenartig«, sagte Declan. »Und ich würde sagen …«

»Ja, was meinst du?«, fragte Joan nervös.

»Es wird eine Weile dauern, bis ich mich daran gewöhnt habe.«

Um einen großen Medienrummel zu vermeiden, fand Declans und Elizabeths Hochzeit im Frühling im Garten hinter Joans Haus statt. Elizabeth ließ sich von Byron den provisorischen Mittelgang hinunterführen. Die Zwillinge fungierten als Ringträger. Jack trug einen weißen Smoking und Camille ein weißes Kleid aus Organza. Elizabeth zwinkerte Effie zu, die sich bei Jimmy Mack untergehakt hatte. Effie hatte ihn überredet, sie für eine Woche zu besuchen, und beschwerte sich seither ständig, dass sie kaum noch gehen konnte. Mittlerweile war die dritte Ausgabe von *Rags 'n' Beats* erschienen, und das Magazin war ein voller Erfolg. Elizabeth war vollkommen euphorisch. Mittlerweile hing Byron Sparks' Originalfotografie ihrer Narbe in ihrem Haus. Declans neue Single »The Lights of Elizabeth Bay« schoss gerade an die Spitze der Charts. Ihr Leben hätte nicht besser verlaufen können. Nun würde sie endlich Mrs. Declan Thomas sein.

Von der Sonne geküsst und schläfrig vom Champagner rollte sich Elizabeth auf dem riesigen Bett in ihrer Flitterwochensuite in Akumal an der Riviera Maya zusammen. Declan trat aus der Dusche und trocknete sich die Haare mit einem Handtuch. Sein Penis war so steif wie nie zuvor.

»Ah, du hast mir also etwas mitgebracht«, neckte sie ihn.

»Ja«, antwortete er lässig und ließ sich neben ihr auf das Bett fallen.

»Was hältst du davon?«, fragte er und streichelte sich dabei selbst.

»Ich glaube, ich muss unbedingt daran lecken«, sagte sie.

Elizabeth rollte sich zur Seite und nahm ihn sanft in den Mund. Sie genoss sein lustvolles Stöhnen.

»Ich muss dir noch einige wunderbare Geschichten erzählen«, sagte sie.

Declan drückte sie zurück aufs Bett und sah ihr direkt in die leuchtend grünen Augen.

»Darauf möchte ich wetten, Mrs. Thomas«, sagte er. »Du hast die schmutzigste, köstlichste Fantasie der Welt, und ich möchte jede einzelne deiner Fantasien mit dir teilen. Aber du solltest sie dir für ein anderes Mal aufheben.«

»Wirklich?«, sagte Elizabeth. »Warum denn das?«

»Deine Fantasien sind heißer als heiß. Und sie machen mich wirklich scharf«, sagte er. »Aber in deinen Fantasien hast du die Kontrolle über das, was passiert. Heute Nacht hingegen«, sagte er, während er mit der Zunge über ihre steifen Brustwarzen strich, »werden wir gemeinsam eine neue Fantasie erschaffen.«

Hocherotisch, hochemotional und hochpolitisch

Nedjma

Wilde Feigen

Erotischer Roman

Niemand hatte Zobida auf die Ehe vorbereitet, als man sie als junges Mädchen verheiratete. Was Erotik und Sex betraf, war sie vollkommen ahnungslos. Doch Zobida befreit sich aus ihrer trostlosen Ehe, und schon bald kennt sie alle Freuden der körperlichen Liebe. Ein Wissen, das sie an jede junge Frau ihrer Familie weitergibt und das in diesen die Sehnsucht nach Lust und Leidenschaft entfacht.